Der Sieger nimmt alles

Dieter Wellershoff

Der Sieger nimmt alles

Roman

Kiepenheuer & Witsch

Schutzumschlag: Hannes Jähn, Köln
Satz: Compusatz GmbH, München
Druck- und Bindearbeiten: Ueberreuter, Wien
ISBN 3-462-01586-9

Inhalt

1. Montag morgens im Hotel

Wenn am Montagmorgen die meisten Gäste abgereist und die neuen noch nicht eingetroffen sind, liegt auf den Fluren des Messehotels die abgezogene Bettwäsche in faltigen Haufen wie schmutzige Reste zusammengefegten alten Schnees. Licht fällt aus den weit geöffneten Zimmertüren, und wer an ihnen vorbeigeht, sieht in den kabinenartigen Räumen die grauen Matratzen der Doppelbetten, die beiden Nachttische mit den kleinen Lampen, beiseite gezogene Vorhänge und aufgeklappte Fenster und hier und da zwei Zimmermädchen, die gemeinsam die Betten beziehen.

Das Heulen eines unsichtbaren großen Staubsaugers in einem Zimmer am Ende des Ganges klingt heiser und besessen wie festgehakte Wut, und wenn man näher kommt, hört man die kurzen klackenden Stöße der Saugdüse gegen Fußbodenleisten, Möbelbeine und Schränke, als zucke in dem Geheul ein kleines, blindes, hartköpfiges Wesen herum, das überall an Wände prallt.

Dies ist ein Ort spurlosen Verschwindens. Man muß ihn jetzt sehen, in dieser Vormittagsstunde, da sein Bild beschädigt ist. In allen Stockwerken und Gängen sind Frauen in orangegelben Kitteln dabei, die schäbigen Hinterlassenschaften der Nacht zu beseitigen. Sie putzen Spiegel, Becken, Wannen, Armaturen blank, tragen Papierkörbe, benutzte Seifenstükke, leere Shampooflaschen, vergessene Kämme und beschmierte Frühstückstabletts aus den Zimmern und schieben Wagen mit frischer Wäsche, Toilettenpapier, eingepackten Seifenstücken und Grußkarten der Direktion von Tür zu Tür. Verspätete Gäste schleppen durch die Unordnung der

Gänge ihre Koffer zu den Fahrstühlen wie Vertriebene, die ihre Habe retten.
Es gibt auch Türen, die verschlossen bleiben, an die leise, bald dringlicher geklopft wird oder hinter denen das Telefon schrillt, bis eine verschlafene Stimme antwortet: »Ja, was ist? Ich will nicht gestört werden.« Dann wandert das Heulen des Staubsaugers an der Tür vorbei, und allmählich verziehen sich auch die Stimmen und die übrigen Geräusche. Vielleicht liegt in dem Zimmer ein Betrunkener in seiner Traumsuhle, ein Nachtschwärmer, der seinen Rausch ausschläft, oder auch jemand, der die ganze Nacht nicht schlafen konnte und nun endlich versunken ist in sandigem Tablettenschlaf. Benommen hat er dem fragenden Klopfen geantwortet, und nun wird er allein bleiben auf diesem Stockwerk, bis gegen Mittag die Hausdiener die ersten neuen Gäste zu ihren Zimmern bringen.
Manchmal, nur selten, kommt keine Antwort, obwohl das Klopfen heftiger wird und das Klingeln des Telefons nicht mehr abreißt. Jetzt muß man den Hauptschlüssel holen, der auf alle Türen des Stockwerks paßt. Es kann sein, daß es schwerfällt, die Tür zu öffnen, weil jemand, der aus dem Zimmer hinauswollte, dahinterliegt.

Das Zimmermädchen, das die Tür gegen einen trägen Widerstand einen Spalt weit aufgedrückt hatte, sah einen dunklen Haarschopf und einen Männerarm mit einer Armbanduhr. Das Zifferblatt war schleimig verklebt, und sie konnte riechen, daß der Mann sich erbrochen hatte. Trotzdem wußte sie sofort, daß das kein Betrunkener war.
Laut Eintragung beim Empfang war der Zimmerbewohner ein gewisser Ulrich Vogtmann, Diplomkaufmann aus Siegburg im Rheinland, gebürtig aus Hannover. Er hatte sich für acht Uhr in die Liste des telefonischen Weckdienstes eintragen lassen. Das Mädchen, das den Weckdienst versah und für diese Uhrzeit viele Vormerkungen hatte, schien versäumt zu

haben, auf seine Antwort zu warten. Sie bestritt das zwar, sagte mehrfach, sie habe ein kurzes »Ja, danke« gehört. Doch laut späterem Sektionsbericht war Vogtmann zur gewünschten Weckzeit schon einige Stunden tot.

Als die Träger mit der Bahre durch den Gang kommen, in dem noch die schmutzige Wäsche neben den Türen liegt, verstummt in einem der Zimmer das Geräusch des Staubsaugers, und in der Tür erscheint ein dunkelhäutiges Zimmermädchen mit erschrockenen Augen. Auf der Bahre wird eine undeutliche Körperform an ihr vorbeigetragen, eine menschenähnliche Masse, verdeckt von einer grauen Decke, unter der weiße, blutleere Füße hervorschauen. Der Blick des Mädchens haftet an diesen leblosen, weißlichen Fleischgebilden mit den gelblichen Sohlen. Es sind die Füße eines Mannes, der nicht mehr jung ist. In völligem Spannungsverlust sind sie seitlich weggeklappt und beben ein wenig, als die Träger zwischen den Wäschehaufen ihren Schritt wechseln.
»Bitte hier lang«, sagt der Geschäftsführer des Hotels, und die kleine Prozession biegt in einen Seitengang ab, vorweg der Geschäftsführer, ein rundlicher, fast kahlköpfiger Mann mit aufgestörten Bewegungen, neben ihm der Arzt des Notwagens in einem weißen Kittel, aus dessen Brusttasche der rote Gummischlauch des Stethoskops hervorlugt, dann die beiden Träger mit ihrer Last und zum Schluß der Hoteldiener, der den Koffer des Toten und seinen Mantel trägt.
Das Schreckliche an diesen Füßen ist nicht, daß es die Füße einer Leiche sind, sondern die kleine Verkrüppelung, die sie aussehen läßt, als lebten sie. Die beiden äußeren Zehen sind wurmartig nach innen gekrümmt und überklammern die benachbarten Zehen wie in einem ängstlichen, zimperlichen Krampf. Die Augen des dunkelhäutigen Zimmermädchens folgen den verkrüppelten Füßen. Eine ältere Frau im orangegelben Kittel, einen Karton mit Seifenstücken in der Hand, bleibt an der Wand stehen und läßt den Transport an sich vorbei.

»Hier lang«, sagt der Geschäftsführer.
Er hat die Fahrstühle für einige Minuten blockieren lassen. Neben den automatischen Türen leuchten die roten Besetztzeichen. Alle Fahrstühle halten im fünften Stock. Unten an der Haupttreppe hat sich unauffällig der Portier postiert, um Gäste, die nach oben wollen, einen Augenblick um Geduld zu bitten. Er soll sagen, die Treppe sei versperrt durch einen Möbeltransport.
»Hier lang bitte. Ich halte die Türe auf.«
Tote, das hat der Geschäftsführer gelernt, werden über die Nottreppe fortgeschafft. Im frisch bezogenen Bett des Sterbezimmers wird heute nacht ein neuer Gast schlafen. Auf seinem Nachttisch wird die Grußkarte des Direktors liegen, die ihm einen angenehmen Aufenthalt wünscht. Angeheftet ist ein kleiner Schokoladenriegel.
Es gibt keinen Tod im Hotel, nur das tägliche Abreisen. Es bleiben keine Erinnerungen in diesen Zimmern, nur blankgeriebene Spiegel und die Geometrie der Möbel. Die störenden Geräusche im Nebenzimmer sind am Morgen vergessen.
Ruhiger, wiegender Schritt der Träger, die niemanden anschauen rechts und links von ihrem Weg durch die langen Korridore. Als trügen sie damit zur Unsichtbarkeit des Toten bei, sehen sie geradeaus und über ihn hinweg. Zwischen ihnen schwebt er auf der Bahre. Die Decke, grau und dünenhaft, vereinfacht ihn. Nur die verwachsenen Füße strecken sich unter dem Saum hervor wie eine zur Schau gestellte Obszönität. Seht, wer ich bin, wer ich gewesen bin.

2. Niemandsgefühle

Immer hatte Ulrich Vogtmann darauf gewartet, daß etwas geschah, ein Ereignis, das Bedeutung für ihn gewann und sein Leben veränderte, irgend etwas, das ein neuer Anfang war. Doch genauso hartnäckig, wie er auf diese unbestimmte große Veränderung hoffte, zweifelte er an ihr. Es würde nichts dergleichen geschehen. Inzwischen jedenfalls würde nichts geschehen. Denn wenn sich der Anfang einer möglichen Veränderung zeigte, würde er ihn kaum erkennen können. Dieses vorläufige Leben, in dem er seit Jahren dahintrottete, hatte ihn innerlich fast blind gemacht, und manchmal sagte er sich, daß er das Leben eines Schlafwandlers führte, der bereit war zu erwachen, aber nicht wußte, wie es geschehen konnte und was es bedeutete, wach zu sein.

Nun war er siebenundzwanzig Jahre alt, hatte zweimal sein Studienfach gewechselt und konnte sich seit einem Jahr kaum noch verschleiern, daß er wieder in eine innere Flaute geraten war und nur noch weitermachte, weil er dann seinen erneuten Stillstand fürchtete, der diesmal, noch nicht genau vorstellbar, die Auslöschung seiner Person zu bedeuten schien.
Er hatte, weil er einen überlegenen Standpunkt suchte und an Beruf und Geldverdienen nicht denken mochte, zunächst mit Philosophie begonnen, aber enttäuscht und verwirrt nach zwei Semestern aufgehört. Es kam ihm so vor, als sei er in einem Wortnebel verschwunden gewesen, und nur die eigene Stimme, die eines Tages zu sagen begann, »ich bin es nicht, das bin ich nicht«, hatte ihn wieder hinausgeführt. Nicht

weniger unglücklich verlief sein Versuch mit der Medizin. Nur daß die Stimme, die »ich bin es nicht« sagte, jetzt leiser geworden war und zu Selbstvorwürfen überging und ihn immer mehr in die Enge trieb. Während er sich durch die Paukereien der vorklinischen Semester quälte, wurde er von Kopfschmerzen und Stimmungsschwankungen heimgesucht, versuchte aber dagegen anzukämpfen und erschöpfte seine Kräfte, bis er schließlich, wie bei seinem ersten Studium, wieder die Flucht ergriff.

Es geschah im Seziersaal der Anatomie, als er an grauem, künstlich gehärtetem Leichenfleisch herumschnitt, das ein Stück vom Schenkel eines alten Mannes war. Unfähig, sich zu konzentrieren, hatte er das Präparat gründlich verdorben. Es war nur noch ein zerfetztes Gezaddel toter Muskelfasern, Sehnen und Adern, in dem er ein Abbild falscher und vertaner Möglichkeiten sah. Als er es zur Verbrennung in den Müllschlucker warf, hatte er seine Zukunft als Arzt gleich mitgeworfen.

Diesmal geriet er in eine längere Krise und vermied ein halbes Jahr die Universität, außer wenn er in das Büro des Studentenschnelldienstes ging, wo er sich seine wechselnden Jobs besorgte. Von Tag zu Tag zu leben war jetzt sein Prinzip, und dies besagte auch, daß er nicht darüber nachdenken durfte, ob er langfristig so leben konnte.

Er steckte tief in seinen Verworrenheiten, als ein Bekannter, den er zufällig auf der Straße traf, ihn überredete, mit ihm in einen Vortrag zu gehen. Es war der Einführungsvortrag einer längeren Vorlesungsreihe über das Geld, ein Thema, dem er in seiner Armut nur höhnische Skepsis entgegenbrachte. Doch gleich nach den ersten Sätzen hatte er gemerkt, daß sein Vorbehalt schmolz, und der Mann, der dort vorne sprach, ihm eine grundsätzliche Blindheit aus den Augen nahm.

Denn der Vortragende stellte das Geld nicht als etwas Totes dar, als ein rationales System abstrakter Größen, sondern als

den Lebensstoff der Phantasie. Geld löste alles, was fest schien, in Bewegung auf. Selbst nichts Bestimmtes, ermöglichte es den Austausch und die Verknüpfung aller Dinge und Tätigkeiten. Es war die universelle Maschine, die alle anderen Maschinen in Bewegung setzte. Es war der Stoffwechsel der Gesellschaft, ihr Nervensystem. Es war die glitzernde Brükke, die die Vergangenheit mit der Zukunft verband, der Zauberstab, der aus dem bloß Möglichen das Wirkliche schlug, das Spiegelkabinett der unendlichen Wechselwirkung. Fast alles, was Menschen sich wünschten, sich ausdachten, zu tun versuchten, war ausdrückbar und erreichbar durch Geld. Es war das höchste Allgemeine, die alles umschließende Einheit aller Elemente der beweglichen, veränderbaren Welt. Flüchtig, allmächtig, wandelbar, glich es ganz dem gestaltenmischenden Traum. Es war die genialste Hervorbringung des menschlichen Geistes. Mit ihm erst entfaltete er sich selbst, löste sich aus der Bindung an die konkreten Dinge, entwand sich dem Hier und Jetzt, dem Reich des immergleichen Notwendigen und wurde freie Schöpfung und Spekulation.
Vogtmann war aus dieser Vorlesung herausgekommen wie jemand, der in das geheime Zentrum der Welt geblickt hatte. Das war es! So geschahen die Dinge. Er mußte unbedingt in den Besitz dieses Wissens gelangen, mit dem man die unzugängliche, verschlossene Welt öffnen und beherrschen konnte.

Wieder stand er am Anfang eines neuen Studiums und einer langsam wachsenden Enttäuschung darüber, daß die Vision des Anfangs sich nicht hielt. Was er in den wirtschaftswissenschaftlichen Vorlesungen und Seminaren hörte und in den Büchern und Skripten las, wuchs als ein grauer Belag über sein inneres Bild und löschte den Zauber aus. Er sagte sich diesmal, daß das üblich sei und in seiner Enttäuschung sich nur sein Hochmut verberge, der ihn daran hindere, ein normaler Mensch zu werden. Diesmal wollte er durchhalten.

Doch weil alles, was er bis jetzt verfolgt hatte, ihm bald wie ein Licht im Nebel erschienen war, suchte er dringend nach etwas Greifbarem. Ob ihm deshalb vor Augen kam, was er suchte, oder ob das Gefundene nicht das Gesuchte war, konnte er später nicht entscheiden.

Die Pattbergsche Fabrik, die Milchprodukte, vor allem Kondensmilch herstellte, war Ende der fünfziger Jahre, als Vogtmann sie zum erstenmal sah, ein unorganischer Komplex aus düsteren Klinkerbauten im gotisierenden Stil der Jahrhundertwende und mehreren betongrauen Hallen mit schwarzen Wellblechdächern. Völlig beziehungslos stand dazwischen ein fensterloses, weiß verkacheltes Kühlhaus, das fast genau die Form eines Würfels hatte. Es war sichtlich der modernste Teil der Fabrik und fiel neben den rauhen Betonbauten durch seine helle klinische Glätte auf. Dagegen wirkte der zweistökkige, gelblich verputzte Bürotrakt, der auch erst sechs Jahre alt war, schon ein wenig schäbig. Es war noch ein typischer Sparbau der Nachkriegsjahre mit verhältnismäßig kleinen, rechteckigen Fenstern, dessen bescheidener Haupteingang nachträglich etwas erweitert worden war.
Produktion, Verpackung und Auslieferung der Waren fanden in den Hallen statt, die entweder aneinander grenzten oder durch überdachte Gänge und dicke Rohrleitungen miteinander verbunden waren. In den Klinkerbauten der Jahrhundertwende mit ihren hochgezogenen, spitzbogigen, halb verdrahteten Fenstern befanden sich nur noch der Heizungsraum und das sogenannte Dosenwerk, in dem die Feinbleche gestanzt, geformt und gelötet wurden, um als offene Dosen in endloser Reihe auf einem Transportband zu den Füllautomaten der nächsten Halle zu wandern. Die Produktionsstätten und die Auslieferung umschlossen einen weiten, zur Straße hin offenen Innenhof. Wenn die Schiebetore der Hallen nicht fest geschlossen waren, drang lauter Maschinenlärm nach draußen. Aus den Abzügen der Halle, in der die Milch kon-

densiert wurde, quollen dicke weiße Wolken von Wasserdampf.
Vogtmann kam von der anderen Seite der Straße über einen zweiten Hof, an den das Bürogebäude grenzte. Hier parkten die Angestellten, die Werkmeister und die Familie Pattberg ihre Autos, während die Arbeiter, falls damals überhaupt schon einige mit Autos zur Arbeit kamen, ihre Wagen in den benachbarten Straßen abstellten. Bürohof und Parkplatz waren durch eine niedrige, mit einem schwarzen Eisengitter überhöhte Mauer von der Auffahrt zum Wohnhaus der Pattbergs getrennt, und nur eine kleine Pforte für die Mitglieder der Familie stellte eine Verbindung zwischen beiden Bereichen her.
Die Villa, wie das große Wohnhaus allgemein genannt wurde, war ungefähr genauso alt wie der alte Teil der Fabrik, hatte aber ihre Architektur den klassischen Formen italienischer Landhäuser entlehnt. Ihre ockerfarbene Fassade mit den vorspringenden Seitenflügeln wurde beherrscht vom Mittelteil, in dessen Hochparterre, flankiert von zwei alten großen Tannen, eine breite Freitreppe führte, über der sich, ein Stockwerk höher, eine Loggia befand. Zur Parkseite besaß das Haus einen erst später angebauten Wintergarten, der wie ein gläserner Wandelgang auf der immer noch breiten, ausladenden Terrasse stand. Gleich unterhalb der Terrasse begann ein von Blumenbeeten umsäumter, flach geschorener Rasen, hinter dem sich der Park in die unregelmäßigen Wiesenflächen und Baumgruppen eines englischen Landschaftsparks verwandelte. Sein ausgedehntes, teilweise fast waldartiges Gelände umschloß das Areal der Fabrik in einem Winkel und war von einer mehr als mannshohen Mauer umgeben. Damals grenzte sie noch an Kartoffeläcker und Gemüsefelder.

Alles das lernte Vogtmann erst Wochen später kennen. Zunächst wurde er im Personalbüro von einem wortkargen, älteren Mann im grauen Kittel abgeholt und über den Hof in

eine fast vierzig Meter lange, lärmerfüllte Halle gebracht, in der viele graugrüne Maschinen standen, die durch Transportbänder miteinander verbunden waren. Es war ein riesiges Bewegungssystem in mehreren Etagen, das aus dem Dosenwerk leere Blechdosen einfuhr und in einen langwierigen Umlauf brachte. Über Verteilerstellen beschickte es die Magnetbänder, auf denen die Dosen wie festgeklebt standen, wenn sie steil abwärts in die Füllautomaten fuhren. Von dort wanderten sie in die benachbarten Lötautomaten, wo sie mit einem Deckel verschlossen wurden, und stiegen auf einem anderen Magnetband in den großen Umlauf zurück, der sie alle wieder einsammelte und zu einem zehn Meter langen, tonnenartigen Kessel am Ende der Halle brachte, in dem sie minutenlang erhitzt wurden, um dann weiterzufahren in die nächste Halle, wo sie verpackt wurden.
Der Mann im grauen Kittel hatte unterwegs kaum ein Wort gesagt. Nun, da sie hinter der Eingangsschleuse in die Maschinenhalle traten, setzte er sich einen Bügel mit Lärmdämpfern auf den Kopf und brüllte Vogtmann ein paar Erklärungen in die betäubten Ohren. Die Halle war erfüllt von den gleichmäßigen Takten und dem dumpf-dunklen Motorgeräusch der Maschinen, die in zwei verschiedenen Geschwindigkeiten liefen, manchmal auch abgeschaltet wurden, weil eine defekte Dose den Ablauf störte, und dann sausend wieder in Gang kamen. Doch die Arbeitsgeräusche der Maschinen und das surrende Transportsystem waren nur der Untergrund des ununterbrochenen Scheppperns und Klapperns Tausender leerer Blechbüchsen, die gegen die Leitplanken der Transportbänder stießen, sich rempelten, aufstauten und weiterfuhren, während hinter ihnen, am Anfang ihres Umlaufs, noch die Stanzenschläge des Dosenwerkes zu hören waren.
Die Halle war künstlich erleuchtet durch lange Lichtröhren an der Decke, obwohl sie ein breites Oberlicht hatte, durch das sie jetzt, beim Beginn der Mittagsschicht, von der Sommersonne bis zu einer schwülen Tropenwärme aufgeheizt

wurde, in der sich der Milch-, Öl- und Wasserdunst zu einem erstickenden Geruch mischten.
Wenn dies sein Arbeitsplatz war, dann steckte er in der Falle.

Die Arbeit bei der Firma Pattberg hatte ihm sein ehemaliger Studienkollege Horst Reichenbach beschafft, der im Auftrag einer Exportfirma für ein Vierteljahr ins Ausland reiste und jemanden suchte, der solange in seine Junggesellenwohnung einzog und seine Katze versorgte. Vogtmann hatte sofort zugesagt, weil die Pattbergsche Fabrik in Siegburg weit von seiner Universitätsstadt Freiburg entfernt war und er damals einen Grund suchte, sich aus den besitzergreifenden Umarmungen einer Frau zurückzuziehen.
Sie war acht Jahre älter als er, Jugoslawin, von Beruf Lehrerin, die nach einer zerstörten Ehe ihre Heimat verlassen hatte, in Freiburg als Putzfrau und Kellnerin lebte und vergeblich versuchte, Schreibarbeiten und Aufträge für Übersetzungen zu bekommen. Sie hieß Jovanka – für ihn ein Name, der ihm immer ein wenig fremd blieb, so zärtlich er ihn oft gesprochen hatte. Er hatte sie kennengelernt, weil er in dem Lokal, in dem sie bediente, gelegentlich ein Glas Bier getrunken hatte. Sie war ihm aufgefallen durch ihre traumwandlerischen und zugleich zweckmäßig sicheren Bewegungen, mit denen sie zwischen den Tischen des Gastraumes herumging, und durch den abwesenden Ausdruck ihres angestrengten, manchmal müden Gesichtes. Es war ein Gesicht, das sich verschloß und doch seine vom Mißtrauen gebändigte Leidenschaftlichkeit und Wildheit zeigte, die Kraft, die auch ihr kaum mittelgroßer, stämmiger Körper verriet, der sich ihm nachdrücklich bewußt machte, wenn sie an seinen Tisch kam, obwohl sie ihn lange Zeit genauso kühl und wortkarg bediente wie alle anderen Gäste. Meistens trug sie einen kurzärmeligen, schwarzen Pullover und einen schwarzen Rock, über den sie eine Schürze band. Es war eine Art Berufskleidung, doch zusammen mit ihrem dichten schwarzen Haar schien

das Schwarz auch der Ausdruck ihres Wesens zu sein, einer düsteren Einfachheit und Unbedingtheit, die er in ihrem Blick zu erkennen glaubte. Einmal, als er sie auf der Straße mit einem Kopftuch und in einem billigen braunen Mantel sah, der ihr überhaupt nicht stand, begriff er, daß sie arm war und wahrscheinlich geschenkte Sachen trug, und er hatte sich zu ihr hingezogen gefühlt wie zu einem für ihn bestimmten Geheimnis.

Auch er war arm, und das war schon fast wie ein Bündnis. Auch sie, das ahnte er, stand auf wenig festem Boden. Und doch war sie bestimmter, erfahrener als er, war ihm weit voraus. Er zögerte, mehr mit ihr zu reden als die üblichen Formeln zwischen Gast und Kellnerin, denn er spürte in ihrem Verhalten eine grundsätzliche Abwehr gegen alles, was ihr zu nahe kam. Sie sollte sich erst an ihn gewöhnen, und er wollte sie besser kennenlernen, indem er sie heimlich beobachtete.

So erschien er öfter gegen Abend in dem Lokal, trank ein Bier und las eine Zeitung, die er sich vorher gekauft hatte, wechselte einige freundliche Worte mit ihr und ging nach einer halben Stunde wieder fort. Schließlich war sie es, die eines Tages den Abstand überbrückte. Sie trat hinter ihn, um in seiner Zeitung das neue Wochenprogramm der Kinos zu lesen, und stützte sich mit einer Hand leicht auf seine Schulter auf. Ihre Berührung war so sicher, so vertraut, daß es fast selbstverständlich war, sie einzuladen, und ohne Umstände sagte sie für den nächsten Abend zu. Wieder kam sie in ihrem schäbigen Mantel, doch zu seiner Überraschung trug sie ihr Haar offen, und während sie, ein ganzes Stück kleiner als er, neben ihm ging, bewunderte er, wie schön es war.

Er hatte genug Instinkt gehabt, um zu wissen, daß er sie auf dem Nachhauseweg nicht bedrängen durfte. Alles sollte sich wie von selbst ergeben, nach ihrem inneren Zeitplan, dem sie unbewußt zu folgen schien und nach dem sie ihn lenkte, indem sie durch kleine Zeichen seine Ungeduld besänftigte und ihn an sich band. Es war nicht viel, was sie tat. Doch es konnte ihn schon in Entzücken versetzen, wenn sie leicht seinen Arm berührte oder ein Lächeln ihr Gesicht aufhellte, sobald sie ihn sah. Offenbar war sie jetzt auch bemüht, sich trotz ihrer Armut hübscher anzuziehen, wenn sie sich mit ihm traf, und diese Abkehr von der Achtlosigkeit, mit der sie sich bisher gekleidet hatte, bewies ihm am deutlichsten, daß sie sich für ihn entschied.

Zögernd und zunächst nur bruchstückhaft begann sie von sich zu erzählen, und allmählich tauchte hinter dieser Frau, die alle Menschen auf Distanz hielt, die lange Geschichte ihrer Verletzung auf. Da hatte es einen Ehemann gegeben, der sie in chronischer Eifersucht immer häufiger geschlagen hatte, obwohl der Anlaß für seine Eifersucht Jahre zurücklag, als sie ihn noch nicht kannte und ein junges Mädchen war. Ein älterer verheirateter Mann aus der entfernten Verwandtschaft hatte sie verführt. Der Ehemann, viel jünger als der Verführer, hatte das durch ihr eigenes Geständnis erfahren und war darüber zum Trinker geworden. Gedemütigt und verzweifelt hatte sie ihn schließlich verlassen, obwohl sie geglaubt hatte, ihn zu lieben, oder ihn geliebt hatte, oder dazu bereit gewesen war. Sie wußte es nicht mehr. Sie hatte sich mehr und mehr in sich zurückgezogen, um zu überleben. Allmählich mußte sie feststellen, daß die meisten Verwandten und Freunde ihr die Schuld an der Selbstzerstörung ihres Mannes gaben und seinen Wahnsinn einfach übernommen hatten. Sie galt als leichtfertig und haltlos, vor allem bei den Frauen. Und wie um dieses Vorurteil zu bestätigen, begannen die Männer dieser Frauen ihr nachzustellen. Mit einem von ihnen hatte sie sich eingelassen. Es war ein Zwang gewesen, den sie selbst nicht verstanden hatte, eine plötzliche Leidenschaft, der sie sich unterwarf und in der sie sich nicht wiedererkannte. Trotzdem hatte sie gehofft, verstanden zu werden. Doch der Mann brauchte das Vorurteil, daß sie eine Hure sei. Es war der einzige Zugang, den er zu ihr hatte, und auch der Grund, weshalb er sie bald verließ. Sie war danach völlig isoliert gewesen, eine verfemte Person, die in der Bannmeile eines beharrlichen, unwidersprechbaren Schweigens lebte. Das hatte sie immer weniger ausgehalten. Sie versagte als Lehrerin, sie wurde krank, sie mußte sich beurlauben lassen. Als ihr Mann in einer Trinkerheilanstalt starb, war sie in panischer Angst vor irgendeiner neuen Strafe geflohen. Niemand aus der Familie hatte ihr je geschrieben.

Während sie ihm das alles erzählte, hatte er das Gefühl, daß sie einen Schlußstrich unter ihre Vergangenheit zog, aber auch, daß ihm damit ein Vertrag untergeschoben wurde, in dem stand, er dürfe sie nie verlassen und nie enttäuschen, weil sonst der Boden, über den sie ging, unter ihr zerbrechen würde.

Weil sie ihn so dringend darum bat, hatte er auch von sich erzählt, von seinem Vater, der im Krieg als vermißt gemeldet wurde und für immer verschwunden blieb, seiner Mutter, die im dritten Kriegsjahr starb, der Tante, die ihn in das Internat brachte und ihn dort allmählich vergaß. Sein Widerwille gegen diese Erinnerungen war wieder so heftig geworden, daß sich seine Stimme belegte, und er kaum mehr zustande brachte als eine Aufzählung der Fakten, den dürren Beleg der Tatsache, daß er seit damals allein war und genauso bindungslos lebte wie sie.

Schon während er redete, hatte er gewußt, daß sie das endgültig verführte, und er merkte es auch an ihrem nachdenklichen Schweigen. Sie schien sich über sein und ihr Leben wie über ein schwieriges Rätsel zu beugen, für das es auf einmal eine einfache und glückliche Lösung gab. Nur ihr Mißtrauen hielt sie noch von ihren Wünschen zurück.

»Hast du nachgedacht?« fragte sie, »weißt du wirklich, was du willst?«
Für ihn gab es nichts nachzudenken, weil es überhaupt keine Zukunft gab, außer der allernächsten, der sie beide entgegengingen und die längst unvermeidlich war. Und eigentlich war dies keine Zukunft, sondern die leere Stelle einer Erwartung, die nicht wieder eine Geschichte hervorbringen wollte, sondern nur Gegenwart, einen Ausstieg aus der Zeit, soweit Zeit eine Konstruktion des Gehirns war, das Pläne, Ziele, Absichten, Versprechungen und Verträge erzeugte und nicht einfach nur der Herzschlag war, die gemeinsamen Atemzüge, Mund an Mund.
»Ich will, was du auch willst«, sagte er, »das weißt du längst.« Er sah, daß sie erschauerte und sich unwillkürlich zusammenzog.
»Laß mich nicht allein vernünftig sein«, hörte er sie sagen, und eine Weile redete sie noch weiter, rechnerisch wie eine Bäuerin, daß sie die falsche Frau für ihn sei, zu alt, zu arm, zu verletzt, zu fremd, was er vielleicht auch hätte denken können, wenn Denken wichtig gewesen wäre, wo er doch so viel auf einmal begriff, ohne darüber nachgedacht zu haben: ihren Schritt, der keinen Aufenthalt mehr wollte, ihre Finger, die sich gierig mit seinen verschränkten wie zu einem unauflöslichen Bündnis, ihre Stimme, die rauh und erregt war, als müsse sie den ganzen Raum zwischen Sprechen und Schreien füllen.

In dem Jahr, in dem er mit ihr zusammen war, verlor er wieder den Kontakt zu seinem Studium. Er hatte sich zwar geweigert, mit ihr zusammenzuziehen, weil der kleine Verschlag auf dem Speicher eines Mietshauses, in dem er seit Jahren hauste, für ihn der Schutzort seiner unverwirklichten Projekte und Träume war. Doch wenn er, wie fast jede Nacht, bei Jovanka geschlafen hatte, kam er meist erst gegen Mittag, wenn ihr Dienst als Kellnerin begann, durch das

Gerümpel des Speichers zu seiner Klause zurück, und falls er nicht ohnehin gleich fort mußte zu irgendeinem Stundenjob, konnte er lange mit nichts einen Anfang machen.
Oft ging er erst spät abends wieder zu ihr hin, ausgehöhlt und süchtig geworden von Enttäuschung und vergeblicher Anstrengung, was sie in unruhiger Erwartung schon in seinen Augen sah. Während er die Treppe heraufkam, stand sie oben über das Geländer gebeugt, das Gesicht halb verdeckt von ihren geöffneten Haaren, und wenn sie ihren Bademantel anhatte, wußte er, sie war darunter nackt. Sie ließ ihn stumm eintreten, und während sie mit der einen Hand hinter ihm die Tür schloß, war die andere schon in seinem Nacken, um seinen Mund zu ihrem herabzuziehen. Etwas von der schnellen Verständigung von Verschwörern oder Verbrechern spürte er in dieser Begrüßung. Der Kuß besiegelte ihren Pakt gegen die Welt, die draußen blieb, die nichts von ihnen wußte, er löschte die Stunden aus, in denen sie nicht zusammen waren, und noch immer konnte es geschehen, daß sie nicht mehr voneinander loskamen. Ein wilder, triumphierender Ausdruck trat in ihr Gesicht, ein Glimmen ihrer Augen oder ein Starren wie in Schrecken und Schmerz, während ihr Mund sich öffnete, unschlüssig, ob sie schreien oder jubeln sollte, und ein Zwang, der an die Stelle seines und ihres Willens trat, sie zusammenfügte. Doch dann schloß sie die Lider, beruhigt und sicher, als nehme mit jeder Bewegung, jedem Atemzug ihre Gewißheit zu und sie könne sich immer mehr in sich zurückziehen und zugleich immer mehr außen in ihrer Haut sein.
Schließlich lagen sie still beieinander. Sie hatte die Arme weich und entspannt um ihn geschlungen, und er hörte ihr Herz schlagen. Er wußte, er hatte ihr die Angst genommen. Er selbst aber fühlte sich oft fremd und wie verdunkelt, einer stillstehenden Hoffnungslosigkeit preisgegeben. Es war sein Niemandsgefühl, er kannte es, wußte aber nicht, woher es kam, und es verwirrte ihn, daß es ihn gerade dann überfiel, wenn sie sich geliebt hatten.

Da er nicht mit ihr darüber sprechen konnte, ohne sofort ihre Angst aufzurühren, daß sie ihn verlieren würde, wurde ihr warmer, an ihn geschmiegter Körper allmählich zu einer stummen Bedrohung für ihn, und oft mußte er denken, daß sie das spürte und ihn mit ihren Umarmungen von sich fortriß, weg von seinen Vorbehalten in eine blinde Nähe hinein, in der er nicht mehr sehen konnte, wer er war.

Die Frage seines früheren Studienkollegen Horst Reichenbach, ob er nicht für ein Vierteljahr in seine Wohnung in Siegburg im Rheinland ziehen wolle, war ihm als ein Wink erschienen, dem er unbedingt folgen mußte. Da er aber nicht wußte, wie er das Jovanka erklären sollte, rückte er erst wenige Tage vor seiner Abreise, bei einem abendlichen Spaziergang in den Anlagen an der Dreisam, mit seinem fertigen Entschluß heraus. Sie erschrak so, daß sie verstummte, und seine Erklärung – er müsse eine Zeitlang allein sein, um wieder in sein Studium hineinzufinden – schien sie nur davon zu überzeugen, daß er sie verlassen wollte. Schließlich hatte er aufgegeben, auf sie einzureden, denn seine Argumente kamen ihm selbst haltlos vor, und in dem zähen Schweigen, in dem sie nebeneinander hergingen, fühlte er sich schon von ihr getrennt. Er blieb stehen, um sie festzuhalten und dieses dauernde Wegstreben neben sich zu verhindern. Sie gab ihm eine stumme Antwort, indem sie sich totstellte und als ein fühlloses Gewicht in seinen Armen hing.
Eine Weile standen sie so mitten auf dem Weg, scheu betrachtet von zwei älteren Leuten, die an ihnen vorbeigingen. Dieser Weg am Fluß, der zwischen Rasenhängen dunkel und leise rauschend dahinströmte, war einer ihrer Lieblingsspaziergänge. Sie waren oft eng umschlungen hier entlang gewandert, wenn er sie bei Dienstschluß in ihrem Lokal abgeholt hatte, um mit ihr in ihre Wohnung zu gehen. Jetzt mußte er sie festhalten mit einem wütenden Ringergriff, und sie wies ihn ab, indem sie sich nicht einmal widersetzte, sondern völlig leblos war.

»Komm zu dir«, sagte er, »kannst du nicht vernünftig sein?«
Sie antwortete nicht, sah ihn nur an mit einem Ausdruck von starrem Stolz.
»Jovanka«, sagte er, »was soll das? Ich habe einen Fehler gemacht, das weiß ich. Ich hätte früher mit dir sprechen sollen. Aber ich muß dorthin fahren, ich brauche das. Begreif das doch.«
»Dann fahr gleich«, sagte sie.
Er ließ die Hände sinken, und sie gingen wortlos weiter. Nach einer Weile stellte er sich ihr in den Weg.
»Jovanka, was ist denn? Schau mich doch an.«
Ihre Augen, reglos und dunkel in dem schattigen Gesicht, schienen etwas wahrzunehmen, was sie immer schon erwartet hatte.
»Hör mal«, sagte er, »es gibt keinen Grund, Angst zu haben. Ich gehe drei Monate fort und komme wieder. Was ist das schon? Das ist völlig normal.«
Sie hatte den Blick gesenkt und hob den Kopf wieder mit einer trotzigen Bewegung, um weiterzugehen. Er mußte ihr ausweichen, weil sie ihn nicht zu sehen schien. Erbittert faßte er ihr Handgelenk.
»Hast du mich verstanden?« fragte er.
»Ja.«
»Was hast du verstanden?«
Sie antwortete nicht. Ihr starres Geradeausblicken und ihr eiliges Gehen drückten nur aus, daß sie weg wollte, weg von ihm. Er ging neben ihr her und redete gegen ihre Stummheit an, war aber nicht mehr sicher, was er wollte. Vielleicht hatte sie ja recht. Schweigend kamen sie bei ihrer Haustür an. War es noch denkbar, daß er mit ihr nach oben ging? Vorsichtig legte er einen Arm um ihre Schulter, merkte, wie sie sich steif machte, und ließ sofort los.
»Bis morgen«, sagte er kurz.
Doch daran glaubte er nicht mehr. Und mitten im Schock der Trennung regte sich etwas wie Einverständnis. Gut, das war das Ende. Also gut. Vielleicht würde er schon morgen dafür dankbar sein.

Er saß unten am Fluß auf einer Bank und rauchte, als er sie im Dunkeln kommen hörte. Sie lief, als wäre sie in Panik. Es war so erschreckend, daß er sich scheute, sie anzurufen. Dann hatte er sie schon in seinen Armen.
»Bitte verzeih mir«, stieß sie hervor. »Ich war so verrückt, ich habe mich falsch benommen. Natürlich hast du recht. Du mußt fahren. Du brauchst das. Ich weiß es, und ich will es dir nicht schwermachen. Bitte verzeih mir, daß ich so dumm war. Ich hatte nur so wahnsinnige Angst.«

In den letzten Tagen vor seiner Abreise stellte sie sich völlig auf ihn ein. Sie war nie hausfraulich gewesen. Jetzt kümmerte sie sich um seine Sachen, schenkte ihm einen neuen Waschbeutel, ein Stück Badeseife, eine Bürste und strickte einen leichten, hellen Pullover für ihn, der noch gerade zur Abreise fertig wurde. Eingehüllt in den warmen Sommergeruch ihrer Haut, verbrachte er die letzte Nacht halb schlafend, halb wach. Stundenweise schien die Zeit kaum zu vergehen, dann, während seiner Träume, kam sie voran wie mit geisterhaften Sprüngen. Gegen Morgen wurden sie gleichzeitig wach und drehten sich, beide noch halb bewußtlos, in eine neue Umarmung hinein. »Geh nicht weg«, hörte er sie flüstern. Aber sie meinte wohl nur noch diesen Augenblick.

Sobald der Zug anfuhr und ihre winkende Gestalt auf dem Bahnsteig zurückblieb und schnell zu einem Punkt schrumpfte, fiel die Spannung der letzten Tage von ihm ab. Er schloß die Augen und überließ sich minutenlang einer angenehmen Müdigkeit. Draußen wanderte die Landschaft des Oberrheintals vorbei, licht belaubte Auwälder und Pappelgalerien, Bachläufe und weite Wiesen, die vom filigranen Netzwerk der Schierlingsblüten überzogen waren. Überall an den Böschungen und Wegrändern blühten grellgelbe Kolonien des Löwenzahns. Lehmwege mit Karrenspuren führten in die

Tiefe, und ein roter Trecker fuhr durch die dichte Ruhe der Maisfelder. Übergangslos stieg der Höhenzug des Schwarzwaldes aus der Ebene, graugrüner dunstiger Sockel für den wasserfarbenblauen Himmel.
Unbestimmte Zuversicht erfüllte Vogtmann, während er aus dem Fenster schaute. Fahren war ein Übergang, bedeutete Veränderung, öffnete die Welt. Er verstand nicht, daß die Mitreisenden Zeitungen oder Bücher lasen oder miteinander redeten, um das Fahren zu vergessen.

Seine gehobene Stimmung hatte sich noch verstärkt, als er Horst Reichenbachs perfekt eingerichtete Dachwohnung sah. Hier also würde er wohnen, in Gesellschaft der braunrot getigerten Katze, die sich gleich von ihm streicheln ließ.
»Na, du kommst bei ihr an«, sagte Reichenbach. »Sie ist ja auch eine Frau.«
Reichenbach hatte ihn damals in die Vorlesung über das Geld mitgenommen, die für ihn zum Ausgangspunkt eines neuen Studiums geworden war, und kam sich seitdem als sein Mentor vor. Seit er die Universität verlassen hatte, schickte Reichenbach manchmal Ansichtskarten von seinen beruflichen Reisen, versehen mit witzigen Bemerkungen und einer fulminanten Unterschrift. Zweimal im Jahr kam auch ein Brief, in dem er selbstzufrieden Neuigkeiten aus seinem Berufsleben ausbreitete. Seine Angebereien schienen aber nicht völlig aus der Luft gegriffen zu sein, denn seine Wohnung sprach von seinem Erfolg. Hier standen die Möbel, die man seit zwei, drei Jahren in den Schaufenstern der teuren Einrichtungsgeschäfte sah: Sessel mit dünnen, schwarzen Stahlbeinen und muschelförmigen, leuchtendblau bezogenen Sitzschalen, eine Bank mit Polstern aus Schottenstoff, ein Schaukelstuhl, in den sich Vogtmann gleich zur Probe setzen mußte, helle Bücherbretter, ein heller Teppich, ein zottiges Heidschnukkenfell als Bettvorleger und auf dem Bett eine grobe, bäurisch bunte Tagesdecke. In einer Bodenvase aus glasiertem, braun-

gebranntem Steinzeug standen große dunkle Rohrkolben. Der ganze Wohnraum, einschließlich der Decke war mit naturfarben gebeiztem, hellem Holz verkleidet und wirkte wie das Innere einer luxuriösen Hütte.

»Fehlt nur ein Kamin«, sagte Vogtmann.

»Wart's ab, wenn ich mir ein Haus baue. Ist alles schon in meinem Kopf.«

Reichenbach brachte Campari mit Eiswürfeln und Zitronenscheiben. Vogtmann kannte das nicht, gab es aber nicht zu erkennen. Er trat ans Fenster und sah hinunter in dichtbelaubte Hausgärten in einem umbauten Karree. Ein Mann im weißen Turntrikot besprengte seine Sträucher. Im Nachbargarten deckte eine junge Frau einen Tisch zum Abendessen. Ein kleiner weißer Hund kam aus dem Haus gelaufen, wedelte und sprang an ihr hoch, lief dann mit kurzen munteren Sprüngen neben ihr ins Haus zurück. Plötzlich mußte er an Jovanka denken, die in der Gastwirtschaft zwischen den Tischen hin und her ging, bleich und abwesend, als träume sie, und einen Augenblick lang wurde er überwältigt von Sehnsucht. Warum war er von ihr weggegangen? War er denn verrückt? Doch er schob es schnell weg als eine Anwandlung von Schwäche.

Am Abend, als sie sich bei einer Flasche Wein gegenübersaßen, trumpfte Reichenbach im Vorgefühl seiner Reise mit seinen beruflichen Erfolgen auf, und Vogtmanns Stimmung verflachte mehr und mehr. Reichenbach schien das zu wittern wie nachlassenden Widerstand und drang mit Ratschlägen und Belehrungen auf ihn ein.

»Was ist eigentlich los mit dir, Ulrich? Warum hängst du immer noch an der Universität herum? Merkst du nicht, daß du dich vor dem Leben drückst? Du verpaßt noch alle Chancen, wenn du so weitermachst. Ich sage dir, jetzt mußt du dabeisein. In diesen Jahren passieren die entscheidenden Dinge. Die Wirtschaft expandiert, überall wird aufgebaut. Wer jetzt einsteigt, der wird vom allgemeinen Aufschwung hochgerissen. Ich will nicht von mir reden, ich bin nur so ein mittlerer Fisch. Aber ich könnte dir Beispiele nennen, Leute in unserem Alter, die aufgestiegen sind wie die Raketen. Wer jetzt einsteigt, der kann in wenigen Jahren schon ganz oben sein. Alles ist im Augenblick drin. Du darfst nur nicht den Start verschlafen. Mach endlich dieses blöde Examen, und stürz dich auf die realen Dinge.«

»Ich habe auch vor, hier was zu tun«, sagte Vogtmann.

»Richtig«, tönte Reichenbach zurück. »Was meinst du, weshalb ich dich gefragt habe, ob du hier wohnen willst? Weil ich weiß, daß du eine Klausur brauchst. Du mußt dich selbst einsperren. Und hier ist das ja zumutbar, denke ich.«

Er stand auf und ging in die Küche, um eine neue Flasche Wein zu holen, redete hinter Vogtmanns Rücken weiter. Seine Stimme war lauter geworden. Sie klang selbstgefällig und gönnerhaft. Vogtmann hörte gereizt das Öffnen der Flasche. Dann kam Reichenbach redend zurück, hielt die Flasche locker zwischen zwei Fingern an ihrem Hals.

»Wenn ich nicht wüßte, daß du intelligent bist, würde ich den Mund halten. Aber du hast einen Kopf. Davon mußt du Gebrauch machen. Leute wie du können sich nur selbst in den Weg kommen. Aber das ist ja der ganze Jammer bei euch Neurotikern.«

Er hielt ihm das Etikett der neuen Flasche unter die Augen.

»Was ist das?« fragte Vogtmann. »Was soll ich mit der Flasche?«

»Schau dir an, was wir trinken! Mann, Mann, bist du nicht von dieser Welt?«

»Offenbar nicht.«

»Das glaube ich inzwischen auch. Dir kann man wohl reingießen, was man will. Das ist Schloß Vollrads, eine der besten Lagen im Rheingau. Habe ich aber selbst geschenkt bekommen.«

Er goß sorgfältig ein. Sie tranken. Vogtmann sah Reichenbachs Gesicht, das über dem Weinglas fragend zu ihm herüberblickte.

»Na, was sagst du?«
Ja, der Wein schmeckte ihm. Das mußte er bestätigen. Reichenbach trank gleich wieder, als müsse er sich noch einmal überzeugen. Er nickte, als er das Glas abstellte.
»Was machen denn die Frauen?« fragte er. »Tust du noch was dran?«
»Ja«, sagte Vogtmann und sah ihm in die Augen.
»Na, das glaube ich. Ich kenne dich ja.«
Er trank wieder einen Schluck, als ob er eine kleine Unsicherheit verdecken müsse, fand aber schnell zu seiner Selbstgefälligkeit zurück.
»Hier meine Bude hat auch schon einiges gesehen.« Er hob Vogtmann sein Glas entgegen. »Auf das Leben im allgemeinen und besonderen.«
Als sie die Gläser abgestellt hatten, sagte er: »Ich hoffe, du fühlst dich hier wohl.«
»Bestimmt«, sagte Vogtmann.
»Na ja, ich denke, die Bude ist brauchbar.«
Wieder füllte er die Gläser nach.
»Also«, sagte er, »hör auf deinen alten Freund und mach was aus dir. Du mußt deine Chancen packen. Du bist wirklich dran, Junge. Dran und am dransten.«
Vogtmann übersah, daß Reichenbach ihm schon wieder sein Glas entgegenhielt, um auf seine eigenen Phrasen zu trinken. Er fühlte sich steif vor Ablehnung und Verachtung, wollte es aber nicht zeigen. Darunter verbarg sich ein widerliches, niederziehendes Gefühl, das er vor sich selbst nicht verleugnen konnte: Er war neidisch und kam sich, trotz aller Einwendungen seines Stolzes, unterlegen vor.
Hau ab, dachte er, hau endlich ab und laß mich allein.
Aber Reichenbach fuhr erst am nächsten Morgen und schien es darauf anzulegen, sich mit ihm zu betrinken. Er soll mich nicht besoffen sehen, schwor sich Vogtmann. Er war an Alkohol nicht gewöhnt. Während er langsam in trübe Dumpfheit versank, wurde er immer starrer und stiller und mußte nun trinken, um es zu verbergen.

Ja, er saß in der Falle. Er wurde zur Frühschicht eingeteilt, die morgens um sechs Uhr begann und die er manchmal nur ohne Frühstück und noch benommen vor Müdigkeit, erreichte, um dann acht Stunden lang, mit zwei kurzen Pausen, auf dem erhöhten Kontroll- und Bedienungsplatz zwischen zwei Füllautomaten zu sitzen und den stetigen, störungsfreien Durchlauf der Dosen zu überwachen. Er hatte Lärmschutzklappen auf den Ohren, die das scheppernde und wummernde Getöse der Halle etwas dämpften, ihn aber noch mehr isolierten und einschläferten, während seine Augen an den pausenlos vorbeiziehenden Dosen ermüdeten, die in den beiden Automaten rechts und links von ihm mit einem Strahl Kondensmilch gefüllt wurden und unter einer Abdeckplatte an ihm vorbei in die Lötmaschine wanderten. Er mußte aufpassen, daß auf dem Magnetband keine defekte, verbeulte Dose in den Füllautomaten fuhr, weil dann der Milchstrahl zum Teil auf den Boden spritzte und den säuerlichen Dunstgeruch der Halle verstärkte, die von Milch- und Wasserpfützen übersät war, oder weil die Dose, wenn sie bis in die Lötmaschine gelangte, einen Bandstopp hervorrief. Er konnte die defekte Dose, je nachdem, wann er sie erwischte, vor der einen oder der anderen Maschine aus dem Verkehr ziehen, mußte aber, wenn sie schon unter der Abdeckplatte an ihm vorbeilief, aufpassen, daß sie ihm nicht in die Hände schnitt. War die Dose schon gefüllt, kippte er sie auf den Betonboden aus und warf sie in den Abfallkasten, der gelegentlich vom Hallendienst geleert wurde. Mit dem Wasserschlauch spülte er die Milchpfützen auf dem Boden weg, während die Maschinen und Transportbänder pausenlos weiterarbeiteten und er wieder in Gefahr geriet einzuschlafen, wenn ihn nicht eine neue Unregelmäßigkeit weckte. Im Notfall konnte er seinen Bandbereich stoppen oder für einen Moment auf eine langsamere Geschwindigkeit umschalten, um die Störung zu beseitigen. Dann kam ein Werkmeister

vorbei und brüllte etwas gegen seine Ohrenschützer. Er nickte, machte ein paar erklärende Handbewegungen und wurde wieder allein gelassen mit der gleichmäßigen Nichtigkeit der wandernden Dosen, die wie das Abbild des Abbildes eines längst verschwundenen Dinges durch sein verödendes Bewußtsein wanderten, bis die Hallensirene zu einer Pause rief und alle Maschinen und Bänder gestoppt wurden.
Weil er seit je die Kumpanei unter Arbeitskollegen gehaßt hatte, ging er, obwohl das verboten war, nach draußen auf den Hof und setzte sich mit dem Rücken zur Betonmauer auf die Erde. Einmal kreuzte ein älterer, braungebrannter Mann mit borstigen grauen Haaren den Hof und blieb plötzlich vor ihm stehen.
»Ich kenne Sie nicht«, sagte er, »wer sind Sie?«
»Ich kenne Sie auch nicht«, sagte Vogtmann.
Der Mann schien verblüfft zu sein. Dann fragte er: »Sind Sie der Student?«
»Im Augenblick bin ich hier Hilfskuli.«
Der Mann sah ihn nachdenklich an.
»Verstehe ich«, sagte er. »Werkstudent. Aber Sie dürfen hier nicht sitzen.«
Damit ging er weiter. Später erfuhr Vogtmann, daß dies Hermann Pattberg, der Fabrikbesitzer, gewesen war.

Zu Hause wurde er von der Katze empfangen, die sich klagend gegen seine Beine drückte, und als erstes machte er das Dosenfutter warm und füllte es in ihren Napf. Für sich selbst strich er Brote oder briet ein Stück Fleisch, das er geistesabwesend verschlang, während die Katze erst auf einen Stuhl, dann, gegen seinen Einspruch, auf den Tisch sprang und ihm mit witternder Nase und hellgelben, glasigen Augen dabei zusah. Er wollte ein Skript für sein Studium durcharbeiten, das er vor seiner Abreise bei einem Repetitor erworben hatte, kam aber davon ab, weil in seinem Kopf wieder das gleichmäßige Vorbeiziehen der Dosen begann. Je wütender er sich zu konzentrieren versuchte, um so stärker schwoll der Strom an und schürfte durch seine Gedanken, zerrte sie auseinander, trug sie fort. Er lag ausgestreckt auf dem Bett, hatte neben sich die leise schnurrende Katze. Das eingesperrte Tier und er waren verrückt, sie steckten in einer Sackgasse, sie waren betrogen.

»Warum bist du kein Hund?« sagte er zu der Katze.

Das Tier sah ihn ruhig an, blinzelte, drehte den Kopf weg und ging federnd weiter, mit einer weichen, schlängelnden Bewegung seines Rückgrats und vorgestrecktem Kopf, als suche es den Boden ab. Sekundenlang blieb es stehen, hob den Kopf und sah zu ihm herüber.

»Ja, da ist nichts«, sagte er.

Oft betrachtete er das kleine quadratische Schwarz-Weiß-Foto, das er immer bei sich trug. Es zeigte Jovanka in einem zweiteiligen Badeanzug, wie sie mit dem Rücken zum Meer im flachen Wasser einer südlichen Bucht stand und sich nach der auslaufenden Welle umdrehte, deren aufgelöster Schaum gleich ihre Fußknöchel umspielen würde. Das Bild stammte aus dem letzten Jahr vor ihrer Flucht, und weil er noch nie mit ihr am Meer gewesen und nur wenige Kilometer weit aus Freiburg hinausgekommen war, hatte er es sich von ihr gewünscht zur Vorspiegelung und Unterstützung seines Traums, auch einmal mit ihr zu verreisen.

Er kannte das Foto bis in alle Einzelheiten und mußte es doch immer wieder betrachten. Das sehr helle Licht, die strahlende Wärme, die den Luftraum durchflutete. Am hochgezogenen Horizont die karstige Landzunge, die die weite Bucht zur Hälfte umschloß. Das Wasser war flach und ruhig. Bis auf das matte Aufschäumen zu Füßen der Frau bewegte es sich in kleinen glatten Wellen, ein sanftes Auf und Ab kaum unterscheidbarer Helligkeiten, das mit wachsender Entfernung allmählich zu einem Vibrieren wurde und sich am Horizont zusammenzog zu einem dünnen, körperlosen Grau. Der

Himmel darüber, leer, wolkenlos, dessen leuchtendes oder dunstiges Blau sich auf dem Foto als eine weißliche Fläche darstellte, umgab ihre Schultern und ihren Kopf. Weißliche Stille des seichten Wassers, milchig und glatt. Die flache Brandungswelle durchbrach das sanfte, weiche Gleiten wie eine helle Narbe. Die schwarzen Köpfe der Schwimmer in der Bucht waren umgeben von schimmernden Lichthöfen, spritzende Kinder am Bildrand schaufelten Lichtblitze in die Luft. Nichts war zu hören, nicht das ferne Geschrei und Kreischen der Badenden, nur das Ausrauschen der kleinen Welle zu Füßen der Frau. Jovanka allein, die dem Meer den Rücken zuwandte, beherrschte das Bild. Er konnte sich das Meer, den Horizont, den Himmel wegdenken, aber sie nicht. Der Fotograf hatte gekniet, als er auf den Auslöser drückte, und sie stand dort in einer fast angriffslustigen Schrittstellung mit vorgeschobenem rechten Bein und locker herabhängenden Armen. Im Oberkörper war eine Gegenbewegung, eine Drehung der Schultern. Sie schaute hinter sich auf die heranrauschende Welle, als sei sie überrascht. Licht und Schatten zeigten die Rundung ihres vorgestellten Schenkels, die weiche Wölbung des Bauches, die Grube des Nabels, die Kugelgelenke der hängenden Arme. Zwischen dem linken Arm und der silhouettenhaften dunklen Körperhälfte war ein schmaler Streifen Meer sichtbar, der wie ein Blitz in ihre Achsel fuhr.

An allen Wochenenden war er allein, und immer, wenn seine Versuche zu studieren versandeten, zog er sich auf das Bett zurück. Über sich in der verchromten Schale des Deckenstrahlers sah er das verzerrte Abbild des Zimmers. Es war das Innere einer Kugel mit gebogenen, nach außen sich wölbenden, auseinanderplatzenden Wänden. Er selbst lag mittendrin mit verkleinertem Kopf und erkannte sich erst, wenn er mit der Hand winkte. In wechselnder Deutlichkeit erschienen ihm auch andere Räume, die er nie ganz vergessen hatte. Ein kahles, saalartiges Zimmer mit sechs flachen Metallbetten

und sechs dunkelgrün gestrichenen Spinden. Lange, enge Korridore, die nur von einem schmalen Fenster am Ende ein mattes Licht bekamen, Waschräume mit schwarzen Fliesen und blinden Spiegeln, die Rohrleitung mit den Hähnen über einer langgestreckten Wanne, in der seifiges Wasser floß. Überall war Lärm am Morgen. Draußen auf den Gängen Rufe, Türenschlagen. Das Wasserrohr dröhnte und bebte, als er den Hahn öffnete, so daß er ihn schnell wieder zudrehte. Jemand schlug mit einem nassen Handtuch auf seine Schulter. Es war fest zusammengedreht und schwer wie ein Tau.
»Los, Vogtmann, beeil dich!«
Er suchte seine Zahnbürste, seine Seifendose, jemand hatte sie versteckt.
Er war hierhergebracht worden an der Hand seiner Tante, deren strengem Griff er sich nicht zu entziehen wagte, während er, begafft von neugierigen Schülern, mit ihr ins Direktorzimmer des Internats ging. Er wußte, jetzt war er lächerlich in den Augen der anderen und konnte nichts dagegen tun. Ein Jahr lang lief er in zu engen Schuhen herum, bis er verkrümmte Zehen hatte und nur noch humpeln konnte. Er hatte sich geschämt, daß er so komisch ging, und seine Schmerzen zu verleugnen versucht. Um neue Schuhe zu bitten, wagte er nicht. Er glaubte, er habe kein Recht dazu. Es war ja Krieg. Seine Mutter war gestorben und sein Vater vermißt, was bedeutete, daß keine Hilfe zu erwarten war. Für ihn stand niemand ein. Er war ein unnützer Rest. Die Tante hatte ihn hierhin abgeschoben, und es wurde ihm empfohlen, dankbar zu sein. Das hing ihm an wie ein Angstgeruch, der die anderen reizte. Er war von vorneherein schuldig, sie waren immer schon im Recht. Mittags kamen die Gabeln seiner Tischnachbarn und spießten ihm das Fleisch vom Teller. Als erstes lernte er zu schlingen, um notdürftig satt zu werden.
Er schwor sich durchzuhalten. Warum, wußte er nicht. Es gab keine Möglichkeit, hier wegzukommen.
Niemandsgefühl beim brodelnden Stimmenlärm des Speise-

saals, beim Anblick seines maschinengeschriebenen Namenszettels auf der Spindtür, beim Postempfang, wenn sein Name übergangen wurde, und nachts, wenn er aus einem Angsttraum erwachte und wußte, er lag in dem saalartigen Raum mit den sechs Betten, in dem, unsichtbar in der Dunkelheit, die anderen schliefen, seine Verfolger.

Sie erwischten ihn, als er eine Keksschachtel aus einem Spind stahl. »Vogtmann, du Schwein!« wurde er angerufen. Als er sich umdrehte, kamen sie näher und umstellten ihn. Sie meldeten ihn nicht. Sie wollten selber Gericht halten. Er wurde von jedem gegen die Wand gestoßen und geschlagen. Nachts fuhr etwas Weiches über sein Gesicht, und als er danach tastete, wurde er gepackt und hochgerissen. Sie schlugen ihn wieder mit den gedrehten Handtüchern auf Schultern, Rükken und Arme. Im Waschraum, wohin sie ihn trieben, sah er im Spiegel sein mit schwarzer Schuhcreme beschmiertes Gesicht. Ich bin es, ich bin es nicht – beides war gleich wahr und gleich fremd. Eigentlich war er ein Gegenstand, mit dem sie ein Spiel trieben, und er verachtete sie dafür, daß sie sich täuschen ließen, nicht wußten, daß er nur schrie, weil das seine Rolle war, als sie das heiße Wasser der Dusche über ihm anstellten und ihre Gesichter hinter dem Wasserdampf verschwanden.

Seit er in Reichenbachs Wohnung hauste und tagsüber zwischen den Maschinen bei seiner einsamen Arbeit saß, hatte er kaum noch gesprochen. Das war ihm zunächst nicht bewußt geworden, außer als ein angenehmes Gefühl von Ungestörtheit und innerer Ruhe, in dem er sich, wenn er von der Arbeit heimgekehrt war, geschützt fühlte. Alles konnte er nun mit halber Kraft tun und mit halben Gedanken.

Allmählich merkte er, daß ihn die Stummheit konfus machte und er die Beziehung zu sich selbst verlor. Er trat neben sich, sah sich mit einigem Abstand zu, fühlte sich schweben, als habe er an Gewicht und Deutlichkeit verloren. Auch die

Umgebung verblaßte, wurde fast unsichtbar. Oft suchte er nach Gegenständen, die dicht vor seinen Augen lagen, und vergaß vorübergehend, wonach er suchte, bis er sie plötzlich fand. Da war das Ding ja, und hier war er. Es hatte eine Lücke zwischen ihm und der Welt gegeben, eine doppelte Abwesenheit, einen kleinen Sprung. Auch dem leichten Schlag gegen den Kopf, mit dem er sich ermahnte, sah er noch von ferne zu. Er fühlte sich unzusammenhängend und aufgelöst, weil niemand da war, an den er sich halten konnte. Überall war niemand. Oder nur er selbst. Er war eine Form, aus der das Leben herausglitt und ungreifbar wurde, unverantwortlich, faxenhaft. Er entdeckte sich manchmal dabei, daß er seltsame Laute ausstieß oder Geräusche erzeugte. Als er in der Küche eine Scheibe Brot abschnitt, hörte er sich mit fremder Stimme »hunderttausend Mark« sagen, ohne zu wissen, wie es dazu gekommen war. Der Gedanke hatte sich verflüchtigt oder hatte gar nicht stattgefunden und war mit diesen beiden Worten verpufft. Das hinterließ eine bange Leere und Verkrampfung, wie ein unterbliebener Atemzug. Immer häufiger gab es solche Lücken und peinlichen Befremdungen. Wenn er lesend in einem Sessel saß, wurde ihm unmerklich das Buch aus der Hand genommen und statt der Geschichte, in die er sich vertiefen wollte, suchten ihn unangenehme Erinnerungen heim, Szenen aus dem Internat oder den Jahren danach, mit quälend deutlichen Einzelheiten, die ihn in eine verspätete Wut und Scham versetzten. Dagegen konnte er sich nur wehren, indem er aufstand und in der Wohnung herumlief oder zu lauter Musik gymnastische Übungen machte. Meistens verließ er noch die Wohnung und wanderte ziellos in der Stadt herum, kam erst nach Stunden etwas ruhiger zurück.

Einmal war er noch kurz vor Mitternach aufgebrochen und nach mehreren Richtungswechseln auf das Gelände der Pattbergschen Fabrik gestoßen. Nachts wurde nicht gearbeitet, und abgesehen vom blassen Lichtschein einer Hoflampe in der Nähe der Einfahrt lag die Fabrik hinter der Umfassungsmauer im Dunkeln. Er sah nur ein langgestrecktes schwarzes Hallendach, die düsteren Umrisse der Klinkerbauten und den gedrungenen alten Schornstein, aus dem keine Spur von Rauch in den Nachthimmel stieg. Unwillkürlich war er mitten auf der Straße stehengeblieben und fühlte sich angehalten von einem wachsenden Druck. Die steinerne Starre und Düsternis der Mauer mit ihrer Zackenkrone einbetonierter Glasscherben schien vor allem für ihn dazustehen und wies ihn zurück. Was willst du hier? Verschwinde! Er zögerte. Einen Augenblick lang durchweichte ihn eine unangenehme Nachgiebigkeit. Er mußte sich aufrappeln, um weiterzugehen.

Es war gut, sich zu bewegen, immer die Straße entlang. Er konnte spazierengehen, wann und wo er wollte.

Die Nacht war lau und sternklar, mit einem abnehmenden, sichelförmigen Mond, der dünn und durchsichtig wie ein fremdartiges Lichtkunstwerk im Nachtdunkel schwebte. Sein scharfgeschnittener gläserner Bogen erhellte nichts und zeigte nur seine eigene Klarheit. Hier unten, zwischen der klobigen Stein- und Betonwelt der Fabrik und den dunklen Schuppen der Lagerhöfe auf der anderen Straßenseite, fühlte sich Vogtmann von zwei bedrückenden Finsternissen in die Mitte der Straße gedrängt. In der Stille umgaben ihn seine Schritte als ein sich dehnender Geräuschhof. Sie lösten sich von ihm, liefen ihm voraus und weckten ringsum eine bedrohliche Aufmerksamkeit. Die Dunkelheit war ein riesiges, weitgespanntes Ohr, das den Rhythmus seiner Schritte überwachte. Er durfte nicht langsamer, nicht schneller gehen. Das versteifte seinen Gang und machte ihn erst recht verräterisch. Hinter der Mauer patrouillierte vermutlich der Nachtwächter mit seinen abgerichteten Schäferhunden, zwei großen, scharfen Tieren, die tagsüber in einem Zwinger waren. Vielleicht wartete der Mann hinter einem der Nebentore, um ihn mit dem Strahl seiner Stablampe anzuleuchten, wenn er vorbeikam.

Schräg vor Vogtmann schlug in einem der Lagerhöfe ein

Wachhund an. Es war die dunkle, rauhe Stimme eines großen, mächtigen Tieres, das nachts frei und halb verwildert in seinem Hofraum herumlief und wuchtig von innen gegen die Stahltüren sprang. Im Nachbargrundstück bellte ein zweiter Hund, heller und heiserer als der erste, in einem schnellen, jagenden, sich überstürzenden Rhythmus. Als Vogtmann sich ihm näherte, zwängte der Hund seine schnappende Schnauze unter dem Torflügel durch. Seine Zähne schlugen aufeinander, bissen in die Luft. Vogtmann hatte Lust, einen Stein gegen das Stahltor zu schleudern. Der plötzliche donnernde Schlag würde den Hund erschrecken. Doch hier gab es keine Steine. Und das Hundegebell war nur der Ausdruck einer anderen Wut, der die Tiere ihre Stimme liehen. Die Urheber der Wut konnte er nicht treffen. Sie schliefen ruhig und geschützt. Sie waren unsichtbar.
Er war erleichtert, als er an den Lagerhöfen vorbei war und auf der anderen Straßenseite das Fabrikgelände endete. Die Mauer führte zwar weiter, war aber nicht mehr mit Glasscherben bewehrt, und hinter ihr rauschten leise die Bäume des Pattbergschen Parks. Nach etwa fünfzig Metern zweigte ein schmaler grasbewachsener Pfad von der Straße ab und lief an der Parkmauer entlang. Dahinter dehnten sich Gemüsefelder, eine graudunkle, krautige, sich im Unbestimmten verlierende Fläche, aus der der Park mit seinen alten Bäumen wie eine phantastische Insel hervorragte. Die mächtigen Kronen bauschten sich schwarz in der Dunkelheit und schienen unter ihren dichten Blättern die Nacht zu bergen, als sei dort im Inneren der Bäume der geheime Ort, wo die Dunkelheit entstand, um dauernd mit leisem Rauschen in den weiten nächtlichen Luftraum auszuströmen, und wenn die Baumkronen in einem Windhauch erschauerten, glaubte er das Dunkel einatmen zu können als eine Duftsträhne von frischem Laubgeruch. Unerwartet sah er in einer Baumlücke, nur von dünnen Zweigen verdeckt, das Obergeschoß der Villa, die abgerückt im Inneren des Parks stand. Da wohnten sie. Und dort schliefen sie jetzt. Wahrscheinlich hatten sie die

Fenster ihrer Schlafzimmer geöffnet, um sanft zu schlafen im Rauschen ihrer Bäume.

Suchend ging er an der Mauer entlang, um näher an das Haus heranzukommen und es besser sehen zu können. Aber überall war ihm der Einblick durch Bäume und Sträucher versperrt. Schließlich fand er einen schmalen Durchblick ungefähr in der Höhe des Hauses, denn er konnte vorne schon die Straße sehen, die an dem Vorgarten vorbeiführte. Mit beiden Händen packte er die Mauerkrone, suchte mit der Schuhspitze eine Fuge und zog sich hoch.

Mit angespannten Muskeln hing er dort, während er mit den Augen das Haus suchte. Es stand ruhig und würdevoll in seiner schattenhaften Stille. Die Fensterreihen des Obergeschosses wurden seitlich von einer Baumkrone verdeckt. Unten, auf der Höhe der Terrasse, blinkten dunkel die Scheiben eines Wintergartens. Das Haus kam ihm unantastbar vor. Unbetretbar, aber innen belebt. Er hing hier, hielt sich fest. Er war ein Auswuchs dieser Mauer. Wie alles hier unter sich ist, dachte er. Am Rand der nachtgrauen Rasenfläche standen einige Buchsbäume in Kübeln, als seien sie vergessen worden. Die Anstrengung schwirrte in seinem Kopf, aber er wollte noch so bleiben, noch einmal das Haus betrachten. Sein Fuß rutschte aus der Fuge. Er sprang ab.

Im Sprung verwischte sich das Bild, als wäre es schon eine zweifelhafte Erinnerung oder nur ein aus dem Traum bekannter Ort. Seine Hände waren schmutzig und feucht vom Moos der Mauer. Auch seine helle Hose hatte er sich versaut. Er betrachtete den Fleck mit einem stumpfen Interesse, benommen von unterdrückter Wut. Was mache ich hier, dachte er, was habe ich hier zu suchen? Er ging, die Hände gegeneinanderreibend, auf die Straße zu, die vorne am Grundstück entlangführte. In ein paar Stunden, sagte er sich, bin ich jemand, der zur Arbeit kommt. Jetzt bin ich niemand. Ich gehe hier nur. Ich bin alles mögliche. Ich bin niemand. Das war im Augenblick sogar angenehm.

3. Ein junger Mann, zu allem zu gebrauchen

Er wußte nicht, warum er hier saß. Sicher nicht Pattbergs wegen, der nur einmal vorbeigekommen war und ein paar Worte mit ihm gesprochen hatte. Aber jetzt, als Pattbergs Wagen auf den Hof fuhr und ungefähr dreißig Meter entfernt von ihm hielt, kam er sich selbst wie ertappt vor. Es war unerlaubt, daß er hier saß, es war auch lächerlich, denn er hatte sich, einer plötzlichen Laune folgend, aus Hohlblocksteinen, die dort herumlagen, einen Thronsessel gebaut, als dessen Rückenlehne die Mauer der Halle diente. Dort saß er rauchend, als Pattbergs Wagen durch die Einfahrt auf ihn zufuhr und in seiner Nähe hielt. Der Fahrer stieg aus, lief um den Wagen herum und öffnete die beiden Hintertüren. Pattberg und ein zweiter Mann seines Alters schoben sich heraus. Er konnte genau sehen, wie sie ihn bemerkten. Beide, rechts und links vom Auto stehend, stutzten, aber Pattberg wandte sich rasch ab und ging mit seinem Begleiter auf das Kühlhaus zu. Sie standen dort und redeten. Der Begleiter nickte, sah dann plötzlich wieder herüber. Er schien nicht glauben zu können, was er gerade gesehen hatte: einen Arbeiter, der hier allein auf dem Hof auf einem Thron aus Steinen saß. Sagte er etwas, oder starrte er nur? Hatte Pattberg geantwortet? Würde etwas passieren, wenn er jetzt die Zigarette zum Mund führte und rauchte? Wußte jemand, wie es weiterging? Wer gab ein Zeichen?

Es war der Fahrer, der den Wagen startete. Pattberg hatte den Arm seines Begleiters ergriffen und ging mit ihm auf das Büro zu. Beide verschwanden sie wie in großer Eile.

»Er hat gekniffen«, dachte Vogtmann. Obwohl er nicht genau wußte, was er erwartet hatte, fühlte er sich zugleich befriedigt und enttäuscht.

Seit einer Stunde saß er schon wieder bei seinen Maschinen, als der Werkmeister kam und ihm auf die Schulter klopfte. Er zog den Lärmschutz von den Ohren, und im Getöse der Halle schrie ihm der Werkmeister zu, er solle sich im Büro in Zimmer 2 melden. Vogtmann schaltete die Maschinen ab und machte sich auf den Weg. Zimmer 2 war Pattbergs Vorzimmer.

Er mußte warten. Die mit Papieren raschelnde ältere Vorzimmerdame, die sein Eintreffen telefonisch bei Pattberg gemeldet hatte, drehte ihm den Rücken zu. Er überlegte, ob er rauchen solle, ließ es aber sein. Das Warten versteifte ihn. Seine Augen waren schon mehrmals über die Wände des Zimmers gewandert und hatten nirgends einen Halt gefunden. Er betrachtete seine Hände, die schwarzen Fingernägel, die Ölspuren in der Haut, und er rieb sie an dem fleckigen grauen Overall, den er wie alle Arbeiter der Maschinenhalle trug und in dem er hier im Büro unpassend wirkte.

Was wollte Pattberg von ihm? War es nicht übertrieben, ihn herzubestellen wegen einer Rüge? Das hätte doch der Werkmeister erledigen können. Selbst bei Entlassungen bekam man keine Audienz beim Chef. Was wollte er also? Ihn ein wenig seine Macht spüren lassen, sich aufspielen auf seine Kosten? Das würde er nicht zulassen, auf keinen Fall.

»Gehen Sie jetzt hinein«, sagte die Vorzimmerdame.

Ein Summton war vorausgegangen, ihr Griff zum Telefon, die Pause für die fremde Stimme, die vielleicht »Schicken Sie ihn herein« sagte. Da war er aufgestanden mit dem seltsamen Gefühl, er müsse seine Sache gut machen, und hatte überflüssigerweise angeklopft.

Im Eintreten hatte er den Eindruck, Pattberg habe sich für ihn zurechtgesetzt. Aufgerichtet, aber kleiner als auf dem Hof wirkend, saß er hinter einem mächtigen altmodischen Schreibtisch mit gedrechselten Beinen, auf dem eine Tischlampe mit einem dunklen Lederschirm und zwei Telefone standen. Vor ihm lag eine geschlossene grüne Akte wie ein Requisit. Über ihm an der Wand hing die gerahmte Fotografie eines starr blickenden Mannes, der ihm auf altertümliche Weise ähnlich sah.

»Nehmen Sie Platz«, sagte Pattberg.

Er wies auf den bescheidenen Stuhl, der vor seinem Schreibtisch stand, und sah zu, wie Vogtmann sich setzte und die Beine übereinanderschlug.

»Sie sind wohl unbelehrbar«, sagte er.

»Nein, wieso?« sagte Vogtmann, »im Gegenteil. Ich lerne gerne etwas dazu.«

»Warum sitzen Sie dann in der Pause auf dem Hof? Obwohl Sie wissen, daß das verboten ist. Ich habe es Ihnen persönlich gesagt.«

»Mit Unbelehrbarkeit hat das nichts zu tun«, sagte Vogtmann sanft.

»Mit was dann bitte?«

»Ich habe nicht verstanden, weshalb ich nicht da sitzen darf. Ich konnte es nicht einsehen.«

»Darauf kommt es überhaupt nicht an«, sagte Pattberg schroff. »Halten Sie sich gefälligst in Zukunft daran.«

Vogtmann senkte den Kopf, weil ihm das Blut ins Gesicht schoß. Das war eine Zurechtweisung, verletzender und demütigender, als er es Pattberg zugetraut hatte. Wenn er sich nicht im Zaum hielt, würde Pattberg ihn hinauswerfen, und das wollte er nicht zulassen. Er wollte der Szene eine Wendung geben. Er wollte noch zu Wort kommen.

»Gut, ich akzeptiere das«, sagte er aufblickend, »aber eine Belehrung war das nicht. Nur eine Anordnung.«

»Oh, Sie nehmen's genau. Ja, es ist eine Anordnung, und sie gilt auch für Sie.«

»Sie können deshalb nicht sagen, ich sei unbelehrbar. Ich war nur ungehorsam oder widerspenstig oder eigensinnig.«

»Das stimmt«, sagte Pattberg, und ein schwaches Lächeln erschien in seinem Gesicht. Er zog eine Schublade seines Schreibtisches auf und holte ein buntdekoriertes Holzkästchen mit Zigarren hervor.
»Rauchen Sie?« fragte er.
»Nur Zigaretten.«
»Damit kann ich leider nicht dienen. Aber rauchen Sie ruhig, wenn Sie welche dabeihaben.«
Er setzte seine Zigarre in Brand. Vogtmann sah ihm dabei zu. Er wußte, daß er sich behauptet hatte. Der Sturm hatte sich ausgepustet, und Pattberg war neugierig geworden. Wenn sie jetzt wieder aus ihren Ecken kamen und aufeinander zugingen, würde er ihn festhalten.
»Da Sie ja anscheinend ein intelligenter Mensch sind«, begann Pattberg, »können Sie sich nicht denken, weshalb der Aufenthalt auf dem Hof verboten ist?«
»Doch, ich kann es mir vorstellen. Es stört den Lastwagenverkehr.«
»Richtig«, nickte Pattberg, »alles hat seine Vernunft.«
»Wenn ich allein da sitze, stört es zwar nicht«, sagte Vogtmann, »aber ich sehe ein, Regeln müssen für alle gelten. Es ist ja schon Ausnahme genug, daß ich jetzt Ihre Zeit stehle.«
Wie geläufig das ging und wie sicher es wirkte. Pattberg schien tatsächlich geschmeichelt zu sein.
»Na na«, sagte er, »das ist meine Sorge. Sie haben es doch sicher auch nicht so eilig.«
Er lächelte komplizenhaft, und Vogtmann zwang sich ein bestätigendes Nicken ab. Ja gut, er nahm die Auszeichnung in Empfang, er würdigte den Vorzug, hier sitzen zu dürfen. Ja ja, von ihm aus, er machte dieses Spielchen mit. Es war hier besser als in der Maschinenhalle.
»Um noch einmal darauf zurückzukommen«, fing Pattberg wieder an. »Was Sie vorhin gesagt haben, das gefällt mir. Sie nehmen die Sprache ernst. Das zeigt mir, daß Sie denken können. Eine Anordnung ist keine Belehrung, das haben Sie gut unterschieden. Ich habe immer größten Wert auf guten

Stil gelegt. Das habe ich von meinem Vater«, er deutete auf das Foto an der Rückwand, »er hat mir meine ersten Geschäftsbriefe immer wieder durchgestrichen, damit ich lernte, mich richtig auszudrücken.«
Er machte eine Pause und schien Zustimmung zu erwarten, während er an seiner Zigarre zog. Vogtmann fiel ein zu sagen, daß eine treffende Ausdrucksweise Irrtümer vermeide, und war verwundert, wie gut er ankam mit dieser Platitüde.
»Ganz richtig«, sagte Pattberg, »eine Anordnung ist keine Belehrung, das haben Sie mir klargemacht. Aber jetzt frage ich Sie: Kann man nicht sagen, ich hätte Sie darüber belehrt, daß Sie nicht auf dem Hof sitzen dürfen?«
»Doch, man kann das so sagen.«
»Aber warum? Da stimmt doch was nicht.«
»Man kann es so sagen. Aber zu einer Belehrung im vollen Sinne gehören auch die Begründungen.«
»Das meine ich ja«, sagte Pattberg und lehnte sich zurück. Dann nahm er die Haltung und Miene eines Prüfers an.
»Kennen Sie den Unterschied zwischen ›anscheinend‹ und ›scheinbar‹?«
»Ja, den kenne ich.«
»Von vielen wird das verwechselt«, sagte Pattberg, als entschuldige er sich. Plötzlich schien er sich zu besinnen, daß er der Chef war und hinter seinem Schreibtisch saß, und begann Fragen zu stellen: Was Vogtmann studiere, in welchem Semester er sei, wie er hergekommen sei und wo er wohne. Zum Schluß fragte er, ob ihm die Arbeit gefalle.
»Nein«, sagte Vogtmann, »ich fühle mich am falschen Platz.«
Ein listiges, verschwörerisches Lächeln kam in Pattbergs Gesicht.
»Ich fühle mich auch fehl am Platz. Das ist ganz normal.«
Damit stand er auf und gab Vogtmann die Hand.
»Hat mich gefreut, Sie kennenzulernen.«
Erst an der Tür fügte er beinahe flüsternd hinzu: »Ich will mal sehen, was sich machen läßt.«

Drei Tage später, als Vogtmann sich schon vergessen glaubte, bekam er einen Arbeitsplatz in der Buchhaltung. Er mußte die Barkäufe der Abholkunden erfassen, eine simple Routinesache, die er kaum als Arbeit empfand. Einmal kam Frau Wölk, die Vorzimmerdame, und legte ihm mit säuerlichem Gesicht einen Briefentwurf von Pattberg vor, den er stilistisch korrigieren sollte. Das sei, sagte sie, eine persönliche Bitte vom Chef, und gab ihm damit zu verstehen, daß sie diesen Auftrag mißbilligte und peinlich fand. Als er ihr nach einer Stunde die korrigierten Seiten zurückbrachte, war sie entsetzt.

»Das kann ich ihm nicht zeigen.«

Er zuckte die Achseln.

»Schauen Sie es sich doch an.«

Sie starrte auf die mit Eintragungen und Strichen übersäten Seiten und schüttelte mehrmals den Kopf. Er hatte fast alle Sätze umgebaut und die krausen und formelhaften Geschwätzigkeiten konsequent aufgelöst und verkürzt. Zweifellos hatte er mehr getan, als nötig war. Plötzlich war es wie ein Rausch gewesen, daß er alles besser wußte, besser konnte. Es war ihm wie Schuppen von den Augen gefallen. Er hatte in dem Text Pattbergs ganze Schwäche gesehen.

»Wollen Sie wirklich riskieren, daß ich ihm das gebe?« fragte Frau Wölk.

»Natürlich«, sagte er. »Ich war nur sorgfältig.«

Am Nachmittag kam sie wie seine heimliche Verbündete.

»Er war wütend«, sagte sie, »aber er hat alles übernommen.«

Als sie aus dem Zimmer war, schlug sich Vogtmann mit der Faust gegen den Schenkel. Das war es! Das war es! Er hatte es ihm gezeigt. Jetzt wußte er, wie man mit Pattberg umgehen mußte.

Ganz verstanden hatte er ihn wohl nicht, denn er bekam neuen Grund sich zu wundern. Als der Fahrer des Dienstwagens krank wurde und eine längere Kur verschrieben bekam, stellte Pattberg ihn als Chauffeur an. Er fuhr gern Auto, hatte schon als Taxifahrer Geld verdient. Doch dies war eine andere Arbeit: Er wurde vor allem Pattbergs Zuhörer. Immer wenn sie zu Geschäftsverhandlungen mit Einkäufern und Großhändlern in die weitere Umgebung fuhren, erging sich Pattberg in weitschweifigen, von Tiraden vorgetäuschter Lebenserfahrung durchsetzten Erzählungen über das Geschäftsleben, die Zeitläufte und sein Hobby, die Jagd. Vogtmann gewann den Eindruck, daß diese dauernde Selbstdarstellung einerseits gerade ihn als Publikum suchte, ihn andererseits aber ignorierte, denn Pattberg brauchte nur floskelhafte Antworten, um sich in einsamer Geschwätzigkeit zu verlieren.

Am Ziel aber kehrte er oft den Chef hervor, ließ Vogtmann im Wagen warten, ohne zu sagen, wie lange es dauern würde, und kam manchmal erst nach ein oder zwei Stunden mit einer leichten Schnapsfahne zurück.

»Hat es lange gedauert?« fragte er.

»Solange Sie mich bezahlen, habe ich Zeit für Sie«, sagte Vogtmann und hörte an Pattbergs Lachen, daß er wußte, wie er ihn behandeln mußte.

Er durfte auch allein mit kleinen Aufträgen in die Stadt oder zu Kunden fahren. Und da ihn offensichtlich niemand kontrollierte, nahm er sich meistens die Zeit, irgendwo eine Tasse Kaffee zu trinken. Das waren Minuten angenehmer Tagträume, in denen er mit sich und der Welt übereinstimmte. Wenn er danach wieder am Lenkrad saß, empfand er das Motorgeräusch als einen dunklen Zuspruch, und er wäre gerne weitergefahren, immer weiter, dem Zufall oder seinen Einfällen folgend, um nicht nur an einem anderen Ort anzukommen, sondern auch in einer anderen, besseren Zeit, die ihm noch bevorstand und von der er keine klare Vorstellung besaß.

Als er von einer dieser Dienstfahrten heimkehrte, lernte er im Büro Elisabeth Pattberg kennen, die gerade aus dem Zimmer ihres Vaters kam. Er hatte sie schon öfters abends in ihrem froschgrünen Volkswagen auf den Hof fahren sehen und sich von der Buchhalterin erklären lassen, daß sie Pattbergs älteste Tochter sei und als medizinische Assistentin in einer Arztpraxis arbeite. Von seinem Schreibtisch aus hatte er beobachtet, wie sie ausstieg und sich mit einer stets gleichen Bewegung eine schwarze Umhängetasche über die Schulter hängte und mit ausgreifenden Schritten, in der Haltung einer Frau, die nicht glaubt, daß man sie anschaut, auf die Villa zuging. Nichts an ihr hatte ihn interessiert, und auch jetzt, als er ihr vorgestellt wurde und sie aus der Nähe sah, war der erste Eindruck seiner schnellen, abschätzenden Musterung, daß sie für ihn nicht in Frage kam. Sie war, wie er fand, ein wenig seltsam: eine große, langgliedrige, fast magere Frau, die sich nicht besonders gerade hielt und nichts Sportliches an sich hatte, eher die weiche, uneinprägsame Beweglichkeit eines wenig durchgeformten Körpers, dessen sie sich nicht bewußt war. Auffällig war ihr langgezogenes Gesicht mit der großen, schlanken Nase und den braunen Augen, die unbestimmt unter schweren Augenlidern hervorsahen. Ihr Mund war weich, aber deutlich geformt, mit einer leicht vorgeschobenen, üppigen Unterlippe, die sie nachlässig hängen ließ, wenn sie nachdachte oder mit sich selbst beschäftigt war. Nur sehr weitläufig erinnerte ihre Erscheinung an Pattberg, der knorriger und fester wirkte als sie, aber eben auch einfältiger und eitler aussah. In Elisabeths Gesicht zeigten sich Zurückhaltung und eine versponnene Nachdenklichkeit. Ihre Stimme kam ihm gespannt vor und ihre Art zu sprechen unpersönlich. Sie fragte ihn ähnlich wie Pattberg nach seinem Studium. Es war ein verlegener Versuch, mit ihm in ein Gespräch zu kommen, den er an der abweisenden Kürze seiner Auskünfte scheitern ließ.

Danach sah er sie noch einige Male auf dem Hof aus ihrem Auto steigen und zur Villa hinübergehen. Wenn nötig, grüßte er sie aus der Ferne und glaubte eine kleine Verzögerung ihrer Schritte wahrzunehmen. Er tat so, als sähe er es nicht.

Unerwartet kam Jovanka. Sie klingelte ihn am Samstagmorgen aus dem Schlaf. In Reichenbachs Bademantel ging er die Treppe hinunter, weil er dachte, es sei der Telegrammbote. Da stand sie vor der Haustür, bleich und übernächtigt und in einer seltsamen schreckhaften Starrheit, und erst als er überrascht ihren Namen ausrief, löste sie sich und fiel ihm um den Hals.

Schon im Treppenhaus begann sie zu erzählen. Sie war die Nacht durchgefahren, gleich nach dem Dienst, denn sie hatte das Gefühl gehabt, er brauche sie. Diese unerträgliche Angst war so zwingend geworden, daß sie sich krankgestellt hatte und heimlich weggefahren war. Erst während der Bahnfahrt sei ihr eingefallen, daß sie vielleicht unpassend kam, und gleich hatte sie sich in die schreckliche Angst hineingesteigert, er würde sie abweisen. Dann, hatte sie sich vorgenommen, wollte sie sich sofort zurückziehen. Auch jetzt, da sie ihn gesehen hatte, konnte sie gleich wieder gehen.

»Wie lange kannst du bleiben?« fragte er.

»Bis morgen nachmittag«, sagte sie leise.

Es klang, als frage sie, ob sie bis dahin bleiben dürfe.

»Ich freue mich«, sagte er. »Wollen wir jetzt frühstücken?«

Sie stand da und sah ihn an. Es war ein Blick, den er kannte, mit dem sie ihn erwartete. Ihre Augen waren groß und dunkel und völlig regungslos, so daß er nicht wußte, ob sie ihn sah oder nur von seiner Anwesenheit durchdrungen wurde.

Hatte sie Hunger? Wollte sie frühstücken?

Sie hob ihre Arme langsam und legte sie um seinen Nacken.

»Wärm mich erst einmal in deinem Bett.«

Irgend etwas an Jovanka war anders, oder vielleicht war es nur die Umgebung, die sie anders erscheinen ließ. Sie gehörte nicht hierher, und je besser sie sich zurechtfand und wie eine Hausfrau in Reichenbachs Küche hantierte, um so fremder erschien sie ihm.

»Es ist, als ob wir verheiratet wären«, sagte sie. »Dies hier könnte unsere erste Wohnung sein.«
Ja, das hatte er auch gedacht.
»Dann küß mich«, sagte sie.
»Dann stell erst den Brotkorb weg.«
Nein, das mußte so sein. Es war ein flüchtiger Kuß unter Jungverheirateten. Man küßte sich im Vorbeigehen, küßte sich überall, wo man sich gerade traf. So hatte sie es im Kino gesehen.
Sie war anders als früher. So aufgedreht. Sie strengte sich an, heiter zu sein und ihm zu gefallen. Und heute morgen vor der Haustür war sie starr vor Angst gewesen. Vielleicht hatte sie gedacht, er sei mit einer anderen Frau zusammen.
Am frühen Nachmittag fuhren sie mit dem Bus in die hügelige Wald- und Weidelandschaft im Südosten der Stadt. Aufgetürmte weiße Sommerwolken standen am Himmel. Es war drückend heiß, und das Vieh lag im Schatten der Weidenbäume. Zwei Pferde, die neugierig zum Zaun kamen, weil Jovanka sie mit Grasbüscheln anlockte, schlugen dauernd mit den Schwänzen nach den Bremsen, die überall auf ihrem zuckenden Fell saßen.
»Komm hier weg«, sagte er.
Er hörte, daß seine Stimme mürrisch klang, aber sie schien es nicht gemerkt zu haben. Im Wald ging sie immer vor ihm her und wählte mit Vorliebe die schmalen, zugewucherten Pfade. Er mußte sie mehrmals aus Brombeerranken befreien, in denen sich ihr Rock verfangen hatte. Er hätte gerne mit ihr gesprochen, um seine innere Stummheit und Ziellosigkeit zu überwinden, und vielleicht war sie deshalb auch hergekommen, wollte sprechen wie er, wollte wissen, wie es mit ihnen weiterging, wie es sein würde, wenn er zurückkam, und ahnte, daß er es nicht wußte.
Das war es vielleicht. Er hatte nicht daran denken wollen, daß er wieder zurückmußte, zurück an den Ausgangspunkt, und sie hatte ihn daran erinnert.
Es war dunkler geworden, während sie im Wald herumliefen,

der Himmel hatte sich bezogen, und als sie auf dem eiligen Rückweg aus dem Wald herauskamen, sahen sie den Regen als eine graue Wand auf sich zutreiben und blieben unter einem Baum stehen. Schwere Tropfen schlugen plötzlich auf den Lehmweg und ließen braune Rinnsale und Lachen entstehen. Auf der anderen Seite des Weges bogen sich die Sträucher unter der Wucht des Regens. In der Talsenke dampfte es, und auf dem dahinterliegenden Hang stand dicht zusammengedrückt eine Herde schwarzweißer Kühe, über die der Regen in Böen hinwegzog. Blitze zuckten, sie hörten ein rummelndes Donnern, und nun drang der Regen rauschend durch das Laubdach.
»Komm«, sagte Jovanka, »das hört nicht mehr auf.«
Sie lief den Weg hinunter auf das Dorf in der Talsenke zu, wo in zwanzig Minuten der Bus abfuhr. »Komm«, rief sie wieder, weil er nicht gleich folgte, und winkte, als schlüge sie den Regen weg. Ihre Stimme wurde fast weggedrückt von dem Glitzern, das zwischen ihnen niederging. Sie lief weiter, und auch er rannte los, war sofort naß bis auf die Haut. Vor ihm sprang sie über die Pfützen, die sich überall gebildet hatten. Plötzlich sah er, daß sie sich an den Fußknöchel griff, und als er bei ihr war, hielt sie sich an ihm fest, um auf einem Bein zu stehen. Sie hatte sich den Fuß verstaucht. Er legte sich ihren Arm über die Schulter und faßte sie um die Taille, um sie weiterzuschleppen. Aber sie wollte erst geküßt werden. Nichts können wir falsch machen, dachte er, als sie schwankend dastanden. Nichts war wirklicher als der Regengeschmack ihres Mundes, ihr nasses, überströmtes Gesicht, ihre nasse Brust.

Nachts wurde er wach und sah sie undeutlich neben sich. In ihren Kniekehlen lag die zusammengerollte Katze. Der Regen hatte aufgehört, aber die Luft im Zimmer war stickig vor Feuchtigkeit. Leise ging er zum Fenster, um es weiter zu öffnen, und atmete tief die hereinströmende frische Luft ein,

die nach Laub und nasser Erde roch. Am Nachthimmel, der schon ein wenig aufgehellt war, hingen große tintige Wolken. Unter sich hörte er in großen Abständen Wassertropfen in ein gefülltes Becken fallen. Es war ein musikalisches Geräusch, fast ein Zweiklang, der sich vom Hellen ins Dunkle verzog. Er konnte sich vorstellen, wie der Tropfen die glatte Oberfläche des Wassers durchschlug und als ein kleines Geschoß darin versank. Ringsherum hüpfte eine kleine kreisförmige Fontäne hoch und brach in sich zusammen, und einige flache Wasserringe trieben, sich nach allen Seiten ausdehnend, zu den Rändern des Gefäßes, kamen fast unspürbar zurück. Der dunkle Wasserspiegel glättete sich und war nun wieder das Bild der vollkommenen Stille. Irgendwo auf einem Blatt sammelte sich neues Wasser und fiel als Tropfen herab. Hinter sich hörte er den Schritt von Jovankas nackten Füßen. Sie umschlang ihn und legte ihre Wange zwischen seine Schulterblätter.
»Geht es dir auch so gut?« fragte sie.
»Ja.«
»Trotzdem habe ich Angst.«
Er antwortete nicht darauf, wußte nicht, was.

Als er sie am nächsten Tag zur Bahn gebracht hatte, mußte er sich zwingen, in die Wohnung zurückzukehren und nicht gleich wieder fortzugehen. Er räumte die Küche auf, in der die Reste ihres späten Frühstücks herumstanden, und als er damit fertig war, kam es ihm so vor, als habe er eine unbewohnbare Leere hergestellt. Sollte er lesen oder in die Nachmittagsvorstellung des nächsten Kinos gehen? Sollte er einen neuen ernsthaften Versuch mit seiner Arbeit machen? Unzufrieden legte er sich auf's Bett und schaltete neben sich das Radio ein. Ein Männerchor sang ein Volkslied. Er drehte am Suchknopf und geriet in ein Unterhaltungskonzert, hörte sich einige Takte an und schaltete aus. Die Hände im Nacken verschränkt, blickte er in den Winkel zwischen Zimmerdecke und Wand. Nach einer Weile merkte er, daß der Raum zu zerfließen begann, und schloß die Augen, war aber bald wieder wach. Er schaltete das Radio an, hörte den Nachrichtensprecher und schaltete aus. In quälender Unentschlossenheit lag er auf dem Bett, bevor er mit einem wütenden Ruck aufstand, um sich Tee zu kochen. Auf dem Küchentisch lag die Zeitung. Er zog sie zu sich heran und begann mitten auf der Seite zu lesen. Er hörte erst wieder auf, als ihm flau vor Hunger war. Im Besteckkasten lag ein Zettel mit Jovankas eiliger Schrift: »Ich liebe Dich. Denk daran!« Er starrte darauf, knüllte ihn zusammen. Als er spätabends sein Bett aufdeckte, fand er einen zweiten Zettel, auf dem dasselbe stand. »Verdammte Scheiße!« murmelte er. Ein Gefühl von Nichtigkeit und auslaugender Entbehrung überfiel ihn, gegen das er sich kaum behaupten konnte.

Ein verwirrendes Echo ihres Besuches überkam ihn später noch einmal auf einer seiner Dienstfahrten mit Pattberg, als er durch eine Umleitung in die Gegend geriet, in der er mit Jovanka spazierengegangen war. Sie fuhren aus einer anderen Richtung auf das Dorf in der Talsenke zu, und nach kurzem Befremden erkannte er die Szenerie wieder: die schwarzen Ziegeldächer im Grün der Hausgärten, die Kuhherde, weiter oben über die Hänge verstreut, und, nur kurz sichtbar und schräg verschoben, den Waldrand, an dem sie der Regen überrascht hatte. Alles war noch da, schien aber unmerklich umgestellt und verändert zu sein, als sei es ein Anschlag auf seine Erinnerung.

War sie überhaupt hier gewesen? Hatten sie sich dort oben im strömenden Regen geküßt?

»Was ist?« fragte Pattberg, »was suchen Sie?«

»Ich glaube, ich war schon mal hier.«

»Mit mir nicht.«

»Nein, nein, an einem Wochenende.«

Sie waren jetzt im Dorf und fuhren an der Haltestelle des

Busses vorbei. Sie stand nicht dort in ihren nassen Kleidern. Es regnete nicht. Zwei ältere Frauen saßen auf der Bank.
»Ich bin früher oft hier in der Gegend spazierengegangen«, erzählte Pattberg. »Als meine Frau noch lebte, haben wir viele Ausflüge gemacht. Waren Sie denn auch im Café Stokkerhof?«
Nein, da war er nicht gewesen.
»Gut, dann werden wir dort Kaffee trinken. Fahren Sie gleich die zweite Straße rechts.«

Es war das erste Mal, daß Pattberg ihn einlud, und Vogtmann merkte ihm an, daß er eine Verlegenheit überspielen mußte. Denn sobald sie am Tisch saßen, zog er den älteren, sächsisch sprechenden Kellner ins Gespräch.
Warum es heute so leer sei? Woher er stamme? Wie es ihm hier gefalle?
Bereitwillig begann der Kellner seine Geschichte zu erzählen, den kläglichen Lebenslauf eines Pechvogels. Er stamme aus der Lausitz, sei Zugkellner bei der Bahn gewesen, habe aber von einem Desinfektionsmittel, mit dem die Bahn ihre Polstermöbel besprühe, Ekzeme im Gesicht bekommen. Leider habe er das nicht nachweisen können. Die Ärzte hätten ihn völlig im Stich gelassen und außerdem falsch behandelt. Schließlich habe er sich selbst mit Zinksalbe geheilt. Einen Schadenersatz habe er bis heute nicht bekommen. So springe man um mit kleinen Leuten.
»Das kann passieren«, sagte Pattberg.
»Und hier ... Sie sehen ja selbst«, fuhr der Kellner fort, »an Wochentagen ist hier kaum Betrieb. Hier verdient man nichts. In meinem Beruf muß man täglich ein frisches weißes Hemd anziehen, und die Wäschereien werden immer teurer. Ich kann es mir kaum noch leisten.«
»Haben Sie keine Frau?« fragte Pattberg.
»Nein. Das ist auch eine Geldfrage, wenn man kein junger Kerl mehr ist.«

Pattberg nickte. Zum Zeichen, daß das Gespräch beendet sei, stach er die Gabel in sein Kuchenstück und begann zu essen.
»Lassen Sie sich nicht kleinkriegen«, sagte er kauend und ohne aufzublicken, in einem gleichgültigen Ton.
»Es muß ja weitergehen«, murmelte der Kellner, der noch einen Augenblick auf weitere Beachtung wartete. Zum Schatten geworden, zog er sich zurück. Kaum war er gegangen, beugte sich Pattberg vor.
»Die Flüchtlinge sind auch so ein Problem«, sagte er leise und warf einen schrägen Blick hinter dem Kellner her. Sie waren nicht nur lästig, sie logen. Alle taten sie so, als hätten sie wunders was gehabt.
»Aber das hat er doch gar nicht behauptet«, sagte Vogtmann erstaunt.
»Was hat er nicht behauptet?«
»Daß er einmal reich war oder irgend etwas besessen hat.«
»Er wollte, daß ich ihn bemitleide. Das ist dasselbe. Alles Unrecht ist den Leuten hier passiert.«
»Stimmt«, sagte Vogtmann, »das sind diese winselnden Erpressertypen. Die wollen allen, denen es bessergeht, ein schlechtes Gewissen machen. Aber Sie haben ihn ganz schön abgefertigt.«
»Meinen Sie?« fragte Pattberg.
Er sah mißtrauisch aus.
»Ja, ja, das war eiskalt.«
In Pattbergs Blick stand irgendein Vorbehalt. Er schien sich unbehaglich zu fühlen in diesem Einverständnis, und er mußte sich wohl erst klarmachen, daß er selbst nicht bedroht war.
»Genau«, stimmte er ein, »widerliche Erpressertypen, das ist richtig. Sie haben das wirklich gut beobachtet. Das Hauptmotiv der Leute ist der Neid. Es macht alles keinen Spaß mehr. Neid, Neid, Neid, aber freundlich ins Gesicht gucken. Die würden einen aufknüpfen, wenn sie könnten.«
Er machte eine Pause und nahm einen Schluck Kaffee. Es war ihm anzusehen, daß etwas in ihm arbeitete und er sich aussprechen wollte. Unter den buschigen Augenbrauen war sein

Gesicht weich und erregbar: ein Mann, der sich leicht von seinen Gefühlen beherrschen ließ. Nur sein Mißtrauen hielt seine Gefühle in Schach.
»Es ist schwer, heute Besitz zu haben«, sagte er, »die Leute wissen nicht mehr, wieviel Arbeit dahintersteckt.«
Er aß ein paar Bissen Kuchen, seltsam gierig, als suche er darin Trost, oder als wolle er sich alles einverleiben, was andere ihm vielleicht nehmen konnten. Dann begann er, von seiner Familie zu erzählen. Sie stammte hier aus der Gegend. Die Großeltern besaßen noch einen Bauernhof, andere waren Handwerksmeister oder Fabrikbesitzer, alle waren immer fleißig gewesen und zu Wohlstand gekommen. Sein Vater hatte in jungen Jahren schon die Villa gebaut. Sie war jetzt eigentlich zu groß für die Familie, obwohl seine Kinder noch zu Hause lebten. Aber er mochte die Villa nicht aufgeben. Er war darin aufgewachsen. Der Park war noch älter als die Villa, denn da hatte früher ein anderes Haus gestanden. Jetzt waren die Bäume alle ausgewachsen. Herrliche Bäume, er müsse sie ihm wirklich einmal zeigen. Platanen, Ulmen, Buchen, japanische Tulpenbäume und auch eine wunderbare Zeder. Das Holz allein stelle ein kleines Vermögen dar. Im Krieg hatten sie im Park Kartoffeln und Gemüse gepflanzt, aber jetzt war alles wieder in Schuß, der alte Zustand war wiederhergestellt. Im Grunde war es zuviel Arbeit, ein Luxus, den man sich nicht mehr leisten konnte. Aber er fühlte sich seinem Vater verpflichtet. Der war nicht nur ein tüchtiger Unternehmer, sondern auch ein begabter Gärtner gewesen. Ein großer Baumliebhaber und Jäger.
Er brach ab. Erregung arbeitete in seinem Gesicht. Er kaute auf seinen Zähnen, und seine Lippen öffneten sich mit einem leisen Schnalzen. Gleich wird er wieder von der Jagd sprechen, dachte Vogtmann. Aber Pattberg wandte sich ihm mit freundlicher Aufmerksamkeit zu:
»Was wollen Sie machen, wenn Sie mit dem Studium fertig sind?«
In einem plötzlichen Einfall antwortete Vogtmann: »Viel Geld.«

Er sah das mißtrauische, befremdete Gesicht, mit dem Pattberg ihn musterte, und fügte hinzu: »Einfach aus Sport.«
»Aber wozu?« fragte Pattberg, als ob er diese Erklärung nicht verstanden hätte.
»Das wird sich schon zeigen. Es ist eine Tätigkeit wie jede andere.«
»Was?«
»Geldmachen.«
»Ja«, sagte Pattberg.
Er lehnte sich zurück. Sein Gesicht verschloß sich vor Ablehnung, und er machte wieder das leise schnalzende Lippengeräusch. Es klang wie ein Warnlaut, der ihm offensichtlich unbewußt war.
»Allerdings«, fuhr Vogtmann fort, »es gibt das kleine und das große Geld. Das kleine Geld ist bloß eine Sache des Fleißes. Um das große Geld zu machen, braucht man Phantasie.«
Pattberg nickte unmerklich. Er wirkte auf einmal fast erloschen, und das Gespräch verebbte. Sie tranken beide ihre Kaffeereste. Pattberg blickte auf seine Taschenuhr und machte einen Termin geltend. Dann winkte er schroff den wartenden Kellner heran.

Zwei Tage später wurde er von Pattberg für den Samstagabend zu einem Gartenfest eingeladen. Es kämen vor allem junge Leute, denn es sei der Geburtstag seiner ältesten Tochter. Wenn er Lust hätte, sollte er doch dazukommen.
Das war so beiläufig dahingesagt, daß Vogtmann behauptete, er habe schon eine Einladung. Er müsse erst sehen, ob sich die verschieben ließe.
»Nun ja, schauen Sie mal zu«, sagte Pattberg und ließ ihn stehen.
Vogtmann sah hinter ihm her, wie er über den Hof zur Villa hinüberging. Er will nicht, daß ich komme, dachte er überrascht.
Deutlicher, als Pattberg es getan hatte, konnte man nieman-

den fühlen lassen, daß man keinen Wert auf ihn legte. Es war schon fast eine Beleidigung. Aber warum bloß? Wenn er ihn nicht dabeihaben wollte, brauchte er ihn nicht einzuladen. Er war ja nicht verpflichtet dazu.
Oder doch? War das denkbar?
Pattberg hatte sich benommen, als führe er unwillig einen fremden Auftrag aus. Also mußte jemand anders ihn dringend dazu angehalten haben, jemand, der unbedingt wollte, daß er, Vogtmann, zu der Party kam, es aber vor ihm nicht eingestehen wollte. Dieser »Jemand«, das wußte er in blitzschneller Einsicht, konnte nur Elisabeth Pattberg sein.
Diese Frau, deren Schritt zögerte, wenn sie auf dem Hof aneinander vorbeigingen, versuchte zu verbergen, was selbst ihr starres Weiterschreiten noch zugab: Sie wollte mit ihm sprechen, sie hoffte, daß er stehenblieb, sie dachte an ihn. Pattberg, der ihn seit ihrem Gespräch im Café mit neuem Mißtrauen betrachtete, schien das zu ahnen. Vielleicht hatte sie ihn zu sehr drängen müssen, ihn einzuladen, vielleicht hatte er Einwände gemacht, und sie hatte ihm zu eifrig widersprochen, und Pattberg war immer argwöhnischer geworden. Alles, was er besaß, mußte er verteidigen, natürlich auch seine Tochter, die für ihn, den Witwer, sicher so etwas wie eine zweite Frau bedeutete. In seinem Widerstand verbargen sich Angst und Eifersucht.
Wenn er wüßte, wie wenig sie mich interessiert, dachte Vogtmann. Aber jetzt bin ich neugierig, ob ich recht habe. Jetzt hatte er eine Einladung, und gleichgültig, wie sie geklungen hatte – er würde davon Gebrauch machen.

Doch am Samstagabend, als der Beginn der Party näherrückte, vertrödelte er seine Zeit. Es war ihm unangenehm, in eine Gesellschaft zu kommen, in der er niemanden kannte, und Elisabeths heimliche Interessen störten ihn fast mehr als Pattbergs Ablehnung.
Jovanka hatte ihm von einem seltsamen Traum geschrieben,

in dem sie ein Kind war, dessen Familie eine Katze verhungern ließ. Die Katze war in Wirklichkeit ihre Schwester. Sie hatte die Katze immer heimlich mit ihrem eigenen Essen gefüttert, aber das hatte nicht viel genützt.
Was bedeutet dieser Traum, schrieb sie. Ich war so traurig danach, ganz hoffnungslos. Sehnsüchtig warte ich darauf, daß du bald wiederkommst.
Ja, das würde bald sein, in drei Wochen. Denn auch Horst Reichenbach hatte geschrieben, eine Ansichtskarte aus London. Sie zeigte einen Soldaten der königlichen Palastwache in rotem Uniformrock und mit Bärenfellmütze. London ist phantastisch, schrieb Reichenbach und kündigte den Tag seiner Rückkehr an.
Obwohl er mit diesem Termin gerechnet hatte, versetzte ihm die Nachricht einen Stich. Sein Leben hier ging zu Ende, und wieder mußte etwas Neues beginnen, etwas Neues, das wahrscheinlich nur das Alte war. Doch zunächst würde er zu dieser Party gehen. Das war immerhin etwas, eine Abwechslung.
Er beruhigte sich bei diesem Gedanken und fütterte die Katze, sah, auf dem Küchenhocker sitzend, zu, wie sie die kleinen Fleischbrocken in sich hineinschlang und mit schräg gelegtem Kopf zerkaute. Als sie satt war, leckte sie sich das Maul und drehte sich zu ihm um, strich dann mit hochgestelltem Schwanz an seinen Beinen vorbei. Er streichelte ihren biegsamen Rücken. Sie ging einige Schritte von ihm weg, drehte sich und kam zurück. Er mußte sie noch einmal streicheln.
»He, bist du meine Schwester?« fragte er die Katze. »Oder bist du Jovankas Schwester?«
Wie immer, wenn er sie so direkt anredete, kniff die Katze verlegen ihre Augen zu schmalen Schlitzen zusammen, hörte aber aufmerksam zu.
»Tut mir leid«, sagte er, »ich muß wieder weg. Ich bin eingeladen zu einer Party. Da ist eine Frau, die ist scharf auf mich. Weißt du, was das ist? Natürlich weißt du es. Gib es zu.«

Plötzlich war er guter Laune. Unter der Dusche wusch er sich die Haare und überlegte, was er anziehen sollte. Viel Auswahl hatte er nicht. Die frisch gereinigte helle Hose, ein weißes Hemd und der helle Sommerpullover, den Jovanka ihm gestrickt hatte, schienen ihm für eine Gartenparty passend zu sein. Bevor er ging, betrachtete er sich im Spiegel. Er fand, daß er gut aussah. Er war sogar sehr zufrieden mit sich und setzte ein herausforderndes Lächeln auf.

Schon von der Straße aus hörte er den Partylärm. Das ganze Erdgeschoß der Villa war hell erleuchtet, und Hof und Anfahrt standen voller Autos. Er ging um das Haus herum und sah zunächst die bunten Lampions mit Mondgesichtern, die in den Parkbäumen hingen und zum Haus herüberlächelten. Der Rasen unterhalb der Terrasse war mit Scheinwerfern beleuchtet, und oben auf der Terrasse wurde getanzt. Auch im Wintergarten und in den Räumen des Erdgeschosses drängten sich die Menschen. Es mußten weit über hundert Gäste sein. So konnte er einfach herumgehen und irgendwo stehen und zuschauen, ohne daß er auffiel. Das gab ihm das Gefühl, er sei in einen Film hineingeraten, dessen Handlung und Darsteller er nicht kannte und in dem er selbst eine ungewisse Rolle spielte. Vor allem die jungen Mädchen und Frauen mit ihren weitschwingenden Röcken und taillierten Kleidern, die auf der Terrasse tanzten oder in Gruppen auf dem Rasen herumstanden, schienen ihre künstliche Heiterkeit und adrette Hübschheit von irgendwelchen Filmstars entliehen zu haben. Nur Elisabeth, die er inzwischen auf der Tanzfläche entdeckt hatte, sah anders aus, nicht unbedingt zu ihrem Vorteil. Sie wirkte heftiger und aufgelöster in ihren Bewegungen, fast ein wenig furienhaft, als sei sie die ekstatische Vortänzerin des Festes und seine sichtbare Energiequelle. Wenn ihr Partner ihre Hand hochhob, damit sie unter seinem Arm durchtanzte, schwenkte sie ihren freien Arm durch die Luft oder stemmte ihn in der Art von Flamencotänzerinnen in die Hüfte, machte kurze Stelzschritte und schlug die Hacken hoch. Es sah alles etwas übertrieben und unharmonisch aus, und Vogtmann spürte, wie seine Ablehnung zu einem Lächeln gefror. Längst hatte sie auch ihn entdeckt. Doch sie ließ es sich nicht anmerken, wenn nicht die Heftigkeit, mit der sie tanzte und dabei ihren Partner mit einem Lächeln bedachte, dafür sprach, daß sie sich beobachtet wußte.

Er wollte gerade weitergehen, als der Tanz zu Ende war und sie ihm mit ihrem Tanzpartner, einem blonden, bebrillten, ein wenig schwitzenden Mann, den er für einen Juristen oder Lehrer hielt, entgegenkam und ihn begrüßte.

»Ach, da sind Sie ja! Ich habe schon gedacht, Sie kommen nicht. Hoffentlich gefällt es Ihnen.«

»Doch, doch«, sagte er, »ich langweile mich nicht.«

»Aber Sie dürfen nicht weggehen, bevor Sie nicht mit mir getanzt haben«, sagte sie schon im Weitergehen und zog ihren Begleiter hinter sich her, ohne auf eine Antwort zu warten. Sie schien beim Plattenspieler gebraucht zu werden, mischte sich dort gleich stürmisch ins Gedränge. Um weiteren Begegnungen auszuweichen, ging er durch den Wintergarten ins Haus. Langsam schlenderte er durch die Räume des Erdgeschosses und betrachtete die Wandtäfelungen, Stuckdecken und Parkettfußböden, die schweren wilhelminischen Eichenmöbel und alten Ledersessel, die Teppiche und die Jagdtrophäen an den Wänden. Das alles war ererbter Reichtum, ein Sockel, auf dem man großzügig leben konnte, auch wenn man ein so zaghafter, unzuständiger Mensch wie Pattberg war.

Er stand beim kalten Büfett und legte sich Salat und Roastbeaf auf den Teller, als Pattberg ihn ansprach.

»Na, hat es also doch geklappt?«

Vogtmann legte den Löffel auf die Salatschüssel zurück.

»Wie Sie sehen, bin ich hier«, sagte er.

Gemächlich schlenderte er vom Büfett weg und zwang Pattberg, ihm zu folgen.

»Vor einigen Wochen bin ich einmal nachts um Ihr ganzes Grundstück herumgewandert«, erzählte er. »Ich bin sogar an der Mauer hochgeklettert und habe hineingeguckt. Hab mich ziemlich dreckig dabei gemacht.«
»Ja, warum denn?« fragte Pattberg irritiert.
»Weil Ihre Mauer voller Moos ist.«
»Nein, ich meine, warum haben Sie das gemacht? Warum sind Sie auf die Mauer geklettert?«
»Ich wollte mal sehen, wie Sie wohnen. Ich ahnte ja nicht, daß Sie mich einladen würden.«
Er begann wieder zu essen und weidete sich an Pattbergs Verwirrung. Wieder kam dieses Kauen in sein Gesicht, ein Zeichen, daß er erregt war.
»Na gut, Sie sehen ja jetzt alles. Es ist doch überhaupt nicht interessant.«
»Finde ich doch. Jetzt verstehe ich Sie viel besser. An Ihrer Stelle würde ich die Mauer doppelt so hoch machen, damit nicht solche Strauchdiebe wie ich nachts daran hochklettern.«
»Ich werd's mir überlegen«, sagte Pattberg.
Er schien sich gefangen zu haben.
»Hätten Sie doch einen Ton gesagt. Ich hätte Ihnen das Haus gerne gezeigt.«
»Sie müßten mal sehen, wie ich wohne«, sagte Vogtmann und begann von Freiburg zu erzählen, von seinem fast unheizbaren kleinen Verschlag hinter dem Gerümpel eines großen Speichers, direkt unter den Dachpfannen. Pattberg nickte kaum merklich, gab aber keine Antwort. Ein junges Mädchen kam auf sie zu. Pattberg stellte es als seine jüngste Tochter Jutta vor.
»Hallo«, sagte Jutta, »ich habe Sie schon gesehen.«
»Wo ist Rudolf?« fragte sie ihren Vater. »Er muß mir helfen, Wein raufzuholen.«
»Drüben sitzt er«, sagte Pattberg und zeigte ins Nebenzimmer, wandte sich dann wieder an Vogtmann.
»Meinen Sohn Rudolf kennen Sie doch?«
»Ja, flüchtig.«

Er hatte Rudolf Pattberg auf dem Hof und in der Auslieferung gesehen, einen großen, schwerfälligen jungen Mann, der mit den Arbeitern herumschnauzte oder mit ihnen Witze riß.
»Und meine älteste Tochter Elisabeth, das Geburtstagskind?«
»Wir haben uns vorhin begrüßt.«
»Dann sind Sie ja nicht verloren hier«, sagte Pattberg und wandte sich anderen Gästen zu, die vom Büfett herüberkamen.

Wütend über sich selbst ging Vogtmann nach draußen. Hatte er sich nicht genauso benommen wie jener widerliche Kellner, über den Pattberg und auch er sich so abfällig geäußert hatten? Was hatte er sich bloß dabei gedacht, Pattberg zu erzählen, daß er an seiner Mauer hochgeklettert war? Er war so abgefertigt worden wie der armselige Kellner und verlangte nach Wiedergutmachung, wußte aber nicht, wie er sie finden konnte.
Ruhig, dachte er, sei ruhig, Pattberg ist viel zu dumm, um die Szene begriffen zu haben. Der hat sich nur unbehaglich gefühlt.
Er drängte sich an den Tanzenden vorbei und fand unten am Treppenabgang einen Klappstuhl, den er an die Mauer stellte. Er setzte sich und zündete eine Zigarette an. Über ihm war ein Scheinwerfer befestigt, der auf die Rasenfläche gerichtet war und an dem sich die Nachtfalter zu Tode flogen. Er blickte hoch zu dem weichen Geprassel der Flügel, die wie graue Schatten vor der Lichtfläche tanzten, und stellte sich vor, was für einen Schrecken es geben würde, wenn jetzt jemand die Hauptsicherung ausschaltete. Schlagartig würde alles dunkel sein. Auch die lächelnden Mondgesichter in den Bäumen würden erlöschen, und die Tanzmusik würde abbrechen mit einem kurzen Jaulen. Die Falter würden befreit durch die Luft fliegen, und nur das Holzkohlenfeuer des Grills dort auf dem Rasen würde in der Dunkelheit noch glühen.

War das nicht die unvermeidliche Szene des Films, der hier gespielt wurde: diese plötzliche bedrohliche Veränderung, die aufgeregten, ängstlichen Stimmen, das ziellose Herumgerenne, die aufflammenden Streichhölzer und Feuerzeuge und irgendein unerkannter Täter, er vielleicht, der etwas Unerwartetes tat?
Er war in diese Vorstellung versunken, als Jutta sich zu ihm setzte.
»Ich habe Ihnen was zu trinken gebracht«, sagte sie und hielt ihm ein Sektglas hin.
»Und Sie?« fragte er.
»Ich habe schon zuviel getrunken.«
Aber sie bat ihn um eine Zigarette.
»Wissen Sie was«, sagte sie, »eigentlich ist gar nichts los. Aber mir gefällt's trotzdem, irgendwie.«
Er sah sie von der Seite an. Sie war auch eines dieser hübschen Mädchen aus den nichtssagenden Filmen, die überall in den Kinos liefen. Sie erzählte ihm, sie sei achtzehn Jahre alt und verlobt mit einem Architekturstudenten, der wahnsinnig begabt sei und schon phantastische Landhäuser und Bungalows im kalifornischen Stil entwerfe. Sie wolle später auch in einem Bungalow leben, nicht in einem so finsteren Riesenkasten wie diese Villa hier.
Im Hintergrund sah er Elisabeth vorbeigehen, die kurz zu ihnen herüberblickte und im Haus verschwand. Wieder war ihm ihr sekundenlanges Zögern aufgefallen. Anscheinend hatte sie mit ihm sprechen wollen, sich aber sofort anders entschieden. Einen Moment war er versucht, hinter ihr herzugehen. Aber die Situation schien ihm auf unbestimmte Weise verfänglich zu sein, und so blieb er neben Jutta sitzen und ließ sich erzählen, wie sie sich ihr zukünftiges Leben träumte. Dann kamen zwei ihrer Freundinnen, die sie schon überall gesucht hatten, um ihr etwas Wichtiges zu sagen. Er nutzte die Gelegenheit, um in den Garten zu gehen.
Auf dem Rasen kam ihm kauend der blonde bebrillte Jurist entgegen, lächelte ihn an und zeigte mit seinem Fleischstück zum Grill hinüber.

»Dort gibt's heiße Schweinerippchen. Sehr zu empfehlen.«
»Hört sich gut an«, sagte Vogtmann.
Der andere nickte, drehte sein Fleischstück, das er mit den Fingerspitzen an beiden Enden des Knochens hielt, aufmerksam unter seinen Augen und schlug wieder seine Zähne hinein.
Vogtmann ließ ihn stehen und ging quer über den Rasen auf die Baumsilhouetten des Parks zu. Außerhalb des Lichtscheins von Haus und Terrasse entfärbte sich das Grün des Rasens zu einem ausgelaugten, schwärzer werdenden Grau. Er merkte, daß er vorsichtiger auftrat, als stehle er sich davon, und als er, nun schon unter den Bäumen und zwischen dunklen Strauchdickichten, den festen Weg unter den Füßen spürte, ging er weiter mit dem spielerischen Gefühl zu entkommen.
Er war nicht allein im Park. Auf einer Bank in einer Strauchnische saß ein reglos umschlungenes Paar. Etwas weiter kamen ihm zwei rauchende Männer entgegen. Die Lichtpunkte der Zigaretten markierten die gelassenen Bewegungen ihrer Hände, und ihre ruhigen Stimmen wanderten auf ihn zu.
»Du kannst es ja machen. Aber hol noch ein Gutachten ein.«
»Sowieso«, murmelte der andere, »sowieso.«
Unwillkürlich war Vogtmann auf die Grasnarbe neben dem Weg getreten, um sie an sich vorbeizulassen. Sie waren so vertieft in ihr Gespräch, daß sie ihn nicht beachteten. Es waren zwei ältere Männer, die nicht zu der Party zu gehören schienen, die im Hintergrund ununterbrochen ihren rhythmischen Lärm erzeugte. Er hatte sie weder im Haus noch im Garten gesehen. Aber ihr gemächlicher Schritt, ihre brennenden Zigaretten, ihre leisen Stimmen, ihr Gespräch behaupteten ihre Gegenwart, auch als sie schon an einer Wegbiegung hinter dem dunklen Gebüsch verschwunden waren.
Was war das? dachte er. Sie hatten so getan, als gäbe es ihn nicht. Und auch die Musik, die Stimmen und das Licht hinter den Bäumen schienen auf einmal fortzurücken und ließen ihn in einer tauben Leere zurück. Er war allein hier. Es war schon

ein Wunder, daß drüben auf der Wiese die große Zeder stand, von der Pattberg ihm erzählt hatte. Er erkannte sie, die weitausgefächerte Krone, dunkel in der Dunkelheit, in schwebender, fast körperloser Ruhe. Die Zeder also gab es, so wie es ihn gab. Er wollte zu ihr hingehen und sie anfassen, und wenn sie vorher nicht verschwand, dann würde er noch mehr zu fassen bekommen, nach und nach vielleicht alles. Er stellte sich nichts Bestimmtes dabei vor, aber es war ein Orakel, dem er sich anvertraute.

Während er auf dem weichen Grasboden auf ihn zuging, wuchs der Baum und verdeckte allmählich den Nachthimmel mit seinen breiten Ästen, war nun über ihm wie ein schwarzer Baldachin. Vogtmann berührte den Stamm und drehte sich um. In einer weit geöffneten Baumschneise sah er das erleuchtete Haus, die Tanzenden, die sich auf der Terrasse drängten, und viele Leute, die schattenhaft auf dem Rasen herumgingen. Niemand von ihnen wußte, daß er hier im Dunkeln stand und zu ihnen hinüberblickte.

Als er zum Haus zurückkehrte, löste sich Elisabeth aus einer Gruppe von Leuten, mit denen sie beim Grill stand, und kam auf ihn zu.

»Ich habe schon Ausschau nach Ihnen gehalten. Wo haben Sie denn gesteckt?«

»Im Park. Bin ein bißchen spazierengegangen.«

»Und ich habe schon gedacht, Sie wären einfach verschwunden, ohne mit mir zu tanzen«, sagte sie mit leisem Vorwurf.

»Nein, das war ja verabredet«, sagte er. »Bloß, ich tanze nicht besonders.«

»Keine Sorge. Das schaffen wir schon.«

Stumm, in einer verleugneten Spannung, gingen sie nebeneinander zur Terrasse. Der Tanz war gerade zu Ende, und sie steuerte eilig durch die Menge auf den Plattenspieler zu.

»Laß mich mal«, sagte sie zu einem Mädchen, das in den Platten wühlte, und fragte ihn, ob er lieber schnell oder lieber langsam tanze.

»Lieber langsam«, sagte er.
Sie suchte ziemlich lange und fand einen langsamen Walzer. Beim ersten Takt trat sie mit erwartungsvollem Lächeln auf ihn zu. Als er seinen Arm um sie legte, spürte er ihre nervöse Spannung und Unsicherheit, und sie brauchten einen Augenblick, um in den richtigen Schritt hineinzukommen.
»Sehen Sie, es geht doch gut«, sagte sie.
»Es kann nur besser werden.«
Es war nicht klar, wer von ihnen führte. Sie machte unerwartete ausgreifende Rückwärtsschritte und lehnte dabei Oberkörper und Kopf weit zurück. Er mußte aufpassen, daß sie nicht aus dem Gleichgewicht gerieten, und konnte keine Unterhaltung beginnen. Vielleicht erwartete sie das auch nicht. Ihre dramatische Art zu tanzen hatte etwas an sich von einer Flucht.
Danach legte sie auf seinen Wunsch einen Foxtrott auf. Jetzt bewegten sie sich leichter, lockerer, und sie fragte, wie es ihm gefiele.
»Gut«, sagte er, »ich war noch nie auf so einem Fest.«
»Noch nie?«
Sie lehnte sich zurück, mit zur Seite geneigtem Kopf, als wolle sie ihn bei einer Schwindelei erwischen.
»Nein, noch nie.«
»Dann wurde es ja höchste Zeit.«
Sie lächelten sich an und verfielen wieder in die Stummheit, die das Tanzen so wichtig und drängend machte. Er empfand es als eine dunkle, unentschiedene Nähe, mit der sie beide noch nicht umgehen konnten. Seine Vorstellung von ihrem Körper blieb undeutlich. Sie war schlank und etwas eckig und angespannt, suchte aber unverhohlen, sich ihm anzuschmiegen. Es schien ihr gleichgültig zu sein, ob es auffiel, daß sie sich nur noch für ihn interessierte. Im Tanzen winkte sie den Leuten, die nach Hause gingen. »Hallo«, rief sie, »kommt gut heim! War schön, daß ihr da wart!« und wandte sich lächelnd wieder ihm zu. Ihre Stimme wurde dunkler und leiser, als wollte sie ihm zu verstehen geben, daß nur das wichtig sei, was sie zu ihm sagte.

Gingen vielleicht so viele Leute, weil sie, die Gastgeberin, nur noch mit ihm tanzte? Entweder schien sie nicht darüber nachzudenken, oder es war ihr sogar recht. Manchmal mußte sie ihn kurz loslassen, wenn jemand, der sich verabschieden wollte, eine Umarmung und einen Kuß von ihr erwartete. »Entschuldigung«, flüsterte sie dann, und während er hinter ihr stehenblieb, bis die kleine Zeremonie beendet war, griff sie schon nach seiner Hand, um ihn festzuhalten oder seine Ungeduld zu beschwichtigen, und drehte sich gleich danach in seinen Arm zurück.

Sie tanzten bei leiser gestellter Musik. Wenn sie die Platte umdrehen oder wechseln mußte, zog sie ihn mit zum Plattenspieler und fragte nach seinen Wünschen. Gegen den Protest anderer legte sie mehrmals dieselbe Platte auf. Meistens waren sie jetzt das einzige Paar auf der Tanzfläche. Die Leute zogen sich ins Haus zurück oder waren schon gegangen. Nur unten auf dem Rasen, der nun nicht mehr beleuchtet war, hörte man noch ein paar Stimmen. Sie tanzten mit langsamen, trancehaften Schritten. Manchmal ließen sie sich los und bewegten sich vor- und nebeneinander, jeder auf seiner Stelle, und dann, ganz leicht, mit einer zufälligen Wendung, umfaßten sie sich wieder und tanzten versunken zusammen weiter. Zwei oder drei Gesichter hatten ihnen eine Zeitlang durch die großen Glasfenster des Wintergartens zugesehen, waren aber inzwischen verschwunden, und das Licht unten im Haus brannte jetzt in leeren Räumen. Im Vorbeitanzen sah er mehrere halbleere Gläser auf einem Tisch und eine zerknüllte Papierserviette, die in einem Sessel lag. Er wartete darauf, daß jemand mit einem Tablett erschien und aufzuräumen begann und ihnen damit das Ende des Festes anzeigte. Doch sie blieben allein inmitten der Unordnung liegengebliebener Pappteller, leerer Gläser, voller Aschenbecher und herumstehender Stühle, die sie als eine Ansammlung erstarrter Zufälle umgab, und inzwischen bewegten sie sich nur noch in schläfriger Langsamkeit, als würden sie allmählich von dem allgemeinen Stillstand um sie herum angehalten.

Über ihre Schulter hinweg sah er, daß die dunklen Baumgestalten hinten im Park sich ein wenig verdeutlicht hatten. Sie standen bestimmter vor dem Schwarzgrau des Himmels, das aus sich heraus ein helleres, lebendigeres Grau abzusondern begann. Auch die Rasenflächen tauchten aus ihrer schattenhaften Versunkenheit auf, und als sie beide mit den letzten Takten einer oft gespielten Platte an der Brüstung der Terrasse stehenblieben, hörten sie die ersten verschlafenen Vogelrufe. Er fühlte sich auf einmal müde und schauderte ein wenig in der Morgenkühle. Elisabeth griff ihre Stola, die über einem Stuhl hing, und legte sie sich um die Schultern.
»Der Stuhl ist schon naß vom Tau«, sagte sie.
»Ja, man spürt es in der Luft. Es ist auch ein wenig diesig dahinten.«
»Ich mag den Morgen«, sagte sie.
Nach einer Weile fügte sie hinzu: »Es war wunderschön, durchzutanzen.«
»Schön und verrückt.«
»Wieso verrückt?« wollte sie wissen.
»Die Leute haben uns für ein wenig verrückt gehalten.«
»Die Leute interessieren mich nicht.«
»Mich schon gar nicht.«
Beide schauten sie in das lautlose Geschwebe der Dämmerung. Unsichtbare Strömungen erfüllten die graue Luft, eine duftige, kühle Vorahnung von Helligkeit. Auf einmal, fast ohne Übergang, begannen überall die Vögel zu singen. Sie antworteten einander von ihren verborgenen Plätzen in den dunklen Laubmassen der Bäume, und ihre unterschiedlichen Rufe, näher und ferner, gliederten den Park, deuteten seine verhangene Tiefe an. Mit kurzem schattenhaftem Flug wechselte ein Vogel von einer Baumkrone zur anderen. Ein zweiter folgte mit eiligen Flügelschlägen. Weiter weg fiel einer auf dem Rasen ein, war aber nicht mehr zu erkennen. Ein faseriges Dämmerlicht erfüllte den Raum zwischen den Bäumen. Der grau aufgelichtete Nachthimmel wurde allmählich von einem tiefen Blau durchdrungen, in das unaufhaltsam immer

mehr Licht einströmte, und die Rasenflächen, feuchtgrau vom frischen Tau schimmernd, begannen ein fahles Grün zu zeigen.
»Haben Sie auch Durst?« fragte Elisabeth.
»Eigentlich ja«, sagte er.
»Gut, dann hole ich uns was.«
Sie ging ins Haus und schaltete im Vorbeigehen die Ampeln der Terrassenbeleuchtung aus, die nur noch matt im Zwielicht brannten. Auch im Wintergarten machte sie das Licht aus, und hinter den plötzlich spiegelnden dunklen Scheiben sah er sie undeutlich nach innen verschwinden. Er schob die Hände in die Taschen und blickte wieder in den Garten. Auf dem Rasen unterhalb der Terrasse standen einige weiße Klappstühle herum, und bei dem ausgebrannten Grill lagen umgekippte leere Weinflaschen. Hinter dem Weg, der das Rasenstück begrenzte, war ein langgestrecktes Beet roter Buschrosen. Die Blüten, kohlig dunkel, verbargen noch ihre Farbe. Gleich, wenn die Sonne aufging, würden sie aufflammen und leuchten. Schon kündigte die wachsende Helligkeit des Himmels einen strahlenden Sonntag an.
Und er? Was würde er damit anfangen?
Er würde nach Hause gehen, sich ins Bett legen und so lange wie möglich schlafen. Irgendwann würde er aufstehen und sich etwas zu essen machen und danach, wenn er sich aufraffen konnte, in einem seiner Lehrbücher lesen. Am Montag würde er wieder im Büro sitzen oder Pattberg durch die Gegend fahren. Das war alles, was zu erwarten war. Das war alles.
Er hörte Elisabeth zurückkommen, drehte sich aber nicht nach ihr um.
»Ich habe Wein mitgebracht. Ist das richtig?« fragte sie, als sie bei ihm war und zwei Gläser auf die Mauer stellte. »In der Küche wird gerade Kaffee gekocht. Wäre Ihnen das lieber?«
»Wein ist schon richtig.«
Sie goß ein, und als sie getrunken hatte, fragte sie: »Was ist los? Sie sehen so unzufrieden aus. Woran haben Sie gedacht?«
»An nichts Bestimmtes«, sagte er.

»Das glaube ich nicht. Irgend etwas stört Sie.«
»Nein, wirklich nicht.«
Sie sah ihn nachdenklich an, als versuche sie zu erraten, was er vor ihr verbarg.
»Schade, ich glaube, Sie reden nicht gerne. Ich verstehe eigentlich nicht, warum.«
»Weil zuviel gelogen wird«, sagte er kurz.
»Wenn das Ihr Grund ist... Man muß ja nicht lügen.«
»Lügen Sie nie?« fragte er.
»Nur bei Kleinigkeiten. Nicht bei wichtigen Dingen.«
»Ach was«, sagte er, »man lügt ja schon, indem man schweigt. Oder indem man sich etwas vormacht. Damit belügt man auch die anderen. Das ist notwendig und unvermeidbar.«
Er trank sein Glas aus und stellte es auf die Mauer. Die Bewegung fiel ein wenig schroff aus, und er merkte gereizt, daß sie das beobachtet hatte. Irgend etwas erwartete sie noch von ihm. Sie konnte es nur nicht sagen, weil sie es sich selbst nicht eingestand. Wahrscheinlich wollte sie geküßt werden oder mit ihm ins Bett gehen, doch nichts deutete darauf hin. Sie war so anders als Jovanka. Viel mehr von ihrem Verstand bestimmt und zugleich unbewußter. Das machte es schwer, sie einzuschätzen. Sie war nur klar an der Oberfläche.
»So«, murmelte er, »ich werde mal gehen. Es ist ja schon ganz hell.«
»Tatsächlich, es ist Tag. Ach, ich glaube, ich kann jetzt nicht schlafen.«
Halb zum Gehen gewandt, waren sie wieder stehengeblieben und blickten auf die Rückfront des Hauses, die kantig und hell im ersten Sonnenlicht lag, mit blinkenden Scheiben in den oberen Stockwerken, während die unteren Räume noch dämmerig erschienen.
»Wissen Sie, worüber ich nachdenke?« sagte sie. »Ich möchte gerne wissen, was Ihnen wichtig ist.«
»Vielleicht weiß ich das nicht.«
»Aber das ist nicht gut. Man muß es wissen. Es steckt in einem drin, und man muß es sich nur klarmachen.«

»Ich weiß. Aber ich pfusche ziemlich herum.«
»Weil Sie noch auf der Suche sind.«
»Das hört sich gut an, aber . . . Ich weiß nur, ich will kein schäbiges und kein dumpfes Leben führen.«
»Das ist wichtig. Das dürfen Sie nicht vergessen. Es paßt zu Ihnen.«
»Wieso?«
»Ich sehe Sie so. Sie sind ein Mensch, der etwas Besonderes will.«
»Aber es nie bekommt.«
»O doch. Wenn Sie es richtig wollen. Vertrauen Sie doch auf sich. Die Welt steht Ihnen doch offen.«
»Das ist nicht wahr«, sagte er, »überhaupt nicht.«
Er mußte plötzlich an Pattberg denken, wie er ihn erschreckt hatte mit der Behauptung, er wolle vor allem viel Geld machen. Wahrscheinlich würde sie genauso zusammenzucken, wenn er das sagte. Aber mit Erbaulichkeiten am Morgen mochte er jetzt nicht dienen.
»Viel Geld haben wäre gut«, sagte er, »das öffnet einem wirklich die Welt.«
»Nein«, widersprach sie, »das überschätzen Sie. Vor allem müssen Sie wissen, was Ihnen wichtig ist. Man muß sich selbst und seine wirklichen Werte kennen.«
»Wahrscheinlich.«
Er hatte jedes Interesse an dem Gespräch verloren und dachte daran, daß er sich in einer halben Stunde ins Bett legen und schlafen würde. Er hatte plötzlich Kopfschmerzen und fühlte sich abgespannt und ein wenig flau.
Aus der Tür des Wintergartens trat Rudolf Pattberg auf die Terrasse und schlurfte auf sie zu. Er sah aus, als ob er in seinen Kleidern geschlafen hätte. Sein Haar war struppig, und sein Gesicht, bleich und verschwommen, hatte einen übellaunigen Ausdruck. Er gähnte und kratzte sich am Kopf. Dann sagte er in seiner schleppenden, tranigen Sprechweise, die zugleich vertraulich und feindlich klang: »Was ist denn los? Kein Mensch räumt auf hier. In der Küche wird Kaffee ge-

trunken. Und ihr steht auch bloß hier rum am hellen Morgen. Vater will nachher mit einem Gast hier frühstücken, und es sieht aus wie im Saustall.«

Maulend war er weitergegangen und stand jetzt beim Plattenspieler, las den Titel einer Plattenhülle und legte sie wieder weg.

»Lauter verfickte Negermusik«, sagte er, laut genug, daß sie ihn verstehen konnten. Dann hob er eine andere Platte auf und zeigte sie ihnen.

»Die ist gut, was?«

»Du bist ja betrunken«, sagte Elisabeth.

»Kein bißchen, ich bin völlig klar.«

Wieder nahm er eine Platte in die Hand, wedelte ein bißchen damit und ließ sie auf den Stapel fallen.

»Kommen Sie«, sagte Elisabeth, »er sucht nur Streit.«

»Aber ich helfe Ihnen gerne noch aufräumen.«

»Nein, nein«, sagte sie leise, »überlassen Sie das bitte mir. Ich bringe Sie noch bis zum Tor.«

In den letzten Wochen vor seiner Rückkehr nach Freiburg ging Vogtmann noch einige Male mit Elisabeth aus. Das hatte sich bei ihrem sich hinzögernden Abschied am Gartentor ergeben. Als sie sich mit einer für sie beide unerwarteten Förmlichkeit die Hand gaben, hatte sie gefragt: »Sieht man sich noch mal?« Und er hatte sofort geantwortet, daß er das schön fände, und den Vorschlag gemacht, ins Kino zu gehen. Der Film hatte sich als Enttäuschung erwiesen, und als sie anschließend um die Ecke in ein Restaurant gingen, um noch etwas zu essen und Bier zu trinken, hatte sie ihn eingeladen, in der nächsten Woche mit ihr nach Düsseldorf ins Theater zu fahren. Sie sahen ein Stück, in dem ein vereinsamtes altes Ehepaar immer mehr Stühle in ein Zimmer schleppte und eingebildete Gäste empfing. Der Mann und die Frau redeten auf die leeren Stühle ein. Sie wollten nicht zugeben, daß niemand gekommen war.

Seit Jahren war er nicht im Theater gewesen und schaute mit interessiertem Befremden zu. Die beiden Darsteller gefielen ihm, das Stück fand er sentimental. Darüber geriet er auf der Heimfahrt mit Elisabeth in Streit, die das Stück tiefsinnig und erschütternd fand, während er es als konstruiert und wehleidig bezeichnete. Sie steigerten sich so in diesen Gegensatz hinein, daß keine andere Unterhaltung mehr aufkam und ihr Abschied fast frostig ausfiel. Um den Streit zu begraben, gingen sie beim nächsten Mal tanzen. Doch in dem verräucherten, überfüllten Tanzlokal, in dem eine mittelmäßige Band spielte, fanden sie die Stimmung der Nacht auf der Terrasse nicht wieder, und nachdem sie einmal im Gedränge der anderen Paare getanzt oder sich auf der Stelle bewegt hatten, blieben sie am Tisch sitzen und versuchten sich zu unterhalten, soweit das bei der Musik und dem Stimmengewirr möglich war.
Er erzählte ihr von den ersten Jahren nach dem Krieg, als er wieder bei der Tante wohnte und eine städtische Schule besuchte. Damals war er abends und an den Wochenenden durch die Wirtschaften gezogen und hatte amerikanische Zigaretten verkauft. Er bekam sie von einem Maler aus Königswinter, bei dem sich die Besatzungssoldaten porträtieren ließen. In dessen Atelier standen dutzendweise vorgemalte Landschaftshintergründe, die entweder den Drachenfels oder den Rolandsbogen zeigten, in der Mitte war ein geisterhafter menschlicher Umriß freigelassen, in den der Maler nach einem Foto routiniert und eilig das Porträt seines jeweiligen Kunden hineinpinselte. Für diesen Mann hatte er kofferweise Zigaretten verkauft, zusammen mit einem Unterverkäufer, den er bald anstellen mußte. Es war ganz einfach gewesen. Sie hatten den Leuten in den Wirtschaften heimlich eine Packung hingehalten und den Preis geflüstert. Da er immer etwas unter dem Höchstpreis lag, war das Geschäft in der Regel zustande gekommen.
Damals hatte er massenhaft Geld gehabt und Schwierigkeiten, einen Bruchteil davon auszugeben. Er trug eine amerika-

nische Offiziershose, eine wasserdichte Armbanduhr, Schuhe mit dicken Kreppsohlen, Khakihemden und einen olivgrünen Militärmantel, und er hatte sich angewöhnt, auch Kleinigkeiten wie Bier und Kinokarten mit Hundertmarkscheinen zu bezahlen und vom Wechselgeld gewaltige Trinkgelder zu geben. Er war auffallend gewesen, ein stadtbekannter Schwarzhändler, doch seine Tante hatte hartnäckig darüber hinweggesehen. Kurz vor der Währungsreform war er mit einer Aktentasche voller Geldscheine zu ihr gegangen und hatte ihr angeboten, die Hypothek zu bezahlen, die noch auf ihrem Haus stand. Sie hatte das Geld mit säuerlicher Miene angenommen und ihn wissen lassen, daß es nichts wert sei. Danach hatte er noch einige Jahre von ihrer kalten Gnade gelebt.

Er hatte sich bemüht, diese Geschichte witzig zu erzählen. Aber Elisabeth sah ihn nachdenklich an. Alles, was er von sich erzähle, sei eine Katastrophengeschichte, behauptete sie, und er habe das nicht einmal begriffen.
»Was nicht begriffen?« fragte er.
»Diese Beschädigungen, diese Einsamkeit.«
Sie legte ihre Hand auf seinen Unterarm: »Ich wollte, ich könnte etwas für Sie tun.«
Er hatte das unwillig abwehren wollen, statt dessen aber lächelnd gesagt: »Ich komme auf das Angebot zurück.«
Wie an den anderen Abenden brachte sie ihn in ihrem froschgrünen VW bis vor seine Haustür, und aus Ärger und Unzufriedenheit über den Abend begann er sie zu küssen. Gut, dachte er, wenn sie will, kann sie was für mich tun. Aber sie war nicht bereit, mit ihm nach oben zu kommen. Für Augenblicke ließ sie sich zwar mit aufflammender Heftigkeit auf seine Umarmungen und Küsse ein, scheute aber immer wieder zurück. »Nein, jetzt nicht«, murmelte sie, »es hat keinen Zweck. Ich möchte, daß wir ruhig werden. Bitte, jetzt nicht.« Doch wenn er sie losließ, begann sie seine Haare und sein

Gesicht zu streicheln, und sobald er sich ihr näherte, fiel sie ihm mit geschlossenen Augen wieder zu.
Eine Zeitlang hatte ihn das interessiert wie ein Spiel, ein Wettkampf, den er nach einer stillschweigenden Vereinbarung am Ende gewinnen sollte. Dann war ihm klargeworden, wie verkrampft und abgeschmackt diese Szene war, und er hatte sie mit beleidigender Plötzlichkeit losgelassen und war ausgestiegen.
Sobald er die Wohnungstür hinter sich geschlossen hatte, atmete er auf. Nächste Woche würde er wieder mit Jovanka zusammensein und dies alles hier vergessen.

Horst Reichenbach kehrte einen Tag früher als angekündigt zurück. Sie saßen gerade bei einem gemeinsam bereiteten Abendessen, als Elisabeth klingelte und eilig die Treppe heraufkam. Er ließ sie ohne Warnung eintreten. Als sie Reichenbach sah, erstarrte sie einen Augenblick und schien wieder wegzuwollen, faßte sich aber schnell und setzte sich zu ihnen an den Tisch, ließ sich auch zu einem kleinen Teller Salat überreden. Reichenbach erzählte überschwenglich von London, Göteborg und Kopenhagen, und sie hörte zu wie jemand, der das Zuhören darstellt, aber immer nur den Satz versteht, der gerade gesprochen wird, und das durch Fragen und kleine Bemerkungen zu beweisen versucht. Schließlich wurde Reichenbachs Erzählung immer trockener und mechanischer. Sie waren beide froh, als Elisabeth plötzlich ging. Vogtmann brachte sie zur Haustür. Sie schien benommen vor Anstrengung und Verwirrung zu sein.
»Verzeihen Sie mir bitte«, sagte sie. »Ich habe mich idiotisch verhalten das letzte Mal. Sie müssen mich für völlig verdreht halten.«
»Nein, wieso?« sagte er. »Das ist kein Problem für mich.«
»Aber für mich«, sagte sie.
»Ich denke vor allem an die Geburtstagsparty und wie schön wir getanzt haben.«

Sie lächelte schwach und sagte, daß sie ihm schreiben wolle. Bevor sie ging, zögerte sie, ließ seinen kurzen Abschiedskuß wie abwesend über sich ergehen.
»Puh«, sagte Reichenbach, als er wieder hereinkam, »die Elisabeth Pattberg. Was hast du mit der angestellt? Die wollte ja direkt zu dir ins Bett.«
»Sie kann mich mal«, sagte Vogtmann.
»Na na«, antwortete Reichenbach, »das überleg dir. Man stößt nicht ein paar Millionen von der Bettkante.«

Nein, so dachte er nicht. Reichenbachs Ausspruch war ihm zwar noch einige Male flüchtig in den Kopf gekommen, aber er hatte ihn jedesmal beiseite geschoben. Ach was, Unsinn, hatte er gedacht, um jeder Überlegung zuvorzukommen, die sich vielleicht daran knüpfen ließ. Reichenbach hatte schließlich nur einen Witz gemacht.
Sobald er wieder in Freiburg war, stand er vor einem anderen, ernsthafteren Problem, das er schon manchmal als beunruhigende Befürchtung vor Augen gehabt hatte, das ihn aber nun, da es wirklich geworden war, fast lähmte: Jovanka war schwanger. Sie hatte ihm das erst Tage nach seiner Rückkehr gestanden, angeblich, weil sie gegen alle Wahrscheinlichkeit immer noch mit einer plötzlichen Veränderung ihres Zustandes gerechnet hatte. Doch vermutlich stand ein ganz anderes, ihr vielleicht noch unbewußtes Motiv hinter ihrem Zögern. Dieses Motiv, so ahnte er, würde stärker werden, je mehr Zeit verging. Es würde allmählich von ihrer Person Besitz ergreifen, und dann würde sie sich gegen jeden fremden Einfluß und Willen zu sperren beginnen. Täglich konnte aus einem verborgenen oder uneingestandenen Wunsch ein unumstößlicher Entschluß werden, den sie nicht mehr diskutieren, sondern nur noch mitteilen würde: »Ich will das Kind haben.« Daß er es nicht wollte, um keinen Preis, hatte dann keine Bedeutung mehr.
Noch war es nicht soweit. Noch hatte sie Angst. Noch war

sie von ihm abhängig und beeinflußbar. Aber das instinktive Leben in ihr, das sich gegen ihn schützen wollte, hatte sich mit diesem tagelangen Verschweigen schon eine Schutzfrist verschafft, in der es an Sicherheit und Wirklichkeit gewonnen hatte, eine Frist, die schon abgezogen war von der Frist, in der er etwas gegen das wachsende Kind in Jovankas Bauch unternehmen konnte. Von dem Moment ihres Geständnisses an wußte er, daß er von nun an mit täglich geringer werdenden Aussichten an zwei verschiedenen Fronten gegen dieses Kind kämpfen mußte: Er durfte nicht zulassen, daß Jovanka ihm entglitt und zu unabhängigen Entschlüssen gelangte, und er mußte zugleich das praktische, das technische Problem lösen und möglichst bald jemanden finden, der bereit war, für das Geld, das er bestenfalls zusammenbrachte, die Ausschabung vorzunehmen. Er war entschlossen, sein ganzes bei Pattberg verdientes Geld dafür einzusetzen. Denn wenn er sich vorstellte, was ein Kind ihn kosten würde, kam er so immer noch billig weg. Das, wenn auch in anderen Worten, war auch sein Argument gegenüber Jovanka. Er sagte: »Wir können uns das Kind nicht leisten. Es wäre unverantwortlich. Wir dürfen das nicht. Es wäre Wahnsinn in unserer Lage. Wir zerstören unser Leben damit.«
Noch war sie so unsicher, daß er sie oberflächlich überzeugen konnte. Aber als er auf seiner Suche nach einem Abtreiber oder, wie er es ihr gegenüber sagte, nach »jemandem, der uns hilft«, tagelang nicht weiterkam, gewann sie auf einmal Mut und versuchte ihm einzureden, daß sie es doch schaffen würden, das Kind durchzubringen, und an der Lebhaftigkeit, mit der sie es sagte, merkte er, daß das ein schnell erstarkender Traum war oder sogar schon eine täglich deutlicher werdende Vorstellung, der sie immer öfter nachhing. Sie wollte das Kind. Sie hatte angefangen, sich auszumalen, wie es sein würde, mit einem Kind zu leben. Sie, er und das Kind, eine kleine innige Gruppe, eine Familie, so stellte sie sich das vor. Unüberhörbar kam ein werbender Ton in ihre Stimme, wenn sie darüber sprachen, und das alles drängte ihn in die Verteidi-

gung. Er wollte das Kind nicht, er fühlte sich davon eingeschränkt und bedroht. Weder innerlich noch äußerlich fühlte er sich bereit dazu. Ratlos, doch mit sanfter Geduld, versuchte sie seine Abneigungen und Ängste zu verstehen, die sie selbst nicht mehr empfinden konnte, und dies, begriff er, war seine einzige Chance: Sie war noch von ihm abhängig und wollte unbedingt mit ihm einig sein. Er war für sie der Mensch, durch den sie einen neuen Zugang zum Leben gefunden hatte. Das Kind stellte in ihrer Phantasie eine weitere Verbindung zu ihm dar. Daß es sie beide trennen könnte, erschien ihr widersinnig und verwirrte sie.
Vorsichtig versuchte er seine Argumentation auf ihre Ängste einzustellen. Er ließ sie fühlen, daß er und das Kind unvereinbare Gegensätze seien, vermied es aber, sie zu provozieren. Wenn er sah, wie verstört sie war, schloß er sie in die Arme, um sie zu trösten. War es nicht gut so? Liebten sie sich nicht? Genügten sie sich nicht vollkommen? Mußten sie nicht jede Veränderung fürchten? Während sie so miteinander sprachen, gerieten sie fast immer in eine verzweifelte Umarmung hinein, und heimlich phantasierte er dann, daß er jetzt das Kind aus ihrem Schoß vertreibe, daß er es zerstören könne. Er erschrak, weil sie das erriet. »Willst du es totmachen?« fragte sie, und er log, daß er das Kind völlig vergessen und sie nur einfach umarmt habe, nur sie.
Doch er war sich seiner Empfindungen nicht mehr sicher. Manchmal fühlte er nur Verbitterung und Wut und hatte Mühe, das zu verbergen. Wie kannst du dich so gegen mich wenden, fragte er sie in einer der vielen stummen Reden, die er an sie richtete. Sollte er denn glauben, daß sie ihn liebte, wenn sie ihn so wenig verstand? Die Szene auf der Pattbergschen Terrasse fiel ihm wieder ein, als Elisabeth ihn gefragt hatte, was ihm im Leben wirklich wichtig sei. Er hatte geantwortet, daß er kein schäbiges und kein dumpfes Leben führen wolle, und nun drohte ihm das in Gestalt dieses Kindes. Wie ein Klumpen Blei würde es sich an ihn hängen und ihn festhalten in Armut und Schäbigkeit und Dumpfheit. Jovanka, er

und das Kind würden in einer miefigen kleinen Wohnung leben, in der es nach Milch und dreckigen Windeln roch, und das Kind würde sich allmählich aufrichten und an seinen Beinen festklammern und auf seine Kosten leben wollen, bevor er selbst wirklich gelebt hatte. Es war die Vereitelung seiner unerprobten Möglichkeiten und Träume. In Gedanken nannte er es das Unerwünschte, das Monstrum, das Anti-Ich, das biologische Unglück, und es empörte ihn, daß Jovanka diesen Anschlag auf sein Leben in ihrem Bauch schützte und verbarg.

Seine Abneigung gegen das Kind steigerte sich bis zu Anfällen von Ekel. In einem Restaurant, in dem er schnell einen Teller Suppe aß, sah er, wie am Nebentisch eine junge Mutter ihr Baby mit Brei fütterte. Mit kleinen lockenden Lauten schob die Mutter den gefüllten Löffel gegen die ungeschickten Lippen des Kindes, die sich öffneten und zusammenpreßten. Die Hälfte des Breis quoll wieder aus dem Mund heraus und wurde aus den Mundwinkeln und vom Kinn des Babys abgelöffelt und wieder in seinen Mund geschoben. Einmal feuchtete die Mutter ihren Zeigefinger mit der Zunge an, fuhr damit durch das kleine verklebte Gesicht und leckte den Finger ab. Vogtmann mußte sich abwenden, um sich nicht zu erbrechen.

Dann trafen zwei Ereignisse zusammen, mit denen er nicht oder kaum gerechnet hatte. Elisabeth schrieb ihm, sie führe in die Schweiz, um eine Freundin zu besuchen, und würde, wenn es ihm paßte, ihre Reise gerne in Freiburg unterbrechen, um sich mit ihm zu treffen. Sie nannte auch schon den Tag und die Ankunftszeit des Zuges und bat ihn um eine schnelle Nachricht. Anscheinend wollte sie die Verabredung zu Hause geheimhalten, denn sie schrieb, er möchte bitte ein Telegramm mit seiner Antwort in die Arztpraxis schicken, in der sie arbeitete.

Das vor allem reizte ihn. Denn auch er mußte Elisabeths

Besuch geheimhalten, gerade jetzt war es heikel und schwierig, weil er täglich zu Jovanka ging. So waren sie beide Verschworene, die etwas Heimliches gemeinsam hatten, auch wenn er nicht genau sagen konnte, worin das Gemeinsame bestand. Sie würden zusammensein, ohne daß ein anderer das wußte. Allein schon in diesem Umstand ahnte er etwas Befreiendes, den erfrischenden Atemzug des Verrats.
Er eilte sofort zum Postamt und telegrafierte: »Freue mich sehr. Bin am Zug.«
In gehobener Stimmung, als hätte sich ihm plötzlich eine neue Aussicht eröffnet, ging er zur Universität, wo er, seiner täglichen Gewohnheit folgend, nach einem Arzt fahnden wollte, der bereit war, den Eingriff bei Jovanka zu machen. Bisher war er nur zu Leuten vorgedrungen, die versprochen hatten, sich einmal umzuhören, und sich nicht mehr gemeldet hatten. Diesmal aber wurde ihm mittags in der Mensa von einem alten Bekannten aus der medizinischen Fakultät eine Telefonnummer gegeben.
»Das ist ein heißer Tip«, sagte der Bekannte. »Der Mann soll große Klasse sein. Hat ein paar Semester Medizin studiert und ist jetzt Arzneimittelvertreter. Er macht die Sache nebenbei, aber er soll absolut perfekt sein. Meistens bekommt er seine Kundinnen von Ärzten zugeschickt, die sich selber nicht trauen. Der Mann ist leider teuer. So um die tausend Mark. Wenn du anrufst, stell dich als ein Freund von Leo vor und frag, wann du vorbeikommen darfst, um ihm ein kleines Geschenk zu bringen. Er wird dir dann sagen, was du tun sollst.«
»Danke«, sagte Vogtmann, »vielen Dank.«
Er starrte auf den kleinen Zettel mit der fünfstelligen Nummer. Diese Zahl war ein Geheimzeichen für das Wort ›Zukunft‹.

Der Unbekannte, der sich am Telefon nur mit einem mürrischen Ja gemeldet hatte, nannte sich Walter Breuer. Vogtmann war sich nicht sicher, ob das sein richtiger Name war, als der Mann, überraschend klein und dick, zu ihm und Jovanka an den Tisch trat und sich vorstellte. Sie waren von ihm für den Nachmittag in dieses Café bestellt worden und hatten wie verabredet als Erkennungszeichen ein kleines, grün eingewickeltes Päckchen auf dem Tisch liegen, das als Anzahlung einen Hundertmarkschein enthielt. Daß schon Geld darin war, wußte Jovanka nicht. Für sie war es ein Informationsgespräch, zu dem er sie mühsam überredet hatte, und als er den Mann sah, seine runden Schultern, sein Froschgesicht, seine kleinen Hände, dachte er, daß es schiefgehen müsse. Aber Jovanka faßte rasch Vertrauen zu Walter Breuer, und Vogtmann erkannte erstaunt, daß sie ihn sympathisch fand.

»Er war so lustig«, sagte sie später, als sie wieder allein waren. Tatsächlich hatte sie mehrmals über Breuers Witze gelacht. Breuer machte dumme Scherze über seine Figur und seine Leidenschaft für's Kuchenessen, die er ihnen glaubhaft mit einem großen Stück Sahnetorte vorführte. Während Vogtmann nur ein mühsames, höfliches Lächeln dafür aufbrachte, schien Jovanka wirklich amüsiert zu sein. Vielleicht fiel sie auf Breuers Albernheiten herein, weil alle Gespräche der vergangenen Wochen so bedrückend ernst gewesen waren. Vielleicht fand sie in seinen derben Witzen auch etwas von ihrer eigenen bäuerlichen Herkunft wieder. Jedenfalls sprach sie auf ihn an. In Breuers Gesellschaft erschien sie ihm primitiver, als er sie kannte, und obwohl es ihn erleichterte, daß der Kontakt funktionierte, rückte er innerlich von ihr ab. Etwas war lächerlich an dieser Geschichte und ernüchternd einfach. Nun konnte alles seinen Lauf nehmen.

Beruhigt hörte er zu, wie Breuer, plötzlich sachlich und knapp, verschiedene Fragen an Jovanka stellte und seine Anweisungen für die Operation traf. Er wollte den Eingriff in Jovankas Wohnung machen. Ein normal hoher fester Tisch mußte dasein, und er brauchte kochendes Wasser für die Instrumente. Er würde mit seiner Frau kommen, einer ge-

lernten Krankenschwester. Vogtmann sollte dasein und über Nacht bei Jovanka bleiben. Da die Zeit fortgeschritten war, schlug er den übernächsten Tag für den Eingriff vor.
»Da kann ich nicht«, sagte Vogtmann erschrocken.
Es war der Tag, an dem Elisabeth Pattberg nach Freiburg kam. Das konnte er jetzt nicht mehr ändern und, als hätten sich alle Bedeutungen verschoben, wollte es auch nicht.
»An dem Tag habe ich eine Exkursion«, sagte er.
»Mußt du wirklich daran teilnehmen?« fragte Jovanka.
»Ja, leider«, sagte er, »ich hab's dir doch schon erklärt.«
»Gut«, entschied Breuer, »dann einen Tag später. Ich komme Freitag um siebzehn Uhr.«
Er tätschelte Jovankas Handgelenk. »Am Wochenende ist alles vorbei.«

Alles bewegte sich jetzt wie von selbst. Jovanka hatte zugestimmt und wollte von ihm getröstet werden. Er riß ein Kalenderblatt ab, und Elisabeth stieg aus dem Zug. Tatsächlich, dachte er, da ist sie. Sie trug einen hellen Staubmantel über dem Arm, und in der anderen Hand hielt sie einen kleinen Koffer. Schon in der Wagentür schaute sie sich um, ob er da war, und dann lächelte sie.
Ja – für sie war er da! Jovanka glaubte, er sei mit dem Seminar in Ludwigshafen und käme erst in der Nacht zurück.
Elisabeth wußte nichts von diesen Lügen. Sie war arglos und aufgeregt und wunderte sich vielleicht über die Bestimmtheit, mit der er gleich ein Taxi nahm und mit ihr zu seiner Bude fuhr. Während der Fahrt durch die Stadt drehte er sein Gesicht vom Fenster weg, denn Jovanka konnte draußen herumlaufen und ihn zufällig erkennen, und diese kleine Bedrohung reizte ihn dazu, mit verschwörerischer Zärtlichkeit Elisabeths Hand zu greifen. Was war eigentlich anders an ihr? Woher kam dieses stumme Einverständnis, mit dem sie dem Druck seiner Hand antwortete und fraglos mit ihm nach oben ging?

Dieses Gefühl von Unwirklichkeit und automatischem Fortschreiten hatte wohl auch von ihr Besitz ergriffen. Sie war sprachlos mit ihm über den mit Wäsche vollgehängten Speicher zu seinem abgemauerten Verschlag gegangen und stand nun überrumpelt unter der Schräge des Ziegeldachs.
»Hier hausen Sie? Mein Gott!«
»Nicht eingerichtet für Besuch«, lächelte er.
Sie blickte sich um. Da war sein Matratzenlager mit dem zu einem Wulst zusammengerollten Bettzeug, der kleine Tisch und die beiden wenig bequemen Stühle, das Regal mit den Büchern, den zwei Kochtöpfen, der Brotbüchse und dem kleinen Stapel Geschirr. In der Ecke beulte sich ein Wandvorhang, hinter dem seine Kleider hingen, und auf dem Boden, wo der zweiflammige Elektrokocher auf einem Holzbrett stand, lag der zerschlissene rote Läufer, den er wie einiges andere von seinem Vorgänger übernommen hatte.
»Es sieht aus wie in einem Zelt«, sagte sie.
Ja, und in einem Zelt muß man auf dem Boden sitzen. Die Matratze konnte ganz bequem sein. Er sah zu, wie sie sich setzte, bereitwillig und doch ein wenig scheu.
»Ich hole schnell Wasser für den Tee«, sagte er und verschwand mit dem Wasserkessel.
Als er zurückkam, hatte sie die Schuhe ausgezogen und die Beine auf die Matratze gelegt, und diese kleine Veränderung stieg ihm in die Augen und erregte ihn. In ihrem dunkelblauen Kostüm, der Seidenbluse mit der goldgefaßten Gemme am Halsausschnitt und ihren frisch frisierten Haaren – wahrscheinlich war sie vor der Reise beim Friseur gewesen – wirkte sie in der ärmlichen Umgebung wie ein fremdes, unerwartetes Beutestück, das sich in seinem Netz gefangen hatte. Noch war sie geschützt von ihren teuren Kleidern. Aber ihre hochgezogenen Beine, die leeren Schuhe neben der Matratze hatten das Bild in Unordnung gebracht und ließen ihn die Auflösung vorausahnen.
Er stellte den Wasserkessel auf das Holzbrett und hängte den Tauchsieder hinein, setzte sich aufs Fußende der Matratze und nahm ihre Füße in die Hand.

»Ich freue mich, daß Sie hier sind.«
»Ich auch«, sagte sie echohaft.
Er begann ihre Füße zu streicheln und lächelte sie an. Ihr Blick war unbestimmt, schwimmend, ihr antwortendes Lächeln verwischt von Angst. Sie kam ihm blaß vor, und der geschminkte Mund erschien ihm groß und dunkel wie ein ungewolltes Geständnis. Ich muß sie nur streicheln und weiterreden, fuhr es ihm durch den Kopf. Wenn er nicht mehr aufhörte, würde sie in der Trance versinken, die sie allmählich zu überkommen schien.
»Ich habe mir das immer vorgestellt«, sagte er, »seit Sie damals gesagt hatten, Sie wollten mich besuchen. Und seit unserem Abschied. Danach fehlten Sie mir. Ich war unglücklich danach und unruhig. Es war so vieles offengeblieben. Ich habe versucht, Ihnen das alles zu schreiben, den Brief aber weggeschmissen. Ich weiß nicht, warum. Ich war unsicher und ungläubig. Das ist mein Problem. Wir hatten auch so vieles unterdrückt.«
Er beugte sich vor und küßte ihre Beine und wußte, konnte spüren, wie sie sich fühlte: – von Hitze überschwemmt und schwer und wehrlos. Ihre Ruhe war ein angehaltenes Zittern. Ihre Hand grub sich in sein Haar und drückte sein Gesicht sanft gegen ihre Schenkel.
»Ich kann es nicht glauben«, flüsterte sie.
»Aber spür's doch, fühl's doch. Ich bin doch hier. Wir sind doch zusammen.«
Er hatte sich halb aufgerichtet, um sie zu sich herunterzuziehen. Nun lagen sie umschlungen da, sie mit hochgerutschtem Rock und geschlossenen Augen, sich an ihn drängend, in blinder Selbstpreisgabe, und er fast betäubt von seiner vorwärtsdrängenden Gier. Gleich würde er sie haben, sie und alles, was sie war. Die Millionen, die man nicht von der Bettkante stieß. Sie, das Falsche und das Richtige, und alles, was ihr anhing, was dazugehörte. Nein, er wollte sie nicht ausziehen. Er wollte sie hier auf der Matratze in ihren teuren Kleidern ficken.

»Du«, sagte sie, »paß auf. Ich war noch nie mit einem Mann zusammen.«
»Das macht nichts«, sagte er und zog ihr den Rock aus, warf ihn hinter sich in die Ecke. Ihre Beine gefielen ihm nicht, aber das war gleichgültig. Das war Plunder, Täuschung, Beliebigkeit. Er suchte etwas anderes, das ihn heilen und rechtfertigen würde und eine Antwort auf sein Leben war, und sie mußte es ihm geben, sie, diese Frau, die so fremd und so nah war, so vielversprechend und bedeutungslos und nebenbei wie alle anderen einen bebenden Körper hatte, der ihm antwortete und sagte, daß es ihn gab.
Das Teewasser brodelte und platschte auf den Boden.
»Tu mir nicht weh«, jammerte sie, »tu mir nicht weh.«
Nein, nein, nein. Sie brauchte keine Angst zu haben. Er wußte, wie er es machte. Er war zu allem zu gebrauchen. Er bewies es ihr. Alles war gut.

Am nächsten Tag wartete er zusammen mit Jovanka auf Walter Breuer und seine Frau, die in wenigen Minuten kommen mußten. Sie hatten zwei Partien Mühle gespielt, und jeder hatte einmal gewonnen, aber sie waren beide unkonzentriert und lustlos gewesen und hatten es aufgegeben.
Hoffentlich war Verlaß auf Breuer, hoffentlich kam er pünktlich. Noch immer war er unsicher, ob Jovanka sich nicht plötzlich weigern würde, Breuer hereinzulassen. Was sollte er tun, wenn sie jetzt nein sagte?
Sie war so still, so undurchschaubar. Ahnte sie, daß sie verraten wurde?
»Es wird schon gutgehen«, sagte er.
Jovanka antwortete nicht. Sie schien abwesend zu sein, und auch seine Gedanken gingen andere Wege. Sie durchstöberten den gestrigen Tag und kehrten immer wieder zu einer Szene zurück, die ihn noch mit Staunen erfüllte: Er und Elisabeth hatten sich versprochen zu heiraten. Es war ganz zum Schluß geschehen, als er sie zum Nachtzug nach Basel

gebracht hatte. Sie standen auf dem fast leeren Bahnsteig, als die Lautsprecherdurchsage kam, der Zug nach Basel habe voraussichtlich fünfzehn Minuten Verspätung. Beide mußten sie in diesem Moment empfunden haben, daß diese verlängerte Wartezeit schwer erträglich war. Langsam waren sie bis zum Ende des Bahnsteigs gegangen, und das Schweigen, die Dunkelheit und die leblos verrinnende Zeit verlangten, daß sie etwas sagten.

Was denn? Was hatten sie verschwiegen bis jetzt? Woran dachten sie?

»Wie geht es nun weiter mit uns?« hatte sie gefragt.

Er wußte es nicht. Er war in diesem Moment erdrückt worden von seiner inneren Aussichtslosigkeit, und da plötzlich hatte er die Frage gestellt.

Konnte sie sich vorstellen, ihn zu heiraten?

Mit dem kalten, beklemmenden Gefühl, etwas Falsches gesagt zu haben, hatte er sie angestarrt und völlige Überrumpelung in ihrem Gesicht gesehen.

»Ja, willst du es denn?« hatte sie gefragt.

Auf einmal wußte er es ganz genau: Jaja, er wollte es, und ob es falsch oder richtig war, brauchte er nicht mehr zu fragen. Dies war der Moment, der seinem ziellosen, stockenden Leben endlich eine Aussicht gab.

Noch in derselben Minute hatten sie ausgemacht, so bald wie möglich zu heiraten, und als der Zug einfuhr, hatte sie ihn schnell gebeten, ihr einen Knoten ins Taschentuch zu machen, damit sie während der nächsten Tage immer etwas anfassen konnte, was ihr die Gewißheit gab, daß sie nicht träumte. »Bitte, bleib dabei! Bitte, meine es ernst!« hatte sie noch aus dem davongleitenden Zugfenster zu ihm heruntergerufen. Dann hatte der Zug ihren winkenden Arm fortgetragen.

Was jetzt? hatte er gedacht. Jovanka und das Kind waren ihm eingefallen als ein Hindernis auf seinem Weg, das er noch beseitigen mußte, und das Bewußtsein, ein Verräter zu sein, war aufgehoben worden von einem bisher unbekannten, neuartigen Gefühl der Klarheit, gegen das es keinen Einwand gab. Er mußte so handeln, mußte diese Chance ergreifen. Alles, was er sich wünschte, war dort zu sehen, undeutlich zwar, durch das Flackern seiner Ungeduld verzerrt, doch so, daß er den Blick nicht mehr aus dieser Richtung lösen konnte: Dort war das Neue, das Leben. Dort fing alles an.

Und hier war alles schon zu Ende, nur wußte Jovanka das nicht. Denn, um die nächsten Stunden zu ertragen, hoffte auch sie auf die Zukunft, und er mußte sie darin bestärken. Er mußte diesen Verrat durchhalten, bis dies hier überstanden war. Aber er wurde ja sehnsüchtig erwartet. Das machte alles fast zu leicht.

»Es wird schon gutgehen. Hab keine Angst. Die Nacht über bleibe ich ja bei dir.«

Mehr als diese beschwichtigenden Sätze wollte er allerdings nicht sagen.

Jovanka blieb sitzen, als es klingelte. Er küßte sie kurz auf den Scheitel und ging zur Tür. Breuer kam mit einem kleinen schwarzen Koffer herein, hinter ihm seine Frau, eine Blondine, ein Stück größer als er, die ein hübsches, aber strenges Gesicht hatte und nur kurz »Guten Tag« sagte. Breuer begrüßte Jovanka mit aufmunternder Freundlichkeit und wollte zunächst das Honorar sehen. Vogtmann gab ihm den Umschlag, Breuer zählte schnell die Scheine, nickte und steckte den Umschlag ein.

Seine Hände massierend, als müßten sie erst weich und gelenkig werden, blickte er sich in der Wohnung um und traf seine Anordnungen. Die Wohnungstür sollte abgeschlossen werden, und die Vorhänge mußten zugezogen sein. Vogtmann mußte ihm helfen, den Tisch unter die Lampe zu rücken. Dann brauchte er noch einen Hocker oder einen Stuhl, um seine Instrumente darauf auszubreiten. Inzwischen setzte seine Frau, die fast nicht sprach, Wasser zum Auskochen der Instrumente auf und betrachtete mißbilligend Jovankas Kü-

chenecke, in der leere Flaschen und Töpfe auf dem Fußboden standen. Sicher war sie eine ordentliche Hausfrau mit einer blinkenden neuen Küche, die das alles hier entsetzlich fand.
»Sie können sich schon mal ausziehen«, sagte Breuer zu Jovanka, während er eine Spritze aufzog, »und zwar bitte komplett. Wir sind ja unter uns.«
Will er mich demütigen oder sie, fragte sich Vogtmann und sah, wie Jovanka wortlos aufstand und, ohne ihn anzusehen, in den Vorraum ging. Als sie zurückkam, nackt, wie nur er sie kannte, sagte sie zu ihm: »Ich will nicht, daß du zusiehst.«
»Ja, warten Sie nebenan«, sagte Breuer, kam aber hinter ihm her und flüsterte: »Wenn ich pfeife, kommen Sie rein. Ich brauche Sie.«
Er trug schon rosa Gummihandschuhe an seinen kleinen Händen und kniff komplizenhaft ein Auge zu, ehe er verschwand. Nebenan gab Breuer Anweisungen, wie Jovanka sich legen sollte. Er hatte die Tür nicht ganz zugezogen, wahrscheinlich damit das vereinbarte Pfeifen zu hören war. Brauchte Breuer ihn wirklich? Oder wollte er ihm nur klarmachen, daß er ein Mittäter war? Oder ahnte er vielleicht sogar, daß er sich wünschte, alles zu sehen, damit dieses Gefühl von Klarheit und Unumkehrbarkeit, das ihn seit gestern erfüllte, noch stärker würde? Es war, als sagte einer »jetzt, jetzt«, und alles um ihn herum schien von einem lautlosen Echo widerzuhallen. Jetzt jetzt. Sein Leben begann. Diese kalte Begeisterung, zugleich stürmisch und empfindungslos, lief hinweg über diesen Augenblick, und die Szene nebenan wurde schon Vergangenheit.
Es war still. Was machten sie? Er starrte lauschend auf den Boden, wo ein Silberfischchen unter der Fußleiste verschwand. Elisabeth lehnte aus dem Zugfenster und rief zu ihm herunter: »Bitte, meine es ernst! Bitte, meine es ernst!«
Ja, eines Tages, wenn sie seine Frau war, würde er ihr alles erzählen. Er würde sie damit heiß machen, daß er es für sie getan hatte, und sie würde es gegen ihre Grundsätze billigen, würde ihn auch jetzt darin bestärken. Dieses schmachtende

Gesicht, das er gesehen hatte, würde ihn anflehen, es zu tun. In drei Tagen wollte er nach Basel fahren und alles Praktische mit ihr besprechen.

Da war der Pfiff, ganz leise, auf sein angespanntes Lauschen berechnet, ein fröhlicher, unternehmerischer Dreiklang, der ihm sagte, daß alles in Ordnung sei. Jovanka lag auf dem Tisch in der Mitte des Zimmers, ihre Augen standen auf, aber die Äugäpfel waren nach hinten gerollt und zeigten fast nur ihr blindes Weiß, was ihr einen wilden, idiotischen Ausdruck gab. Um ihre Kniekehlen waren zwei breite Lederriemen geschlungen. Einer wurde ihm von Breuers Frau in die Hand gegeben, die mit ihm hinter Jovankas Kopf stand.
»Bitte etwas anziehen«, kommandierte Breuer,
In seinen rosa Gummihänden hielt er ein langstieliges Instrument, das wie ein kleiner abgeflachter Meßlöffel aussah. Behutsam, mit gespitzten Lippen, als wolle er gleich sein Pfeifen wiederholen, drang er damit in Jovankas Leib ein. In die gefesselten Beine kam eine Spannung, die sie mit dem Lederriemen überwanden. War das Verrat oder Hilfe? Er wußte es nicht.
»Passen Sie auf«, sagte Breuer, »geben Sie den Riemen meiner Frau, und kommen Sie mal näher mit Ihrem Ohr ran. Das ist nämlich eine Arbeit nach Gehör.«
Gehorsam beugte er sich vor und glaubte auf seiner Gesichtshaut die Wärme von Jovankas Bauch zu spüren, die warme, einhüllende Ausstrahlung von Leben, in die er oft seinen Kopf gebettet hatte. Zärtlich hatte sie dann ihre Finger in sein Haar geschoben, um sein Gesicht auf ihrem Bauch festzuhalten.
»So, Achtung«, sagte Breuer.
Wieder spitzte er die Lippen, als pfiffe er einen leisen, hohen Ton, der Anerkennung oder Überraschung oder nur Aufmerksamkeit ausdrückte. Die Gummihand bewegte sich, und im Inneren von Jovankas Leib war ein leises Kratzen und

Schaben zu hören, ein scharfes, trockenes Geräusch, während ihr Kopf von einer Seite zur anderen rollte und Spannung in die Riemen kam. Dann zog sich die Gummihand in einer ruhigen, gleitenden Bewegung zurück, und der Löffel brachte eine blutige Blase zum Vorschein.

»Da kommt der Dreck«, sagte Breuer, hielt ihm kurz den Blutpfropfen hin und kippte ihn in die Wasserschüssel.

Vorbei, dachte Vogtmann. Vor ihm lag Jovankas ausgeraubter Körper, den er nun zum letzten Mal sah. Ihre Schenkel waren von den Riemen befreit worden und lagen schlaff und breitgedrückt auf der Tischplatte, die Unterschenkel hingen leblos herab. Ihre kleinen festen Brüste waren nur wenig eingesunken, ihr Kopf mit den halbgeöffneten Augen, in denen das Weiß der verdrehten Augäpfel schimmerte, war zur Seite gerollt und lag wie begraben in seinen eigenen Haaren.

»So«, sagte Breuer, der seine Gummihandschuhe ausgezogen hatte und ihr eine vorbereitete Spritze ins Gesäß setzte, »alles programmgemäß.«

Er prüfte Jovankas Puls und sah ihr kurz unter das hochgezogene Augenlid. Plötzlich ohrfeigte er sie, schlug sie mehrmals rechts und links auf die Wangen.

»Aufwachen!« sagte er. »Los, aufwachen!«

Als verständnisloser Schrecken kehrte das Leben in Jovankas Gesicht zurück.

4. Auf der Schaukel

All das gehörte zu ihr. Sollte sie es glauben? Alles schwankte, obwohl es feststand. All das Unglaubhafte war wirklich. Verstanden hatte sie das nicht.
Mußte man es verstanden haben, um glücklich zu sein? Glücklich sein zu können ohne Angst? Oder gehörte die Angst zum Glück? Denn war das Glück nicht ein Fliegen, ein Vorwärtsstürzen und Getragenwerden, ein Schweben über das Stürzen hinweg?
Ja, so war es, so empfand sie es. Alles war wirklich. Alles zeigte sich, brauchte nicht bewiesen zu werden. War einfach da.

Am Ende des Rückwärtsschwungs, als sie noch aufgerichtet zwischen den Seilen saß, streckte sie die angewinkelten Beine aus und blickte auf ihre Schuhspitzen, die nach einem kurzen, kaum merklichen Stillstand, einem gewichtslosen Schweben, steil, fast senkrecht auf den Rasen zustürzten und von der rascher werdenden Bewegung abgefangen wurden und nach vorne wegglitten und nun, das spürte sie nur noch, denn sie hatte sich weit zurückgelehnt, in einem flachen Bogen über den Rasen schwangen und einen sausenden Moment lang höher waren als ihr in den Nacken gelegter Kopf, denn das Stürzen und Vorwärtsschwingen hatte sich in ein Steigen verwandelt, von dem sie sich, als es langsamer wurde, hochreißen ließ, weil in ihrem Körper noch Schwung war, ein Drang, auf den höchsten Punkt der Bahn zu gelangen, auf dem sie fast aufgerichtet zwischen den Seilen saß und die

Beine anwinkelte, um gleich wieder durch die weite Luftmulde zum anderen Höhepunkt der Bahn zurückzufliegen.
Und jetzt sah sie das Haus, den Wintergarten, die Terrasse und die Menschen, die alle zu ihr gehörten, ihre Familie, ihre Freunde, ihren kleinen Sohn, ihren Mann, und nahm das Bild mit bis auf den Höhepunkt ihres Rückwärtsfluges, wo es im Moment ihres Stillstandes eine Gewißheit wurde und sie sich nun beglückt in den Vorwärtsschwung fallen lassen konnte, bei dem sie das Bild sekundenlang verlor. Nichts war da außer dem Gerüst mit den schwingenden Seilen und einem Stück blauen Himmels über ihrem zurückgeworfenen Kopf. Ihr Kleid blähte sich über ihren Schenkeln, entblößte sie. Aber sie war ja allein, sie flog durch die Mulde, das Tal, ließ sich wieder hochreißen. Und da waren sie alle wie vorhin, nur wenig verändert in ihren Haltungen. Es gab sie alle, sie konnte sie betrachten, jetzt, während sie zurückflog und sich entfernte.
Sie war eine Glocke, und sie läutete mit einem hellen und einem dunklen Ton, die sich zu einem weiträumigen Klang vermischten. Ich bin glücklich. Ich habe Angst. Ich bin glücklich. Fliegend überbrückte sie den Abgrund, sauste durch das Tal, schwang hin und her zwischen den beiden Höhepunkten ihrer Bahn, an denen sie momentweise gerettet war, obwohl sie weder dort noch hier bleiben konnte. Und das wollte sie ja auch nicht. Sie wollte fallen, fliegen, über sich hinaussteigen und wieder fallen, und während die wirbelnde Luft ihr Kleid über ihren Beinen bauschte, strömte, nicht weniger sanft als dieser leichte Windzug, die Angst durch sie hindurch.

Da waren sie! Ulrich stand bei Lothar. Wahrscheinlich besprachen sie etwas Geschäftliches. Die anderen – ihr Vater, Jutta, Andreas und Lothars Kusine, ein harmloses, freundliches Mädchen – spielten Boccia auf dem Rasen. Rudolf hatte nur einmal geworfen und sich sofort wieder abgesetzt. Sein

alter Schulfreund Dicki war gekommen, und sie tranken schon wieder Bier und lästerten, würden bald verschwinden. Auf der Terrasse erschien das Hausmädchen und deckte den Kaffeetisch ab. Und da kam Christoph aus dem Haus, ihr Kind, ihr kleiner Junge, Ulrichs Sohn. Er trug etwas Braunes, das waren die Boxhandschuhe, die Ulrich ihm geschenkt hatte. Er ging zu Ulrich und Lothar, die ihn einen Augenblick verdeckten. Hinten auf dem Rasen hörte sie Juttas Jubelruf. Sie hatte wohl gerade einen guten Wurf gemacht.
Alles war friedlich und heiter und so unwahrscheinlich wie ein erfüllter Traum.

Dort waren sie, ihr Mann, ihr Kind, ihre Familie, ihre Freunde, versammelt im Park ihres Elternhauses, in dem sie sich immer noch zu Hause fühlte, obwohl sie nicht mehr hier wohnte.
Schaukeln, durch die Luft fliegen, das hatte sie immer schon gemocht. Im Gegensatz zu Christoph, für den die Schaukel gebaut worden war, der sie aber kaum benutzte. Vielleicht war er noch zu klein gewesen, als Ulrich ihn darauf setzte. Er hatte es nicht verstanden, Schwung zu holen, obwohl Ulrich es ihm oft genug erklärt hatte. Er machte genau die falschen Bewegungen, wußte nichts anzufangen mit seinem kleinen Körper und bremste den Schwung, den Ulrich der Schaukel gab, immer wieder ab.
Vielleicht hatte er Angst und sträubte sich gegen den Schwung. Er war ein ängstliches Kind, das von seinem Vater überfordert wurde. Nun war er neun Jahre alt, und Ulrich wollte ihm das Boxen beibringen, weil er in der Schule von einem kleineren Jungen verprügelt worden war. Er war einfach weggelaufen und schluchzend zu Hause angekommen, und sie hatte den Fehler gemacht, es Ulrich zu erzählen. Sie hätte wissen können, wie er darauf reagieren würde. Ulrich, der niemals verlieren wollte, für den das Leben ein Kampf war, den man gewinnen mußte, und der nur auf seine Kraft, seinen Willen, seine Intelligenz vertraute.

Sie liebte, sie verstand sie beide, diesen zarten, ängstlichen Jungen und ihren Mann, der einmal ähnlich gewesen sein mochte und sich zum Gegenteil gewandelt hatte. Sie liebte den Gegensatz der beiden. Ihr Gefühl schwang hin und her in diesem Widerspruch, wollte sie beide umfassen, versöhnen, in sich bergen. Dir geschieht nichts, wollte sie Christoph sagen, und Ulrich wollte sie bitten, sich bei ihr auszuruhen. Sie hatte sich zurückgezogen und auf die Schaukel gesetzt, um ihr Gefühl ungestört genießen zu können und im Hin- und Herschwingen alle zu sehen, die zu ihr gehörten, ihre Geschwister, ihren Vater, ihre Freunde und vor allem ihren Mann und ihr Kind, die dort beieinanderstanden, zusammen mit Lothar, der ihnen half, die Boxhandschuhe anzuziehen, und jetzt zu ihr herübersah und ihr winkte.

Nicht Ulrich hatte gewinkt, auch Christoph nicht. Sie waren zu beschäftigt. Aber Lothar dachte an sie. Er war ihr bester Freund und liebte sie wohl noch immer, obwohl sie ihn stehengelassen hatte, als Ulrich aufgetaucht war. Sie hatte ihn einfach vergessen, damals auf der Terrasse, vor elf Jahren bei ihrer Geburtstagsparty, die sie erfunden hatte, um Ulrich kennenzulernen, ihn ein Stück näher an sich heranzuziehen. Sie hatte über hundert Gäste eingeladen, damit niemand, auch er nicht, erraten konnte, daß nur er gemeint war und alle anderen, auch Lothar, ihr nur als Vorwand und Tarnung dienten. Aber als er endlich mit ihr tanzte, hatte sie die Tarnung vergessen und bis zum Hellwerden nur noch mit ihm getanzt. Ein Gefühl war in ihr geweckt worden, das dem Vorwärtsschwung auf der Schaukel glich, diesem Moment, in dem man sich fallen ließ und stürzte, um gestreckt, mit fliegendem Kleid und wehenden Haaren durch das Tal zu sausen und wieder hochzufliegen, und dort, zum anderen Ende hatte sie immer hingewollt, doch den Sturz, den Abwärtsschwung gefürchtet, ohne den es den Aufwärtsschwung, hoch hinaus, nicht gab.

Sie hatte sich nie losgelassen, nicht bei Lothar, nicht bei anderen, sondern ein geordnetes, überraschungsloses Leben geführt, wie alle, vor allem ihr Vater, es von ihr erwartet hatten. Vielleicht war sie gerade deshalb so rücksichtslos, so radikal, so unmöglich gewesen, alles rings um sich zu vergessen und nur noch mit Ulrich zu tanzen, bis es Morgen wurde und längst alle gegangen waren, wie weggefegt.
Ich habe mir damals Platz geschaffen, dachte sie. Und dieser fremde Mann hatte ihr dabei geholfen, nicht bewußt, nicht willentlich, sondern nur durch sich selbst. Weil er allein war, anders als andere allein sein konnten, entschiedener und in einem grundsätzlichen Sinne, hatte sie sich auf seine Seite geschlagen, sichtbar für alle, brüskierend und unverständlich für die meisten. Sie fühlte sich durch ihn von den anderen befreit. Sie war mit ihm zusammen, gegen sie.
Beim Tanzen hatte sie sich ihm mitzuteilen versucht, und wie von selbst waren sie in ein wortloses Einverständnis geraten. Doch wenn sie ihn mit der faden Vertrautheit ihrer Freunde und Bekannten verglich, war er ihr fremd geblieben. Lothar war ihr vertrauter, oder Andreas. Ulrich war manchmal fremd wie ein Feind.
Nein, er war nicht feindlich. Er war rücksichtsvoll und höflich. Er schickte ihr Blumen, wenn er auf Reisen war. Sie wurde beneidet um diesen Mann. Und doch half er ihr nicht zu verstehen, daß sie seine Frau war.

Als sie damals in der Morgendämmerung auf der unaufgeräumten Terrasse nebeneinander standen und in den Park blickten, hatte sie ihn gefragt, was ihm im Leben wirklich wichtig sei. Er hatte geantwortet, er wisse es nicht. Immer noch war die Frage unbeantwortet: Wußte er, was ihm wirklich wichtig war? Gehörte sie dazu? Sie hatte die Frage so nie gestellt. Es wäre ihr undankbar erschienen. Er war ja da, er war ihr Mann. Was wollte sie noch? Was sollte er ihr beweisen? Trug er schuld an ihrer Unsicherheit, diesem wiederkehrenden Zweifel, ob sie, sie selbst, überhaupt von ihm gemeint sei?

Damals in Freiburg, in seinem schrecklichen Verschlag auf dem Speicher war ihr alles als ein katastrophal verwandelter Traum erschienen, der ihrem und seinem Willen entglitten war. Er war so außer sich gewesen wie sie, aber fremd und innerlich abgewandt, so genau er auch alles erriet, was er tun mußte, um sie immer weiter zu treiben, weiter von sich weg oder zu sich hin, das wußte sie nicht, jedenfalls weiter in dem, was geschehen mußte und mit niemandem sonst möglich gewesen war, aber durch ihn, das spürte sie, in einer kalten, wütenden Besessenheit geschah, die sie nicht verstand und die vielleicht gar nicht ihr galt, die sie trotzdem empfangen und in sich aufnehmen wollte, weil dann durch ein Wunder, das sie vollbringen mußte und das in ihrem Kopf seit langem den Namen Liebe trug, alles gut werden und sich lösen würde.

Diesen Gedanken hatte sie festgehalten mitten in ihrer Verwirrung. Es war wie ein Selbstgespräch auf einem einsamen dunklen Weg, ein stummes Flehen mit zugeschnürter Kehle. Er hatte wahrscheinlich ein anderes Selbstgespräch geführt, das sie nicht hören, nicht verstehen konnte. Und auf einmal war ihre Einsamkeit so groß gewesen, daß sie das Gefühl hatte, sich auszudehnen, während das Bett, das Haus, die Welt unter ihr zu schwinden begannen, und dann hatte sie ihn ganz verloren und Sekunden später über sich ein fremdes Gesicht gesehen.

Der?! hatte sie gedacht. Mein Gott, der?!

Doch nach diesem leeren Augenblick des Staunens hatte sie es angenommen: Jaja, er war es, und nur er hatte es sein können, obwohl er ihr jetzt noch fremder erschienen war, so weit weg von allem Vertrauten, daß sie sich selbst durch ihn fremd vorkam und erst allmählich wieder zu sich fand.

Nein, er konnte sie nicht gewollt haben. Und doch hatte er sie zwei Stunden später auf dem Bahnsteig gefragt, ob sie seine Frau werden wolle. Sie war tief erschrocken gewesen, als habe er etwas erraten, was sie selbst nicht gewußt hatte, und hatte sofort Angst bekommen, alles würde sich im nächsten Augenblick als Täuschung oder dummer Scherz erweisen, und noch aus dem Fenster des abfahrenden Zuges hatte sie ihm zugerufen: Bitte, meine es ernst! Bitte, meine es ernst!

Dort drüben war er. Hatte er sich eigentlich verändert in ihrer Ehe? Sie konnte es nicht feststellen, so als zögen sich alle Bilder, die sie von ihm hatte, immer wieder zu einem einzigen zusammen. Er hatte etwas von einem Schachspieler und von einem Sportler, war aber etwas Drittes dazwischen, das sie nicht definieren konnte. Einmal, in einem Museum, hatte sie vor einem Bild plötzlich gedacht, daß er wie ein kriegerischer Engel aussah, so ernst und unzugänglich, ein bißchen entrückt. Aber sie hatte das Bild und den Maler vergessen und konnte es nicht mehr überprüfen.
Christoph und er hatten sich jetzt die Boxhandschuhe angezogen und standen sich in Ausfallstellung gegenüber. Es war ein komisches Bild, familiär und freundlich, ein Schnappschuß, unter den man eine witzige Unterschrift setzte. »David und Goliath« vielleicht oder »Generationsproblem« oder irgendeine ähnliche Albernheit. Doch sie wußte, daß sie eine ganz andere Szene sah. Ulrich hatte mit seinem großen Handschuh herausfordernd gegen die kleinen Handschuhe geschlagen. Christophs Fäuste zuckten nur ängstlich, schlugen nicht zurück. Wieder kam Ulrichs herausfordernde Faust, wieder antwortete ihr das ängstliche Zucken. Gleich würde Christoph zuschlagen, aus Gehorsam, weil sein Vater es von ihm erwartete. Und Ulrich würde sich von ihm treffen lassen. Sein großer Körper war eine Wand, gegen die die kleinen Fäuste vergeblich trommelten mit diesem Mut, der aus der Angst kommt und aus verzweifelter Unterwerfung.
Es war wieder soweit. Diesmal war Ulrich einen Schritt zurückgewichen, und Christoph, der sich gegen ihn werfen wollte, war hingefallen, stand taumelig auf.
»Los, mach weiter«, hatte Ulrich wahrscheinlich gesagt.

»Komm, ich tu dir nichts! Schlag endlich mal zu! Komm, mach weiter!«
Christoph versuchte es wieder, wurde ein paarmal von Ulrich getroffen, vorsichtige Schläge, mehr ein Stupsen, doch den Jungen erschütterten sie.
»Macht doch Schluß!« rief sie. »Hör bitte auf, Ulrich!«
Sie hatte zu leise gerufen, unüberzeugt und gehemmt. Sie wußte nicht wirklich, was sie wollte. Zu oft machte sie den Fehler, Christoph gegen seinen Vater in Schutz zu nehmen oder ihn hinter Ulrichs Rücken zu trösten und zu verzärteln. Wenn dieses törichte, bange Gefühl in ihr aufkam, sie brauche selbst Schutz und Trost, zog sie den kleinen Körper an sich und überschüttete ihn mit Zärtlichkeiten. Anscheinend verwirrte ihn das, erschütterte ihn wie die Boxhiebe von Ulrich. Er wehrte sich gegen sie nicht richtig, und wenn sie versuchte, mit ihm zu sprechen, kamen diese leierigen Antworten, dieses »Ich weiß nicht«, das Ulrich immer in Wut brachte. Plötzlich sah sie ihn dann mit Ulrichs Augen, verstand seine Ungeduld, seine Enttäuschung und fühlte sich nach beiden Seiten schuldig.

O gut, sie hatten Schluß gemacht. Ulrich streifte seine Handschuhe ab und ließ sie achtlos zu Boden fallen. Er hatte keine Lust mehr, er gab es auf. Christoph bückte sich und hob die Handschuhe auf, brachte sie wahrscheinlich auf Ulrichs Anweisung zum Auto und würde dann eine Zeitlang verschwunden bleiben.
Ob er das von ihr hatte, diese Neigung, sich zurückzuziehen und zu verstecken? Früher, bei ihren Spielen mit anderen Kindern war sie manchmal im Streit in dichte Brennesselgebüsche hineingelaufen und hatte sich dort zusammengekauert, um nicht gefunden zu werden. Reagierte Christoph nicht ganz ähnlich? Schon als er noch ein kleines Kind war, hatte sie ihn aus Verstecken hervorgezogen, in denen er wie benommen gesessen hatte, fast unansprechbar, so daß sie oft nicht

hinter seine Gedanken kam. Neuerdings schlafwandelte er auch, wenn ihn am Tag irgend etwas erregt hatte. Sie wurde dann ruckartig wach, weil sie bis in ihren Traum sein leises Jammern gehört hatte. Er saß oder lag in einer Zimmerecke und erkannte sie kaum, hatte sich meistens naß gemacht. Er schien kaum wach zu werden und hing taumelig in ihren Armen, während sie ihm einen frischen Schlafanzug anzog und ihn wieder in sein Bett brachte. Ulrich war einmal davon aufgewacht. Im abgedunkelten Lichtschein ihrer Nachttischlampe hatte sie sein Gesicht nicht deutlich sehen können, aber eine Welle unterdrückter Ablehnung gespürt. Er hatte ihr empfohlen, mit Christoph zum Arzt zu gehen.
Immer fühlte sie sich schuldig wegen dieses Kindes, das acht Wochen zu früh geboren worden war und lange in einem Wärmebett gelegen hatte, ein kleines, runzliges, blaurotes Wesen, das noch voller nervöser Spannungen steckte, als sie es endlich mit nach Hause nehmen durfte. Ulrich war stets aufmerksam und freundlich gewesen, hatte sie in der Klinik und zu Hause mit Blumen umgeben. Bei seinem ersten Besuch in der Klinik hatte er ihr eine doppelte Perlenkette um den Hals gelegt. Sie hatte sich zusammenreißen müssen, um das Geschenk freundlich anzunehmen. Denn sie war viel zu reizbar und empfindlich gewesen, um nicht seine verhohlene Enttäuschung über das Kind zu spüren. »Er wird schon noch groß und kräftig werden«, hatte sie gesagt, aber ihr Lächeln war nahe dem Weinen gewesen, und als er gegangen war, hatte sie sich nicht mehr halten können und war in Tränen ausgebrochen. Sie war unglücklich, daß er enttäuscht war von diesem schwächlichen Siebenmonatskind, dem einzigen auf der Station, unter all den kräftigen, gesunden Babys, deren Stimmen sie auf dem Flur hören konnte, wenn sie fünfmal täglich ihren Müttern zum Stillen gebracht wurden, während sie mit abgebundenen Brüsten in ihrem blumengeschmückten Einzelzimmer lag. Aber sie schämte sich auch, daß sie ihr Kind mit dieser ängstlichen, kleinmütigen Entschuldigung verraten hatte, wo es doch darauf angekommen wäre, in ihm

nur das Gute, die Hoffnung und das Glück zu sehen und es mit diesem Gefühl gegen alle Mißachtung zu schützen. Dazu war sie zu unsicher gewesen. Sie besaß zuwenig Selbstbewußtsein und hätte dringend die Bestätigung gebraucht, Ulrichs Erwartungen zu erfüllen. Denn noch immer wußte sie nicht, weshalb er sie geheiratet hatte. Ob er dafür einen Grund gehabt hatte, der mit ihr, mit ihrer Person zusammenhing und nicht, wie ihr Vater warnend, ihr Bruder hämisch gesagt hatten, nur mit ihrem Geld. Sie war empört gewesen, daß sie beide das so prompt behaupteten, als sie mit der Nachricht von ihrer Verlobung aus der Schweiz zurückkam, doch heimlich hatte sie dasselbe gedacht, und nur ihre feste, und wie sie sich damals sagte, heilige Absicht, ihm in der Ehe andere, neue, bessere Gründe zu geben, hatte ihr Mut gemacht.

Als sie sich das vorgenommen hatte, war sie wie befreit gewesen. Sie hatte Ulrich ohne Hemmungen beschenken können. Er besaß damals weder Geld noch die notwendigsten Sachen, und zunächst einmal mußte er eingekleidet werden. Für sie war das eine heimliche Besitzergreifung, weshalb sie anfangs befürchtet hatte, er würde sich dagegen sträuben. Zu ihrer Überraschung ließ er sich ohne große Schwierigkeiten darauf ein. Das war ihr als ein gutes Zeichen erschienen. Denn jemand, der nur auf ihr Geld aus war, hätte sich zur Tarnung wahrscheinlich mehr geziert. Noch heute schämte sie sich all dieser ängstlichen Überlegungen. Sobald ihr Selbstvertrauen schwankte, hatten sich die schäbigen Vermutungen ihres Vaters und ihres Bruders in ihren Kopf geschlichen. Ulrich dagegen war viel einfacher und klarer gewesen und hatte sich ohne Arg auf das Leben mit ihr eingelassen.
Um ihn noch enger an sich zu binden, hatte sie ihn gedrängt, sein Diplom zu machen und dann mit ihrem Anteil in die Firma einzusteigen. Heute konnte sie sich sagen, daß sie für alle das Richtige getroffen hatte. Weder ihr Vater noch ihr

Bruder wären auf lange Sicht fähig gewesen, die Firma zu führen. Das hatte sich schon damals gezeigt, als die Verhältnisse noch nicht so schwierig waren wie heute. Rudolf war zu dumm und ihr Vater zu ängstlich. Es fiel ihm zu schwer, sich von Gewohnheiten zu trennen und einen Entschluß zu fassen, wenn es nötig war. Ulrich dagegen brauchte eine Aufgabe, in der er sich bewähren konnte.
Sie hatte das gewußt, sie hatte seine brachliegenden Energien gespürt. Es war nicht konsequent von ihr, wenn sie manchmal über seine Arbeitswut erschrak. Er war den Weg gegangen, den sie ihm eröffnet hatte, und er sollte sich immer auf sie verlassen können. Sie hoffte nur, daß er sie wieder einmal brauchte.
Damals hatte sie auch die Wohnung eingerichtet, vier große Räume im ersten Stock der Villa, dazu das ehemalige Gästebad. Für die Hochzeitsreise hatte sie den blauen Borgward Isabella gekauft, und dieses Auto hatten sie beide sehr geliebt. Man sah es nur noch selten. Als neulich ein blauer Borgward neben ihrem VW gestanden hatte, war es wie eine Erscheinung aus der Vergangenheit gewesen. Sie hatte sofort Herzklopfen bekommen. War alles schon so weit weg?

Auf dieser Reise nach Südfrankreich und Spanien war sie sehr glücklich gewesen. Der Rausch begann mit der Doppelhochzeit, die sie zusammen mit Jutta und Andreas feierten. Die ganze Stadt hatte damals davon gesprochen. Sie waren in zwei weißen blumenbekränzten Kutschen, bespannt mit je zwei festlich aufgezäumten Schimmeln, zur Kirche gefahren, wo sie von einer neugierigen Menschenmenge erwartet wurden und alle sehen konnten, daß sie, nicht ihre hübsche Schwester Jutta, den auffallenderen, ungewöhnlicheren Mann hatte. Als er ihr seinen Arm reichte, war sie wie betäubt gewesen von seiner Nähe, während er, sie glaubte es zu wissen, sich in sich selbst zurückgezogen hatte. Er hatte eine lange Gewöhnung an Einsamkeit hinter sich. Um so schöner war es, neben ihm herzugehen und zu bezeugen, daß sie zu ihm gehörte. Während Andreas unentwegt freundlich gelächelt oder gegrinst hatte, sah Ulrich auf allen Hochzeitsfotos ernst aus. Sein dunkelblonder Haarschopf, der die meisten Köpfe überragte, wirkte ein wenig zerzaust. Sie hatte ihn nicht darauf aufmerksam gemacht, weil sie gewußt hatte, daß sie sich dann später beim Anblick der Fotos besser an das Gefühl erinnern könnte, das sie für ihn empfunden hatte, diese unbedingte, vollkommene Zustimmung zu allem, was er war.

Ulrich und sie, als die älteren, waren zuerst durch das Portal gegangen und von aufbrausender Orgelmusik empfangen worden. In den Bänken rechts und links des Ganges standen ihre Verwandten und Freunde, ein Spalier von Zuschauern, denen sie ihr Glück vorführte. Fast alle kamen von ihrer und Juttas Seite oder gehörten zur Familie von Andreas. Ulrich hatte nur Horst Reichenbach eingeladen. Sie brauchte ihn mit niemandem in der Welt zu teilen.

Anderntags waren sie am späten Vormittag zu ihrer großen Reise aufgebrochen. Ulrich hatte den Wagen gefahren, und sie hatte neben ihm gesessen und ihn angesehen. Nun war sie also mit ihm verheiratet, nun schien es Wirklichkeit zu sein. Sie hatte die Augen geschlossen und erst nach einiger Zeit wieder geöffnet. Er war Wirklichkeit geblieben, so nah, daß sie ihn jederzeit berühren konnte.

Ulrich war noch nie im Ausland gewesen, und sie war es, die ihm alles eröffnete. Sie bestand immer darauf, daß sie das beste Hotel, das schönste Zimmer nahmen, denn die Reise sollte für sie beide zu einem unvergeßlichen Traum werden, gegen den nichts anderes je aufkommen sollte, ein unverlierbares Erlebnis, das sie aneinander band.

Für sie hatte es allerdings auch kurze Augenblicke von Angst gegeben, einmal auf einem kleinen sonnigen Platz in Südfrankreich, in einer Provinzstadt in der Provence.

Wie hieß sie noch? St. Rémy. Sie hatten die zerfallene Bergfestung in Les Beaux besichtigt und waren zum Kaffeetrinken nach St. Rémy gefahren. Ulrich war zur Bank gegangen, während sie durch die kleine Einkaufsstraße gebummelt war, um provenzalische Borten zu kaufen, mit denen sie zu Hause ein paar Kissen umsäumen wollte. In einem kleinen Café am Marktplatz hatten sie sich wieder treffen wollen, aber sie hatte sich verspätet, weil sie so lange in den Borten gewühlt und auch noch Obst gekauft hatte, und als sie eilig mit ihren Einkäufen zum Platz kam, war Ulrich nicht da. Sie war stehengeblieben, hatte noch einmal alle Stühle unter den roten und grünen Sonnenschirmen gemustert, auf denen in träger Ruhe lauter fremde Menschen saßen, und plötzlich hatte sie ein Gefühl des Stürzens gehabt. Ulrich war fort, er war geflohen, hatte sie verlassen! Dies war die Wahrheit, und die ganze Reise war eine Täuschung gewesen. Es war so unwidersprechbar klar für sie, daß sie sich aus dem Zwang des Gedankens nicht sofort befreien konnte, als sie Ulrich aus dem Inneren des Cafés nach draußen kommen sah. Dieser große Mann im hellen Sommeranzug, der suchend stehenblieb und gegen die Sonne blinzelte, war ein Fremder geworden und trat erst nach dem Schreckmoment ihres Staunens wieder in ihr Leben ein.

Manchmal, während sie von Hotel zu Hotel zogen, war sie sich vorgekommen wie auf einer gemeinsamen Flucht, und als sie endlich zurückgekehrt waren und in ihrer neu eingerichteten Wohnung die Koffer auspackten, hatte sie sich gesagt, daß sie ein dauerndes, festes Glück erst verdienen müsse. Doppelt hatte sie es begründen wollen. Sie nahm sich vor, Ulrich zu helfen, sich gegen das Mißtrauen und die Mißgunst ihrer Familie durchzusetzen, und sie wollte Kinder haben. Wahrscheinlich war daran etwas falsch gewesen. Sie wäre Christoph gerechter geworden, wenn sie nicht immer gedacht hätte, Ulrichs Erwartungen erfüllen zu müssen.
Als sie schwanger war, hatte sie sich zunächst sicher gefühlt, bis sie erfuhr, daß ihr Glück auf dem Unglück einer anderen Frau beruhte. Ulrich hatte es ihr eines Tages ganz unerwartet

erzählt als Beweis, daß er sich damals für sie entschieden hatte. Doch sie hatte mit einem kalten Schrecken sofort gewußt, daß ihr das schaden würde: Eine andere Frau hatte sich auf sein Verlangen ein Kind auskratzen lassen, und kurz danach hatte er sie ihretwegen verlassen.
Seitdem glaubte sie, der Blick dieser Frau folge ihr. Er durchsuchte die Welt nach ihr, fand sie und war auf sie gerichtet. Er drückte nicht einmal Haß aus, sondern nur die unbeirrbare Forderung, sich nichts zu nehmen, was ihr, der anderen, genommen worden war, eine Forderung, die sie als gerecht empfand und zugleich als einen bösen Bann, den sie mit all ihrer Seelenkraft zu brechen versuchte. Manchmal träumte sie von diesem Blick. Er war dann nur ein Lichtpunkt im Dunkeln, das kalte Brennen einer fremden Energie, die weder erlosch noch näher kam. Während ihrer Schwangerschaft war sie manchmal von diesem Traum mit klopfendem Herzen aufgewacht, und das Kind hatte sich unruhig in ihrem Leib bewegt, als fühle es sich bedroht.
Sie hatte Ulrich nichts von ihren Ängsten erzählt, weil sie ihn nicht an die andere Frau und das getötete Kind erinnern wollte. Aber sie hatte Blutungen bekommen und mußte wochenlang liegen, um ihr Kind nicht zu verlieren, und als es zwei Monate zu früh geboren wurde und mit schwach zukkenden winzigen Fäusten und Augen, die sich nicht öffnen wollten, in einem Wärmebett lag, hatte sie die Vorstellung nicht loswerden können, dies sei der Tribut, den die andere von ihr verlangt hatte. Nicht der ganze Tribut, denn das Kind war am Leben geblieben, doch vielleicht so viel, daß sie nun losgesprochen war.

Sie hatte sich gleich ein zweites Kind gewünscht und hätte auch ein drittes und viertes haben wollen, war aber nicht mehr schwanger geworden, und allmählich, während sie immer neue Ärzte konsultierte und jedes Frühjahr mehrere Wochen lang in ein Bad fuhr, hatte sie begriffen, daß die

Tributzahlung, die sie leisten mußte, noch lange nicht zu Ende war und vielleicht nie enden würde, ehe nicht etwas ähnlich Endgültiges passierte, wie es der anderen Frau geschehen war. Sie dachte nicht immer daran. Sie konnte das Aufkommen dieser ängstlichen Stimmungen meist mit vernünftigen Argumenten verhindern. Denn natürlich gab es diese Zusammenhänge nicht, wenn sie sie nicht selbst herstellte und sich unter ihr Diktat beugte. Die andere, das Gespenst, hatte nur die Macht, die sie ihm gab.
Doch sie war viel zuviel allein, und manchmal, wenn sie, ein Glas Brunnenwasser in der Hand, der schmelzenden oder schmetternden Musik der Kurorchester lauschte, gingen ihre Gedanken eigene Wege, und plötzlich schreckte sie von der Frage auf: Was wird es sein? Welches war die ihr auferlegte Strafe? Würde sie ihren Mann verlieren? Ihr Kind? Würden sie ihr beide genommen werden?
Reglos saß sie dann zwischen den anderen Kurgästen auf ihrem Stuhl, und aus dem Pavillon und den in den Bäumen aufgehängten Lautsprechern drangen ein paar Takte lang bedrohliche Klänge zu ihr herüber, ein süßes, falsches Ziehen, ein Rattern und Pauken, etwas, das hinter einer Wand geschah und ihr Angst machte, bis sie die Serenade von Toselli oder den Säbeltanz von Khatchaturjan wiedererkannte und zu sich kam. Ein Zwang zu grübeln blieb davon zurück, und allmählich war ihr der Verdacht gekommen, daß sich der Fluch auf eine andere, unauffällige Weise schon erfüllte, indem sie jedes Frühjahr wochenlang nicht zu Hause war und sich verkrampft fühlte, wenn sie wieder mit Ulrich zusammenkam. Und auch, weil sie bei ihrer Rückkehr aus den Händen wechselnder Kinderfrauen jedesmal einen verstörteren Christoph zurückerhielt.
Trotzdem hatte sie nicht aufhören können mit ihren Kuren, bis sie eines Tages in der weißgekachelten schwadigen Kabine eines Badehauses von Panik überfallen wurde. Sie hatte ihren Körper, den sie immer scheu und mit Befremden betrachtet hatte, in ein heißes Moorbad versenkt, als sie sich von der

schwarzen Masse verschlungen und von Atemlosigkeit gewürgt fühlte und heftig am Klingelzug gerissen hatte, um die Badefrau herbeizurufen. Man mußte sie mit einem Kreislaufkollaps aus der Wanne heben. Der Arzt war gekommen, und die Moorbäder waren ihr streng verboten worden. Zwei Tage hatte sie im Bett gelegen und dabei den Entschluß gefaßt, nie mehr zur Kur zu fahren.

Ja, sie hatte aufgegeben in einem aussichtslosen Kampf, und es war eine Erlösung gewesen. Es war ihr auf einmal nicht mehr schwergefallen, auf weitere Kinder zu verzichten. Sie war aus diesem langen Tal mit neuem Mut hervorgekommen. Nun konnte sie sich den beiden Menschen widmen, die zu ihr gehörten. Sie hatte sich vorgenommen, sich mehr um Christoph zu kümmern und Ulrich eine bessere Verbündete zu sein.

Seit drei Jahren war er Geschäftsführer und hatte die Firma auf einen neuen Kurs gebracht. Er machte inzwischen den doppelten Umsatz, doch, wie ihr Vater und Rudolf einwandten, nicht viel mehr Gewinn. Beide wollten sie nicht begreifen, was Ulrich ihnen immer wieder erklärte, daß sie ihre alte Position ohne die Erweiterung der Firma nicht hätten halten können, weil die Konkurrenz auf die Preise drückte und weil die Löhne ständig stiegen und die technische Ausrüstung erneuert und modernisiert werden mußte, weil die großen marktbeherrschenden Firmen mächtiger wurden und die kleinen Familienbetriebe allmählich kaputtgingen. Seit Jahren sprach er von diesem Zwang zur Expansion und hatte sie dazu gebracht, schrittweise seiner Politik zu folgen: Zwei kleinere Familienbetriebe hatte er aufgekauft, eine Produktion von Fruchtlimonaden und eine Fabrik für Gemüsekonserven. Er hatte ihnen vorgerechnet, daß beide Firmen wieder rentabel arbeiten konnten, wenn man die Verwaltung und den Vertrieb hier, im Hauptsitz der Firma, zusammenfaßte. Die eigene Marktposition – eines seiner Lieblingsworte –

wurde seiner Meinung nach durch die Ankäufe verstärkt. In der Gesellschafterversammlung hatte sie dafür gestimmt, Jutta hatte sich ihr wie meistens angeschlossen, ihr Vater hatte gezögert, und Rudolf war bis zuletzt dagegen gewesen und überstimmt worden. Nach seiner Meinung fragte in der Familie keiner mehr. Er galt als inkompetent und unreif. Ulrich hatte das bei vielen Gelegenheiten sehr deutlich gemacht.

Was hatte Ulrich eigentlich vor? Von welchem Ehrgeiz wurde er angetrieben? Ihr brauchte er sich nicht zu beweisen. Auch nicht mehr, wie sie anfangs gewünscht hatte, der Familie. Seit sie vor anderthalb Jahren aus der Villa ausgezogen waren und in dem Bungalow lebten, den Andreas, nach langen Gesprächen mit Ulrich, entworfen hatte, war Ulrich auch innerlich noch weiter von der Familie abgerückt. Manchmal drängte er sie jetzt, auf einem endgültigen Vorerbe zu bestehen, als wolle er auf diesem Weg noch mehr Macht in seine Hände bekommen. Sie kam sich unangenehm konspirativ vor bei diesen Gesprächen, und immer wieder entdeckte sie in der letzten Zeit, wie sehr sie an der Familie hing und vor allem auch an der Villa und dem Park, an den alten Bäumen, den Blumenbeeten und weiten Rasenflächen, die schon in ihrer Kindheit so gewesen waren. Ihr Vater ließ alles durch einen Gärtner in Ordnung halten. Jetzt, da nur noch er und Rudolf in dem riesigen Haus mit den achtzehn Räumen wohnten, war das natürlich ein problematischer Luxus geworden. Doch wenn Ulrich das kritisierte, merkte sie sofort, daß sie sich gegen seine Argumente sperrte. Sie hätten ja nicht ausziehen müssen. Es hatte ja genug Platz in der Villa gegeben. Der Bungalow, den sie sich auf sein Drängen hatten bauen lassen, war der eigentliche Luxus, und sie lebten nicht besser da.
Nein, sie fühlte sich nicht wohl im eigenen Haus. Die Sträucher im Garten waren zu niedrig, und die modernen Möbel, die Ulrich hatte haben wollen, mochten geschmackvoll und funktionell sein, ihr erschienen sie glatt und wesenlos. Mit

den Nachbarn hatte sie kaum Kontakt. Man sah sie gelegentlich in ihren dürftigen neuen Gärten, vor allem auch einzelne Frauen wie sie, die sich nachmittags ein Kopftuch umbanden und grobe Schuhe anzogen, um sich mit ihren Beeten zu beschäftigen, oder im Sommer stundenlang im Liegestuhl lagen und sich sonnten. In manchen Grundstücken lief tagsüber ein vereinsamter Hund herum, der angstvoll oder wütend bellte, wenn man sich dem Zaun näherte. Sie hatte einmal einen dieser verstörten Hunde zu beruhigen versucht, aber das Tier war völlig außer sich geraten, und sie war sich wie ein Eindringling vorgekommen und hatte sich davongemacht. Ulrich kam jetzt oft sehr spät nach Hause. Zwischen Haus und Fabrik bestand kein räumlicher Zusammenhang mehr, und es waren zwei ganz verschiedene Welten geworden, zwischen denen er hin und her pendelte. Vielleicht hätte sie wieder arbeiten sollen. Aber sie hatte Bedenken wegen Christoph, wollte dasein, wenn er aus der Schule kam. Für ihn war der Umzug aus der Villa in die abgelegene Bungalowsiedlung wahrscheinlich am schlimmsten. Er hatte hier keinen Anschluß gefunden, und seine alten Spielkameraden waren bald ausgeblieben. Wenn sie nicht aufpaßte, ihn nicht anregte, etwas zu unternehmen, saß er ganze Nachmittage dösend in seinem Zimmer. Er war stiller geworden, weniger vertrauensvoll. Es wurde immer schwieriger, in ihn hineinzusehen.

Und was konnte sie für sich selbst tun, um ihrem Leben mehr Gehalt zu geben? Sie las viel, sie schrieb Briefe und wärmte alte Freundschaften wieder auf. Sie hoffte auf überraschenden Besuch, auf Gäste, die ein paar Tage blieben. Sie pries in ihren Briefen das neue Haus und seine Gästezimmer an. Manchmal telefonierte sie mit Jutta, und wenn schönes Wetter war, verabredeten sie sich mit ihren Kindern für einen Nachmittag im Park der Villa.

Jutta war immer guter Laune. Ihre beiden Töchter schienen ihr keine Mühe zu machen. Sie waren nur ein Jahr auseinander und konnten sich gut miteinander beschäftigen, während Christoph ein typisches Einzelkind war. Er wollte zwar gerne mitmachen, zog sich aber bei Schwierigkeiten schnell zurück. Er war allerdings der Liebling ihres Vaters, der häufig dazukam und ihn an die Hand nahm, um mit ihm durch den Park zu gehen. Christoph hatte ihr nie richtig erzählt, worüber sie miteinander sprachen. »Über Blumen«, hatte er gesagt. Aber er schien sich mit seinem Großvater nicht zu langweilen und ging ohne weiteres mit ihm.

Ihr Vater kam ihr menschlicher und verständiger vor, seit er nicht mehr überfordert wurde von der Fabrik, weil Ulrich das Steuer in der Hand hatte. Er war ein weicher, wenig energischer Mensch, der Risiken und Anstrengungen scheute und für ein beschauliches Leben bestimmt war. Dank Ulrich kam er jetzt mehr zu seinem Recht.

Sie selbst schwebte zwischen diesen beiden Welten, die sich immer deutlicher trennten und sich in ihr gegenüberstanden. Dies alles hier – der Park, die Villa, ihr Vater, ihre Schwester – stellte eine Zuflucht dar. Ulrich war eine Herausforderung, manchmal eine Bedrohung. Er war anders als die Menschen, zwischen denen sie aufgewachsen war. Er hatte, was ihnen fehlte, die Unruhe, diesen Drang, Widerstände zu überwinden und über sich hinauszuwachsen, von dem wohl nur Menschen besessen waren, die um ihre Rechtfertigung kämpften. Vielleicht war es das, was sie so an ihn band? Sie wollte ihm helfen, diesen Kampf zu gewinnen, damit er endlich in ihren Armen zur Ruhe kam. Ja, davon träumte sie. Er sollte an sein Ziel kommen und erkennen, daß er schon lange dort gewesen war.

Drüben stand er. Neben ihm Lothar, den sie auch hätte heiraten können, der aber nie ihre Phantasie erregt hatte. Wenn sie bedachte, wie treu und zuverlässig seine Zuneigung war, dann war das eigentlich ungerecht. Bei ihm hätte sie niemals Angst gehabt, er könne sie nicht lieben. Sie war sich seiner stets sicher gewesen, und das war ihr schon langweilig geworden, bevor Ulrich in ihr Leben trat. Lothar hatte alles sofort verstanden, er als erster, und war einfach beiseite getreten, ohne jeden Kampf. Es war schwer zu sagen, ob das nur Schwäche oder auch Klugheit war. Später, wenn noch mehr Zeit vergangen war und sie alle endgültig versöhnt und glücklich waren, wollte sie einmal mit ihm darüber sprechen. Lothar konnte ihr vielleicht erklären, was dieses Gefühl bedeutete, das sie so oft bei Ulrich empfand. Diese Angst zu stürzen, ins Bodenlose zu fallen, die sich auflöste, sobald er sich ihr zuwandte.

Ja, sie liebte diesen Mann. Jetzt auf der Schaukel konnte sie sich einbilden, sie flöge ihm zu. Eine Zeitlang war sie nur sanft hin- und hergependelt. Jetzt hatte sie Lust, wieder zu fliegen. Siehst du mich, wollte sie rufen, wenn sie auf dem Endpunkt ihres Schwunges zum Haus hinüberblickte. Siehst du mich? Ich bin hier! Es macht nichts, ein Stück getrennt zu sein. Das macht es nur aufregender. Wir sind beide erst am Anfang. Der Weg kann weit sein. Ich habe keine Angst, daß wir uns endlich finden. Siehst du mich? Ich fliege! Ich bin glücklich! Ich habe keine Angst!

Er winkte ihr. Es waren Gäste gekommen, ein alter Kunde der Firma und seine Frau, die zum Abendessen blieben. Ulrich erwartete, daß sie kam und die Gäste begrüßte.

Sie bremste den Schwung der Schaukel, indem sie sich aufsetzte und mit den Schuhen über den Boden schrammte, stoppte ziemlich hart. O Gott, sie mußte noch sitzen bleiben, denn alles schwankte, der Park, das Haus, sogar der Himmel und die Wolken. Gleich, gleich, sie würde gleich kommen! Sie hatte viel zu lange geschaukelt und mußte sich einen Augenblick festhalten, hier an den Seilen, an dem Stahlgestell. Dieses Steigen und Fallen, als ob man gewiegt würde. Sie und die anderen, alle zusammen. Es war wie ein kleiner Rausch, aber sie spürte, daß sie lächelte. Gleich, wenn der Boden wieder ruhig war, würde sie mit diesem Lächeln zu ihnen hinübergehen.

5. Ein kurzer Urlaub in Dänemark

Seit Jahren. Die Augen stehen offen und sehen nichts. Etwas hat dich verlassen. Du hast dich fragen wollen, was es ist. Diese Stimme wird immer unhörbarer, je weiter deine Verdoppelung fortschreitet. Seit Jahren, seit Jahren. Als ob du noch wärest, was du tust, gehst du auf dein Haus zu. Man sitzt beim Abendessen, dort ist dein Platz. Du nimmst Gestalt an und verfällst wieder. Niemand scheint diese Verwandlungen zu bemerken. Nichts drängt dich, und du kannst dir Zeit lassen. Was fehlt dir, wenn alles da ist? Was wird anders, wenn alles bleibt? Seit Jahren, seit Jahren. Langweilige, flache Stimme, die vor sich hin murmelt. Buchstabier mir, was du sagst. Frühling und Sommer halten ihren Umzug. Hallo, wie geht's dir? Die Schmerzen sind weg. Ich habe zehnmal bei dir angerufen. Ich kann nicht verstehen, was du sagst.

Die Zeitung raschelte auf seinen Beinen, aber seine Hand war zu schwer und zu plump, um danach zu greifen. Noch immer sah er den schwarzen Plastiksack, den er unter einer Brombeerhecke gefunden hatte. Seitlich war er aufgeplatzt, und verschimmeltes Weißbrot quoll heraus. Das Rascheln kam von der Ratte, die sich langsam aus seinem Blick zurückzog unter das dichte Dunkelgrün der Brombeerblätter, in ein schuppiges Versteck.
Seit Jahren. Seit Jahren.
Als er die Augen aufschlug, war er geblendet. Das strahlende Mittagslicht stand wie erstarrter Glasfluß über der Land-

schart, und die wellige Heidefläche lag darunter, versengt und ausgelaugt in ihrem stumpfen Graugrün und Graubraun, nur streifenweise mit vertrocknetem, fast weißlichem Gras bewachsen. Neben dem sandigen Fahrweg glänzten ein paar Büschel Hartgras in der Sonne, als wären sie mit Fett bestrichen, und über den Kieferndickungen glaubte er ein schwärzliches Glosen zu sehen, einen dunklen, durchsichtigen Saum, über dem der blaßblaue Himmel begann. In großer Höhe waren vereinzelte bauschige Hitzewolken entstanden, die völlig bewegungslos im Raum hingen, als wären sie unsichtbar an der Erde vertäut.

Ulrich Vogtmann hatte seinen Liegestuhl einige Meter von der Terrasse des Ferienhauses weggerückt und las seit einer Stunde in den Zeitungen, die er nach dem Frühstück am Kiosk beim Strandhotel gekauft hatte. Hinter ihm saß Elisabeth in einem Korbsessel, der leise knarrte, wenn sie sich bewegte. Eine Zeitlang war auch das Klicken ihrer Stricknadeln zu hören gewesen. Anscheinend hatte sie jetzt ihr Strickzeug weggelegt und las in einem der vielen Bücher, die alle aufgereiht über der Sitzecke des Wohnraumes auf einem Wandbord standen, Romane, Biographien, psychologische Bekenntnisbücher und auch ein informierendes Buch über Dänemark. Es war eine kleine Bibliothek, zusammengestellt für die Ferien, aber für ihn war nichts dabei. Er hatte gesehen, daß es an dem Zeitungsstand beim Strandhotel auch deutsche Taschenbücher gab. Dort konnte er sich ein paar Kriminalromane kaufen, aber er hatte wenig Lust dazu. Er war noch nicht zur Ruhe gekommen, obwohl er schon ein paar Tage hier war.
Seltsam, daß ihn die Ruhe so reizbar machte. So, als hätte man ihn mitten in einer Bewegung angehalten und gezwungen, ruhig zu sein, hier still in diesem Liegestuhl zu liegen und abzuschalten, wie es hieß, am Strand spazierenzugehen und im Meer zu baden und in eine zufriedene Gedankenlosigkeit

einzuwilligen. Immer mühsamer und schlechter täuschte er diese Zufriedenheit vor, die das mindeste war, was von ihm erwartet wurde. Er fühlte sich dauernd von Elisabeth beobachtet mit heimlichen Seitenblicken, die ihm nicht entgingen, die er aber nach Möglichkeit zu übersehen trachtete. Doch manchmal trafen sich auch ihre Blicke. Dann faßte sie Mut und fragte ihn mit einem vorsichtigen Lächeln: »Geht es dir gut?« Und er antwortete jedesmal beiläufig und lächelnd »natürlich, glänzend« oder irgend etwas Ähnliches. Das war alles, was er zustande brachte, um die Enttäuschung, die er in ihren Augen las, zu beschwichtigen.

»Seit Jahren ist das unser erster gemeinsamer Urlaub«, hatte Elisabeth gesagt, als er, wegen dringender Geschäfte eine Woche später als die anderen, mit seinem Wagen gekommen war. Er hatte eine Gefühlsschwingung zwischen einem sanften, noch nachklingenden Vorwurf und einer neuen Hoffnung aus ihren Worten herausgehört und sich vorsichtig dagegen abgeschirmt: »Aber so kann man es ja kaum nennen. Wir sind ja nicht allein. Der ganze Clan ist doch da.«

»Doch«, hatte sie geantwortet, »wir werden viel Zeit für uns haben. Wir können uns auch selbständig machen.«

»Ja, glaubst du?«

Und sie hatte geantwortet: »Aber sicher. Das liegt nur an uns.«

Offenbar hatte sie ihm das gleich zu Anfang zeigen wollen. Denn sie war allein, als er ankam. Die anderen waren zum Strand gefahren, wahrscheinlich von ihr gedrängt: »Fahrt nur, fahrt nur, ich bleib schon hier.«

Sie war in der Familie bekannt dafür, daß sie gerne allein war. Und auch er konnte sie sich gut vorstellen, wie sie das Haus ausfegte und aufräumte und in ihrer Schlafkammer das zweite Bett bezog. Danach hatte sie sich wohl nach draußen gesetzt, auf den kleinen Sitzplatz aus grauen Betonplatten, der dem Haus als Terrasse diente, sie hatte gelesen, gestrickt und auf ihn gewartet. Und als er am frühen Nachmittag, der Skizze folgend, die sie ihm geschickt hatte, bei der letzten Wegbie-

gung aus einem kleinen Wäldchen herauskam, sah er sie drüben beim ersten der beiden Holzhäuser, als sei sie selbst ein Bestandteil ihrer Zeichnung, wie sie aus einem Sessel aufstand und ihm freudig winkte. In der fremden, ihm nur von einem Foto bekannten Umgebung erschien sie ihm wie eine Überraschung, als würde sie ihm neu gezeigt. Das war sie, seine Frau, die ihn gebeten hatte herzukommen. Während der ganzen Fahrt durch Jutland hatte er vermieden, an sie zu denken. Er hatte seine Ängste abgewehrt, sich abgelenkt von seinem inneren Widerstand. Diese zwei Urlaubswochen sollten schön werden, er wollte versuchen, sich darauf einzustellen. Und nun, da er sie sah, inmitten dieser Landschaft, spürte er ein unerwartetes Aufwallen von Zuversicht.
Ja, es war schön hier. Hier konnte er sich wohl fühlen. Um alles in sich aufzunehmen, fuhr er langsamer als nötig auf dem unebenen Sandweg auf die Häuser zu. Das Gelände war eine bucklige Heidefläche, eingerahmt von Kieferndickungen und Birken und im Hintergrund von einer fahlgrünen Dünenlandschaft, in deren Windschatten die beiden Häuser standen. Hier wohnte man unbehelligt von Touristen, einsam und versteckt abseits der Landstraße und noch über eine Stunde Fußmarsch vom Meer entfernt. Jutta und Andreas hatten die beiden Holzhäuser mit den grasbewachsenen Dächern im vergangenen Jahr entdeckt und gleich für dieses Jahr wieder gemietet. Und diesmal war der ganze Clan hierhergefahren. Auf der ersten Postkarte, mit der Elisabeth ihm die Ankunft meldete, hatten sie alle unterschrieben. Aber er sah jetzt weder Jutta und Andreas mit ihren beiden Töchtern noch Christoph oder den alten Pattberg. Nur Elisabeth stand dort und zeigte mit großem Armschwung, er solle neben das Haus fahren, wo schon ihr Wagen stand.
»Da bist du ja«, sagte sie, ihn umarmend, »hast du es gut geschafft?«
Ja, er war glatt durchgekommen. Es war ja auch herrliches Reisewetter.
»Das skandinavische Hoch«, sagte sie, »wir haben seit Tagen

nur Sonne von früh bis spät. Du siehst ja, wie trocken es hier ist.«
»Und wie braun du bist«, sagte er.
Sie lächelte glücklich, daß er sie ansah, und jetzt erst fiel ihm das helle Batikkleid auf, das er noch nicht kannte. Es sah sehr dänisch aus mit seinem großförmigen Muster. Sicher stammte es aus einem kleinen Strandladen für Bademoden, an dem draußen Sonnenhüte und bunte Bälle in Netzen hingen. An der letzten Tankstelle, an der er gehalten hatte, um sich zu orientieren, hatte er einen Verkaufsstand mit solchen Kleidern gesehen.
»Ja«, sagte er, »du siehst erholt aus. Und um Jahre jünger.«
»Paß auf«, sagte sie, »in ein paar Tagen bist du genauso braun wie ich.«
Es war ein Jubel in ihrer Stimme, der ihm an ihr fremd war und in den er nicht einstimmen konnte. Am liebsten hätte er gesagt: Warte, laß mich erst einmal ankommen. Stell keine Forderungen. Ich bin noch nicht da.
Gemeinsam trugen sie das Gepäck ins Haus und legten es in der Schlafkammer auf ein Bett.
»Hier schläfst du und hier ich«, sagte sie.
»Und wo die anderen?«
Christoph und der alte Pattberg schliefen nebenan.
Sie standen in dem engen Gang zwischen den Betten dicht beieinander, und er dachte, wenn es richtig wäre zwischen uns, würden wir jetzt nicht weiterreden, wenn es richtig wäre, lägen wir jetzt hier.
Vielleicht hatte sie dasselbe gedacht. Denn sie hatte es so eingerichtet, daß sie allein war, als er ankam. Vielleicht hatte sie gehofft, daß hier gleich zu Anfang alles wieder zwischen ihnen begänne. Aber wenn es so war, dann erwartete sie alles von ihm und gab ihm keine anderen Zeichen als dieses freundliche Geplauder zu seiner Begrüßung.
So waren sie auch wieder ins Wohnzimmer gegangen. Sie hatte Kaffee gekocht, und sie hatten sich draußen in die beiden Sessel gesetzt.

Etwas war verpaßt, etwas war wie immer gewesen. Es war ihm gleichgültig im Augenblick. Die Sonne schien strahlend warm, und eine sanfte Brise machte die Hitze angenehm. Und der Kaffee war stark und munterte ihn auf.

Er mußte dann etwas gesagt haben: daß es ihm hier gefalle, daß man sich hier wohl fühlen könne, daß er morgen auch zum Strand wolle.

Darauf hatte sie geantwortet, daß dies seit Jahren ihr erster gemeinsamer Urlaub sei und sie jetzt, wenn sie wollten, viel Zeit füreinander hätten.

Sie hatten nicht viel damit anfangen können bisher. Sie waren sich nicht nähergekommen, sondern nur in eine beständige, gleichmäßige Freundlichkeit hineingeraten, die etwas Künstliches und Bemühtes an sich hatte, nicht weil sie Anlaß zu Streit gehabt hätten, sondern weil das, sobald sie allein waren, ihr einzig mögliches Verhalten war. Er war überzeugt, daß sie ihrer Umgebung als ein gut verständigtes Paar erschienen, als ein Paar, das man sich merkte, weil man es so häufig sah.

Sie gingen viel und lange am Strand spazieren, sie lasen, sie unterhielten sich, sie lagen nebeneinander in den Dünen oder in ihren Liegestühlen, sie liefen ins Meer und warfen sich in die Brandungswellen, und obwohl das alles so war, wie er es sich vorgestellt oder sogar gewünscht hatte, fühlte er manchmal, daß ihm etwas fehlte, und er dachte, glaubte sehen zu können, daß es ihr genauso ging, daß sie es aber nicht wahrhaben wollte und darüber hinweglebte. Momentweise kam ihm dann alles fadenscheinig und falsch vor, als erfüllten sie gemeinsam nur ein Programm, dem Meer und Strand als Kulisse dienten. Ich werde ihr nicht gerecht, dachte er, und fühlte sich bedrückt und unbestimmt schuldig. Inzwischen fürchtete er die vielen Stunden, die sie beide allein verbringen mußten, weil die anderen sich der heimlichen Regie Elisabeths fügten und häufig ohne sie einen Ausflug machten oder an einen anderen Strand fuhren. Denn sobald sie allein zurückblieben, war zwischen ihnen diese leise Beklemmung und Fremdheit, die sie gemeinsam überspielten und verleugnen mußten, diese beständige Freundlichkeit und lähmende Geduld.

Einmal schlug er Christoph vor, mit ihnen zum Strand zu fahren und wieder wie früher mit ihm Ball zu spielen. Aber der Ball, den sie mitnahmen, war zu leicht und wurde vom Meerwind aus der Bahn geweht. Christoph blieb wortkarg und lustlos und bewegte sich provozierend lahm. Mitten im Spiel ließ er den Ball fallen und murmelte etwas Unverständliches. Dann hob er seine Sachen auf und verschwand in den Dünen.

Elisabeth blickte nur kurz von ihrem Buch auf und las weiter, ohne ein Wort zu sagen. Das brachte ihn erst recht auf. »Was ist los mit ihm?« fragte er. »Er tut so, als kotze ihn alles an. Ganz besonders meine Gegenwart. Was habe ich jetzt schon wieder falsch gemacht?«

Beruhigend und, wie ihm schien, nicht wirklich interessiert, erklärte sie, man müsse Geduld mit Christoph haben und am besten sei es, ihn in Ruhe zu lassen, dann korrigiere er sich schon selber.

»Davon merke ich nichts«, antwortete er.

Und weil er nicht loskam von seiner Verärgerung, sprach er über Christophs Versagen in der Schule, über seine Schlappheit und Ziellosigkeit, seinen krummen Rücken, seine verwaschene Sprache, seine provozierende Unlust, mit der er sich immer und überall zurückzog in eine dumpfe, wortlose allgemeine Anklage gegen die ganze Welt und vor allem seine Eltern, ausgerechnet er, der immer alles, was er sich wünschen konnte, bekommen hatte.

»Glaubst du das wirklich?« fragte sie.

»Was?« wollte er wissen.

»Daß er alles bekommen hat, was er sich gewünscht hat.«

Da wußte er schon, worauf sie wieder hinauswollte: Er selbst

hatte sich zurückgezogen. Er hatte zum Beispiel seit Jahren nicht mehr mit ihnen Urlaub gemacht. Er hatte nicht nur sie, sondern auch Christoph allein gelassen.
Sie sagte das alles nur sanft, ohne Vorwurf, und berührte versöhnlich seine Hand, wie zur Versicherung, daß jetzt alles wieder gut würde. Denn jetzt war er ja hier.

Er hätte gar nicht kommen dürfen. Es war ein Fehler. Er spürte, daß Tag für Tag seine Gereiztheit wuchs. Er lag hier im Liegestuhl und las, weil er sich auf nichts anderes konzentrieren konnte, die Sportberichte und Klatschspalten der Zeitungen, überflog die Bekanntschaftsanzeigen und die Horoskope, und in der Fabrik lief die Arbeit auf Hochtouren mit sechzig Arbeitern, einem Drittel mehr als im vergangenen Jahr. Dies war das Jahr seiner größten Kraftanstrengung und des besten Abschlusses, den er je gemacht hatte. Er war dabei, den leichten Abwärtstrend der letzten beiden Jahre dramatisch ins Positive umzudrehen. Außerdem war es ihm gelungen, Elisabeths Geschwister, Jutta und Rudolf, endgültig aus der Firma auszukaufen. Das war sehr schwierig gewesen, weil er gleichzeitig kräftig investieren mußte, um den Münchner Auftrag erfüllen zu können. Er hatte einen neuen Lastzug mit Anhänger anschaffen müssen und einen neuen Füllautomaten, und er hatte das Kesselhaus und das Lager erweitern müssen. Aber seine Bank war großzügig mitgegangen, als er den Auftrag vorwies, und so hatte er auch die letzten Raten der Auszahlung zusammengebracht. Lieber kalkulierte er scharf, als ängstliche oder besserwisserische Passagiere an Bord zu haben. Nur der Anteil seines Schwiegervaters stand noch in der Firma, und zwei, drei Jahre lang mußte er wohl noch Pattbergs Ratschläge ertragen und dessen zähe Versuche abwehren, sich ihm in den Weg zu stellen.
Er hätte nicht kommen dürfen, nicht jetzt. Es gab ein kleines Warnzeichen aus München, das ihn hier mehr irritierte, als er zu Hause gedacht hatte. Der Prokurist der neuen Super-

marktkette hatte ihn vor zehn Tagen angerufen und gebeten, den dritten Wechsel zu prolongieren. Seine Erklärung hatte einleuchtend geklungen. Gerade der unerwartet stürmische Ausbau der Ladenkette hatte momentan zu einem Engpaß in der Liquidität geführt, und von ihm, dem Hauptlieferanten der Kette, wurde erwartet, daß er dafür Verständnis zeigte. Eigentlich war das nichts Besonderes, es kam nur unerwartet. Es war unerwartet, aber normal. Nachträglich hatte er sich gewundert, wie empfindlich er darauf reagiert hatte. Denn im ersten Moment hatte er nach Dänemark schreiben wollen, daß er nun nicht kommen könne. Doch als er sich hingesetzt hatte, um den Brief zu formulieren, war ihm der Grund lächerlich erschienen, keineswegs als ein Anlaß, sich Pattbergs wichtigtuerischen Belehrungen auszusetzen. Er hatte den angefangenen Brief zerknüllt und beschlossen, zu fahren und nichts zu sagen, weder Pattberg noch Elisabeth. Sein altes Argument, daß er im Sommer nie weg könne, mit dem er sich Jahr für Jahr entschuldigt hatte, wollte er jetzt zu dem Beweis umdrehen, daß er sich geschäftlich ganz sicher fühlte. Alles läuft gut, hatte er an Elisabeth geschrieben. Ich komme wie geplant und freue mich darauf.

Das war nicht ganz ehrlich gewesen. Er hatte sich nicht gefreut, sondern sich nur vorgenommen, etwas aus diesem Urlaub zu machen, und dieses Vorhaben war mit einer Angst durchmischt, die in den Tagen vor der Abreise immer wieder in ihm durchbrach. Er war sehr beschäftigt gewesen, beansprucht von den vielen verschiedenen Vorgängen, die alle bei ihm zusammenliefen. Mit der Verkaufsleitung hatte er die Angebote neu durchgerechnet. Fruchtlimonaden und Milchprodukte waren auf dem alten Preisniveau geblieben. Bei den Gemüsekonserven hatten sie einige Preise heraufgesetzt. Zwischen Terminen beim Gericht und bei der Bank mußten säumige Kunden angerufen werden. Der Bauführer, der die Arbeiten am neuen Kesselhaus leitete, bat um eine Besprechung, weil es Schwierigkeiten beim Verlegen der Leitungen gab. Von dort wurde er ins Lager gerufen, wo unangemeldet eine größere remittierte Lieferung eingetroffen war. An einem Tag mußte er einen Arbeiter wegen Diebstahls entlassen und am nächsten zwei neue einstellen. Er mußte Kunden besuchen und empfangen und zwischendurch die tägliche Post erledigen, so daß er nicht dazu kam, das neue Werbekonzept seiner Agentur durchzusehen. Er nahm es abends mit nach Hause und strich ungeduldig darin herum, weil es viel zu aufwendig und nicht besonders einfallsreich war. Einmal war er auch wieder zu einem Abendessen des Lions Clubs gegangen, wo man ihn lange nicht mehr gesehen hatte. Einige Abende, an denen er sich ausgelaugt fühlte, hatte er allein zu Hause vor dem Fernseher verbracht. Und immer wieder, in kleinen Pausen, wenn er sich von der einen auf die andere Sache umstellen mußte, und besonders kurz vor dem Einschlafen, wenn er allein in dem großen Bett lag, war diese untergründige Beunruhigung wieder dagewesen: er und Elisabeth hatten den Kontakt verloren. Seit Monaten, es mußte wirklich Monate her sein, hatten sie nicht mehr miteinander geschlafen.

Diese Trennung, diese Entfernung, wenn man es so nennen konnte, war fast unmerklich geschehen, und als sie ihm beiläufig bewußt geworden war, hatte er sich geweigert, sie ernst zu nehmen, weil es dafür so viele äußere Ursachen gab: er war oft geschäftlich verreist gewesen und hatte sich dieses Übermaß an Arbeit aufgeladen, außerdem hatte sich Elisabeth lange mit einer schweren Erkältung geplagt und war, um ihn nicht anzustecken – denn er konnte sich keinen Tag Krankheit leisten –, in ein anderes Zimmer gezogen. Es gab solche Zeiten, durch die man einfach hindurch mußte, und sie waren ja schließlich auch kein junges Paar mehr nach achtzehn Jahren Ehe.

Doch er brauchte gerade jetzt, da er mit der Firma einen riskanten Kurs steuerte, den Zusammenhalt mit ihr. Er mußte den Rücken frei haben, und das hieß für ihn, nichts schuldig zu sein, alle Forderungen, die an ihn gestellt wurden, zu erfüllen. Er wollte von sicheren Stellungen aus operieren, und deshalb mußte er in diesem gemeinsamen Urlaub sein Verhältnis zu Elisabeth in Ordnung bringen, im Bett, und, soweit das möglich war, überhaupt.
Indem er sich das vornahm, hatte er es auch wegschieben wollen als etwas – eine Angelegenheit, eine Aufgabe, ein kleines Problem –, für dessen Lösung er schon einen Platz und eine Zeit gefunden hatte. Doch als die Reise näherrückte, wurde das Problem größer und dringlicher, und spätestens, als er im Auto saß und sommerlich oder, wie ihm jetzt schien, ferienmäßig verkleidet zu ihr fuhr, mußte er entdecken, daß das Problem nicht mehr außerhalb von ihm war, sondern in ihm steckte. Er konnte sich nicht mehr vorstellen, wie es sein würde, wie es überhaupt möglich war, seine Frau anders als bloß freundschaftlich zu berühren. Seine Erinnerungen an frühere Zärtlichkeiten, die er zu beleben versuchte, waren undeutlich geworden, wie Bilder in einem Spiegel, die im Moment, da sie auftauchten, schon von einem Atemnebel überhaucht wurden und nicht mehr zu erkennen waren. Und je mehr er sich anstrengte, in sich etwas zu finden, eine Szene, die ihn erregte und ihm eine neue Gewißheit gab, etwas vielleicht, das er mit anderen Frauen erlebt hatte und auf Elisabeth übertragen konnte, um so mehr spürte er, daß er auf einen Widerstand stieß, der sich in ihm verdichtete und starker wurde und von ihr zu kommen schien. Nein, sie wollte das nicht, sie wollte nicht so angefaßt, nicht so gesehen werden. Sie war nicht die Frau, die sich vor ihm auszog und ihn herausforderte oder die er sich zurechtmachte, aus schnell zusammengesuchten Bildern, und die bereit war, auf seine Phantasien einzugehen. Nein, es war unmöglich, unpassend, unwürdig, sie ließ das nicht zu. Und obwohl er immer noch sicher war, daß sie ihn sehnlich erwartete, zeigte sie sich in

diesem Geisterkampf immer kälter und fremder und wehrte alle seine suchenden Gedanken ab.
Da plötzlich hatte ihn ein Gefühl von Sinnlosigkeit überfallen, das ihm von weit her bekannt war. Was sollte diese Anstrengung? Er wollte es nicht. Er steckte immer in einem falschen Leben. Das falsche war das einzige Leben und man mußte sich darin bewähren. Doch man wollte es nicht. Man versuchte es besser zu machen, und alles wurde falsch. Und wenn man doch glauben wollte, daß es das Richtige war, wurde man ein Fälscher. Gute Fälscher waren kaum als Fälscher zu entlarven, auch nicht, wenn sie eine Ehe fälschten. Er war nur ein mittelmäßiger Fälscher gewesen, über Jahre hinweg, und hatte es selbst nicht immer wissen wollen. Und nun wollte er glaubwürdiger werden. Sie und er wollten glaubwürdig werden. Glaubwürdigere Ehefälscher. Raste er deshalb so über die Autobahn, als ob er es gar nicht erwarten könne? Manchmal war die Welt nur ein Tunnel voller Geräusche, eine bunte Leere.

Er hatte dann mit dem Gedanken gespielt, in Hamburg, wo er noch zu tun hatte und übernachten wollte, mit einer anderen Frau zu schlafen, bevor er am nächsten Morgen nach Jütland zu Elisabeth fuhr. Er hatte sich eingeredet, daß ihm das helfen würde, er würde seine Spur wiederfinden, seine körperliche Sicherheit und Routine. Die Frau kannte er von einer seiner Geschäftsreisen, die ihn in den letzten Jahren zu vielen flüchtigen Bekanntschaften geführt hatten. Er hatte sie in einem Tanzlokal gegenüber dem Hauptbahnhof kennengelernt, an dem er nach dem Abendessen mit einem Kunden auf dem Heimweg ins Hotel vorbeigekommen war. Er war dann schon im Hotel Reichshof gewesen und noch einmal nach draußen gegangen, weil er sich nicht müde fühlte und noch ein wenig Luft schnappen wollte. Aber das konnte nicht sein wirklicher Grund gewesen sein, denn die Luft, die ihm aus dem Tanzlokal entgegenkam, war verräuchert und verbraucht, und er war trotzdem hineingegangen.

Sie hatte am Nebentisch gesessen, zusammen mit zwei Freundinnen, und er hatte sie zuerst von der Seite beobachtet und abzuschätzen versucht: eine Frau Ende Dreißig, die wahrscheinlich ihren Ehering versteckte, dunkelhaarig, nicht direkt schwarz, mit breiten Backenknochen und einem großen, beweglichen Mund. Als er sie aufforderte, war sie fast so groß wie er, und sie waren sich im Gedränge der Tanzfläche körperlich gleich einig gewesen. Er hatte nicht mit ihr geschlafen, obwohl sie ihm erzählt hatte, daß sie geschieden sei und nur mit ihrer kleinen Tochter zusammenlebte. Aber sie wohnte in einem weit entfernten Stadtteil, und er wollte am Morgen einen frühen Zug benutzen. So hatte er sich nur ihre Telefonnummer aufgeschrieben und ihr, wie er es immer machte, seine Büroadresse gegeben. Er hatte sie fast sofort vergessen, und sie hatte wochenlang nicht geschrieben. Erst am Tag von Elisabeths Abreise nach Dänemark war ein Brief von ihr gekommen, den er inzwischen fast auswendig kannte, weil ihre Sätze so einfach und direkt waren, daß er sie in seiner Verstörtheit mehrfach wie zur Beruhigung gelesen hatte. Auch als er wieder in Hamburg im Hotel war, hatte er das Blatt entfaltet und noch einmal ihre ziemlich große, gerundete, klar lesbare Schrift betrachtet, die ordentlich auf den Zeilen des linierten Papiers stand. »Lieber Ulrich!« hatte sie geschrieben. »Es ist verrückt, aber ich kann Dich nicht vergessen. Warst Du vor vierzehn Tagen in Hamburg? Bist Du mit der 102 gefahren? Wenn Du das nicht warst, dann hast Du einen verdammt guten Doppelgänger.«
Warum gefiel ihm das so? Weil er das Gefühl hatte, daß sie so einfach war wie ihre Sätze. Einfach zu begreifen und einfach anzufassen. Als Postskriptum hatte sie unten auf das Blatt geschrieben: »Melde Dich doch mal, wenn Du hier bist, oder willst Du nicht?«, und er hatte zuerst gelesen »willst Du mich?« und gedacht, daß er sie auf der Reise nach Dänemark treffen konnte. Als er sie dann vom Hotel aus anrief, hatte er, sofort als sie sich meldete, wieder aufgelegt. Darüber hatte er eine flüchtige Genugtuung empfunden, als habe er jetzt das

Falsche wieder gegen das Richtige eingetauscht. Diese Phantasie, sich bei einer anderen Frau auf die eigene einzustellen, war eine bloße Konstruktion gewesen. Er wollte nicht länger ausweichen und einen sinnlosen Umweg machen.
Zu seiner Belohnung hatte er teuer zu Abend gegessen und war zur Spätvorstellung noch in ein Kino gegangen. Am Morgen war er früher als beabsichtigt aufgewacht und bald losgefahren. Aber zwischen ihm und Elisabeth hatte sich nichts ergeben.

Es war nicht so enttäuschend, wie er befürchtet hatte, sondern eher selbstverständlich und normal. Hier in der engen Kammer, auf den harten, knarrenden Betten, nur durch eine dünne Holzwand von Christoph und Pattberg getrennt, wäre es kein besonderes Vergnügen gewesen. Darüber, und daß es wichtiger war, viel zusammenzusein, waren sie sich leicht einig geworden, und das hatte ihn ruhig gemacht.
Doch gestern vormittag war etwas geschehen, das ihn befremdet hatte. Er war von einer Strandwanderung zurückgekommen, um in der kleinen Poststelle beim Strandhotel mit seinem Büro in Siegburg zu telefonieren, da sah er Elisabeth und Pattberg quer über den Dorfplatz zu den Geschäften auf der anderen Seite gehen. Elisabeth trug einen Einkaufskorb, und Pattberg hatte Bessie, die junge Labradorhündin, an der Leine. Der Hund zerrte, weil er glaubte, es ginge zum Strand, wo er frei laufen durfte und immer mit einem hellen aufgeregten Bellen in die auslaufenden Brandungswellen hineinrannte. Pattberg riß ihn mit einem kurzen strafenden Ruck zurück, und der Hund geriet vor Elisabeths Füße, die beinahe über ihn gestolpert wäre. »Paß doch auf, Bessie«, sagte sie, mußte sie gesagt haben, er konnte es nicht hören, obwohl er sich ihnen bis auf zehn Schritte genähert hatte. Es war seltsam, daß sie ihn nicht sahen, aber noch seltsamer, daß er plötzlich seine Richtung änderte und unbemerkt hinter ihrem Rücken auf das Hotel zuging. Warum habe ich das gemacht?

dachte er. Was soll ich sagen, wenn sie es doch gesehen haben? Er konnte ihnen doch nicht erklären, daß er sie beide im Augenblick als Fremde empfunden hatte, ja sogar als seine Feinde.
Eine Zeitlang hatte er in dem kleinen Gastraum des Hotels hinter einem Fenster gesessen und darauf gelauert, daß sie wieder aus dem Supermarkt herauskämen. Er wollte begreifen, was er vorhin gesehen hatte und weshalb er vor ihnen ausgewichen war. Aber dann, vielleicht als das Mädchen ihm den Tee brachte, mußte er den Augenblick verpaßt haben, als sie wieder über den Platz zu ihrem Auto gingen. Es schien sie nicht mehr zu geben, nicht mehr auf diesem Platz in der Welt, der ihm nun noch fremder vorkam, so zufällig wie ein Ort der Verbannung. Fast eine halbe Stunde lang hatte er noch zu den einstöckigen Läden auf der anderen Straßenseite hinübergeblickt, ohne dieses Gefühl der Fremdheit loszuwerden. Schließlich ging er zur Post und rief in der Firma an. Es gab keine Nachrichten, die seine Unruhe rechtfertigten. Er konnte nun wirklich Ferien machen und sich entspannen.

Am Abend geriet er mit Pattberg in Streit, so plötzlich, daß sie alle überrumpelt waren. Sie saßen beim Abendessen, und Elisabeth, die sie alle mit beflissener Ferienheiterkeit zu Tisch gerufen hatte, erwähnte beiläufig Rudolf, der jetzt mit seinen beiden Jagdhunden allein in der Villa hauste. Darauf sagte er ohne jede Vorbereitung und mit einer ihn selbst befremdenden Schärfe, wenn es in der Familie mit Vernunft zuginge, müßten Rudolf und Pattberg sofort aus der Villa ausziehen, damit man sie renovieren und vermieten könne.
»Das ist doch unerhört«, sagte Pattberg, »unerhört.«
Er hatte sich aufgerichtet und den Suppenlöffel neben den Teller gelegt. In seinen Augen zeigte sich Unsicherheit. Und schon waren sie in einem Wortwechsel über »die heiligen Kühe der Familie«, wie er die Villa und den Park nannte, weil sie nur Geld verschlangen und nichts einbrachten und Patt-

berg sie nicht einmal angemessen beleihen wollte. Er warf ihm vor, daß er wie ein Bauer denke, nicht wie ein Geschäftsmann und Unternehmer, und die Fabrik mit dieser Einstellung ruiniere. Pattberg, dem es immer schwerfiel zu argumentieren, verteidigte sich mit Redensarten – das sei seine Sache, sein Erbe, von seinem Vater ihm anvertraut, das ließe er nicht antasten, schon gar nicht von ihm – doch auf einmal wurde er seltsam flattrig, als fühle er sich nicht gut. Er stotterte, seine Hand krampfte die Serviette zusammen.
»Was ist los, Vater? Fehlt dir was?« fragte Elisabeth besorgt, wurde jedoch von Pattberg störrisch abgewehrt, der wieder seinen Löffel suchte.
»Wollen wir nicht aufhören mit diesem Thema?« schlug Elisabeth vor und deutete ihm mit einem Blick an, daß Pattberg sehr erregt und in schlechter Verfassung sei.
»Aber bitte«, sagte er höhnisch, »hat ja sowieso keinen Zweck.«
»Wir sind hier in Ferien«, sagte sie, »wir wollen uns erholen und nicht streiten.«
Das Abendessen ging stumm weiter. Ihm gegenüber saß Christoph mit aufgelöstem, verwehtem Gesicht, unfähig, ihn anzusehen.

Sobald sie mit dem Essen fertig waren, stand er auf und ging zu Jutta und Andreas hinüber, um mit Andreas Schach zu spielen. Er wurde freundlich empfangen, von Jutta wie üblich mit einem schnellen Kuß, und fühlte sich sofort besser. Andreas war seit Jahren ein beleibter, fast kahlköpfiger Mann, der durchaus nicht der geniale Architekt geworden war, als den man ihn früher eingeschätzt hatte. Aber er verdiente wohl ganz gut und drückte schon durch seine Erscheinung und seine Bewegungen eine Zufriedenheit aus, die angenehm beruhigend wirkte. Und Jutta war noch unverändert schlank und sportlich und bewegte sich mit dem lässigen Ungestüm, das er immer so an ihr gemocht hatte. Sie war eine der Frauen,

denen alles gut steht, Pullover, Hosen, weite Röcke, Holzfällerhemden aus dickem Flanell und zarte romantische Blusen, Abendkleider und teurer Schmuck und neulich auch ein viel zu weiter Pyjama von Andreas, in dem sie mit aufgekrempelten Ärmeln und Hosenbeinen zu einem gemeinsamen Frühstück erschien, weil er so wunderbar bequem war. Vielleicht war sie oberflächlich im Vergleich zu Elisabeth, aber sie war es auf eine heitere, selbstverständliche Weise und gab einem das Gefühl, daß es erlaubt sei, das Leben leichtzunehmen. Es erfrischte ihn, in ihrer Nähe zu sein.
»Na, wie geht's dir?« fragte Andreas, während er die Schachfiguren aufstellte.
Er sagte, was er oft antwortete: »Mittelmäßig bis gut.« Sein Blick fiel auf das doppelseitige Farbfoto in der aufgeschlagenen Illustrierten neben ihm, das einen alkoholkranken Neger in Harlem zeigte, und er fügte hinzu: »im Vergleich zu dem hier.«
»Das glaub ich«, sagte Andreas und warf einen flüchtigen Blick auf das Bild. »Tolles Foto, nicht wahr?«
Ja, das war es, das konnte man sagen. Das Bild griff nach einem und wollte nicht loslassen.
Der Neger, ein bärtiger Mann zwischen dreißig und vierzig, lag zusammengekrümmt auf einem verrotteten Bettgestell und döste aus verschwollenen, entzündeten Augen vor sich hin. Es war kein abwesender, sondern ein erloschener, trauriger Blick, der auch innen in seinen dunstigen Träumen nichts mehr finden konnte, was besser war als dieses Slumzimmer mit dem dreckstarrenden Fußboden, auf dem Spaghettis, Zigarettenstummel und leere Flaschen herumlagen, oder was weniger hoffnungslos war als diese schmierigen Lumpen und dieser zerbrochene Stuhl mit dem aufgeschlitzten roten Plastikpolster. Der Mann da wußte oder fühlte in einem dumpfen Einverständnis, daß er zu kraftlos war, aus diesem Unrat noch einmal aufzustehen. Er hatte sich endgültig versacken lassen in seine Niederlage. Aber aus seiner Hoffnungslosigkeit und Schwäche war noch die kindliche Zärtlichkeit ge-

worden, mit der seine eine Hand den ausgestreckten Zeigefinger der anderen sanft umfaßt hielt als einen letzten Rest von Ichgefühl.
»Ja, wirklich ein tolles Bild.«
Er konnte nicht mehr sagen, fühlte sich gebannt und abgestoßen. Das Bild zog ihn in sich hinein, in eine dunkle Tiefe, und er stemmte sich dagegen an.
»Jetzt entscheidet sich, wer gewinnt«, sagte Andreas, der ihm den weißen und den schwarzen Bauern in seinen geschlossenen Fäusten zur Wahl hinhielt.
»Wieso jetzt?« wollte er wissen.
»Schwarz verliert«, sagte Andreas und zeigte auf das Foto.
»Ich gewinne auf jeden Fall«, hatte er geantwortet.
Tatsächlich zog er Schwarz und gewann.

Auch Elisabeth kam später noch herüber und saß mit Jutta am Eßtisch zusammen, während er und Andreas in der entgegengesetzten Ecke an dem niedrigen Couchtisch Schach spielten und Tuborg-Bier tranken. Die beiden Töchter waren in ihre Schlafkammer gegangen, um zu lesen und Radiomusik zu hören. Manchmal sickerte sie als ein dünnes, schwebendes Klanggemisch in den Raum ein, leise genug, daß man nicht hinhören mußte. Es war sehr friedlich, auch nachher, als sie noch zu viert zusammensaßen und Andreas die Flasche Rotwein entkorkte, die er, als der Verlierer der Schachpartie, an ihn verwettet hatte. Sie plauderten und witzelten, wie sie es früher öfter getan hatten, und Elisabeth sah so entspannt und heiter aus, daß sie Jutta viel ähnlicher wurde. Man sah jetzt deutlich, daß sie Schwestern waren, vor allem bei manchen Bewegungen, wenn sie zum Beispiel beide beim Lachen den Kopf in den Nacken warfen und ihren Hals entblößten. Bei Jutta wirkte das ungestümer und ausdrucksvoller, aber er sah es erstaunt bei Elisabeth als eine verschüttete Möglichkeit auftauchen und blickte mehrmals zu ihr hin, wenn Andreas sich in seinen witzigen Erzählungen und Bemerkungen erging, als seien diese Familienferien für ihn ein Abladen von Anekdoten. Sie mochten sich alle gegenseitig oder ließen sich gelten oder waren aneinander gewöhnt. Es war leicht, miteinander umzugehen, wenn man sich so lange kannte. Der Lichtkreis der Lampe, der sie alle einschloß und in dem die braungebrannten Gesichter leuchteten, war das sichtbare Zeichen der Zusammengehörigkeit, die sie wahrscheinlich alle empfanden und die sie so gelöst und heiter machte.

Das verflog plötzlich, als er sich mit Elisabeth verabschiedete und sie beide in dem dämmerigen Halblicht dieser nördlichen Sommernacht auf ihr Haus zugingen. »Kommt gut heim!« rief Andreas hinter ihnen her, obwohl sie kaum mehr als fünfzig Meter zu gehen hatten. Für zwei hartnäckig schweigende Menschen war das eine lange Strecke. Plötzlich, als er irgend etwas sagen wollte, blieb Elisabeth stehen.
»Ich halte es nicht mehr aus«, stieß sie hervor.
»Was?« fragte er verblüfft.
»Deine Wut gegen mich und gegen Christoph und Vater.«
»Wie kommst du darauf? Gegen dich habe ich doch keine Wut.«
»Doch, vor allem gegen mich. Es kann ja sein, daß du es gar nicht weißt.«
»Unsinn«, sagte er, »Unsinn.«
Es war nur eine automatische Abwehr, denn seine Überraschung hielt an, und er wartete darauf, daß sie wieder etwas sagte, was ihm bewies, daß sie alles verstanden hatte, ihn und sich selbst und die Probleme, die sie miteinander hatten. Vielleicht zeigte sie sich auf einmal, und sie konnten plötzlich miteinander reden. Vielleicht war sie eine völlig andere Frau, als er gedacht hatte, und er lernte sie jetzt erst kennen.
»Ja, gut«, sagte er versuchsweise, »Ärger und Wut sind normal zwischen Ehepartnern, genauso wie das Gegenteil.«
In einer blitzschnellen Korrektur hatte er das Wort »Liebe« vermieden, das ihm wie eine Falle erschienen war, die immer

für ihn aufgestellt war, damit er eines Tages hineintappte. Er hatte das bedrohliche Wort hinter einem anderen versteckt: Ärger und Wut und ihr Gegenteil waren normal.

»Aber nicht der Haß«, sagte sie.

»Ich hasse dich nicht«, sagte er erstaunt, »glaub mir.«

Sie schaute ihn wortlos an. Er konnte sehen, daß ihr Trotz sich auflöste, ohne daß sie ihm glaubte. Sie war gefügig aus Unsicherheit, und sie erwartete von ihm eine Veränderung, einen Wink, etwas, das ihnen weiterhalf.

Auf seinen Vorschlag stiegen sie die Düne hoch. Der Sand rutschte unter ihren Füßen, und das Klettern, bei dem er ihr die Hand reichte, kam ihm schon wie eine Verständigung vor. Oben fanden sie eine flache Mulde und setzten sich in den trockenen, angenehm weichen Sand. Hier konnten sie die Dunststreifen und Nebelfelder sehen, die über der Heide standen, dünne schwadige Schleier, die sich ein kleines Stück über dem Boden hinzogen und am Rand der Kieferndickungen zu stauen schienen. An einigen Stellen waren dichte Schwaden in die krüppeligen Gehölze eingedrungen und hatten sie fast völlig verschluckt. Es sah aus wie ein stiller nasser Waldbrand, angehalten zu einer Momentaufnahme von geisterhafter weißer Panik. Nur noch die Baumwipfel starrten aus der milchigen Verhüllung als ein bizarres, graues Gitterwerk, das fast körperlos in der Luft schwebte. Vorne, bei Jutta und Andreas, brannte Licht, ihr eigenes Ferienhaus war dunkel. Er konnte die Motorhauben von seinem und von Elisabeths Wagen erkennen, die an der Schmalseite des Hauses nebeneinander standen.

»Wie still und friedlich es ist«, sagte er.

Sie wollte wohl nicht darauf antworten und ließ den Sand durch ihre Finger rinnen, griff sich wieder eine Handvoll und beobachtete das feine Rieseln.

»Du wolltest mir doch etwas sagen«, begann er wieder. »Dann bitte tu's auch. Sprich dich aus.«

Sie war noch mit dem Sand beschäftigt. Wie nebenbei sagte sie: »Ich habe dir doch gesagt, was ich empfinde.«

»Ich hasse dich nicht«, sagte er. »Ich bin hergekommen wegen dir.«
»Vielleicht.«
Wieder saßen sie in ihrem Schweigen fest, wieder begann sie mit dem Sand zu spielen. Die Bewegung, mit der sie sich eine neue Faust voll Sand griff, war heftiger, ungeduldiger und stand in einem seltsamen Widerspruch zur Reglosigkeit ihres Körpers und zu ihrem gesenkten Kopf.
»Es ist dein Vater, der mir auf die Nerven geht«, sagte er, »und Christoph auch, aus anderen Gründen.«
»Aber sie können nichts dafür.«
»Wofür?« wollte er wissen.
»Daß du es bereust, mich geheiratet zu haben.«
»Nein, das stimmt doch nicht«, sagte er überrascht und faßte ihre Schulter. »Es stimmt nicht, hörst du?«
»Das ist meine große Angst.«
»Wieso?« sagte er, immer mehr aufgebracht, weil er gezwungen war, gegen etwas anzukämpfen, das ihn überforderte. Er hatte nichts, was er ihr geben konnte. Sie hätte ihn davon überzeugen müssen, daß ihre Ehe nicht sinnlos und leer war. Sie, die sich an dieser Ehe festklammerte, die so anspruchsvolle Erwartungen und Wünsche hatte, sie hatte diese Aufgabe, nicht er. Aber sie drehte das immer um und zwang ihn, sie zu beruhigen. Er sollte sie von etwas überzeugen, woran er selbst nicht glaubte.
»Wieso? Was fehlt dir?« sagte er, mühsam über seinen Unwillen hinwegredend. »Wir sind kein Liebespaar mehr. Aber wir halten zusammen, wir verstehen uns. Das ist viel wichtiger. Das brauche ich jetzt, wo im Geschäft so viel auf dem Spiel steht.«
»Aber wir sind doch wichtiger als das Geschäft. Es kommt doch vor allem auf uns an.«
»Ja, trotzdem. Ich wollte nur sagen: – Ich brauch es, daß du zu mir hältst.«
»Das ist doch selbstverständlich. Das weißt du doch. Ich verstehe bloß nicht, daß du dich so abrackerst.«

»Es geht nicht anders.«
»Redest du dir das nicht ein?«
»Nein.«
»Doch, doch, du ziehst dich in deine Arbeit zurück. Du versteckst dich dahinter. Auch vor dir selber.«
»Kannst du nicht aufhören mit diesen Erläuterungen?« sagte er schroff. »Das hast du doch alles nur aus deinen Erbauungsbüchern.«
An der betroffenen Stille neben sich konnte er ihr Erschrekken spüren, und sein altes Schuldgefühl ihr gegenüber regte sich wieder. Doch er war zu gelähmt, um irgend etwas zu ändern. Er wollte es auch nicht.
»So können wir nicht miteinander reden«, sagte sie leise.
Er hatte keine Lust zu antworten. Was hätte er auch sagen sollen? Daß alle ihre Versuche, ihn zu verstehen, Vorwürfe waren und daß es auch nicht anders sein konnte, weil sie von sich ausging, von ihren Gefühlen, ihren Wünschen? Und was hätte er von sich sagen können? Er wußte nicht, warum er so leben mußte, wie er lebte. Wenn er darüber nachzudenken versuchte, wurde er sich nur fremd.
Drüben bei Andreas und Jutta ging das Licht aus. Die hatten sich beeilt, ins Bett zu kommen. Er konnte sich nicht vorstellen, wie die beiden miteinander schliefen, aber er blickte mit einem leisen Neidgefühl zu ihrem Haus hinüber. Die beiden hatten am selben Tag geheiratet wie Elisabeth und er. Dieses Datum hatten sie gemeinsam, sonst war alles anders.
Überrascht spürte er, daß Elisabeth zaghaft seine Hand suchte. Er unterdrückte sein Widerstreben und überließ sie ihr. Anscheinend war sie seinem Blick gefolgt und hatte jetzt auch gesehen, daß das Haus drüben dunkel war. Denn sie sagte, als suche sie damit seine Nähe: »Die beiden sind schon schlafen gegangen.«
»Ja.«
Irgend etwas wollte sie noch sagen. Sie schien unsicher zu sein und bekam es nicht heraus. Schließlich nahm sie seine Hand in beide Hände und drückte sie: »Du weißt doch, daß du dich

immer auf mich verlassen kannst? Du kannst mir alles anvertrauen. Ich werde immer versuchen, dir zu helfen. Das weißt du doch.«
Sie rutschte herum mit einer energischen Bewegung und suchte seinen Blick: »Weißt du das?«
»Ja.«
»Weißt du, daß ich deine Frau bin?«
Er lächelte und sagte: »Ja.«
Sie nahm das Lächeln nicht auf, und ihre Augen, inständig und dunkel in dem Dämmerlicht, zwangen ihn, sie weiter anzusehen: »Ich stelle nur eine Bedingung: Du darfst mich niemals belügen.«
War das nicht ein altes Thema? Hatte sie das nicht irgendwann schon einmal gesagt, mit derselben quälenden Beharrlichkeit? Und hatte er damals nicht eingewendet, daß das unmöglich sei?
Wußte sie denn wirklich nicht, daß man lügen mußte, und gerade sie ihn oft dazu zwang?
»Warum sollte ich dich belügen?« fragte er.
»Dann versprich mir, daß du es nie tun wirst.«
»Und wie bitte? Soll ich schwören?«
»Gib mir einen Kuß.«
Er neigte sich vor, und ihre Münder legten sich aufeinander, sanft und zärtlich, aber auch feierlich und unentschieden, und es schien nicht möglich zu sein, daß es sich änderte. Es war schon falsch, daß sie die Augen schloß.

Kurz danach rutschten sie gemeinsam den Abhang hinunter und gingen mit Sand in den Schuhen auf ihr Haus zu. Das Fenster ihrer Schlafkammer stand offen. Wahrscheinlich war sie wieder voller Schnaken.
»Morgen sind wir den ganzen Tag allein«, sagte sie. »Christoph will sich ein Fahrrad leihen, und Jutta und Andreas nehmen Vater zum Limfjord mit.«
»Ist morgen nicht Sommersonnenwende?«

»Ja, morgen abend wollen wir alle zum Strand fahren. Bei Sonnenuntergang gibt es ein großes Feuer. Ich habe Jutta gesagt, sie sollen anschließend zu uns kommen.«
Er hätte lieber bei Andreas und Jutta gefeiert. Aber Elisabeth hatte alles schon durchdacht und geregelt. Wahrscheinlich wollte sie Christoph und Pattberg nicht wieder allein lassen. Kurz vorm Haus hängte sie sich bei ihm ein und zwang ihn, einen Augenblick lang stehenzubleiben.
»Was machen wir beide morgen?«
»Faulenzen und lesen. Ich habe mir zwei Kriminalromane gekauft.«
»Und nachmittags fahren wir ans Meer?«
»Vielleicht.«
Als sie ins Haus traten, kam ihnen im Dunkeln Bessie entgegen, wedelte und wollte von Elisabeth gestreichelt werden. Sie hockte sich hin und umschlang Kopf und Hals des Hundes, streichelte sein Rückenfell und seine Flanken. Er war neben ihr stehengeblieben und sah gedankenlos auf sie und den Hund hinab.
»Geh du zuerst ins Badezimmer«, flüsterte sie ihm zu.
Wortlos ging er, mit einem kurzen Nicken, hörte sie hinter sich leise mit dem Hund sprechen. Er wusch sich flüchtig, bedacht, keinen Lärm zu machen, badete nur sorgfältig seine verschwitzten Füße. Sein Befremden gegenüber seinen verkrümmten, hochgeschobenen äußeren Zehen war in den Ferien wieder stärker geworden. Er ging am Strand, wo alle barfuß liefen, in Turnschuhen herum, obwohl seine Füße darin schwitzten und sich leicht wund rieben.
»Warum machst du das eigentlich?« hatte Elisabeth gesagt. »Das ist doch so überflüssig. Niemand achtet darauf. Und mich stört es überhaupt nicht.«
Dich nicht, dachte er. Aber wenn er mit anderen Frauen zusammen war, versuchte er, es zu verbergen. Vielleicht wünschte Elisabeth sich manchmal, daß er viel schlimmer verunstaltet wäre, damit sie ihn sicherer in ihrer Hand hätte. Ohne es zu wissen, wartete sie vielleicht auf seine Niederlage.

Diese Versicherungen vorhin, daß sie zu ihm halten würde, daß er sich auf sie verlassen könne, verrieten ihren Wunsch, er solle von ihr abhängig sein. Denn sie konnte nicht glauben, daß ein Mann um ihretwillen mit ihr zusammenlebte. Ganz im Gegensatz zu Jutta, für die das kein Problem war, weil sie sich selbst mochte. Auch Andreas mochte sich selbst. Deshalb verlangte er so wenig von sich und strahlte diese Ruhe aus. Andreas, der glückliche Ehemann, der gute Vater. Während er in manchen Augenblicken wußte, daß er nicht wirklich er selbst war, nicht dieser Mann, der hier auf dem Schemel saß, seine Füße abtrocknete und puderte, nicht der Mann, der in diese Familie eingeheiratet hatte, die ihm, wenn sie so nahe rückte, unvertrauter wurde als jeder Fremde. Er lauschte. Nebenan im Wohnraum sprach Elisabeth mit Pattberg, der wieder aufgestanden war und irgendwie verwirrt wirkte. Er sprach undeutlich, konnte aber offenbar auch schwer verstehen, was Elisabeth zu ihm sagte, denn sie sprach betont deutlich auf ihn ein.

»Zum Limfjord«, sagte sie, »ihr fahrt zum Limfjord. Nach dem Frühstück holen sie dich ab.«

Pattberg murmelte etwas, schien nicht verstanden zu haben oder wehrte sich.

»Zum Limfjord. Da soll es sehr schön sein.«

Das eigensinnige Murmeln war wieder zu hören.

»Nein«, sagte sie, »ihr macht ein Picknick. Irgendwo am Wasser.«

Sie sprach jetzt ziemlich laut. Wahrscheinlich war inzwischen auch Christoph wach geworden. Wie konnte er es überhaupt aushalten, mit dem alten Mann in einer Kammer zu schlafen?

»Nein«, sagte Elisabeth, »das ist nicht gut für dich. Du darfst dich einfach nicht so aufregen.«

Erstaunlich deutlich konnte Vogtmann auf einmal hören, wie Pattberg »unverschämte Frechheit« sagte und wie er es ein zweites Mal noch lauter wiederholte: »Unverschämte Frechheit!« Er wußte, daß er gemeint war und Pattberg mit Absicht so laut gesprochen hatte, damit er es im Badezimmer hören konnte. »Unverschämte Frechheit!« Er rief es ein drittes Mal, Elisabeth antwortete jetzt leiser, um Pattbergs Ton zu dämpfen. Vielleicht wollte sie auch vermeiden, daß er sie im Badezimmer verstehen konnte. Verflucht, dachte er, wie komme ich hier raus? Er wollte auf keinen Fall in diese Szene hineinplatzen. Doch auf die Dauer war es lächerlich, hier eingesperrt zu sein. Vielleicht würde er gleich hinausgehen und irgend etwas sagen, etwas, das er am Vormittag unklar empfunden hatte, als Elisabeth und Pattberg vor seinen Augen über den Platz gegangen waren, etwas, das sich in ihm nach oben drängte und das er sagen mußte, sobald es ihm bewußt war.

Jetzt konnte er hören, wie Elisabeth ihren Vater mit begütigenden Worten in seine Schlafkammer zurückdrängte. Er hörte die Stimmen nun auf dieser Seite des Badezimmers, auch Christophs Stimme war dabei. Alle blieben unverständlich. Sie waren leiser geworden und näher aneinander gerückt. Er konnte jetzt ungesehen durch das Wohnzimmer in die Schlafkammer gehen und sich ins Bett legen. Nebenan redeten sie wieder deutlicher. Es ging um eine Schlaftablette, die Pattberg ausnahmsweise bekommen sollte. Ich brauchte auch eine, dachte er, und zog sich die Decke über die Ohren. Tief innen sagte eine Stimme: »Hallo, bist du mit der 102 gefahren?« Und er wünschte sich weg von hier, weg aus diesem Leben, weg von hier.

Als er früh am Morgen aufwachte, war der Wunsch zu verschwinden noch da, als habe er ihn durch seine unruhigen Träume hindurch festgehalten. Doch im Moment, da er ihm bewußt wurde, schrumpfte er auf ein vernünftiges Maß zusammen: Er wollte zum Strand fahren. In dem orangeroten Licht, das durch den Vorhang drang und die Holzwände der Kammer färbte, sah er, daß Elisabeth noch schlief. Sie hatte ihr verschwitztes Gesicht vom Licht weggedreht und in das Kissen gewühlt, als suche sie dort Zuflucht. Er konnte nicht erkennen, wie sie Luft bekam, aber ihre Schultern bewegten sich in flachen Atemzügen. Leise stand er auf und ging ins Badezimmer. Als er in den Wohnraum zurückkam, trat sie gerade im Bademantel aus der Schlafkammer und strich sich die Haarsträhnen aus dem Gesicht.

»Was ist denn mit dir los?« fragte sie. »Warum bist du schon auf?«

In dem plötzlichen Wunsch, sie zu kränken, sagte er: »Ich kann mir das dumme beleidigte Gesicht deines Vaters nicht schon wieder zumuten zum Frühstück. Lieber fahr ich jetzt zum Strand.«

»Ulrich«, sagte sie mit sanftem Vorwurf, »du hast doch gestern den Streit angefangen. Nun könntest du wirklich großzügiger sein.«

»Warum soll ich mir den Morgen verderben?« fragte er und lauerte darauf, daß sie etwas erwidern würde, aber sie ging nicht darauf ein. Oberflächlich zufriedengestellt sagte er, daß er sowieso Zeitungen kaufen und telefonieren wolle. Dann blickte er auf seine Uhr und fragte: »Weißt du, wann sie mit ihm wegfahren?«

»Sicher erst um halb zehn. Er schläft noch. Ich habe ihm ein Phanodorm gegeben.«

»Dann komme ich um halb elf zurück. Du kannst Andreas ja ein bißchen antreiben, damit er nicht bummelt. Sag ihm, ich will den Alten nicht sehen.«

Sie antwortete nicht. Ihre ineinander verschränkten Finger verrieten, daß sie sich zurückhielt. Er hatte Lust, noch etwas zu sagen, um ihre Selbstbeherrschung auf die Probe zu stellen, nahm sich aber zusammen. Er war schon an der Tür, als sie sagte: »Kannst du nicht Christoph mitnehmen? Er will auch zum Strand. Dann kannst du endlich mal allein mit ihm reden.«

»Gut. Sag ihm, er soll sich beeilen. Ich warte draußen.«

Und um nichts weiter in Frage zu stellen, wandte er sich ab. Auf der Terrasse war es schon wärmer als drinnen. Er reckte sich und atmete tief durch. An der Hausmauer standen zu-

sammengeklappte Stühle. Er schlug einen auf, betastete die Sitzfläche, ob sie schon trocken war, und setzte sich.
Worüber sollte er mit Christoph sprechen? Wie sollte er es anfangen? Sie waren lange nicht mehr miteinander allein gewesen, hatten das beide instinktiv vermieden, und inzwischen war es schwer, darüber hinwegzukommen. Sie hatten den kumpelhaften Umgangston verloren, in dem sie vor ein paar Jahren noch miteinander gesprochen hatten, damals, als sie noch zusammen Fußball spielten und er ihm, allerdings mit mäßigem Erfolg, beigebracht hatte zu boxen, damit er sich besser durchsetzen konnte auf der Straße. Es war unmöglich, daran anzuknüpfen, Christoph zeigte durch sein ganzes Verhalten, daß er inzwischen alles ablehnte, was sie früher zusammen gemacht hatten. Vielleicht war das alles kein Problem, wenn er ihn einlud, mit ihm im Strandhotel zu frühstücken. Das war hoffentlich eine Gelegenheit, Vertrauen herzustellen. Vor allem weil Christoph sich von Essen und Trinken immer beruhigen ließ, obwohl es manchmal schwer war, ihm dabei zuzusehen, wie er alles stumm in sich hineinfraß. Nun, sie mußten sich Zeit lassen zu einem ausgedehnten Frühstück und nachher vielleicht einen langen Spaziergang am Strand machen. Den Anruf in der Firma konnte er verschieben. Das war ohnehin nur Routinesache. Am besten blieben sie nach dem Frühstück noch im Hotel sitzen und tranken ein Bier. Sie brauchten sicher zwei, drei ungestörte Stunden, damit sich etwas zwischen ihnen anbahnen konnte, ein kleiner Anfang, eine offene Äußerung, die von Christoph kommen mußte, die er auf keinen Fall aus ihm herausfragen durfte. Dagegen würde er sich sofort verschließen. Er würde wieder nur mit »ja«, »nein« und »ich weiß nicht« antworten und an ihm vorbeiblicken.
Er wartete. Er zündete sich eine Zigarette an. Es war schön, hier zu sitzen und auf die Heide zu blicken. Bloß konnte er das nachher noch genug genießen, wenn er vom Strand zurückkam. Jetzt wollte er erst einmal hier weg. Von Christoph war nichts zu hören. Er ließ sich wieder einmal Zeit, und das

stellte ihn schon auf die Probe. Er mußte geduldig sein und sich nicht anmerken lassen, wie reizbar er war. Ließ er sich reizen, dann lag die Schuld bei ihm. Er mußte ein ruhiges, entspanntes Gespräch mit Christoph führen, mußte beweisen, daß er das konnte und die Störung nicht von ihm ausging. Er wollte es wirklich versuchen. Er wartete, er schlug die Beine übereinander, die Zigarette schwelte zwischen seinen Lippen. Er warf sie auf die Steinplatten und zerdrückte sie mit seiner Schuhsohle. Hinter ihm trat Elisabeth mit besorgtem Gesicht auf die Terrasse. Er sah ihr an, daß sie ihn beschwichtigen wollte.

»Wo bleibt er?« fragte er.

»Bitte, ärgere dich nicht«, sagte sie, »er will noch nicht aufstehen.«

Da er nicht antwortete und im Augenblick nichts zu antworten wußte, fügte sie hinzu: »Er sagt, er sei zu müde. Ich habe nicht lange mit ihm geredet, um Vater nicht aufzuwecken.«

Wortlos stand er auf, und zunächst dachte er, daß er zu seinem Wagen gehen und einfach wegfahren würde. Doch ebenso unwillkürlich, wie er sich aus seinem Stuhl erhoben hatte, war er nach zwei Schritten stehengeblieben und hatte gesagt: »Das habe ich mir fast so gedacht.«

Erst dann trieb die Kränkung, als wäre sie ein Schlag gewesen, ihm ein höhnisches Lächeln ins Gesicht: »Natürlich hast du ihm versprochen, daß du ihn später fährst.«

Sie leugnete es nicht.

Er war noch erregt, als er zum Strand fuhr. Doch als er kurz danach im Strandhotel beim Frühstück saß, war er sehr zufrieden, allein zu sein. Eine unerklärliche Heiterkeit kam in ihm auf, als habe er unversehens einen großen Schritt vorwärts gemacht. Er hätte nicht sagen können, in welche Richtung, nur daß er sich nicht mehr so eingeengt fühlte von Rücksichten auf die Erwartungen der anderen, von denen er seit Tagen dauernd umgeben war. Für ein paar Stunden war er ungestört, wie er es sich gewünscht hatte. Dieses Frühstück mit Eiern und Schinken, gebuttertem Toast und Honig und einer großen Kanne Kaffee stand nur für ihn da. Er wollte es sich in aller Ruhe einverleiben. Wie gut, daß er dabei weder reden noch zuhören mußte. Es wäre sowieso nichts dabei herausgekommen außer verlegenem Herumdrucksen. Viel besser war es, in den Toast zu beißen und bitteren, heißen Kaffee zu schlürfen. Zu spüren, wie sich der Magen erwärmte, und niemanden an sich heranzulassen.

Nur noch beiläufig und von ferne dachte er an Christoph. Er wollte Elisabeth noch einmal vorschlagen, den Jungen in ein Internat zu schicken, weil das vermutlich seine einzige Chance war. Wenn sie wieder Schwierigkeiten machte, wollte er sich nicht mehr darum kümmern. Sie würde schon selbst merken, wo es hinführte. Vor allem wollte er sich nicht mehr vorhalten lassen, er sei doch selbst im Internat gewesen und müsse sich doch erinnern, wie sehr er damals gelitten habe. Damals, großer Gott! Diese billige Verwahranstalt, diese Hunger- und Prügelbude, in die ihn seine Tante nach dem Tod seiner Mutter verbannt hatte, damals im Krieg, als er gerade zehn Jahre alt war – es war lächerlich, das mit den exklusiven Instituten zu vergleichen, die für Christophs pädagogische Betreuung zur Wahl standen. Nein, er wollte nicht mehr darüber reden. Sie interessierte sich auch nicht dafür. Sie wollte nicht wissen, wie es ihm ergangen war, sondern suchte nur nach Argumenten, um Christoph im Haus zu behalten.

Von ihm aus, bitte! Ich bin nicht er, dachte er, daran muß ich mich halten, dann werde ich viel ruhiger sein.

Er blätterte in der Zeitung, sah eine hochmütig lächelnde Frau mit großem Hut und geschlitztem Rock, darunter stand ein Modebericht. Der Minirock war endgültig tot und würde so bald nicht wiederkommen. Die Textilindustrie konnte wieder mehr Stoff verkaufen. Pininfarina hatte dem Jaguar-Spider ein neues Blechkleid geschneidert, und über Karajan konnte man lesen, daß niemand in seiner Nähe mit Tassen

klappern durfte. Karajans Hotelapartments wurden mit besonders dicken Teppichen ausgelegt, damit er seine eigenen Schritte nicht hörte. Noch besser war der nächste Bericht. Ein berühmter Filmschauspieler hatte in einem hysterischen Wutanfall die Einrichtung seiner römischen Luxuswohnung zerstört. Nach einem Streit mit seiner Freundin hatte er vor seinen entsetzten Gästen mit einem Golfschläger eine kostbare chinesische Vase zertrümmert, hatte Kerzenleuchter in venezianische Spiegel geschleudert und einen alten Gobelin zu zerfetzen begonnen, bis ihn ein Freund kurzerhand k. o. geschlagen hatte. Schade, dachte Vogtmann, man hätte ihn nicht hindern dürfen.
Er lächelte, als er das dachte. Auf dem Grund des Gedankens funkelte etwas, das sich in den letzten Tagen in ihm vernebelt hatte. Sein Bemühen um Übereinstimmung und Harmonie hatte diesen Nebel erzeugt, in dem er sich selbst undeutlich wurde, unfühlbar, unbewußt. Jetzt war es wieder da, das Wort »ich«, das Gefühl des Wortes »ich«, das ihn wie ein feiner Stich durchfuhr und ihn bezeichnete. Ich. Einschneidend, scharf und brennend. Im Geklirr der teuren Vasen und Spiegel schlug der andere es für ihn frei: Ich schaffe mir Raum! Ich bin hier! Ich mache mich bemerkbar! Ich tu, was ich will! Nein, nicht dieser tobende Hysteriker hatte das Gefühl wieder in ihm aufgereizt, sondern Christoph, der ihm den Rücken zugedreht hatte, um weiterzuschlafen. Unüberhörbar hatte er »ich« gesagt. Ich will nicht. Ich will nicht mit dir reden. Ich will dich nicht hören und sehen. Ich will schlafen. Genau das hatte er gesagt. Das war der Stich gewesen, der ihn geweckt hatte. Nun wußte er wieder, daß er allein war, und das machte diesen Morgen so fremd und verheißungsvoll. Als ob alles noch möglich wäre. Fast alles war noch möglich.

Ein wenig abwesend ging er nach dem Frühstück am Strand spazieren, wo eine Gruppe von Arbeitern damit beschäftigt

war, alles brennbare Strandgut zu einem großen Scheiterhaufen aufzuschichten, der heute abend bei Sonnenuntergang als Sonnenwendfeuer brennen sollte. Eine Zeitlang sah er ihnen zu und hörte ihre dänischen Laute. Nachdem er einem von ihnen Feuer für seine Zigarette gegeben hatte, ging er automatisch weiter. Nach zehn Minuten hatte er den Badestrand hinter sich gelassen, zog Schuhe und Strümpfe aus und ging mit hochgekrempelter Hose an der Wasserlinie entlang. Der Strand war hier unaufgeräumt, und die Flut hatte ihn mit Muscheln und braunschwarzen Algenansammlungen überschwemmt, in denen die rötlichen Schalen und Beinscheren toter Krebse lagen. Schwärme winziger Fliegen stoben auf, wenn er mit einem Stück Strandholz in den Algen herumstocherte oder ein halb vergrabenes Kunststofftau aus dem Sand zu zerren versuchte. Ab und zu schwammen in den Prielen und stehengebliebenen Wasserlachen kleine blaue Quallen mit farblosem Rückensegel oder vertrockneten auf dem Sand zu klebrigem Schleim. Kreischend stiegen vor ihm ganze Kolonien von Möwen hoch und ließen sich hinter ihm wieder auf dem Strand nieder, und einmal kam aus den Dünen ein nackter Mann und ging auf das Meer zu. »God dag«, sagten sie beide in steifer Würde, als sich ihre Wege kreuzten.
Es wehte kaum Wind. Das Meer neben ihm, in der Ebbe weit zurückgewichen, flimmerte in der Sonne und warf in immer gleichem Rhythmus dünne Wasserschleier und Schaum über seine Füße. Wenn er länger darauf blickte, wurde ihm fast schwindelig. Er ging immer weiter, begleitet von dem matten Rauschen, eingehüllt von der Wärme, die aus dem wolkenlosen Himmel herunterstrahlte.
Ich wollte doch telefonieren, sagte er sich.
Ja, es war längst Zeit dazu. In der Firma hatten sie die heutige Post gesichtet und sortiert. Alle Nachrichten, die ihn interessieren konnten, lagen auf dem Tisch. Dennoch ging er weiter in der entgegengesetzten Richtung, als wollte er sich davon entfernen. Erst einmal wollte er ganz für sich sein. Allmählich schob sich ein anderer Gedanke darüber und wurde immer deutlicher: Er wollte der Sache Zeit lassen.

Was denn? Welcher Sache? Wieso Zeit lassen? Was faselte er da?
Ruckartig blieb er stehen und drehte sich um. Vor ihm lag kilometerweit der menschenleere Strand, und in einer kurzen Vorahnung, die wieder erlosch, glaubte er zu wissen, daß etwas passiert war.

Es muß etwas passiert sein, dachte Elisabeth. Sie legte das Buch beiseite, in dem sie schon minutenlang, ohne etwas zu verstehen, gelesen hatte, und stand aus ihrem Sessel auf, weil sie das Stillsitzen nicht mehr ertrug. Es war Viertel nach zwölf, und die Sonne prallte auf die Terrasse. Ulrich war schon über vier Stunden weg, obwohl er wußte, daß sie allein war und auf ihn wartete.
War er immer noch verärgert wegen Christoph? Oder war etwas in der Firma passiert, so daß er noch hin und her telefonierte? Wollten sie ihn zurückrufen? Oder bereitete er selbst seine Rückreise vor? Alle Erklärungen, die sie finden konnte, richteten sich gegen sie. Es gab keine guten Gründe für sein Wegbleiben. Es bedrohte sie. Vor einer Stunde war sie noch wütend gewesen. Jetzt hatte sich das in Angst verwandelt. Die Angst zog sich krampfig im Magen zusammen und machte ihr die Beine schwer. Und sie fühlte sich auch schwindelig.
Ich sollte selbst weggehen, dachte sie. Sie konnte in die Dünen steigen oder in dem kleinen Kiefernwäldchen einen schattigen Platz suchen. Er sollte sie ruhig suchen, wenn er zurückkam. Vielleicht würde er dann verstehen, wie ihr zumute war.
Nein, nein, es war zu heiß, und sie fühlte sich zu schwach dazu. Bestimmt würde er sie auch nicht suchen. Sie wollte lieber ins Haus gehen und etwas Kaltes trinken. Sie wollte nicht länger auf der Terrasse bleiben und auf den Fahrweg starren. Das jedenfalls sollte er nicht sehen.
Im Vergleich zu der grellen Helligkeit draußen war es drinnen

sehr dämmrig, denn sie hatte am Morgen zum Schutz gegen die Hitze alle Vorhänge zugezogen. Hinter ihnen brummten nach kurzen Pausen der Erschöpfung immer wieder gefangene Fliegen gegen die Fenster, manchmal hörte sie auch das scharfe Rasseln einer Wespe, die an der Scheibe hochflog und sich im Vorhang verfing. Die Luft war stickig und trocken. In der Wärme rochen die Holzwände und Dielen nach einem Imprägnierungsmittel, das ihr Kopfschmerzen machte. Es dörrte auch die Kehle aus, falls das nicht vom Warten kam. Sie nahm eine halbleere Flasche Mineralwasser aus dem Kühlschrank und suchte ein Glas. Seltsam, daß das kalte erfrischende Wasser die Angst verstärkte. Sie spürte es wie ein Rinnsal von Panik durch ihren Hals laufen.
Seit zwei Stunden war sie schon allein. Ihr Vater, immer noch gekränkt und verstockt, war wie verabredet mit Andreas und Jutta zum Limfjord gefahren, und Christoph hatte sich mit dem Hund davongeschlichen, wohin, wußte sie nicht. Er hatte sich stumm verzogen, nachdem sie ihm vorgeworfen hatte, daß er am Morgen nicht aufgestanden war. Eigentlich hatte sie nichts sagen wollen. Als sie ihn aber sah, wie er mit schläfrigem Gesicht seine Haferflocken löffelte und seinen Kakao trank, hatte sie sich nicht zurückhalten können. Sie hatte ihn plötzlich zu ihrem eigenen Erschrecken widerlich gefunden und ihm heftig und verbittert vorgeworfen, daß er aus lauter Faulheit und Schlaffheit nicht mit seinem Vater zum Strand gefahren sei, obwohl der extra auf ihn gewartet habe.
»Nicht mal das kannst du«, hatte sie gesagt, »nicht einmal das, was jedes Schulkind kann. Nicht einmal aufstehen.«
Darauf war in seinem Gesicht ein schiefes Grinsen erschienen, und einen Moment lang hatte er ausgesehen wie ein Geisteskranker.
»Grins bitte nicht so dumm«, hatte sie gesagt, obwohl sie wußte, er konnte nichts dafür. Das Grinsen war nur eine hilflose Grimasse gewesen, die sie ihm nun weggerissen hatte. Sein Gesicht löste sich völlig auf und sah nun fast blöde aus,

mit blicklosen, stumpfen Augen. Sein Mund stand auf, sein Rücken war krumm. Mit kindlicher Gier trank er plötzlich unter vernehmlichen Schluckgeräuschen seinen Kakao aus und wischte sich mit dem Handrücken den Mund ab. Sie sah weg und hörte, wie er schnüffelnd die Luft durch die Nase hochzog. Er wird doch nicht weinen, dachte sie entsetzt. Aber er saß unverändert da, tranig und ausgelöscht. Alles an ihm war völlig unbewußt und gefühlsleer. Dann stand er auf, rief im Flur leise nach Bessie und verschwand mit ihr durch den Hinterausgang zu den Dünen hin.

Sie war einen Moment lang froh gewesen, ihn los zu sein, seine Schlaffheit und seine unerträglichen Angewohnheiten nicht mehr sehen zu müssen. Doch dann hatte sich ihre Wut in Angst verwandelt. Sie machte unverzeihliche Fehler. Sie war immer schuldig. Das kam, weil man sie allein ließ, weil sie sich mit Ulrich nicht mehr einig war. Fast alle ihre Fehler waren unvermeidlich, weil sie den verschiedenen Ansprüchen nicht gerecht werden konnte, die von allen Seiten an sie gestellt wurden. Immer stand sie zwischen den anderen und mußte versuchen, auszugleichen, zu korrigieren, zu dirigieren, und manchmal spürte sie, wie ihr eigenes Ich dabei zerflatterte, obwohl sie ihre Aufregung meist verbarg, als wäre sie immer noch der ruhende Pol der Familie, als der sie galt.

Wollte sie es auch sein? Nein, sie hatte keine andere Rolle und mußte sich dauernd darin bewähren.

Oh, sie war verkrampft bis in die Schultermuskeln. Sie fühlte sich, als wäre sie angefüllt mit Scherben. Warum kam Ulrich nie, wenn sie ihn brauchte? Warum ließ er sie jetzt allein? Wollte er sie strafen? Sie neigte immer dazu, das anzunehmen. Das Urteil gegen sie war immer schon gesprochen. Sie wußte, sie war nicht anziehend, nicht liebenswert, irgend etwas fehlte ihr, und das setzte sie von vorneherein ins Unrecht, lähmte sie. Wenn sie Ulrichs abschätzigen, unwilligen Blick bemerkte, die Steifheit seines Körpers in ihrer Nähe, fühlte sie sich von Bandagen der Scham gefesselt und wagte es nicht, ihn zu berühren. Ihre Fingerspitzen ahnten eine Spannung in seinen Muskeln, als trüge er einen unsichtbaren Panzer. Es war nicht immer so, aber oft gerade dann, wenn sie sich besonders heftig nach ihm sehnte. Schon bevor sie ihm ihr Gefühl zeigen konnte, spürte sie seine Abwehr.

Was dachte er? Er vergrub etwas in sich, das ihn einsam machte. Solange sie ihn kannte, kämpfte er um etwas, das sie nie ganz verstanden hatte. Es war irgend etwas Ungreifbares, denn er bekam es nie in die Hand. Vielleicht litt er darunter, in ein falsches, unangemessenes Leben hineingeraten zu sein und die falsche Frau geheiratet zu haben. Ein Mann mit seiner Intelligenz und Energie konnte mit diesem Leben nicht zufrieden sein. Er hatte sich wohl zu ihr geflüchtet, als er sich unsicher und ziellos fühlte. Sie wußte es ja, sie verstand es so gut, sie hätte mit ihm darüber reden können. Doch da war immer dieses Entgleiten. Er sah sie nicht wirklich und sah sich selbst nicht. Sie konnte ihm nur versichern, daß sie immer zu ihm halten würde, daß er sich auf sie verlassen könne. Für ihn hörte sich das wohl öde an. Sie merkte dann, wie er sie in eine Reihe stellte mit diesem verachteten Sohn und seinem lästigen Schwiegervater, wie er sie mit einrechnete unter seine Enttäuschungen.

Dabei kannte er sie ja gar nicht. Er wußte nicht, wie sehr sie ihn liebte und welch ein Feuer er aus ihr schlagen konnte, auch jetzt noch oder vielleicht sogar mehr denn je.

Mein Gott, ihr war schwindelig, und sie hatte auch schon wieder Durst. Sie mochte dieses Mineralwasser nicht. Es schmeckte abgestanden, aber es gab nichts anderes zu trinken. Es war so heiß hier und dumpfig. Die Fliegen hinter den Vorhängen surrten wie verrückt. Ihr Kopf war leer, wie ausgeblasen, sie bildete sich ein, daß die Schädeldecke dünn und zerbrechlich sei und sie plötzlich umfallen könnte und ihr Kopf dann gegen die Tischkante schlug.

Erneut stieg die Angst in ihr hoch, eine schwarze Welle. Etwas war passiert, das sich gegen sie richtete und das passieren mußte, weil sie immer das Wichtigste schuldig blieb. Sie war nicht liebenswert. Vielleicht für keinen Menschen. Doch vor allem nicht für ihn. War es wohl auch nie gewesen. Es änderte nichts daran, daß sie ihn liebte. Doch, es änderte etwas, es hielt sie am Leben, und es war sogar ihre gemeinsame Möglichkeit zu leben, von der sie ihn eines Tages überzeugen würde. Nein, nicht eines Tages erst, sondern jetzt, wenn er käme, jetzt, wenn er jetzt käme, jetzt hatte sie die Kraft. Bitte, laßt ihn jetzt kommen, flehte sie, ohne zu wissen, an wen sie sich wandte, wer ihr diesen Wunsch erfüllen konnte. Nein, sie wollte nicht zu anspruchsvoll sein. Sie wollte sich gar nichts davon versprechen, sie wollte ihn nur bei sich haben und diese Angst verlieren, dieses Gefühl von Verlassenheit.

Wieder war sie draußen in dem hellen Sonnenlicht und ging schnell über die Heide auf das Wäldchen zu, durch das der Fahrweg führte, auf dem er kommen mußte. Am Waldrand wartete sie, blickte zum Haus zurück. Sie wollte nicht vergeblich bis zur Landstraße gehen, um dann den weiten Weg allein zurückgehen zu müssen. Aber wenn es darauf ankam, würde sie auch bis zum Strand gehen und ihn dort suchen. Ja, sie wollte ihn suchen. Ihr Gefühl sagte ihr, daß sie ihn zwang zu kommen, indem sie ihm entgegenging.

Bisher war sie immer nur schnell durch das Wäldchen hindurchgefahren und hatte nicht wahrgenommen, wie trocken es hier war. Die halbhohen Kiefern und Fichten standen viel zu dicht, und überall sah sie dazwischen dürre Baumleichen mit braunen Nadeln und andere Bäume, die von unten wegstarben und vertrockneten. Neben dem Weg waren abgebrochene tote Zweige aufgeschichtet, die niemand abholte. Sie waren überzogen mit Spinnweben und grauen abgestorbenen Flechten. Dickere Äste, die ihre Rinde verloren hatten, waren silbergrau ausgebleicht oder fast beinweiß. Das muß ein Feuer geben, dachte sie. Auch die Heide würde abbrennen, auch die Häuser. Sie müßten alle in die Dünen hinauflaufen, um sich dort zu retten.

Wieder blieb sie stehen. In der Ferne hatte sie ein Motorge-

räusch gehört. Das war irgendwo auf der Landstraße und entfernte sich. Aus dem verschwindenden Motorgeräusch löste sich ein anderes heraus, das deutlicher wurde. Sie bekam Herzklopfen. Plötzlich machte sie kehrt, als wollte sie hier nicht entdeckt werden. Das Geräusch des Motors, das auf einmal vertraut klang, war irgendwo bei den Pferdekoppeln und verschwand hinter dem Hügel auf der anderen Seite des Wäldchens. Sie ging schneller. Sie wollte vor ihm beim Haus sein, als wäre sie dort geschützt. Doch sie wollte auch nicht laufen. Sie wollte ganz ruhig gehen, wenn er sie sah. Jetzt kam er durch das Wäldchen gefahren und mußte sie entdecken. Er wußte natürlich, daß sie ihn kommen hörte. Auf keinen Fall wollte sie sich umdrehen und ihm ihr Gesicht zeigen. So könnte er mich überfahren, dachte sie, er braucht nur Gas zu geben. Jetzt war er hinter ihr und hupte. Sie trat zur Seite, und er fuhr neben sie und kurbelte die Scheibe herunter. Das lächelnde Gesicht war seins, hatte auch seine Stimme.
»Hallo, gehst du spazieren?«
»Wie du siehst.«
»Willst du einsteigen?« fragte er.
»Nein, nein, das Stück gehe ich noch.«
Er nickte und fuhr zum Haus, stellte den Wagen neben den ihren auf seinen Platz. Er kam ihr von dort entgegen.
»Entschuldige, das hat lange gedauert.«
Sie ging weiter auf das Haus zu, und er war neben ihr.
»Ist was passiert?« fragte sie.
»Wie man's nimmt«, sagte er und trat hinter ihr ins Haus.
Die Fliegen hatten wohl den leichten Luftzug von der Tür gespürt und summten unerträglich laut. Er merkte es nicht, er merkte überhaupt nichts. Er war benommen von seinen Gedanken.
»Die Münchener bezahlen nicht«, sagte er. »Das ist schon der zweite Wechsel, den ich prolongieren soll. Zusammen über hunderttausend Mark.«
Er hatte auf den Boden geblickt, als er die Zahl nannte. Hunderttausend, hunderttausend, dachte sie ohnmächtig, in

dem Bedürfnis, ihm zu sagen, daß sie ihm helfen wolle. Da hatte er den Kopf schon wieder ruckartig hochgehoben und sagte: »Ich muß hinfahren und mich drum kümmern.«

»Das habe ich mir fast gedacht.«

Es war das Echo eines Satzes, den er gesagt hatte, heute morgen oder vor langer Zeit. Er merkte auch das nicht, hörte nicht das wilde Summen der Fliegen, sah nicht die Panik in ihrem Gesicht.

»Wahrscheinlich ist es kein Grund zur Aufregung. Aber ich muß hin.«

Sie hatte das längst alles begriffen, weil sie es schon vorher gewußt hatte. Es war die Vollstreckung des Urteils, die über sie verhängte Strafe. Sie konnte nur noch einwilligen.

»Gut, packen wir deinen Koffer.«

»Nicht so eilig«, sagte er beruhigend. »Ich bleibe noch den ganzen Tag und den Abend zum Strandfest. Ich fahre erst in der Nacht.«

Zärtlich oder nur versöhnlich hatte er den Arm um ihre Schulter gelegt, und ein eingeschüchtertes Gefühl in ihr wollte antworten, wollte ihn überschwemmen mit einer neuen Hoffnung. Aber sie konnte nicht.

Die weißliche Sonnenscheibe hatte den blauen Luftraum verlassen und tauchte langsam in die Dunstbänke über dem Horizont ein. Dieser ferne, zartgraue Höhenzug hatte sich unmerklich in den Abendstunden gebildet und zeigte jetzt eine leicht geschwungene Kammlinie, so daß man glauben konnte, nicht eine Wolkenbank über dem offenen Meer zu sehen, sondern das ferne verschattete Gebirgsufer eines großen Binnensees. Nun, da sich die Sonne darin versenkte, flammte in dem Dunst eine gelbrote Glutkammer auf, die nach allen Seiten Ströme von gold- und karmesinfarbenem Licht ergoß. An den Abendwolken, oben im langsam ergrauenden Luftraum, erschien ein dünner rosafarbener Widerschein, ein echohaftes Leuchten. Das Meer, eben noch stumpfgrau wie endloser Asphalt, erglänzte metallisch und zeigte die Schrunden und Furchen seiner flachen Wellenzüge. Auf ihren langen Kämmen trugen sie das orangerote Abendlicht, auf ihrer der Sonne abgewandten Seite rollten sie schon das Schwarzgrau der Nacht gegen das Land. Vom Kern der Glutkammer aus fiel eine splittrige Lichtbahn zum Ufer und zerfloß dort im stillen Flachwasser eines großen Tümpels, der nun ein leuchtender, roter Spiegel war.

Den ganzen Strand entlang brannten die Feuer. Die Menschen drängten sich dort zusammen, ließen die Flaschen kreisen und sahen in die Flammen oder in das gewaltige Lichtschauspiel über dem Meer. Einige Gruppen sangen, und allmählich gesellten sich mehr dazu. Sie sangen gegen das ruhige Rauschen des Meeres an, das sich im aufkommenden leichten Abendwind etwas belebte. Hinter sich hörte Vogtmann das Schnauben und Stampfen eines Pferdes. Eine Reiterin hielt dort und blickte aufs Meer. Es war nicht Jutta. Sie hätte es sein können. Sie hatte vorgehabt, heute abend mit ihren Töchtern zu reiten. Alle hatten sie sich zerstreut, als sie zum Strand gekommen waren. Andreas fotografierte vorne an der Wasserlinie, und Elisabeth war weggegangen, um Pattberg zu suchen. Sie hatte ihn gebeten, hier auf sie zu warten.

Er fröstelte. Es war kühler geworden. Die Menschen vorne am Wasser waren zu dunklen Silhouetten geworden. Eine löste sich und kam auf ihn zu. Es war Andreas, der ihn anlächelte.

»Phantastisch. Ist das keine Festbeleuchtung?«

»Ja, wirklich.«

»Siehst du, wer da vorne steht?«

Andreas zeigte zu einer Gruppe von Sängern hinüber, in deren Nähe Pattberg stand. Es sah aus, als sänge er mit. Seine Lippen bewegten sich. Aber er konnte doch kein Dänisch, und niemand in der Familie hatte ihn je singen gehört. Er stand ganz für sich da, abwesend und ergriffen, von niemandem in seiner Nähe wahrgenommen.

»Was ist los mit ihm?« fragte er. »Singt er?«

»Ich glaube nicht. Ich bin dicht hinter ihm vorbeigegangen und habe nichts gehört.«
»Aber er bewegt doch die Lippen.«
»Vielleicht spinnt er. Er war manchmal komisch in den letzten Tagen.«
Sie blickten hinüber zu der seltsamen ekstatischen Gestalt des alten Mannes, der kaum zehn Schritte von ihnen entfernt war, aber nicht wußte, daß er betrachtet wurde, weil er in seiner Entrückung wie unter einer Glasglocke stand.
»So was«, sagte er, »Elisabeth läuft auf dem Strand herum und suchte ihn. Dabei steht er hier vor unserer Nase.«
»Ich gehe noch mal zum Wasser, ein paar Bilder machen«, sagte Andreas. »Das sieht ja alles schon wieder ganz anders aus.«
»Denk dran, wir treffen uns in zwanzig Minuten auf dem Platz.«
»Soll ich dem Alten Bescheid sagen?«
»Ja, tu das.«
Er sah, wie Andreas Pattberg ansprach, der aus seiner Versunkenheit erwachte und mit Andreas zum Wasser ging. Von der Seite kam Elisabeth, ein wenig aufgeregt.
»Ich habe ihn nirgendwo gefunden.«
»Da vorne steht er zusammen mit Andreas. Die beiden wissen schon Bescheid.«
»Ach Gott«, seufzte sie und hängte sich bei ihm ein.
Auch sie gingen zur Wasserlinie, aber an eine andere Stelle. Die Sonne hatte sich im Versinken rötlich aufgelöst und zwischen den zerrissenen Wolken des nun fast bedeckten Himmels düstere Feuer entzündet. Das Meer war dunkler geworden, eine graue Wasserkruste mit schwimmenden Streulichtern. Nur dicht über dem Horizont hatte sich ein schmaler Dunstspalt geöffnet, in dem ein helles weinfarbenes Licht blühte. Es sah aus wie ein durchleuchtetes Glasfenster, so unirdisch und schwebend, daß er hinstarrte wie auf eine gespenstische Erscheinung, die Hoffnung und Angst erregte. Bald würde der Spalt sich gelblich einfärben und rot verdunkeln.

»Siehst du das Licht drüben?« fragte er.
Jetzt war es schon gelblicher und dichter.
»Ich mag gar nicht hinsehen«, sagte sie. »Für mich tickt schon die Uhr.«

Irgendwoher aus dem grauen Einerlei kam die Welle, trug ihn seitwärts in einem körperlosen, nebelhaften Gleiten und setzte ihn leicht auf den Strand.
Als ob ich wach wäre, als ob ich hier wäre, als ob ich geschlafen hätte.
Wieder begann das Rinnen – schnelle graue Priele, die zusammenströmten in einem dunklen Sternmuster, und in der Mitte wurden sie verschluckt, der nasse Treibsand verschwand dort rasch und lautlos in einem trichterartigen Schlund.
Das gibt es doch gar nicht, dachte er, trotzdem funktioniert es, es funktioniert wunderbar ohne mich, aber ein wenig macht es mir angst.
Dann, ohne Übergang, mit einem leichten Schlag durch die Nerven, war Vogtmann wach. Drei Uhr nachts. Er wußte, daß es drei Uhr nachts war, denn er konnte sich auf seinen inneren Zeitsinn verlassen. Er hatte sich um Mitternacht hingelegt, um noch drei Stunden zu schlafen, also war es jetzt drei Uhr nachts. Er war nicht müde, nicht ausgeschlafen, sondern spürte auf dem Rücken liegend ein feinverteiltes Rinnen und Rieseln von Erregung in seinem Körper, das ihn, wie er glaubte, auch während seines dünnen Schlafes durchströmt hatte und das gleich verschwinden würde, wenn er aufstand und sich bewegte. Einen Augenblick wartete er. Nur die Augen durfte er nicht wieder schließen, denn dann würde er müde werden, unüberwindlich müde.
Ich bin gleich da, dachte er und ballte seine Fäuste, krümmte einen Moment lang seine Zehen, prüfte seinen ausgestreckten Körper. Ja, er war da.
»Mußt du los?« fragte Elisabeth.
Sie war also auch wach geworden, obwohl er sich noch kaum

bewegt hatte. Auf der anderen Seite des schmalen Ganges, der ihre beiden Betten trennte, sah er ihr ihm zugewandtes verschattetes Gesicht auf dem Kissen liegen und fragte sich, ob sie überhaupt geschlafen oder ihn die ganze Zeit bewacht hatte.

»Ja, es ist Zeit für mich«, sagte er.

»Ich stehe auf und mache dir Tee.«

»Nein, bleib ruhig liegen. Ich komme schon zurecht.«

»Ich kann mich ja nachher wieder hinlegen.«

Als er ins Badezimmer ging, stand sie hinter ihm auf und ging in die Küchenecke des Wohnraumes. Er konnte sich genau vorstellen, wie sie sich dort langsam und umsichtig bewegte, das Propangas für die Dusche und den Herd anstellte, den Wasserkessel auf die blaue Flamme setzte und zwischendurch aus dem Fenster sah, immer noch irritiert, daß es hier nie richtig dunkel wurde und man mitten in der Nacht den hellen Sand der Düne erkennen konnte, die ungefähren Umrisse der Büsche und Bäume, das nachbarliche Ferienhaus und sogar einzelne Mulden und Bodenwülste in der Nähe.

Sie haben es gut hier, dachte er, während er sich anzog. Vielleicht komme ich ja in ein paar Tagen wieder her. Den Wagen mußte er ohnehin in Hamburg am Flughafen stehenlassen. Gegen Mittag würde er in München sein. Frau Krüger hatte versucht, für ihn ein Zimmer im Bayerischen Hof zu bekommen. Das hatte nicht mehr geklappt, und er wohnte jetzt in Schwabing in einem kleineren Hotel, in dem er schon einmal übernachtet hatte. Das war ihm sogar lieber. Er wollte sein Geld haben und keinen neuen Auftrag, dazu brauchte er keine Renommieradresse. Wichtig war nur, daß das Hotel einen Fernschreiber hatte und Frau Krüger alles durchtickern konnte, was er über seinen bisherigen Geschäftsverkehr mit dem Kunden wissen mußte: seine Lieferungen und Lieferfristen, alle Zahlungen des Kunden, alle Außenstände. Nach seiner Anweisung sollte sie beide Firmennamen verschlüsseln. Was auch immer ihn erwartete – es war so, als habe jemand in eine Flamme geblasen, die tagelang nur geschwelt hatte und nun wieder hell und lodernd brannte.

Ja, er brannte darauf wegzukommen. Aber er wollte nicht, daß Elisabeth es merkte. Er wollte sie nicht aufwecken aus ihrer schläfrigen Benommenheit und scheute sich davor, reisefertig in den Wohnraum zu treten. Doch sie saß ganz ruhig in ihrem schwarzen Morgenmantel an dem Tisch, auf dem sein Frühstück stand, und löste ihren Blick nur schwerfällig von einem Punkt auf der Tischplatte, den sie angestarrt hatte. Nur beiläufig nahm sie wahr, daß er sich auf seinen Platz setzte.

Obwohl sie immer noch abwesend wirkte, hatte sie auf dem Tisch nichts vergessen, nicht einmal das kleine Wärmelicht, das überflüssigerweise im Rechaud flackerte und ihm als ein Beweis dafür erschien, daß sie den Tisch gedankenlos und gewohnheitsmäßig gedeckt hatte, das aber auch eine unauffällige Beschwörung sein konnte, die sich gegen seine Reise richtete, ein magisches Opferflämmchen, das ihm unheimlich war. Schnell aß er ein paar Bissen, trank den heißen ungesüßten Tee. Dann hielt es ihn nicht mehr, und er stand auf.

»Willst du nicht wenigstens ein Brot mehr essen für die lange Fahrt?«

»Nein, danke.«

Es kam kein Einspruch mehr. Sie brachte ihm noch rasch die Thermosflasche, die sie mit heißem Tee gefüllt hatte.

»Fahr vorsichtig.«

Sie wirkte, als sei sie nicht ganz wach oder als sei in ihr ein Gewicht, ein verborgener Gedanke, an den sie gefesselt war.

»Hoffentlich erwartet dich nichts Schlimmes in München.«

»Es wird schon gutgehen.«

»Wie kann ich dich erreichen?« wollte sie wissen.

»Am besten rufst du in der Firma an. Ich melde mich da auch, zweimal am Tag.«

Sie nickte. Er konnte nicht erkennen, ob sie es verstanden hatte. Plötzlich hatte er den heftigen, fast unbezähmbaren Wunsch, sie nicht mehr sehen zu müssen, doch mit der eingefleischten Routine ihrer vielen Abschiede lächelte er dagegen an und wünschte ihr und allen gutes Wetter und schöne Ferientage.

»Du kommst doch wieder her?« fragte sie erschrocken.
»Erst muß ich wissen, was los ist. Ich werd's schon einrichten.«
Er küßte sie flüchtig, spürte ihren betäubten Mund und löste sich, bevor sie ihm antwortete. In seinem Kopf senkte sich eine schwarze Klappe, und im selben Moment, wie er sich zur Tür drehte, fiel sie herunter und trennte ihn von allem ab. Er war draußen. Jetzt. Mit einem tiefen Atemzug sog er die dämmrige Luft ein, in der ein harziger Kieferngeruch war, und in einem Gefühl von Zustimmung, das sich auf alles und nichts bezog, dachte er: Alles wird gut werden.
In dem weichen Sand ging er um das Haus herum, bückte sich unter der Wäscheleine durch, auf der ein paar Handtücher hingen, und stieg in seinen Wagen. Langsam, mit einer Hand winkend, fuhr er an Elisabeth vorbei, die statuenhaft in der Tür stand und auch eine Hand hob. Dann war er allein in der weichen, schaukelnden Bewegung auf dem Sandweg und fuhr auf das struppige Wäldchen zu. Näherrückende Holunderbüsche streiften sein Fenster mit ihren großen weißen Blüten. In einer scharfen Linkskurve bog er um den Hügel herum und fuhr durch den Hohlweg mit den Brombeerbüschen, in dem ein Hase ein Stück vor ihm herrannte und, als er ihn einholte, seitlich wegsprang. Rechts lag die Koppel der Reiterpension, in der Jutta und ihre Töchter ihre Reitstunden hatten. Schemenhaft sah er in dem grauen Zwielicht die Umrisse der Pferde und fragte sich: Schlafen sie? Schlafen Pferde im Stehen?
Dann kam das Ende der Koppel, und er bog in die Landstraße ein. In sieben Stunden wollte er am Flughafen in Hamburg sein.

Im Bett liegend lauschte Pattberg hinter dem sich entfernenden Motorgeräusch her. Was war passiert? Ulrich hatte nicht viel sagen wollen. Elisabeth auch nicht. Sie schlossen ihn gemeinsam mehr und mehr aus. Aber etwas schien schiefzulaufen mit dem süddeutschen Geschäft. Genau das hatte er befürchtet, und es schien nun einzutreten. Das war keine Genugtuung für ihn. Es machte ihm nur Sorgen. Er hatte die Firma viel zu früh aus der Hand gelassen, und niemand von seinen Kindern wurde mit Ulrich fertig, auch Elisabeth nicht, die so viel intelligenter als Jutta und Rudolf war. Sie schon gar nicht.

Was eigentlich mußte er sich vorwerfen? Daß er müde und schwach war? Daß er eingewilligt hatte, alt zu sein? Daß er in der eigenen Familie längst mit dem Rücken an der Wand stand? Daß er wußte, alles würde schlecht ausgehen, und nichts unternahm? Daß er immer schneller verstummte, wenn ihm widersprochen wurde? Daß er nicht aufstand, obwohl er ahnte, wie Elisabeth zumute war? Daß er viel lieber an früher dachte als an die Zukunft?

Fast alles war jetzt da zu finden, in der Vergangenheit, als die Kinder klein waren und seine Frau noch lebte. Damals war Krieg gewesen. Dauernd fielen ihm in letzter Zeit Vorfälle und Szenen ein, an die er jahrzehntelang nicht gedacht hatte, Vielleicht hatte er zwischendurch so viel vergessen, daß ihm diese ferne Zeit wieder naherückte. Zwischen damals und heute war kaum noch etwas geblieben.

Lalala. Er erinnerte sich an den Singsang, mit dem Elisabeth, sie war wohl drei oder vier Jahre alt, immer um den runden Tisch herumgelaufen war, und wie er entzückt zugeschaut hatte, voller Angst, sie würde hinfallen und sich den Kopf am Tisch aufschlagen. Aber sie war nicht gefallen, so schwindelig ihr auch wurde, und vielleicht war es dieses Gefühl, das sie gerade für sich entdeckt hatte, schwindelig zu sein und nicht zu fallen, immer im Kreis zu laufen und nicht zu fallen, nach außen wegzutreiben und doch immer wieder im Kreis zu gehen, im Kreis zu bleiben und schließlich aufgefangen zu werden. Am Ende hatte er sie aufgefangen.

Vielleicht saß sie nebenan. Vielleicht war sie einsam und verängstigt, vielleicht weinte sie. O Gott, dann ist sie ja noch da, dachte er in einer verwirrenden Erkenntnis. Dann war sie ja immer noch da, und er konnte sie in die Arme schließen. Aber wenn er jetzt aufstand und hinüberging, als was würde er sie sehen?

Lalala. Wieder der Singsang des kleinen Mädchens, das helle, begeisterte Gesicht und sein ängstliches Entzücken. Welche Verführung war es einzuschlafen, weil das Schönste geschehen war und das Unheilvolle längst unaufhaltsam unterwegs.

6. Die Gelegenheit ergreifen

Nicht schläfrig, nicht wach, sondern dazwischen in einem fühllosen Ausnahmezustand, vor allem aber froh, allein zu sein, unerreichbar für ein paar Stunden. So könnte das Leben sein: Die Welt ist da, aber sie lastet nicht, sie leistet keinen Widerstand.

Warum mußt du immer wieder weg, hatte Elisabeth gefragt. Warum bin ich mit dir zusammen, hatte er denken müssen. Er hatte diese Frage weggeschoben. Sie kam wieder und hatte sich vervielfacht. War er nur hergekommen, weil er sie brauchte? Versuchte er deshalb, sich über seine Gleichgültigkeit zu täuschen? Konnte er, mußte er so weiterleben? Oder nur noch für einige Zeit?

Wenn man allein ist, kommen diese Gedanken. Man erlaubt ihnen zu kommen. Man wird ihnen nicht folgen können, doch man läßt sie in sich ein. Und sieh da, man kennt sie, sie sind längst ein Teil von einem selbst.

Fahrend, ohne das Gefühl von Widerstand, läßt sich auch denken, daß alles noch zu ändern ist und alles noch bevorsteht. Das Beste wird noch geschehen. Dieser Gedanke, so weit, so tröstlich, ist ein Übergang zur Leere. Man ist aufgehoben in ihm, wie in einem großen schützenden Raum und schrumpft zusammen auf Kopf und Hände, den Fuß auf dem Gaspedal, die Müdigkeit im Nacken. Fahren, fast ohne etwas tun zu müssen, als würde man getragen, als flöge man. Schon viele Nachtfahrten hat er so überstanden. Es ist schöner, nachts zu fahren als am Tag. Und besonders in dieser hellen Nacht.

Er kennt diese Landschaft noch nicht bei Nacht.

Graue Luft über braungrauen Heideflächen, leere Viehweiden zu beiden Seiten, ihr stetiges flaches Vorbeigleiten mit den undeutlichen Buckeln einzelner Büsche und Baumgruppen. Dünne Galerien hochstämmiger Fichten, fast unsichtbare Gitter, darüber der schwebende Wolkenzug der Kronen. Oder Hecken und Zäune, die aus Nebelfeldern auftauchen. Verwischte, klumpige, schattenhafte Formen weiter weg, vielleicht Heuhocken, schlafende Tiere, eine Viehtränke. In einer Kurve, unter den Schattenmassen alter Baumkronen, der kreideweiße Putz eines Hauses. Auf dem Rasenrondell der Einfahrt kurz der weiße Strich einer Fahnenstange.

Auch hier könnte man leben. Ein unprüfbarer Gedanke. Man weiß schon nicht mehr genau, was man gesehen hat: – ein Bauernhaus, eine Pension? War da nicht ein Wassergraben, eine kleine Brücke?

Aus der dünnen, grauen Linie am Horizont rollt unaufhörlich die Landschaft hervor, als käme sie in einer dauernden lautlosen Eruption aus der Tiefe, eine schaumige, noch körperlose Substanz, ein Hervorsprudeln von Formen, die allmählich fester werden, sich vereinzeln und in den weiten dämmrigen Flächen links und rechts vorbeitreiben und wieder aus dem Blick verschwinden. Es geht schnell. Die Straße sammelt die Landschaft ein, kommt rasch mit ihr näher, kann sie aber nicht festhalten, läßt mit wachsender Nähe immer mehr von der großen dunklen Scholle wegschmelzen, abdriften, ins Nichts verfliegen und taucht als ein reißender grauer Strom unter der Motorhaube weg. Das Fahren tilgt die Strekke und übt das Vergessen. Das Geräusch des Motors, eine dunkle Vibration, verschmilzt mit dem Entstehen der zarten, grauen Formen am Horizont. Es schafft eine eintönige Gegenwart, die sich gegen das lautlose Herantreiben der Dinge behauptet, gegen das pausenlose, stumpfgraue Fließen und Verschwinden der Straße. Manchmal, in Kurven, pendelt die Straße durch den Ausschnitt der Frontscheibe, und das Segment des Lenkrades, auf dem die Hände des Fahrers ruhen, gleitet einmal sanft hin und her und verharrt wieder in der

Ruhestellung. Die Tachonadel auf der phosphorgrün erleuchteten Scheibe hat kaum geschwankt und steht wieder still. Der Blick des Fahrers stellt sich wieder auf die Ferne ein.
Ein dumpfer, weicher Aufprall und das wilde Geflatter von Vögeln schreckten Vogtmann auf. Dann wieder ein Klatschen und ein Sprühen von Federn und wieder Vögel, die seitlich wegflogen.
Der Aufruhr in der Luft hatte nur Sekunden gedauert. Nun war wieder die glatte, leere Straße vor ihm, und erst jetzt merkte er, daß er mit verminderter Geschwindigkeit fuhr und sein Herz klopfte. Er war in einen Vogelschwarm hineingefahren, ohne ihn kommen zu sehen. Die Vögel waren plötzlich vor ihm aufgetaucht, so als wären sie flach über die Straße auf ihn zugeflogen, ein Schwarm von Selbstmördervögeln, zwei mußte er erwischt haben. Am Wagen schien nichts passiert zu sein. Wieder rutschte die Tachonadel über die Mitte der Skala nach rechts, und erneut begann das flüssige Vorbeigleiten der dämmrigen Landschaft. Er mußte das Tempo halten, um rechtzeitig am Flughafen anzukommen.
Er war inzwischen wirklich unruhig. Die beiden Wechsel waren nicht das Hauptproblem, das ihn drückte, sondern die Außenstände – ungefähr eine Viertelmillion –, die schon aufgelaufen waren durch noch unbezahlte Lieferungen. Jede Woche ging laut Liefervertrag ein neuer Lastzug mit Konserven auf den Rundkurs von Würzburg bis Passau oder neuerdings sogar bis Linz, um die zwölf Filialen zu beliefern. Er brauchte diesen Umsatz nach all seinen Investierungen, die noch weiterliefen, er brauchte allerdings auch einen vernünftigen Partner, der sich an die Zahlungsziele hielt und dessen Versprechungen er glauben konnte. War er zu leichtgläubig gewesen, als er den ersten Wechsel prolongiert hatte? Was hätte er tun sollen? Die Erklärungen des Münchener Prokuristen hatten überzeugend und honorig geklungen. Nur, jetzt gab es Grund zum Mißtrauen, denn es war ihm versichert worden, alle weiteren Wechsel würden fristgerecht eingelöst. Er hatte daraufhin den Liefervertrag Punkt für Punkt erfüllt.

Er hatte sich durchgesetzt gegen Pattberg, der nie begreifen wollte, daß die Firma unweigerlich schrumpfte, wenn er ihr keine neuen Märkte erschloß. Noch vor einem Jahr hatte er ernsthaft mit ihm darüber zu reden versucht, daß sie Umsatzrückgänge im regionalen Bereich hatten, weil sie bei ihren alten Kunden auf neue Konkurrenz gestoßen waren. Pattberg hatte das auf Nachlässigkeiten und Fehler zurückgeführt und sich geweigert zu begreifen, daß es eine unaufhaltsame, unbeeinflußbare Entwicklung war, auf die sie nicht defensiv, sondern dynamisch reagieren mußten. Pattberg war ein ängstlicher Mensch, der behalten wollte, was er hatte, und sich sträubte zu begreifen, daß das unmöglich war. War er selbst statt dessen leichtgläubig gewesen? Hatte er sich von seinen eigenen Wünschen überreden lassen, nur weil er Pattbergs Geschwätz nicht mehr hören wollte? Jetzt klang es ihm wieder in den Ohren: der süddeutsche Auftrag sei zu groß für die Firma, er dürfe sich nicht so stark an einen Kunden binden, das mache ihn abhängig, anfällig, angreifbar – dieses Argument, das er selbst bis zum Überdruß durchdacht und schließlich verworfen hatte, weil die Firma diese Ausweitung brauchte. Weil man nicht alles haben konnte, Sicherheit und Erfolg. Pattberg konnte nicht mehr komplex denken, nicht in Zusammenhängen und langfristigen Prozessen, nicht in Widersprüchen. Man konnte ihn nicht überzeugen durch Argumente, sondern nur einschüchtern oder übergehen.
Er fuhr schneller, zurückgelehnt, mit gestreckten Armen, vor sich den starren Umriß der Motorhaube und das Sausen der Straße, das ihn beruhigte. Aus der grauen Luft schoß ein Vogelschatten auf ihn zu und verschwand über dem Wagendach, zwei andere kamen am linken Fenster vorbei, weit geöffnete Schwingen und gespreizte Schwungfedern wie in einer heftigen Flugkurve. Es war nur ein kurzes Vorbeihuschen hinter der Scheibe, aber er glaubte immer noch, die schrillen Schreie von Seevögeln zu hören, und dachte, sie umfliegen mich wie ein Schiff auf dem Meer. Plötzlich stieg vor ihm wieder eine Reihe von Vögeln hoch, und noch wäh-

rend er den Wagen abbremste, sah er sie: Möwen und andere Seevögel, sie saßen dicht beieinander auf der Straße, offenbar weil sie die Wärme des Asphalts suchten, und schienen vom Schlaf oder von der Kälte betäubt zu sein, denn sie flogen spät und schwerfällig vor ihm auf. Die Bewegung setzte sich durch die Ansammlung fort, als würde eine Decke an einer Seite hochgerissen und in der Luft plötzlich zerfetzt. Der Schwarm zerstob vor seinem Wagen, die Straße war wieder frei. Er fuhr langsamer, starrte auf die Straße. Irgendwo mußte der Limfjord sein. Auch das Meer mit seinen breiten Stränden und Dünenstreifen war in der Nähe. Manchmal glaubte er, die Dünen rechts von sich als einen feinen, dünnen Saum zu erkennen, eine wassergraue Dunkelheit in unbestimmter Ferne. Es konnten genausogut Waldstücke sein.
Auf einmal konnte er sich nicht mehr vorstellen, daß er am Mittag in München sein und dort mit seinen Geschäftspartnern verhandeln würde, um etwas zu klären und eine Entscheidung zu treffen. Und eine Angst befiel ihn, es sei zu spät und eigentlich immer schon zu spät gewesen, und es sei nicht möglich zu gewinnen.
Vielleicht war es auch keine Angst, weil er so ruhig dabei wurde. Es war eine ruhige Erwartung. Er kannte dieses Gefühl und haßte es. Als Kind war er ihm oft ausgesetzt gewesen, im Internat vor allem, wenn er einer Aufgabe nicht gewachsen war. Plötzlich war seine Erregung verschwunden, und er hatte gedacht, daß er nun nichts mehr tun könne als warten. Später hatte er begriffen, daß dies eine Erbschaft war, die er von seiner Mutter übernommen hatte, wie sie wahrscheinlich wieder von ihren Eltern und so fort. Und alle diese Generationen vor ihm hatten das als Demut und Geduld empfunden, als Gehorsam und Bescheidenheit, und er erst hatte begriffen, daß es nicht Tugenden waren, sondern Fesseln. Und von da an hatte er versucht, sich davon zu befreien. Du kannst es schaffen, hatte er sich gesagt, sobald er eine Ahnung der alten Ohnmacht in sich aufkommen spürte, und wahrscheinlich war alles, was er getan hatte, nur eine einzige

lange Beweisführung gegen die Ohnmacht, die er als Kind so oft in den Augen seiner Mutter gesehen hatte und die er auch manchmal in den Augen von Elisabeth sah, mit wechselnden Beimischungen von Angst, Ratlosigkeit und wortloser Melancholie, die aber aus den Augen von Juttas Töchtern ganz verschwunden war, so daß sie ihm fremd erschienen und manchmal sogar so, als hätten sie keine Seele. Ja, sie haben keine Seele, dachte er überrascht.

Seele bedeutete Angst, Hemmung, Ergebung, und es war eine Eigenschaft der Oberschicht, keine Seele zu haben. Die Frau des Bankdirektors Hartwich war ein Beispiel, Ina Hartwich, die einen großen Teil ihrer Zeit mit Reiten, Segeln und Tennis verbrachte, aber auch Vorsitzende in einem Hilfskomitee für die Dritte Welt war, die junge Künstler förderte und Wohltätigkeitsveranstaltungen eröffnete und der man zahlreiche Liebschaften nachsagte, obwohl das vielleicht alles nur haltlose Gerüchte waren. Er hatte sich nie an solche Frauen herangewagt, konnte sich nicht vorstellen, wie sie sein würden, wenn ein Mann sich ihnen näherte. Waren sie sachlich, wurden sie leidenschaftlich, spielten sie verrückt? Seine Phantasie reichte nicht aus, und auch das war eine der Fesseln von früher. Solange man die Frauen der Herrschenden nicht anzublicken wagte, war man ein verdammter Knecht.

Nein, nein, Ina Hartwich interessierte ihn nicht. Sie war ja vielleicht ein verkleideter Mann. Aber in München kannte er durch Lothar zwei Zwillingsschwestern, zwei hübsche, elegante Frauen, mit denen sie schon mal ausgegangen waren. Sie wollte er anrufen. Mit einer von ihnen würde er schlafen. Er wußte nicht, mit welcher, das würde sich ergeben. Vielleicht, das hatten sie angedeutet, waren sie auch beide gleichzeitig dazu bereit. Wir sind nie aufeinander eifersüchtig, hatten sie gesagt. Und wir verlieben uns immer in dieselben Männer. Es mußten nur ältere Männer sein, Männer, die Geld hatten. Jetzt, da er öfter nach München fahren würde, konnte er die Sache ausbauen, wenn es sich lohnte.

Alles wird kaputtgehen, dachte er unvermittelt. Nein, das

war nur die Angst, der er sich nicht ergeben durfte. Er mußte sie wegjagen, wegwedeln. Er mußte selbstbewußt und sicher sein. Dann würde er alles in den Griff bekommen.

Plötzlich, als begegnete ihm ein Vogelschwarm in einem engen Tunnel, kam er durch ein Schlagwetter von Flügeln und Federn, und noch im Abbremsen, noch in einer langen Kurve sah er neue Reihen von Vögeln vor sich aufsteigen, sah sie auch weiter weg unregelmäßig über die Straße verstreut. Erst kurz vor ihm flatterten sie auf und verschwanden zu beiden Seiten aus dem Blickfeld, als seien sie alle in einer Trance, aus der sie erst im letzten Augenblick erwachten. Er mußte immer noch langsamer fahren und dachte in einer kranken Wut, daß sie ihn durch ihr träges, betäubtes Dasitzen, ihre Dummheit oder ihren seltsamen Widerstand fast zum Halten zwangen, da hatte er, zunächst zögernd und dann mit einem heftigen Ruck schon das Gaspedal durchgetreten, der Wagen schoß vorwärts durch die graue, weiche Dämmerung, die plötzlich zerhackt wurde von Flügelschlagen und Geschrei, während er glaubte, das Rumpeln der Räder zu spüren, die mahlend über weiche Vogelleiber hinwegfuhren, über einen glitschigen Brei aus Blut, Federn, Eingeweiden und zerrissenen Knochen, der die Profile seiner Reifen verschmierte und als lange nasse Spur über die Straße gezogen wurde. Er sah diese Spur als eine lange doppelte, obszöne Schleppe aus sich hervorwachsen, als eine peinliche, nicht abzuschüttelnde Hinterlassenschaft, vor der er immer noch mit großer Geschwindigkeit davonzufahren versuchte, bis er, oder irgendeine Instanz in ihm, begriff, daß er die Kontrolle über den Wagen verlieren mußte, sobald die nächste Kurve kam. Er würde wegrutschen auf dem Blutbrei, irgendwo anprallen und sich überschlagen, und nun war es dieser Schrecken, der ihn hinter dem Lenkrad zusammenkrampfte, als spürte er schon das dunkle Vorwehen eines krachenden Schlages, das plötzliche Kompaktwerden eines Baumes, eines Mastes oder einer Mauer, die auf ihn zuschossen, bis auch das wie ein langer, unabsehbarer Taumel zu Ende war und er den Wagen am Straßenrand zum Stehen brachte.

Als er ausstieg, umfing ihn die Stille, ein atemloser Friede, vielleicht durchschwebt von lautlosen Vogelschwingen. Die Luft schien erfüllt zu sein von einem pausenlosen Rieseln, von langsam sich durchmischenden Strömen feinster, fast unsichtbarer Schwebeteilchen, die auf- und abstiegen oder auf der Stelle vibrierten. Nicht nur die Luft, auch die Gegenstände schienen aus dieser körperlosen Bewegung zu bestehen. Sie dehnten sich ein wenig aus und zogen sich wieder zusammen, verdünnten und verdichteten sich, bis er merkte, daß dieser Pulsschlag, der die Welt durchbebte, sein eigener Atem war. Da allmählich ließ es nach. Mit unsicheren Händen zündete er sich eine Zigarette an und ging um seinen Wagen herum. Im Kühlergrill hatte sich der Rest einer abgerissenen Vogelschwinge verfangen. Er riß sie heraus und warf sie zur Seite, stieg wieder ein und startete.

Als Vogtmann am Nachmittag von der Besprechung im Zentralbüro der Supermarktkette in sein Schwabinger Hotel zurückkehrte, zog er Jackett und Schuhe aus und legte sich aufs Bett, um nachzudenken. Alles hatte so glatt und harmlos ausgesehen, daß ihm seine eilige Reise ein wenig peinlich war, und trotzdem fühlte er sich keineswegs beruhigt. Es kam ihm so vor, als habe er nur eine schnell errichtete Fassade zu sehen bekommen, doch für dieses Mißtrauen gab es keine Anhaltspunkte, und er mußte sich sagen, daß es vielleicht nur die Persönlichkeit des Geschäftsführers war, die dieses unangenehme Gefühl in ihm erzeugt hatte.
Urban war ein schwerer, untersetzter Mann mit schwarzen, nach hinten gebürsteten Haaren, die flach an seinem massiven Schädel anlagen. Manchmal zog er beim Zuhören seine Oberlippe hoch und zeigte ein fletschendes Lächeln, das seinem starren Gesicht eine wilde Begeisterung einpflanzte. Er roch stark nach Rasierwasser oder einem zu verschwenderisch benutzten Herrenparfüm, als er ihn mit pompöser Liebenswürdigkeit begrüßt hatte. Länger als nötig hatte er seine

Hand festgehalten und ihn »mein lieber Herr Vogtmann« genannt, und während sie sich setzten, hatte er so getan, als halte er Vogtmanns Erscheinen in München für einen freundlichen Gelegenheitsbesuch, der sich im Verlauf einer anderen Geschäftsreise nebenbei ergeben hatte. Da Vogtmann nicht wußte, wie man ihn angekündigt hatte, war er auf den angebotenen leichten Tonfall eingegangen, und als man zur Sache kam – »zu unserem freundschaftlichen Anliegen«, wie Urban sagte –, hatte er dem Gespräch nicht mehr soviel Dringlichkeit und Ernst geben können, wie er beabsichtigt hatte. Alles war auf einmal so erschienen, als sei es kein Problem, über das man sich erregen müsse. Die Umsätze der Supermärkte stiegen von Monat zu Monat, und man würde bald gemeinsam in einer glänzenden Situation sein.
»Ich bin skeptisch geworden, Herr Urban«, hatte er eingewendet, »immerhin haben Sie Ihre beiden letzten Wechsel nicht einlösen können. Das sind rund hunderttausend Mark. Für mich ist das viel Geld, für Sie sollte das keine Schwierigkeit sein. Ich weiß nicht, was ich davon halten soll.«
Urban hatte ihm einen Augenblick lang sein frostiges Lächeln entgegengehalten und dann in herablassender Ruhe geantwortet: »Lieber Herr Vogtmann, selbstverständlich hätte ich beide Wechsel einlösen können. Ich habe Sie nur um Prolongierung gebeten, weil ich neu sich ergebende Chancen wahrnehmen wollte. Sie wissen, wir haben die neue Filiale in Linz eingerichtet. Gleichzeitig haben wir unsere Geschäfte in Fürth, Ingolstadt und Rosenheim bedeutend erweitert. Das alles wird Ihnen natürlich in Zukunft zugute kommen. Wir öffnen Ihnen den süddeutschen und wahrscheinlich auch bald den österreichischen Markt.« »Sie könnten also den fälligen Wechsel einlösen?« hatte er noch einmal gefragt. »Selbstverständlich«, hatte Urban geantwortet, »selbstverständlich. Für mich stellt sich nur die Frage, wie weit Sie bei uns mitgehen wollen. Aber hören Sie sich doch bitte unseren ersten Einkäufer, Herrn Kirchmair an, damit Sie noch deutlicher sehen, wie sich unser Umsatz entwickelt.«

Urban hatte Kirchmair hereingerufen, einen unauffälligen Mann im Sportsakko, der ihn mit freundlich festem Händedruck begrüßte. Kirchmair hatte imponierende Zahlen auf den Tisch gelegt. Sie demonstrierten den steilen Aufwärtstrend des Unternehmens im letzten Vierteljahr, für den auch die Bankauskünfte sprachen, die er vor zwei Wochen bekommen hatte. Mehr und mehr hatte er sich gespalten gefühlt, weil die beiden Männer so unterschiedlich auf ihn wirkten. Kirchmair machte auf ihn einen zuverlässigen Eindruck, Urban war undurchschaubar. Doch in der Sache gab es zwischen ihnen keinen Widerspruch. Urban schien sich dessen so sicher zu sein, daß er Kirchmair reden ließ und sogar einige Minuten in sein Vorzimmer ging.
Hatte er sich getäuscht in der Empfindung, daß Kirchmair unkonzentriert und nervös wirkte, als sie allein waren? War das ein Moment gewesen, den er hätte nutzen müssen? Gerade hatte er sich entschlossen, Kirchmair unverhüllt zu fragen, was er ihm rate, da war Urban mit seinem bedrohlichen Lächeln wieder hereingekommen und hatte ihn gefragt: »Nun, was sagen Sie?«
»Sieht alles sehr erfreulich aus«, hatte er zugegeben, »aber ich möchte trotzdem noch darüber nachdenken.«
»Selbstverständlich«, hatte Urban gesagt.
Das war wohl eines seiner Lieblingsworte. Es entsprach vermutlich seiner Vorstellung von eleganter Großzügigkeit, mit der er irgend etwas maskierte, was nicht zu erkennen war. Lächelnd hatte Urban ihn zur Tür und dann durch sein Vorzimmer bis zum Korridor begleitet und ihn zum Abendessen eingeladen. Gegen acht wollte er im Hotel vorbeikommen, um ihn abzuholen.

Auf dem Rücken liegend starrte Vogtmann zu den ornamentalen Resten der alten Stuckdecke hoch, die in der Nähe des Fensters gelblich verfärbt war. In der billigen bräunlichen Lampenschale aus Preßglas, die aus dem flachen Stuckkranz in der Mitte der Decke herabhing, lagen dunkle Schmutzkrümel, wahrscheinlich vertrocknete, zerbröselte Fliegenleichen vom vergangenen Jahr. Im Stockwerk über ihm ließ jemand Wasser in eine Badewanne laufen. Das leise prasselnde Geräusch wirkte einschläfernd, er merkte auf einmal, daß ihm die Nachtfahrt in den Knochen steckte. Unwillkürlich schloß er die Augen und ließ sich wegtreiben in ein wolkenhaftes Schweben und Sinken. Das dunkle Trommeln, zu dem sich das Geräusch verändert hatte, hüllte seinen Kopf ein. Mit einem Rest von Bewußtsein sagte er sich noch, daß er nicht wirklich einschlafen dürfe oder sich den Wecker stellen müsse, dann wurde er überrumpelt von Dunkelheit und Schwere. Minuten später wurde er wach. Das Geräusch über ihm hatte aufgehört. Er fühlte sich anders als vorher: – benommen und ein wenig deprimiert, und er mußte sich eingestehen, daß er ein klägliches und unerfüllbares Verlangen nach Beratung und Hilfe hatte. War es nicht wirklich lächerlich, wie er diese Sache aufbauschte? Schon vorhin im Gespräch mit Urban hatte er sich übertrieben vorsichtig und kleinlich gezeigt. So zögernd konnte er sich nicht noch einmal verhalten. Beim Abendessen mußte er eine klare Linie haben. Eine kleine, mickrige Angst sagte ihm, daß er auf der Einlösung des Wechsels bestehen sollte. Aber damit würde er seine Partner enttäuschen. Sie würden mit Recht anfangen, sein unternehmerisches Format zu bezweifeln, und das konnte sich in Zukunft schlecht auswirken. Urban und vor allem der belgische Inhaber der Ladenkette, Dr. Hogstraat aus Antwerpen, den er bisher nur einmal gesehen hatte, dachten ganz anders als er. Sie setzten auf Erfolg und waren bereit, weit entfernte Ziele anzusteuern und größere Risiken einzugehen, während ihm immer noch Pattbergs Krämergeist soufflierte und ihn zur Vorsicht mahnte. Solange er diese Ängste nicht abschüttelte, würde er nie nach oben kommen. Das waren schwere alte Gewichte, die an ihm hingen. Seltsam – wenn er mit Pattberg zusammen war, widersprach er ihm in jedem Punkt. Sobald er sich von ihm entfernte, wurde er von Pattbergs

Bedenken und Ängsten eingeholt und mußte hören, wie er sie selber aussprach.
Was sollte er jetzt tun? Er neigte immer noch dazu, das fällige Geld einzutreiben, egal, wie Urban reagierte. Immerhin mußte sich dann zeigen, ob die Firma noch zahlungsfähig war oder ob es im Gegenteil ratsam erschien, die weiteren Lieferungen zu stoppen. Das allerdings war ein solcher Rückschlag für ihn selbst, daß er es fast um jeden Preis vermeiden mußte. Wahrscheinlich wußte Urban das und fühlte sich sicher. Er hatte deutlich genug darauf angespielt: Wir öffnen Ihnen den süddeutschen und den österreichischen Markt. Wer das sagen konnte, wußte auch, daß er das Gegenteil vermochte: Urban konnte ihn von diesen Märkten ausschließen. Und das bedeutete, da er seine Produktion auf diese Größenordnung eingestellt hatte, eine mittlere Katastrophe. Die Hälfte der Ware konnte er vielleicht verschleudern, auf der anderen Hälfte würde er sitzenbleiben.
Er mußte Leute entlassen und neue Kredite bei seiner Bank beantragen, und das würde ihn der Gnade von Pattberg ausliefern, der seine Hand über alle beleihbaren Besitztümer der Familie hielt.
Je länger er darüber nachdachte, um so klarer wurde ihm, daß er sich kaum zurückziehen konnte. Er steckte in einem Engpaß, der vielleicht noch enger wurde. Trotzdem konnte er nicht zurück, sondern mußte versuchen, am anderen Ende herauszukommen, dort, wo er den anderen seine Bedingungen diktieren konnte. Das Stück Weg dahin war allerdings unüberschaubar lang und dunkel.

Schwerfällig setzte er sich auf und angelte seine Schuhe heran, die teuren orthopädischen Schuhe, die leider ziemlich plump aussahen. Schuhe mit Schnürsenkeln mochte er sowieso nicht, aber er konnte keine Slipper tragen. Während er sich vorbeugte, um die Schleifen zu binden, fiel ihm wieder ein, daß er die beiden Schwestern anrufen wollte, Katrin und

Doris, zwei ... was waren sie eigentlich? ... alleinstehende Frauen, die hier in Schwabing in einem teuren Apartmenthaus wohnten, das sich Fuchsbau nannte. Lothar, durch den er sie kennengelernt hatte, kannte sie vom Kongreß der Steuerberater, wo sie beide als Hostessen gearbeitet hatten, wahrscheinlich, wie Lothar meinte, um Ausschau nach reichen Männern zu halten. Beide waren der Typ der eleganten, anspruchsvollen Gesellschafterin. Man konnte sich überall mit ihnen sehen lassen. Doch obwohl sie sehr auffallend wirkten, hatte er eine ziemlich pauschale Erinnerung an sie und konnte sie kaum unterscheiden. Beide waren sie schlanke, aschblonde Schönheiten, geschmackvoll angezogen und teuer duftend, die sich gegenseitig aus ihren Haaren prachtvolle Frisuren bauten. Beide hatten sie ein paar Semester an einer Kunstakademie studiert, dann aber wieder aufgegeben, nicht wegen der Kunst, wie sie sagten, sondern wegen der schlampigen Jeans- und Pulloverproleten, die dort die Szene beherrschten und in der Mensa mit Blechbestecken einen fürchterlichen Fraß herunterwürgten, der nach ihrer Meinung allerdings nicht brutaler war als das Denken dieser Leute. Sie waren angefeindet worden wie Juden oder Neger, hatten sie gesagt. Es war reiner Rassenhaß gewesen, was ihnen da entgegenschlug, und keiner von diesen jungen Männern, diesen Feiglingen, hatte sie je in Schutz genommen. Sie hatten das Unglück, Paradiesvögel zu sein, Frauen für den Luxus, die noch Sinn für Schönheit hatten. Dafür wurde man heute verfemt.

Diese Geschichte hatten sie ausführlich erzählt, als er zum ersten Mal mit ihnen ausging. Sie hatten sich darin überboten, ihn zu amüsieren, und er konnte sich gut vorstellen, daß sie Haß hervorriefen und es auch darauf anlegten. Sie zeigten, daß sie sich unterscheiden wollten. Sie waren etwas Besonderes, das mußte man sehen. Ihr selbstbewußtes, selbstgefälliges Auftreten, ihr gesellschaftlicher Schliff hatten auch ihn zu Anfang eingeschüchtert. Er hatte sich linkisch gefühlt, unsicher im Umgang mit Speise- und Weinkarte und der höflichen

Arroganz des Oberkellners und vor allem in der Unterhaltung. Er erinnerte sich noch an ihre betonte, übertrieben ausdrucksvolle Sprechweise, die theaterhaften, ein wenig hysterischen Stimmen, das gespielte Temperament, mit dem sie sich gegenseitig ins Wort fielen, lachten, sich naiv und ironisch gaben und ihn immer wieder attackierten durch ihren raschen, sprunghaften Flirt. Es war anstrengend und verwirrend für ihn gewesen. Doch allmählich hatte er es amüsant gefunden und verstanden, daß es eine Darbietung war, an der er sich selbst nur als Stichwortgeber beteiligen mußte. Die beiden inszenierten die Unterhaltung als ein gut eingesungenes Duo, und er konnte aus ihrer Routine die vielen einander ähnelnden Szenen heraushören, in denen sie mit anderen Männern geflirtet hatten.
Er konnte sich nur nicht vorstellen, wie es weiterging. Mit wem schliefen sie und zu welchen Bedingungen? Wie konnte er herausfinden, ob sie Geld oder Geschenke erwarteten oder ob sie das alles zu ihrem Vergnügen oder aus Eitelkeit machten, oder weil sie zwanghaft nach einem älteren reichen Mann suchten, der ihnen den verlorenen Vater ersetzte? Auch das hatten sie erzählt, daß ihre Eltern seit Jahren geschieden seien und ihr Vater mit einer Frau ihres Alters zusammenlebte, während »die abgeschobene arme Mama« ziemlich hilflos an ihnen hing. Als er bei seinem zweiten Besuch Katrin zum Abendessen abholte, war er der Mutter vorgestelllt worden, und er hatte sich gewundert, daß eine so plumpe und teigige Frau zwei so extravagante Töchter mit so schlanken, biegsamen Körpern hatte.
An diesem Abend war Katrin bei der Heimfahrt im Taxi, unbeirrt durch den Fahrer, der alles im Rückspiegel sehen konnte, sehr anschmiegsam und zärtlich geworden. Sie hatte ihn außer Fassung gebracht, ihn aber vor der Wohnungstür mit einem Gute-Nacht-Kuß abgefunden. Vielleicht hätte er das Taxi einfach umdirigieren müssen zu seinem Hotel, doch sie hatte ihm kein Zeichen gegeben. Danach waren zwei Briefe in einer auffallenden, großen und stürmischen Schrift

in der Firma angekommen, und er hatte einige Male mit ihr telefoniert. Immer war es dabei um die versäumte Gelegenheit gegangen, miteinander zu schlafen. Obwohl sie nur in Umschreibungen und Andeutungen darüber sprach, schien ihre Phantasie dauernd darum zu kreisen. Sie sagte, sie müsse sich vor ihm in acht nehmen, sie ahne, was für ein Wüstling er sei und daß er ihr kein Pardon geben würde, wenn er sie einmal in seiner Gewalt hätte. In seinem Büro klang diese lockende, herausfordernde Frauenstimme besonders fremd in seinen Ohren, er hatte wieder den Eindruck einer theaterhaften Inszenierung gehabt. Und doch schien, was er hörte, das leise Diktat ihrer heimlichen Wünsche zu sein. Er spürte, wie sie damit seine Widerstände und Vorbehalte durchdrang und seine Neugier erregte.

Dann hatte er zweimal für einige Tage verreisen müssen, und der Kontakt war abgerissen. Sie hatte nicht mehr angerufen, nicht mehr geschrieben, und er, in Anspruch genommen durch seinen Betrieb und seine Geschäfte, hatte sie an den Rand seines Bewußtseins gerückt. Sie war eine interessante Begegnung gewesen, amüsant und befremdlich, doch ohne weitere Bedeutung für ihn. Vielleicht würde er sie einmal wiedersehen, vielleicht nicht. Es kam nicht darauf an.

Er war sehr überrascht, als sie wieder anrief, und noch mehr, als sich herausstellte, daß nicht sie es war, sondern ihre Schwester Doris, die an ihrer Stelle den Flirt fortführte, so täuschend ähnlich, daß er minutenlang mit einem neuen Trick von Katrin rechnete und vorsichtig und abwartend mit ihr sprach. Aber es war Doris. Und sie ließ sich nicht abweisen durch seine Zurückhaltung. Sie würde in der nächsten Woche nach Köln kommen, in Begleitung eines Münchener Kunsthändlers, als dessen neue Mitarbeiterin sie sich ausgab. Unbedingt wollte sie ihn für ein paar Stunden sehen. Sie verabredeten sich zum Mittagessen, und von Anfang an zeigte sie sich sehr verführerisch, küßte ihn zur Begrüßung auf den Mund und hängte sich bei ihm ein.

»Katrin und ich, wir verlieben uns immer in dieselben Män-

ner«, erklärte sie unumwunden. »Oh, Katrin ist schrecklich verliebt in dich. Sie läßt dich vielmals grüßen. Sie hat mir gesagt, ich soll dich auf alle Fälle heimsuchen, wenn ich hier bin.« Gleich danach erzählte sie ihm von ihrer neuen Tätigkeit. Der reiche alte Kunsthändler und sie sahen sich gemeinsam die westdeutschen Galerien an. Er gewann den Eindruck, daß sie mehr die Begleiterin als die Mitarbeiterin dieses Mannes war, denn sie verhielt sich konspirativ wie eine Ehebrecherin. Der Kunsthändler, der zu einem Clubfreund nach Leverkusen gefahren war, durfte nicht wissen, daß sie sich in der Zwischenzeit mit einem anderen Mann traf. Er war nach ihren Worten »eifersüchtig wie ein Gockel«, obwohl er sonst ein durch und durch kultivierter Mann war. Eifersucht war ein dummes, egozentrisches Gefühl, das bestraft werden mußte – fand er das nicht auch? Ja, er hatte dem zugestimmt, hatte ihr bereitwillig zugelächelt und über die Tischplatte hinweg nach ihrer Hand gegriffen.
Doch es war nichts daraus geworden. Sie mußte rechtzeitig ins Hotel zurück. Nur als sie in der Tiefgarage beim Dom in seinem Auto saßen, war sie minutenlang in seine Arme geschlüpft und hatte ihn, genau wie damals ihre Schwester im Taxi, mit alles versprechenden Küssen und zärtlichen Berührungen in Flammen gesetzt und aufgeregt geflüstert, daß er sie entführen müsse, aber ihn zugleich abgewehrt, wenn er zu heftig wurde und sie befürchtete, daß er in ihrem Gesicht und an ihrem Hals Spuren hinterließ, die der Kunsthändler entdecken konnte. Schließlich hatte er sie abrupt losgelassen, und sie hatte sich neben ihm auf dem Beifahrersitz aufgerichtet und den Schminkspiegel heruntergeklappt, um ihr Aussehen zu kontrollieren. Während er eine Zigarette rauchte, hatte er ihr zugesehen, wie sie in selbstvergessener, sachlicher Konzentration ihren Kopf vor dem Spiegel hin und her wendete, ihre Wangen puderte und ihre Augenbrauen und Wimpern bürstete, wie sie mit einem bräunlich-roten Stift ihre nach innen gesogenen Lippen umrandete, um sie danach vorzuwölben und zu spannen, mit einem dunkelroten Stift zu

bemalen und mehrmals gegeneinander zu rollen, damit sich die Farbe gleichmäßig auf ihnen verteilte. Wieder hatte sie den Kopf mit kritischer Aufmerksamkeit hin und her gewendet und den Stift zugeschraubt, und indem sie die Handtasche auf ihrem Schoß zudrückte, war klargestellt, daß sie jetzt für ihn unberührbar war. Er hatte sie zu ihrem Hotel zurückgefahren, wo sie sich mit einem gehauchten Kuß, einer kaum spürbaren cremigen Berührung auf seiner Wange verabschiedete und selbstbewußt und leichtfüßig auf das Portal zuschritt. Ein Hausdiener riß die Schwingtür vor ihr auf. Sie winkte noch einmal und verschwand.

Er war völlig verrückt nach ihr gewesen, hatte an seinen Händen und in seinen Kleidern nach den Spuren ihres Parfüms geschnuppert, um von ihrem Körper und ihrer Hingabe halluzinieren zu können. Sie war ein Frauentyp, wie er ihn noch nicht kannte. Sein Leben hatte ihm das vorenthalten, er hatte sich nie in den Kreisen bewegt, in denen solche Luxusfrauen wie Doris und Katrin gediehen. Eine von ihnen als Geliebte zu haben, sie zu studieren mit ihren anspruchsvollen Gewohnheiten und Eigenarten, ihren Raffinessen und ihren Tricks und ihrer erotischen Routine, das würde ihn eine Zeitlang sehr reizen.

Er dachte vor allem an Doris, hatte sich für sie entschieden und schrieb ihr einen langen werbenden Brief, in dem er sie um ein neues Treffen bat. Zwei Wochen lang bekam er keine Antwort, dann schrieben sie ihm beide und nannten sich seine alte und seine neue Freundin und wollten ihn beide unbedingt wiedersehen, irgendwann, bei neuer Gelegenheit. Er war ein wenig ratlos und schrieb an beide zurück, und allmählich schrumpfte in den Briefen, die aus München kamen, der Anteil von Doris auf zärtliche Grüße zusammen. Schließlich ließ Katrin durchblicken, daß Doris mit dem reichen Kunsthändler liiert war, sozusagen als seine Zweitfrau mit einem richtigen schriftlichen Vertrag, der ihre Ansprüche und Rechte regelte. Doris konnte jetzt oft die Briefe aus München nicht unterschreiben, weil sie mit dem Kunsthändler auf Reisen

war. Katrin dagegen erzählte von sich, daß sie enttäuscht sei von allen Männern, daß sie sich nicht mehr binden wolle und überhaupt die ganze Welt geändert und auf den Kopf gestellt werden müsse. Aber dazu müsse man leider Geld haben, und sie wisse nicht, wie sie daran kommen könne, ohne sich zu verkaufen.
Es würde also doch Katrin sein. Doris würde sich nicht mehr auf ihn einlassen. Vielleicht war es ja auch gleichgültig, weil sie sich in allem so ähnlich waren.

Er rief an. Doris war dran, begrüßte ihn erstaunt und mit demonstrativer Begeisterung, sagte aber gleich, daß Katrin ihn sprechen wolle. Er hörte sie rufen, und Katrin antwortete mit einem hellen Aufschrei, der für ihn bestimmt war. »Sie kommt«, flüsterte Doris, »du bist ein wirklicher Teufel, wie du meine Schwester verführst.«
Dann war Katrin dran. Sie sprach noch exaltierter und hektischer als Doris, und er wußte im voraus, er würde kaum noch zu Wort kommen.
»Hallo, das gibt es doch gar nicht! Bist du es wirklich? Wo steckst du? In München? Nein! Hoffentlich für länger. Was, du willst übermorgen schon wieder weg? Das kommt doch überhaupt nicht in Frage. Du machst mich ja wahnsinnig! Hörst du, du machst mich wahnsinnig! Ich weiß ja jetzt gar nicht, wann ich dich sehen kann. Kommst einfach her und verschwindest gleich wieder. Das darfst du nicht machen. So geht man nicht um mit einer sensiblen Frau. Ich dachte, du wüßtest das. Also, zieh die Konsequenz und bleib ein paar Tage hier. Doris will dich auch wiedersehen, und sie kann weder heute noch morgen. Jaja, immer diese Ausreden. Ich will sie nicht mehr von dir hören. Ich will etwas Totales. Verstehst du, etwas Totales! Alles andere kann mir gestohlen bleiben. Hallo, Doris«, rief sie in den Hintergrund, »sag ihm, daß du heute und morgen nicht kannst, ihn aber unbedingt sehen willst.«

»Das ist wahr«, sagte Doris Sekunden später in sein Ohr, »ich will dich unbedingt sehen. Wenn du morgen abend kurz vor sieben kommst, bin ich noch da.«
Mit ihrer Stimme kam eine Ahnung ihrer Nähe, und er war sicher, daß sie das wußte. Jetzt sprach sie in den Raum hinein und verständigte Katrin, die im Hintergrund zu hören war. Dann war sie noch einmal da, sanft und leise, mit diesem Unterton einer kalten Lockung: »Sie sagt, du sollst kommen, auch wenn du ein Schurke bist.«
Wieder war Katrin an der Reihe. Ihre Stimme unterschied sich kaum von der ihrer Schwester. Aber es strengte ihn an, ihr zuzuhören, weil sie überspannter und manischer war und fast pausenlos redete.
»Du, wenn ich reich bin, schicke ich meinen Chauffeur los, damit er dich für einen Monat entführt. Danach kannst du wieder zu deiner Familie. Aber einen Monat will ich dich für mich haben. Deine Familie bekommt einen Brief, daß du in einem Monat zurückkommst. Vielleicht ist deine Frau ganz froh, dich mal loszusein. Oder ich schicke dich schon nach einer Woche weg. Wer weiß? Ich halte es nie lange mit einem Mann aus. Ich kann überhaupt nicht mehr in diesem Land leben. Es ist das Land der kaputten Männer. Du glaubst nicht, was ich alles erlebt habe. Ich sag dir, der Mann wird zur Frau. Nur die älteren Männer taugen noch was. Die Männer in deinem Alter und noch älter. Aber auch da erlebst du Katastrophen. Sie wollen Frauen wie Doris und mich als Spielzeug haben, und selbst sind sie so langweilig, so ausgebrannt. Was ist überhaupt mit dir? Du bist gar nicht mehr erotisch. Deinen letzten Brief mochte ich nicht, der war so autoritär. Es hat keinen Sinn, wenn du mir Ratschläge gibst. Wenn du mir schreibst, dann erzähl mir, was du tust, was du gesehen hast, erzähl mir alle deine Abenteuer. Ich bin nicht eifersüchtig, hörst du. Ich sage dir nur eins: Lebe, geh auf Menschen zu, sprich die Frauen an, sag einfach: ›Sie gefallen mir.‹ Sei bloß nicht gehemmt. Frauen mögen das nicht. Frauen . . .«

Er merkte auf einmal, daß er nicht mehr richtig zuhörte. Mit halbem Ohr überwachte er ihr pausenloses Reden, damit er wußte, wann er antworten oder etwas einwerfen mußte, um ihr zu zeigen, daß er da war. Dauernd schweiften seine Gedanken ab und gerieten auf immer neue Wege. Mußte er wieder nach Dänemark fahren, wie er versprochen hatte? Oder wen konnte er nach Hamburg-Fuhlsbüttel schicken, um seinen Wagen zu holen? Von Urban würde er den Scheck einfordern und sich morgen einen schönen Tag in München machen. Er konnte eigentlich ein neues Jackett gebrauchen. Hier gab es erstklassige Geschäfte, allerdings entsprechend teuer. Geld muß man haben, dachte er, Geld brachte die Welt in Ordnung, jedenfalls die eigene.

Wieder sah er Doris in seinem Auto sitzen. Sie stieg aus und ging auf das Hotel zu, in dem sie mit dem Kunsthändler wohnte. Ein Vogel flog an seinem Fenster vorbei und löschte das Bild, und Katrins Stimme im Telefon behauptete etwas, das sich auf nichts zu beziehen schien:

»Das meinst du ja auch. Ich weiß es und verzeihe es dir. Ich empfinde es ja selbst so. Niemand sieht das kritischer als ich selbst. Oh, ich hasse das! Ich möchte vollkommen sein. Was nicht vollkommen ist, das taugt nichts. Deshalb möchte ich manchmal keinen Körper haben, nur eine Seele und den vollkommenen Geist. Das ist es, was ich mir oft wünsche, den vollkommenen Geist. Verstehst du mich? Ich möchte manchmal alt sein und völlig klarsehen. Kannst du das verstehen? Vielleicht könntest du mich verstehen. Warum hast du verflucht noch mal nie Zeit für mich?«

»Ich habe ja Zeit, ich komme ja morgen«, hörte er sich einwenden.

»Nein, ich glaube, du kommst gar nicht wirklich. Du steckst in den Klauen deiner Familie und deiner Vorurteile. Du hast auch Vorurteile über mich.«

»Überhaupt nicht, nein«, beteuerte er.

»Sei ehrlich«, sagte sie, »alles andere ist langweilig. Das hat kein Format.«

»Mag ja sein, daß ich kein Format habe.«
»Bist du jetzt wütend?« fragte sie.
»Nein, das nicht.«
»Doch, du bist wütend. Ich höre es dir an. Ich mag es manchmal, wenn Männer wütend werden, das reißt mich aus meiner Lethargie. Weißt du, was ich brauche. Einen Mann, der mich aufrüttelt, der alles aus mir herausholt. Ich liege brach, alle meine Fähigkeiten liegen brach. Und ich könnte ungeheure Dinge tun. Mit mir könntest du eine Bank überfallen.«
»Gut«, sagte er, »beim nächsten Mal nehme ich dich mit.«
»O ja, tu's auch bitte«, sagte sie. »Anschließend machen wir Ferien auf den Bahamas oder in Florida. Du, ich find's einfach unwahrscheinlich, daß du in München bist nach so langer Zeit. Wie kommt das? Wolltest du schon Schluß machen? Du mußt mir morgen alles beichten, alle deine Schandtaten und deine Gedanken. Ich kann sowieso Gedanken lesen. Du kannst also gar nichts vor mir verbergen. Bereite dich darauf vor. Und bitte, ruf schnell an, wenn du dein Taxi bestellt hast, damit ich mich darauf einstellen kann, daß du plötzlich vor der Tür stehst.«
»Ich mache alles genauso, wie du willst.«
»Nein«, schrie sie auf, »bist du wahnsinnig?! Das ist ein Blankoscheck. Den präsentier ich dir.«
»Dazu bist du viel zu moralisch.«
»Nein, nein, nicht zu moralisch, sondern zu dumm. Ich bin unermüdlich in meiner Dummheit, und das nützt ihr aus, alle miteinander. Das habt ihr doch gern, die unermüdliche Dummheit der Frauen. Das macht euch ja so unverschämt. Du, wehe dir, du gehst heute zu einer anderen Frau! In München gehörst du mir, ganz allein mir. Einverstanden? Das wollte ich dir raten. Und sei bitte pünktlich, damit Doris dich noch mitbekommt. Sie will es nicht zugeben, aber sie ist immer noch verliebt in dich. Also bis morgen! Und such eine Bank aus, die wir überfallen können. Ciao! Auf Wiedersehen! Ciao!«
Sie hatte aufgelegt. In seinem Kopf lärmte und schwirrte es,

und er mußte einen Moment die Augen schließen und sich mit den Fingerspitzen über die Lider reiben. In Katrins Reden klirrte manchmal eine Kälte und Leere, die einen krank machen konnte, doch es steckte auch eine Kühnheit, eine verzweifelte Kraft darin, die ihm imponierte.
Wieder klingelte das Telefon. Rief sie wieder an? Hatte er ihr verraten, wo er wohnte? Zögernd nahm er ab und sagte: »Ja?«

»Herr Vogtmann?« fragte eine Männerstimme.
»Ja, am Apparat«, sagte er.
»Hier Kirchmair«, sagte der Anrufer. »Entschuldigen Sie bitte die Störung, Herr Vogtmann. Ich bin froh, daß ich Sie erreiche. Ihr Apparat war dauernd besetzt.«
»Ja, was ist?« fragte er.
Erst jetzt, mit einem kurzen Schreck, als schrille eine Alarmglocke, begriff er, daß Kirchmair, der erste Einkäufer aus dem Bogenhausener Zentralbüro, ihn anrief. Vielleicht wollte er nur mitteilen, daß er und Urban sich verspäten würden. Nein, nein, die Stimme machte sich zu wichtig, und sie holte zu weit aus. »Ich bitte zu entschuldigen, Herr Vogtmann, daß ich diesen Weg wähle. Ich habe mich mit zwei Kollegen besprochen, und beide haben mich gedrängt, Sie noch anzurufen vor dem Essen. Ich bin jetzt selbst schon wieder im Zweifel, ob das richtig ist. Auf alle Fälle möchte ich Sie bitten, daß dieses Gespräch unter uns bleibt.«
»Gut«, sagte er, »in Ordnung.«
Er begriff, daß etwas Undurchschaubares im Gang war, das sich ihm bedrohlich näherte und mit dieser beflissenen Stimme auf ihn einredete. Unwillkürlich einen festeren Sitz suchend, lehnte er sich in seinen Stuhl zurück.
»Ich werde mich kurz fassen, Herr Vogtmann. Es bleibt ja auch nicht mehr viel Zeit. Ich wollte Sie eigentlich nur über eins ins Bild setzen: Obwohl die Firma floriert, ist sie gegenwärtig fast illiquide. Das ist einzig und allein darauf zurückzuführen, daß der belgische Inhaber, Herr Hogstraat, ihr in unverantwortlicher Weise das Kapital entzieht.«

Kirchmair machte eine Pause. Er sollte diese Mitteilung wohl erst einmal begreifen. Doch er spürte nur eine lähmende Leere, als hätte er den Schrecken schon hinter sich. Schließlich fragte er: »Warum macht Hogstraat das?«
»Ich habe gehört«, sagte Kirchmair, »er hat sich im Tankergeschäft engagiert und große Verluste gemacht, die er irgendwie ausgleichen muß. Deshalb zieht er uns das Kapital ab.«
»Ich verstehe es trotzdem nicht. Eine Kuh, die man melken will, darf man nicht schlachten.«
»Das habe ich mir eigentlich auch gedacht«, stimmte Kirchmair zu, »aber er kann wohl nicht anders.«
Wieder entstand eine Pause, in der sein Gesprächspartner für ihn hinter eine Wand zurücktrat und wartete. Er hatte das Gefühl, daß er mit verbundenen Augen durch einen dunklen Raum tapste und ein anderer oder viele andere beobachteten, was er als nächstes tun und wohin er sich wenden würde, um einen Ausgang zu finden, den es vielleicht gar nicht gab.
Schließlich sagte er: »Ich habe das alles irgendwie kommen sehen.«
»Tatsächlich?« fragte die Stimme, die er so kaum mit der Erinnerung an ein bestimmtes Gespräch verbinden konnte, »das gibt mir Hoffnung, daß Sie ein Konzept haben.«
»Ein Konzept? Wofür?«
»Wie Sie Ihr Geld retten.«
Die Angst fuhr ihm in die Glieder und krampfte ihm den Magen zusammen. Er war froh, daß Kirchmair nicht sehen konnte, wie sehr er ihn getroffen hatte.
»Wollen Sie mich aushorchen?« fragte er schroff.
»Nein, um Gottes willen! Ich möchte nur ganz persönlich meine Sorgen ausdrücken und die Sorgen meiner Kollegen um ihre Arbeitsplätze. Sie haben doch nichts dagegen, daß ich mitkomme zum Abendessen?«
»Nein, warum?«
»Zwischen Ihren und unseren Interessen, Herr Vogtmann, läßt sich vielleicht eine Verbindung herstellen. Wir sehen nämlich alle nur eine Rettung: Die Firma muß den Besitzer

wechseln. Ich glaube zu wissen, daß auch Herrn Urbans Gedanken in diese Richtung gehen.«

Sprach da ein Verrückter? In was wollte man ihn hineinziehen? In eine krumme Sache, ein Komplott? Er verstand diese Andeutungen nicht, obwohl sie so klar erschienen. Er sollte die Firma kaufen? Das war doch absurd!

»Wer hat Sie beauftragt, mich anzurufen?« fragte er kurz.

»Um Gottes willen«, stieß Kirchmair hervor, »ich bin zusammen mit zwei Kollegen auf die Idee gekommen, Sie anzurufen. Wir waren vorher bei Herrn Urban und haben ihm unsere Sorgen vorgetragen. Ich glaube sagen zu dürfen, daß er wie wir denkt.«

»Ich habe keine Ahnung, wie Sie denken oder was Herr Urban sich denkt. Ich will nur pünktlich mein Geld bekommen wie bei jedem soliden Geschäft.«

»Das wäre natürlich das Beste«, sagte Kirchmair. »Bitte entschuldigen Sie, wenn ich voreilig war. Ich wollte Sie nur darauf vorbereiten, daß ein konkreter Vorschlag auf Sie zukommt. Und ich wollte Ihnen den Hintergrund skizzieren. Damit Sie nicht sofort zurückschrecken, wollte ich nur sagen: Sie fänden bei mir und den meisten Kollegen jede Unterstützung, die Sie sich nur wünschen können. Ich glaube, daß alle Filialleiter so denken. Aber ich bitte noch einmal um Diskretion.«

»Ja, danke«, sagte er kurz.

Ohne abzuwarten, ob Kirchmair noch etwas sagen wollte, legte er auf. Kirchmair hatte es wohl auch getan.

Er stand auf und ging im Zimmer umher, blieb aber gleich wieder stehen. Alles, was er gehört hatte, erschien ihm unglaubhaft und phantastisch, und er merkte, daß ihm die Einzelheiten des Gespräches schon zu zerrinnen begannen. Zurück blieb ein unangenehmes Gefühl, mit jemandem geredet zu haben, der sich an ihn ranschmeißen oder ihn betrügen wollte oder der nur ein Schwätzer und Wirrkopf war. Doch

auf Kirchmairs Person kam es jetzt nicht an, denn es gab eine Situation, in der der Mann sich an ihn rangemacht hatte, und die mußte er begreifen. Auch wenn er Kirchmairs Motive nicht verstand, die Situation konnte er durchaus richtig geschildert haben. Er mußte versuchen, sich das klarzumachen: Der belgische Inhaber steckte anderswo in Schwierigkeiten und nahm alles Geld aus der Firma. Er glaubte, sich das leisten zu können, weil die Umsätze dauernd gestiegen waren. Aber inzwischen waren überall die Rechnungen der Lieferanten fällig, zum Beispiel seine. Und wenn er jetzt den Wechsel platzen ließ, würden andere folgen, und es konnte schnell zum Bankrott kommen. Und Kirchmair und Urban, jeder für sich oder beide zusammen, wollten vorher das Blatt wenden und den Belgier ausbooten. So weit konnte er das verstehen. Sie wollten ihn dafür gewinnen, weil er ihr größter Lieferant war und am tiefsten in der Sache drinhing. Er hatte am meisten Grund, den Belgier so in die Enge zu treiben, daß er verkaufen mußte. Der fällige Wechsel und die nächsten Wechsel, die alle zwei Wochen fällig wurden, waren vielleicht hinreichende Waffen, besonders wenn andere Lieferanten sich anschlossen und ihre Wechsel präsentierten. Die Drohung würde vielleicht genügen, den Mann weichzukochen. Urban konnte das vielleicht einschätzen. Das mußte er abwarten. Wenn man genau den richtigen Zeitpunkt erwischte, die Sekunde, in der der Gegner sich eine Blöße gab, konnte man jeden auf die Bretter schicken.
Ruhig, dachte er, ich muß ruhig bleiben. Ich bin schon viel zu weit eingestiegen. Ich muß alles an mich herankommen lassen, und die erste Bedingung, die ich stellen muß, ist eine gründliche Buchprüfung. Das muß Lothar für mich machen. Wir werden alles auf den Kopf stellen und durchleuchten. Jeder Vorgang, die kleinsten Posten werden durchröntgt, ob da irgendwo ein Schatten ist. Vielleicht sollte ich ihn anrufen und die Dinge schon vorbesprechen, damit er sich bereithält und sofort kommen kann. Vielleicht ... Nein, er mußte ruhig sein, am besten nicht mehr daran denken. Aber

träumen konnte er doch wohl. Die Leitung der Fabrik würde er zum Teil delegieren und mindestens drei Wochen im Monat in München sein. Der Druck der letzten Jahre würde nachlassen, und er würde aufleben und sich frei fühlen. Von hier aus würde er das kleine Imperium seiner zwölf Filialen regieren, und er wäre dann sein eigener Lieferant, eine optimale Situation, vor allem für die Finanzplanung. Das müßte sogar Pattberg einsehen, Pattberg, der sich trotzdem wehren würde und an dem alles scheitern konnte, wenn er ihn nicht in die Ecke zwang mit dem Argument, daß sie sonst nicht nur ihr Geld, sondern auch den Markt verlören.
Sonst. Was hieß sonst? Es war ja längst noch nicht soweit. Er durfte den Gedanken nicht zu groß werden lassen, damit er frei war, sich richtig zu entscheiden. Richtig. Was war richtig? Richtig für mich, verbesserte er, richtig für mich.
Er würde sich hier in München eine schöne alte Wohnung kaufen. Doris konnte ihn dort besuchen oder Katrin, die eine und die andere. Er würde Geld haben und sich frei fühlen. Geld war ein anderes Wort für Leben, für den Rausch des Lebens, denn fast alles, was begehrens- und wünschenswert war, war auch käuflich. Oder es hing an den Dingen, die käuflich waren, man bekam es gratis dazu: Freiheit und Muße zum Beispiel, und alles, was dadurch möglich wurde, sich entwickelte und zeigte, und Macht und die Bewunderung der anderen und wahrscheinlich auch Liebe, wenn man sie überhaupt noch brauchte, wenn man nicht viel zu glücklich dazu war. Glück war ein starkes, berauschendes Gefühl, mitten im Leben zu sein, darin unterzutauchen und immer wieder hochgeworfen zu werden auf den Kamm der Welle, unsinkbar zu sein, unbesiegbar. Ja, und je mehr Geld man hatte, um so größer wurde der Platz, den man in der Welt einnahm. Man konnte eine Villa mit großem Park bewohnen und, wenn man Lust dazu hatte, auch in einer primitiven Hütte hausen. Auch das Leben der Armen war ein Spaß, wenn man reich war. Ja, so mußte man es sehen, ohne saure Moral und sentimentale Gefühle. Weil der Sieger alles gewann und der

Verlierer nichts, deshalb, gerade deshalb lohnte es sich, zu leben und seine Chancen zu ergreifen.
Was würde er zunächst tun, wenn er viel Geld hätte? Welche Wünsche würde er sich erfüllen? Zunächst ... da war so vieles. Ein dichtes Gedränge. Doris, die in seinem Auto saß und in seine Arme schlüpfte. Er würde dem Kunsthändler ein Bild abkaufen und es Doris schenken, die dann bei ihm wohnte. Warum kam er immer wieder auf solche Szenen? Es gab noch anderes, Unerahnbares. Das war alles überwältigend. Man konnte sich das wenigste vorstellen. Die Träume blieben so nebelhaft, als wäre man fast blind.
Er schien wirklich geträumt zu haben. Denn er hatte das Gefühl, das Telefon, das dort auf dem Tisch stand und klingelte, gehörte in eine andere Geschichte, in die er zwangsweise zurückkehrte, indem er nach dem Hörer griff.
»Herr Urban und Herr Kirchmair für Sie«, meldete der Portier.
»Danke. Ich komme runter.«
Er zog sein Jackett an und betastete seine Taschen nach Zigaretten und Feuerzeug, warf dabei einen raschen Blick in den Spiegel. Sein Haar war unordentlich, er kämmte es mit ein paar Strichen und steckte den Kamm wieder ein. Sein Kopf war klar, und er fühlte sich ruhig und leicht. Zu allen Schandtaten bereit, würde Katrin sagen. Also, dachte er, also.
Wie harmlos sie aussahen, wie lächerlich, wie mittelmäßig, dachte er, als er die Treppe hinunterging und sie unten warten sah.

Mit dem wartenden Taxi fuhren sie drei Straßen weiter in ein Restaurant, das Urban wegen seiner französischen Küche rühmte. Es war dämmrig und höhlenhaft erleuchtet von Kerzenleuchtern, die überall auf den kleinen rotgedeckten Tischen standen, und entsprach keineswegs seinen Wünschen. Er hätte einen großen weißgedeckten Tisch und helles Licht vorgezogen. Dies hier war ein Lokal für ein Rendezvous, nicht für Geschäftsverhandlungen, bei denen es besser war, seine Gesprächspartner deutlich vor sich zu sehen und auf Distanz zu halten. Das Essen – Artischocken als Vorspeise, dann Lammkeule, provenzalisch – kam ihm nur durchschnittlich vor. Allerdings war er vor innerer Spannung nicht hungrig, und es fiel ihm schwer, mit diesen Leuten zu essen und zu plaudern, als wäre er zu seinem Vergnügen hier.

Er hatte sich vorgenommen abzuwarten, was Urban sagen würde. Doch der gab sich als hingebungsvoller Esser und Rotweintrinker und ließ sich Zeit. Bevor er trank, tupfte er seine Lippen mit der Serviette ab und hielt ihm dann einladend sein Rotweinglas entgegen. Sein Gesicht leuchtete im Kerzenschimmer, und wenn er lächelnd seine starken Schneidezähne entblößte, kam der frenetische Ausdruck hinein, der wohl nur eine Eigenart seiner Anatomie war und nichts von seiner wirklichen Stimmung verriet. Während er beim Kellner eine neue Flasche Wein bestellte, erzählte er von seiner letztjährigen Urlaubsreise in die Provence und lobte die körperreichen, robusten, purpurfarbenen Weine des Rhônetals, kam dann, ein Kenner französischer Anbaugebiete, auf den Burgunder zu sprechen.

Warum machte er das? Warum spielte er sich so auf? Dieses lange Beratungsgespräch mit dem Ober, der sachkundig prüfende Blick auf das Etikett, alles wirkte so ausgestellt, so verflucht imitiert und reizte seine Ungeduld genauso wie die Beflissenheit, mit der Kirchmair sich in die Unterhaltung einfügte. Wie am Vormittag konnte er nicht erkennen, ob es zwischen den beiden ein geheimes Einverständnis gab oder ob jeder sein eigenes Ziel verfolgte und nur die Machtverhältnisse sie so glatt aufeinander eingespielt hatten. Am Vormittag hatte Urban Kirchmair reden lassen, jetzt, beim Abendessen, führte er das Wort. Er war der Gastgeber, der Chef, der Ältere, der das Recht hatte, seine Lebensart zu zeigen und Beachtung zu erwarten, wenn er seine Kenntnisse aufblätterte: das römische Theater in Orange, der Pont du Gard, die

Markthallen in Nîmes mit ihren herrlichen Fisch- und Obstständen.
»Sie müssen einmal hinfahren«, sagte er zu Kirchmair, »aber möglichst erst im September, wenn die Touristenschwemme vorbei ist. Dann erst sehen Sie das Land. Es gewinnt dann wieder seine Ursprünglichkeit.«
Wenn Urban sich momentweise Kirchmair zuwandte, war es immer so, als ließe er sich herbei, vorübergehend einen Unterschied zu verwischen, den er dadurch ihm, seinem Gast und Verhandlungspartner, erst recht vor Augen führte. Andererseits bekam Vogtmann den Eindruck, daß Kirchmair bestrebt war, Urban bei Laune zu halten, obwohl er genauso ungeduldig wie er darauf wartete, daß sie endlich zum Thema kamen. Als er Kirchmair prüfend ansah, glaubte er in dessen Augen ein kurzes Aufblinken von Komplizenschaft zu erkennen. Alles läuft gut, schien dieser Blick zu sagen, der Fisch hängt schon an der Angel. Er ließ sich nicht anmerken, daß er es verstanden hatte.
Schließlich, sie waren beim Kaffee, ließ Urban den Ober Zigarren bringen, wählte als einziger eine aus und fragte nach den ersten paffenden Zügen aus dichten, trägen Rauchschwaden heraus: »Wie haben Sie sich entschieden, Herr Vogtmann?«
Ohne jede Verbindlichkeit antwortete er: »Ich muß darauf bestehen, mein Geld zu bekommen.«
Urban nickte und betrachtete den Brand seiner Zigarre, bevor er wieder aufsah und ihre Blicke sich trafen. Er darf meine Ablehnung nicht spüren, dachte Vogtmann. Er macht alles davon abhängig, wie seine Person zur Geltung kommt. Um so gründlicher wollte er ihn ducken, wenn er je dazu Gelegenheit bekam.
Ahnte Urban das nicht? Worauf wollte er hinaus? Viel eher als Kirchmair mußte er sich sagen, daß es bei einem Eigentümerwechsel für ihn nichts zu gewinnen gab. Es sei denn, er war schon dabei, alles zu verlieren, und mußte nun den von Kirchmair angedeuteten Weg gehen, um sich und die Firma zu retten. Oder es wenigstens versuchen.

»Sie müssen mich verstehen, Herr Urban«, begann er wieder. »Mein Mißtrauen ist gewachsen. Ich vertraue Ihren Fähigkeiten und den Fähigkeiten von Herrn Kirchmair. Ich sehe die großartige Marktposition des Unternehmens und seine steigenden Umsätze. Das alles hat mich ja veranlaßt, mich so stark bei Ihnen zu engagieren. Um so mehr erschreckt mich die Insolvenz. In diese Lage hätten Sie uns nicht bringen dürfen.«

Das war der Punkt, an dem Urban seinen Kurs wählen mußte. Entweder mußte er weiter versuchen, die Lage der Firma zu beschönigen, oder er mußte die Karten aufdecken und von den Geldentnahmen des belgischen Inhabers erzählen. Entweder – oder. Entweder Urban bezahlte alle Lieferungen und bot ihm neue Sicherheiten. Oder ... Kirchmairs Stimme am Telefon hatte diese andere Möglichkeit angekündigt, als einen bestimmten Vorschlag, der auf ihn zukommen werde. Darauf wartete er mit wachsender Ungeduld, während Urban, bedachtsam rauchend, immer noch zögerte und sich den Anschein gab, als dächte er nach.

Doch dann sagte er etwas, womit er nicht mehr gerechnet hatte: »Ihr Scheck ist ausgeschrieben, Herr Vogtmann.«

Kirchmair, der so schweigsam auf seinem Stuhl saß, mußte sich wohl getäuscht haben. Oder Urban hatte sich umentschieden. Oder alles war nur ein Bluff.

»Ich werde ihn auf alle Fälle einlösen«, sagte er.

»Das sollen Sie auch«, antwortete Urban. »Ich muß sogar darauf bestehen. Auch wenn uns das in Schwierigkeiten bringt.«

Was war das jetzt? Eine Trotzreaktion? Eine Kraftprobe? Wollte Urban ihn einschüchtern, indem er ihm andeutete, daß er nicht mehr mit ihm rechnete? War er schon abgeschrieben als Lieferant? Genau diese Reaktion hatte er befürchtet, bevor Kirchmair ihn angerufen hatte. Danach hatte er sie völlig aus seinen Überlegungen verloren. Bei einem so geltungssüchtigen, empfindlichen Mann wie Urban war das sicher ein Fehler, den er kaum wiedergutmachen konnte. Dank

Kirchmair oder dank der eigenen Naivität, mit der er ihm geglaubt hatte, hatte er sich völlig vertan.
»Die Schwierigkeiten geben Sie also zu«, beharrte er in einem Versuch, sich zu behaupten. Doch es mußte ihm angst machen, wenn er Recht bekam, denn sein Schicksal war verquickt mit dem Schicksal der Ladenkette, und Urbans Scheck, auch wenn er nicht faul war, konnte ihn nicht retten.
»Die Schwierigkeiten sind unleugbar«, sagte Urban
»Leider. Trotz all unserer Anstrengungen«, fügte Kirchmair hinzu.
Urban ignorierte diese Bemerkung. Er streifte die Asche seiner Zigarre ab. Das wirkte seltsam zeichenhaft, eine priesterliche Geste. Wie in tiefer Nachdenklichkeit nahm er wieder einen Zug und setzte eine Rauchwolke vor sich in die Luft, deren langsame Auflösung einen Moment lang seine Aufmerksamkeit fesselte, bevor er wieder zu sprechen begann. Er sprach dozierend und so, als wolle er jedem Satz ein besonderes Gewicht verleihen. Alle zusammen ergaben sie zunächst nur eine orakelhafte Eröffnung, die Vogtmann gezwungen hätte, gebannt zu lauschen, hätte er nicht vorausgewußt, worauf sein Gesprächspartner zusteuerte.
»Besagte Schwierigkeiten«, erklärte Urban geheimnisvoll, »können dem einen schaden, dem anderen nützen. Und ich sehe einen Weg, wie sie uns nützen können. Das Problem, das wir haben, liegt nämlich gar nicht bei uns.«

Drei Stunden später kam Vogtmann in sein Hotelzimmer zurück, außer Atem und in einem Aufruhr seiner Gefühle. Die Beherrschung, die er im Gespräch mit Urban und Kirchmair sorgsam gewahrt hatte, war schon am Fuß der Treppe von ihm abgefallen, und zur Verwunderung des Nachtportiers hatte er den Fahrstuhl stehenlassen und war die Treppe, immer zwei Stufen auf einmal nehmend, hinaufgelaufen, hatte im zweiten Stock ziemlich laut sein Zimmer aufgeschlossen. Alles war genauso gekommen, wie Kirchmair es vorausgesagt hatte: –

Urban hatte ihm erklärt, wie er Hogstraat finanziell ausmanövrieren und die Firma in seinen Besitz bringen konnte. Seine wichtigste Bedingung, eine gründliche Buchprüfung, hatte Urban als Voraussetzung akzeptiert. Nun lag die Zukunft vor ihm wie ein weit geöffnetes Land, in das er eindringen und das er erobern konnte. Von nun ab konnte alles anders werden.
Auch den Scheck hatte er bekommen, wie nebenbei. Er wollte ihn morgen vormittag gleich zur Bank bringen. Gegen Mittag sollte er Lothar noch einmal anrufen. Schon gegen Ende der Verhandlung, als er mit Urban und Kirchmair noch zu einem Drink im Vikers Trade war, hatte er ihn kurz telefonisch unterrichtet, daß er ihn für die Betriebsprüfung nach München rufen würde. Er brauchte Lothar sofort, denn er mußte sich schnell entscheiden, damit Urban nicht noch andere Interessenten suchte. Und wenn Hogstraat plötzlich die weiße Fahne hißte, mußte er finanziell gerüstet sein.
Lothar hatte erst Schwierigkeiten gemacht, doch dann schnell Feuer gefangen. Er hatte sich anstecken lassen von seiner Aufregung. Zwei Termine mußte er verschieben. Wenn das klappte, wollte er in der nächsten Nacht nach München kommen.
Sollte er nicht noch einmal anrufen und ihm erläutern, wie dringend er ihn brauchte? Dies schien eine Gelegenheit zu sein, wie sie sich nur einmal im Leben bot. Obwohl Lothar für so etwas einen Riecher hatte, konnte er das noch nicht verstanden haben. Nein, es hatte keinen Zweck mehr. Es war kurz nach Mitternacht, und Lothar schlief wahrscheinlich. Er dagegen würde nicht schlafen können. Erst mußte er Luft schnappen oder sich betrinken. In der Minibar waren Whisky und Bier, aber er hatte keine Lust, im Zimmer zu bleiben. Das war wie stundenlanges Warten in der Gefangenschaft, und er ahnte, daß ihn das bedrohte. Er war so aufgewühlt, so unsicher. Sogar der Scheck mit der hohen Summe beunruhigte ihn. War er überhaupt da? Er mußte gleich noch einmal nachsehen. Er hatte ihn in die Brieftasche geschoben, in das

Geheimfach, und ja, da war er auch. 54347–DM stand darauf, in Worten vierundfünfzigtausenddreihundertsiebenundvierzig Mark und darunter Urbans breite Unterschrift und das Firmensiegel. Gewöhnlich verteilte man eine solche Summe auf mehrere Schecks, aber Urban hatte die große Geste vorgezogen. Dieses kleine Stück Papier war eine Konzentration so vieler Möglichkeiten. Für viel weniger Geld wurden Menschen umgebracht, und mit viel weniger begannen andere ihr Glück zu machen. Wäre er in seinem Büro gewesen, hätte er es nicht so sehen können, hier in diesem Hotelzimmer war alles anders. Dieses Papier, das er unter dem Licht der Deckenlampe betrachtete, war ein Versprechen, eine Verheißung von noch viel mehr. Er führte es an die Lippen und küßte es andächtig. Kühl, glatt und fast unspürbar fühlte es sich an, eine unbestimmte taube Empfindung im Dunkeln, denn einen Moment lang hatte er die Augen geschlossen.
Als er den Scheck wegsteckte, fiel ihm ein kleines Foto aus dem Geheimfach seiner Brieftasche entgegen: eine dunkelhaarige Frau im Badeanzug, die im flachen Wasser einer südlichen Bucht stand. Das war Jovanka, vor dreiundzwanzig Jahren. Er hatte lange Zeit nicht mehr an sie gedacht. Und wie sie da auf dem Foto aussah, mit diesem von Licht und Schatten weich und verführerisch modellierten Körper, so war sie natürlich längst nicht mehr, wenn sie überhaupt noch lebte. Sie war in gewisser Hinsicht das Beste gewesen, was ihm im Leben begegnet war, und als er Elisabeth geheiratet hatte, war sie noch lange Zeit als eine bedrohliche Verlockung durch seinen Kopf gegeistert, doch allmählich war sie in ihm gestorben.
Ja, war sie das? Warum hatte er denn Herzklopfen? Das kleine Bild eines längst vergangenen Augenblicks sandte immer noch dieses Strahlen aus, das er früher jedesmal gespürt hatte, wenn er sich darüber beugte. Doch das war nicht mehr sie, es war eine erregbare Erinnerung in ihm selbst, die sich auf ein Gespenst bezog.
Zuletzt hatte er sie gesehen, als sie nackt, in oberflächlicher

Betäubung auf dem Küchentisch lag. Er hielt mit einem Lederriemen ihre Beine fest, und der verkrachte Medizinstudent, der sich darauf spezialisiert hatte, schob ihr den kleinen Schablöffel in den Leib und machte ihn aufmerksam auf das leise Kratzen. Für ihn war das das Ende gewesen, der neue Anfang. Damit sie einwilligte, hatte er sie über seine Zukunftspläne getäuscht. Sie hatte sich das Kind auskratzen lassen, um ihn zu behalten.
Nein, er hatte sie noch zweimal danach gesehen. Er hatte ihr noch klargemacht, daß er ihre Beziehung für aussichtslos hielt und er sich von ihr trennen wollte. Daran waren ihm nur wenige undeutliche und quälende Erinnerungen geblieben, das Bild ihrer Fassungslosigkeit und, schlimmer noch, das ihrer Versteinerung. Sie mußte jetzt vierundfünfzig Jahre alt sein und befand sich unauffindbar in einem anderen Leben. Wozu sollte er auch nach ihr suchen?

Der nächste Tag begrüßte ihn mit einem strahlend blauen Himmel, in dessen duftiger Weite nur einige zerfaserte Federwolken schwebten. Sie bedeuteten vielleicht Föhn oder zeigten irgendeinen anderen Höhenwind aus den Alpen an, doch er fühlte sich frisch und angenehm leicht, erfüllt von Bewegungslust. Er hatte erst unruhig, dann anscheinend tief und entspannt geschlafen und war mit einem Glückstraum erwacht, den er sofort vergessen hatte, der aber noch leise in ihm nachklang, als er als letzter am Frühstückstisch saß und das helle Licht auf dem weißgedeckten Tisch sah. Alle Gegenstände ringsum hatten etwas von dem Licht in sich aufgenommen, um es auf ihre Weise zu verkörpern und auszustrahlen. Alles war deutlicher da in diesem morgendlichen Einklang. Der weiße Würfelzucker, den er aus dem Papier wickelte, erschien ihm wie eine sakrale Substanz, und die dicke weiße Steinguttasse, die einen Sprung in ihrer Glasur hatte, fühlte sich an wie eine beglückende Gewißheit.
Wenig später, als er durch die Ludwigstraße auf den Odeons-

platz zuging und die ockerfarbenen residenzstädtischen Bauten in leuchtender Klarheit ihre Architektur zeigten, überfiel ihn erneut das wogenhafte Traumgefühl, das ihn geweckt hatte. Erstaunt sah er, wie sich die Welt zu einem prangend körperhaften Bild entrückte, in das er selbst eingeschlossen war, und im nächsten Moment fühlte er sich in sanfter Verwirrung noch einmal erwachen, als habe er zum zweitenmal geträumt. Im Weitergehen, als die Gefühlswoge abebbte, ohne ihn jedoch ernüchtert zurückzulassen, sagte er sich, daß ja wirklich alles wie ein Traum sei, und das Glück blieb bei ihm als ein starkes Wohlgefühl, das seinen Körper durchpulste und seine Schritte beschwingte.

Zuerst ging er zur Münchener Niederlassung seiner Bank und reichte den Scheck ein. Danach wanderte er ohne Ziel durch die belebten Straßen und über die Plätze des Stadtzentrums und schlenderte an den Schaufenstern der Antiquitäten- und Juwelierläden, der Galerien und Modegeschäfte vorbei, um mit den Augen einzukaufen. Der ausgestellte Luxus hinter den Scheiben, die kostbaren Intarsientische und Barockschränke, die schweren silbernen Leuchter, das Nymphenburger Porzellan, die alten Gläser und die Juwelen auf den schwarzen Samtkissen – alles das erregte ihn, nicht weil er alles haben wollte, sondern weil es zu haben war und ihm von dem bevorzugten Leben erzählte, das andere Leute lebten, die, die es geschafft hatten, die Cleveren oder die Glücklichen, zu denen er bald auch gehören wollte.

Gegen Mittag kam er mit einer großen Einkaufstüte ins Hotel zurück, in der er seinen alten Anzug trug. Er hatte sich bei einem Herrenausstatter einen leichten italienischen Blazer und eine helle Hose gekauft und nach der Anprobe gleich anbehalten. Er wollte noch ein bißchen in den Sachen herumlaufen, bevor er abends zu Katrin ging.

Wie verabredet rief er Lothar an, der sich sofort meldete.

»Ich will nur eins von dir hören«, sagte er, »kommst du?«

»Ausnahmsweise, du Ausbeuter.«

Lothar hatte sich für drei bis vier Tage frei gemacht und

würde mit dem Nachtzug in München ankommen. Schon nach dem Frühstück hatte er auf gut Glück ein Zimmer für Lothar bestellt und sein eigenes neu gebucht.
»Ich bin dir wirklich dankbar«, sagte er. »Zum Abschluß machen wir einen Zug durch München.«
»Worauf du dich verlassen kannst«, stimmte Lothar zu.
Heute lief alles wie gewünscht. Doch das waren nur die kleinen Glückskräusel im Kielwasser des großen Glücks, das ihm gestern begegnet war.

Am späten Nachmittag, als das Licht schon einen warmen Goldton bekam, schlenderte er durch den Englischen Garten. Er hatte sich eine Zeitung gekauft, die er auf einer Parkbank lesen wollte, aber als er einen freien Platz gefunden hatte, vergaß er sie und blickte in das satte Grün der dichten Baumkronen und der Wiesenflächen, auf denen die Menschen sich lagerten, Ball spielten oder mit ihren Hunden umhergingen, und fühlte sich angenehm gedankenlos. Beiläufig fiel ihm ein, daß er im Büro hätte anrufen sollen, weil er das mit Elisabeth vereinbart hatte. Doch man konnte ihr dort auch die Telefonnummer seines Hotels geben, wenn etwas Wichtiges geschah. Es war ihm jetzt lästig, daß er in zwei Stunden mit Katrin verabredet war. Sie war so anstrengend und bizarr. Vielleicht wäre es schöner gewesen, den Abend alleine zu verbringen. Er hätte sogar Lust gehabt, ins Kino zu gehen. Aber sie wartete, und er würde nicht kneifen, das hatte er noch nie gemacht.
Er stand auf und stopfte die Zeitung ungelesen in einen Papierkorb, stieg dann den Hügel zum Monopteros hinauf. Eine Gruppe von Jugendlichen saß da, rauchte und trank Flaschenbier, einer klimperte auf der Gitarre. Er hielt sich ein bißchen abseits, sie beobachteten ihn. Als er gehen wollte, löste sich ein großer, breitschultriger Bursche aus der Gruppe und stellte sich ihm in den Weg.
»Eine Frage, Meister. Hoams a Moment Zeit?«

»Nein, wieso?« fragte Vogtmann.

»Oh, is des peinlich, is des peinlich«, sagte der junge Mann. Er tat so, als winde er sich vor Scham und könne nicht herausbringen, was er sagen wollte. Im Hintergrund lachten die anderen, für die er dieses Spielchen aufführte. Vogtmann blickte sich um. Im Augenblick war er alleine hier mit den jungen Leuten. Aber sicher kamen bald andere Spaziergänger den Weg herauf.

»Worum geht's?« fragte er.

Der andere sah ihn mit einem herausfordernden Lächeln an. »Dös is a guate Froge.«

Wieder ertönte das Gelächter der Gruppe, und der junge Mann berührte mit bedrohlicher Vertraulichkeit seinen Arm. »Schauns her, Meister. I bin a entlaufener Strafgefangener. Hoams net a kloane Sozialhilfen?«

Jetzt muß ich gehen, dachte Vogtmann. Ich werde »nein« sagen und gehen. Sie würden ihm höchstens etwas nachrufen, aber ihn nicht festhalten. Doch er hatte schon zu lange gezögert. Es war nun besser, auf sie einzugehen. Nachlässig zog er einen Zehnmarkschein aus der Tasche.

»Macht euch einen schönen Tag«, sagte er.

Anscheinend hatte er den jungen Mann verblüfft, denn der starrte einen Augenblick auf den Schein in seiner Hand, bevor er »besten Dank, Chef« murmelte und zu den anderen zurückging.

Habe ich Angst gehabt, fragte sich Vogtmann im Weitergehen. Ja, es hatte einen flauen Moment gegeben, als der Kerl ihn anfaßte und er alle Blicke auf sich gerichtet sah. Gerade da hätte er ruhig und wortlos gehen müssen. Es war ein schwacher Abgang gewesen, ihnen zehn Mark zu geben. Wenn schon, dann hätte es viel mehr Geld sein müssen, um sie wirklich zu verblüffen. Auch das wäre lächerlich gewesen, ein alberner Triumph. Nein, er hätte unbedingt gehen müssen, aber er hatte Angst gehabt. Dieses widerliche flaue Gefühl, in dem sich alte Erinnerungen blähten, mündete immer in Haß. Er hätte ihnen drohen können, die Polizei zu rufen.

Ach was, sie hätten bloß darüber gelacht. Und wenn er jetzt zur Polizei ginge, dann kam die Streife erst vorbei, wenn sie längst alle verschwunden waren.
Unzufrieden mit sich schlenderte er weiter. Beim chinesischen Turm wollte er ein Bier trinken, um sich zu beruhigen, und anschließend zu den Schwestern in den Fuchsbau gehen. Freu dich doch darauf, sagte er sich. Das Gespräch mit Katrin gestern nachmittag kam ihm schon fast unwirklich vor. Es fiel ihm nur ein, daß er Blumen besorgen müsse, vielleicht für jede Schwester einen Strauß.

»Du hast vergessen, noch einmal anzurufen«, warf Katrin ihm vor, als sie ihm öffnete. »Jetzt bin ich noch nicht mit meinen Haaren fertig und sehe aus wie eine Schlampe. Doris mußte leider vor einer halben Stunde schon weg. Sie läßt dich grüßen. Schau mich nicht an, ich sehe furchtbar aus.«
Sie hatte sich ein weißes Frottiertuch turbanartig um ihren Kopf geschlungen und trug ein langes moosgrünes Hauskleid aus weichem, samtartigem Stoff.
»Danke«, sagte sie und nahm ihm die Blumen ab.
Es waren zwei bunte Sommersträuße aus Blumen, die er nicht kannte.
»Die sehen ja wunderschön aus! Für Doris und für mich, nehme ich an.«
»Ja, aber vielleicht passen sie auch alle in eine Vase. Das ist sicher noch schöner.«
»Das mach ich auch«, sagte sie und blickte sich um, ging dann zu der Bodenvase und begann die Blumen mit schnellen Handgriffen zu ordnen.
»So gefällt's mir. Dir auch?«
»Du mußt erst Wasser reinlassen«, sagte er, während sie immer noch bei der Vase kniete.
»Das kannst du eigentlich machen.«
Sie stand auf, mit der Vase in den Händen, und übergab sie ihm.

Er ging auf ihren Rat ins Badezimmer, schob die Handbrause zwischen die Blumenstengel und ließ Wasser ein. Neugierig betrachtete er die Flakons und Cremetiegel auf der Ablage vor dem großen Spiegel, die Zahnputzbecher und Badetücher und die Frisiermäntel, und erst jetzt wurde ihm deutlich, was er längst wußte, daß die Schwestern zusammenlebten. Dies war eine Zweizimmerwohnung mit Bad und Küche, wie sie ihm erzählt hatten, und vielleicht hatten sie sich so geeinigt, daß immer eine von ihnen einen Mann besuchte und dort übernachtete, während die andere einen Mann in der Wohnung empfing.
Als er zurückkam und die Vase mit den Blumen an den alten Platz stellte, drang aus dem Nebenzimmer das Geräusch eines Föns, der auf voller Stärke lief. Er blickte sich um. Es war eine Einrichtung, wie man sie kannte: heller Teppichboden, eine weiße Bücherwand mit eingebautem Plattenspieler und Boxen, bequeme Sessel um einen niedrigen Tisch, eine Ledercouch, ein Eßtisch bei der Durchreiche zur Küche und Blattpflanzen auf der breiten niedrigen Fensterbank. Davor der Balkon, auf den er gerade hinaustreten wollte, als das Föngeräusch abbrach und Katrin mit offenem Haar ins Zimmer kam. Sie sagte, sie habe Kopfschmerzen, und gab ihm ihre kalten Hände zu fühlen. Das käme vom Wetter, behauptete sie. Das Barometer fiele, und Wetterwechsel mache sie entweder krank oder aggressiv.
»Dann sei lieber ein bißchen krank«, sagte er und küßte ihr beide Hände, die er sich kurz an seine Wangen gehalten hatte. Er erzählte ihr von seiner Begegnung am Monopteros.
»Oh, wie widerlich!« rief sie aus. »Ich kenn diese Typen. Die machen sich an jeden ran. Mir ist das auch schon passiert. Die sind ekelhaft aufdringlich. Du hast ihnen hoffentlich kein Geld gegeben?«
»Doch leider«, bekannte er.
»Das darfst du nie wieder tun, hörst du? Mein Gott, gibt's denn gar keine Männer mehr, die dieses Gesindel mal wegjagen? Man muß ihnen klar und deutlich entgegentreten, dann kuschen sie.«

»Ich werd's mir merken und mich bessern.«

»Ich glaube, du kannst nicht autoritär sein. Nicht richtig.«

»Bring's mir bei«, sagte er.

»Nein, du bist nicht ernsthaft, nicht seriös.«

Er lächelte, weil sie ihn so streng anblickte und die Arme vor ihrer Brust verschränkte. Plötzlich verzog sie ihr Gesicht zu einem kindlichen Schmollen.

»Denen gibst du Geld und mir nicht mal einen Kuß.«

Er wußte nicht, wie er das verstehen sollte, aber er lächelte.

»Ich kann das nachholen.«

»Ja, kannst du?«

»Ja«, sagte er.

Er ging auf sie zu, und sie wich einen Schritt zurück, dann noch einen und noch einen. Er mußte denken, daß sie das immer so machte, als sie mit dem Rücken an der Wand stand und sich fangen ließ.

»Paß auf, meine Haare sind noch feucht«, warnte sie ihn und hielt ihm ihren Mund hin, überraschend weich und wehrlos.

Kurz danach lagen sie im Bett, und sie hatte seinen Kopf in beiden Händen und drückte ihn gegen ihre Brust.

»Küß die hier«, flüsterte sie, »das ist mein Liebling. Sie ist kleiner als die andere. Bitte, küß sie, damit sie sich nicht schämen muß.«

Als er Stunden später seinen Arm unter ihrem Nacken hervorzog und sagte, er müsse jetzt gehen, weil im Hotel noch jemand auf ihn warte, schien sie enttäuscht und traurig zu sein. Doch vielleicht spielte sie das nur. Denn sie verfiel gleich in den koketten Vorwurf, er wolle ihr wohl schon wieder untreu werden. Es klang allerdings ein wenig matt und überzeugungslos wie eine Routine, an der sie sich festhielt. Es war wohl die Art, wie Abende oder Nächte mit Männern eben zu Ende gingen. Vielleicht spielte sie auch, sie sei traurig, um zu verhindern, daß sie es wirklich fühlte.

»Mach bitte kein Licht«, bat sie.

Das hätte er sowieso nicht getan. Er wollte selbst nicht so grell beleuchtet werden. Seine Kleider lagen dicht bei der verhängten Tischlampe, die am Fußende des Bettes auf dem Teppichboden stand und rötlichen Lichtdunst an Wände und Decke warf. Ein blasser Lichtschein kam durch die halboffene Tür zum Wohnzimmer, wo am Bücherregal eine kleine Klemmlampe brannte. Katrin ließ überall ein kleines Licht an, weil sie sich sonst deprimiert und ängstlich fühlte. Wenn sie allein war, zog sie die Vorhänge nicht zu, damit sie bis in die Nacht die erleuchteten Fenster anderer Häuser sah. Das Bett, in dem er mit ihr gelegen hatte, war von dem Bett, das Doris gehörte, durch einen langen fahrbaren Kleiderständer getrennt, wie er ihn aus Kaufhäusern kannte, eine dunkel verhängte, wulstige Barriere, über die er sich gewundert hatte. Sie hatte ihm erklärt, alle Wandschränke seien schon absolut überfüllt mit ihren Kleidern, sie hätten eigentlich längst in eine größere Wohnung umziehen müssen. Aber das war schwierig und teuer, denn sie konnten ihre Mutter nicht allein lassen, die im Apartment nebenan wohnte. So brauchten sie immer gleich zwei Wohnungen, und wer sollte das bezahlen? Dazu mußte man schon ein Vermögen haben.
Wieder hatte sie geschimpft auf die Welt, auf ihren Vater, auf den Materialismus und Egoismus der Männer, und er hatte sich unbehaglich gefühlt, weil er nicht wußte, wie er darauf reagieren sollte. Aber sie schien nichts Bestimmtes von ihm zu erwarten.
Während er sich anzog, sah er zu ihr hin. Sie lag nackt auf dem Bett, mit aufgelösten Haaren, deren üppige Fülle ihren Körper fast elfenhaft erscheinen ließ. Er konnte nicht behaupten, daß er sie verstanden hatte. In der Liebe hatte sie etwas Mutwilliges und Kämpferisches gehabt, nicht eigentlich das, was er brauchte, um sich zu entspannen. So war es auch für ihn eine Sache der Routine geblieben. Manchmal hatte er den Eindruck gehabt, sie wollte gar nicht wahrnehmen, mit wem sie zusammen war. Ihre Heftigkeit war ihm so vorgekommen, als wehre sie ihn ab und versuche, allein zu sein. Sie

hatte sich aufgebäumt und gewunden oder schutzsuchend angeklammert und ihn gehindert, sich zu bewegen. Ihre Stimme war kindlich geworden, hell und wimmernd, und plötzlich, mit einem Lachen, einem kurzen schmerzhaften Biß, hatte sie ihn wieder angestachelt. Sie zieht alle ihre Register, hatte er gedacht, aber er hatte sie immer weniger darin gefunden, als wäre sie ihm in viele verschiedene Frauen zerbrochen. Jetzt, da er sich über sie beugte, um sie zum Abschied zu küssen, rief sie in ihm ein unbestimmtes, flüchtiges Bild von heimlicher Verletztheit und Melancholie hervor.
»Bleib ruhig liegen«, sagte er.
Ihr Gesicht erschien ihm sehr blaß, die Augen groß und dunkel.
»Was denkst du?« fragte sie matt. »Ich sehe dir an, du hast keine guten Gedanken. Oh, meine Intuition sagt mir, daß du etwas Böses denkst.«
»Nein, es war schön mit dir«, sagte er höflich.
»Ich weiß«, sagte sie, »ihr seid alle Schurken.«
Nackt ging sie mit ihm bis zur Wohnungstür, um ihn dort noch einmal zu umarmen. Sie fühlte sich weich und zart an, und er atmete den warmen Duft ihrer Haut ein. Es überraschte ihn, daß sie ihn zweimal mit ihrem Bauch schubste, als eine Erinnerung an eines ihrer Bettspiele.
»Komm wieder«, bat sie, »bitte, komm wieder! Hörst du?«

Die Tür war hinter ihm zugefallen, und das Minutenlicht flackerte in dem langen Korridor auf, der zum Aufzug führte. Ruhig, in kühler Zufriedenheit und ohne etwas zu denken, ließ er sich nach unten fahren. Draußen empfing ihn die laue Nachtluft wie ein sanftes Bad. Er zündete sich eine Zigarette an und ging die Straße hinunter in Richtung Zentrum. Unerwartet viele Menschen waren noch auf der Straße, Leute, die vor dem Schlafengehen ihre Hunde ausführten, angetrunkene Touristen, Liebespaare. Am Anfang der Leopoldstraße streifte eine Prostituierte an ihm vorbei. Etwas weiter stand eine andere in einem Hauseingang, sah ihn fragend an. Er ging mit einem kurzen Kopfschütteln vorbei. Je weiter er kam, desto mehr Menschen promenierten auf den Bürgersteigen, saßen vor den Wirtschaften und Cafés, um Bier zu trinken oder große bunte Eisportionen zu löffeln. Er gehörte jetzt mehr zu dieser zerstreuten, müßiggängerischen Menge als zu Katrin, die allein in ihrem Bett lag. Flüchtig erinnerte er sich an ihr blasses Gesicht und ihre weichen, vom Küssen aufgelösten Lippen und wie sie ihn mit ihrem Bauch schubste. »Komm wieder. Hörst du, komm wieder.« Warum nicht, dachte er. Aber er konnte es auch bleiben lassen. Überall wartete ja schon das Neue, das andere, die Welt war unerschöpflich. Man brauchte nie einsam zu sein, man brauchte nur zuzugreifen. Es war wunderbar, das zu wissen. Und er fühlte sich fähig dazu, fühlte sich frei.

Von irgendwoher kam Musik. Er ging auf eine Ansammlung von Menschen zu, die um zwei Straßenmusikanten herumstanden, zwei langhaarige junge Männer, behängt mit Holzketten und bunten Fransenhemden. Beide spielten Gitarre und sangen mit hellen, quäkigen Stimmen seltsame gedehnte Laute, die englisch oder amerikanisch klangen. Dabei krümmten und bogen sie sich, drehten sich einander zu und voneinander weg, schwangen hin und her. Er warf ein Markstück in die aufgestellte Pappschachtel und ging weiter. Der Autocorso rauschte ununterbrochen in beiden Richtungen, und die Laternen begleiteten die Straßenflucht mit ihrer langsam verschwimmenden Lichterkette. An der aufgekommenen Nachtbewölkung brach sich die strahlende Helligkeit der Innenstadt als ein rosiger Schimmer.

Wie schön das Leben war, wie unergründlich, wie verheißungsvoll. Warum eigentlich waren nicht alle glücklich?

Eine halbe Stunde später – er hatte unterwegs noch ein Bier getrunken – kam er im Hotel an. Der Portier übergab ihm den Zimmerschlüssel und einen Briefumschlag und sagte mit einer kleinen Handbewegung: »Besuch für Sie.«

In der Halle saß Lothar, rauchte und las Zeitung. Er steckte den Umschlag in seine Jackentasche und ging auf ihn zu.
»Hey, Mann«, sagte er, »ist ja toll! Du bist schon da.«
»Ich wollte mal Mäuschen spielen, was du so treibst.«
Lothar stand auf, und sie umarmten sich, klopften sich auf die Schultern.
»Mann, ich freu mich, daß du da bist! Jetzt werden wir das Ding hier schon schaukeln.«
»Klar«, sagte Lothar. »Aber ich werde Vorsitzender von deinem Aufsichtsrat.«
»Wer sonst, Lothar? Du bist die Nummer eins.«
Sie setzten sich. Immer, wenn er Lothar nach einer längeren Zeit wiedersah, tauchte hinter dem schweren roten Hypertonikerkopf mit dem auffallend dünnlippigen, empfindlichen Mund der blonde junge Mann auf, den er bei Elisabeths Geburtstagsparty im Pattbergschen Park kennengelernt hatte. Damals, vor fast neunzehn Jahren, war Lothar Elisabeths Verlobter gewesen. Aber sie hatte ihn abgehängt, um die halbe Nacht mit ihm zu tanzen, und Lothar hatte sich stillschweigend zurückgezogen. Er sah ihn noch auf dem Rasen stehen und mit dem Schweinerippchen in der Hand zum Grill zeigen: »Sehr zu empfehlen«, hatte er gesagt. Damals hatte er nicht auf ihn gehört. Inzwischen war Lothar seit fast zwei Jahrzehnten sein Steuerberater und Freund, und er hatte zu seinem Glück schon viele Empfehlungen von ihm angenommen.
»Was meinst du«, fragte er, »gehn wir noch etwas trinken? Hier gleich um die Ecke gibt es eine Kneipe.«
»Gut«, sagte Lothar, »aber nicht zu lange. Ich muß bald in die Falle, wenn ich morgen fit sein soll.«
Und wie zur Demonstration seiner schlechten Verfassung stand er schwerfällig von seinem Sessel auf.
»Wie war's in Dänemark?« fragte er, als sie draußen waren.
»O gut, sehr erholsam.«
»Du siehst auch gut aus. Oder ist das schon München? Du warst doch sicher bei den Damen?«

»Komm ich gerade her.«
»Siehst du. Hab ich doch gewußt.«
Eine seltsame plumpe Gestalt kam ihnen im Dunkeln entgegen, ein einbeiniger, zerlumpter Mann, der sich auf zwei Krücken bewegte, die dicht behangen waren mit gefüllten Plastiktüten. Er schwang vorbei wie eine große weiße Traube.
»Hast du den gesehen, Lothar?«
»Den Tütenmann? Sicher. Irgend so'n Verrückter mit 'nem Sammeltick. Hier laufen die unmöglichsten Typen herum.«
Ja, das stimmte. Er spürte Lust, sich noch einmal umzudrehen.
Der Mann hatte irre ausgesehen, wie er seinen Plunder an ihnen vorbeischleppte, fast wie ein Verfolgter. Er konnte Lothar von der Jugendbande am Monopteros erzählen. Ach was, er würde es bleiben lassen, um sich nicht noch einmal zu ärgern.
»So, hier sind wir«, sagte er.
Er ließ Lothar vorgehen und einen Platz wählen, einen Tisch in einer Nische. Als sie sich zuprosteten, fragte Lothar prompt nach Elisabeth. Er war immer noch interessiert an ihr. Das war fast wie ein Zwang. Inzwischen hatte er zwei gescheiterte Ehen hinter sich. Beide Frauen waren ihm weggelaufen. Und nun trank er heimlich und auch offensichtlich und wurde immer röter und dicker. Trotzdem gab es weit und breit keinen besseren Steuer- und Unternehmensberater als ihn. Es war ein Glücksfall, ihn zum Freund zu haben.
Lothar sah wirklich nicht gut aus heute. Er mußte unbedingt ins Bett, bevor er hier noch zusammensackte oder sentimental wurde.
»So, jetzt zahle ich«, sagte er.
Er griff in die Seitentasche seiner Jacke, in der meistens etwas Kleingeld steckte, und fand den Umschlag, den ihm der Portier gegeben hatte. Habe ich ja ganz vergessen, dachte er und nahm mit einer leichten Besorgnis den Zettel heraus. Es war eine Nachricht von Elisabeth, die am Nachmittag ange-

rufen hatte, als er gerade gegangen war – eine ganz unerwartete Neuigkeit, die er erst begreifen mußte.
»Was ist«, fragte Lothar, »schlechte Nachrichten?«
Wieso schlecht, dachte er aufblickend, das kam ganz darauf an.
»Pattberg hat einen Schlaganfall gehabt.«
»O Gott, der alte Pattberg«, stöhnte Lothar, »das ist sicher schlimm für Elisabeth.«
Für sie ja, dachte Vogtmann, für sie ja.
Ruhig, mit einer kalten Sachlichkeit begann sein Verstand zu arbeiten. Er würde morgen in München bleiben, um Lothar mit Urban und Kirchmair bekannt zu machen und ihm bei der Betriebsprüfung zu assistieren. Vielleicht hatten sie am Abend schon ein erstes Ergebnis. Dann konnte er mit dem Nachtflugzeug nach Hamburg fliegen und von dort am frühen Morgen mit seinem Wagen nach Aarhus fahren, wo Pattberg im Krankenhaus lag. Elisabeth hatte ihm durchsagen lassen, daß sie dort im Bahnhofshotel wohnte und hoffte, daß er kam.
Warum eigentlich? Pattberg war ja noch nicht tot. Und er konnte ihn nicht pflegen. Aber dies war wahrscheinlich ein Moment, in dem sie seine Hilfe erwartete, und wenn Pattberg sich nicht wieder erholte, war sie künftig in allen geschäftlichen Entscheidungen sein einziges Gegenüber, und wie er sie kannte, würde sie viel davon abhängig machen, wie er sich jetzt verhielt.
Ja, er mußte jetzt in ihrer Logik denken, und da gab es nur eine wichtige Szene: – Die Familie hatte ein Unglück getroffen, und alle mußten zur Stelle sein, vor allem er, Elisabeths Mann.
»Du mußt wohl hinfahren«, sagte Lothar.
»Ja«, nickte er, »das habe ich auch gerade gedacht.«

Ein schwerer süßsaurer Geruch hing in der Luft, als er beim Bahnhofshotel von Aarhus, ein wenig müde und steif von der langen Fahrt, aus seinem Wagen stieg. Es war früher Nachmittag, und viele Menschen waren unterwegs. Er blickte einigen ins Gesicht. War es denn möglich, daß keiner etwas roch? Der Gestank mußte aus einer Fabrik kommen, diese lastende Moder- oder Kloakenwolke, wirklich ein toller Empfang.

Er ging ins Hotel und fragte nach Elisabeth. Sie war nicht da, hatte ihm einen Zettel hinterlassen, daß sie ins Krankenhaus gefahren sei und ihn dort erwarte.

Schon wieder ins Auto, dachte er ärgerlich. Nein, er würde sich ein Taxi nehmen und vorher schnell einen Kaffee trinken. Er hatte nicht die geringste Lust zu diesem Krankenbesuch. Wenn Pattberg einen Gehirnschlag hatte, dann würde sein Gesicht schief hängen, und er konnte nicht mehr sprechen. Wahrscheinlich mußte er gefüttert werden, und die Suppe würde ihm übers Kinn laufen. Elisabeth würde alles machen, hatte sich extra deshalb hier eingemietet, während die anderen, auch Jutta, am Ferienort geblieben waren. Irgendwie fühlte er sich nicht bereit, Elisabeth wiederzusehen, nicht bereit, ihre Erwartungen zu erfüllen. In München hatte er aufgeatmet. Nun war er schon wieder hier. Doch wahrscheinlich würde ihm die Situation auch helfen.

Gut, fahr jetzt, redete er sich zu, schieb's nicht länger auf. Mein Gott, wie roch es hier! Das war ja eine Zumutung. Er ging flach atmend zum Taxistand, stieg ein. Es stellte sich heraus, daß sie nicht weit fahren mußten. Krankenhäuser sahen wohl überall ähnlich aus. Es gab die alten düsteren Backsteinkästen und diese modernen hellverputzten Zweckbauten mit viel Glas, so nichtssagend praktisch. Das Taxi fuhr durch die Einfahrt bis auf den Wendeplatz beim Haupteingang. Er zahlte und stieg aus.

Hier standen schon die ersten Kranken herum, Leute in Bademänteln über ihren Pyjamas, die sich von ihren Angehörigen verabschiedeten. Das konnten leichte Fälle sein oder Todeskandidaten, man sah es ihnen nicht an. Sie bewegten sich langsamer und ausdrucksloser als Gesunde, und das ließ

sie so abgerückt und anders erscheinen. Unberührbar und nicht zu retten. Er wollte nichts damit zu tun haben. Die Halle mit dem braun-weißen Terrazzoboden, den Blattpflanzen und der Sitzgruppe aus Stahl und schwarzem Leder, in der eine Frau mit einem kleinen Mädchen und ein blasser, kranker Mann saßen und leise miteinander redeten, war der Beginn einer künstlichen Welt, die auf verschwiegene Weise falsch und bedrohlich wirkte. Auch hier roch es, aber eigentlich nach nichts oder nach einer toten Luft voller unterdrückter Gerüche. Hinter der Glaswand des Empfangs saß ein weißgekleideter Mann vor einem Schaltpult. Er brauchte ihn nicht zu fragen, denn auf Elisabeths Zettel waren Station und Zimmer vermerkt. Er mußte in den zweiten Stock, ging durch Schwingtüren und Gänge, in denen ihm schlurfende Patienten und eilige Krankenschwestern begegneten, las Buchstaben und Nummern, die ihn weiterführten.
Hier um die Ecke, hier war es. Eine fahrbare Bahre stand dicht bei der Tür an der Wand. Sonst war nichts zu sehen in dem leeren Gang.
Er spürte ein leises Sträuben und überlegte, ob er klopfen sollte, aber seine Hand hatte die Tür schon aufgemacht.
Es war ein Krankenzimmer für zwei Betten. Das vordere war leer, in dem anderen, vor dem Elisabeth auf einem Stuhl saß, lag Pattberg, halb durch sie verdeckt.
Noch im Sitzen drehte sie sich um, mit aufgewühltem Gesicht und verweinten Augen, und während er vorsichtig hinter sich die Tür schloß, kam sie auf ihn zu, direkt in seine Arme, schwer und hilfesuchend.
»O Ulrich«, sagte sie, »danke.«
Schluchzen schüttelte sie und bedrängte ihn, ließ ihn ein wenig starrer dastehen, um ihr Halt zu geben. Über ihre Schulter hinweg sah er Pattberg reglos in seinem Bett liegen, das Gesicht wächsern und spitz, mit fast farblosen Lippen. Sein Ausdruck war so völlig anders als der bebende Aufruhr von Elisabeths Körper, den er in seinen Armen hielt. Diese Ruhe war kalt und unirritierbar. Pattberg war tot.

7. Wunschgedanken und Angstträume

Vor der Friedhofsmauer hielten die Wagen, die jetzt dicht hintereinander eintrafen. Autotüren fielen leise zu. Hinter dem Gitter sah man frisch frisierte Köpfe, Gesichter, die ihren Ausdruck dämpften. Gemurmelte Begrüßungen, kurzes Händedrücken. Sie kamen durch das Haupttor und den Nebeneingang. Einige, die zu früh dagewesen waren, tauchten mit gemessenen Schritten aus anderen Teilen des Friedhofes auf. Alle trugen Schwarz. Schuhe, Handtaschen, Schirme, alles war schwarz.

Wo habe ich das schon einmal gesehen, solch eine finstere Zusammenrottung? dachte Elisabeth. Das waren Krähen gewesen, die sich auf einem Feld versammelten. Sie kamen in Halbkreisen aus dem grauen Himmel und ließen sich mit kurzem Flattern auf den Boden herab. Von überall flogen sie herbei und ließen sich am Rand der Versammlung nieder, trippelten näher heran, in das schwarze Gedränge der Mitte, wo vielleicht das Aas eines Hasen oder eine verendete Katze aus dem nahen Dorf lag.

Im Hintergrund der Friedhofskapelle stand die Urne, flankiert von zwei brennenden weißen Kerzen, vor einer Wand von Blumen und Kränzen. Sie und Jutta trugen Blumensträuße in der Hand, was sie erst wieder merkte, als der Pastor sie mit stummem Händedruck begrüßte.

Sie gingen hinein, nahmen ihre Plätze in den Bänken ein. Ulrich war neben ihr, führte ihren Arm. Auch als sie saßen, spürte sie beruhigend die Nähe seines Körpers. Noch im Geschurre der vielen Füße begann das Harmonium. Der Pastor trat im Ornat aus einem Nebenraum und stand jetzt beim Kreuz. Er betete oder sah nur so aus. Er hatte sie gefragt, was zum Andenken ihres Vaters zu sagen sei. Mein Vater war ein gütiger Mensch, ein lieber Vater und Großvater, er liebte die Natur, er glaubte an Gott. All das würde sie nun von ihm zu hören bekommen, vermischt mit den Erlösungsformeln aus der Bibel. Wie klein die Urne war und wahrscheinlich fast leer.

»Ich bin der Weg, die Wahrheit und das Leben. Niemand kommt zum Vater denn durch mich.«

Von mir aus, dachte Vogtmann, dies ist das größte und älteste Schwindelunternehmen der Welt. Es scheint immer noch einen Bedarf zu decken, und sei es nur den Bedarf an feierlichen Beerdigungen. Wer von den Leuten, die sich hier versammelt hatten, glaubte noch diese Verheißungen eines ewigen Lebens? Der Pastor etwa? Oder vielleicht Elisabeth, jetzt, in diesem Augenblick?

Wie klein die Urne war und wahrscheinlich fast leer. Es war gut, daß Ulrich ihre Hand berührte. Er hielt zu ihr. Sie wollte es auch tun, mehr denn je. Man mußte zusammenhalten, solange man lebte. Alles konnte plötzlich zu Ende sein.

Irgendwo dicht hinter ihnen mußte Lothar sitzen. In der Reihe, die für die Freunde der Familie reserviert war. Wenn er es nicht vorzog, sich ganz in den Hintergrund des Geschehens zurückzuziehen. Gestern hatten sie sich kurz besprochen über das Ergebnis der Münchener Betriebsprüfung. Urbans Behauptungen hatten sich durch die Bücher bestätigen lassen: keine Liquidität wegen abenteuerlicher Entnahmen, aber steigende Umsätze. Jetzt mußte er noch Bankauskünfte einholen und ein bißchen herumhorchen bei anderen Lieferanten der Ladenkette. Schon seltsam, daß Pattberg gerade jetzt gestorben war.

Sie wollte diese Kranzschleifen nicht lesen, die wie Geschäftsreklamen wirkten. Alle diese Leute würden nachher zum Imbiß in die Villa kommen. Wenn dieser Tag doch schon vorbei wäre. Sie wünschte sich, mit Ulrich allein zu sein. Sie konnte es ihm jetzt nur nicht sagen. Er war unerreichbar,

obwohl er ihren Händedruck erwiderte. Aber was bedeutete das?
Was empfanden sie außer diesen falschen Gefühlen, zu denen sie sich verpflichtet glaubten? Es war nicht gut, die Menschen zu solchen Heuchlern zu machen. Der Pastor hätte die Urne auf dem Boden auskippen sollen. Hier, seht euch dieses Häufchen Asche an! Das ist alles, was von euch bleibt! Pattberg wäre sicher nicht einverstanden gewesen mit seiner Einäscherung. Die Vorstellung, so restlos tot zu sein, hätte ihm Angst gemacht. Aber sie hatten sich in Dänemark dazu entschlossen, um Zeit zu gewinnen mit der Beerdigung und wegen des einfacheren Transports. Ob das überhaupt seine eigene Asche war, da in der Urne? Es kam ja nicht darauf an. Sollte sie mitsingen und laut beten? Sie schämte sich wegen Ulrich, sie wußte, wie er darüber dachte. Das alles war eine Qual, die sie durchstehen mußte. Vielleicht machte es Jutta weniger aus? Und Rudolf, der unbeweglich wie ein Block war? Wahrscheinlich hatte er schon getrunken. Und wie ging es Christoph? Ihn verstand sie überhaupt nicht. Er hatte sich so stumpf gezeigt, als wäre er betäubt. Er konnte die vielen Menschen nicht ertragen.
Nun ging es zum Grab. Das Harmonium spielte, und man formierte sich in der besprochenen Ordnung: zuerst der Totengräber mit der Urne, dann der Pastor, dann Rudolf mit Elisabeth und Jutta, dann Christoph mit den Kusinen, dann Andreas und er als die Schwiegersöhne und hinter ihnen der Troß der Freunde, Nachbarn, Geschäftspartner und Belegschaftsmitglieder, eine lange schwarzgekleidete Kolonne. Mit dem Wetter hatten sie Glück.
Wie befremdend dieses kleine Urnengrab war. Die Reste des Lebens waren schon beseitigt, und dies hier war nur noch eine Formalität. Sie wagte nicht zu denken, wie ihr Vater ausgesehen hatte. Dieses kleine Gefäß da verbot es ihr. Es war ja nichts mehr von ihm da.
»Und nun«, sagte der Pastor, »laßt uns gemeinsam für den unter uns beten, der als nächster sterben wird.«

Unwillkürlich schaute Vogtmann zu Christoph hinüber und sah dessen Blick auf sich gerichtet. Es war ein lauernder, ein bewußter Blick, hinter dem ein Gedanke stand. Er wünscht mir den Tod, dachte er. Beide ließen sie ihre Blicke unbestimmt verschwimmen.
Das Vorbeischreiten der Trauergäste begann. Das Händedrücken. Das Gemurmel.

Endlich waren sie aufgebrochen. Er hatte sie zum Wagen begleitet: Jutta mit ihren beiden Töchtern, die in ihren schwarzen Kleidern schon wie Kopien ihrer Mutter aussahen, wenn man sie flüchtig und mit einigem Abstand sah, und Andreas mit schwitzender Stirnglatze und Händen, die sich heiß, feucht und gequollen anfühlten, als sie sich verabschiedeten. Sie waren am späten Nachmittag – nach Imbiß und Kaffeetrinken in der Villa – auf einen Drink in den Bungalow mitgekommen, und daraus waren fast drei Stunden geworden. Man hatte noch ein bißchen in der Familie zusammensitzen wollen, nachdem die Trauergäste gegangen waren, und war aus purer Erschöpfung so lange geblieben. Rudolf war Gott sei Dank nicht aufgetaucht. Elisabeths pauschale Einladung hatte ihn wohl nicht dazu ermuntert. Außerdem war er um diese Zeit schon betrunken gewesen. Er stand nichts mehr durch, ohne zu saufen. Es war wohl die Art, wie er seinen Haß kontrollierte.
»Also bis bald. Und kommt gut heim.«
Vogtmann ging durch den Vorgarten zurück. Leuchtendbunte Stiefmütterchen, von Elisabeth gepflanzt, säumten den Plattenweg. Der kurzgeschorene Rasen schien ziemlich trokken zu sein. Morgen würde er Christoph anhalten, ihn zu sprengen.
Warum gefiel ihm das alles nicht mehr? Dieser Bungalow war vor acht Jahren modern gewesen. Jetzt kam er ihm langweilig und schematisch vor, er sah aus wie alle anderen in diesem Viertel.

Alles würde sich ändern lassen. Dies hier nicht, es war zukunftslos.
Er trat ein und blieb einen Augenblick in der Diele stehen. Da hing etwas an der Garderobe, das nicht hierhergehörte, ein schwarzes Chiffontuch. Er drehte sich um. Hinter dem undurchsichtigen Mattglas der Haustür tauchte ein dunkler Schatten auf, vor dem er öffnete. Es war Andreas.
»Entschuldige. Jutta hat ihr Tuch vergessen.«
»Ja, es hängt dort. Ich wollte schon hinter euch her rufen.«
Er brachte das Tuch. Andreas wandte sich schwerfällig wieder der Tür zu.
»Wir müssen uns wirklich bald sehen«, sagte er. »Es gibt ja einiges zu besprechen. Vielleicht schlachten wir jetzt die heiligen Kühe. Was meinst du?«
»Das ist zu überlegen.«
»Unser Herr Schwager braucht ja nicht die ganze Villa, wenn er sich irgendwo ruhig besaufen will.«
Andreas lächelte ihn an, sicher, daß sie sich einig waren.
»Bist du nächste Woche da?« fragte er.
»Im Prinzip ja. Ich muß nur für zwei Tage nach München.«
»Gut. Ich rufe dich Ende der Woche an«, sagte Andreas und wedelte mit dem schwarzen Chiffontuch. »Grüß Elisabeth noch mal.«
Die Tür schnappte hinter ihm zu. Sein dunkler, schattenhafter Körper verflüchtigte sich hinter dem Glas, als versänke er. Im ganzen Haus stand die Luft wie verdickt und vollgesogen mit Feuchtigkeit, und er hatte noch den schwarzen Anzug an, viel zu schweres, dickes Tuch, wie es vor zehn Jahren noch üblich war. Den ganzen Tag über war es schwül und drükkend gewesen, ein Waschküchenwetter mit bedecktem Himmel. Er fühlte sich verschwitzt und klebrig. Der Schweiß war ihm heute immer wieder ausgebrochen und auf der Haut getrocknet, und er glaubte sich umgeben von einem dünnen säuerlichen Geruch. Im Gehen band er sich die Krawatte ab und öffnete den Hemdkragen, zog die schwere schwarze Jacke aus und warf sie im Wohnraum über eine Sessellehne.

Lothar saß in den tiefen Lederpolstern des Sofas beim Rauchtisch. Seine Jacke lag neben ihm, sein Gesicht glühte. Er hatte ein leeres Bierglas vor sich stehen und einen vollen Aschenbecher. Wenn er so weitermachte, war er der nächste Tote, für den der Pastor heute gebetet hatte.
Im Fernsehen liefen die Nachrichten, Bilder von einem Gewerkschaftskongreß mit den üblichen Spruchbändern hinter der Vorstandstribüne. Wenn es interessante Meldungen gegeben hatte, waren sie schon vorbei.
»Gab's was Aufregendes?« fragte er.
»Bei den Bonzen da?«
»Nein, überhaupt.«
»Sprengstoffanschlag mit Sachschaden. Wahrscheinlich Terroristen.«
»Wo?«
»Irgendwo in Süddeutschland. Hab's schon vergessen.«
»Möchtest du Bier?«
»Bitte.«
Lothar schien völlig apathisch zu sein, brauchte wahrscheinlich eher eine Kanne Tee.
Vogtmann ging in die Küche, wo Elisabeth damit beschäftigt war, Schnittchen zu machen. Sie drehte sich halb nach ihm um und schob sich mit dem Handrücken eine Haarsträhne aus dem Gesicht.
»Sind sie weg?« fragte sie.
»Ja. Noch mal schöne Grüße von allen.«
Sie nickte kaum merklich, sah erschöpft aus. Ihre Unterlippe hing, und unter den Augen hatte sie dunkle Schatten.
»Lothar bleibt wohl über Nacht?« fragte sie.
»Ich hab's ihm vorgeschlagen, weil wir noch ein bißchen reden wollten.«
»Das Gästezimmer ist jedenfalls fertig.«
»Wie geht's dir?« fragte er.
»Müde. Und etwas Kopfschmerzen.«
Sie schnitt ein Stück Schale von einer Gurke ab und rieb sich mit der feuchten Innenseite über die Stirn.

»Das tut gut. Willst du auch ein Stück?«
»Nein, danke. Aber Tee wäre jetzt wunderbar.«
Sie antwortete nicht, war wieder mit den Broten beschäftigt. Er war nicht sicher, ob sie ihn gehört hatte.
»Christoph ist in seinem Zimmer?« fragte er.
»Ja. Er liegt in der Badehose auf dem Bett und hört Musik.«
»Wenn er sich nicht wieder anziehen will, kann er ja in seinem Zimmer essen.«
»Er hat sich schon was zu essen geholt«, sagte sie mit einer Stimme, die jeder Diskussion auswich.
Er nahm eine Flasche Bier und eine Flasche Mineralwasser aus dem Kühlschrank und ging damit in den Wohnraum zurück, wo Lothar unverändert apathisch in den Polstern saß.
Im Fernsehen lief eine musikalische Unterhaltungssendung. Ein alternder Sänger in einem Rüschenhemd versuchte mit einer Art Sprechgesang darüber hinwegzutäuschen, daß er nur noch Töne hervorbrachte, die dicht beieinanderlagen. Sobald er an die Grenze seiner Stimme kam, hörte er auf und wiegte sich einige Takte zum Schlag der Gitarrenbegleitung, und dann hauchte und flüsterte er den Text, bis er beim Refrain wieder ein paar Töne fand. Offenbar versuchte er dem Publikum vorzuschwindeln, er sei mit zunehmendem Alter ganz einfach und innerlich geworden und habe aus dem Singen ein Meditieren gemacht. Vielleicht glaubte er auch selbst an seine Tricks. Er tanzte ein wenig auf der Stelle in seinen engen Hosen und seinem Rüschenhemd, und sein Gesicht schwelgte im Selbstgenuß.
Angewidert, doch gegen seinen Willen fasziniert, schaute Vogtmann zu, wie der Mann sich bewegte und den Rest seiner Stimme verkaufte. Immerhin war er besser als der Pastor heute. Er setzte sich ein. Er tat alles, was er noch konnte. Vielleicht war er gläubiger. Er glaubte an das Leben und wollte es nicht loslassen.
»Kennst du den Schwulen da?« fragte er
»Was? Wen?«

Lothar rieb sich die Augen.
»Entschuldige, ich bin gerade etwas eingenickt. Am besten, du bestellst mir ein Taxi.«
»Kommt nicht in Frage. Wir trinken jetzt Tee.«
»Nein, nein, ich glaube, ich sollte euch jetzt allein lassen.«
»Eben nicht«, sagte er schnell und beschwörend.
Er konnte nicht weitersprechen, weil Elisabeth hereinkam und eine Platte mit belegten Broten auf den Tisch stellte. Sie bewegte sich langsam und wie abwesend, ihr Gesicht wirkte fast maskenhaft. Unwillkürlich hatte sie sich gesetzt, aber so, als ob sie gleich wieder aufstehen wollte. Hinter ihrem Rükken hampelte und flüsterte der Sänger. Sie nahm es nicht wahr.
»Ach, der Tee ist auch fertig«, sagte sie erschöpft und sah bittend zu ihm herüber.
»Ich hole ihn«, sagte er.
Im Vorbeigehen schaltete er den Apparat aus.

Behutsam trug er das Tablett mit dem Teegeschirr in den Wohnraum, wo Elisabeth und Lothar wortlos auf ihren Plätzen saßen. Sicher hatte Lothar irgend etwas Freundliches zu ihr gesagt. Aber sie hatte nur mit ja oder nein oder einem kurzen Nicken geantwortet, und das hatte ihn gleich eingeschüchtert.
»Nehmt euch bitte«, sagte sie, nachdem er den Tee eingegossen hatte.
Sie selbst nippte nur kurz an dem zu heißen Tee.
»Iß doch auch etwas«, sagte Lothar.
»Nein, laßt mich bitte. Ich muß erst mal zu mir kommen.«
Sie nippte noch einmal und stellte die Tasse ab. Als sei ihr der Kopf zu schwer geworden, legte sie ihn gegen die Sessellehne und schloß sekundenlang die Augen.
»Ich jedenfalls esse jetzt etwas«, sagte Vogtmann.
»Ich weiß gar nicht, ob ich Hunger habe«, sagte Lothar, der sich auch eine Schnitte nahm.

Eine Weile saßen sie kauend da. Hin und wieder griffen sie nach den Teetassen.
»Bei solchem Wetter soll man eine Prise Salz in den Tee tun«, bemerkte Lothar. Schweißperlen standen auf seiner Oberlippe, und sein dünnes Haar klebte strähnig an seinem Kopf.
»Die Blumen auf dem Grab sind morgen alle verwelkt«, sagte er.
Mit geistesabwesender Behutsamkeit nahm sich Elisabeth ein Brot von der Platte und begann langsam und mechanisch zu kauen. Außer den Bewegungen ihrer Lippen und ihrer Kiefer blieb ihr Gesicht starr.
»Hast du noch Kopfschmerzen?« fragte Vogtmann.
»Ein bißchen.«
Als müsse sie sich entschuldigen, fügte sie hinzu: »Der Schock in Dänemark und heute dieser furchtbare Tag: – es war ein bißchen viel für mich.«
Lag es an ihrer erschöpften Ruhe, ihrem leeren Blick? Plötzlich konnte er es sich vorstellen, einen blassen, zuckenden, bruchstückhaften Film, in dem sie angstvoll rufend und sich umblickend durch den Dünensand lief, bis sie Pattberg in einer Mulde fand, verkrümmt auf dem Bauch liegend, die besabberten, herunterhängenden Lippen verkrustet mit Sand, lallende, verschwommene Laute ausstoßend, als sie ihn umdrehte und aufzurichten versuchte. Und dann, was war dann geschehen? Sie war losgelaufen, um Hilfe zu holen, und Pattberg mit seinem hängenden Gesicht hatte dort auf dem Rücken im Sand gelegen. Niemand konnte wissen, ob er irgend etwas gedacht hatte. Er hatte seine Sprache nicht wiedergefunden. Das vor allem hatte sie erschüttert.
»Morgen fühlst du dich schon besser.«
Er berührte ihre Hand, die auf der Sessellehne lag. Ihre Knöchel unter der Haut erschienen ihm zarter und wehrloser, als er sie kannte, und er zog sich schnell wieder zurück.
»Wann mußt du wieder nach München?« fragte sie.
»Erst übermorgen und nur für zwei bis drei Tage. Morgen machen wir uns einen ruhigen Tag.«

Sie lächelte matt.
»Gut. Dann gehe ich jetzt schlafen. Entschuldigt mich bitte. Ich bin einfach fertig.«

Als er zehn Minuten später hinter ihr herging, um ihr gute Nacht zu sagen, schien sie sich ein wenig erholt zu haben. Sie stand im Nachthemd vor dem Badezimmerspiegel und beklopfte mit den Fingerkuppen die Haut in ihren äußeren Augenwinkeln.
»Was ist?« fragte sie.
»Ich wollte nur sehen, ob du dich besser fühlst.«
»Ja, danke«, sagte sie, »ich bin nur müde.«
Sie wandte sich wieder ihrem Spiegelbild zu.
»Es ist gut, daß du morgen dableibst. Ich hatte gedacht, du würdest gleich wieder fahren.«
»Natürlich nicht«, sagte er.
»Das sind doch schwere Entscheidungen, vor denen du jetzt stehst.«
»Ja, schon«, sagte er, »aber nach Lothars Betriebsprüfung sieht alles sehr günstig aus. Wir machen den großen Sprung nach vorn.«
»Für mich kommt alles zu schnell«, sagte sie, »jetzt direkt nach Vaters Tod. Ich habe Angst davor.«
»Warum? Er hat doch schon lange nichts mehr entschieden.«
»Ich weiß. Es ist nur ein dummes Gefühl.«
»Morgen werden Lothar und ich dir alles erklären. In aller Ruhe.«
Sie verrieb sorgfältig einen Cremerest im Gesicht und betrachtete sich.
»Ich bin froh, daß du dich so gut mit Lothar verstehst. Das beruhigt mich irgendwie. Denn ich kann dir nicht viel helfen.«
»Doch«, sagte er, »das kannst du.«
Sie war fertig mit ihrem Gesicht und drehte sich ihm zu.
»Kommst du noch mit nach nebenan?«

»Ja, zum Gute-Nacht-Sagen.«

Sie gingen ins Schlafzimmer, und sie schlüpfte unter die Decke.

»Komm, setz dich zu mir«, sagte sie.

Ihre Hand suchte seine Hand und preßte sie. Ihre Augen waren weit geöffnet und sahen ihn an.

»Ich brauche dich jetzt so«, sagte sie, »du darfst mich nicht allein lassen.«

Plötzlich schlang sie ihre Arme um seinen Nacken und zog ihn zu sich herunter.

»Bitte, laß mich nicht allein, Ulrich! Ich brauche dich! Immer schon, aber jetzt besonders, jetzt noch mehr! Weißt du, daß alles gut werden kann mit uns, wenn wir beide es wollen? Weißt du das?!«

»Sicher«, sagte er, »beruhige dich.«

Mit dem Gesicht in ihrer Halsbeuge spürte er, wie sie schluchzte.

»He«, sagte er, »weint da jemand?«

Sie schüttelte den Kopf, aber ihr Körper bebte. Ihre Finger gruben sich in sein Haar.

»Du darfst mich nie belügen«, flüsterte sie.

»Nein, warum denn?« hörte er sich murmeln, »wie kommst du darauf?«

»Ich weiß nicht. Entschuldige.«

Er richtete sich auf, um sie anzusehen. Ihr Gesicht war aufgelöst und naß von Tränen, und als sie sprach, rutschte ihr die Stimme weg.

»Ich weiß nicht, was es ist. Ich bin erschöpft. Aber ich bin so glücklich. Traurig und glücklich auf einmal. Verstehst du das?«

»Natürlich«, sagte er und streichelte ihr die Wange, unschlüssig, ob er sich zu ihr legen und sie umarmen sollte. Er fühlte ihre Bereitschaft, ihre Nähe, aber da war Lothar, der im Wohnraum auf ihn wartete, und es war vielleicht richtiger, ihm Bescheid zu sagen. Nein, das war Unsinn, das würde alles kaputtmachen. Er wollte hierbleiben und sie streicheln.

Er durfte jetzt nicht weggehen. Dies hier, diese Minute gehörte ihnen.
Sie wurde ruhiger und lächelte ihn an.
«Gibst du mir dein Taschentuch?«
Er zog es hervor, um ihr Gesicht zu trocknen.
»Nein, danke, ich mache es selber«, sagte sie und tupfte sich flüchtig damit ab.
»Danke.«
Sie gab es ihm zurück als einen verknautschten Bausch, und er steckte es wieder in seine Hosentasche.
»Geh jetzt zu Lothar«, sagte sie, »der wartet schon.«
»Na und? Er findet schon allein ins Bett.«
»Nein, du mußt ihm noch Waschzeug und einen Schlafanzug geben. Und du hast ihn doch extra gebeten, hierzubleiben.«
Das stimmte. Er hatte Lothar rasch zugeflüstert, er möchte bitte noch bleiben, weil er nicht mit Elisabeth allein sein wollte. Er hatte Gefühlen entgehen wollen, denen er nicht antworten konnte. Doch eben, als sie ihn so leidenschaftlich zu sich heruntergezogen hatte, war er von seinem eigenen heftigen Wunsch überrascht worden, sich tiefer hineinzuwühlen in ihre weichen Arme. Wahrscheinlich wartete sie noch darauf. Nicht bewußt. Sie ermahnte ihn ja, Lothar im Wohnzimmer nicht allein zu lassen. Aber dieses Schmelzen in ihrem Blick, dieser Ausdruck des Verlangens, vermischt mit Ergebenheit und Leiden, hielt ihn fest und wollte ihn an sich ziehen, so daß er nun beides tun konnte, sie wieder umarmen oder aufstehen und gehen, – und deshalb saß er noch hier und streichelte sie und schürte ihre Wünsche, die in ihren geweiteten Augen standen. Plötzlich fielen ihm ihre langen Wimpern auf, die sie sorgfältig gebürstet und vielleicht sogar geölt hatte und die trotz der Tränen seidig glänzten, und einen Augenblick lang erschien sie ihm als eine ganz andere Frau, fast mondän und unecht, mit einem Schimmer von Hysterie.
Er nahm ihre Hand und küßte sie.
»Wirst du gut schlafen?« fragte er.
»Ja, bestimmt.«

Die stumme Erwartung in ihren Augen beherrschte ihr ganzes Gesicht. Er beugte sich vor, um ihren Mund zu küssen. Ein leichter Cremegeschmack haftete an ihren Lippen, aber er unterdrückte seinen Impuls, sich mit dem Handrücken über den Mund zu wischen.
»Gute Nacht«, sagte er und ging zur Tür.
Ihre Augen folgten ihm. Er nickte und machte das Licht aus, zog die Tür so leise hinter sich zu, als schliefe sie schon. Benommen und seiner selbst ungewiß ging er durch den Flur. Hinter Christophs Zimmertür war leise rhythmische Musik zu hören. Er öffnete die Tür zum Wohnraum. Dort saß Lothar, schwer und träge wie ein trauriger Götze, im Lichtschein der Stehlampe und sah fragend zu ihm herüber. Etwas an dieser Bewegung beruhigte ihn, als habe er einen verlorenen Anfang wiedergefunden, der ihm zeigte, wie es weiterging.
»Ich hole uns was zu trinken«, sagte er.

Im Weinkeller hatte er mit schnellem Entschluß drei Flaschen von seinem besten Mosel aus den vermauerten Tonröhren gezogen, in denen seine Vorräte lagerten, und seit einiger Zeit hörte er sich reden, ausgreifender und erregter, als er es bei sich kannte. Vielleicht hatte er zu hastig getrunken. Doch sein Kopf war klar, die Gedanken kamen ihm nur entrückter vor. Sie verselbständigten sich zu Sätzen, die ein wenig phrasenhaft klangen und die ihm trotzdem gefielen. Die Lothar sich gefallen ließ. Lothar, der uneigennützige Freund! Was natürlich nicht stimmte, weil es nichts anderes gab als das Streben nach Eigennutz. Nur daß daraus die kompliziertesten Verbindungen wurden, die aussehen konnten wie Freundschaft oder sogar wie Unterwerfung und selbstvergessener Verzicht. Nein, sie sahen nicht nur so aus. Sie waren es wirklich. Dieser Mann, der die Frau liebte, die er geheiratet hatte, war sein einziger Freund. Natürlich war das nicht das, was die meisten Menschen darunter verstanden. Es war kein einfaches Gefühl. Die Zuneigung, die er für Lothar empfand, schloß nicht aus, daß er ihn auch verachtete. Aber er äußerte diese Verachtung nicht, er hatte sie beiseite geschoben, er machte keinen Gebrauch davon. Und genauso mußte es sich mit Lothar verhalten. Er haßte ihn wahrscheinlich. Aber er erlaubte es sich nicht, diesen Haß zu äußern, und so hatte er ihn vergessen. Lothar mit seinem hohen Blutdruck war wahrscheinlich eine Sprengbombe von vergessenem Haß, und daran mußte er eines Tages sterben. Daß er ihm dieses Opfer brachte, seinen Haß zu verdrängen, war gewiß Freundschaft, und diese beständige Selbstunterwerfung ließ auch ihn Freundschaft für Lothar empfinden. Er wußte genau, daß Lothar gegenüber seinem freundschaftlichen Vertrauen wehrlos war. Lothar war jemand, der durch Freundschaft entwaffnet wurde, denn das war sein einziger Halt, den er im Leben hatte. Er besaß keine Energien für sich selbst, keine Ziele, er hatte sie mit seinem Haß begraben. Lothar wollte sich bei einem Stärkeren anlehnen, er brauchte Schutz. Wenn er es also richtig sah, hing Lothars Treue mit seinem Erfolg zusammen, und es war nicht vorauszusehen, was passieren würde, wenn er scheiterte.

Und dennoch hatte er das Bedürfnis, ihm seine Unsicherheit einzugestehen. Denn seit Pattberg nicht mehr lebte, hatte sich etwas geändert. Es gab keinen Widerstand mehr. Er war dort angekommen, wo er wollte, aber er fühlte sich allein.

»Soll ich die Ladenkette kaufen oder nicht?« fragte er und hatte schon vorausgewußt, was Lothar antwortete: »Ich würde mich nicht trauen. Aber die Betriebsprüfung spricht nicht dagegen.«

»Ich werde es tun«, sagte er, »ich kann nicht meine Außenstände abschreiben und auf den süddeutschen Markt verzichten. Wozu habe ich die Firma groß gemacht, wenn ich jetzt kneife?«

Er entkorkte die nächste Flasche, die er in einen Kübel mit Eiswasser gestellt hatte, und goß wieder ein.

»Ich weiß im Augenblick nicht so richtig, wo ich dran bin«,

sagte er. »Es gibt Zeiten, da verrutschen die Dinge, und man muß etwas Neues zu packen kriegen, irgend etwas in Gang setzen.«
»Irgend etwas?«
»Irgend etwas. Es muß natürlich das Richtige sein, und das weiß man nicht vorher. Was wir in der Zukunft sehen, sind nur unsere eigenen Gedanken.«
Er trank und hob Lothar sein Glas entgegen.
»Auf die Zukunft!« sagte er und nahm einen neuen Schluck. »Ich habe mich manchmal gefragt«, fuhr er fort, »weshalb wir immer nach vorne wollen, immer weiter. Die einzige Antwort ist: Wir können nicht anders.«
»Du kannst nicht anders«, sagte Lothar.
»Meinst du, nur ich bin so?«
»Du bist jedenfalls besonders verrückt.«
»Du auch. Du bist es auf deine Weise. Ich kann dir sagen, was deine Schwäche ist: Du willst geliebt werden.«
»Das ist wahr«, sagte Lothar. »Ich versuch's mir auszureden und falle immer wieder darauf rein.«
»Auf was?«
»Auf die Vortäuschung, daß man mich mag.«
An was dachte Lothar jetzt? An seine gescheiterten Ehen? Oder war das ein Gespräch über ihre Freundschaft?
»Du bist ein alter Fuchs, trotz allem.«
»Mal das, mal das«, sagte Lothar.
Das Gespräch war heikel geworden, und er mußte davon wegkommen, wußte aber nicht, was er sagen sollte. Manchmal hatte er das Gefühl, immer demselben Gesicht gegenüberzusitzen. Der tote Pattberg, Urban, Lothar –: alle waren mögliche Feinde.
Er trank wieder und spürte dem Geschmack des Weines in seinem Mund nach. Eine Erinnerung flog durch seinen Kopf: Er saß in der kleinen Dachwohnung von Horst Reichenbach, der ihm das Etikett einer Flasche hinhielt, das er lesen sollte, und wieder, wie damals vor neunzehn Jahren, überkam ihn dieses Betäubungsgefühl, eine plötzliche Gedankenlähmung.

Was war los? Was wollte man von ihm?
Er starrte vor sich hin. Brotkrümel lagen auf der Tischplatte, als wären sie eine Spur. Er wischte sie ärgerlich fort. Als er aufblickte, sah er in der Panoramascheibe zum Garten die stillen Spiegelbilder der Lampen wie große Lichtblüten. Mein Gott, wo war er? Waren fast zwanzig Jahre vergangen? Wie konnte er immer noch das Gefühl haben, daß alles erst begann? Früher hatte er gedacht, er würde nie Geld haben, nie ein Auto, nie ein eigenes Haus, und nun saß er hier und träumte sich fort. Im Augenblick war das nichts anderes als das dumpfe Starren auf die Flasche, die ihm schemenhaft vor Augen schwebte. Schau dir an, was wir trinken, sagte Reichenbachs Stimme. Mann, Mann, bist du nicht von dieser Welt? Offenbar nicht, sagte ein Echo, und er konnte nichts dagegen einwenden. Es war so. Er war nirgendwo angekommen. Hatte auch nie verstanden, wie andere lebten.
Er sah zu Lothar hinüber, der gähnend die Stirn runzelte. Sein schwammiges Gesicht war verwüstet durch dicke Tränensäcke.
»Komm, nun trink doch mal«, sagte Vogtmann, »laß mich nicht im Stich.«
»Ich will mich nur noch in die Falle hauen.«
»Ach was, wir machen erst die Flasche leer. Es ist doch gerade erst elf Uhr.«
»Und?« sagte Lothar trübselig. »Ich kann nicht mehr.«
»Ich trink noch was«, sagte Vogtmann eigensinnig und goß sein Glas voll, sah mit der Flasche in der Hand auffordernd zu Lothar hin.
»Okay«, sagte Lothar, »halb voll.«
Sie tranken sich zu, wortlos, jeder für sich.

Er versorgte Lothar mit Handtüchern, Waschzeug und einem Schlafanzug und ging in den Wohnraum zurück, um zu lüften und aufzuräumen. Sie hatten beide zuviel geraucht und getrunken. Aber während Lothar am Ende seiner Kräfte war, fühlte er sich nur unruhig und aufgedreht. Als er die Terrassentür öffnete, kamen winzige grüne Nachtfliegen herein, die zu Hunderten draußen an der Scheibe saßen. Am besten machte er das Licht aus und ging noch ein paar Schritte durch den Garten. Die Luft war milder geworden, der Himmel war noch bedeckt und sternenlos. Im Dunkel kam ihm Bessie entgegen, die im Sommer draußen in einem Hundehaus schlief. Er kraulte ihren Kopf mit dem dichten weichen Fell, und sie hielt sich erwartungsvoll in seiner Nähe, lief dann zu den Sträuchern an der Grundstücksgrenze und hockte sich hin. Im Gästezimmer brannte noch Licht. Er sah Lothars plumpen Umriß zum Fenster kommen und den Vorhang zuziehen. Kurz danach wurde es dunkel. Der betrunkene Lothar hatte sich der Nacht anvertraut und würde wahrscheinlich bald schlafen.

Eigentlich war das ein geheimnisvoller Vorgang, dieser Rückzug aus dem Leben, mit dem das Einschlafen begann. Ihm selbst gelang das sehr schlecht in der letzten Zeit. Sobald das Licht aus war, wurde er heimgesucht von unruhigen Gedanken an die nächste und die fernere Zukunft, die immer zugleich lockend und beängstigend waren, und es erschien ihm unmöglich, all das Unfertige, Unerledigte loszulassen und zu schlafen, sich wegsinken zu lassen in diese bewußtlose Ohnmacht, in der man nichts tun, nichts vorantreiben, nichts verändern und nichts verhüten konnte. Vielleicht würde er wieder ruhiger werden, wenn die Dinge geklärt waren, die noch in der Luft hingen und ihn in den schlaflosen Nachtstunden mit ihrer eintönigen Dringlichkeit quälten. Wie konnte er den Münchener Firmenkauf, wenn er zustande kam, finanzieren? Dahinter tauchte sofort die andere Frage auf, die jetzt nach Pattbergs Tod unübersehbar, aber auch lösbar geworden war: Was sollte mit der Villa und dem Park geschehen?

Er hatte noch nicht mit Elisabeth darüber gesprochen, aber wahrscheinlich mußte er es schon morgen tun, bevor er wieder nach München fuhr. Sie wußte das auch, und ihre Erregung schien damit zusammenzuhängen. Deshalb hatte sie sich so an ihn geklammert, als wollte sie damit alle Widersprüche in sich auslöschen. Sie hatte Angst. Er bedrohte sie, und sie wollte sich vor dieser Bedrohung in seine Arme flüchten. Gleich, wenn er ins Bett ging, würde sie noch aus dem Schlaf heraus die Arme nach ihm ausstrecken, und er durfte sie auf keinen Fall zurückweisen. Vielleicht konnte er vorgeben, er sei betrunken oder sehr müde, dann würde sie sich nicht aufdrängen und sich damit zufriedengeben, daß er sie ein wenig streichelte. Aber besser, richtiger war es, wenn er die Fremdheit zwischen ihnen überwand. Heute abend wäre es möglich gewesen, in dem Augenblick, als er unter sich ihr Schluchzen gespürt hatte. Diesen Moment mußte er wiederfinden. Es war verdammt schwierig, wenn Sexualität und Geschäft so eng miteinander verknüpft waren wie in seiner Ehe. Er haßte die vertrackte Logik, die ihm die Freiheit nahm: Elisabeth wollte geliebt werden, um sich nicht mißbraucht zu fühlen, und er mußte sie lieben, weil er sie brauchte. Viele Jahre hatte er das nicht als Problem empfunden, aber seit Dänemark hatte es sich zugespitzt. Er war immer noch der Besitzlose, der Eingeheiratete, der nichts eingebracht hatte als sich selbst. Das war das ganze Problem seiner Ehe. Gut, er würde jetzt zu ihr ins Bett kriechen und tun, was sie erwartete. Übermorgen fuhr er ja schon wieder nach München. Dort wollte er sich mit Katrin treffen. Vielleicht konnte er ein paar Tage mit ihr verreisen.

Seit vielen Minuten blickte Christoph auf den eingetrockneten Tintenfleck, der wie ein winziger schwarzer Drache aussah. Er schwebte in einem blaßbraunen Holzhimmel. Oder er war aus einem bräunlichen Holzmeer aufgetaucht, das von unzähligen Kerben durchzogen war. Das Meer war erstarrt und glänzte matt und widerlich. Der winzige Drache konnte auch eine Qualle sein. Oder ein Rochen, der aus der Tiefe aufgestiegen war und sich wellenhaft bewegte. Er selbst schwebte mehrere Meilen über dem Meer, und der riesige schwarze Rochen erschien klein wie ein Tintenfleck. Vielleicht war dieser dunkle Fleck tief unten auch sein eigener Schatten, und er selbst war ein fliegender Drache, ein Flugsaurier vor 150 Millionen Jahren, hoch über dem gekerbten Holzmeer, das sich nicht bewegte. Denn es gab keine Zeit. Was er sah, war ein einziger Augenblick. Die dunklen Kerben waren die Furchen, die Wellentäler der erstarrten See. Die gemaserte Riesenfläche des Meeres bewegte sich nicht mehr. Das machte ihm Angst. Aber es war auch trostvoll. Solange er auf den winzigen schwarzen Fleck schaute, war er dagegen gefeit, daß rings um ihn die Zeit davonraste wie das Rascheln einer Feder.

Er wußte, wo er war. Er mußte nur den Kopf heben, um es zuzugeben. Doch er wollte nicht, wollte nicht. Der Drache flog über das Wasser, der Drachenschatten, der fliegende Rochen. Alles stand still in dieser Welt, auch die weißen Wellenkämme, auch ihr Rauschen. Die leisen Geräusche kamen aus seiner Nähe. Das Seufzen, Blättern, unruhige Füßescharren, die flüsternde Stimme: »Christoph, was machst du? Weißt du nichts?«

»Bitte Ruhe!« sagte Dr. Beyer.

Er stand vorne am Fenster und sah hinaus.

Fast alle Köpfe waren gesenkt. Jemand hob sekundenlang den Kopf, schien in der Luft einen Gedanken zu finden und schrieb weiter. Neben sich sah er Gerds Hand, die mit einer schnellen gleichmäßigen Bewegung eine Zeile mit Schrift füllte und dann sofort an den Anfang der nächsten Zeile sprang und sich weiterbewegte. Die Feder kratzte, war in großer Eile. Sie würde viele Seiten beschreiben, eine nach der anderen, denn dies war ein Wettkampf, und die Federn waren alle losgerannt, um einen weiten Weg über die weißen Blätter zu machen. Nur er, der letzte, wurde festgehalten von diesem schwarzen Fleck. Er klebte daran und hatte nicht die Kraft, sich davon zu lösen. Deshalb war jetzt alles zu spät.

Wie trostvoll, daß es diese andere Welt gab, in die er ver-

schwinden konnte und in der ihn niemand erreichte. Sogar Oben und Unten hatten sich vertauscht. Er lag auf dem Grund des Meeres und sah über sich die bräunlich leuchtende Oberfläche, auf der ein schwarzer Fleck schwamm. Es war das Floß eines Schiffbrüchigen oder der Schatten eines Flugobjektes oder eine Öllache, die dahintrieb, starr wie ein eingetrockneter Tintenfleck. Er mußte sich von diesem Fleck losreißen, mußte sein Blatt darüberschieben und versuchen, endlich den Satz zu verstehen, der oben auf der Seite stand. »Er handle, wie er darf; mir ziemt's hier zu verfahren, wie ich soll.« Sie hatten drei Stunden Zeit, um diese Textstelle von Kleist zu erläutern. Und obwohl er schon eine Viertelstunde vertrödelt hatte, blieb ihm noch genug Zeit dazu. Sein Herz klopfte heftig und schwer, während er mehrmals diese fremdartigen Worte las. Der Prinz von Homburg war zum Tode verurteilt. Dann schrieb er diese merkwürdigen Worte und war am Ende gerettet.
Warum? Rings um ihn wußten es alle und schrieben mit dieser schrecklichen Eile, in der er ihnen nicht folgen konnte. Er wußte, daß es einfach war, den Satz zu verstehen. Nur seine Gedanken wurden immer wieder auseinandergetrieben. Der schwarze Fleck schob sich dazwischen, und die Zeit verrann. Als er gerettet war, glaubte der Prinz wieder, alles sei ein Traum. Der Prinz hatte wie im Traum gehandelt, und deshalb sollte er sterben. Er fürchtete sich davor, doch dann wählte er selbst den Tod und war gerettet. Seltsam. Er fiel in Ohnmacht, und als er vom Kanonendonner erwachte, glaubte er wieder, daß er träumte. Aber als er den wichtigen Satz schrieb, war er wohl wach gewesen. Darin steckte also der Sinn, den er finden mußte. Jetzt gleich. Er mußte anfangen. Er mußte noch einmal die gestellten Fragen lesen. »Erläutere das Verhältnis von Freiheit und Pflicht, von Traum und Handeln, von Gehorsam und Gnade.«
Wieder merkte er, wie eine dichte Gegenströmung seine Gedanken auseinandertrieb, so daß die Worte sich nicht verbinden konnten. Auch die Welt zog sich auseinander, und zwi-

schen den Dingen und den Worten schwamm der schwarze Drache in seinem Holzmeer. Er lebte in einem Zwischenraum, in dem nichts geschah und nichts sich veränderte. Es war unmöglich, einen Anfang zu machen. Nichts tun, nichts mehr versuchen, aufgeben. Er würde wieder ein leeres Blatt abgeben. So gelähmt, wie er sich fühlte, konnte er die anderen nicht mehr einholen. Auch nicht, wenn seine Mutter ihn anflehte und sein Vater brüllte. Sie waren in ihrer Welt und er in einer anderen. In der unveränderlichen Welt des schwarzen Drachen. Nichts konnte ihn jetzt noch losreißen von dem kleinen Fleck, der alles enthielt, was er brauchte. Dehnte er sich aus? Zog er sich zusammen? Runzelte sich das Meer, oder wurde es glatt? Er mußte aufpassen, ob er einen Wink bekam. Doch vielleicht war dies das Zeichen, daß nichts sich bewegte. Er konnte ewig auf diesen Fleck blicken, ohne daß ihm etwas fehlte. Nur sein Herz schlug immer noch, als wollte es ihn wecken.

Als Elisabeth vom Telefon zurückkam, war Christoph verschwunden. Er hatte die Hälfte seines Essens stehenlassen und zum Zeichen, daß er fertig war, die Serviette zusammengerollt und in den Ring gesteckt. Die Quarkspeise zum Nachtisch hatte er allerdings nicht verschmäht. Vermutlich war er in seinem Zimmer, hatte den Kopfhörer über den Ohren und hörte Musik. Sie überlegte, ob sie ihn auffordern sollte, sein Geschirr wegzuräumen, aber es war weniger anstrengend, wenn sie es selbst machte. Und sie brauchte heute Schonung. Sie wollte sich mit nichts und mit niemandem mehr auseinandersetzen.

Auch eben, als Ulrich aus München angerufen hatte, war sie zerstreut, fast abwesend gewesen und hatte ihm nur gesagt, daß der Verkauf des Grundstücks unter Dach sei. Sie und Jutta hätten als Erbengemeinschaft unterschrieben, ohne alle Einzelheiten verstanden zu haben, aber Lothar sei ja dabeigewesen und habe alles kontrolliert. Zum Glück war Rudolf im

Testament mit der Jagd bei Winterberg abgefunden worden. Sonst hätte er bestimmt Schwierigkeiten gemacht. Auch jetzt hatte er mit Einspruch gedroht. Dann war aber doch nichts erfolgt, weil er wieder im Alkohol versunken war. »Du kannst ja noch mit Lothar telefonieren«, hatte sie gesagt. Dabei war ihr klar geworden, daß er das längst getan hatte und dieses Gespräch mit ihr nur eine Pflichtübung für ihn war. Ulrich wollte wissen, wie sie es überstanden hatte, obwohl er so direkt nicht fragte. Er machte einen Bogen um die Gefühle, die er bei ihr vermutete, und fragte, wie sie den Nachmittag verbringen wolle.
»Im Garten«, hatte sie geantwortet, »werde ein bißchen Unkraut jäten und die Sträucher beschneiden.«
Danach war das Gespräch schon fast zu Ende gewesen, wie in nichts zerronnen. Ulrich war hinter einer Nebelwand aus freundlichen Worten verschwunden. Sie hatte denken müssen: Wer so vollkommen verschwindet, war gar nicht da. Auch Christoph war fort, als sie ins Eßzimmer kam. Er mußte sich durch die Küche und die Diele verdrückt haben, als habe er sie umgehen wollen. Es kam ihr wie ein Verrat vor.

Sie stellte das schmutzige Geschirr aufs Tablett und trug es in die Küche. Als sie die Essensreste von Christophs Teller in den Mülleimer kratzte, fiel die Haustür ins Schloß. Kurz danach hörte sie die Garagentür. Christoph holte wohl sein Fahrrad heraus. Sie konnte sich nicht entsinnen, daß er gesagt hatte, er habe etwas vor, aber er hatte wieder einmal so undeutlich und leise gesprochen, daß sie ihn kaum verstanden hatte. Anscheinend war in der Schule irgend etwas schiefgegangen, denn er wirkte niedergeschlagen, als er nach Hause kam. Sie hatte ihm das Essen aufgewärmt, Resteessen von gestern, weil sie wenig Zeit und vor allem keine Lust zum Kochen gehabt hatte, als sie vom Notar zurückgekommen war, und dann hatte sie ihn lange rufen müssen, bis er kam und sich wortlos an den Tisch setzte.

Etwas stimmt nicht, hatte sie gedacht. Er hatte wieder dieses leere, aufgelöste Gesicht, diese unsicheren, ausweichenden Augen. Er aß lustlos, mit dem Blick auf den Teller. Sie selbst hatte sich nur etwas von der Quarkspeise genommen, weil sie sich so zugeschnürt fühlte. Um ihn zur Aufmerksamkeit zu zwingen, hatte sie gesagt: »Ich war heute beim Notar. Der hintere Teil des Parks ist verkauft worden.«
»Ich weiß«, hatte er geantwortet.
Er wirkte vollkommen teilnahmslos. Sagte auch kaum mehr als ja und nein, als sie ihn nach der Schule fragte. Warum half er ihr nicht? Da er doch wußte, was sie heute hatte tun müssen, konnte sie eigentlich ein wenig Solidarität und Mitgefühl von ihm erwarten. Schon ein bißchen Aufmerksamkeit hätte ihr aus ihrer Einsamkeit heraushelfen können. Aber er war ja so unreif, so völlig unfähig, über sich hinauszublicken und zu sehen, wie es um die Menschen in seiner Nähe stand. Immer hatte sie gehofft, er würde einmal zu einem menschlichen Partner für sie heranwachsen, doch er wurde unzugänglicher und weniger verläßlich, ohne daß sie den Eindruck hatte, er gewänne in anderen Bereichen etwas dazu.
Jetzt war er also wieder verschwunden und hatte die Tür hinter sich zugeschlagen. Sie hatte keine Ahnung, wo er sich herumtrieb, wenn er halbe Tage wegblieb. Nie hatte er etwas von einem Freund oder einer Freundin gesagt.
Während sie das Geschirr abwusch – denn der Geschirrspülautomat war für zwei Personen viel zu groß –, fiel ihr Blick auf die Handtasche, die auf der Anrichte stand. Wieso hatte sie die Tasche dorthin gestellt? Den Vertrag über den Grundstücksverkauf hatte sie gleich nach ihrer Rückkehr in den Wandtresor im Schlafzimmer eingeschlossen, das wußte sie noch genau. Also mußte sie auch den Schlüsselbund aus der Tasche genommen und wieder hineingelegt haben. Das mußte wie im Traum geschehen sein, sonst hätte sie die Tasche hinterher weggeräumt.
Waren die Schlüssel überhaupt drin? Ja, da waren sie. Auch der Personalausweis und das Portemonnaie mit der Scheck-

karte. Wieviel Scheine hatte sie gestern eigentlich hineingetan? Einen Hunderter und zwei Fünfziger? Oder waren es drei gewesen? Gewöhnlich achtete sie nicht darauf, aber heute mußte sie auf sich aufpassen. Dauernd hatte sie das Gefühl, daß ihr etwas entging, weil sie sich einfach nicht konzentrieren konnte. Einerseits handelte sie wie im Schlaf, andererseits war sie nervös, gehetzt und sprunghaft, griff dies und jenes auf und kam wieder davon ab. Gleich heute morgen hatte das angefangen, als Lothar sie, schon mit kleiner Verspätung, abholte, um sie zum Notar zu fahren, und ihr unterwegs eingefallen war, daß sie ihren Personalausweis vergessen hatte. Sie waren sofort umgekehrt, und als sie durch die Diele lief, hatte sie in der Küche das Geräusch gehört. Es war der Warmwasserhahn der Spüle. Er war voll aufgedreht, und im Gasboiler rauschten die blauen Flammen.

Das war ihr noch nie passiert. Sie hatte das Frühstücksgeschirr unter Wasser stellen wollen, war aber wohl wie auf Knopfdruck weggegangen, als Lothar geklingelt hatte, und in ihrer Benommenheit hatte sie auch den Ausweis vergessen, den sie extra auf dem Frühstückstisch bereitgelegt hatte, um ihn in die Handtasche zu stecken. Ihre Verwirrtheit hing noch mit dem Traum zusammen, von dem sie frühmorgens erwacht war und der immer noch in ihr nachklang, das dringliche, allmählich leiser werdende Pfeifen ihres Vaters, das hinter den Wänden des Zimmers entlangwanderte und verschwand. Und als sie den Wasserstrahl sah, der in der Metallwanne der Spüle trommelte, war sie wieder von der Panik überfallen worden, mit der der Traum geendet hatte, das Gefühl, verlassen und verloren zu sein und nicht verhindern zu können, was geschah.

Mit einem hastigen Griff hatte sie den Hahn abgestellt. Doch als sie wieder neben Lothar im Auto saß, war sie nicht mehr sicher gewesen, ob sie es auch wirklich getan hatte, denn sie sah immer noch das Trommeln des Wassers und hörte im Boiler die Flammen fauchen. Egal, hatte sie gedacht, und wenn schon. Es konnte ja nichts passieren, nichts, was vergleichbar war mit dem, was geschehen würde und woran sie nicht richtig denken konnte und auch nicht mehr denken mußte, weil alles längst entschieden war.

Sie hatte eiskalte, feuchte Hände gehabt, als sie mit einiger Verspätung im Büro des Notars eintrafen. Jutta wartete seit fast zehn Minuten und hatte sich mühsam mit den beiden Herren von der Baugesellschaft unterhalten, die das Grundstück kaufen wollten. Sie war sichtlich nervös, genauso wie der Notar. Er hatte eben schon bei ihr anrufen lassen. Doch nun, da sie da war, wurde sie von den drei Männern mit beflissener Höflichkeit eingehüllt und sofort an ihren Platz geführt. Auch Lothar zeigte eine schonende, fürsorgliche Höflichkeit, als ob sie eine Patientin wäre. Wie eine Patientin, eine Kranke hatte er sie nach Hause gefahren, als die Prozedur beendet war, die im wesentlichen darin bestanden hatte, daß der Notar in erstaunlichem Tempo und mit völlig monotoner Stimme den Wortlaut des Kaufvertrages vorgelesen hatte, der dann von Jutta und ihr und den beiden Prokuristen der Baufirma und zuletzt vom Notar unterschrieben worden war. Die ganze Zeit hatte sie das Gefühl gehabt, sie sei eingeschläfert und hintergangen worden, obwohl sie natürlich genau darüber unterrichtet war, was sie tat. Lange genug hatte man in den vergangenen Wochen auf sie eingeredet: – Ulrich, der das Geld für seine Geschäfte in München brauchte, Lothar, der mit ihm anscheinend einer Meinung war, und Andreas, der mit der Baugesellschaft zusammenarbeitete und viel dazu beigetragen hatte, daß der Grundstücksverkauf so rasch zustande kam.
Als sie den kleinen Konferenzraum verließen, saß Andreas schon im Vorzimmer, um Jutta abzuholen. Wie der Springteufel aus der Kiste, hatte sie gedacht. Er machte mit einem der Herren von der Baugesellschaft gleich einen Termin für den Nachmittag aus. Nun konnte er auf dem Parkgrundstück ein großes Terrassenhaus bauen und sich einbilden, seine

schöpferische Flaute zu überwinden. Sie hatte währenddessen Jutta zum Abschied umarmt, in dem Bedürfnis, einen Trost zu finden für das, was sie getan hatten. Aber in Juttas Umarmung war keine Trauer gewesen, nur eine flüchtige Vertrautheit und die Ungeduld wegzukommen. Andreas hatte versprochen, noch mit ihr einkaufen zu gehen, und wahrscheinlich würde er ihr ein Geschenk machen. Dieses eilige Wegstreben war schrecklich. Es enthielt ein Eingeständnis, das auszusprechen sich nicht mehr lohnte. Sie konnte spüren, daß es ihr als ein Knoten im Hals saß. Die Bäume würden gefällt, der Park von Baumaschinen verwüstet werden. Es würde nicht mehr lange dauern.

Sie konnte es sich nicht vorstellen. Sie mußte sich dem Schrecken auf einem Umweg nähern. Sie mußte ihn in einen Zusammenhang rücken. Dann allerdings sah sie alles noch viel deutlicher.

Im Schlafzimmer vor dem Wandtresor hing ein Bild, das sie sehr liebte. Es war ein in blaugrünen Farben gedrucktes, verfremdetes Foto, das den Bahnhofsvorplatz von Solothurn zeigte, einen ruhigen, mittäglich leeren, sommerlichen Platz, umsäumt von zwei- und dreistöckigen Gebäuden der Jahrhundertwende, dessen Längsseiten beschattet wurden von dichtbelaubten Bäumen. Ein kleiner weißer Fiat fuhr am Rande eines Baumschattens über den menschenleeren Platz, und auch er würde bald verschwunden sein und die Szenerie sich selbst überlassen, ihrem traumhaften Frieden, ihrer brütenden Mittagsstille. Das Foto mit seinen blaugrünen Unterwasserfarben war für sie ein Sehnsuchts- und Andachtsbild gewesen, und sie hatte sich oft gesagt, daß sie einmal im Sommer dort hinfahren wolle, um den Platz in Wirklichkeit zu sehen. Im vorigen Sommer war sie dann auf einer Reise nach Frankreich mit Jutta und Andreas ganz unvorbereitet über den Platz gefahren und hatte ihn erst im letzten Augenblick erkannt. Sie hatte Andreas gebeten anzuhalten und war, noch ohne sich umzublicken, doch schon mit einem Gefühl des Entsetzens zu der Stelle gegangen, von der aus ihr Bild aufgenommen worden war. Dort hatte sie eine Minute wie gelähmt gestanden und war zum Auto zurückgelaufen. »Bloß weg! Bloß weg!« hatte sie gerufen, und Andreas war sofort gestartet. Er hatte verstanden, daß sie sich retten mußte durch eine schnelle Flucht.

Nur an wenigen Fassaden, die wie entwürdigte Reste im Hintergrund standen, hatte sie den Platz noch erkannt, denn er war bis zur Unkenntlichkeit mit Verkehrsinseln, Ampelanlagen und den Gerüsten der großen Richtungsschilder überbaut worden. Die Bäume waren fast alle gefällt. Vor der Bahnhofsfassade drängten sich Taxis und Busse, und auf dem Platz, dessen ehemals gelassene Weite in scharf markierte Fahrbahnen unterteilt war, dröhnten pausenlos die schweren Lastzüge des Fernverkehrs vorbei.

Nie in ihrem Leben, nicht einmal am Kriegsende, hatte sie ein so katastrophales Gefühl von Veränderung gehabt. Die Schönheit, die Menschlichkeit, ein Ort, an dem man leben konnte, waren vernichtet worden. Und das geschah überall, und alle waren sich einig, daß es geschehen mußte. Sie arbeiteten daran mit all ihrer Energie, ihrer Zielstrebigkeit, ihren Einfällen und Argumenten: Ulrich, Lothar, Andreas, die Leute von der Baugesellschaft, der Notar, die Bankleute – ohne daß es ihnen bewußt war, bildeten sie ein einziges Komplott. Und auch sie hatte heute darin eingewilligt, hatte den Argumenten Ulrichs nachgegeben, weil sie nichts dagegensetzen konnte als ein sentimentales Gefühl, Erinnerungen an ihre Kindheit, ihre Jugend, ihre ersten Ehejahre, die für sie eingebettet blieben in das Grün des Parks und, so empfand sie, aufbewahrt und geborgen waren in den vertrauten alten Räumen der Villa, in denen jetzt nur noch ihr ewig betrunkener Bruder Rudolf mit seinen beiden Jagdhunden hauste, ein Mensch, den niemand ernst nahm, über den man den Kopf schüttelte, den sie auch selbst nie gemocht hatte, weil er so schwerfällig und gewöhnlich war: – Ulrich würde ihn mit einer Räumungsklage hinaussetzen lassen, wenn er nicht bald seinen Eigensinn aufgab und Einsicht dafür zeigte, daß man die Villa renovieren und vermieten mußte. Auch das war wahrscheinlich nur ein Übergang. Wenn erst genug Geld da war, würde man die Villa abreißen und ein vielstöckiges Bürohaus an ihre Stelle setzen, und die Reste des Parks würden dann in einen Parkplatz verwandelt. Es mußte wohl so sein, es gab keinen Einspruch dagegen. Nur dieses stumme Aufbäumen des Gefühls, das ihr sagte, sie seien auf dem falschen Weg, und alles würde allmählich zerstört werden, außen und innen. Innen konnte es in den Menschen nur so aussehen wie außen. Was sie außen anrichteten, geschah auch in ihnen selbst. Was war mit Christoph los, mit Lothar? Dieser Notar – was war er für ein Mensch? Und Ulrich und sie selbst – wo standen sie? Sah denn niemand, was vor sich ging? Sah es niemand? Oder war es vielleicht besser, wenn alle blind waren?

Sie blickte auf und sah sich in ihrer Küche stehen. In dem Bungalow war sie nie heimisch geworden, obwohl sie seit mehr als acht Jahren darin lebte. Sie fühlte die Zeit nicht richtig in diesem Haus, als wäre sie nur zu Besuch hier und müsse gleich wieder fort. Seit drei Monaten war ihr Vater tot, und sie war seitdem nicht mehr in der Villa und im Park gewesen. Sie hatte es vermieden, aus einer verborgenen Abneigung, einer ungeklärten Angst, und vielleicht hatte sie deshalb heute nacht diesen Traum gehabt, der so beglückend begonnen und so bedrückend geendet hatte. Darin war etwas zu Ende gegangen, was sie nicht hatte zu Ende bringen wollen.
Wieder spürte sie das zwiespältige Fluidum des Traums, erinnerte sich an seine beunruhigenden Verwandlungen. Sie war in dem Zimmer der Villa, das »die Bibliothek« genannt wurde, obwohl nicht besonders viele Bücher darin standen. Sie las eine alte Geschichte, die sie glücklich machte, und wie ein

kleines Kind fuhr sie mit dem Finger über die Zeilen, bis sie am Ende der Seite war. Da ertönte hinter der Wand, aber dicht an ihrem Ohr, der Erkennungspfiff ihres Vaters. Der Pfiff klang heiter, unbekümmert. Er bedeutete, daß ihr Vater nach Hause kam und erwartete, daß man ihm die Tür öffnete. Also war er gar nicht tot! Er lebte! Er war nur einige Zeit fort gewesen und kam jetzt nach Hause, und sie mußte ihn nur hereinlassen. Tief verwundert hatte sie in ihrem Traum gedacht, daß dies die Wirklichkeit sei und das andere – der Leichnam, die Urne mit seiner Asche, die schwarzgekleideten Leute, das Grab – in einen düsteren Traum gehörte. Obwohl etwas falsch war. So viele Bücher waren nie in diesem Zimmer gewesen. Sie störten, sie waren widersinnig. Wie eine plötzlich ausbrechende Krankheit hatten sie ringsum die Wände bis hoch zur Decke überzogen, so daß sie die Tür nicht mehr fand, die sie öffnen mußte. Auch ihr Vater draußen schien diese Tür zu suchen. Sein Pfiff wanderte immer weiter hinter den Bücherwänden entlang, die nun nur noch voller Buchattrappen standen, zugeleimten Bänden und leeren Papphüllen, die sie rasend beiseite warf, um dahinter eine Tür, einen schmalen Spalt zu finden und zu ihm durchzudringen. Doch da waren nur nackte Wände, und sein Pfeifen war schon weitergewandert und leiser geworden, obwohl es immer noch gleich fröhlich und unbekümmert klang, nur schwächer und weiter weg und von Mal zu Mal unerreichbarer, als würde es allmählich fortgezogen auf einer unendlichen, sich öffnenden Spirale, die er entlangwanderte in nun unhörbarer Heiterkeit, während sie zwischen den geschlossenen Wänden allein zurückblieb und endlich wußte, daß er tot war.

Ja, er war tot. Sie hatte das heute besiegelt, indem sie diesen Vertrag unterschrieben hatte. Sie, der er vertraut hatte, offenbar ohne jeden Grund. Es war fast erleichternd, das so zu sehen, denn dadurch gehörte sie zu den anderen, die achselzuckend weiterlebten. Sie hatte sich ihnen angeschlossen, weil sie nicht allein sein wollte. Sie hatte zu nichts anderem Kraft gehabt.

Und nun? Übermorgen kam Ulrich aus Süddeutschland zurück und brachte einen Gast zum Abendessen mit, irgendeinen Finanzmakler aus Frankfurt, den er für seine Geschäfte brauchte. Er wollte ihm am nächsten Tag die Fabrik zeigen. Am Samstagabend gab es ein Abendessen im Lions Club, zu dem auch die Frauen der Mitglieder eingeladen waren. Vorher hielt jemand einen Vortrag über Zukunftsprobleme der Energiewirtschaft. Darüber redete jetzt alle Welt, und der Vortrag würde wohl kaum etwas Neues bringen. Am Sonntagnachmittag wollten Jutta und Andreas vorbeikommen, Jutta vermutlich in der neuen Herbstmode, Andreas mit seinem Plan für das Terrassenhaus. Am Montag war Elternsprechtag in Christophs Schule. Der Klassenlehrer hatte auf einer vorgedruckten Karte um ihren Besuch gebeten. Er hielt bestimmt etwas Unerfreuliches bereit. Dienstag mußte sie zum Zahnarzt. Mittwoch ... was war Mittwoch? Gab es etwas, das sie sich für Mittwoch wünschen konnte? Und für die Tage danach? Gab es etwas Wünschbares?
Sie blickte aus dem Küchenfenster auf den Asphalt der Straße, die von Gartenzäunen und Einfahrten begrenzt war. Es war zweite Hälfte September. Immerhin war die Zeit weitergegangen. Gab es nichts Wünschbares in der Zukunft? Etwas, das sie für sich hatte, wenn schon nichts mit anderen zusammen? Sie fand nichts. Sie fühlte sich leer. So ruhig und leer.

Ein Streifen Mittagssonne lag warm auf Rudolf Pattbergs Augenlidern und seinem bleichen, aufgedunsenen Säufergesicht, das von einem tieferen Atemzug erbebte. Zweimal hatte er sich schon weggedreht und war in der wolligen Schwärze seines Rausches versunken. Nun war wieder das flutende Rot da und mit ihm der stechende Schmerz in beiden Schläfen. Er lag regungslos und versuchte sich an seinen Körper zu erinnern, der undeutlich aus der Fühllosigkeit seiner Ohnmacht auftauchte, ein schwerer, unförmiger Sack, angefüllt mit Scherben, die sich schmerzvoll rieben, wenn er sich bewegte.

Nur nicht wach werden, dachte er.
Dann spürte er etwas über seinem Gesicht, etwas Lebendiges, einen warmen Atem, und wußte, daß es Perle war, die ihn beschnüffelte. Gott, er hatte die Hunde vergessen! Sie mußten rausgelassen werden in den Park. Sie waren bei ihm eingesperrt, und er hatte keine Ahnung, wie spät es war und wie lange er schon hier auf dem Bett lag, völlig angezogen, wie er merkte, nur daß es ihm anscheinend gelungen war, den Gürtel zu öffnen und die Schuhe von den Füßen zu streifen.
»Ja, ich komme, Perle«, sagte er lallig, mit einer Stimme, die tief hinten im Hals steckte. »Ich komme.«
Es mußte Perle sein. Ossa, ihre Mutter, war phlegmatischer und hatte noch nie versucht, ihn zu wecken, wenn er betrunken war.
»Ja, ich komme gleich, Perle.«
Er streckte seine Hand aus, und der Hund, der neben seinem Bett stand, leckte seine Handfläche und die Fingerspitzen. Ich weiß, ich weiß, dachte er mit einem Gefühl weinerlicher Rührung, das unter seinen Kopfschmerzen verborgen lag. Sobald er sich ein wenig erholt hatte, würde sich das klägliche Gefühl wieder in seine alte Wut verwandeln. Im Augenblick war er zu allem zu schwach.
Der Hund jaulte leise, winselte. Wie lange lag er schon hier? Und wie lange hatte er getrunken? Drei Wochen lang hatte er nicht mehr getrunken, um sich Ulrich Vogtmann in den Weg zu stellen. Doch dann hatte er einfach aufgegeben. Hinter seiner dünner werdenden Betäubung ahnte er die Unordnung des Zimmers, die Flaschen, den Dreck, die umgekippten Stühle, aber er hatte noch immer nicht die Augen geöffnet.
Es roch nach Urin. Das schien nicht von den Hunden zu kommen. Er war es selbst, es war der vertraute Geruch seiner Niederlage, seiner völligen Entwürdigung.
Er hatte versagt. Er hatte es nicht geschafft, die Erbteilung anzufechten. Wochenlang hatte er nichts unternommen und den Termin zum Einspruch versäumt. Gestern oder vorgestern waren Elisabeth und Jutta zum Notar gegangen und

hatten den Park verkauft. Zu diesem Zeitpunkt war er schon seit Tagen betrunken gewesen, und er hatte nicht mehr mit dem Trinken aufgehört, um nicht zugeben zu müssen, daß Ulrich Vogtmann wieder gewonnen hatte.
Er hatte methodisch getrunken, langsam, um nicht zu entgleisen, und immer gerade so viel, daß die Wand um ihn herum dicht blieb, das wattige Séparée einer ständigen Betrunkenheit, in der er geschützt war und die an einen dumpfen Schlaf grenzte, aus dem er nach Stunden auftauchte, um die Hunde zu versorgen und selbst etwas zu essen, was seinen Magen beschwichtigte, und danach weiterzutrinken und weiterzuschweben wie ein Ballon, der immer wieder absackte und gefüllt werden mußte, bis gestern nacht alles unter Würgen und Schreien aus ihm herausgeschossen kam. Undeutlich, als wäre das viel länger vorbei, erinnerte er sich an das angstvolle Winseln der beiden Hunde, die vor dem Badezimmer gesessen hatten, während er die halbe Nacht lang als ein graues Gespenst mit steifen besabberten Lippen hinein- und hinauswankte und zwischendurch auf seinem Bett versuchte, ruhig atmend den Aufruhr zu besänftigen und Kraft zu schöpfen. Die meiste Zeit hatte er über der Klosettschüssel gehangen, erst breitbeinig stehend, mit einer Hand gegen die Kachelwand gestützt; schließlich hatte er nur noch gekniet und unter Schweißausbrüchen zähe säuerliche Fäden hervorgewürgt. Ich muß sterben, hatte er gedacht. Oder: Ich will sterben. Er wußte es nicht mehr.
Gegen vier Uhr war es ihm gelungen, auf seinem Bett liegenzubleiben. Auch die Hunde lagen wieder auf ihren Plätzen. Eine siedende, singende Schwäche hatte in seinen Ohren geklungen, und da, noch als er wegsackte in seine Ohnmacht, hatte er gedacht, daß Vogtmann büßen müsse für diese Nacht, daß er genauso knien müsse wie er und daß er ihn mit der aufgesetzten Schrotflinte erschießen würde. Das Bild, grau im Grau einer unbestimmten Ferne schwebend, hatte ihn wunderbar beruhigt.

Wieder stieß ihn der Hund mit seiner Schnauze an, und diesmal sperrte er die Augen auf und wartete darauf, daß er mehr sehen würde als die nebelhafte Fata Morgana eines vertrauten Zimmers. Dann wartete er nicht mehr länger, sondern stemmte sich hoch, mit einer wütenden, ruckartigen Entschlossenheit. Der Schmerz stach durch seinen Kopf, und in seinem Rücken in der Höhe der Hüfte zuckte ein Muskel zusammen und verkrampfte sich. Jetzt mußte er den Atem anhalten, wenn er aufstand, und er mußte es langsam tun mit den wenigen Bewegungen, die ihm der Schmerz ließ, aber noch wollte er warten, denn die Übelkeit kreiste wieder durch seinen Kopf und schwappte in seiner Kehle hoch. Starr hielt er sich auf der Bettkante aufrecht, während die beiden Münsterländer aufgeregt wedelnd zwischen ihm und der Tür hin und her liefen. Gleich, dachte er, gleich. Im Rücken neben der Wirbelsäule und am Beckenknochen saßen kleine steinharte Muskelknoten, die er mit den Fingerspitzen zu zerdrücken versuchte, erbsengroße Schmerzpunkte unter der Haut. Im Nebenzimmer läutete das Telefon ungefähr achtmal, und als er endlich aufgestanden war, verstummte es. Vorsichtig, mit der Hand am Geländer, stakste er die Treppe hinunter und ließ die Hunde hinaus. Es war halb eins. Er hatte fürchterlichen Durst und hämmernde Kopfschmerzen, die sein Sichtfeld beengten, als ob links und rechts schwarze Tücher ins Bild hingen und ihm nur einen schmalen Weg durch die Welt ließen.

Durst. Pappige Lippen. Er war ganz ausgetrocknet. In der alten Küche im Erdgeschoß hielt er ein Glas unter den Wasserhahn, bis ihm das Wasser über die Hand lief. Er trank vorsichtig. Das Wasser schmeckte schal und abgestanden. Er behielt es einen Moment im Mund, bevor er es langsam herunterschluckte und abwartete, wie sein Magen reagierte. Unentwegt zitterten seine Hände. Das würde nur aufhören, wenn er wieder einen Schluck aus der Flasche nahm. Oben war wohl nichts mehr. Aber im Weinkeller mußten noch mehrere Flaschen aus der Erbschaft seines Vaters liegen.

Wieder tappte er wie durch einen dunkel verhängten Gang. Am Ende war die Kellertür. Unten im Regal warteten die grünen Flaschen. Er würde sie öffnen müssen, er brauchte einen Korkenzieher, und im ganzen Erdgeschoß war keiner, er wußte nicht, wo. Langsam quälte er sich die Treppe hoch, wütend, doch zugleich in der klaren Einsicht, daß er nicht wieder hinunter durfte. Wenn er jetzt im Keller landete, würde er nie wieder hochkommen. Er würde dort unten in seinem Dreck verrecken. Das würde jemandem das Leben retten, der es nicht verdiente.

Nein, dachte er, so nicht.

Er mußte ein heißes Bad nehmen, frische Sachen anziehen, eine große Kanne Tee kochen und irgend etwas essen. Und er mußte die Hunde füttern, mußte den Rest des Pansen zerschneiden, den er gestern aus der Tiefkühltruhe genommen hatte und der inzwischen längst aufgetaut war. Das alles konnte er in ein bis zwei Stunden schaffen, und solange würde er nicht in den Keller gehen. Und vielleicht war er dann so weit, daß er wegfahren konnte. Er mußte weg. Er mußte aus diesem Haus heraus. Er mußte, er wollte ...

Irgend etwas lenkte ihn ab. Es war nicht der Gedanke an den Korkenzieher, den er leicht beiseite schob, sondern ein leeres, blindes Suchen. Er trudelte ins Schlafzimmer zurück, wo auf dem Boden neben dem Bett die umgekippten Flaschen lagen. Er trat dagegen. Eine Flasche rollte unter das Bett und schlug gegen die Wand. Die andere hatte sich gedreht und lag am Bettpfosten, eine Whiskyflasche mit einem bräunlichen Rest. Er hob sie auf und roch daran, und sein Magen krampfte sich zusammen. Ich muß mich setzen, dachte er, denn er merkte, wie ein Schlottern in seinen Körper kam. Er würde verschütten, was er in der Hand hielt, diesen kostbaren Rest, der ihn vielleicht rettete. Warum nicht abstürzen, warum nicht Schluß machen, sagte eine Stimme. Hilfesuchend blickte er sich nach einem Stuhl um. Aber er hatte keine Zeit, er trank schon, wütend, mit geschlossenen Augen, und kämpfte gegen das kalte Krampfen seiner Eingeweide. Es geht mir

schon besser, dachte er. Es war ein weithergeholter Gedanke, der im schwarzen Wogen seiner Übelkeit davonflatterte und sich rasend entfernte, und er spürte, daß er hinterherstürzte. Er saß auf dem Boden bei seinem Bett, als der Brechreiz wieder abebbte. Der Schweiß klebte an ihm wie eine aufgeweichte Haut. Wieder läutete das Telefon, hartnäckig, fordernd, aber er konnte nicht auf die Beine kommen, konnte es nicht versuchen, wenn er nicht wieder kotzen wollte. Er wußte, daß es Drabert war, der seit Jahren das Jagdrevier pflegte und wissen wollte, ob er heute kam. Ja, heute hatte er kommen wollen, er hatte es versprochen. Er hatte die Abschußquote nicht erfüllt, und die Bauern wurden ungeduldig, weil das Wild in ihre Felder eindrang. Aber er hatte Angst zu schießen, seine Hand war nicht mehr sicher. In diesem Jahr hatte er mehrere Rehe waidwund geschossen, und nicht alle hatte er gefunden. Lange Schweißfährten von hellrotem schaumigem Lungenblut hatte er mit den Hunden verfolgt und sie dann doch im Regen und in der Dämmerung verloren. Er wußte, was der alte Mann von ihm hielt, wußte, daß er in seinen Augen ein Versager war. Doch Drabert sagte nichts, weil er ihn gut bezahlte.
Wozu hatte er eigentlich die Jagd geerbt? Er wußte nichts mehr damit anzufangen. Sie machte ihm Angst wie alles, wenn er nicht betrunken war. Und doch hatte er keine andere Chance, als jetzt aufzustehen und hinzufahren. Ich kann nicht, dachte er. Aber in einigen Minuten würde er es können. Würde zumindest auf die Beine kommen.
Er hörte hinten im Park die Hunde bellen. Ossas rauhe Stimme und die hellere von Perle. Sie hatten ein Kaninchen aufgestöbert und hetzten es. Lange würde es den Park nicht mehr geben. Er war schon verkauft. Unter dem Tisch lag Ulrich Vogtmanns zusammengeknüllter Brief, der vor vier oder fünf Tagen gekommen war mit der Aufforderung, aus der Villa auszuziehen. Vogtmann hatte geschrieben, daß er sich in dieser Forderung mit Elisabeth und Jutta und auch mit Andreas einig wisse. Die Villa müsse so schnell wie möglich

renoviert und günstig vermietet werden. Er appelliere an seine Vernunft, sich dem nicht zu widersetzen.
Am nächsten Tag war ein Brief von Elisabeth gekommen, ein fast leeres Blatt, auf dessen Mitte eine ausgeschnittene Zeitungsannonce klebte. Er hatte es an die Wand geheftet, um es immer vor Augen zu haben, während er trank. Wenn er den Kopf ein wenig drehte, konnte er es über sich erkennen: die kreuzweise durchgestrichene Zeichnung eines Schnapsglases und den fettgedruckten Text: »Alkohol-Entwöhnung in privatem Sanatorium. Zwanglose Behandlungsmethode unter Anleitung von Fachkräften. Kurerfolg oft schon nach einem Monat. Absolute Diskretion.«
Es handelte sich um ein Sanatorium im Schwarzwald, das sich »Haus Sonnenschein« nannte. Elisabeth hatte darunter geschrieben: »Willst Du das nicht einmal versuchen? Wenn Du es nicht für Dich tun willst, dann tu es für uns.«
Warum hatte sie das geschrieben? Was meinte sie? Die Familie? Diesen Dreckhaufen, den Vogtmann zertreten hatte? Nur keine Sentimentalitäten, das mochte er nicht, nicht einmal, wenn er besoffen war. Sie jedenfalls hatte kein Recht dazu, sie hatte sich Vogtmann an den Hals geworfen, damals, als er noch nichts war als eine Aushilfskraft, der Chauffeur ihres Vaters. Er und sein Freund Dicki hatten hier hinter dem Fenster gestanden und heimlich zugesehen, wie er sie gepackt hielt und wie sie ihm am Hals hing. Sie hatten Witze darüber gerissen, aber er hatte sich schlecht gefühlt, ganz schwer und schlaff, wie beim Anblick einer Vergewaltigung. Immer hatte ihm dieses Bild im Weg gestanden, wenn Ulrich Vogtmann versucht hatte, mit ihm zu sprechen. Er hatte es nicht oft versucht. Das hatte er nicht nötig gehabt. Nicht bei ihm, er war Fallobst, in ihm steckte der Wurm.
Wieder hörte er die Hetzlaute der Hunde. Sie liefen am Haus vorbei auf die Straße zu. Eines Tages, wenn er hier aus dem Fenster blickte, würden hinten im Park keine Bäume mehr stehen. Aber er würde noch hiersein. Mit der griffbereiten Flinte.

Die angekündigte Tieffront kam von Nordwesten. Heute morgen in Linz war der Himmel noch strahlend blau gewesen, und die Laubbäume hatten geleuchtet in ihrer gelbroten Herbstfärbung. Dann hatte sich der Himmel allmählich bedeckt und zugezogen, und kurz vor Salzburg war es spürbar dunkler geworden. Die Wolken hingen jetzt tief, und die Alpenkette war plötzlich nicht mehr zu sehen. Auch die bewaldeten Vorberge verschwanden in grauer Unbestimmtheit. Auf der Gegenfahrbahn tauchten die ersten Wagen mit Licht auf. In der fernen Einkerbung eines Fichtenwaldes erschienen sie zunächst als weißliche Lichtpunkte, die sich spalteten und schärfer wurden und auf dem grauen Band der Gefällstrecke auf ihn zuwuchsen und vorbeiglitten.
Er liebte die Landschaft hier auch in diesem trüben Licht, und er liebte das Fahren, besonders in dem großen neuen Wagen, der mühelos, ohne lauter zu werden, die Steigung hochzog und so sicher auf der Straße lag, daß er bei Autobahnfahrten lange Zeit nur eine Hand am Lenkrad hatte und mit der anderen das Mikro seines Diktiergerätes vor den Mund hielt, um Gedächtnisprotokolle von Besprechungen und Besichtigungen auf Band zu sprechen und alles festzuhalten, was ihm einfiel. Nie war sein Kopf so frei wie während des Fahrens. Seine Einfälle überstürzten sich manchmal und liefen den Verhältnissen, den Möglichkeiten weit voraus. Er mußte aufpassen, daß er nicht ins Phantasieren geriet. Während seiner dreitägigen Rundfahrt zu den süddeutschen und österreichischen Niederlassungen hatte er fünf Bänder besprochen. Er wollte sie gleich abschreiben lassen und noch ein wenig systematisieren. Zunächst würde er den Sektor Einkauf mit Kirchmair durchsprechen. Danach Organisations- und Personalfragen, die sich hier und da ergeben hatten. Die Finanzierungsprobleme mußte er allein klären, und davon hing im Grunde alles ab.
Kirchmair war sichtlich enttäuscht und gekränkt gewesen,

daß er ihn nicht mitgenommen hatte auf diese Inspektionsreise. Er mußte ihm jetzt entgegenkommen, indem er ihn als ersten Mitarbeiter ins Gespräch zog. Der Mann war tüchtig und ehrgeizig, aber er hätte ihn nicht so lange neben sich ertragen können. Seine eifrigen Kommentare, seine Gespanntheit und Beflissenheit hätten ihn am Denken und Träumen gehindert. Und darauf vor allem war es ihm angekommen. Er wollte sich ein eigenes Bild des Unternehmens machen. Er wollte es von allen Seiten betrachten und in Ruhe ein Konzept in sich reifen lassen, wie er es führen wollte.

Das hatte er Kirchmair gegenüber auch geltend gemacht. Er hatte ihm erklärt, daß er unangemeldet kommen wolle, um den alltäglichen Betrieb zu sehen. Anscheinend war aber doch etwas von seiner Rundreise durchgesickert, denn er fand überall blinkende, blitzende Verkaufsräume und gut geführte Lager vor und traf auf Filialleiter, die auf ein Gespräch mit ihm vorbereitet schienen. Immerhin wußte man nicht, wie er aussah, und so machte er stets einen Rundgang durch den Verkaufsraum, ehe er sich zu erkennen gab. Anfangs hatte er auch mit Kunden gesprochen. Aber das hatte wenig eingebracht, denn er hatte höchst zufällige und bruchstückhafte Auskünfte bekommen. Die meisten Kunden schienen zufrieden zu sein.

Wichtiger waren die Preis- und Sortimentsvergleiche, die er angestellt hatte. Die Feinkostgeschäfte und der genossenschaftliche Einzelhandel waren keine Konkurrenz, wohl aber die Lebensmittelabteilungen der Warenhäuser mit ihrem reichen, qualitätsvollen Angebot und andererseits die Discountläden mit ihrer Billigpreispolitik, die höchstens fünfhundert bis sechshundert problemlose Artikel führten, während seine Supermärkte je nach Verkaufsfläche 2500 bis 3000 Artikel anboten, in Einzelfällen sogar noch mehr. Auf dem Land waren überall die Verbrauchermärkte und SB-Warenhäuser gut im Geschäft. Bei kleineren Ortschaften stellte die Randlage der großen Verkaufshallen kaum einen Nachteil dar. Sie waren so gut angebunden an das Straßennetz, daß sie von überall Kunden anzogen. Allerdings war das Angebotsniveau deutlich niedriger als in seinen Supermärkten, und zwar nicht nur in der Präsentation, sondern auch in Warenqualität und Differenzierung. Im Grunde lag er richtig, wenn seine Märkte das Niveau eines mittleren Fachgeschäftes hielten. Dazu brauchte er einen Grundstock problemloser Schnelldreher und Umsatzmacher und einige Spitzenangebote, die kurzfristig im Angebot auftauchten und entsprechend herausgestellt wurden. Die französischen Flugenten schienen ein gutes Beispiel zu sein. Sie waren überall der Renner gewesen. Kirchmair hatte sie aber nicht mehr zum selben Preis beschaffen können.

Er griff zum Mikro, um sich Notizen zu machen, sprach langsam, mit übertriebener Deutlichkeit: »Sortimente im Hinblick auf die Standorte analysieren. Nähe von Warenhäusern mit großer Lebensmittelabteilung erfordert ein ähnlich differenziertes Angebot und mindestens Preisgleichheit. Wichtig sind wechselnde Sonderangebote und Extras. Beispiel Flugenten. Überprüfen, was an der Präsentation zu verbessern ist. Fototapete hinter der Brot- und Käsetheke?«

Er schaltete aus. Das mit der Fototapete war Unsinn. Er brauchte die Rückwände für die Ware. Vielleicht konnte man sie selber noch effektvoller exponieren. Er schaltete wieder ein. »Die Nähe von Discountläden und Verbrauchermärkten erfordert ebenfalls ein gehobenes und differenziertes Angebot und vor allem bessere Präsentation. Keine Preiskonkurrenz aufdrängen lassen! Höchstens bei problemlosen Standardartikeln. Statt dessen Qualitätskonkurrenz. Ein gut gegliedertes, breites Sortiment und interessante Extras bei den Nonfood-Artikeln. Beispiel Einkaufstaschen.«

Er schaltete aus. War das richtig? Er hatte seine Reise mit der Frage begonnen, wie er die wachsenden Kosten senken konnte, und unter anderem daran gedacht, die allzu üppig ausgewucherten Sortimente zu beschneiden. Aber schon am zweiten Tag seiner Reise hatte er angefangen, in der entgegengesetzten Richtung zu denken: Den Umsatz steigern durch

weitere Verbesserung des Angebots. Noch einmal durchstarten. Neue Akzente setzen durch Spitzenartikel. Daß das Unternehmen noch eine Finanzspritze brauchte, hatte er schon vorher gewußt. Deshalb traf er sich morgen mit Otter im Hotel Waldmüller. Er wollte ihm Wechsel auf die Fabrik anbieten, und Otter würde sie nehmen, das wußte er.
War er auf dem richtigen Weg? Vielleicht hatte ihn der professionelle Optimismus seiner Angestellten in diese Richtung gelenkt. Vielleicht ließ er sich täuschen durch die Erfolgsmeldungen ehrgeiziger Filialleiter und seine eigenen Wünsche. Vielleicht mußte er noch einmal dagegen andenken.

Es regnete jetzt dicht und gleichmäßig aus einer dunklen, tief herabhängenden Wolkendecke. Schnürlregen, wie man im Salzburger Land sagte. Aber das war wohl der von der schlimmsten Sorte. Er hatte das Warmluftgebläse angeschaltet, weil alle Scheiben beschlagen waren. Die Wischer schlugen mit weiträumiger Bewegung den Wasservorhang zur Seite und schienen ihn zugleich wieder zuzuziehen. Die Sicht wurde immer schlechter, als führe man durch eine graue Suppe, in der die zerlaufenen roten Punkte der Rücklichter schwammen und durch die die Scheinwerfer der entgegenkommenden Fahrzeuge blasse, neblige Lichtbalken warfen. Rechts und links der Autobahn löste sich das hügelige Land in vorbeitreibende Gehöfte, Waldränder und Baumgruppen auf. Einmal sah er ein Dorf, geschart um den Zwiebelturm einer kleinen Kirche, die auf einer Anhöhe stand. Eine Welt für sich, ohne Menschen, verwischt und traumhaft, ein abgerissenes Kalenderblatt.
Der Vorweiser der Abfahrt Traunstein tauchte auf, seine vorletzte Station. Er überholte zwei langsam fahrende Lastzüge und ordnete sich in die Ausfahrtspur ein. Wie sicher der Wagen auch bei Nässe durch die Kurve zog und die Unebenheiten der Fahrbahn schluckte, wie zügig er beschleunigte. Er hatte wirklich Glück gehabt, daß er einen Vorführwagen

bekommen hatte. So hatte er die langen Lieferfristen bei Mercedes umgangen und sich das langweilige Einfahren erspart. Auch jetzt hatte er Glück. Er fand eine freie Parkuhr in der Nähe des Supermarktes. Man brauchte eben das große und das kleine Glück. Aber dummerweise lag sein Trenchcoat im Kofferraum, und bevor er ihn anhatte, war er schon naß.

Er lief zum Supermarkt hinüber. Wenig Betrieb dort, nur einige Frauen, die langsam ihre Einkaufswagen an den Regalen vorbeischoben und sichtlich trödelten wegen des Regens. Er hatte keine Lust, lange herumzugehen, und fragte gleich nach dem Filialleiter. »Zeigen Sie mir bitte die Spirituosen, die Fleischtheke und das Lager«, sagte er. Es gab keine neuen Erkenntnisse, auch nicht bei den Nonfood-Artikeln. Eine knappe Stunde später war er wieder auf der Autobahn.

Der Regen hielt an, und er beschloß, sich Rosenheim zu ersparen. Es war ein wichtiger Platz, aber von München aus konnte er schnell einmal dorthin fahren. Die grünlichen Leuchtziffern der Quarzuhr am Armaturenbrett sprangen von 13:03 auf 13:04, und er gestand sich ein, daß er Hunger hatte. Im Handschuhfach, wo manchmal Kekse oder eine Tafel Schokolade lagen, konnte er nur Zigaretten finden. Er rauchte. Der Chiemsee glitt vorbei, eine graue, schwadige Fläche, die sich im Nichts verlor, dann, quer zur Autobahn und unter ihr wegströmend, ein reißender Fluß, der aus den Alpen kam. In seinem Kopf leierte ein Kindervers: Iller, Lech, Isar, Inn fließen all zur Donau hin. Er fühlte sich plötzlich in die Zeit vor dem Krieg versetzt, in einen leuchtenden Sonntagmorgen. Sein Vater und seine Mutter lebten noch. Er ging zwischen ihnen. Sie hielten seine Hände und zogen ein wenig seine Arme hoch. Irgendwo war Musik. Ein Leierkasten? Er hörte sich singen mit einer kleinen selbstzufriedenen Kinderstimme: »Iller, Lech, Isar, Inn . . .« Er war von seinem Vater gelobt worden, weil er den Spruch so gut gelernt hatte, obwohl er noch nicht zur Schule ging. Immer wieder hatte er den kleinen Vers vor sich hin gesummt, ohne

zu wissen, daß es Flußnamen waren. Er hatte darin geheimnisvolle, geschwisterliche Wesen gesehen, die alle das gleiche taten, das Richtige. Daß er die Worte auswendig wußte und immer wiederholen konnte, hatte ihn mit einer unbestimmten glücklichen Gewißheit erfüllt, die er auf einmal wieder ahnte.
War das wirklich seine Kindheit gewesen? Er wußte fast nichts mehr davon. Irgendwann war die Zeit in seinem Gedächtnis gelöscht worden, ausgetilgt wie eine Unwahrheit. Seitdem fühlte er sich, als käme er nirgendwoher.

Er blickte auf die Fahrbahn, die wieder ein wenig anstieg. Der Regen war noch dichter geworden. Das Wasser rann in Strömen über die dunkle Betondecke und wurde von den Pneus der Lastzüge in breiten Fontänen zur Seite geschleudert. Es sah aus, als führen große Sprengwagen vor ihm her. Wenn er sie überholte, prasselte das Wasser laut gegen Front- und Seitenscheiben und hüllte ihn in glasige Schlieren und Gießbäche ein. Mit einem kurzen Schwirrsignal meldete sich der Verkehrsfunk. Im Hofoldinger Forst hatte sich nach einem schweren Verkehrsunfall ein sechs Kilometer langer Stau gebildet. Den Autofahrern aus Richtung München wurde empfohlen, auf die B 13 über Sauerlach nach Holzkirchen auszuweichen. Das war Gott sei Dank die Gegenrichtung. Er konnte nur hoffen, glatt durchzukommen. Die Bahn war jedenfalls leerer geworden, denn viele Lastzüge standen jetzt auf den Parkplätzen. Die Fahrer warteten den Durchzug der Wetterfront ab, die sich zu einem Unwetter auszuwachsen begann. Er hielt sich auf der Überholspur und fuhr mit kaum vermindertem Tempo an allen Wagen vorbei. Unwetter erregten ihn, sie hatten etwas Festliches. Sie forderten ihn heraus, und sie versprachen etwas. Alles gehörte dem, der seine Mittel richtig einsetzte, sein Können, seine Wachsamkeit.
Er fühlte, wie ihn das zurechtrückte, wie es ihn ordnete. Er hatte die Nebelleuchten eingeschaltet, um das nasse, damp-

fende Grau zu durchdringen. Die Wischer kämpften im Schnellgang gegen den wuchtigen, schräg fallenden Regen an, der an seiner Frontscheibe platzte. Er versuchte, sich an die gestrichelte Linie zu halten, die undeutlich rechts an ihm vorbeisauste. Einzelne, langsam kriechende Fahrzeuge schienen in Wolken von Sprühwasser rückwärts auf ihn zuzutreiben, während er sie überholte. Momentweise sah er nur einen schwarzen Teerstreifen, der als ein dünner Faden in einer triefenden Melasse hing, dann links, näher gerückt, die geschlossene Linie, weiß, verwaschen, eine schwache Warnung, wie aufgetaucht vom Boden eines dunklen Beckens. Mit einer behutsamen Lenkbewegung suchte er die Mitte der Bahn. Dicht vor seinen Scheinwerfern leuchtete der Regen weißlich und enthüllte die Wut seines endlosen grauen Niederstürzens, das ihn einhüllte, einschläferte. Nein, er war wach. Windstöße peitschten ein böiges Schäumen auf ihn zu, und er konnte nicht immer erkennen, ob die Strecke anstieg oder fiel, merkte nur, wann der Wagen fester auf der Straße lag oder zu schwimmen begann. Das Fahrzeug und sein eigener Körper hielten ununterbrochen Kontakt, sie sprachen miteinander, sie arbeiteten gemeinsam, sie schafften es. Er streichelte anerkennend das große Lederlenkrad, das warm in seinen Händen lag, während hinter ihm in seiner Wasserfahne wieder ein überholtes Fahrzeug verschwand. Der Verkehrsfunk sagte neue Unfallmeldungen aus allen Teilen des Landes durch, als ob es das Land noch gäbe, als ob es nicht längst verschwunden wäre unter Nebelbänken und niederprasselnden Wolkenbrüchen und nicht nur noch scheinbar zusammengehalten wurde durch die Autobahn, vorgetäuscht durch die Ortsnamen der Abfahrten. Unter einer Brücke standen zwei Motorradfahrer dicht zusammengedrängt bei ihren abgestellten Maschinen, zwei Versprengte, eingekesselt von herabstürzenden Wassermassen. Düster und nebelverhangen rückte der Hofoldinger Forst heran, eine riesige Holzplantage auf beiden Seiten der Autobahn, dichtes, dunkles Tannengrün, von geraden Schneisen durchzo-

gen, die durch Nebelvorhänge geschlossen waren. Und da vorne bei dem Blitzen kam der Unfall! Ein großer weißer Thermolastzug lag auf der Seite und blockierte anscheinend beide Fahrspuren. Dicht dabei die kreisenden gelben Lichter eines Bergungsfahrzeuges, die Blaulichter von Polizei- und Notarztwagen, Autotrümmer und schattenhafte Menschengruppen hinter den Strauchkulissen des Mittelstreifens und dann die blassen Standlichter des wartenden Staus. In seiner Fahrtrichtung fuhr er jetzt fast ganz allein, während auf der anderen Seite im strömenden Regen, ohne abzureißen, über lange Steigungen und Gefällstrecken hinweg die Lichterkette der stehenden und nachrückenden Wagen abperlte.
Er fuhr auf der richtigen Fahrbahn. Er wurde nicht aufgehalten. Iller, Lech, Isar, Inn fließen all zur Donau hin, sang er. Was eigentlich hatte er sich als Kind unter der Donau vorgestellt, wenn nicht das große, unbekannte Leben, das er später immer gesucht hatte, mit immer neuen Anstrengungen und Enttäuschungen? Das Leben. Alle hatten es, bis sie starben. Aber das meinte er nicht. Sondern etwas anderes, das weit darüber hinausreichte, eine Welt, in die man sich hineinstürzte und in der man aufleuchtete. Vielleicht hatte seine Mutter das in den Romanheften gesucht, die sie pausenlos las, als sie krank wurde, und sein Vater hatte es im Krieg gesucht, in dem er verschollen war. Vielleicht hatten sie ihm beide etwas von ihren Sehnsüchten und ihren Träumen mitgegeben. Aber in vielen Menschen war nichts davon zu spüren, kaum ein Funke. Es gab riesige Unterschiede zwischen Menschen. Die meisten waren nur trübe Lichter, die es darauf anlegten, auch das Licht anderer zu trüben, Moralisten, Spießer, Neider, vor denen man sich in acht nehmen mußte, bis man oben war und sie einfach ignorieren konnte. Dann wurden sie sofort still. Vor dem Erfolg kuschten sie. Er war bald soweit. Er stand dicht davor. Das Traumbild hatte Gestalt angenommen. Er konnte es benennen. Es war diese große prunkende Stadt München, in der er seit vier Wochen Eigentümer und Chef eines aufsteigenden Unternehmens war. Noch immer wun-

derte er sich darüber, und manchmal, in unbeobachteten Augenblicken, schlug er sich an den Kopf. Oder er ballte die Faust, als müsse er etwas darin zusammenpressen. Es war wirklich! Viel schneller und reibungsloser, als er es für möglich gehalten hatte, waren alle Schwierigkeiten beseitigt worden. Der Wunschtraum, dem er so lange nachgejagt war, hatte ihn plötzlich überrollt.

In einer Viertelstunde konnte er in der Stadt sein. Vor ihm war es deutlich heller geworden. Die Wetterfront war wohl über ihn hinweggewandert, und der Regen begann nachzulassen. Seine Anspannung löste sich, was er daran merkte, daß er einen Augenblick langsamer fuhr. Er war gefahren wie bei einer Rallye. Nun hatte er noch ein paar Arbeitsstunden im Büro. Auch die Bänder konnten noch abgeschrieben werden als Unterlage für seine Besprechung am Vormittag. Heute wollte er sich einen schönen Abend mit Katrin machen, mit der er sich gestern vom Hotel aus verabredet hatte. Sie würden essen gehen, ins Roma oder zu Boettner in der Theatinerstraße, wo man angenehm saß und gut bedient wurde. Doris war wieder mit ihrem Kunsthändler verreist. Sie gondelten irgendwo in Frankreich herum, auf der Suche nach Antiquitäten. Wenn er wollte, konnte er bei Katrin übernachten. Mit ganz anderen Gefühlen übrigens, seit er ihr drei Monatsmieten bezahlt und auch sonst einiges für sie getan hatte. Es war auf einmal selbstverständlich gewesen, denn sie hatte ihm eines Tages ganz offen erzählt, daß sie seit längerer Zeit von den Zuwendungen des Kunsthändlers an Doris mit lebte. Doris hatte sie zwar lieb und schwesterlich darüber beruhigt, aber für sie war es auf die Dauer ein unhaltbarer, kränkender Zustand, den sie bald ändern mußte. »Ich kann mich ja wieder bei einer Agentur für Begleiterinnen melden«, hatte sie gesagt. »Aber du weißt, was das ist: bessere Prostitution.«
Am nächsten Tag hatte er ihr den Scheck geschickt, drei Monatsmieten, nach oben abgerundet um ein paar hundert

Mark. Einen Tag später hatte sie in seinem Büro angerufen. »Hallo«, hatte sie gesagt, »hier ist etwas mit der Post gekommen. Soll das für mich sein?«
»Natürlich«, hatte er gesagt. »Du, das ist wahnsinnig lieb von dir. Ich küsse dich.« Die Küsse hatte er sich am Abend abgeholt, aber von dem Geld hatte sie nicht mehr gesprochen. Über kleine Geschenke wie Blumen oder Delikatessen aus den Münchener Supermärkten, die er ihr mitbrachte, konnte sie sich stürmisch freuen, von dem Scheck machte sie kein Aufheben, als habe er nur eine Schuld beglichen. Dafür hatte er jetzt Rechte. Sie war immer bereit, mit ihm auszugehen, auch wenn er sie erst kurz vorher anrief, weil er in einer Besprechung gesessen hatte oder unterwegs gewesen war. Selbst wenn sie ein wenig launisch und müde klang, konnte er heraushören, daß sie seine Ansprüche anerkannte.
Sie zeigte es ihm auch, forderte ihn auf, Wünsche zu äußern, was sie am Abend anziehen sollte. Sie wollte genau von ihm wissen, was er mochte, wie sie sein sollte, wie er sie sah. Anfangs hatte er auf ihre Fragen geantwortet, ihm sei alles recht, weil sie ihm so oder so gefalle. Das hatte sie lieblos und langweilig gefunden, und inzwischen hatte er gelernt, auf solche Spiele einzugehen. Einmal hatte sie ihn eine halbe Stunde vor ihrer Verabredung angerufen und geklagt, daß sie heute keinen Blick und kein Gefühl für sich habe und dringend seinen Rat brauche. »Du ahnst nicht, wie es hier aussieht«, hatte sie gesagt, »ich habe alles aus den Schränken gerissen und aufs Bett geworfen.« »Dann komm, wie du bist«, hatte er gesagt. »O ja, das wäre schön«, hatte sie geflüstert, »aber leider geht das nicht«, und er hatte sofort ihre elfenhafte Nacktheit vor Augen gehabt.
Manchmal dachte er an sie wie an ein seltenes luxuriöses Besitzstück, dessen Wert und Eigenart er noch nicht ganz verstanden hatte. Er konnte sich nie recht vorstellen, wie sie ihre Tage verbrachte. Sie las, sie blätterte in Modezeitschriften, pflegte sich, hörte sich Platten an, telefonierte, machte einen Einkaufsbummel, besuchte Ausstellungen und Gale-

rien und war abends für ihn da. Doch die Selbstverständlichkeit, mit der sie dieses müßiggängerische und abhängige Leben führte, täuschte ihn immer weniger darüber hinweg, daß sie völlig unabhängig und unerreichbar war. Vielleicht wußte sie es nicht einmal, sie war es nur. Und dies, nicht die Koketterie, mit der sie sich ihm zuwandte und mit der sie glaubte, ihn und andere Männer unterhalten zu müssen, sondern dieses unsichtbare eigene Leben war ihr eigentlicher Reiz. Er stellte sie sich gerne alleine vor. Denn in den Stunden, wenn sie allein war, mußte sie die Kraft finden, die sie brauchte, und wahrscheinlich holte sie sich die Kraft aus dem Gefallen, den sie an sich selber fand.

Jetzt, zum Beispiel, was tat sie jetzt? Sie dachte wohl kaum daran, daß sie sich heute abend mit ihm treffen würde, oder nur insofern, als sie wenig aß. Sie machte sich einen Salat zurecht, sie öffnete eine der Dosen mit Lacroix-Suppen, mit denen er ihren Kühlschrank gefüllt hatte. Ihre Gedanken waren anderswo. Und das war wunderbar, es ließ ihn frei. Heute abend würde sie für ihn dasein, als sei es der Höhepunkt des Tages, auf den sie sich seit Stunden gefreut hatte. Für sie war das Leben ein Spiel oder eine Kunst, während Elisabeth alles moralisch sah und immer nach Rechtfertigungen und Gründen suchte. Elisabeth mißbilligte seine Existenz und seine Träume, obwohl sie ihn vielleicht liebte. Katrin korrigierte seine Lebensart, und sie machte das leicht, witzig, elegant. Er fühlte sich nicht von ihr unter Druck gesetzt. Im Gegenteil, sie lockerte, sie animierte ihn.

Sollte er Katrin morgen ins Hotel Waldmüller mitnehmen, obwohl Otter Elisabeth kannte und bei ihnen zu Gast gewesen war? Es war ein mühsamer, ein verunglückter Abend gewesen. Elisabeth hatte einfallslos gekocht und war steif und konventionell gewesen. Sie hatte Otter sichtlich nicht gemocht. Aber eigentlich galt ihre Kritik ihm, weil er Otter ins Haus gebracht hatte, um mit ihm Geschäfte zu machen, und weil er ihm die Fabrik zeigen wollte, die Villa und den Park. Sie war empfindlich geworden und wahrscheinlich mißtrauisch, obwohl sie das nicht zu erkennen gab, sondern ihm alle Entscheidungen überließ. Es lag etwas verborgen Destruktives in diesem Verhalten, eine Wut gegen sich selber, eine Schroffheit gegen ihn. Nach dem Kaffee hatte sie sich zurückgezogen, als wollte sie nichts mit den Geschäften zu tun haben, die er und Otter miteinander verabreden würden. Otter hatte das sicher gespürt.

Ja, er würde morgen mit Katrin im Waldmüller erscheinen, schon um Otter zu überraschen. Otter würde ein ganz anderes Bild von ihm bekommen, und das konnte nur gut sein. Wenn er es so sah, war Katrin ihm sogar nützlich. Ach, das sagte er sich jetzt nur, um das Geld zu rechtfertigen, das sie ihn kostete. Noch in diesem Jahr mußte er ihr einen neuen Scheck geben und zu Weihnachten ein größeres Geschenk. Aber was zählten schon die paar Tausender, wenn er nur daran dachte, daß er Urban 70000 Mark Abfindung gezahlt hatte, damit er den Geschäftsführerposten für ihn freimachte. Urban, dessen fletschendes Lächeln sich manchmal zwischen seine Gedanken drängte und ihn daran erinnerte, daß da etwas war, was er nicht verstanden hatte, aber unbedingt hätte verstehen müssen: Weshalb hatte ihm Urban geholfen, die Firma in seine Hand zu bringen? Mußte er nicht voraussehen, daß er dadurch seine eigene Position untergrub? Oder war sie in seinen Augen schon untergraben gewesen, weil Hogstraat die Firma finanziell ausgehöhlt hatte? Gab es andere Gründe? Hatte er Hogstraat gehaßt? Das war wohl eher eine abwegige Erklärung, und sie sagte nichts über Urbans späteres Verhalten aus. Er war Urban viel zu sehr verpflichtet gewesen, als daß er ihn so schnell hätte loswerden können, wenn Urban nicht selbst diesen Vorschlag mit der Abfindung gemacht hätte. Er hatte eigentlich eine langfristige Lösung angestrebt, aber Urban war ein paar Tage nach ihrem ersten vorsichtigen Gespräch mit der vertraulichen Mitteilung angekommen, ihm sei eine günstige Beteiligung in einem heißen Geschäft angeboten worden und er ziehe deshalb eine rasche finanzielle Einigung vor. Seine Vorstellung hatte weit über dem Üblichen gelegen. Er wollte 100000 Mark haben, wobei er deutlich hatte durchblicken lassen, daß er natürlich genau wußte, daß dies keine gesetzlich einklagbare Abfindung war, sondern sein Anteil an der Beute. Um 30000 Mark hatte er sich noch herunterhandeln lassen. Dann war er verschwunden wie eine Wolke von schlechter Luft. Niemand in der Firma hatte ihm nachgetrauert, niemand. Weg mit Schaden, hatte er gedacht, und noch am gleichen Tag hatte er die wichtigsten Angestellten in das Chefzimmer gerufen und das Steuer in die Hand genommen.

Die Firma war ein großes, leistungsfähiges, aber leckgeschlagenes Schiff, das er wieder flottmachen mußte. Er hatte sie für 870000 Mark bekommen und sie bisher für rund 435000 Mark mit noch unbezahlter Ware aus den eigenen Fabriken beliefert. Dazu kamen die 70000 Mark für Urban. Das alles und noch etwas mehr war durch Elisabeths Erbe gedeckt. Aber zum größten Teil hatte er das mit Bankkrediten finanzieren müssen. Und er war immer noch unterfinanziert. Um die laufenden Personalkosten, die Lieferantenrechnungen und einige kleinere Investitionen bezahlen zu können, wollte er jetzt nicht weiter die Banken bemühen, damit sie nicht den Eindruck bekamen, seine Finanzierungslage sei angespannt. Wahrscheinlich holten seine neuen Geschäftspartner Auskünfte über ihn ein, und dann wollte er ein glattes, gefestigtes Bild bieten.

War nicht alles glatt? Die Verbindlichkeiten beliefen sich auf rund 2,5 Millionen. Dem standen laut Inventur im Moment des Kaufes Warenbestände von rund 1,7 Millionen gegenüber. Ausgeglichen wurde die Bilanz durch den Wert der Einrichtungen und des Fuhrparks. Eine kleine Finanzierungslücke wurde da sichtbar, obwohl natürlich alles davon abhing, wie schnell die vorhandene Ware sich umsetzte. War richtig eingekauft worden? Stimmte die Bewertung? Lothar hatte keinen Grund zur Beanstandung gefunden. Aber er hatte ihn wohl auch unter Druck gesetzt, ihm das erwünschte Ergebnis zu bringen. Er selbst hatte zuwenig Erfahrung, das war ihm klar, und vielleicht neigte er deshalb dazu, sich auf alle Fälle abzusichern. Er brauchte kurzfristige Kredite, die nicht in Erscheinung traten, und Otter war der richtige Mann, um diskret ein paar Wechsel zu verkaufen. Der Mann hatte weitreichende Verbindungen und galt als Spezialist für schnelle Nebengeschäfte. Ein Mann der Tips, der originellen Finanzierungswege, ein Vermittler von Gelegenheiten, ein Chancenjäger, der dauernd unterwegs war und bei dem viele geheime Informationen zusammenliefen. Er wußte, wo es kriselte und wo die Dinge sich entwickelten. Mit aller Vorsicht konnte er viel von ihm lernen. Otter konnte ihm helfen, schneller voranzukommen. Schon im nächsten Jahr wollte er die Schulden der Münchener Firma bei der Fabrik tilgen und das Verhältnis der beiden Firmen normalisieren. Dann mußte er den Kaufpreis zurückzahlen und die Abfindung für Urban. Schritt für Schritt wollte er sich in München selbständig machen. Aber es sollten mehrere große Schritte dabeisein, ein paar Sprünge auf das Ziel zu. Und dann, was war dann? Dann war er frei.

Während er über Unterhaching nach München hineinfuhr, geriet er in immer dichteren Verkehr und kam allmählich nur noch stockend voran. Anscheinend hatten viele Autofahrer das Unwetter abgewartet und waren nun alle auf einmal losgefahren und verstopften die Straßen. Die Stadt wirkte aufgestört. Feuerwehrwagen kämpften sich mühsam mit heulenden Sirenen durch das Verkehrsgewühl, unterwegs zu Keller- und Lagerräumen, die unter Wasser standen. Sein Lager in Sendling war nicht unterkellert. Da war sicher nichts passiert. Er schaltete das Radio an und hörte den stampfenden Disco-Sound eines Schlagers und rhythmisches Händeklatschen. Er drehte weiter, und eine angestrengte und zu hoch liegende Männerstimme sagte: »Es ist die ungeheuerliche Perversität dieses neuen Massenvernichtungsmittels, daß es die Gegenstände unbeschädigt läßt und nur Menschen und Tiere tötet. Der Schreckensvision eines weltweiten Trümmerfeldes, mit der wir bisher gelebt haben, hat sich eine andere, noch gespenstischere Vision hinzugesellt: die Vorstellung unversehrter Geisterstädte, angefüllt mit Toten.« Er schaltete ab. An den Plakatwänden und Hausmauern hingen noch einige verregnete und halb zerrissene Plakate von der Bundestagswahl vor zehn Tagen, geglättete, lächelnde Politikergesichter, die Sicherheit, Frieden, Freiheit und Wohlstand versprachen. Die Sozis hatten gesiegt, mit den Liberalen. Aber er fühlte sich kaum betroffen davon. Keiner von diesen Leuten führte seinen Kampf, er war allein. Solange er da war, würde die Welt schon noch halten.

Er lenkte den Wagen in die Tankstellenbucht des Parkhauses, in dem er seinen Stellplatz hatte, und übergab dem Tankwart seinen Zündschlüssel.

»Bitte auftanken und waschen«, sagte er. »Heute abend brauche ich den Wagen.«

Er ging los, weil die Ampel auf Grün schaltete. Mit der vollgepackten Reisetasche in der Hand schritt er rasch auf ein Gebäude der anderen Straßenseite zu, in dessen drittem Stock sein Büro war.

Frau Eggeling, seine Vorzimmerdame, war überrascht, daß er schon kam. Sie hatte ihn erst am späten Nachmittag erwartet. Vor allem bei dem Unwetter. Dabei hätte er doch gar nicht fahren dürfen.

»Halb so wild«, sagte er.

»Ich fand, es war ein richtiger Weltuntergang. Man konnte kaum noch was sehen vor den Fenstern, so hat's geregnet. Ich habe sehr an Sie gedacht.«

»Ich fahre gerne bei solchem Wetter.«

Er nahm die Tonbänder aus der Tasche und gab sie ihr.

»Die müssen abgeschrieben werden. Möglichst noch heute. Frau Grüttner und Frau Zeiser sollen Ihnen helfen.«

»Ich geb's gleich weiter.«

Ein Lächeln stand in ihrem Gesicht, ein erwartungsvoller Ausdruck, von dem sie anscheinend wußte, daß er ihn bemerkt hatte.
»In Ihrem Zimmer ist eine Überraschung«, sagte sie.
»Oh, das ist allerdings toll«, sagte er im Eintreten.
In der Mitte des Raumes stand, größer, als er erwartet hatte, sein neuer Schreibtisch und vor und hinter der Platte die dazu passenden rehbraunen Ledersessel, auf der Platte eine kugelige Glasvase, gefüllt mit roten Buschrosen.
»Wie haben Sie das so schnell geschafft?« fragte er.
»Das ist mein Geheimnis.«
Er ging auf den Tisch zu und wußte, daß sie lächelnd in der Tür stehenblieb und ihm zusah. Mit den Fingerspitzen berührte er die Tischplatte, um die kühle Glätte des Holzes zu fühlen. Es war Rio-Palisander, das Teuerste, was es gab, mit einer großflammigen, sehr auffallenden Maserung.
»Ist das nicht phantastisch?« fragte sie.
Er mußte es bestätigen, denn er konnte nicht zugeben, daß er erschrocken war. Er ging um den Tisch herum zu einem Sessel und hörte, wie sie sagte: »Ich habe schon alles eingeräumt.«
Gut, dann wollte er sich mal setzen.
Der neue Sessel war bequem und stützend. Ein angenehmer Leder- und Holzduft umgab ihn. Neben ihm, etwas niedriger, stand noch ein kleiner Beitisch für das Tastentelefon mit den eingespeicherten Rufnummern. Die große Tischplatte war leer, bis auf eine Federschale und die Blumenvase. Vorsichtig besitzergreifend legte er seine Hände darauf.

8. Geschäftsleute im Hotel

Der Conferencier, ein etwas fülliger Mann im Smoking, hielt das Mikro wie ein Sänger an seine Lippen, wenn er die Mannequins vorstellte, die hinter dem Aufbau der Bar hervorkamen und in immer neuer Erscheinung und Aufmachung in den weiten Raum traten.

»Sie sehen Susanne in einem Saga-Jasmin-Nerz, mit Polarfuchsbesatz und mit reiner Seide abgesteppt. Ein Top-Modell für den Abend. Als Wendemantel gearbeitet und beidseitig tragbar.«

Die Mulattin war, Fuß vor Fuß setzend, auf das Publikum zugeschritten, hatte kurz vor den Sesseln einen Moment verharrt und war dann, dem Impuls der Musik folgend, in einer langsamen, fließenden Bewegung wie eine weiße Wolke vor der ersten Sitzreihe entlanggegangen, hatte erneut eine Drehung gemacht und den Mantel geöffnet, um seine Weite zu zeigen und so zur Mitte des freien Raumes zurückzukehren, wo sie den Pelz von den Schultern gleiten ließ, ihn dabei umstülpte und wieder anzog. Nun war das schwarze Seidenfutter zu einer glänzenden Außenhaut geworden, ringsum dramatisch besäumt von dem schneeweißen Polarfuchsfell. Der Beifall rauschte auf, aber das Gesicht der Mulattin verlor nicht seine träumerische Abwesenheit. Sie machte eine weiche Halbdrehung in eine neue Pose hinein. Eine Hand hielt dicht unter dem Hals den Kragen zusammen, die andere verschwand in der tiefen Manteltasche. Sie wußte, daß sie schön war. Eine unberührbare Schönheit, sich allen Blicken darbietend, sie an sich abgleiten lassend, jetzt, beim Abgang, da noch einmal Beifall aufkam, mit einem scheuen Lächeln

und dem Schimmern der weißen Zähne in ihrem braunen Gesicht.
Von der anderen Seite kam die Rothaarige in einem weiten, seidig glänzenden, schwarzen Mantel auf die Fläche. Beifall empfing sie.
»Noch einmal das Thema Nerz«, sagte der Conferencier. »Barbara zeigt Ihnen einen Black-Glama-Nerzmantel aus feinsten, federleichten, naturschwarzen Fellen. Der Mantel ist ausgelassen verarbeitet und hat ein großzügiges, weitschwingendes Styling. Als besonderes Accessoire die Umhängetasche mit Nerzschweifen besetzt.«
Die Rothaarige schlug den Mantelkragen hoch und versenkte beide Hände tief in den Taschen. Ebenfalls Fuß vor Fuß setzend wie die Mulattin, schritt sie langsam auf die erste Reihe des Publikums zu. Ihr Blick war kalt, als nähme sie einen Gegner an, um durch ihn hindurchzugehen und ihn durch Nichtachtung zu vernichten. Ihr Mund erschien groß, fruchtig und dunkel. Die Backenknochen saßen sehr hoch und spannten die Wangen. Ein Gesicht, hungrig und erregbar, doch bis zur Maskenhaftigkeit beherrscht.
Sie blieb stehen in reglosem Hochmut und ließ sich betrachten. »Ein Traumpelz«, sagte der Conferencier, »meisterhaft verarbeitet und zeitlos elegant.«
Die Rothaarige ging an der ersten Sesselreihe vorbei. Jetzt schien sie ein wenig zu schlendern, und die seidigen Glanzlichter des Fells umspielten sie. Ihr Blick antwortete keinem anderen Blick. Er streifte über die Köpfe des Publikums hinweg. Wo war sie? Auf einer Promenade am Seeufer, am Meer? Sie schritt das ganze Rechteck aus, wendete in den Winkeln mit einer langsamen Drehung und kam zum Schluß in die Mitte der Fläche. Dort öffnete sie den Mantel und schob ihn ein wenig zur Seite, indem sie eine Hand mit dem Handrücken auf die Hüfte legte, die andere Hand faßte sanft und spielerisch den großen Kragen. Sie hatte einen Fuß vorgestellt und mit der Spitze weit nach außen gedreht, während sie, das Kinn ein wenig hochgereckt, in die Gegenrichtung

blickte. Sie bot ihr Profil dar, in ruhiger, hochmütiger Selbstgewißheit, die keine menschliche Antwort brauchte, nur einen Spiegel. Unter dem schwarzen Pelz trug sie ein enges silbergraues, metallisches Kleid. So stand sie einen Augenblick da: Frau, Pelztier und Fisch zu einer Gestalt verschmolzen. Der Beifall weckte sie. Sie schloß den Mantel, schien ihn um sich zu raffen, als wollte sie das preisgegebene Geheimnis ihrer Gestalt wieder verbergen, und verschwand.

Vogtmann blickte auf die Uhr.

»Mußt du gehen?« fragte Katrin.

»Ja, gleich, in ein paar Minuten. Ich habe dem Ober Bescheid gesagt, daß er alles auf die Rechnung setzt.«

Sie nickte, sah wieder auf die Fläche. Die Musik hatte zu einem schnelleren Rhythmus gewechselt, und zwei Mannequins bewegten sich dazu mit einer künstlichen, fast wippenden Eile, die stürmische Unternehmungslust und gute Laune darzustellen schien. Manchmal gingen sie nebeneinander auf parallelen Bahnen, und manchmal trennten sie sich, um zwei weite spiegelbildliche Bogen auszuschreiten, an deren Ende sie sich wieder trafen. Sie zeigten Kanadischen Rotfuchs, einmal als Mantel verarbeitet, einmal als Poncho. Die beiden führten einen richtigen Tanz auf, den Tanz der Füchsinnen auf der Waldwiese.

»Wie gefällt es dir?« fragte Vogtmann.

»Oh, gut. Hinreißende Mäntel und schöne Frauen.«

»Ich würd's umgekehrt sagen.«

»Natürlich. Und dabei hast du mich.«

»Ich weiß das zu schätzen«, sagte er und küßte leicht ihre Hand. »Bis nachher.«

Sie nickte und sah schon wieder zu dem Tanz der rotbraunen Mäntel hinüber.

Auf dem Weg zum Empfang, der durch eine Passage mit Boutiquen führte, hörte er hinter sich noch die Lautsprechermusik und das Aufrauschen des Beifalls. Vielleicht konnte er

Katrin zu Weihnachten einen dieser Mäntel schenken. Ein Fuchsmantel würde ihr gut stehen, wenn sie das nicht zu vulgär fand. Nun, er mußte es herausfinden. Wahrscheinlich war sie klug genug zu verstehen, daß er ihr nicht jeden Wunsch erfüllen konnte, jedenfalls noch nicht.

Er war gespannt, was die Besprechung mit Otter ergeben würde. Gestern am Telefon hatte Otter das Wechselgeschäft wie eine prinzipiell schon gelaufene Sache behandelt, bei der es nur noch um die genauen Summen, Stückelungen und Laufzeiten der Papiere ging. Seine Bank hatte ihm wohl gesagt, daß sie die Wechsel sofort diskontieren würde. Deshalb war er noch einen Grad freundlicher als sonst gewesen, geradezu herzlich, mit einem Ton freundschaftlicher Werbung in seiner angenehmen Stimme, die einen immer denken ließ, man habe es mit einem großen, voluminösen Mann zu tun, obwohl Otter schmächtig und kaum mittelgroß war. Offenbar war er an weiterreichenden geschäftlichen Beziehungen interessiert, denn er hatte halb spielerisch gesagt: »Wir sollten mal ein kleines gemeinsames Brainstorming machen, was wir alles miteinander anfangen können.«

Sie waren für 17 Uhr verabredet. Die Modenschau würde noch eine gute Stunde dauern. Danach wollte Katrin die Mäntel ansehen, die in einem Nebenraum ausgestellt waren, und einen Spaziergang am Seeufer machen. Für das Gespräch mit Otter blieben ihm zwei Stunden. Und nachher würde man wahrscheinlich zu Abend essen. Er war sich nicht im klaren darüber, ob er Otter einladen müsse oder ob es umgekehrt richtiger war. Aber das würde sich ergeben.

»Ist Herr Otter aus Königstein eingetroffen?« fragte er den Empfangschef.

Der Empfangschef blickte zum Schlüsselbrett hinüber.

»Herr Otter ist in seinem Apartment. Möchten Sie ihn sprechen?«

»Ja bitte.«

Der Empfangschef wählte die Zimmernummer, und während er wartete, ob sich jemand meldete, blätterte er weiter in einer

Namensliste, die vor ihm auf dem Tisch lag. Neben Vogtmann stand eine ältere Dame in einem Lodenkostüm. Sie hatte einen anspruchsvollen hellblonden Haaraufbau, wahrscheinlich eine Perücke. Umständlich redete sie auf eine geduldige Hotelangestellte ein und erläuterte ihre Reisepläne. Hinter ihr trat ein Mann an den Empfangstisch und bat um seinen Zimmerschlüssel. Etwas kam Vogtmann bekannt vor. War es die Stimme? Der Empfangschef reichte ihm den Telefonhörer. Otters dunkle, liebenswürdige Stimme begrüßte ihn, hüllte ihn ein. »Ach, kommen Sie doch rauf zu mir«, schlug Otter vor, »hier haben wir es ruhiger.«
Er beeilte sich, um noch zusammen mit dem anderen Mann den Lift zu erreichen, und während er hinter ihm herging, hatte er wieder den unbestimmten Eindruck, den Mann zu kennen und sich an seinen Namen erinnern zu müssen. Vielleicht war er einer seiner Lieferanten. Es war peinlich, wenn er ihn nicht erkannte. Doch die anderen Aufzüge waren im Moment besetzt. Der Mann ließ ihn vorbeitreten, griff hinter ihm nach der Stockwerktaste.
»Wohin?«
»Dritter.«
Sie fuhren hoch und starrten sich an, in gleichzeitigem Erkennen. Der Mann war Horst Reichenbach.

Als er kurz danach in Otters Apartment eintrat, war wohl ein Lächeln auf seinem Gesicht, denn Otter fragte:
»Was ist Ihnen Schönes begegnet? Sie sind ja so heiter?«
»Ich habe eben im Aufzug einen alten Studienfreund getroffen.«
»Ach, wie witzig. Haben Sie sich lange nicht mehr gesehen?«
»Das ist so ungefähr neunzehn Jahre her. Er war auch mein Trauzeuge.«
»Eine richtige Schicksalsfigur.«
»Jaja, kann man sagen. Er hat mich in meine Spur gebracht.«
Otter sah ihn von unten herauf an. Er lächelte ein wenig.

»Na, dann wollen wir hoffen, daß er auch für uns eine gute Bedeutung hat.«
Einladend zeigte er auf die Sessel, und sie setzten sich. Das Apartment war zweistöckig, eine kleine Maisonette-Wohnung in Grün und Braun. Eine Innentreppe aus Holz führte zum Schlafraum und zum Badezimmer hoch. Vor dem Wohnraum befand sich ein loggiaähnlicher Balkon, hinter dem bleigrau ein Streifen des Sees zu sehen war. Eigentlich hatte er mit Katrin auch ein solches Apartment haben wollen, aber es war keins mehr frei gewesen. Wahrscheinlich, weil Stammgäste wie Otter den Vorrang hatten.
»Soll ich Ihnen etwas bestellen?« fragte Otter. »Kaffee vielleicht oder Tee?«
»Kaffee bitte.«
»Ich bin auch ein Kaffeetrinker, obwohl ich ein bißchen vorsichtig mit dem Magen sein muß.«
Otter ging zum Telefon und bestellte zwei Kännchen, kam mit einem Notizblock und einem Stift zurück.
»Falls ich mir was notieren muß«, sagte er.
Seine Art, zu sprechen und sich zu bewegen, hatte etwas beruhigend Gediegenes. Er wirkte wie jemand, der Zeit hatte und nichts Überstürztes tat. Elisabeth allerdings hatte ihn zu selbstgefällig gefunden. Sie war voreingenommen gewesen. Otter war für sie ein Schakal, ein Aasfresser, der gekommen war, um ein Stück aus ihrem Erbe zu reißen.
»Wenn Sie rauchen wollen«, sagte Otter. »Ich bin dabei, es mir abzugewöhnen. Und seltsamerweise habe ich es gerne, wenn jemand raucht. Vielleicht aus Schadenfreude.«
»Kein schlechter Grund«, sagte Vogtmann, »dann bin ich ja entschuldigt.«
»Vollkommen«, sagte Otter.
Er gab ihm Feuer, und als er sich vorbeugte, fühlte sich Vogtmann von seinen großen, etwas hervorquellenden dunklen Augen betrachtet. Es war ein Blick, der nicht kalt war, nicht feindlich, nur aufmerksam, sich aber sofort wieder zurückzog.

»Ich hoffe, Sie haben nachher noch etwas Zeit«, sagte Otter, »ich würde Sie und die Dame in Ihrer Begleitung gerne zum Abendessen einladen.«
»Woher wissen Sie, daß ich nicht allein bin?« fragte Vogtmann verblüfft.
»Ganz einfach. Ich habe gefragt, ob Sie schon da seien, und man hat mir geantwortet: Die Herrschaften sind bei der Modenschau. Da habe ich schnell reingeschaut, ob ich Sie finde.«
»Und? Wir waren doch da.«
»Ach, ich dachte, ich störe und ich sehe Sie ja gleich.« Er lächelte: »Ich bin schüchtern, manchmal.«
»Schwer für mich zu glauben, Herr Otter.«
»Doch, doch. Ich bin ein Mensch, der sich am liebsten mit seinen eigenen Spinnereien beschäftigt. Wenn ich geschäftlich nicht dauernd mit Menschen zusammenkäme, dann würde ich bestimmt sonderbar. Dieses Hotelzimmerleben ist problematisch. Man hängt zuviel mit sich allein herum. Na ja, ich telefoniere jeden Abend mit meiner Frau.«
Er blickte vor sich hin. Seine Augen waren dunkel, beherrscht von einem Gefühl, das vielleicht Selbstmitleid war oder ein verborgener und verleugneter Trübsinn, der sich nur momentweise in diesem mürrischen Brüten zu erkennen gab. Als er den Kopf hob, lächelte er schon wieder.
»Also, wenn Sie nichts Besseres vorhaben, dann würde ich mich freuen. Wir können auch Ihren Studienfreund dazubitten.«
»Nein danke, das ist überflüssig. Ich sehe ihn vielleicht später noch in der Bar. Oder morgen vormittag.«
Otter nickte leicht. Er war zufrieden damit.
»Wollen wir jetzt mal zu unserer Sache kommen. Sie brauchen eine kurze Zwischenfinanzierung, wie ich verstanden habe. Wollen Sie investieren, oder handelt es sich um Verbindlichkeiten?«
»Sowohl als auch«, sagte Vogtmann. »Aber ich kann bald auf andere Gelder zurückgreifen. Das Anwesen meines Schwiegervaters ist ja verkauft.«

»Ich weiß. Eigentlich schade drum. Wollen Sie den Park bebauen lassen?«
»Vorläufig nur den hinteren Teil. Die Sache wäre gar nicht zu halten gewesen.«
»Das glaube ich Ihnen aufs Wort. Ja, sagen Sie mir Ihre Vorstellungen.«
»Ich habe an vier Wechsel zu je 65000 gedacht.«
»Und die sollen auf die Fabriken laufen?«
»Zwei. Die anderen beiden auf meine Münchener Firma.«
»Ich glaube, meine Bank zieht die Fabriken vor. Aber das andere wird sich auch noch machen lassen. Sagen wir, die ersten beiden auf die Fabriken, die folgenden auf die Supermärkte.«
»Oder abwechselnd«, sagte Vogtmann, »das fände ich ausgeglichener.«
»Gut. Wie stellen Sie sich die Laufzeiten vor?«
»Gestuft ab 1. November. Sagen wir drei, dreieinhalb, vier und viereinhalb Monate.«
Otter schrieb sich das auf und blickte einen Moment nachdenklich auf seinen Notizblock, legte dann den Stift hin.
»Ich nehme die Papiere zu 15%. Für 12% diskontiert die Bank, drei sind meine Gebühr.«
»Einverstanden«, sagte Vogtmann.
Als er die Beträge hatte nennen müssen, hatte er die Gesamtsumme noch rasch um 20000 erhöht und war jetzt sehr zufrieden mit sich. Katrin konnte ihren Pelzmantel bekommen.

Der Zimmerkellner brachte den Kaffee. Sie kamen auf das Hotel zu sprechen, in dem Otter sich schon seit langem zu Hause fühlte. Er lobte die Küche, die angenehmen Räume und die Lage des Hotels. Im Sommer sei es natürlich hier besonders schön. Plötzlich sagte er: »Nächste Woche bin ich schon wieder im Hotel Memling in Kinshasa.«
»Ach ja?« sagte Vogtmann.
Er wußte im Augenblick nicht, wo Kinshasa lag.

»Ja«, sagte Otter, »da ist viel zu machen. Zaire ist potentiell das reichste Land Afrikas. Im Süden, in der Provinz Shaba, gibt es riesige Vorkommen an Kupfer und Kobalt und anderen Edelmetallen. Rund fünfzig Prozent aller Industriediamanten kommen aus Zaire. Und das Land hat natürlich einen phantastischen Holzreichtum, der kaum genutzt ist. Überhaupt, die ganze Landwirtschaft liegt am Boden, seit die Belgier weg sind. Die müssen jetzt sogar schon Reis einführen.«

Er nahm einen Stapel Fotos aus seiner Brieftasche und zeigte sie ihm.

»Das hier ist ein Blick vom Mont Léopold über die Stadt und zum Stanley Pool. Der Kongo ist dort praktisch ein riesiger See, zusammen mit den Inseln über sechzig Kilometer breit. Hier, das ist einer der alten Raddampfer. Damit muß man einmal stromaufwärts reisen, wenn man zwei Wochen Zeit hat. Aber nur erster Klasse. Was Sie da vorne sehen, das sind treibende Inseln von Wasserhyazinthen. Die sind irgendwann eingeschleppt worden und haben sich wahnsinnig ausgebreitet. Hier, das ist der alte Boulevard Albert, jetzt Straße des 30. Juni genannt. Hier liegen alle großen Restaurants mit europäischer Küche. Das Memling ist auch in der Nähe.«

»Das hier sieht ja hübsch bunt aus«, sagte Vogtmann.

Es war ein Foto, das mehrere Negerfrauen in grellfarbigen, ärmellosen Gewändern und mit turbanähnlichem Kopfschmuck zeigte. Sie hockten am Boden und hatten eine Ansammlung bunter Gefäße vor sich stehen.

»Das ist der Wochenmarkt in Kinshasa«, erklärte Otter. »Die Frauen verkaufen die einheimische Töpferware. Alles handgemalt und sehr bunt, wie die Kleider. Das wäre vielleicht mal ein Sonderangebot für Ihre Supermärkte.«

»Möglich«, sagte Vogtmann.

Er betrachtete das Bild noch einen Augenblick – das moderne weiße Betongebäude im Hintergrund, vorne die buntgekleideten Negerfrauen mit ihren einfachen, lächelnden Gesichtern –, aber er gewann keine Beziehung dazu. Er konnte sich nicht vorstellen, wie es wäre, dort zu sein.

Otter reichte ihm ein anderes Foto.
»Das bin ich mit meinem Dolmetscher Kalimba.«
Otter in einem hellen Anzug stand mit einem lächelnden jungen Neger in einem Palmengarten.
»Kalimba hat in Paris und London studiert. Er hat mir sehr geholfen. Er kennt die richtigen Leute. Und hier bin ich mit zwei wichtigen Leuten. Der eine ist Importeur, der andere ist ein hoher Beamter im Landwirtschaftsministerium.«
Vogtmann schaute auf das Bild. Otter saß zwischen zwei europäisch gekleideten Negern, von denen einer eine Brille trug.
»Dies ist Dr. Matadi«, erklärte Otter.
Es war offenbar der Beamte.
»Ja, und was machen Sie dort?« fragte Vogtmann.
»Freunde gewinnen«, antwortete Otter. »Freunde sind in Schwarzafrika Geld wert.«
»Und kosten Geld, nehme ich an.«
»Natürlich. Sonst läuft nichts. Schauen Sie sich diesen Mann an.«
Er legte ein ausgeschnittenes Zeitungsfoto vor Vogtmann auf den Tisch. Es zeigte den Präsidenten und ehemaligen General Sese Seko Mobutu im Mao-Look mit einem Käppi aus Leopardenfell. Hinter ihm an der Wand hing ein ausgespanntes Zebrafell.
»Dieser Mann ist der unangefochtene Alleinherrscher von Zaire. Unter ihm beuten zweihundert Familien das Land aus. Er selbst hat ein gewaltiges Immobilienvermögen in Frankreich, Belgien und in der Schweiz. Er soll auch jahrelang bei der CIA auf der Liste der Gehaltsempfänger gestanden haben. Aber das ist alles ganz normal. Für schwarzafrikanische Verhältnisse ist Mobutu ein fähiger Mann. Im Grunde prowestlich eingestellt, aber er nimmt's auch von den anderen. Und vor drei Jahren ging er ganz auf afrikanisch-nationalistischen Kurs. Die Leute, die französische Namen hatten, mußten sich alle afrikanische Namen geben. Ja, und die europäischen Firmen sind sämtlich enteignet und nationalisiert worden. Da hat er seine eigenen Leute hineingesetzt.«

»Sie kennen sich gut aus«, sagte Vogtmann.
»Ein bißchen. Allmählich. Man muß Geduld haben.«
»Das hört sich an, als hätten Sie eine große Sache vor.«
»Mein Lieber, wenn Sie jetzt nach Kinshasa fliegen und sich abends im Hotel Memling oder im Regina oder im Palace in die Bar setzen, dann sehen Sie dort wieder Europäer und Amerikaner, lauter Leute, die morgen die großen Geschäfte machen wollen. Die Voraussetzungen werden immer besser. Denn die Nationalisierung hat das Land im Laufe von zwei Jahren wirtschaftlich total ruiniert. Inzwischen hat man das in der Führungsschicht eingesehen und beginnt pragmatisch zu denken. Man will die Nationalisierung rückgängig machen und ausländisches Kapital ins Land holen und wenigstens auf zwei Sektoren energisch investieren, im Verkehrswesen und in der Landwirtschaft. Und da werden in Zukunft die großen Geschäfte gemacht.«
»Haben Sie schon Geschäftserfahrungen mit Zaire?«
»Bisher noch nicht in größerem Umfang. Ich habe ein bißchen mit amerikanischen Armeegütern gehandelt, mit Wolldecken, Schuhwerk, Bekleidung und Zelten. Über belgische und französische Mittelsmänner habe ich auch schon Lastwagen nach Afrika verkauft. Ich brauchte die Leute, um reinzukommen. Aber jetzt werde ich den direkten Weg gehen. Deshalb war ich unten.«
»Ja, und wie kommen Sie an die Ware?«
»Durch Beziehungen. Seit Jahren bin ich regelmäßiger Gast, wenn die amerikanische Armee alte Magazinbestände versteigert. Das geschieht meistens bei Truppenverlegungen. Aber es gibt da auch irgendeine Bestimmung, daß die Bestände in gewissen Abständen erneuert werden müssen, wahrscheinlich weil Lieferverträge mit der eigenen Industrie laufen. Wenn man Glück hat, kommt man an fast neuwertige Sachen.«
»Vor allem, wenn man die richtigen Freunde hat, nehme ich an.«
»Sicher. Man kennt mich inzwischen, und man gibt mir Tips. Dann überlege ich, was der Tip wert ist, und bei Gelegenheit bedanke ich mich.«

»Bei Gelegenheit oder gleich?«
»Sie müssen sich das nicht so dramatisch vorstellen. Jeder braucht Freunde, Leute, mit denen er zusammengeht. Wenn man sich kennt und Vertrauen gewonnen hat, dann hilft man sich auch.«
Er setzte sich zurück, als ob er Vogtmann ruhiger betrachten wollte.
»Wissen Sie, was ich glaube«, sagte er, »Sie sind ein argwöhnischer Einzelgänger, genau wie ich es war. Aber ein Geschäft machen, das bedeutet, Interessen zusammenfügen, das habe ich begriffen. Sie machen es sich wirklich zu schwer, mein Lieber.«
»Kann schon sein«, sagte Vogtmann. »Aber ich war von Besserwissern und Idioten umgeben. Übrigens ist Mißtrauen am Anfang nie falsch.«
Otter lächelte verständnisvoll. Er wollte nicht widersprechen, das nicht. Er sah eher so aus, als wollte er ihm helfen. Oder als sei er zufrieden, es besser zu wissen.
»Passen Sie auf, ich will Ihnen etwas zeigen. Etwas, das Sie interessieren wird.«
Leicht und vielversprechend berührte er Vogtmanns Unterarm, der auf der Lehne des Sessels lag, stand auf und ging zum Schrank hinüber, aus dem er einen schwarzen Aktenkoffer hervorholte. Feierlich wie ein Zauberkünstler, der seinen Trick vorbereitet, ging er damit hinter den schräg im Raum stehenden Schreibtisch, um ihn zu öffnen. Die Sorgfalt, mit der er seinen Schlüsselbund aus der Tasche zog und die Schlüssel auf dem Ring sortierte und mit zwei verschiedenen Schlüsseln erst den Koffer, dann ein verborgenes inneres Fach aufschloß, hatte etwas so Wichtigtuerisches, daß Vogtmann fragte: »Haben Sie da Rauschgift versteckt?«
»Das nicht«, antwortete Otter, »aber etwas ähnlich Interessantes.«
Immer noch mit derselben feierlichen Langsamkeit nahm er aus dem Geheimfach seines Aktenkoffers einen kleinen flachen Karton heraus. Er hatte einen roten Aufdruck, den

Vogtmann von seinem Platz aus nicht lesen konnte. Otter stellte den Koffer beiseite und entnahm dem Karton ein weißes Futteral, ein schmales Baumwollsäckchen, das er vorsichtig in sich zusammenschob. Etwas Gläsernes kam zum Vorschein, ein kleiner gläserner Stab oder Kolben. Otter hob ihn einen Moment hoch wie eine funkelnde Monstranz und legte ihn dann behutsam auf das weiße Säckchen.
»Nun kommen Sie her und schauen Sie sich das an. Aber bitte berühren Sie das Ding nicht.«
Vogtmann kam zögernd näher und blickte auf den Tisch. Der Gegenstand, den Otter so bedeutsam gezeigt und dann wie ein kostbares Ausstellungsstück auf das weiße Futteral gelegt hatte, war eine einfache Glasampulle, etwa fünfzehn bis zwanzig Zentimeter lang, die mit einer klaren, wasserhellen Flüssigkeit gefüllt war. Sie war umklebt mit einer schmalen Banderole. Den kleinen schwarzweißen, gekrösehaften Aufdruck hielt Vogtmann im ersten Augenblick für eine Rose, dann erkannte er einen Totenkopf.
»Was ist das?« fragte er.
»Methylbromid, ein Atemlähmungsgift.«
Vogtmann, der sich gerade vorbeugen wollte, um den Schriftzug auf der Banderole zu lesen, spürte, wie er stockte. In seinen Händen war ein nervöser Alarm, als könnten sie etwas Falsches tun. Er hielt sie dicht bei seinem Körper.
»Was haben Sie Schönes damit vor?« fragte er.
Mit einem kleinen Lächeln in den Mundwinkeln sagte Otter: »Allerhand.« Dann fügte er bedächtig, mit langsamer Deutlichkeit hinzu: »Ich besitze neunhundertsechzigtausend Ampullen davon.«
Erst jetzt erschrak Vogtmann wirklich. Die unerwartete, riesige Zahl ließ nicht nur die Giftampulle auf dem Tisch bedrohlicher erscheinen, sondern veränderte wie eine plötzliche Entlarvung auch Otter selbst, und einen Augenblick lang hatte Vogtmann den Verdacht, er habe es mit einem Verrückten zu tun.
»Um Gottes willen«, sagte er, »was wollen Sie mit dem Zeug?«

Otter antwortete nicht. Vorsichtig verpackte er die Ampulle wieder in den Karton und schloß ihn in das Geheimfach seines Koffers ein. Dann kam er um den Schreibtisch herum, faßte Vogtmann am Arm und führte ihn zu den Sesseln zurück.
»Ich werde Ihnen alles erklären«, sagte er.

Das Atemlähmungsgift Methylbromid ist der Quartiermacher der amerikanischen Armee. Mit ihm säubert sie ihre Unterkünfte von Insekten. Vorkommandos der später anrükkenden Truppen werfen Glasampullen mit dem flüssigen Gift in die abgedichteten Räume und schließen sie ab. Das aus den zerbrochenen Ampullen auslaufende Gift verbreitet sich gasförmig nach allen Seiten, und nach einigen Stunden gibt es in den Räumen kein Leben mehr. Dann wird so lange gelüftet, bis das Gift sich verflüchtigt hat.
Auch in der Land- und Forstwirtschaft wird Methylbromid zur Insektenvertilgung verwandt. Das Gift wird auf dem europäischen Markt in großen Stahlflaschen gehandelt, die unter Druck stehen und an Sprühgeräte angeschlossen werden können. Jede andere Form der Aufbewahrung und Anwendung ist verboten. Methylbromid kann großflächig aus Hubschraubern über Monokulturen abgesprüht werden, die gegen Schädlingsbefall besonders empfindlich sind. In den Obstanbaugebieten sieht man dreimal im Jahr Sprengwagen durch die Plantagen fahren, die breite Wasserschleier über die Bäume sprühen. Die Fahrer auf den Treckern tragen Gasmasken, denn dem Sprühwasser ist Insektengift beigemischt.
In den Ländern der Dritten Welt, vor allem in Afrika, hat sich das Sprühen im offenen Gelände als problematisch und zu teuer erwiesen. Denn es fehlt an geschultem Personal und technischen Einrichtungen. Und wenn nicht die genaue Dosierung getroffen wird, tötet das Gift nicht nur die Insekten, sondern verätzt bei starker Sonneneinstrahlung auch die Pflanzen. So hat man die Felder wieder der Natur überlassen

und schützt erst die sehr viel ärmeren Ernten in den Lagerhäusern. Das einfache Verfahren der US-Armee hat sich dabei bewährt: Man wirft die Glasampullen mit dem Gift in die Silos und Lagerhallen und schließt sie ab. Dann durchziehen die Giftschwaden die aufgeschütteten Vorräte von Mais, Maniok, Palmkernen, Reis und Hirse, und aus verborgenen Schlupflöchern kriechen nach Luft schnappende Ratten und Mäuse hervor. Das wimmelnde Insektenleben in den Vorratskammern ist in wenigen Stunden tot. Ohne diese Behandlung, die manchmal wiederholt werden muß, würden die Erntevorräte die Zeit bis zu ihrem Transport kaum überdauern.

Vogtmann hatte Otters kleinem Vortrag mit der gleichen entrückten Aufmerksamkeit zugehört, mit der er vor mehr als zwanzig Jahren der Vorlesung über das Geld gelauscht hatte, in die Horst Reichenbach ihn mitgeschleppt hatte, und wie damals tauchte er mit dem Gefühl daraus auf, eine neue augenöffnende Erkenntnis gewonnen zu haben. So also machte man Geschäfte, mit diesem kühnen, phantasievollen Blick für unerwartete Verbindungen und Entsprechungen zwischen weit auseinanderliegenden und gegensätzlichen Wirklichkeiten: Hier die Amerikaner mit ihrem Überflußverhalten, das selbst bei der Armee auf den beschleunigten Verbrauch und Umsatz von Waren drängte, und dort, im zentralen Afrika, dieses riesige unterentwickelte Land mit seiner primitiven Landwirtschaft und einer korrupten bestechlichen Beamtenschaft, von der alle knappen Güter verwaltet und verschoben wurden, und Otter der Mann, der die Verbindung herstellte, mit viel Geduld und genauer Einfühlung in die verschiedenen Mentalitäten, der bei den Amerikanern Freunde hatte, die mit ihm halb legal ihre Magazinbestände verschoben, und der ebenso die ganz anders reagierenden schwarzen Beamten und Händler in den Ministerien und Hotels von Kinshasa, die bestimmt arrogant und schwierig und voller höflich lächelnder Tücke waren, sich zu Verbündeten oder Handlangern zu machen verstand, Otter, der den Blick für diskret geöffnete Hände hatte, der hier und dort den angemessenen Stil der Bestechung beherrschte, kumpelhaft rauh oder zeremoniell und ergeben, wie es die Situation erforderte, der ein feines Gefühl für Zeit, Umgebung und Gelegenheit haben mußte und dabei immer die großen wirtschaftlichen Abläufe und politischen Zusammenhänge im Auge behielt, um alles schließlich auf einen einzigen Nenner zu bringen, auf das Geschäft, oder auf das, was dahintersteckte, auf das Geld, das alle Unterschiede aufhob und alles mit allem verband, wie er es fügen wollte: Geschäftsleute wie Otter waren in Wirklichkeit Künstler, die durch ihre Inspiration, ihren Einfallsreichtum, ihren Wagemut die gefeierten Koryphäen der Kunstszene völlig in den Schatten stellten, nicht nur, weil sie kühner und weiter reichend kombinierten, sondern weil sie einen Einsatz wagten und mit wirklichen Verhältnissen und mit lebenden Menschen spielten, weil sie Lebenskunstwerke zustande brachten, nicht diesen infantilen akademischen Schwachsinn, bei dem es um nichts ging, außer allerdings auch um Geld.

»Großartig«, sagte er, »was wird Ihnen das einbringen?«

»Das Zwei- bis Dreifache des Einsatzes«, sagte Otter.

Wieder lächelte er wohlwollend, ehe er mit neuen Erläuterungen begann.

»In Schwarzafrika fragen die Leute nicht nach den Marktpreisen, sondern nach dem, was für sie dabei herauskommt. Man muß die Konkurrenz bei den Bestechungsgeldern überbieten, dann braucht man sie nicht zu unterbieten mit den Preisen. Die neunhundertsechzigtausend Ampullen sind schätzungsweise für sieben- bis siebeneinhalb Millionen Mark abzusetzen. Das liegt weit über dem Marktpreis. Ein bis zwei Millionen Mark muß man davon abschreiben. Die fließen in andere Kanäle. Die Unkosten für Reisen und Aufenthalte sind hoch, aber verhältnismäßig gering. Mehr ins Gewicht fallen die Bankzinsen, denn das ist ein langwieriges Geschäft, ein richtiges Geduldspiel.«

»Und was setzen Sie für die Ware ein?«
»Eins Komma zwo. Aber dafür muß man alles selber machen.«
Vogtmann starrte vor sich auf die leer getrunkene Kaffeetasse, um seine Erregung zu verbergen. Dann zündete er sich eine Zigarette an in der Hoffnung, daß Otter ihm nicht wieder Feuer gab und dabei mit seinen aufmerksamen Augen an ihn heranrückte. Aber Otter saß da und rieb mit dem Fingerknöchel über seine Lippen. Wahrscheinlich möchte er auch rauchen, dachte Vogtmann, und im Moment erleichterte ihn das. Er konnte Otter wieder in die Augen sehen, konnte auch seine gesamte Erscheinung betrachten: ein Mann, kaum mittelgroß, in einem unauffälligen grauen Anzug, der anstelle der Krawatte eine Fliege trug, was ihm ein gewisses altmodisches Flair gab. Sein Gesicht war auffallend, die hohe energische Stirn, die dunklen dichten Brauen und diese melancholischen aufmerksamen Augen. Er sah aus wie jemand, der Erfahrung hatte, er war zweifellos ein Fuchs.
»Warum«, fragte er, »erzählen Sie mir das alles?«
»Auf längere Sicht suche ich einen Partner«, sagte Otter, »jemand, der die Einsätze mit mir teilt und der die Dinge hier bei den Banken regelt, während ich im Ausland bin.«

Stürmisch, mit wirbelnden Gedanken im Kopf, kam Vogtmann in sein Apartment zurück.
»Bist du es, Ulrich?« rief Katrin aus dem Badezimmer.
»Ja, entschuldige, es hat lange gedauert.«
»Du kommst gerade richtig. Ich habe mich nämlich noch frisieren lassen.«
»Aha, bin gespannt.«
Er nahm ein frisches hellblaues Hemd aus dem Schrank, dazu eine gestreifte Krawatte, passend zum dunkelblauen Blazer, den er zum Abendessen anziehen wollte. Er freute sich auf diesen Abend und stellte sich vor, wie er mit Katrin in den Speisesaal kommen und Otter mit ihr bekannt machen würde.

»Ich habe noch wunderbare Mäntel gesehen«, rief Katrin, »die muß ich dir morgen vormittag alle zeigen. Bis morgen mittag sind sie noch ausgestellt. Hast du deine Sachen erledigen können?«
»Alles wie gewünscht. Und ich habe aufregende neue Erkenntnisse. Ganz neue Perspektiven.«
»Klingt ja großartig.«
Einen Augenblick war es still. Er hatte die Vorstellung von eiliger Geschäftigkeit. Vielleicht stand sie auch vor dem Spiegel, kontrollierte ihr Gesicht.
»Kann ich auch ins Badezimmer?« rief er.
»Gleich, gleich!«
Wahrscheinlich schminkte sie sich. Sie stand ein wenig vorgebeugt, mit dem Gesicht dicht vor dem Spiegel, und führte den Stift behutsam am Umriß der Lippen entlang. Er hätte ihr gerne dabei zugesehen, so wie er es einmal bei Doris getan hatte, als sie neben ihm im Auto saß. Doris und Katrin waren Frauen, bei denen es intim und aufregend war, zuzuschauen, wie sie sich zurechtmachten. Wenn sie sich auszogen, war das vergleichsweise trivial. Er mußte an Otter denken, der jetzt wahrscheinlich wie jeden Abend mit seiner Frau telefonierte. Vermutlich hatten sie sich nichts mitzuteilen, außer ein paar freundlichen Floskeln, ein paar Vortäuschungen, daß man füreinander vorhanden sei. Als Mensch war Otter noch völlig unkalkulierbar für ihn, aber heute abend würde er ihn vielleicht etwas besser kennenlernen.
»Du, Katrin«, sagte er, »Otter hat uns zum Abendessen eingeladen. Ich konnte das nicht absagen.«
»Ich tu ja alles für dein Glück. Hoffentlich ist er nicht langweilig.«
Wieder war es still.
»Frag ihn, wie man schnell reich wird. Das Thema interessiert ihn sicher.«
»Mich auch!« rief sie.
Etwas wurde hingestellt, etwas fiel in den Abfalleimer. Die Tür ging auf, und sie kam herein, selbstgewiß und beifallhei-

schend, umspielt von dem seidigen Schillern eines plissierten weinroten Kleides, das von ihren fließenden Bewegungen durchglänzt wurde. Ihr Haar war weich und offen frisiert und fiel ihr bis auf die Schultern. Ihr Gang hatte die vorsichtige Festlichkeit, die von sehr hochhackigen Schuhen kommt. Es waren weitausgeschnittene Satinschuhe in der Farbe ihres Kleides mit schmalen Fesselriemen, die sie gemeinsam vor ein paar Tagen in München in einem Schaufenster betrachtet hatten. Alles stimmte an ihr, Nagellack, Lippenrot und der funkelnde Rubin, der als ihr einziger Schmuck an einer dünnen goldenen Kette zwischen ihren Schlüsselbeinen hing. Aber eigentlich war es ihre lächelnde Selbstgewißheit, die das alles zusammenfaßte.

Wie eine Anspielung auf die Mannequins der Modenschau blieb sie vor ihm stehen und stützte die Hand auf die Hüfte, um die Weite ihres Ärmels zu zeigen. Dabei schob sie die Schulter vor und neigte ein wenig den Kopf, damit ihr Haar seitlich über ihr Gesicht fiel. Sie war ein Bild, ein Foto für eine Titelseite, mit dem einen Unterschied, daß sie lebte und vor ihm stand und er riechen konnte, wie sie duftete.

»Ulrich«, sagte sie, »mach den Mund zu. Oder willst du mich fressen?«

Otter war sichtlich beeindruckt, als er Katrin sah. Mit gravitätischer Höflichkeit küßte er ihr die Hand und sagte:

»Ich freue mich, daß Sie beide heute abend meine Gäste sind.«

»Ich warne Sie«, lächelte Katrin, »ich habe gräßlichen Hunger.«

»Um so besser, Gnädige, man wird Sie zufriedenstellen. Dafür verbürge ich mich.«

Niemand konnte so auf eine Flügeltür zuschreiten wie Katrin. Man mußte sie vor ihr aufreißen, und es war immer jemand da, der es tat. Flankiert von Vogtmann und Otter, trat sie in den Speisesaal, wo der Oberkellner ihnen entgegenkam

und sie zu ihrem Tisch führte. Sie hatte Raum um sich, wenn sie ging, während Otter und Vogtmann sich einen halben Schritt hinter ihr hielten, halb Begleiter, halb Gefolge, eine schwierige Formation. Sie läuft heute zu großer Form auf, dachte Vogtmann, gekitzelt von einem Gefühl des Stolzes. Katrin war seine Überraschung, seine Trumpfkarte gegenüber Otter. Sie würde den Abend in die Hand nehmen und sie alle zu ihren Mitspielern machen. Sie war in Laune.
Otter hatte einen Fenstertisch reservieren lassen mit Blick auf die Seepromenade und ihre halb entlaubten Bäume. Es schien geregnet zu haben, doch die große Panoramascheibe stülpte das Spiegelbild des erleuchteten Speisesaals nach draußen in die dämmerige Nässe und schuf eine schwebende, schimmernde Illusion. Es war behaglich hier, angenehm ruhig, man saß bequem, er neben Katrin, Otter ihnen gegenüber. Zu den Aperitifs erschien der Geschäftsführer, um sie zu begrüßen. Persönlich zündete er den silbernen Leuchter auf dem Beitisch an. Sie studierten die Speisekarte und lasen sich gegenseitig die Gerichte vor.
»Was nehmen wir als Vorspeise? Hausgebeizten Wildwasserlachs? Oder geräucherten Wolga-Stör mit Sevruga-Kaviar? Straßburger Gänseleberpastete mit Madeiragelee? Und danach, was dann? Eine kleine Suppe vielleicht? Zum Hauptgericht Fleisch oder vielleicht einen Fisch aus dem See? Oder ziehen die Herrschaften Wild vor? Oh, hier Wildgeflügel, Rebhuhn oder Fasan, das wäre was für mich! Und ich nehme Steinpilze in Kräuterrahm und Semmelknödel. Fein, und was trinken wir?« Zur Vorspeise einen Gewürztraminer. Zum Wildgeflügel empfahl der Geschäftsführer den Chevrey-Chambertin. Otter, der den Wein schon einmal getrunken hatte, fand, das sei ein guter Gedanke, und der Geschäftsführer, der die Bedienung mit seinen Blicken lenkte, zog sich zurück.

Vogtmann entfaltete die gesteifte Serviette, die sich fest und glatt anfühlte, während Katrin mit Otter darüber redete, wie gerne sie Speisekarten las. Er kannte das. Es war eine ihrer Gesprächseröffnungen. Vielleicht dachte sie nicht daran, daß er das wußte, oder sie setzte voraus, daß sie sich einig waren, mit Otter Konversation zu machen. Trotzdem wunderte er sich, wie lebhaft sie darüber plauderte, so als folge sie nur ihren Einfällen: »Seewolf in Fenchelbutter gebraten.« Wie klang das eigentlich? Wie ein Märchen? Wie eine Todesstrafe für einen berühmten Piraten? Oder »Zarte Blattsalate«. So viele A's gab es ja gar nicht in der Natur. Das war reine Poesie.

Vogtmann konnte sehen, daß Otter Schwierigkeiten hatte, sich auf Katrins Konversation einzustellen. Das war ihm am Anfang auch so gegangen. Wenn man sie besser kannte, drehte sie nicht mehr so auf.

Aber Otter gefiel ihm. Er hielt stand. Er hatte die Gewohnheit, Fragen zu stellen, um sich Luft zu schaffen. Und wenn Katrin launige Antworten gab, zeigte er ein amüsiertes Lächeln.

Plötzlich sagte Katrin: »Ich weiß jetzt, wie Sie aussehen. Vorhin, als Sie die Speisekarte studiert haben, da haben Sie sich am Ohrläppchen gezupft wie Humphrey Bogart. Und dem gleichen Sie auch.«

»Tut mir ehrlich leid für ihn«, sagte Otter, »aber ich kenne ihn nicht.«

»Was? Sie kennen Bogie nicht? Gehen Sie nie ins Kino?«

»Nein, Gnädige, keine Zeit.«

»Er tritt in seinen eigenen Filmen auf«, sagte Vogtmann.

»Hoffentlich sind sie wenigstens spannend.«

»Mir reicht's«, sagte Otter.

»Bogie«, erklärte sie, »ist der Privatdetektiv, der nie Zeit für die Frauen hat.«

»Oh, dann haben Sie leider recht mit der Ähnlichkeit.«

Sie lachten, sie tranken sich zu. Der Ober erschien und legte ihnen vor. Ein zweiter füllte die Gläser nach. Sie kamen und gingen ungerufen. Man brauchte sie kaum zu bemerken.

»Ich verstehe euch nicht, ihr Männer«, sagte Katrin. »Was habt ihr bloß von euren Geschäften, wenn euch für nichts anderes Zeit bleibt?«
»Ich glaube, ich höre meine Frau reden«, sagte Otter.
»Und ich meine«, stimmte Vogtmann zu.
»Ja und? Was heißt das? Haben die Frauen nicht recht?«
»Immerhin sitzen wir jetzt mit Ihnen hier«, sagte Otter und trank ihr zu.
Sie griff nach ihrem Glas und lächelte, und auch Vogtmann bekam einen vertraulichen Seitenblick.
»Alle seid ihr gleich«, sagte sie. »Ich weiß schon, warum ich niemals heirate.«
»Hauptsache, Sie fühlen sich wohl bei uns, Gnädige.«
»Ich lasse niemanden in meine Seele blicken.«
»Wie schade. Da wird man ja richtig neugierig.«
»Das ist nur gerecht. Ihr habt ja auch eure Geheimnisse.«
»Geheimnisse? Wir?«
Otter sah Vogtmann an.
»Wir sind simple Geschäftsleute.«
»Ich halte Sie für einen internationalen Waffenhändler«, sagte Katrin.
»Nein, nein«, lächelte Otter, »so gefährlich bin ich nicht.«
Aber Vogtmann konnte ihm ansehen, daß er geschmeichelt war.
»So ganz falsch liegst du nicht«, sagte er zu Katrin. »Internationaler Händler stimmt jedenfalls.«
»Ich war schon immer gut im Beruferaten«, sagte Katrin. »Jetzt muß ich nur noch die Ware herausfinden.«
»Das unterliegt wirklich noch der Geheimhaltung«, sagte Otter. »Aber ich will Ihnen etwas zeigen.«
Wieder zog er seine Fotos hervor: die Rundblicke vom Mont Léopold über Kinshasa und den Stanley Pool, den alten Raddampfer vor dem Hintergrund des Urwaldes, die treibenden Wasserhyazinthen, die hockenden Negerfrauen neben den bunten Stapeln ihrer Keramikgefäße und eine palmenumsäumte Hotelausfahrt.

»Ist doch kein schlechter Schauplatz für einen Film? Was meinen Sie?«
»Wenn ich eine Rolle darin bekomme.«
»Das läßt sich vielleicht machen«, sagte Otter und hielt Vogtmann sein Glas entgegen. »Ich hoffe es.«
Wie, wenn alles nur ein Film wäre, dachte Vogtmann. Man sitzt im Dunkeln und sieht sich zu, und alles läuft immer weiter. Alles bewegt sich auf etwas zu, das man nicht kennt. Alle kennen sie die Regeln des Spiels, aber keiner den Inhalt, keiner den Sinn. Alle spielen sie ihre Rolle. Es ist noch das Beste, was man tun kann.
Alle schauten sie jetzt der hochpuffenden, bläulich leuchtenden Flamme zu, als der Ober die Früchte ihres Nachtischs flambierte.

Zwei Stunden später saßen sie im Kellergewölbe des Night-Clubs, etwas erhöht über der Tanzfläche, auf der sich die Paare drängten. Sie waren jetzt zu viert. Horst Reichenbach war dazugestoßen, von Vogtmann nach dem Essen aus der Bar geholt. Wirbel von Musik und Rauch umgaben sie. Die Stimmen waren lauter geworden, die Gesten ausgreifender, die Gesichter erhitzt. Sie diskutierten, sie stritten. Reichenbach hatte ein Geständnis gemacht. Er hatte die Fronten gewechselt und war nun stellvertretender Geschäftsführer bei einem Wohlfahrtsverband und gab einen linken Pressedienst heraus, schrieb darin die Trendartikel und Kommentare. Reden konnte er noch geläufiger als früher, wenn er jetzt auch das Gegenteil sagte, auf Grund neuer Einsichten, wie er behauptete, und nach langen Lernprozessen.
»›Lernprozesse‹ klingt gut«, sagte Vogtmann, »dann führ uns mal hin zu den Quellen deiner Weisheit.«
»Kennst du das Gedicht ›Fragen eines lesenden Arbeiters‹?« Reichenbach zitierte:

»Wer baute das siebentorige Theben?
In den Büchern stehen die Namen von Königen.

Haben die Könige die Felsbrocken herbeigeschleppt?«
»Also, wenn du mich fragst: ›nein‹«, lächelte Vogtmann.
»Aber ich hab's immer schon gewußt. Ich habe in der Pattbergschen Automatenhalle geschuftet, unter anderem. Von wem ist das Gedicht?«
»Von Brecht.«
»Natürlich!«
»Das ist jetzt wirklich kein Argument«, sagte Reichenbach.
»Heilige Kühe melken auch nicht.«
»Mir ist da etwas klargemacht worden, etwas Grundsätzliches.«
»Daß es Felsbrockenwälzer gibt? Das wissen wir doch alle. Und wenn du dich neuerdings um sie kümmerst, ist das sehr ehrenwert. Deswegen brauchst du noch kein Sozialist zu werden.«
»Du kannst nicht mehr rein privatistisch denken, Ulrich. Wir brauchen heute konstruktive soziale Konzepte. Der Markt allein schafft es nicht. Er ist nur noch Ideologie und heile Welt. Wir leben nicht im Biedermeier und nicht im Nachtwächterstaat, sondern in der permanenten Krise.«
»Private Interessen haben diese Gesellschaft nach dem Krieg aufgebaut. Vielleicht erinnerst du dich daran.«
»Meiner Meinung nach siehst du das falsch, Ulrich. Es gab nach dem Krieg eine gesellschaftliche Gesamtlage, die die Widersprüche überdeckt hat. Da waren der riesige Bedarf auf allen Gebieten und das ständige Wirtschaftswachstum. Für jeden ist dabei was abgefallen. Das Gesamtinteresse schien bei den Kapitalinteressen gut aufgehoben zu sein. Heute ist das nicht mehr der Fall. Die strukturellen Widersprüche werden immer größer. Die soziale Anpassung an den technologischen Fortschritt klappt nicht mehr.«
»Dein sogenanntes Gesamtinteresse beschert uns die Bürokratie und einen Haufen Faulenzer, die die Hand aufhalten.«
»Ich weiß auch nicht, was Sie unter Gesamtinteresse verstehen«, mischte sich Otter ein. »Ich habe meine Interessen, und Sie haben Ihre.«

»Aber wir leben doch in einer Welt.«
»Gott sei Dank noch nicht in einer einheitlichen.«
»Im Sozialismus läuft überhaupt nichts«, sagte Vogtmann. »Das ist historisch erwiesen. Diese Idee hat bankrott gemacht.«
»Ich weiß nicht, woher du deine Meinung hast.«
»Woher? Geh doch in den Ostblock! Schau dich in der Dritten Welt um. Hier, laß dir von Freund Otter über Afrika erzählen. Kollektivierung und Bürokratie zerstören jede Initiative und verstärken nur die Korruption. Meiner Meinung nach beruht der ganze Sozialismus auf einer falschen Idee vom Menschen.«
»Meinungen sind sowieso langweilig«, sagte Katrin, »kann denn keiner von euch tanzen?«
Alle taten sehr betroffen, daß sie Katrin gelangweilt hatten. Drei Männer, die diskutieren, und eine Dame, mit der niemand tanzt. Sagte das nicht alles über den Weltzustand?!
»Tanz du mal mit Herrn Otter«, sagte Vogtmann zu Katrin. »Ich mache inzwischen eine Gehirnwäsche bei meinem alten Freund. Eine freundschaftliche Umerziehung.«
Als sie alleine waren, sagte er: »Du trinkst noch Wein, du Sozialist?«
»Ich gebe es zu.«
»Wenigstens ehrlich bist du. Erinnerst du dich noch, wie du mir das Etikett deiner besten Flasche unter die Nase gehalten hast und ich nicht wußte, was ich damit sollte?«
»Nein. Aber du warst ein Trottel, das weiß ich noch.«
»Und du bist ein Verräter. Du hast unsere alte Religion des schöpferischen Egoismus verraten. Zur Strafe bist du fett geworden.«
»Smoke gets in your eyes«, sang der Sänger, ein uralter Schlager aus den Vierzigern, samtig weich und genießerisch langsam. Ein Slowfox, bei dem man sich näherkommt. Katrin war auf ihren hohen Absätzen ein wenig größer als Otter. Aber das machte nichts. Sie konnte sich anpassen, es fiel gar nicht auf.

»Wegen Ulrich muß ich diese hohen Absätze tragen, damit ich ihm wenigstens von unten in die Augen schauen kann. Bei uns geht das ohne Verrenkungen.«
»Sie haben wunderschöne Augen.«
»Wie nett Sie das sagen.«
»Stelle ich mich dumm an?«
»Nein, nein, ich mag das. Es ist so erholsam nach all dem Geschwätz.«
Sie schmiegte ihre Wange an seine, sanft und zärtlich.
»Welche Augenfarbe habe ich?«
»Oh, Sie bringen mich in Verlegenheit.«
Vogtmann klopfte Reichenbach auf die Schulter.
»Sozialist«, sagte er, »ausgerechnet du. Kannst du dich noch an meine Hochzeit erinnern? Die weißen Kutschen? Der alte Pattberg ist inzwischen tot.«
»Ich hab's gehört. Oder in der Zeitung gelesen. Bist du noch verheiratet mit Elisabeth?«
»Ja, bin ich.«
»Und wie geht's ihr?«
»Frag mich was Leichteres.«
Otter und Katrin kamen zum Tisch zurück. Und nun wollten alle trinken, alle gestanden, daß sie durstig waren. Und was hatten sie denn da? Veuve Cliquot aus Baron Rothschilds ehrwürdigen Kellergewölben, kein guter Grund zur Enthaltsamkeit. »Prost! Prost auf Freundschaft und Geschäft! Prost auf die allgemeine Wohlfahrt und alle fleißigen Arbeiter, die die Stadt Theben erbauten, warum nicht?«
»Prost auf die hinreißende Dame an unserem Tisch«, sagte Otter.
»Prost auf die Dritte Welt«, fügte Vogtmann hinzu.
Die Band spielte auf Otters Wunsch ein paar alte Louis Armstrong Songs, die er immer bestellte, wenn er hier war. Die Musiker kannten ihn, er ließ sie nie trocken spielen. Er war ein großzügiger Gast, dem man gerne ein paar Wünsche erfüllte.
»Louis Armstrong«, erklärte Otter, »ist für mich das gute alte

liebenswürdige Amerika. Damit bin ich aufgewachsen. Und dann, wer kam dann: Elvis Presley! Da haben Sie die ganze kulturelle Katastrophe. Aber heute abend bestimmen wir das Programm.«

»Oh, give me a kiss, to build a dream on«, sang der Bandleader, eine von Satchmos goldenen Nummern, wieder ein Slowfox. Katrin und Otter tanzten. Er war ein wenig steif. Aber mit ihr hatte er keine Schwierigkeiten, und so schob er sie herum. Als zweites Stück wollte der Sänger »I surrender dear« singen, auch ein Slowfox, gefühlvoll und schläfrig. Katrins nackter Arm lag um Otters Nacken, seine Hand zwischen ihren Schulterblättern. Ihre Augenfarbe war grüngrau. Sie blickte irgendwohin in die schummerige, lichterdurchflutete Luft.

»Wo sind all die Jahre geblieben?« sagte Vogtmann.

Reichenbach fragte sich das auch. Sie hatten sich verziehen. Sie waren sich wieder einig. Was Menschen redeten und dachten, war nicht so wichtig. Hauptsache, man lebte.

»Hoch die Tassen, auch wenn's Sektkelche sind«, sagte Reichenbach.

Sie lachten.

Und Otter hielt Katrin im Arm, ihre kühle, kosige Geschmeidigkeit, ihre schleppenden Schritte, in die er hineinging wie in eine süße Falle. Der Sänger ahmte Satchmos rauchige Stimme nach, ein anderer Musiker das gedehnte Strahlen der Trompete. »Deep down in my heart I surrender dear«, sang der Sänger über die verschlungenen Paare hinweg, die sich immer ähnlicher wurden. Der Ober stellte eine neue Flasche in den Eiskühler, ging mit der leeren weg.

»Hoch die Tassen, auch wenn wir sie nicht mehr alle im Schrank haben!«

Sie lachten. Sie glaubten, sich zu verstehen.

»Macht ihr demnächst die sensationellen Geschäfte zusammen?«fragte Katrin.

»Vielleicht. Ich hoffe.«

Sie schmiegte sich wieder an ihn.

»Das ist gut«, sagte sie. »Sehr gut sogar.«
»Was erwarten Sie sich davon, Katrin?«
»Ich möchte Kinshasa sehen. Kinshasa sehen und dann sterben.« Ein glucksendes Lachen lief durch sie hindurch.
»Take you my life, my love, my own«, sang der Sänger.
»Er singt wirklich gut«, sagte Otter.
»Wirklich. Wirklich. Ich mag die Wirklichkeit nicht.«
»Was sonst, Katrin? Verraten Sie es mir?«
Sie biß ihn zärtlich ins Ohr.
»Das da zum Beispiel.«
Und wahrhaftig, sie machte es wieder, daß es ihn wohlig überlief.
»Das da will ich haben.«
Nagende Schneidezähne, weiche Lippen. Sie ließ sich so eng von ihm halten, wie er nur wollte, ließ sich von ihm in die abgelegene Ecke der Tanzfläche führen, wo er sie ganz für sich hatte.
»Bogie«, flüsterte sie, »ich bin beschwipst. Sie dürfen mich nicht ernst nehmen.«
Wieder spürte er die leisen Erschütterungen ihres lautlosen Lachens.

Gegen Morgen kamen Vogtmann und Katrin in ihr Zimmer zurück. Reichenbach, der in einem anderen Teil des Hotels wohnte, hatte sich verabschiedet, Otter hatte sie bis zu ihrer Zimmertür gebracht, und bis zuletzt war Katrin gesprächig und lebhaft gewesen. Jetzt, als Vogtmann die Tür abschloß, ließ sie sich in einen Sessel sinken und fiel in sich zusammen.
»Ich kann nicht mehr, Ulrich. Bin völlig erschöpft. O Gott, meine Haare, alles riecht nach Rauch!«
Er zog seine Schuhe, seine Jacke, seinen Schlips aus und begann sein Hemd aufzuknöpfen. Sie rührte sich nicht, gähnte nur mit einer piepsigen Stimme. Die Schuhe hatte sie abgestreift, was sie hilflos und verbraucht aussehen ließ und sogar banal.

»Dieser Horst Reichenbach ist ja ein schrecklicher Mensch«, sagte sie. »Aber du scheinst dich gut mit ihm unterhalten zu haben.«

»Nicht so gut wie du.«

»Bist du böse, daß ich mit Otter geflirtet habe? Ich habe gedacht, du willst es, weil er so wichtig für dich ist.«

»Du bist witzig«, sagte er, »Hauptsache, es hat dir Spaß gemacht.«

»Ein bißchen «, sagte sie, »weil er so unbeholfen und steif ist. Er hat nicht viel Erfahrung mit Frauen.«

Sie gähnte, mit dem Handrücken vor dem Mund, steckte ihm kraftlos ihre Hand entgegen.

»Hilf mir hoch, sonst muß ich im Sitzen schlafen.«

Er zog sie aus dem Sessel und begann sie auszuziehen, wunderte sich wieder über ihre zarte Schlankheit, die ihm fast ein wenig ärmlich erschien wie ihre kleine, klägliche, erschöpfte Stimme. »Du, Liebling, laß uns noch zusammen unter die Dusche gehen. Dann schläft man besser. Aber wir machen nichts mehr. Ich bin viel zu müde.«

Sie schlüpfte vor ihm ins Bett. Als er sie an sich zog, sträubte sie sich ein wenig.

»Sei fair, Ulrich, bitte.«

Doch dann merkte sie beruhigt, wie gleichgültig sein Arm war, und legte ihren Kopf darauf. Ihre Hand lag matt und kindlich auf seiner Brust.

»Es muß doch irre sein, nach Kinshasa zu fliegen und sich von einer ganzen Garde von Negern bedienen zu lassen.«

»Möglich«, sagte er.

»Machen wir das einmal, Schatz, wenn deine Geschäfte mit Otter laufen?«

»Ich weiß nicht. Ich weiß nicht, ob was daraus wird.«

Sie seufzte und streckte ihre Beine aus. Nach einer Weile glaubte er, sie schliefe. Aber sie sagte mit einer kleinen schläfrigen Stimme, die noch einmal aus der Benommenheit auftauchte:

»Schauen wir uns heute die Mäntel an?«

»Sicher. Aber erst schlafen wir aus.«
»O ja«, gähnte sie und hob, schon halb im Schlaf, ihren Kopf, damit er seinen Arm darunter hervorziehen konnte.
Er konnte nicht zur Ruhe kommen. Nach einer Weile schob er die Decke beiseite und ging zum Fenster, spähte durch den Vorhang. Es regnete. Der See war undeutlich zu erkennen als ein dunkles wäßriges Glänzen. Nasse Schwärze, auf der einige verstreute Lichter schwammen.
Neunhundertsechzigtausend Giftampullen in seefesten Transportkisten verpackt hatte Otter an einem geheimen Ort eingelagert. Wieviel mochte das sein? Eine ganze Halle voll? Ob er den Inhalt der Kisten überhaupt deklariert hatte? Wahrscheinlich nicht, um lästigen Schutzbestimmungen zu entgehen. Das Gift war eine furchtbare Waffe, wenn es jemandem in die Hände fiel, der es als Waffe gebrauchen wollte. Aber das war nicht seine Sorge, noch jedenfalls nicht. Er hatte die vier Wechsel an den Mann gebracht. Das war es, was er heute hatte erreichen wollen, den ganzen Wahnsinn brauchte er nicht mitzumachen.
Warum war er so unruhig? Todmüde und unruhig, unfähig zu schlafen. Aber wenn er jetzt noch eine Schlaftablette nahm, würde er in ein paar Stunden nicht hochkommen und nicht mit Katrin frühstücken können. Besser war es, nicht zu schlafen und sich im Liegen etwas auszuruhen. Er ging zum Bett zurück und kroch unter die Decke. Mit einer unbewußten Abwehrbewegung drehte sich Katrin von ihm fort. Sein Herz klopfte immer noch viel zu schnell, und er konnte nicht richtig atmen. Das mußte an dem vielen Champagner liegen. Oder war es etwas anderes? War es diese heimliche, grundlose Angst, die ihn manchmal beschlich, diese Angst, in einem falschen Leben zu stecken, die er immer schon empfunden hatte und die ihn auch jetzt noch heimsuchte, in Augenblikken, in denen er sich unsicher fühlte? Nein, nein, es war nur das Herz, das seine Arbeit nicht richtig schaffte und sich plötzlich zu verstolpern schien, es war die Pumpe, die ihm angst machte. Er setzte sich auf, um besser atmen zu können.

Sein Kopf hing vornüber, und sein Gesicht stand voller Schweiß. Was war das? Das ließ nicht nach. Sollte er Katrin wecken? Konnte sie ihm helfen? Nein, so sollte sie ihn nicht sehen. Wenn Elisabeth da wäre, dachte er vage, Elisabeth, was phantasierte er da? Er schämte sich wegen dieses Hilferufes, aber in seinem Inneren hielt er daran fest. Hilf mir, hilf mir! Es wird ja schon besser, sagte er sich, es wird schon besser. O nein, es kam wieder, eine neue Woge von Angst. Und kalter Schweiß, der ihm über das Gesicht rann. Wie erbärmlich war das. Er mußte den Mund aufreißen, um Luft zu bekommen. Vielleicht mußte er sich wieder hinlegen, vorsichtig, weil er so schwach war und sein Herz so rasend schlug. Nein, auch das war nicht gut, auch das nicht. Wie konnte er sich helfen? Die Dunkelheit des Zimmers wurde noch dunkler und dichter. In seinen Armen war gar keine Kraft.

9. Schwarze Löcher

Der Nachthimmel war ungleichmäßig bewölkt, meistens verhangen von dichten durchziehenden Wolkenfeldern, aus denen es ohne Unterbrechung regnete, dann wieder aufgerissen zu Durchblicken auf die Punktlichter der Sterne. Knapp über der obersten Wolkendecke flog ein Flugzeug mit roten Signallichtern an den Enden der Tragflächen und dem Seitenleitwerk. Es verschwand in herantreibenden Wolkengebirgen und tauchte wieder auf, und jedesmal war über ihm und in der Fensterfront der Pilotenkanzel die dunkle Unendlichkeit des Himmels mit dem Lichtgesprühe der Milchstraße.

Auch auf der Erde gab es Lichter, die die ganze Nacht brannten, rote Warnlichter an Brücken, Fernsehtürmen, Kirchturmspitzen, Hochhäusern und hohen Schornsteinen, blasse, flächenhafte Beleuchtungen von Lagerhöfen und Industrieanlagen und die Straßenbeleuchtungen der Städte, die sich von den Lichtnestern der Cities als unregelmäßige Netze zu fernen Haltepunkten nach außen spannten. Das Land zwischen den Städten und Ortschaften erschien gleichmäßig glatt und dunkel. Flüsse durchzogen es mit ihrer schiefrigen Schwärze, und die Muskelzüge der Gebirge buckelten sich hervor. Auf den Autobahnen und Bahnstrecken, die unerkennbar blieben, krochen vereinzelte winzige Lichtpunkte und kleine Lichtraupen den glitzernden Fangnetzen der Städte zu oder umwanderten sie auf weiten, ausgebeulten Kreisbahnen. Hier und dort zeigte sich in der Nähe der großen Städte die gelb, blau und rot befeuerte Geometrie der Start– und Landebahnen eines Flughafens, und an den Küsten drehten sich pausenlos die Lichtbalken der Leuchttürme.

Es war eigentlich seltsam, daß die Menschen vor der Nacht nicht mehr erschraken, weil sie entweder schliefen oder ihre kleinen künstlichen Lichter hatten, bei denen sie die Zeit überdauerten, die die Erde brauchte, um eine halbe Drehung um ihre Achse zu machen, bis am Horizont – wie es hieß – die Sonne aufging und es wieder Tag wurde. Oder war vielleicht das noch erschreckender: – diese ungeheure Lichtkugel, die ein geballter atomarer Feuersturm war, vor dem uns nur seine riesige Entfernung schützte?
Noch immer las Christoph. Manchmal hob er den Kopf, blinzelte, rieb sich die Augen und las weiter. Dieses Buch über die Schwarzen Löcher im Weltall hatte er am Nachmittag aus der Stadtbücherei entliehen, aber erst kurz vor dem Zubettgehen aufgeschlagen, um ein wenig darin zu blättern. Stunden später war ihm bewußt geworden, daß er immer noch las. Das Buch hatte seinen Verstand weit aufgerissen und stürzte sich mit immer neuen Bildern hinein, und es war unmöglich, es abzuwehren.

Aber konnte man noch leben? Mußte man nicht aufhören mit allem? Einen Moment schloß er die Augen und hörte undeutlich das Flugzeug, das durch die oberste Wolkendecke herabstieß und zu einem Landeflug ansetzte.
Alles verschwindet, dachte er, alles wird verschluckt von der Finsternis. Er sah den Film der rückwärts laufenden Zeit. Alle Bewegungen kehrten sich um, und aus unvorstellbaren Fernen trieben die Sternwolken aufeinander zu und preßten sich zusammen zu einem einzigen Materie-Ei. Das war vor fünfzehn Milliarden Jahren. Nun lief der Film wieder vorwärts. Das Ei explodierte, und der Kosmos entstand. Rotierende Wolken von kosmischem Gas zogen sich langsam zu riesigen Sternen zusammen, die sich unter dem wachsenden Druck ihrer Masse erhitzten und zu leuchten begannen. Um sie herum, eingefangen von ihrer gewaltigen Schwerkraft, kreisten kleinere, tote Himmelskörper, die Planeten. Es gab

Sterne, die fünfzig- bis hundertfach mehr Masse hatten als die Sonne, und viele dieser Übersonnen hatten sich irgendwann in einer gewaltigen Verpuffung ihrer Energien auf das Vielfache ihres Umfanges zu einem roten Riesenstern aufgebläht und waren dann kraftlos immer weiter in sich zusammengesunken. Die Schwerkraft hatte die ausgebrannte Kernkraft überrannt, und die Materie war immer dichter zusammengepreßt worden, so unvorstellbar dicht, daß nicht einmal mehr das Licht ihr entweichen konnte. Am Ende des Prozesses war ein Schwarzes Loch entstanden, ein Grab der kosmischen Materie, das alles, was in sein Schwerefeld geriet, in seine Dunkelheit hineinriß und zunichte machte. Manchmal fingen die Astronomen mit ihren Radioteleskopen aus den Fernen des Weltraums geheimnisvolle Röntgenstrahlen auf. Das konnte der Todesschrei von sterbender Materie sein, die von einem Schwarzen Loch verschlungen wurde, ein Signal, daß im Universum die unaufhaltsame Arbeit des Todes immer weiter fortschritt. Denn je mehr Materie die Schwarzen Löcher verschlangen, um so gewaltiger wurde ihre Anziehungskraft. Und da aus jedem sterbenden Stern ein neues Schwarzes Loch entstehen konnte, mußte man annehmen, daß alle Sternhaufen und Galaxien schon von solchen unsichtbaren Gräbern durchsetzt waren, die dauernd mehr von der strahlenden Sternmaterie in sich zerpreßten. Am Ende konnte ihnen vielleicht nichts mehr entgehen, und alles mußte zu einem einzigen Kollapsdunkel zusammenstürzen.

Christoph schauderte bei diesem Gedanken. Aber war die andere Vorstellung besser, daß das Weltall ewig und unaufhaltsam auseinanderflog und sich immer weiter im Raum verdünnte? War es nicht vielleicht besser so, wie der Autor vorschlug, daß die Schwarzen Löcher die Aufgabe hatten, den Prozeß der endlosen Zerstreuung umzukehren und die auseinanderfliegende Materie einzusammeln und wieder zu einem kosmischen Ei zusammenzupressen?

Vielleicht war das das Ende: die ewige Stille und Finsternis der totalen Kontraktion. Es konnte aber auch sein, daß sich

im Inneren des Eis unter dem ungeheuren Massendruck das kosmische Feuer wieder entzündete und die zusammengeballte Materie zu einem neuen Weltall auseinandersprengte. Alles wäre dann ein einziges Pulsen. Nach achtzig Milliarden Jahren würde immer wieder alles von neuem anfangen, auch die Geschichte des Lebens. Irgendwo in den wachsenden Fernen der neuen Sonnensysteme würden vermutlich nach langen Wegen und Irrwegen der Evolution für eine flüchtige Weltsekunde wieder intelligente Wesen entstehen, die fähig waren, das gigantische kosmische Feuerwerk um sich herum zu begreifen und ihre nichtige und hoffnungslose Lage darin zu erkennen, um fast sofort wieder zu erlöschen.
Er legte das Buch weg, schwindelig, als trete er von einem Abgrund zurück. Der Autor hatte zum Schluß nur noch in Hypothesen gesprochen und den Gedanken erwogen, daß es möglicherweise unbegrenzt viele Universen nebeneinander gäbe, und einen Augenblick lang hatte Christoph ein algenhaftes Wesen aus unzähligen pulsenden Blasen gesehen. So sieht Gott aus, hatte er gedacht. Aber sein Verstand war ins Straucheln geraten. Er hatte Angst bekommen und hatte sich gewaltsam von dem Buch gelöst.

Noch war die Nacht nicht zu Ende. Der Saum der Morgendämmerung, eine erste Welle grauen Lichts, die von Osten nach Westen wanderte, war noch viele tausend Kilometer entfernt. Wie eine Gegenströmung von Dunkelheit zogen die regnenden Wolken dem kommenden Licht entgegen. Sie würden es nicht aufhalten, aber es den ganzen Tag zu einem trüben Grau verdunkeln.
Christoph schlief nicht, obwohl er taumelig vor Müdigkeit war und in knapp drei Stunden wieder aufstehen mußte. Das Buch hatte ihn überwältigt und aufgewühlt, doch er konnte es schon nicht mehr richtig fassen und fühlte sich niedergeschlagen und leer. Das ging ihm oft so. Er las und las, und dann war das Buch zu Ende, und er wußte nicht mehr, wie er leben

sollte. Wie machten das andere? Wie hielten sie das Leben aus? Nein, er wollte nicht nach anderen fragen. Er mußte versuchen, er selbst zu sein. Er mußte, er wollte... Immer sagte er sich das in der letzten Zeit. Um so mehr spürte er, wie er schwankte. Das Buch hatte ihm gezeigt, wie verloren alle waren auf diesem Stäubchen im Abgrund, das die Menschheit bewohnte, und das zu wissen hatte ihn mit kaltem Stolz erfüllt. Doch das Gefühl war schon zerronnen, er fand es nicht mehr. Jeder hatte nur sein eigenes kleines Leben, so sinnlos und bodenlos. Und überall saß es, das Verschwinderische. Ja, er konnte es jetzt benennen, was er manchmal in Gesprächen mit anderen Menschen empfand oder wenn er einen Streit seiner Eltern im Nebenzimmer belauschte oder auch jetzt, während er mit der Hand über die Falten seiner Decke strich. Es war das Verschwinderische, der Sog des Schwarzen Lochs. Auch er selbst war ein Schwarzes Loch. Konnte er einschlafen, wenn er sich das vorsagte? Was fehlte ihm? Was suchte er? Wovor hatte er Angst?
Die Lichtwoge des neuen Morgens schoß vorwärts und überrollte das Land fast doppelt so schnell wie der Schall. Doch bevor sie eintraf, gingen jetzt im Herbst für kurze Zeit überall die künstlichen Lichter an, mit denen die Menschen ihre Wohnungen und Arbeitsstätten beleuchteten. Ein filigranes Lichtmuster überzog das Land, wurde dichter, prangender und begann zu verblassen, weil die Dämmerung hereinbrach und alles mit ihrem milchigen Licht überschwemmte, das nun überall war und immer heller wurde, das das Land öffnete und wieder seine Formen und Farben erschuf, das die Wolkenfelder zu überstrahlen begann und das Licht der Sterne unsichtbar machte, und nun erloschen auch die Lichter in den Häusern und Straßen und Fahrzeugen auf der Erde. Es war Tag.

Elisabeth knipste die Hängelampe über dem runden Tisch aus und stellte Geschirr und Frühstücksreste aufs Tablett, um sie

in die Küche zu tragen. In der Küche brannte noch Licht, das sie mit dem Ellbogen ausschaltete, bevor sie das Tablett auf der Anrichte zwischen Herd und Spüle absetzte. Mit sparsamen, mechanischen Bewegungen räumte sie die Butter, die Milch, die Wurst, den Zucker, die beiden Marmeladendosen, den Brotkorb und die Cornflakes in den Kühlschrank und Küchenschrank ein, ließ Wasser über die beschmierten Messer laufen, kratzte die Reste der Cornflakes aus Christophs Napf in den Mülleimer und stellte ihn zusammen mit dem anderen Geschirr in die Spülmaschine und war, wie häufig in letzter Zeit, nach diesen kleinen bewußtlosen Tätigkeiten einen Moment abwesend, als wüßte sie nicht weiter.
Sie brauchte auch nicht weiter. In einer Stunde würde Frau Drahn kommen und das Haus in Ordnung bringen, Frau Drahn, die seit Jahren dreimal wöchentlich kam, die wußte, wo alles stand, der sie nichts mehr zu sagen brauchte und für die es auch nicht genug zu tun gab.
Aber wenn Frau Drahn nicht mehr käme, was dann? Würde sie dann hier allmählich verkommen?
Seit Ulrich die meiste Zeit in München war, hatte sie morgens manchmal keine Lust mehr, sich anzuziehen. Sie trödelte im Morgenmantel in der Wohnung herum, hörte Radio, rauchte und brachte nichts zustande. Nur kurz bevor Christoph aus der Schule kam, raffte sie sich auf und kochte ein eiliges Mittagessen, briet Eier, machte einen Salat zurecht, öffnete eine Dose, legte Brot dazu, nahm zwei Becher Joghurt aus dem Kühlschrank, und wenn sie endlich Christoph am Tisch gegenübersaß, mußte sie meistens wieder aufstehen, weil sie irgend etwas vergessen hatte. Dann, wie jetzt, merkte sie, daß sie grundlos erschöpft war, und saß einen Augenblick still, wie festgeklebt, auf dem Stuhl, ehe sie sich aufraffte, um wieder in die Küche zu gehen und den Salzstreuer, einen Löffel oder das Salatbesteck zu holen. Christoph stand nie auf, wenn sie ihn nicht darum bat, und ihr fehlte die Kraft, gegen seine kalte Verdrossenheit anzugehen und seine Abweisung zu durchbrechen. Sie hatte keine Ahnung, was mit

ihm los war. Er zog sich immer mehr von ihr zurück, aber er hatte auch keine Freunde. Vorhin hatte sie schon Hemmungen gehabt, an seine Tür zu klopfen, weil er offenbar verschlafen hatte. Mürrisch, bleich und verquollen war er kurz danach erschienen und hatte sich an den Tisch gesetzt, um hastig seine Cornflakes zu löffeln. Er sah völlig unausgeschlafen aus, und es war klar, daß er zu spät zur Schule kommen würde. Aber sie hatte nichts zu sagen gewagt, und plötzlich hatte er den Stuhl zurückgeschoben, daß er fast umfiel, und war mit einem gemurmelten Gruß verschwunden.

Alles entglitt ihr, der Mann, der Sohn, ihre Beziehung zu ihrer Schwester, vor allem kam sie sich selbst abhanden. Alles war so starr und trocken in ihr, so dünn, so wesenlos, sogar die Angst. Ihre Angst, daß dieses Entgleiten immer weiterging, war eingehüllt von Gleichgültigkeit. Auch ihre Traurigkeit empfand sie nicht richtig, weil die Gleichgültigkeit stärker war. Nur morgens, wenn sie aufwachte, überwältigten sie die Angst und die Trauer, und dann konnte sie etwas Flehendes sagen, allerdings tonlos, weil ohnehin niemand da war, der es hören konnte: Komm, hilf mir, laß mich nicht allein! Wenn sie sich aber fragte, wer gemeint sein könnte, begann sie den Kopf zu schütteln, schlug ihn hin und her, um sich den Gedanken aus dem Kopf zu schlagen, und lag schließlich still da, hoffnungslos.

Tagsüber war es nicht so schlimm, und der Nachmittag war meistens besser als der Morgen. Sie beschäftigte sich, fuhr manchmal mit einer Einkaufsliste in die Stadt, ging bei Jutta vorbei, obwohl zwischen ihnen seit dem Verkauf des Parks eine unsichtbare Wand stand. Der einzige Lichtblick in ihrem Leben waren ihre beiden neuen Nachbarn, Fritz und Almut Wagner, mit denen sie in letzter Zeit häufiger Kontakt hatte. Fritz Wagner war Professor für Sinologie gewesen und nach einem schweren Autounfall blind. Seine Schwester Almut lebte bei ihm und versorgte ihn. Sie waren beide so um die Sechzig. Aber Almut, die täglich Yogaübungen machte, wirkte trotz ihrer eisgrauen Haare und ihres zergerbten bräunlichen Indianergesichtes viel jünger als ihr Bruder, der eine milde, versonnene Ruhe ausstrahlte. Es war wohltuend, in ihrer Nähe zu sein, und oft dachte sie, daß sie bei ihnen Rat finden könnte, obwohl sie bis jetzt vermieden hatte, etwas von sich zu erzählen.

Nein, sie wollte ihr Leben nicht anderen Leuten aufbürden, die ganze Unordnung, die Widersprüche. Sie mußte das alles selbst ordnen, sie mußte sich zusammennehmen.

Mit einem Lappen ging sie ins Eßzimmer, wischte Brot- und Zuckerkrümel vom Tisch in ihre hohle Hand und trug sie zum Mülleimer. Im Briefkastenschlitz der Haustür steckte die Zeitung. Sie zog sie heraus und ging in den großen Wohnraum, um die Vorhänge zum Garten aufzuziehen. Bessie kam angewedelt. Sie ließ sie herein und klopfte ihr das nasse, stark riechende Rückenfell. Nebenan war niemand zu sehen. Vielleicht saßen Wagners beim Frühstück, und Almut las ihrem Bruder etwas aus der Zeitung vor. Was gab es heute? Schlacht zwischen Demonstranten und Polizei auf dem Bauplatz des Atomkraftwerkes in Brokdorf. Das hatte sie gestern abend schon im Fernsehen gesehen. Sie wußte nicht, wer recht hatte, oder vielmehr, was richtig war. Sie konnte sich auch nicht dafür interessieren. Der Vortragende im Lionsclub hatte gesagt, daß die Risiken der Atomkraftwerke überschätzt würden. Auch Ulrich hatte in der Diskussion Stellung bezogen, aber sie wußte nicht mehr, was er gesagt hatte. Wie sie ihn kannte, hatte er irgend etwas Beliebiges gesagt, irgendeine zufällige Meinung.

Sie setzte sich, blätterte in der Zeitung, rauchte, versuchte, sich einen Plan für den Tag zu machen, sah Fritz Wagner auf die Terrasse treten und wieder ins Haus gehen. Dann schrak sie zusammen, weil Frau Drahn geklingelt hatte, und ging rasch zur Tür.

»Bitte entschuldigen Sie«, sagte sie, »ich bin noch gar nicht angezogen.«

»Macht doch nichts.«

Frau Drahn zog ihren Mantel aus, ihre Stiefel.
»Was ist eigentlich im Park bei der Villa los?« fragte sie. »Die sägen anscheinend die Bäume um.«

»Aber das hast du doch gewußt«, sagte Vogtmann mit erzwungener Geduld, während Elisabeths erregte Stimme aus dem Hörer sprach, als säße darin eine gefangene Seele, die einen verzweifelten und vergeblichen Appell in die Welt schickte.
»Du hast es selbst besiegelt, als du beim Notar unterschrieben hast. Damals ist die Entscheidung gefallen. Oder vorher, als wir zusammen mit deinen Geschwistern und mit Andreas ausführlich über alles gesprochen haben. Damals hast du doch zugestimmt.«
Sie sprach weiter, mutlos, die Stimme kam ihm kleiner vor, kleinlaut und nach Trost verlangend.
»Ich verstehe dich ja«, sagte er, »ich bedauere das auch. Es bleiben noch viele Bäume stehen. Die Zeder zum Beispiel, das habe ich mit Andreas besprochen. Ja«, sagte er, »ja. In zwei Tagen komme ich nach Hause und bleibe bis Anfang nächster Woche. Hier ist alles in Ordnung bis auf Kleinigkeiten. Ich erzähl's dir, wenn ich da bin. Ich komme schon zum Mittagessen, weil ich nachmittags noch Termine habe. Ich fahre ganz früh los. Und beruhige dich. Geh am besten nicht hin.«
Er legte auf, sah Kirchmair an, der vor ihm mit ausdruckslosem Gesicht in seinem Sessel saß.
»Entschuldigung«, sagte er, »das war meine Frau.«
Kirchmair nickte. Er saß abwartend da wie jemand, der bereit war, sich zu verteidigen. Zwischen ihnen glänzte matt die große Schreibtischplatte mit der flammenden Maserung. Die neue Lampe stand darauf, die nur ein rechter Winkel mit einem Leuchtarm war. Er hatte sich an diese Lampe noch nicht gewöhnen können. Die Lampe war eine typische Designer-Idee, ein modernistischer Blödsinn, zu dem er sich hatte verführen lassen, obwohl das ja nicht schlimm war, kein

Grund zur Aufregung. Alles hier reizte ihn jetzt, aber er mußte ruhig bleiben und herausbekommen, was lief. Was sollte er von Kirchmair halten? Hatte Urban ihn damals eingeweiht, bevor Kirchmair ihn im Hotel angerufen hatte und sie dann beide gekommen waren, um mit ihm essen zu gehen? Er glaubte es eigentlich nicht. Aber das Verrückte war, daß gerade Kirchmair ihn damals heiß gemacht hatte mit seinem Anruf, und wenn er schon nicht in Urbans Auftrag gehandelt hatte, so hatte er sehr wirkungsvoll in seinem Interesse agiert.

Doch das war alles unwichtig. Er konnte jetzt ruhig davon ausgehen, daß Kirchmair auf seiner Seite stand und sie beide damals die Getäuschten waren, Kirchmair als unfreiwilliger Lockvogel und er als derjenige, der begeistert in die Falle ging. Und Lothar war schuld, der sich auch hatte täuschen lassen, als er die Bücher prüfte, obwohl, auch das mußte er zugeben, man nicht prüfen konnte, was nicht in den Büchern stand, es sei denn, die Abschlagzahlungen hätten ihn auf die Spur setzen müssen, die Akontozahlungen an die beiden Agenturen, die nun überraschend ihre Rechnungen auf den Tisch legten.

»Können Sie das bestätigen?« fragte er. »Ist diese riesige Werbung gemacht worden?«

»Regelmäßig große Anzeigen in allen lokalen Zeitungen, daran erinnere ich mich.«

»Aber davon steht nichts in den Büchern. Außer diesen Akontozahlungen, die in den Rechnungen der Agenturen auch berücksichtigt sind.«

»Ich kann es mir nicht vorstellen«, sagte Kirchmair.

»Doch, ich kann es mir vorstellen«, sagte Vogtmann.

Er wählte Urbans Nummer. Wieder ertönte die Stimme des automatischen Anrufbeantworters: »Kein Anschluß unter dieser Nummer.«

Er hörte es zweimal. Es war die Stimme des Unglücks, kalt, gleichgültig, unabänderlich. Er hielt Kirchmair den Hörer hin.

»Hören Sie sich das an. Der Herr läßt sich empfehlen. Natürlich weiß er warum. Oder was denken Sie?«

Seit Stunden fielen im Pattbergschen Park die Bäume, und von einem der Fenster an der Gartenseite der Villa aus gesehen war ihr Niederstürzen – einer nach dem anderen –,das die innere Wiese des Parks allmählich mit Baumleichen füllte, eine gespenstische Pantomime, die noch immer die Unwahrscheinlichkeit einer Einbildung hatte. Doch geschah nur, was angekündigt war. Vor fünf Tagen waren, von niemandem beachtet, zwei Männer mit einem Plan in der Hand durch den Park gegangen und hatten alle Bäume, die gefällt werden sollten, mit roter Farbe markiert. Und heute in der Frühe war das Exekutionskommando erschienen, acht graugrün gekleidete Männer in Windjacken und Gummistiefeln, die von einem Lastwagen stiegen, ihre Geräte abluden und sich nach einer kurzen Besichtigung des Geländes verteilten und an die Arbeit machten.
Sie setzten die knatternden Motoren ihrer Sägen in Gang, und das heisere Kreischen und rauhe Preschen begann, mit dem sich die Sägeketten in gleichmütiger Raserei durch das Holz der Buchen und Eichen, der Kastanien und Ahorne und Platanen, der Eschen und der japanischen Trompetenbäume fraßen. Auf der Seite, nach der der Baum fallen sollte, schnitten sie kurz über dem Wurzelansatz eine Kerbe in den Stamm. Dann trugen zwei Mann die große Baumsäge auf der anderen Seite an den Stamm heran und schnitten glatt und gleichmäßig durch die Rinde und das nach innen fester werdende Holz und die Verschattungen der vielen Jahresringe auf die Kerbe zu. Scheinbar ohne auf Widerstand zu treffen, tauchte die Säge in den Stamm ein. Wenn sie sich im harten Kernholz verklemmte, fiel die Tourenzahl des Motors zu einem tiefen Knurren ab, doch die gezahnte Sägekette fraß sich schnell wieder frei, und ihr sausender Umlauf riß sprühende Fahnen von duftendem Holzmehl aus der Schnittwunde und puderte

damit den Boden. Kurz bevor der Schnitt die Kerbe erreichte, wurde die Säge zurückgezogen. Noch immer stand der Baum ruhig da, wie unberührt, und ließ die Axthiebe über sich ergehen, die über dem Einschnitt ein Stück des Stammes abbeilten, damit eine Auflage für den Keil entstand, der von wuchtigen Hieben mit der stumpfen Seite der Axt in den Stamm getrieben wurde.

Und nun begann der Baum zu knarren und zu ächzen. Seine Krone erschauerte, erbebte bis in alle Zweigspitzen. Langsam neigte er sich zur Seite, nicht so, als füge er sich einer fremden Gewalt, sondern als ergebe er sich allmählich der wachsenden eigenen Ohnmacht, einer Umnachtung seines Lebenssinnes, die ihn unwiderstehlich ergriff, und plötzlich, mit einem dumpfen Bersten im Inneren seines Stammes, stürzte er und schlug krachend, knackend und splitternd mit seiner Krone auf den Boden auf. Die federnde Spannung seiner Äste drehte ihn ein Stück zur Seite, als suche sich der Baum eine ruhige Lage aus. Einen Augenblick war es still. Wo seine Krone in den Himmel geragt hatte, war eine graue Leere entstanden. Am Boden lag das sperrige Dickicht seiner Äste und zerbrochenen Zweige. Auch gestürzt behielt der Baum seine Würde. Er brauchte Platz für seine Länge, sein ausladendes Geäst, und noch immer konnte man seine Gestalt, seinen Wuchs bewundern. Noch immer, auch in seiner tödlichen Verletzung, wirkte er unnahbar.

Nun ließen zwei Holzfäller die Motoren ihrer tragbaren Einmannsägen an und drangen mit auf- und abjaulenden kurzen Schneidegeräuschen in das Geäst der Krone ein. Sie schnitten zuerst die äußeren Verzweigungen weg, an denen noch das restliche Herbstlaub zitterte. Es war das biegsame, sprossende Jungholz, mit dem der Baum den Wind empfangen und durchfächert hatte. Es fiel zu Boden wie wertloser Plunder und wurde von anderen Arbeitern weggezerrt, während die Schneidegeräusche rauher und länger wurden, weil die Sägen ans festere Holz der Äste kamen. Sie vereinfachten den Baum rasch zu einem starren, zinkenartig ausgewucherten Gebilde,

das zunächst wie ein bizarres, riesenhaftes Geweih, dann wie eine stumpfe Forke aussah. Zum Schluß blieben ihm noch stummelhafte Arme, die in wilder schmerzhafter Gebärde aus dem Leib des Stammes herausragten und dicht am Stamm amputiert wurden.
Die Arbeiter schlugen ihre scharfen Krampen ins Holz und zogen die abgesägten Äste zur Seite, und das kahle Rundholz blieb liegen, wie überwältigt und beraubt. Bald würde es mit Ketten gefesselt und von der Seilwinde auf den Langholztransporter des Sägewerks verladen werden. Dort würde der Stamm durch ein automatisches Sägegatter fahren und als eine Lage von Brettern gleichmäßiger Dicke wieder zum Vorschein kommen, und er würde weiterwandern durch die heißen Luftströme der Trockenanlage, das Sirren und Schreien der Kreissägen und den rollenden Takt der Hobelautomaten und immer unkenntlicher und materieller werden, als durchliefe er eine ausgeklügelte, fanatisch arbeitende Maschinerie zur Vernichtung der Erinnerung.

Zärtlich, wie eine beruhigende Gewißheit, streichelte Rudolf den glatten Nußbaumschaft des Jagdgewehres, betastete die feinkörnige, handgeschnittene Fischhaut am Pistolgriff und am Vorderschaft, die elegante Arabeskengravur des Systemkastens. Es war die Sauer 54, die Lieblingspirschwaffe seines Vaters, die er sogar der Winchester und der Krieghoff vorgezogen hatte, vielleicht weil sie mehr als die modernen Waffen seinen Schönheitssinn befriedigt hatte. Seit dem frühen Morgen saß er hier am Fenster und sah der Zerstörung des Parks zu, und als könnte ihm das helfen, hatte er die Büchse aus dem Waffenschrank genommen und quer über seinen Schoß gelegt. Manchmal hob er sie mit dem Kolben an die Wange und legte auf einen der Arbeiter an, betrachtete einen der fremden Männerköpfe im Zielfernrohr, und wenn der Zielstachel auf die Stirn, den Hinterkopf oder die Schläfe zeigte, spielte er mit dem Zeigefinger am Abzug. Lauf und Magazin waren

leer, fünf Patronen vom Kaliber 7/65 Magnum lagen griffbereit neben ihm. Einige der Männer konnte er wohl von hier aus erwischen, aber das würde nichts ändern und nur Ulrich retten, den wirklich Schuldigen, der nicht hier war, der sicher nicht sehen wollte, was geschah.
Ulrich hatte ihm die schriftliche Aufforderung geschickt, die Villa bis Ende November zu räumen. Den Brief hatte er an die Wand geheftet, neben den Brief von Elisabeth, der ihm nahelegte, in eine Entziehungsanstalt zu gehen. Manchmal saß er davor und betrank sich.
Vielleicht konnte er ein ganzes Zimmer mit solchen Dokumenten tapezieren. Sein Taufschein sollte dabeisein, seine miserablen Schulzeugnisse, die Laboruntersuchung über den fortschreitenden Verfall seiner Leber, ja, und sein Konfirmationsspruch, den er komischerweise behalten hatte: »Sei getreu bis in den Tod, so will ich dir die Krone des Lebens geben.« Was war das: die Krone des Lebens? Ausgerechnet auf seinem dummen Schädel sollte eine Krone sitzen: du lieber Himmel. Was hatte sich der Pfarrer gedacht, als er diesen Spruch für ihn aussuchte? Er wußte nicht, was das Leben bedeutete, und schon gar nicht, was er unter der Krone des Lebens verstehen sollte. Nur, daß er sie niemals tragen würde, das war sicher.
Nein, es gab nicht viele Dokumente, mit denen er die Wände bepflastern konnte. Er hatte ein nichtiges, spurloses Leben geführt, hatte nichts geleistet, nichts verändert und auch nichts verhindert. Schon als Kind hatte man ihn für dumm gehalten. Vor allem Elisabeth hatte sich damit hervorgetan, und niemand hatte je begriffen, wie klar er alles sah und daß es manchmal für ihn keinen Ausweg aus dieser entsetzlichen Klarheit gab, als sich zu betrinken. Warum hatte er sich nie dagegen gewehrt, daß man ihn für dumm und stumpf hielt? Hatte er die riesige Anstrengung gescheut, sich gegen ihre Vorurteile aufzulehnen? Jaja, dies war es wahrscheinlich gewesen, seine Neigung zur Kapitulation, dieses Gefühl der Aussichtslosigkeit, das er immer empfunden hatte. Über all

den Zumutungen, die auf ihn zugekommen waren, hatte, nur für ihn lesbar, eine unsichtbare Inschrift gestanden: Einspruch zwecklos. Das hatte ihn apathisch und unterwürfig gemacht.

Auch sein Vater hatte nichts von ihm gehalten. Er wußte inzwischen auch, warum: weil sein Vater selbst schwach gewesen war und einen Schwächeren gebraucht hatte, auf den er herabblicken konnte, um sich über sich selbst täuschen zu können. Immer war er ungeduldig geworden, wenn er versucht hatte, ihm zu beweisen, daß er nicht ganz wertlos, nicht völlig untauglich sei. Er war dann zerstreut gewesen und hatte säuerlich gelächelt, als würde er nur wieder an eine längst bekannte Peinlichkeit erinnert, wie damals, als er ein zehnjähriger Junge war und ihm hatte vorführen wollen, daß er einen flachen Stein fünf- bis siebenmal über das Wasser hüpfen lassen konnte. Er hatte es lange geübt, und die Steine schnellten wie springende Fische über die Wasserfläche, aber als der Vater hinsah, waren ihm mehrere Würfe mißglückt, und der Vater war stumm weitergegangen, vom Wasser weg, und er war hinter ihm her getrottet, hoffnungslos.

Damals war zum erstenmal in ihm die Inschrift aufgeleuchtet, die sein Leben bestimmt hatte: Einspruch zwecklos. Er hatte gelernt, daß es keinen Sinn hatte, anders sein zu wollen als das Bild, das sein Vater, seine Schwester und allmählich alle Menschen in seiner Umgebung sich von ihm gemacht hatten. Ihnen zuliebe war er der Schwächling, der Versager, der Säufer geworden, der ihre Verachtung wirklich verdiente. In den letzten Jahren, nachdem Ulrich und Elisabeth aus der Villa ausgezogen waren, hatte er dafür die wortlose Duldung seines Vaters gefunden, eine stillschweigende Kameradschaft zweier Gleichgesinnter, zweier Geschlagener, denn Ulrich hatte ja nicht nur ihn, sondern auch den Vater an die Wand gedrückt.

Wie lächerlich, wie richtig war das, wie konsequent. Und trotzdem war er der einzige, der es begriffen hatte. Zu spät begriffen, um etwas zu ändern. Alle seine Erkenntnisse waren

folgenlos geblieben, weil sie immer zu spät kamen, aber vielleicht auch schon deshalb, weil niemand ihm zugestand, eine Einsicht zu haben, und deshalb auch niemand ihm zugehört und ihn verstanden hätte. Und so war ihm nie etwas anderes übriggeblieben, als sich zu besaufen und seine Einsichten in sich selbst auszulöschen.
Einspruch zwecklos. Niemand kannte ihn. Man hatte um ihn herumgelebt und ihn sich selbst überlassen. Und natürlich war er längst nicht mehr vorzeigbar, das empfand er selber. Er versuchte sich ja selbst aus den Augen zu kommen. Er mochte sich nicht.
Was machten die Leute dort hinten? Sie hatten ihre Mittagspause beendet, und der Vorarbeiter ging zusammen mit drei Männern auf die Zeder zu. Sie blickten sich um, redeten. Der Vorarbeiter drehte sich und wies mit beiden Händen in eine Richtung. Das schien zu heißen: Nach der Seite soll der Baum fallen. Die Zeder war der mächtigste und wertvollste Baum des Parks und konnte noch Jahrhunderte leben. Sie sollte nicht gefällt werden, darin waren sich alle einig gewesen, sogar Ulrich und Andreas. Wahrscheinlich hatte man ihn wieder belogen. Alle logen ohne Scham, und dann machten sie, was sie wollten.
Konnte er etwas tun? Konnte er sie aufhalten? Zwei Männer trugen die Säge heran, der dritte schnitt schon die Fallkerbe. Die Krone des Lebens. Der Baum trug sie. Aber sie legten ihn um. Sein Kopf und sein Herz vereisten, während er unbeweglich zusah. Es war der eisige Krampf der unaufhaltsamen Niederlage und seiner immer größeren Lebensschmach, die ihn gleich wieder nötigen würde zu trinken, um ein wenig künstliche Wärme in seinem Inneren zu spüren. Ja, er wollte trinken, bis er umfiel wie der Baum. Nein, anders, schmählicher würde er fallen. Er würde sich vollschütten und unter den Tisch saufen, damit er wußte, wo er hingehörte.
Der Baum stand noch ruhig da. Aber sie holten schon die Fällaxt, und gleich mußte er stürzen. Das würde er nur noch

durch den Nebel seiner Tränen sehen. Säufertränen, die ihm rascher kamen in der letzten Zeit und die er einfach über sein Gesicht rinnen ließ, das sich steif und kalt anfühlte. Die Tränen verschafften ihm etwas Linderung. Sie weichten die Welt auf, wenn er sie nicht mehr ertrug. Sie waren nicht besser als Sabber und Rotz, die ihm aus Mund und Nase liefen, wenn er in seiner Besoffenheit weinte, manchmal ohne zu wissen, warum. Da, die Zeder schwankte, sie stürzte! Er hörte es mehr, als er es sah. Aber auch das Bersten war fern, als ob es ihn nichts mehr anginge und ihm nur die widerwärtige, weichliche Auflösung seines Weinens blieb. Nichts, nichts waren diese Tränen wert.

Schon von weitem sah Christoph, daß der große silbergraue Mercedes seines Vaters in der Einfahrt parkte, und obwohl er ruhig weiterfuhr, spürte er in sich ein ruckartiges Anhalten und Zurückschrecken. Wenn der Wagen in der Einfahrt und nicht in der Garage stand, war der Vater nur kurz da. Doch auch das alarmierte ihn und weckte sein Schuldgefühl. War er ertappt? Wußten sie, daß er sich seit Tagen herumtrieb und nicht mehr zur Schule ging? Wußten sie von seinen heimlichen Beutezügen? Hatte seine Mutter hinter ihm her geschnüffelt?

Er schloß sein Fahrrad am Zaun fest und ging zögernd auf das Haus zu und dann, in einem schnellen Entschluß, um das Haus herum und durch die kleine Seitenpforte in den Garten. Bessie kam ihm entgegen, um ihn zu begrüßen. Er tätschelte kurz ihren Hals, klopfte ihren Rücken und hielt sie einen Moment am Halsband fest, als er hinter die halbhohen Blautannen trat, die eine Seite der Terrasse abschirmten. Verdeckt durch die Zweige spähte er in den Wohnraum.

Hinter der Glaswand stand der Vater, mit dem Rücken zu ihm, groß, mit leicht zerzausten Haaren, was ihn plötzlich daran erinnerte, wie der Vater sich früher einmal nach einer gefährlichen Situation auf der Autobahn mit den Fingern durch die Haare gefahren war. Jetzt drehte er sich zur Seite, machte eine ungeduldige Handbewegung, ein Wischen, ein Wegschieben und sagte etwas. Sein Gesicht war erregt. Es sah aus, als habe er laut gesprochen, aber Christoph hatte nichts gehört. Im Sessel saß die Mutter. Sie saß wie gefesselt da, völlig starr. Ihren Ausdruck konnte er nicht erkennen. So ist das also, dachte er dumpf. Da sind sie. So ist das. Sie waren mit sich beschäftigt, und er stand außerhalb, ein Beobachter, ein Fremder, der zusehen mußte, was sie miteinander machten.

Gut, sollten sie doch. Wenn er nur verschwinden könnte. Aber er hatte kein Geld, er war ihr Gefangener. Gleich mußte er wieder lügen, mußte wieder in das Bild schlüpfen, das sie sich von ihm machten und das vor allem seine Mutter mühsam aufrechterhielt: Er war kein besonders guter Schüler, er machte eine schwierige Entwicklung durch, er las viel und war zuviel allein.

Er wußte genau, daß sie ihn so sah. Er entnahm es ihren Fragen und ihren Nörgeleien, mit denen sie ihn verfolgte. Manchmal kam es ihm so vor, als deute sie ihm dauernd an, wie er für sie zu sein habe, mit welchen Schwierigkeiten, Eigenarten und Schwächen sie zu rechnen bereit sei und mit welchen nicht, und dann spürte er, wie sich sein Kopf verdunkelte und etwas in diesem Dunkel herumtobte und um sich zu schlagen begann, während er äußerlich immer stiller wurde. Es gab nur eins: Er mußte weglaufen, weglaufen aus allem, was sie von ihm dachte.

Der Hund stieß sanft mit der Schnauze gegen seinen Schenkel. Er faßte ihn am Halsband, zog ihn ein Stück zur Seite und verschwand um die Hausecke. An seinen Zähnen schmeckte er etwas Warmes. Als er hinfaßte, hatte er blutige Fingerspitzen. Sein Zahnfleisch blutete dauernd in der letzten Zeit. Das kam von dem Fraß, den seine Mutter kochte. Sie hatte zu nichts mehr Lust.

Er spuckte das Blut aus, saugte an den Zähnen und hatte wieder den Mund voll Blut. Er spuckte es in das Blumenbeet

neben dem Plattenweg und schloß leise die Haustür auf. Im Wohnzimmer hörte er die Stimmen der Eltern und blieb einen Augenblick stehen. Sie stritten sich. Der Vater verteidigte sich gegen Vorwürfe und versuchte die Mutter zu beruhigen.
»Nein«, sagte er, »das stimmt doch nicht.«
»Ich weiß noch genau, daß er dich gewarnt hat.«
»Elisabeth, das ist doch Unsinn. Er war längst tot, als ich die Firma gekauft habe.«
»Er war gegen diese ganzen Münchener Geschäfte.«
»Nicht mit guten Gründen. Das weißt du ja selber.«
»Ich war auch dagegen. Ich hab's nur nicht zu sagen gewagt.«
Der Vater schwieg. Die Stimme der Mutter wurde auf einmal angstvoll und kläglich.
»Was ist denn nun, Ulrich?«
»Ich werde die Rechnungen erst einmal abweisen.«
»Du glaubst doch selbst nicht, daß dir die Agenturen falsche Rechnungen schicken?«
»Nein«, sagte der Vater, und nach einer Pause: »Den Lumpen mach ich den Prozeß.«
Plötzlich glaubte Christoph, die Mutter schluchzen zu hören. Aber vielleicht hatte er sich getäuscht. Sie sprach jetzt leise, kaum verständlich.»Diese schreckliche Verwüstung«, sagte sie, und wie von ferne kam ihm der Park vor Augen. Nur noch wenige Baumkronen schauten über die Mauer, in der jetzt ein großes Loch war für den Abtransport der Stämme.
Auf einmal hörte er, wie sie laut und heftig rief: »Ich könnte mir die Haare ausraufen! Ich könnte mich ohrfeigen!«
Und nun schluchzte sie wirklich.
Erschrocken zog er sich in sein Zimmer zurück. Etwas war passiert. Die Münchener Geschäfte seines Vaters waren anscheinend völlig schiefgegangen. Der Vater war reingelegt worden oder hatte versagt, hatte etwas falsch gemacht. Einen Augenblick lang verwirrte ihn der Gedanke, dann wischte er ihn fort. Das ging ihn nichts an. Er wollte sich nicht darum kümmern. Er würde sowieso bald verschwinden.

Es war jetzt still im Haus, und er fühlte sich in seinem Zimmer, als sei er unerlaubt hier, ein unzulässiger Zeuge eines fremden Unglücks. Er blickte auf seine Uhr. Zeit zum Mittagessen. Er war hungrig, doch der Gedanke, mit seinen Eltern am selben Tisch zu sitzen, war schlimmer. Die Uhr war ihm heute morgen beim Waschen ins Wasser geraten, und offenbar war sie nicht mehr dicht, denn unter dem Glas saß ein nebliger Schleier. An der Spitze des Sekundenzeigers hing ein winziger Tropfen und wurde als kleines Glitzern im Kreis herumgezogen. Die schnelle stetige Bewegung fing seinen Blick ein und zog ihn mit sich. Dünn, aber wie eine körperliche Erinnerung, hatte er das erregte Geschrei und das Jubeln der Mädchen im Ohr, die er heute morgen auf dem Hockeyplatz belauscht hatte, und wieder fühlte er sich schlecht. Ich lebe nicht, dachte er, die anderen leben. Ich bin gar nicht in derselben Welt.

Hinter dem braunen Eichenlaub der Hecke hatte er die weißen und roten Trikots und die fliegenden Haarschöpfe gesehen, die nackten Arme und Beine, und sobald der Schlußpfiff ertönte, hatte er sich davongemacht.

Ich lebe nicht! Das mußte er seiner Mutter antworten, wenn sie wieder fragte, was er eigentlich tat. Aber er würde es nicht sagen können. Sie hatte etwas an sich, das die Antworten erzwang, die sie sich wünschte.

Nach einer Weile hörte er sie kommen. Sie sah bleich und angespannt aus.

»Wir essen«, sagte sie. Leiser, fast flüsternd, fügte sie als eine schnelle Warnung hinzu: »Vater ist da.«

Er sagte nichts, schaute nicht einmal auf und ließ sie allein zurückgehen, ehe er trödelig aus seinem Zimmer kam.

Der Vater wirkte abwesend und begrüßte ihn mit einem beiläufigen Händedruck.

»Wie geht's dir?« fragte er.

»Gut«, sagte er und setzte sich.

Sofort mischte sich die Mutter mit ihrer künstlichen, lebhaften Stimme ein: »Christoph ist in letzter Zeit dauernd unterwegs und immer in Gedanken. Ich glaube, daß er eine Freundin hat.«
»Stimmt das?« fragte der Vater.
»Nein.«
»Ich hätte ja nichts dagegen. Falls du das meinst.«
Er antwortete nicht, begann zu essen. Spaghetti mit Fleischsauce und wäßriger Salat.
»Christoph läßt sich nicht gerne in die Karten gucken«, sagte die Mutter.
Er dachte, wenn sie weitermacht, werfe ich den Tisch um. Vielleicht spürte sie das, denn es blieb still. Der Vater aß schnell und mechanisch, ohne den Blick zu heben. Die Mutter stand auf, holte Öl für den Salat, entschuldigte sich, daß sie es vergessen hatte. Der Vater nahm die Flasche und goß ein paar Tropfen über seinen Salat, schaufelte ihn mit der Gabel um, aß weiter.
»Du mußt unbedingt unsere neuen Nachbarn kennenlernen«, sagte die Mutter. »Es sind reizende Leute, alle beide.«
»Vielleicht übernächstes Wochenende.«
»Wenn du dann hier bist.«
»Ich glaube schon.«
Wieder brach das Schweigen über sie herein. Alle schlangen sie das Essen hinunter, als wären sie sich einig, schnell alles zu beseitigen, was sie zusammen an diesen Tisch fesselte.
»Fritz Wagner hat eine kostbare kleine Sammlung japanischer Lackarbeiten«, sagte die Mutter. »Er kann sie ja selbst nicht mehr sehen. Aber er erkennt alles mit den Fingerspitzen. Und es freut ihn sehr, wenn er sie zeigen kann.«
Der Vater nickte. Er war fertig mit dem Essen und tupfte sich die Lippen und Mundwinkel mit der Serviette ab.
»Es gibt Joghurt zum Nachtisch«, sagte die Mutter.
Sie trug das Geschirr hinaus, kam wieder mit den Joghurtbechern.
»Wo willst du hin?« fragte sie, als sie sah, daß Christoph aufstand.

»Muß weg. Entschuldige.«
Er lief fast an ihr vorbei.
In seinem Zimmer zerrte er die Kaufhoftüte zwischen den Pullovern hervor. Er brauchte sie wieder, heute brauchte er sie. Wenn er sich beeilte, konnte er den Zug um 14.50 Uhr erreichen. Er schlich in die Diele zurück und lauschte. Sie waren im Eßzimmer und redeten, wahrscheinlich über ihn. Leise zog er die oberste Schublade der Kommode auf, in der die Handtasche seiner Mutter lag. Öffnete sie, öffnete das Portemonnaie und zupfte einen Fünfzigmarkschein heraus und legte mit derselben schnellen Fingerfertigkeit, über die er sich wieder wunderte, alles zurück.
Dann war er draußen. Sein Fahrrad stand da, angeschlossen am Zaun. Sobald er losfuhr, fühlter er sich besser.

Verärgert darüber, daß er unnötig früh mit Elisabeth über seine Münchener Sorgen gesprochen hatte, und nicht nur verärgert, sondern gereizt durch ihre unverhohlenen Vorwürfe und ihre Rechthaberei und angewidert durch die unterdrückte familiäre Hysterie am Eßtisch, verließ Vogtmann kurz nach dem Mittagessen den Bungalow, um in die Fabrik zu fahren. In zwei Stunden wollte Lothar in sein Büro kommen, und dann sollte er – obwohl das jetzt schon belanglos war – Gelegenheit bekommen, sich zu rechtfertigen. Lothar sollte ihm verständlich machen, wieso er bei seiner tagelangen Buchprüfung nicht den Verdacht geschöpft hatte, die unregelmäßigen kleineren Zahlungen an die beiden Werbeagenturen, die hier und da in den Büchern aufgetaucht waren, könnten auf größere Forderungen dieser Firmen hinweisen. Gestern am Telefon hatte Lothar behauptet, er habe diesen Gedanken gehabt, aber nichts finden können, was ihn gestützt hätte. Es gab keine Rechnungen, keine schriftlichen Verträge, keinen Briefverkehr und keine Aktennotizen, nichts habe darauf hingedeutet, daß da eine katastrophale Hinterlassenschaft wartete, ein Hohlraum, ein Finanzloch,

das jeden Käufer davon abgehalten hätte, die Firma zu kaufen, und von dem er nicht wußte, wie er es je schließen sollte. Aber für was hatte Lothar diese Zahlungen gehalten? Was anders konnten sie denn sein als Abschlagzahlungen, kleine Beschwichtigungen, mit denen sich Urban die Frist verlängert hatte, die er brauchte, um die ausgehöhlte, ausgeweidete Supermarktkette zu verkaufen und anschließend zu verschwinden?
Jetzt, da Urban verschwunden war, so gründlich und spurlos, wie das nur ein Betrüger geplant haben konnte, war das natürlich leicht zu erkennen. Bei der kalten, immer wiederholten Auskunft des automatischen Anrufbeantworters war es ihm plötzlich wie Schuppen von den Augen gefallen, und mitten im Schrecken war sogar ein kleiner Funken Befriedigung aufgeleuchtet, daß nun endlich Klarheit in seine nebelhaften, immer wieder verleugneten Befürchtungen kam. Er hatte Urban nicht gemocht und schon gar nicht geheuer gefunden, aber er hatte daraus keine Folgerungen abgeleitet, die seinen Wünschen widersprochen hätten. Das alles mußte Urban gewußt und zu seinem Vorteil genutzt haben. Urban hatte ihn genau beurteilt und ausgewählt. Er hatte gewußt, wie er ihn anfassen mußte. Er war offenbar ein Spezialist, und er war der Partner eines anderen Spezialisten, der in Antwerpen saß.
Wahrscheinlich saß Urban jetzt auch irgendwo im Ausland in einer anderen Firma, die Hogstraat als billiges Fallobst gekauft hatte, um sie durch einen Mann wie Urban oberflächlich wieder flottzumachen und sie dann, nachdem er die Einkünfte herausgesaugt hatte, an einen Gläubiger, der sein Geld retten wollte, mit großem Gewinn wieder abzustoßen. So funktionierte die Falle, in die er hineingetappt war: Zuerst lockte man sein künftiges Opfer durch große Aufträge an, dann ließ man es Angst um sein Geld bekommen, und schließlich bot man ihm diskret und als beste Lösung aller Probleme den Kauf der ganzen Firma an. Und damit der Köder zog, mußte er glänzen. Die Supermarktkette war

durch einen gewaltigen Werbefeldzug zu einer Scheinblüte hochgeputscht worden, aber die Kosten dafür standen nicht in den Büchern.

Für Hogstraat und Urban war es darauf angekommen, die Firma zu verkaufen, bevor die Agenturen ihre Rechnungen anmahnten und alle versteckten Verbindlichkeiten sichtbar wurden. Deshalb hatte Urban ihn psychologisch unter Druck gesetzt und zur Eile getrieben, und er wiederum, das mußte er zugeben, hatte den Druck an Lothar weitergegeben. Er hatte ihn fast gezwungen, sofort nach München zu kommen, und ihm schon dadurch zu verstehen gegeben, was für ein Ergebnis er sich von seiner Prüfung erhoffte. Währenddessen war Pattberg gestorben, war ihm plötzlich aus dem Weg getreten, und Elisabeth hatte ihm freie Hand gegeben, die Dinge zu regeln, wie er es für richtig hielt. Für richtig, für wünschenswert, das hatte er nicht mehr deutlich unterschieden. Es schien durch eine glückliche Fügung zusammenzutreffen. So sehr er sich heimlich gewundert hatte: Es war so, es sah so aus, es war eine unerwartete, nicht einmal erträumte Gelegenheit, und sie hatte sich ihm in einem verwirrenden Augenblick angeboten. Auch daß Urban bereit war zu gehen und nur eine Abfindung verlangte, war ihm als Glücksfall erschienen, während es in Wirklichkeit ein kaltblütiges Kalkül war, letztes, kleines, krönendes Teilstück der Falle, die man ihm gestellt hatte.

Ja, er mußte das bewundern, die Kühnheit, die darin lag, eine so zugespitzte Situation zu schaffen, in der man selbst unter Zeitdruck geriet. Vermutlich enthielten die Verträge mit den Agenturen großzügige Zahlungsziele, und die ersten Fälligkeiten waren durch Abschlagzahlungen hinausgeschoben worden. Vielleicht – auch das war möglich – hatten die Agenturen Wind bekommen, wie die Dinge standen, und den Firmenverkauf abgewartet. Vielleicht hatte Urban ihnen zu verstehen gegeben, daß sie ihr Geld bei dem neuen Eigentümer mit mehr Aussicht auf Erfolg eintreiben könnten als bei ihm, und so hatten sie sich still verhalten, um das Manöver nicht zu stören.

Aber das würde er nie beweisen können. Und genauso schwierig würde es sein, Hogstraat zu fassen, wenn Urban, der Hauptzeuge, nicht zu finden war. Ein Prozeß gegen Hogstraat mußte in Antwerpen geführt werden. Und wenn Hogstraat wirklich ein Spezialist für internationale Hit-and-run-Geschäfte war, dann hatte er sich von findigen Juristen durch ein dichtes, kaum durchschaubares Vertragsgestrüpp gegen jeden Zugriff schützen lassen. Ein solcher Prozeß würde sich jahrelang durch die Instanzen schleppen und in der Regel zum Erliegen kommen, weil die klagende, geschädigte Firma die Kosten nicht mehr tragen konnte und einging.
Fast von Stunde zu Stunde sah er deutlicher, was passiert war, und es half ihm inzwischen nicht mehr, sich damit zu beruhigen, daß Kopien der verschwundenen Verträge noch nicht in seinem Münchener Büro eingetroffen waren. Die Geschäftsführer der Werbeagenturen hatten beide angerufen und die Kopien angekündigt. Das zusätzliche Schuldenloch, das er jetzt entdeckt hatte, machte rund eine Million Mark aus. Zur Hälfte waren das unbezahlte Rechnungen, zur anderen Hälfte neue Kosten, die ihm infolge der Rabattbestimmungen drohten. Denn wenn er die Fortsetzungsverträge mit den Agenturen kündigte, verlor er die Rabatte, und seine Schulden verdoppelten sich. Aber fortsetzen konnte er die Verträge nicht. Er konnte weder vorwärts noch rückwärts, falls er nicht schleunigst neues Geld auftrieb.
Das Gespräch mit Elisabeth war nicht sehr hoffnungsvoll gewesen. Sie hatte hysterisch und unsachlich reagiert. Vielleicht war er auch selbst daran schuld, weil er nicht gewagt hatte, ihr alles zu sagen. Es war ihm unerträglich gewesen, ihr einzugestehen, wie dumm und in welchem Ausmaß er sich hatte täuschen lassen. Statt dessen hatte er angefangen, sie zu beruhigen, und sich sicherer gezeigt, als er wirklich war. Er hatte ihr nicht die richtigen Summen genannt und ihr nichts von seiner Befürchtung gesagt, daß jetzt auch Lieferantenrechnungen auftauchen konnten, die nicht in den Büchern standen, und daß sich herausstellen würde, was er zu ahnen

begann, daß die Bewertung der Warenlager nicht stimmte. Er hatte ihr nicht gesagt, daß der Absatz der Fabriken stockte, weil er in den letzten Monaten zuwenig Zeit gefunden hatte, sich darum zu kümmern, während die Konkurrenz der großen Fabriken immer massiver und rücksichtsloser mit billigen Angeboten auf den Markt gekommen war, er hatte seine Angst, er müsse die meisten Supermärkte schließen oder Teile der Fabriken verkaufen, so entschlossen in sich vergraben, daß er sie nicht mehr empfunden hatte, um dann plötzlich, wie jetzt wieder, davon überwältigt zu werden. Alles wendete sich auf einmal gegen ihn. Er war allein. Niemand half ihm. Alle, vielleicht sogar die beiden Menschen, mit denen er heute mittag zusammen am Tisch gesessen hatte, warteten insgeheim auf seinen Sturz.
Aber das würde nicht geschehen. Er brauchte sich das nur vor Augen zu halten, um zu wissen, es würde nicht geschehen. Allen zum Trotz würde es nicht geschehen.

Er fuhr den Wagen auf den Parkplatz, und als er ausstieg und auf das Bürogebäude der Fabrik zuging, atmete er tief durch und straffte sich. Hier hatte er vor fast zwanzig Jahren Pattbergs Wagen gefahren, nun war er der alleinige Chef, und er würde es bleiben. Niemand und nichts konnte ihm das streitig machen. Jetzt erst würden alle sehen, wer er war.
Der Gedanke ging wie ein frischer Luftzug durch ihn hindurch und erfüllte ihn mit neuer Zuversicht. Anscheinend strahlte er das aus, denn Frau Krüger, die in seinem Vorzimmer saß und ihn zwei Wochen lang nicht gesehen hatte, lobte, wie wohl er aussah und wie gut ihm München zu bekommen schien.
»Das täuscht leider«, lächelte er, »manchmal bin ich ein Blender.«
Bevor sie antworten konnte, zog er das kleine Geschenk aus der Tasche, das er ihr aus München mitgebracht hatte, eine daumennagelgroße Elfenbeinfigur, die Büste eines alten Mannes, der sich beide Ohren zuhielt.

»Oh, wie hübsch«, sagte sie, »was bedeutet das?«
»Ich weiß nicht. Vielleicht Widerstand gegen schlechte Nachrichten.«
»Aber er lacht doch. Er freut sich.«
»Es kann auch ein Glücksbringer sein.«
»Ja, bestimmt. So sieht er aus.«
Sie betrachteten die Figur genauer.
»Ich glaube, er hält sich die Ohren gar nicht zu. Er zieht sie in die Breite.«
»Dann ist er vielleicht der gute Geist des Telefons.«
»Das kann sein.«
Es war eine Version, auf die sie sich einigen konnten, weil sie täglich miteinander telefonierten, wenn er in München war. Sie sammelte für ihn alle wichtigen Informationen und gab seine Weisungen in Form von Aktennotizen in die verschiedenen Abteilungen der Firma weiter. Genauso arbeitete er von hier aus mit Frau Eggeling in München zusammen, die er auch jetzt sofort anrufen wollte, um zu erfahren, was sich getan hatte.
Als er in sein Zimmer kam, störte ihn etwas: Neben dem Bild des Firmengründers hing neuerdings auch ein Foto von Pattberg. Elisabeth hatte ihn in den Tagen nach Pattbergs Beerdigung darum gebeten, es aufzuhängen, und er hatte sich dem nicht widersetzen wollen. Aber wenn die augenblickliche Krise überwunden war, würde er beide Bilder sofort von der Wand nehmen. Sie sollten ihm nicht mehr lange über die Schultern blicken.
Frau Eggeling meldete sich mit ihrem süddeutschen Akzent. Sie hatte schon auf seinen Anruf gewartet und alles bereitgelegt, was er wissen wollte. Ja, die Agentur Scheibler & Genz hatte heute per Einschreiben eine Fotokopie des Vertrages und ausführliche Belege aller Anzeigen und sonstigen Werbeaktionen geschickt. Von der BIWO-Presentation AG war noch nichts gekommen. Er ließ sich das Vertragsdatum, die Summen und die Fälligkeiten und die Rabattbestimmungen vorlesen. Alles stimmte überein mit den Angaben, die der

Geschäftsführer ihm schon telefonisch übermittelt hatte. Den genauen Wortlaut des Vertrages, auch das Kleingedruckte, wollte er in München zusammen mit einem Rechtsanwalt studieren.

»Schließen Sie alles in den Panzerschrank«, sagte er, »und bitte kein Wort darüber in der Firma. Spätestens Freitag bin ich wieder da.«

Im Moment, da er auflegte, kam Frau Krüger mit einer Tasse Kaffee herein. Es war ein Mechanismus wie bei einem Wetterhäuschen, der die eine Figur hervortreten ließ, wenn die andere verschwand, und beide Frauen kamen ihm in diesem Augenblick wie das Zitat der anderen vor, obwohl sie tatsächlich sehr verschieden waren, aber immerhin drehten sie sich beide um eine Achse, und das war er selbst.

Er nahm den Kaffee dankend entgegen und diktierte ein paar Anweisungen für Verkaufsabteilung und Buchhaltung. Er wollte über Umsatz, Auftragsbestand und Außenstände der drei Fabriken informiert werden, und zwar im Überblick über die letzten drei Monate mit Vergleichszahlen aus dem vergangenen Jahr. Das nächste Problem, das er anfassen mußte, war die Einsparung von Arbeitskräften. Doch das konnte er nicht vom grünen Tisch aus lösen.

Er sah auf seine Uhr. Noch eine gute Stunde, bis Lothar kam. Vielleicht konnte er sich jetzt einmal den Park ansehen.

Und am besten ging er bei der Gelegenheit auch in die Villa, um Rudolf klarzumachen, daß seine Geduld zu Ende war. In seiner Schreibtischschublade lag der Entwurf einer Anzeige, in der er die Villa zur Vermietung anbot. Vorher mußte sie renoviert werden. Auch wenn man sie so, wie sie war, zum Verkauf anbot, mußte Rudolf mit seinen beiden Hunden vorher daraus entfernt werden. Eine Kolonne Putzfrauen würde wahrscheinlich ein paar Tage darin zu tun haben, ehe man Interessenten durch die Räume führen konnte. Das alles war eilig geworden. Er brauchte Geld für die Firma. Er konnte sich nicht leisten, sentimental zu sein.

»Haben Sie einen Schlüssel für die Villa?« fragte er.

»Nein, Herr Vogtmann, den hat wahrscheinlich Ihre Frau.«
»Dann rufen Sie bitte in der Villa an und sagen Sie meinem Schwager, ich käme in ungefähr zehn Minuten, um mir die Räume anzusehen. Er möchte mir bitte aufmachen. Sonst würde ich mir auf andere Weise Eintritt verschaffen. Aber seien Sie zunächst einmal liebenswürdig.«
»Bin ich doch immer«, lächelte sie.
»Gut. Er verdient auch keine Aufregung.«

Als er nach draußen kam, regnete es. Er schloß seinen Wagen auf, um den Trenchcoat herauszunehmen, der auf dem Rücksitz lag, und ging, den Mantel zuknöpfend, schräg über den Parkplatz auf die Villa zu. Seit die Umgebung sich immer mehr verändert hatte und auf dem ehemals freien Feld an der Längsseite des Grundstückes ein neues Wohngebiet entstanden war, wirkte die Villa verschlossen wie eine Burg, die hinter dem schwarzen schmiedeeisernen Gitter der vorderen Grundstücksfront ein umstrittenes Terrain beherrschte. In dem regnerischen grauen Novemberwetter erschien sie besonders düster. Sie brauchte dringend einen neuen Anstrich, und oben am Dachfries zeigten sich sogar dunkle Feuchtigkeitsflecken. In der Auffahrt nahe beim Portal lag ein großer, in sich zusammengesunkener brauner Laubhaufen, und irgend jemand hatte eine völlig verrostete Schubkarre gegen die Hauswand gekippt.
Und doch, als habe das Haus die Kraft, seine andere Vergangenheit festzuhalten, geriet Vogtmann auf dem aufgeweichten Weg, der um das Gebäude herum zur Terrasse und in den Park führte, in ein anderes Bild: es war ein ferner Sommerabend, Elisabeths Geburtstagsfest. Pattberg hatte ihn widerwillig dazu eingeladen. Er kam bewußt zu spät, hörte im Näherkommen Musik und Stimmengewirr und sah die gelben Lampions, die mit lächelnden Mondgesichtern in den dunklen Laubkronen der Parkbäume hingen, und davor, im Licht zweier Scheinwerfer, die an der Rückfront des Hauses

montiert waren, das leuchtende Grün der Rasenfläche, auf der sich viele hell und sommerlich gekleidete Menschen bewegten. Als eine flüchtige, freundliche Täuschung schwebte dieses verblassende Erinnerungsbild vor oder in dem anderen Bild, das er gleichzeitig sah, das sich aber erst einen Atemzug später durchsetzte und allein behauptete: ein geplündertes, von Treckerspuren zerwühltes Gelände, in dem, weit auseinandergerissen, noch drei versprengte kleine Baumgruppen standen. Dazwischen lagen einige noch nicht weggekarrte Stämme und ausgegrabene, zur Seite gekippte Wurzelgeflechte, die klumpige Reste der schwarzen Erde in sich festhielten. Im Näherkommen blickte er in die glitschigen Erdhöhlen, in deren Rändern die abgehackten Wurzelenden steckten, und überall sah er zerbrochene, geknickte Zweige, von den Pneus der Trecker und der Transportfahrzeuge in den Matsch ihrer Fahrspuren eingedrückt.
Er fand auch Zweige, Nadeln und Rindenstücke und das gewaltige Wurzelloch der Zeder, aber nicht mehr Äste und Stamm. Andreas hatte ihn schon telefonisch benachrichtigt, daß der Baum irrtümlich gefällt worden war, aber nun, da er in das Loch blickte, erschreckte ihn die Gewaltsamkeit der Veränderung. Hier hatte er damals gestanden, hatte die rauhe Rinde des Stammes berührt und zu dem erleuchteten Haus und den Tanzenden auf der Terrasse wie zu einem fernen Wunschtraum hinübergeblickt. Nun wohnte in dem Haus als Vertreter der Vergangenheit nur noch ein verkommener Säufer, den er endlich daraus entfernen mußte. Mit den heruntergelassenen grauen Rolläden sah die Villa aus, als sollte sie verteidigt werden. Doch die Verteidigung war sinnlos geworden. Der Krieg hatte stattgefunden und war entschieden. Zwischen dem schwarzen Wurzelloch der Zeder und der zertretenen Rasenfläche bei der Terrasse erstreckte sich eine wirre, nasse Verwüstung, auf die der Regen eintönig niederging.

Jetzt war das eben so. Das, was man sah, waren die Gegebenheiten, und davon mußte man ausgehen, wenn man handeln und etwas verändern wollte. Und schließlich veränderte sich alles, nichts konnte bleiben, wie es einmal war. Er sagte sich das, während er langsam, mit vorsichtigen, suchenden Schritten über den nassen Rasen und die aufgewühlte, rutschige Erde, um Wurzelstrünke, Baumstämme und Erdlöcher herumging und zum Haus zurückkehrte, dessen nähere Umgebung unzerstört war, aber auch fahl, verlassen und tot wirkte: es war jetzt so, und es gab keinen Grund, in der Vergangenheit herumzuwühlen und alles, was wirklich geworden war, wieder umzudenken, keinen Grund und keine Zeit. Er mußte sich um die Probleme kümmern, die anstanden, und er ahnte, daß das gut für ihn war. Vielleicht war es sogar richtig, die Villa abzureißen und auch an ihre Stelle einen Neubau zu setzen. Auch das mußte er furchtlos durchdenken, und wenn es vernünftig war, mußte er es tun.
Er blieb noch einmal stehen und blickte sich um. Nächste Woche, wenn die vorläufige Baugenehmigung eintraf, die inzwischen fest zugesagt war, sollten die Ausschachtungsarbeiten beginnen. Entgegen ihrer ersten Version hatten Andreas und er nun doch durchgesetzt, daß zwei große Terrassenhäuser auf dem Parkgelände errichtet werden sollten. Dem schnellen Umzeichnen der Pläne war dann auch irrtümlich die Zeder zum Opfer gefallen. Zwischen den beiden Häuserblocks hätte sie ohnehin keinen angemessenen Platz mehr gehabt. Alles würde hier bald ganz anders aussehen und die Vergangenheit vergessen lassen. Durch die Änderung des Bebauungsplanes rückte das erste der beiden Terrassenhäuser näher an die Villa heran und ließ ihr jedenfalls rein optisch weniger freien Raum, als es der erste Plan noch vorgesehen hatte. Man mußte abwarten, wie das aussah. Vielleicht wurde die Villa dadurch zu einem Überbleibsel, das nicht mehr viel Sinn hatte. Darüber hatten sie wie in einer stillschweigenden Vereinbarung noch nicht gesprochen, aber wahrscheinlich mußte man Konsequenzen ziehen.

Er schauderte zusammen. Ein kaltes, unangenehmes Gefühl in seinem Rücken sagte ihm, daß Rudolf ihn beobachtete, und als er sich umdrehte und zu den Fenstern des ersten Stocks hochblickte, glaubte er noch zu sehen, wie jemand schattenhaft nach innen verschwand. Genausogut konnte er sich getäuscht haben. Aber wenn er Rudolf gleich im Haus antraf, dann war er dieser flüchtige Schatten gewesen. Möglicherweise war er nicht mehr ganz richtig im Kopf.

Nachdenklich ging er um das Haus herum zum Hauptportal, wo es eine Klingel gab, und als er darauf drückte, hörte er die beiden Münsterländer kläffend die Treppe herunterstürzen, bis sie, offenbar zurückgerufen durch einen scharfen, für ihn unhörbaren Pfiff, plötzlich umkehrten. Im gleichen Moment, da die Hunde im Haus ihre Richtung änderten und wieder in den ersten Stock rannten, ertönte das leise Summergeräusch, bei dem sich die Tür öffnete. Zögernd trat Vogtmann in das Dämmerlicht der Halle, atmete ihren gruftartigen, feuchten Kältegeruch und hörte, wie Rudolf oben seine Hunde in ein Zimmer sperrte. Er konnte nicht verstehen, was er sagte, aber es war die rauhe, schleimige Stimme eines Menschen, der lange nicht mehr gesprochen hatte, und wahrscheinlich war er auch betrunken.
»Ich komme gleich zu dir rauf«, rief er, »ich schau mich nur mal eben um.«
Rudolf antwortete nicht, hatte vielleicht nichts gehört.
Doch sein Schweigen wirkte feindlich auf Vogtmann, als drücke sich darin die Ablehnung des ganzen Hauses gegen ihn, den Eindringling, aus. Deshalb hatte er wahrscheinlich auch gerufen. Er hatte das Bedürfnis gehabt, dem Haus und seinem Bewohner klarzumachen, daß er hier war.
Mit der Schuhspitze schob er ein paar Drucksachen zur Seite, bunte Reklamesendungen, die der Postbote durch den Briefschlitz der Haustür geworfen hatte. Anscheinend war Rudolf achtlos darüber getrampelt und hatte sie dabei durch die Halle

verstreut. Bierkästen mit leeren Flaschen standen in der Nähe der Tür, und wie hingeschleudert lag zwischen ihnen ein Lodenmantel mit herumgedrehtem Ärmel. Auf der Truhe und neben ihr lagen weggeschleuderte oder fallengelassene Kleidungsstücke, ein dicker Pullover, ein einzelner Handschuh, graue, filzige Wollsocken, und in der Nähe der Treppe standen dreckverschmierte Gummistiefel. Die Halle mit ihrem großen flämischen Leuchter und dem schwarzweißen Steinfußboden bewahrte trotzdem ihre großzügige, strenge Würde. An der Rückwand stand der Waffenschrank aus dunkelgebeizter Eiche mit den vier geschnitzten Tiermedaillons, die Wildschwein, Hase, Rehbock und Auerhahn darstellten. Hoch darüber hing Pattbergs wertvollste Jagdtrophäe, das mächtige, ausladende Geweih eines Karpatenhirsches, den er angeblich als junger Mann geschossen hatte. Es beherrschte die Halle als eine knöcherne Drohgebärde, bizarres Idol einer vergangenen Zeit.
Überall Licht machend, schritt Vogtmann durch die Räume des Erdgeschosses, in denen ein muffiger Staubgeruch hing. Hier und da knarrte das Parkett, und über dem Türsturz des Erkerzimmers, in dem es besonders feucht zu sein schien, löste sich die alte Seidentapete. Im Eßzimmer war der große ovale Tisch um einige seiner Stühle beraubt worden, eine Tür des Büfetts hatte sich geöffnet und zeigte die leergeräumten Fächer. Im Salon standen die schweren Polstersessel unter ihren weißen Schonbezügen wie eine Versammlung plumper Gespenster herum.
Gut. Lange würde dieser Dornröschenschlaf hier nicht mehr dauern. Jetzt wollte er schnell noch nach oben gehen.
»He, wo steckst du?« rief er, als er durch den langen Korridor des ersten Stocks ging, hinter dessen erster Tür die Hunde winselten. Er war eigentlich überzeugt, daß sich Rudolf im vorletzten Zimmer des Ganges aufhielt, dort, wo er hinter dem Fenster den weghuschenden Schatten gesehen hatte. Wenn er sich richtig erinnerte, waren dort zwei Zimmer durch eine Tür zu einer kleinen Gästewohnung verbunden.

Sie lag einem der Badezimmer gegenüber, und Rudolf hatte sich aus Bequemlichkeit dort eingenistet.
»He, verdammt noch mal, wo steckst du?« rief er wieder, ärgerlich, daß Rudolf entweder betrunken war oder vorhatte, ihn zu provozieren; Rudolf war unberechenbar und haltlos und voller Haß. Es war keine gute Idee gewesen, selbst herzukommen. Sachen wie diese übergab man besser einem Rechtsanwalt.
Vorsichtig, mit einem unbehaglichn Gefühl, trat er in das Zimmer, in dem er ihn vermutete. Es roch ungelüftet und säuerlich, und obwohl er im ersten Augenblick nicht mehr sah als das ungemachte, schmuddelige Bett und darüber die verfleckte Tapete mit den angehefteten Zetteln und Papieren, hatte er den durchdringenden Eindruck völliger Verkommenheit und trostloser Unvernunft. Gebannt stand er da, unfähig, auf den inneren Alarm zu achten, der ihm sagte, er müsse sich umdrehen und sofort aus diesem Zimmer und dem Haus verschwinden. Statt dessen wartete er, denn er hatte im Nebenzimmer ein leises Räuspern gehört, und nun hörte er auch das schwere, tappende Schrittgeräusch. Die angelehnte Verbindungstür wurde nach innen geöffnet, aber so, als wäre nebenan niemand, der sich zeigen konnte, und nur die Leere des Nebenzimmers sollte ihm gezeigt werden. Dann auf einmal erkannte er, daß noch etwas anderes da war, das ihn meinte, das ihn zu suchen begann. Es war die Mündung eines Gewehrlaufes, der sich hinter dem Türblatt hervorschob, so quälend langsam, daß es leicht gewesen wäre, aus dem Zimmer auf den Korridor zu laufen oder auch einfach nur wegzugehen. Aber in diesem Augenblick hatte er keinen Körper, der mit ihm einig war, er war nur erfüllt von dem Staunen, daß er das, was passierte und was vollkommen logisch war, nicht von vornherein gewußt hatte. Wahrscheinlich staunte Rudolf, der jetzt bleich und stoppelbärtig, mit trüben, verglasten Augen in der Tür stand, ebenso wie er, und es mußte irgend etwas geschehen, damit sie beide aus diesem Bann befreit wurden. Was denn, dachte er, was denn, als frage er

einen Dritten, der die Szene beobachtete und ihm einen Rat erteilen konnte, was kann ich tun, was?
Doch dann war etwas passiert. Nicht der Schuß war gefallen, den er erwartet hatte, sondern Rudolf hatte gesprochen.
»Ich leg dich um, du Schwein«, hatte er gesagt.
Und mit der blitzschnellen Logik, die vielleicht nicht seine eigene, sondern die Logik des Dritten war, hatte er geantwortet: »Warum?«
Im selben Augenblick sah er die Frage wie eine Verschattung in Rudolfs Augen, und wieder einen Augenblick später war er schon bei ihm, schob den Lauf zur Seite und nahm ihm, fast ohne Widerstand zu spüren, das Gewehr ab.
»Nicht mal das kannst du«, sagte er.
Er war schon wieder auf dem Korridor, als er hinter sich in dem Zimmer einen erschreckenden Laut hörte. Es war ein winselndes Jammern und Schreien, das in einem Würgen erstickte, und er dachte, er hält sich die Kehle zu, er schreit und hält sich die Kehle zu.
So schnell er konnte, lief er die Treppe hinunter, warf das Gewehr oben auf den Waffenschrank und verließ das Haus.

Christoph war kaum aus der großen Bahnhofshalle auf den Vorplatz hinausgetreten, als er, vielleicht weil er stehengeblieben war und zu dem ragenden schwarzgrauen Steingebirge des Domes hochblickte, von zwei jungen Leuten angesprochen wurde. Das Mädchen, rundgesichtig, mit einem braunen, geflochtenen Haarkranz, lächelte ihn an, während ihr Begleiter, ein blasser, hagerer junger Mann in einem dunklen Duffelcoat, ihn durch dicke Brillengläser mit schreckhaft aufgequollenen blauen Augen anstarrte.
»Verzeihung Bruder«, sagte das Mädchen, »hast du ein paar Minuten Zeit für Gott?«
»Was?«fragte er. »Worum geht's?«
»Wir möchten mit dir über Gott sprechen. Hast du schon einmal darüber nachgedacht, ob das Vorhaben unseres Schöpfers auf dieser Erde verwirklicht wird?«

»Ich glaube nicht an Gott«, sagte er, wagte aber nicht, einfach weiterzugehen.
»Aber siehst du nicht, daß die Welt am Ende ist?« fragte das Mädchen mit seiner sanften, einfältigen Stimme. »Siehst du nicht auch das Wettrüsten, die vielen Verbrechen, den Terrorismus, die Zerstörung der Natur?«
»Was hat das mit Gott zu tun?«
»Gott gibt uns Hoffnung«, sagte der junge Mann. »Gott sagt uns, daß die Befreiung nahe ist.«
Verblüfft sah Christoph in die nähergerückten blauen Augen, die in unbelehrbarer Verrücktheit auf ihn gerichtet waren.
»Es gibt gar keinen Gott«, sagte er.
»Doch Bruder, wir haben Grund, fröhlich zu sein«, sagte das Mädchen.
Und wie ihr finsteres Echo fuhr der junge Mann fort: »Gott will die Erde von der Sünde reinigen, und wenige Erwählte werden bei ihm sein in der Arche des Glaubens.«
»Ich scheiße auf Gott«, sagte Christoph.
Dann ging er. Als er zwanzig Schritte entfernt war, durchlief ihn ein lautloses Kichern.

Es regnete. Vogtmann hängte seinen Trenchcoat in den Schrank. Dann nahm er das Bild des Firmengründers und Pattbergs Bild von der Wand und legte sie, Gesicht gegen Gesicht, oben auf den Schrank. Ruhig klopfte er sich den Staub von den Händen und wählte die Nummer seines Rechtsanwaltes.

Christoph lief durch die Einkaufsstraßen der Innenstadt, vorbei an den Dekorationen der Schaufenster, die Kleider, Schmuck, Porzellan und pornographische Filme anboten, vorbei an ambulanten Waffelverkäufern und McDonalds Hamburger-Restaurant und einem fiedelnden bärtigen Musikanten vor dem Eingang eines Hutgeschäftes. Er umkurvte einen Bettler, wich Leuten aus, die ihm mit Tüten und Einkaufstaschen entgegenkamen, und steuerte auf die Schaufensterpuppen eines großen Warenhauses zu, die hinter dem Grau in Grau der Passanten in ihren hellen, farbigen Lichtaquarien posierten. Noch immer saß das Kichern in ihm, und ununterbrochen leierte der Satz durch seinen Kopf, den er den beiden Verrückten hätte sagen sollen: Gott ist ein Schwarzes Loch! Gott ist ein Schwarzes Loch!

Während die Stadt mit ihren bunten Lichtern im Regen erglänzte, verdunkelte sich das Land. Elisabeth, die mit ihrer Nachbarin Almut Wagner einen Spaziergang zum Friedhof gemacht hatte, drückte die Steckvase mit den Astern in die nasse Erde des Grabes und trat auf den Weg zurück. Das Grab hatte noch immer keinen Stein bekommen, weil sie und Jutta sich nicht hatten einigen können. Jetzt hatten sie sich ganz konventionell für schwarzen geschliffenen Marmor entschieden. Es war keine gute Wahl. Aber im Grunde war das gleichgültig.

Sie stand still und blickte auf das schmale, gepflegte Grabgrundstück, in dessen Tiefe die kleine Urne stand.

Ich bereue, dachte sie, ich bereue.

Dann wandte sie sich ihrer Nachbarin zu und lächelte: »Ich glaube, der Friedhof wird bald geschlossen. Trinken Sie noch Tee bei mir?«

»Ja, gerne«, sagte Almut Wagner.

Ihr gegerbtes Indianergesicht zeigte einen Ausdruck freundlichen Verstehens.

Er würde es tun, würde es wieder tun.

Zunächst war Christoph zwar an dem großen Eingang des Warenhauses vorbeigegangen, aber ein Stück weiter war er stehengeblieben, wie festgehalten durch einen nicht weiter dehnbaren Widerstand, und als er umkehrte und durch den

Warmluftvorhang in das farbige, lichterfüllte Gedränge und Gewimmel eintrat, geriet er wieder in seine Trance. Er wurde taub gegen das warnende Geplapper seiner Angst und fühlte sich eingesogen von der großen leuchtenden Höhle. Das ungleichmäßige, auf– und abschwellende Rauschen, von dem sie erfüllt war, ein Geschwebe von unkenntlichen Stimmen und Geräuschen, das dem Echo des Blutstromes in einer ans Ohr gehaltenen Muschel glich, legte sich um ihn und machte seine Bewegungen traumwandlerisch und automatenhaft.
Ich bin es nicht, dachte er. Wenn sie mich festhalten, werde ich es nicht sein.
Im glitzernden, funkelnden Licht der großen kugelförmigen Lüster ging er zwischen den Verkaufsständen der Kosmetikabteilung durch, blinkenden Vitrinen voller gold- und silberfarbener Lackkartons und aufgereihter Parfumflaschen. Frauen in rosa- und veilchenfarbenen Kitteln bewachten seinen Weg mit reglosen, ummalten Augen, als wären sie alle versunken in einen starren Puppentraum. Ihre Lippen waren rot und blühend, die Haut samtig und makellos, die Frisuren kunstvoll wie gebackener Schaum. Im Gehen entrollte er die große Tüte mit dem Aufdruck des Warenhauses. Jetzt, dachte er, es fängt an. Wenn er nicht sofort umkehrte, fing es an. Da stand schon etwas, stellte sich ihm in den Weg, ein offener Ständer, gefüllt mit silbernen Sprühdosen. Haarfestiger, acht Mark. Er blieb stehen und ließ seinen Blick durch das Erdgeschoß schweifen, sagte sich ein, was er sah, die Schmuckabteilung, die Uhrentheke, die Ausgänge. Er beschäftigte seinen Verstand damit, allem einen Namen zu geben, während seine Hand eine der Dosen umschloß und in den Ärmel seines Anoraks schob.
Dann löste er sich, ging langsam weiter, blickte im Gehen in die leere Tüte, als suche er etwas, und ließ die Sprühdose hineinfallen. Sie verschwand, verlor sich auch aus seinem Bewußtsein.
Er blieb stehen, unschlüssig, wohin er sich wenden sollte.
Vor ihm trugen die beiden Rolltreppen ihre dauernd wech-

selnde Menschenfracht aufwärts und abwärts. Er trat auf die nächste Stufe, die aus dem Boden hervorkam, und ließ sich hochtragen. Die Mechanik der Treppe knackte leise und regelmäßig, und das ganze Erdgeschoß sank mit der sichtbar werdenden Geometrie seiner Verkaufstische und Gänge langsam in die Tiefe. Ein dunkler, volltönender Gongschlag erklang, und eine angenehme weiche Frauenstimme rief zwei Nummern auf, wiederholte sie, während die Treppe ihn mit einer kleinen Beschleunigung seines Schrittes im ersten Stock absetzte.

Es war ruhiger hier, gedämpfter, das Licht unter der tiefer hängenden Geschoßdecke gleichmäßiger und milder. Textilabteilung. Herrenmoden. Auf weichem Teppichboden schlenderte er an halbhohen Garderobeständern vorbei, Jakkenärmel an Jackenärmel, ein dichter Aufmarsch ohne Körper und Köpfe, braun, grau, dunkelblau, schwarz. An den runden Ständern hingen Jacken in derselben Farbfolge. Weich ertönte der Gong, und die Frauenstimme nannte eine Zahl, wiederholte sie. Seine Benommenheit verstärkte sich. Darin glomm ein winziger Funken Angst, der sofort hell auflodern konnte, wenn jemand ihn anfachte, jemand, der auf ihn zutreten würde, einer der Verkäufer, die sich im Hintergrund zu unterhalten schienen. Sahen sie ihn überhaupt? Er fühlte sich abwesend, als er durch ihr Blickfeld ging. Wohin sollte er sich wenden? Vor ihm standen zwei Frauen an einem Wühltisch und zerrten das Unterste nach oben. Sie beachteten ihn nicht, als er sich dazugesellte. Ein gelbes T-Shirt mit der Aufschrift »The sun« geriet ihm in die Hände. Er faltete es zusammen, aber als eine der beiden Frauen in seine Nähe rückte, legte er es wieder weg. Falsch. Das war falsch. Er suchte zum Schein weiter und beobachtete die Frauen. Eine gab es auf und ging. Die andere stand ihm gegenüber. Zögernd ging er. Im Vorbeischlendern griff er eine dunkelblaue Strickmütze von einem Tisch und trug sie einige Meter weit offen in der Hand, bevor er sie in seine Tüte steckte.

Er fuhr hoch in den zweiten Stock zu den Musikkassetten.

Unterwegs sah er einen Kasten mit Keramikplaketten, die als Handtuchhalter dienten, und steckte eine ein. Die Musikkassetten lagen in einem vierfach unterteilten Verkaufstrog, und wahrscheinlich befand sich in der Decke eine versteckte Kamera, die den gesamten Bereich überwachte. Bei der klassischen Musik stand er allein, nahm sich Tschaikowskijs 5. Symphonie und die Vier Jahreszeiten von Vivaldi heraus, die beide obenauf lagen. Noch war er ein normaler Kunde, auch für den Mann, der im Kontrollraum die Bilder der Kameras überwachte und jetzt vielleicht zufällig seine Hand sah, die eine andere Kassette griff: Mozarts Kleine Nachtmusik. Immer noch ein unverdächtiger Kunde, ging er auf die Kasse zu, wo zwei Leute gerade bezahlen wollten. Er schob die Hand mit den Kassetten in die Seitentasche seines Anoraks und ging vorbei. Drehte sich das Gesicht der Verkäuferin mit, machte sie jemandem ein Zeichen? Die Angst funkte in ihm, er mußte sich zwingen, sich nicht umzublicken. Auf der Rolltreppe, im Abwärtssinken, löste sich der Druck, und er ließ die Kassetten in die Tüte gleiten.
Im ersten Stock näherte er sich wieder dem Wühltisch mit den Hemden. Andere Kundinnen standen dort, eine hatte ein kleines Mädchen neben sich, das ihn aufmerksam von unten herauf ansah, als er ihr gegenüber an den Tisch trat. Das gelbe Hemd lag noch da. Eine Frau nahm es vor ihm in die Hand und legte es beiseite. Das kleine Mädchen starrte ihn an. Die Frau warf ein blaues und ein schwarzes Hemd über das gelbe. Der Gong ertönte. Die freundliche Frauenstimme machte auf ein Sonderangebot im Basement aufmerksam. Er ging um den Wühltisch herum, räumte das schwarze und das blaue Hemd beiseite, faltete das gelbe. Aber etwas war falsch, er spürte es und zog die Hand zurück. Nein, das war unnötig. Er hätte es nehmen sollen. Nun ging er schon wieder, ohne es geschafft zu haben, die Schultern hochgezogen, als wiese das die fremden Blicke ab.
Jetzt mache ich es besser, dachte er, vorher gehe ich nicht weg! Ich darf erst gehen, wenn ich etwas Besonderes habe.

Ich muß, ich will es schaffen! Wenn ich etwas Besonderes habe, werde ich Schluß machen und nie mehr etwas stehlen. Ich werde nie mehr stehlen! Er dachte daran als an eine Erlösung, die ganz nahe war, sagte es sich vor wie einen Vertrag, den er nicht nur mit sich, sondern auch mit dem Schicksal schloß. Noch einmal, dann bin ich frei. Dann verbrenne ich den Plunder oder vergrabe alles, und niemand wird etwas erfahren.

Niemand. Der Zwang, die Angst, die Beschämung würden zu Ende sein.

Er strich umher mit klopfendem Herzen, seine Augen suchten und sahen fast nichts. In den Regalen, den Verkaufsständern und auf den Wühltischen häuften sich die Waren, aber nichts war dabei, was ihn befreien konnte. Ich kann auch so gehen, dachte er. Doch das war kläglich und gegen den Vertrag, und so würde es nichts nützen. Eine Sekunde lang schloß er die Augen und fühlte sich aussichtslos verirrt. Wach aut, sagte er sich. Eine junge Frau mit langen schwarzen Haaren war an ihm vorbeigegangen und schlenderte vor ihm durch den Gang. Er folgte ihr bis zur Möbelabteilung, wo sie stehenblieb und eine Sesselgruppe betrachtete. In einer anderen Sesselgruppe saß ein älteres Ehepaar zusammen mit einem Verkäuter, der einen Auftrag notierte. Er ging vorbei und geriet zwischen die antiken Möbel: Schränke, Vitrinen, Anrichten, Kommoden, kleine Sekretäre, darauf das Blinken silberner Kerzenleuchter, auch eine Silberschale, in der Äpfel und Weintrauben aus Kunststoff lagen. Und was war das da, auf der Kommode? Das gefiel ihm: eine silberne Schale, geformt wie ein kleiner Kelch, mit einem dunkelblauen Glaseinsatz. Das Ding leuchtete ihn an. Nimm mich. Ich bin es. Ich spreche dich frei. Auf dem Tisch lag eine Liste der ausgestellten Gegenstande. Dies hier war es: »Zuckerschale, englisch, um 1910, silver plated, 185,– DM.« Er war allein hier, fast ganz verdeckt durch die Schränke. Irgendwo mußte wohl eine Kamera sein, aber sie war nirgends zu entdecken. Er stand reglos da, unfähig zu handeln, fühlte sich inmitten einer fremden Aufmerksamkeit, belauert von unsichtbaren Augen. Jetzt, jetzt, befahl er sich, um die Lähmung zu überwinden. Doch seine Hand war ihm schon zuvorgekommen und versenkte die silberne Schale in der Plastiktüte, deckte sie sorgfältig, ohne Eile mit der Wollmütze zu. Er ging, trieb vorbei an dem Verkäufer und dem Ehepaar und der Frau mit den langen schwarzen Haaren, entfernte sich wie durch einen rauschenden farbigen Nebel und rempelte jemanden mit der Schulter an. Ein Angestellter mit einem kleinen Namensschild am Aufschlag der Jacke. Verzeihung! Verzeihung war ein übertriebenes Wort. Doch er brauchte Verzeihung, wollte Verzeihung. Der andere war schon weitergeeilt, als gäbe es etwas Wichtiges anderswo. Die Welt öffnete sich wieder, und er sah, wo er war.

Er kam zur Treppe und konnte hinuntergehen Der dunkle, warme Gong ertönte. Die freundliche Frauenstimme machte auf neue Sonderangebote aufmerksam. Im Erdgeschoß glitzerten die kristallenen Leuchter über den dösenden Puppenfrauen. Niemand erwartete ihn am Fuß der Treppe, und dort hinter den Verkaufsständen und Warentischen war der Ausgang zur Straße, in der, immer noch weit abgerückt wie eine Erscheinung, viele Menschen vorbeigingen. Schnell! Nein, ruhig weitergehen. Jetzt wollte er erst wieder atmen, wenn er draußen war, verschwunden in der Menge, die dort drüben so leicht, so träumerisch vorbeizog. Um ihn herum schienen sich auf einmal alle Leute in stockender, lähmender Langsamkeit zu bewegen, als seien sie unter einen Bann geraten, der den baldigen Stillstand des Ganzen zu bewirken begann. Nur schräg vor ihm drängte sich ein Mann durch, einer, der es eilig hatte, um vor ihm am Ausgang zu sein. Und ein anderer, das spürte er, war hinter ihm. Ruhig! Ruhig geradeaus gehen! Dann vielleicht nach links abbiegen und irgend etwas kaufen. Einen Kamm! Er brauchte einen Kamm. Und er konnte noch viel mehr kaufen, um Zeit zu gewinnen und dann vielleicht plötzlich zu verschwinden. Kaufen war erlaubt. Man sollte hier kaufen. Beim Kaufen durfte man nicht gestört werden.

Solange man kaufte, war man sicher. Und die Tüte konnte er stehenlassen, um zu zeigen, daß ... Er hatte ja all das nicht haben wollen. Er hatte ... es war nur ... er wollte ihnen sagen, erklären ...
Sie traten auf ihn zu mit Gesichtern, die Bescheid wußten und denen man nichts erklären konnte, und obwohl sie ganz verschieden aussahen, waren sie ein einmütiges Paar. Der Schwarzhaarige war hinter ihm hergekommen und hatte ihn eingeholt, und der Größere, Blonde, ein Mann mit blauen Augen und einem schmalen blassen Bärtchen auf der Oberlippe, versperrte ihm den Weg und sagte leise, mit einer bedrohlichen Freundlichkeit: »Jetzt komm mal mit ins Büro und zeig uns, was du in deiner Tüte hast.«
Und dies, dachte er verzweifelt, konnte nur der Anfang vom Ende der Welt sein. Er mußte jetzt fallen, stürzen, und alles mußte sich auflösen. Jetzt! Bitte! Helft mir! Doch die Welt bestand weiter. Ringsum machten alle weiter.

Noch immer verstand sie nicht. Polizisten in ihrem Haus? Und sie kamen wegen Christoph? Das mußte ein Irrtum sein. Sie lächelte verwirrt zu Almut hinüber, die, wie sie, gerade ihren Mantel ausgezogen hatte. Sie waren vom Friedhof gekommen, um zusammen Tee zu trinken. In der Straße hatte ein grün-weißer Streifenwagen gestanden. Den hatte sie gar nicht beachtet. Die Polizei gab es natürlich. Auf der Straße, in Filmen und in der Zeitung gab es Polizeibeamte, aber in ihrem Leben kamen sie nicht vor. Doch als sie an der Haustür in ihrer Handtasche den Schlüssel suchte und ihn im Augenblick nicht finden konnte, waren die beiden Beamten aus dem Streifenwagen ausgestiegen und mit gemächlicher Bestimmtheit auf sie zugekommen, und ohne Grund war sie sofort in Angst geraten.
Sie kamen wegen Christoph. Nein, nein, ein Unfall war es nicht. Sie wollten sie allein sprechen.
Das war ja wohl absurd, versuchte sie mit ihrem Lächeln

Almut zu sagen, die ermutigend und verschwörerisch zurücklächelte, bevor sie im Wohnzimmer verschwand.
Also bitte, es ging um Christoph?
Sie hatte sich den beiden wartenden Beamten wieder zugewandt und spürte, daß ihr ein gemessenes und distanziertes Staunen gelang. Ihre eigene Haltung schien ihr fast eine Widerlegung jeder Beschuldigung zu sein.
Christoph? Unmöglich! Doch nicht Christoph, ihr Sohn.
Geduldig, mit einer Gewißheit, die sie zu lähmen begann, blätterte der ältere Polizist in einem Notizbuch und las ihr Christophs Geburtsdatum vor. Dann steckte er das kleine Buch wieder in die Jackentasche und sah sie an: »Wir haben einen Anruf vom Polizeipräsidium in Köln erhalten. Ihr Sohn ist heute nachmittag in einem Kölner Warenhaus bei einem Diebstahl erwischt worden.«
»Was?« sagte sie. »Wie bitte?«
»Er hat eine ganze Reihe von Gegenständen gestohlen. Unter anderem Silbersachen.«
Auf einmal begann alles immer weiter auseinanderzuklaffen: ihr Verstand und die Situation, die Polizisten und sie selbst und Christoph und diese Beschuldigung und diese Sekunde und die nächste und die nächste – und dabei mußte sie doch dringend etwas tun oder sagen, das alles wieder zusammenfügte und in Ordnung brachte. Sie mußte jetzt unbedingt alles zusammenhalten! Sie mußte sich zur Wehr setzen, es abwehren, nicht anerkennen.
»Aber ich verstehe das nicht«, sagte sie.
»Sie haben bisher nie irgendeinen Verdacht geschöpft?«
Sie schüttelte den Kopf.
»Ja, dann wären wir Ihnen dankbar, wenn sie uns jetzt das Zimmer Ihres Sohnes zeigten.«
»Wozu das?« fragte sie. »Warum wollen Sie Christophs Zimmer sehen?«
»Die Kripo in Köln ist der Auffassung, er habe das nicht zum ersten Mal gemacht. Das möchten wir gerne überprüfen. Vielleicht entkräften wir ja den Verdacht.«

Was muß ich jetzt tun? dachte sie. Konnte sie sich sperren und die Durchsuchung verweigern? Wahrscheinlich war das unklug und erhärtete nur den Verdacht. Aber wenn, wenn ... Sie konnte nicht zu Ende denken. Die beiden Männer warteten, ließen ihr keine Zeit.
»Also gut, bitte sehr.«
Bringen wir das hinter uns, schoß es ihr durch den Kopf. Während sie vorausging, fühlte sie sich einen Augenblick sicherer. Aber als sich die Polizisten in Christophs Zimmer umschauten und mit ruhiger Systematik den Wandschrank durchsuchten, zwischen den Pullovern herumtasteten, die Schubfächer des Schreibtisches aufzogen und die Bücherreihen im Regal auseinanderschoben, bekam sie immer mehr Angst, und plötzlich wußte sie, daß sie das Versteck längst kannte, denn Frau Drahn hatte mißbilligend von einer grauen Pappschachtel erzählt, die unter Christophs Bett stünde und sie beim Putzen störe, und wie in manchen Träumen, in denen unweigerlich gerade das geschieht, was man mit aller Seelenkraft vermeiden will, sah sie, wie sich der jüngere Polizist bückte und eine große flache graue Schachtel unter dem Bett hervorzog.
»Na, was haben wir denn da? Wissen Sie, was da drin ist, Frau Vogtmann?«
»Nein, weiß ich nicht. Irgendwas.«
»Das müssen wir uns anschauen.«
Sie konnte nicht eingreifen. Die Knoten, die der Polizist aufknüpfte, waren Christophs letzter vergeblicher Widerstand. Gleich mußte er auseinanderfallen, und dann würde etwas sichtbar werden, was niemand sehen durfte, auch sie selbst nicht.
Behutsam und erwartungsvoll, wie man ein Geschenk öffnet, hob der Polizeibeamte den Deckel ab, und zu dritt starrten sie auf eine wirre Ansammlung billiger Konsumartikel, die die Schachtel fast randvoll füllten. Alles lag da beieinander: Shampooflaschen, Musikkassetten, Knopfkarten, Schraubenzieher, Kindersocken, mehrere Malkästen, ein Lineal,

eine Plastikrose, eine Sonnenbrille, eine Spaghettizange, zwei Aschenbecher, mehrere Diafilme, ein Diabetrachter, mehrere Kämme, mehrere Handtuchhalter – es war das zufällige Ergebnis vieler Diebeszüge. Offenbar hatte Christoph alles gestohlen, was sich greifen ließ. Nichts davon hatte er benutzt. Die Gegenstände steckten in ihren Verpackungen und waren mit Preisschildern versehen. Er hatte sie nur aus dem Verkehr gezogen und in der grauen Schachtel eingesargt. Warum bloß hatte er das getan? Hatte er es tun müssen?
In dem gerümpelhaften Durcheinander sahen die Dinge wie trostlose Beweisstücke aus, daß es nichts gab, was irgendeinen Wert hatte.
»Tut mir leid«, sagte der ältere Polizist, »das müssen wir mitnehmen.«
Sie brachte die beiden zur Tür und hörte sie abfahren. Zwischen dem Zufallen der Autotür und dem Starten erloschen ihre Gedanken, so daß sie sich mit erneutem Befremden fragte, was überhaupt geschehen sei, und versuchte, Ordnung in ihrem Kopf herzustellen.
Dies war die Siegburger Polizei gewesen. Gleich sollte ein Anruf der Kölner Kripo kommen, die Christoph noch immer festhielt. Gleich, wenn die Meldung durch war, was die beiden Streifenbeamten alles gefunden hatten. Christoph konnte dann nichts mehr abstreiten. Wozu auch? Wozu?
Mit leerem Kopf und angenehm mechanisch ging sie ins Wohnzimmer. Almut kam ihr entgegen, im Blick einen übertriebenen Ausdruck von Sorge und Anteilnahme.
»Was ist los? Sie sind ja ganz blaß.«
»Nichts«, sagte sie.
Sie spürte, wie ihr schlecht wurde. Umhüllt von rauschender, nebelhafter Schwärze tastete sie nach einem Sessel. Dann fühlte sie Almuts Handflächen an ihren Schläfen und erkannte ihre Augen.
»Was ist denn? Wie fühlen Sie sich? Was ist passiert?«
Matt und immer noch ungläubig und verständnislos kam ihre Antwort: »Man hat Christoph als Dieb verhaftet.«

»Sie sollten sich wirklich nicht so aufregen«, sagte Almut. »So was kommt viel häufiger vor, als man denkt. Es ist eine typische Entgleisung bei jungen Menschen. Natürlich steckt irgend etwas dahinter, ein Mangel, ein Protest. Das muß man herausfinden. Es ist wie ein Zeichen, daß man sich um ihn kümmern soll.«

»Er hat auch mich bestohlen. Ich weiß es jetzt«, sagte Elisabeth. »In den letzten Monaten fehlte mir oft Geld. Aber ich habe die Augen zugemacht und mir eingeredet, daß ich mich täusche.«

Sie stand auf und ging ein paar Schritte in den Raum hinein, drehte sich heftig wieder um und starrte auf die Teetassen.

»Alles ist eine einzige Lüge.«

»Darüber sollten wir mal reden«, sagte Almut.

Beide hörten sie den Motor von Vogtmanns Wagen, der die Straße heraufkam und in der Einfahrt hielt.

»Mein Mann«, sagte Elisabeth. »Wenn er das erfährt, ich weiß nicht, was er tut.«

»Dann sagen Sie es ihm nicht.«

»Er wird Christoph in ein Internat verbannen.«

»Sagen Sie es ihm nicht. Auf jeden Fall nicht jetzt!«

Die Garagentür wurde hochgezogen und wieder heruntergelassen, kurz danach wurde die Haustür aufgeschlossen. Vogtmann ging durch die Diele ins Badezimmer. Gleich würde er, wie gewohnt, hereinkommen, um sich einen Drink zu machen und die Zeitung zu lesen, und wenn er sie anschaute und Fragen stellte, mußte sie bereit sein, ihm standzuhalten, um Christoph zu schützen. Sie mußte Zeit gewinnen und sich über alles klarwerden, und zunächst einmal mußte Christoph nach Hause kommen, mußte wieder hiersein.

Das Telefon klingelte. Sie griff den Hörer und meldete sich. Es war das Polizeipräsidium in Köln, sie wurde weiterverbunden, sah mit bangen Blicken zur Tür und zu Almut hinüber. Eine ruhige Männerstimme meldete sich, ein Krimi-

nalbeamter, der behauptete, daß Christoph vor ihm säße. Man hatte in Köln inzwischen von dem Besuch der Siegburger Kollegen erfahren und wollte wissen, ob sie Christoph abholen wolle.
»Nein, das kann ich nicht«, sagte sie verzweifelt.
»Wir können ihn natürlich auch nach Hause schicken, wenn Sie damit einverstanden sind. Wollen Sie mit ihm sprechen?«
»Ja, bitte.«
Ein Geräusch war zu hören, ein Murmeln, dann etwas, das sie erschreckte, etwas fast Unhörbares, Christophs Atem.
»Christoph«, sagte sie, »was ist mit dir?«
Er antwortete nicht.
»Christoph, komm sofort nach Hause! Christoph, verstehst du mich?«
Er schwieg und war trotzdem nah, so daß sie ihn fast körperlich spürte.
»Hörst du? Komm nach Hause. Dann besprechen wir alles. Hörst du?«
»Ja, ist gut.«
Wieder war ein Geräusch zu hören, dann die fremde Männerstimme: »Na, das war ja nicht viel. Aber wenn Sie einverstanden sind, schicken wir ihn jetzt los. Eine Rückfahrkarte hat er ja.«
Sie bedankte sich, merkte auf einmal, daß das Gespräch zu Ende war. Plötzlich empfand sie etwas Seltsames: ein erschrockenes Staunen darüber, daß die Welt nicht durchsichtig war und sie nicht sehen konnte, wo Christoph sich befand, was er jetzt machte, was mit ihm geschah, und mit einem raschen Einfall, der in ihrem Staunen aufleuchtete, dachte sie, daß diese unerbittliche Verhinderung der Grund allen Unglücks und aller Einsamkeit und Täuschung sei. Doch im nächsten Augenblick verlor dieser Gedanke seine Überzeugungskraft und ließ nur Angst zurück.
Sie konnte jetzt nichts tun als warten. Sich beruhigen und warten. Lügen und warten.

Eine Stunde später brachte sie Almut zur Tür, die ihrem Bruder das Abendessen machen mußte und sich entschuldigte, daß sie nicht länger bleiben könne.
»Ich würde mir jetzt nicht so große Sorgen machen«, sagte Almut. »Er wird schon wieder nach Hause kommen. Und wenn er dann da ist, regen Sie sich bitte nicht auf.«
Elisabeth nickte, versuchte zu lächeln. Almut umarmte sie mit aufmunternder Herzlichkeit.
»Wird schon alles gut werden. Ich rufe morgen früh an. Und wenn Sie mich brauchen: Ich bin da.«
Sie blieb gehorsam zurück und fühlte sich auf einmal aus der Situation herausgeglitten und nur erschöpft. Wieder sah sie den Inhalt der grauen Schachtel vor sich, den ganzen Plunder von Christophs Diebeszügen, und stellte sich vor, wie sie alles vor Ulrichs Füße kippte: Schau dir das an! Das haben wir aus Christophs Leben gemacht!
Das war eine schreckliche Gemeinsamkeit, eine schreckliche gemeinsame Schuld, die sie verband. Und doch verband sie das mit ihm, viel enger und fester, als er wußte und es sich wünschte.

Im großen Wohnraum saß Ulrich hinter der Zeitung und blätterte geräuschvoll eine Seite um.
»Möchtest du etwas essen?« fragte sie.
»Nur zwei belegte Brote. Was du gerade hast.«
Sie ging mit der Teekanne hinaus. In der Küche wachte sie aus einer Betäubung auf und sah die Kanne auf dem Tisch stehen. Sekundenlang wunderte sie sich über ihre Unversehrtheit und zögerte, irgend etwas zu berühren. Dann saß sie wieder Ulrich gegenüber, auf dem Tisch Brot und Aufschnitt und frischer Tee. Um nicht sprechen zu müssen, aß sie. Und auch er aß schweigend. Alle ihre gemeinsamen Mahlzeiten hatten etwas Provisorisches bekommen. Es waren nur noch rasche Abfütterungen, zu denen man notgedrungen zusammenkam, und vielleicht war sie daran schuld, sie, die verlernt hatte,

anderen etwas zu geben, sie war schuld an Christophs Stehlen und an der stummen, verächtlichen Energie, mit der Ulrich sein Brot in kleine Bissen zerschnitt.
»Hast du was Neues aus München gehört?« fragte sie.
»Nichts, was die Sache besser macht.«
Er sagte es schroff, abweisend. Aber es gab ihr ein Gefühl von Hoffnung, daß er sie nicht zu belügen versuchte. Ja, er sollte ruhig rücksichtslos sein, wenn er nur mit ihr sprach. Jetzt lächelte er, ein höhnisches Lächeln.
»Dein Bruder hat mich heute zu erschießen versucht.«
»Was?« fragte sie, »Rudolf?«
»Ich wüßte nicht, daß du einen anderen Bruder hast.«
Er öffnete eine Flasche Bier und goß sich sorgfältig ein Glas ein, trank genießerisch.
»Ich habe ihm die Flinte abgenommen. Jetzt säuft er wahrscheinlich.«
Sie saß immer noch reglos.
»Ich verstehe nicht«, sagte sie. »Warum wollte er dich erschießen?«
»Das ist doch einfach. Er haßt mich.«
Sein Lächeln verstärkte sich. Es wirkte falsch und aufgesetzt, ein Lächeln, das sie bedrohte.
»Kannst du es ihm nicht nachempfinden?«
»Doch«, sagte sie, »ich kann es.«
Er lächelte.
»Auf dein Wohl«, sagte er und trank ihr zu. »Das war die beste Antwort, die ich je von dir bekommen habe.«
Mit einer Ruhe, von der sie nicht wußte, wie sie sie auf einmal gewonnen hatte, hielt sie ihm stand: »Wir könnten uns noch mehr Wahrheiten sagen, glaube ich.«
Sein Gesicht war ernst geworden, aufmerksam.
»Zum Beispiel?«
Jetzt, dachte sie, jetzt! Das war der Augenblick! Jetzt mußte sie ihm sagen, daß Christoph, ihr gemeinsames, ihr einziges Kind, ein Dieb war! Und dies konnte der Anfang sein, den sie noch einmal miteinander machen mußten, und vielleicht war

es der geheime Sinn von Christophs Tat, daß sie beide diese Chance bekamen.
Aber würde Ulrich es verstehen? Mußte sie Christoph nicht vor ihm schützen? Sagen Sie ihm nichts, hatte Almut ihr geraten. War das richtig? War es falsch?
»Ach, es gibt so vieles«, sagte sie ausweichend, »das weißt du doch selbst.«
Sie hatte nur Zeit gewinnen wollen, um zu überlegen, konnte aber schon sehen, wie Ulrichs Interesse schwand.
»Denk an Christoph«, sagte sie, »er versagt in der Schule, er hat Probleme.«
Sie kam sich vor wie eine Hausiererin, die verzweifelt durch einen sich unaufhaltsam schließenden Türspalt sprach, aus dem nur noch eine abweisende Antwort zu erwarten war.
»Meiner Meinung nach gehört er in ein Internat«, sagte er.
Gegen ihre Angst dachte sie, daß das vielleicht doch richtig sein könne und es klug war, darin einzuwilligen.
Das Telefon klingelte. Sie sprang sofort auf. Es war Almut, die wissen wollte, ob Christoph inzwischen zu Hause sei.
»Nein«, sagte sie tonlos.
»Ich hatte gehofft, er sei inzwischen da. Aber vielleicht fährt ja nicht so häufig ein Zug. Ich habe keinen Fahrplan, um nachzuschauen.«
»Ich auch nicht«, sagte sie, gequält von der Lähmung, die sie nicht loswerden konnte, weil hinter ihr Ulrich saß und alles hören konnte, was sie sagte.
»Nun, man soll sich nicht verrückt machen«, sagte Almut.
»Sie haben ja mit ihm gesprochen. Er weiß, daß Sie ihm keine Vorwürfe machen. Ihrem Mann haben Sie wohl noch nichts gesagt?«
»Nein, noch nicht.«
»Dann tun Sie es auch nicht. Er kann im Augenblick ja auch nichts machen. Vielleicht ist Christoph nur bei einem Freund.«
»Vielleicht.«
Sie hörte, wie Ulrich aufstand, und blickte sich nach ihm um.

Ein wenig vorgebeugt und mit seltsam verzerrtem Gesicht, nicht nach rechts und links schauend, ging er auf die Tür zu und verschwand.

»Ich weiß, wie Ihnen zumute ist«, sagte Almut, »wenn Ihnen das hilft, komme ich gerne noch einmal rüber.«

»Nein, danke«, sagte sie in wachsender Unruhe, »nein, ich muß noch aufräumen. Ich rufe wieder an, ja?«

Was bedeutete das? Warum war Ulrich so plötzlich weggegangen? Warum hatte er so seltsam ausgesehen? Als hätte er sie oder das Telefongespräch nicht mehr ertragen können. Oder war es noch eine Reaktion auf ihr Gespräch? Wahrscheinlich saß er in seinem Zimmer, völlig unzugänglich und versperrt. Die höhnische Art, in der er erzählt hatte, daß Rudolf ihn mit dem Jagdgewehr bedroht hatte, kam ihr schrecklicher vor als die Szene selber, die sie sich nach seinen Andeutungen kaum vorstellen konnte. Sie erschien ihr nur als ein plumpes Fuchteln und Drohen, aus dem Ulrich unversehrt, mit einer boshaften Befriedigung hervorgegangen war. »Jetzt säuft er wahrscheinlich«, hatte er wegwerfend gesagt und sich ihr als der Sieger gezeigt, dem der Haß der anderen ein Vergnügen machte. Doch vielleicht stimmte das nicht. Vielleicht war er in einer ganz anderen, nur mühsam verleugneten Verfassung, schwer angeschlagen durch seine geschäftlichen Enttäuschungen und Niederlagen. Vielleicht hatte er deshalb auf diese schwierige, verdrehte Weise herauszufinden versucht, wie sie zu ihm stand. »Er haßt mich. Kannst du es nicht nachempfinden?« hatte er sie gefragt. Und sie hatte ihm ins Gesicht gesagt, sie könne es.

O Gott, was machen wir! Was tun wir uns an!

Es war etwas zwischen sie geraten, eine fremde Kraft, die alles auseinandersprengte: Ulrich, Rudolf, sie selbst und Christoph – alle wurden immer weiter auseinandergetrieben, und sosehr sie sich auch anstrengte, sie konnte es nicht aufhalten. Lag vielleicht alles nur an ihr, an ihren unzureichenden Kräften, an ihrer mangelnden Liebe, ihren Hemmungen, ihrem fehlenden Mut? Manchmal kam es ihr so vor, als lebte sie auf einer kleinen, immer mehr schrumpfenden Insel, und in seltsamem Widerspruch zu der Kleinheit der Insel rannte und rannte sie, ohne sie je verlassen zu können. Und dann wurde sie auch blind und konnte die anderen nicht mehr sehen.

Draußen regnete es seit Stunden. Das hatte am Nachmittag begonnen und war allmählich stärker geworden. Trotzdem schauderte sie zusammen, als ein Windstoß den Regen prasselnd gegen die Scheiben warf. Wo war Christoph? Lief er verwirrt in der Dunkelheit herum? Hatte er sich etwas angetan? Wo war er? Wo blieb er? Warum eigentlich war sie nicht sofort losgefahren, um ihn nach Hause zu holen? Es war doch das Selbstverständlichste, was sie hätte tun müssen.

Ich bin schuldig, wenn etwas passiert. Ich bin schuldig! Ich bin schuldig!

Sie schlug die Hände vor ihr Gesicht und zog sie langsam wieder herunter, bis sie nur noch ihren Mund bedeckten. So stand sie und starrte auf das Telefon. Dann griff sie den Hörer und wählte die Nummer der Polizei.

Ein Beamter der Revierwache meldete sich, der über nichts informiert war. Umständlich und mehrmals unterbrochen durch seine Fragen, erklärte sie ihm, was geschehen war und daß sie Angst habe, weil Christoph noch nicht wieder zu Hause war. Der Beamte versprach, die Sache weiterzugeben, und bat um eine Mitteilung, falls Christoph nach Hause kam.

Das Gespräch hatte ihr keine Hoffnung gemacht. Es gab jetzt nichts mehr, was sie noch tun konnte. Es war der Moment, in dem man beten mußte. Aber das wollte sie nicht. Es würde Christoph nicht helfen und nur sie selbst ein wenig einlullen. Beten war ein Selbstbetrug. Und dennoch war immer dieses stumme Flüstern in ihr, dieses inständige Flehen einer angstvollen, verzweifelten Stimme, die um Hilfe bat und sich schuldig sprach, um von irgendeiner, nur dunkel vorgestellten mächtigen Instanz Vergebung zu erwirken und den Erlaß der drohenden Strafe.

Langsam deckte sie den Tisch ab und trug das Tablett in die Küche, räumte alles fort. Sollte sie eine Patience legen? Nein, sie konnte nicht ruhig an einem Tisch sitzen. Es war besser, nach draußen zu gehen, ein Stück durch den Regen zu laufen, wie Christoph es tat, wenn er es tat, wenn . . . Aber vielleicht kam ein Anruf, dann mußte sie hiersein. Nur eins konnte sie jetzt noch tun: Sie mußte mit Ulrich sprechen.
Entschlossen ging sie zur Tür seines Zimmers und klopfte.
»Ja«, sagte es drinnen. Die Stimme klang seltsam. Sie trat ein und stockte. Ulrich lag flach ausgestreckt auf dem Bett, in dem er jetzt meistens schlief, wenn er hier war. Er hatte seinen Kragen geöffnet, und in dem Licht der Tischlampe, das seitlich auf ihn fiel, sah er elend und verfallen aus.
»Was ist?« fragte sie.»Was hast du?«
»Mir ist ein bißchen flau geworden.«
Die Stimme klang matt, doch sie merkte, daß er seine Schwäche verbergen wollte.
»Hängt mit dem Wetter zusammen«, sagte er. »Und ich habe zwei Nächte nicht geschlafen.«
»Ja«, sagte sie.
Erschrocken, daß sie ihn so sah, zog sie einen Stuhl heran und setzte sich.
»Brauchst du etwas? Soll ich einen Arzt rufen?«
»Ach was, geht schon besser. Ich muß mich nur ausschlafen.«
Sie war verwirrt und konnte ihn nur anstarren. Er atmete flach und schnell durch den offenen Mund. Vielleicht erduldete er sie nur, weil er sich nicht wehren konnte. Schließlich sagte er mit seiner belegten Stimme: »Morgen muß ich unbedingt nach München.«
»Das geht doch nicht! Das darfst du nicht!«
»Ich muß mich nur ausschlafen, dann bin ich fit.«
Ich darf ihm nicht widersprechen, dachte sie, das regt ihn auf. Sie sah, wie er sich mühte, ein Kissen in seinen Nacken zu ziehen, und half ihm dabei, ließ ihn danach sofort wieder los.
»Danke.«
Er starrte irgendwohin, auf einen Punkt ganz oben an der

Wand oder der Zimmerdecke. Dann drehte er den Kopf und fragte: »Hast du eine Schlaftablette?«
»Ja, aber ist das gut für dich?«
»Hauptsache, ich kann schlafen.«
Sie wollte ihm sagen, er solle heute nacht bei ihr schlafen, aber sie wagte es nicht. Er schien allein sein zu wollen. Er litt darunter, daß sie ihn so sah. Sie brachte ihm alles, was er brauchte, auch die Hausschuhe und den Bademantel, mehr wollte er sich nicht helfen lassen.
Sie saß in der Küche, und nach einiger Zeit hörte sie, wie er ins Bad ging. Sie stand auf und lauschte, ging in die Diele. Es regnete ununterbrochen, das war alles, was sie hörte. Dann wurde vorsichtig die Haustür aufgeschlossen, und sie sah mit ungläubigem Staunen, daß Christoph hereinkam. Er war blaß und völlig durchnäßt, seine Augen flackerten. Seltsamerweise sah er sie kaum an, als gäbe es sie nicht, sondern drehte sich weg und zog leise die Tür ins Schloß, wollte anscheinend an ihr vorbeigehen.
»Christoph!«
Sie begriff, daß sie geflüstert hatte und er sie abwartend ansah. Benommen ging sie auf ihn zu, faßte sein Handgelenk und zog ihn, »komm, komm« flüsternd, an der Badezimmertür vorbei in sein Zimmer und schloß die Tür. Wieder standen sie sich gegenüber, er scheu, mit einem Funken Trotz in den Augen, sie fast ausgelöscht und außer sich, da und nicht da.
»Christoph.«
Als sie ihn an sich riß, wehrte er sich nicht, blieb aber starr. Dann löste sich der Krampf in einem Schüttelfrost, und sie dachte, sie müsse ihn zusammenhalten, müsse ihn fest in ihren Armen zusammenpressen, und ließ ihn nicht los.

Als könnte sie die Nacht über sich ausbreiten, indem sie die Lider schloß, versuchte sich Elisabeth ins Dunkel zu bergen und zu schlafen. Es war still im Haus, die Dunkelheit lag auf ihrem Gesicht wie eine gewichtslose Maske. Ruhig liegen, nur atmen, die Unruhe ausatmen, spüren, wie sie abzieht in kleinen Wirbeln und die lange Aufregung sich in Lethargie verwandelt. Von sich abkommen, um bei sich selbst zu sein, innen, als wäre man in sich selbst verpuppt. Dünnes Sprühen, Rieseln auf der Haut. Dieses Geduldspiel des Einschlafens, dieses unmögliche Vertrauenmüssen. Hatte sie ein Weinen gehört, ein Stöhnen? Noch einmal öffnete sie die Augen, um das beruhigende Dunkel erneut unter ihre Lider zu pressen, drehte sich zur Seite, rollte nach einer Weile auf den Rücken zurück. Sie wollte nicht denken. Nur liegen und lauschen. Hatte der Regen aufgehört? Der Wind trug ihr undeutliche Geräusche zu, die das Dunkel aufrauhten wie eine graue Schraffur. Dies war ein Flugzeug, hoch über den Wolken. Konnte sie sich ihm anvertrauen, der durchbrochenen Linie seines Verschwindens folgen, halb Zuhörerin, halb Vogel, halb niemand, halb sie selbst. Ein anderer als sie selbst. Immer auch sie selbst. Schwarz, schwebend. Immer auch der andere, in Gefahr zu stürzen. Was will er? Wo bin ich? Was ist passiert, Vater? Mühsam sich drehend wie in zähem Schlamm und allmählich davon aufgesogen, halb immer der andere, der zu stürzen beginnt, so schwer und doch aufwärts, aufwärts und abwärts, wach werdend und erneut im Schlaf.

Als hätte ihnen jemand das Zeichen zum Einsatz gegeben, begann tief in der Nacht das Geheul der beiden Hunde. Es war zunächst ein helles, ängstliches Jaulen, das manchmal in ein Winseln, manchmal, als hätten sie begriffen, daß etwas Unabänderliches geschehen war, in ein erregtes, heiseres Kläffen überging und sich dann zu diesem langgezogenen, klagenden Heulen verstieg, das immer mehr unruhige Schläfer in den Neubauten jenseits der Parkmauer weckte, Leute, die die Fenster ihrer Schlafzimmer schlossen und sich die Ohren verstopften, und einige, die lauschten in einer ihnen vielleicht selbst unverständlichen Erregung und Gier, wartend, ob die Stimmen wieder einsetzten, wenn sie einen Augenblick zu einem Jaulen absanken und leiser wurden und die beiden Hunde nun vielleicht in der dunklen Villa herumliefen, schnüffelten oder einen Ausgang suchten, um ihrer Gefangenschaft zu entkommen, bis einer von ihnen wieder zu heulen begann und der andere sofort einfiel in das langgezogene Klagen, zwei jaulende, heulende Lautwellen, die sich loszuwinden versuchten von etwas, das sie festhielt und erschreckte, und die immer wieder in sich zusammensackten. Auch am frühen Morgen heulten die Hunde noch, und als Elisabeth, von mehreren wütenden Anrufern aus dem Schlaf gerissen, bei der Villa ankam und aus ihrem Wagen stieg, konnte sie sie hören, wie verzweifelte, eingeperrte Geisterstimmen, die immer wieder in ein kraftloses Weinen verfielen.

Hastig hatte sie sich angezogen und war sofort losgefahren, nicht weil sie irgendeine Befürchtung hatte, sondern um für Ordnung zu sorgen und zum Frühstück wieder zurückzusein. Doch von dem Moment an, da sie die Tür aufschloß und die beiden Hunde ihr winselnd entgegenschossen und fast im Laufen ihr Wasser verloren und nun wieder hineindrängten und die Treppe hinaufliefen, goß ihr Herz mit jedem seiner dumpfen Schläge Angst in ihr aus. Noch ahnte sie nicht, was sie sehen würde. Denn während sie schnell und atemlos die Treppe hochstieg und hinter den winselnden Hunden durch den langen Flur des ersten Stockwerks zu Rudolfs Zimmer ging, war in ihr eine entgegengesetzte Bewegung ständigen Zurückweichens und Fliehens, und als sie im Türrahmen von Rudolfs Zimmer stand, hatte sie einen Zustand unmenschlicher Sachlichkeit und Leere erreicht.

Sie sah, daß er sich erschossen hatte. Er hatte sich durch den Mund geschossen, der ein blutiges Loch in zerrissenen und zerfetzten Wangen war. Er lag zurückgeschleudert auf dem Bett, den Kopf in der Wandecke, das Gewehr neben sich, die Augen waren aufgerissen, der Hinterkopf fehlte und klebte hinter ihm an der Wand als eine blutige Aureole. Als sie seine nackten Füße sah, wußte sie, daß er mit den Zehen den Schuß

gelöst hatte, während die Mündung des Laufes in seinem Mund steckte.
Hinter allem Begreifen mußte der Schrecken sein. Oder war das der Schrecken, abgeschnitten von jedem Gefühl, immer nur sehen zu müssen, daß alles zu spät war? So getrennt zu werden von jeder Vergebung? So stehen zu müssen, angestarrt von Augen, die sie erwartet hatten und die jetzt gebrochen waren über dem Blutloch des Mundes und seinem schreienden Schweigen?
Sie wagte nicht, sich abzuwenden und der zusammengesunkenen Gestalt und ihrem zersprengten Kopf den Rücken zuzukehren, wagte auch nicht, näher heranzugehen. Rudolf, dachte sie. Aber der Tote schien den Namen nicht anzunehmen. Er war es und war niemand. Unmerklich und unaufhörlich verwandelte er sich. Der Tod, der seine Augen von innen versiegelt hatte, dehnte sich immer mehr aus. Sie verurteilte sich, ihn anzusehen. Er lag da, unabänderlich, unberührbar, in einer kalten, reglosen Fremdheit, die noch endgültiger als das Entsetzen war. Seine Zeit, die auch ihre Zeit hätte sein können, war vorbei.

10. Ein Jahr geht zu Ende

Als ob etwas einen Augenblick lang sehr laut gewesen wäre, war es auf einmal still. Rudolf war in dem Familiengrab neben dem alten Pattberg beerdigt worden. Seine Hunde, die niemand hatte haben wollen, hatte ein Tierarzt eingeschläfert, nachdem sie im Zwinger des Tierheims wieder in ihr Jaulen und Heulen verfallen waren und alle anderen Hunde damit angesteckt hatten. Über die Tötung der beiden Tiere war nicht mehr gesprochen worden. Sie fand am Tag der Beerdigung statt und verschwand hinter dem erstickenden Schweigen, das sich zwischen ihnen auszubreiten begann, seit sie sich darüber geeinigt hatten, Rudolf im engsten Familienkreis zu begraben.

Sie hatten keine Trauerkarten verschickt und in einer Anzeige in der lokalen Zeitung darum gebeten, von Blumen- und Kranzspenden und von Beileidsbesuchen abzusehen. Der Pfarrer, der mit komplizenhafter Diskretheit eine große Spende für die Renovierung seiner Kirche entgegennahm, war derselbe wie bei Pattbergs Beerdigung. Doch diesmal beschränkte er sich, wie sie mit ihm vereinbart hatten, auf die liturgischen Formeln und Handlungen und sagte kein Wort zur Person des Toten, und zweifellos war das erträglicher und würdevoller. Sie waren zu sechst, ein kleiner schütterer Halbkreis hinter dem Rücken des Pfarrers, der in das Grab blickte und betete.

Jutta und Andreas hatten die beiden Zwillinge zu Hause gelassen, und Christoph lag mit einer schweren Grippe im Bett. Lothar kam als alter Freund der Familie dazu, fuhr aber gleich vom Friedhof aus wieder in sein Büro. Auf Elisabeths

Wunsch war auch Almut Wagner mitgegangen. Sie ließ sich, als sie vom Friedhof zurückkamen, noch zu einer Tasse Suppe überreden, und benutzte nach einer halben Stunde eine Pause des quälend schleppenden Gespräches, um sich ebenfalls zurückzuziehen.
Sobald sie zu viert waren, hatten sie angefangen, darüber zu reden, was nun mit der Villa geschehen solle. Alle anderen Themen schienen zwischen ihnen versiegt zu sein, und das ließ sie in eine kalte Vernünftigkeit hineingeraten, in der auf einmal alles denkbar und sagbar zu sein schien, wenn man es verstand, die Dinge in der Schwebe zu halten, als existierten sie nur als die schwerelosen Luftblasen eines Gedankenspiels. Man konnte die Villa zum Verkauf anbieten oder renovieren lassen und zu vermieten versuchen, man konnte sie abreißen und ein großes Mietshaus mit Geschäftsräumen an ihre Stelle setzen. Nur eins konnte man nicht: alle diese Möglichkeiten verwerfen und gar nichts tun.
Auch Elisabeth schien sich dieser Logik zu fügen. Doch sie näherte sich ihr, wie sie alle ahnten, von einem anderen Punkt aus. Sie kam mit aufgerissenen Augen von einem Schrecken zurück, nach dem sie sich nicht mehr umzudrehen vermochte, und das Gespräch schien für sie nur ein zufällig gefundenes Stück Boden zu sein, auf dem sie sich niederlassen konnte, um allmählich zu begreifen, daß es sie noch gab.
Vogtmann hatte sie in diesen Tagen mit heimlicher Besorgnis beobachtet und allmählich Bewunderung für die ruhige, sparsame Sachlichkeit empfunden, mit der sie tat, was getan werden mußte, und sagte, was zu sagen war. Sie war es, die entschied, die beiden verstörten Hunde einschläfern zu lassen. Sie hatte den kurzen, schroffen Text der Todesanzeige entworfen und ihn mit unbeteiligter Deutlichkeit der Zeitung durchtelefoniert. Doch nach der Beerdigung, als sie beide mit Jutta und Andreas zusammensaßen und über die weitere Verwendung der Villa sprachen, begann er zu ahnen, daß ihre erstaunliche Ruhe kein Ausdruck ihrer Person und ihrer Haltung war, sondern ihrer inneren Leere entstammte. Eine

kleine zerfahrene Bewegung fiel ihm auf, die sie öfter wiederholte: Sie wischte sich mit den Fingerspitzen über Stirn und Schläfe, als sei da etwas, das sie störte. Eigentlich war es kein Wischen, sondern ein unbewußtes Suchen und Tasten. Sie fühlte sich nicht, sie konnte sich nicht finden, ihr eigener Körper, ihre Haut schienen ihr fremd zu sein.
Sie schluckte Beruhigungstabletten, das wußte er. Der Arzt, der täglich kam, um nach dem fiebernden Christoph zu sehen, hatte sie ihr verschrieben, und vielleicht hatte sie zuviel davon genommen, denn als er zwei Tage später aus der Firma nach Hause kam, schien sie ihn nicht wirklich wahrzunehmen. Sie hockte in ihrem langen grünen Hauskleid vor der gläsernen Bodenvase des Wohnraumes, die sie zu einem Drittel mit bunten Kieselsteinen gefüllt hatte, und ordnete mit langsamen, abwägenden und behutsamen Bewegungen verschiedene Schilfkolben, einen Kiefernzweig und zwei japanisch anmutende Zweige mit lackroten Beeren zu einem kunstvollen Gebilde. »Sehr schön«, sagte er. Sie stand auf und betrachtete das Arrangement mit maskenhafter Ruhe, ihre Hände suchten und verkrampften sich. Später entdeckte er mit einem Gefühl von Beklommenheit, daß in sämtlichen Zimmern Vasen mit frischen Blumen standen. Doch Elisabeths leerer Blick und die wächserne Starrheit ihres Gesichtes schienen nichts mehr davon zu wissen, als habe jemand anderes auf gespenstische Weise alle diese Blumen ins Haus gebracht, jemand anderes, der sie selbst war.

Am nächsten Morgen rief ihn Andreas in der Firma an und sagte, gutgelaunt und kumpelhaft wie immer: »Unsere Frauen haben sich ja gestern furchtbar gezankt.«
Er gestand, keine Ahnung zu haben, und Andreas erzählte ihm kurz, daß sich Elisabeth und Jutta in der Villa getroffen hätten, um Rudolfs Hinterlassenschaft zu sichten, und aus irgendeinem lächerlichen Anlaß, einer Kindheitserinnerung, die sich an einen silbernen Serviettenring knüpfte, in Streit

geraten seien. Dabei war anscheinend alles zutage gekommen, was sie bisher unterdrückt hatten. Elisabeth hatte Jutta Oberflächlichkeit, Egoismus und Gefühllosigkeit vorgeworfen, und Jutta mußte auf eine Weise darauf geantwortet haben, die Andreas beschönigend zu umschreiben versuchte, doch war seinen Worten zu entnehmen, daß sie Elisabeths Leben als Lüge und Fehlschlag bezeichnet hatte, und offenbar hatte Elisabeth das nicht ertragen und einen hysterischen Anfall bekommen, so daß Jutta jetzt schon wieder ein schlechtes Gewissen hatte, obwohl sie immer noch wütend sei.
»Frauen sind ja wie Raubtiere«, sagte Andreas, »wenn's an ihre Familien und an ihre heiligen Illusionen geht, dann kennen sie nichts mehr. Das waren wohl gestern lauter Tritte in die Herzgegend.«
Er lachte über seine Formulierung.
»Na, ich bin froh, daß Elisabeth wieder ruhig ist.«
Darüber hatte er gar nichts gesagt. Aber die Bemerkung von Andreas brachte ihm sofort die vielen Blumen vor Augen, die Elisabeth im Haus verteilt hatte. Das war also die Reaktion auf den Streit mit Jutta gewesen, eine merkwürdige Art der Selbstbehauptung, eine magische Zeremonie, deren Bedeutung ihr aber schon wieder entglitten zu sein schien, als er nach Hause kam. Jedenfalls hatte er gespürt, daß es besser war, sie nicht auf die Blumen anzusprechen.
»Ja, sie ist sehr ruhig«, sagte er, »sie war überhaupt nicht aufgeregt.«
»Das Ganze war wohl ein bißchen happig: zwei Tote in einem halben Jahr. Und Rudolf muß ja furchtbar ausgesehen haben.«
»Ja, furchtbar. Der halbe Kopf war weg.«
Andreas ließ ein leises Brummen hören, als verstehe er.
»Wie geht es dir?« fragte er mit einem plötzlichen Gedankensprung.
»Durchwachsen«, sagte Vogtmann.
Hinter dem Schutzschirm seiner Antwort wußte er auf einmal, daß er sich schlecht fühlte.

»Ich knobele an Finanzierungsplänen für das nächste Jahr«, sagte er. »Aber eigentlich bin ich urlaubsreif.«
»Wir fahren in den Weihnachtsferien nach Österreich, das heißt Jutta und ich. Die Töchter haben was Eigenes vor. Was macht ihr über Weihnachten?«
»Ich weiß nicht. Hab noch nicht darüber nachgedacht.«
Wieder hörte er das Brummen. Dann, als fiele ihm das jetzt erst ein, sagte Andreas: »Ach, weswegen ich dich anrufe. Ich habe einen Interessenten für die Villa: Dicki Röber, einen von Rudolfs Saufkumpanen. Er hat ein Schweinegeld mit Glasbausteinen verdient und sucht was Repräsentatives. Wird sich demnächst mal bei dir melden.«
»Gut, er soll mich anrufen. Grüß Jutta.«
»Grüß Elisabeth.«

Er legte den Hörer auf die Gabel und stützte seinen Kopf in beide Hände, verbarg sein Gesicht darin. Was war los mit ihm? Er hatte das Gespräch kaum ertragen, den jovialen Ton von Andreas, seine Ansichten, seine Kumpanei. Obwohl es das eigentlich nicht gewesen sein konnte, denn das kannte er doch. Sie hatten immer so miteinander gesprochen, und wahrscheinlich mochte Andreas ihn auch. Aber er hätte ihn anbrüllen können: Halt den Mund, verschwinde! Laß mich in Ruhe mit Familienkram und Geschäft! Laß mich in Ruhe!
Zeige ich Nerven? dachte er.
Ja ja, er zeigte Nerven, aber das erklärte ja nichts. Es war nur die Folge, der Ausdruck von etwas anderem, das er sich nicht eingestand. Er fühlte sich so lustlos, so deprimiert. Irgend etwas hatte ihm den Wind aus den Segeln genommen. Er sah nichts vor sich außer einem Wust von Schwierigkeiten. Seit Tagen verlor er sich in Kleinigkeiten und schob alles Wichtige vor sich her. Er mußte bald zu seinen Gläubigern fahren, um einen Kompromiß mit ihnen auszuhandeln, doch er konnte sich nicht aufraffen. Gestern hatte er sich sogar verleugnen lassen, als Kirchmair anrief, um seine Lieblingsidee einer

italienischen Woche von ihm genehmigt zu bekommen. Es war sicher keine schlechte Idee, aber er scheute sich auf einmal vor Entscheidungen. Es standen zu viele Entscheidungen an, die er treffen mußte, und alle waren sie voneinander abhängig und verknäulten sich in seinem Kopf.

Er stand auf und begann hin und her zu gehen, blieb dann am Fenster stehen und blickte über den Fabrikhof, wo an der Rampe der Auslieferung ein Kühlwagen beladen wurde. Ein Arbeiter im grauen Overall fuhr die Paletten mit einem Gabelstapler heran und schob sie ins Innere des Wagens. Sonst war der Hof leer. In der Halle mit den Füllautomaten brannte Licht, und aus den Entlüftungsluken des Daches quoll weißlicher Wasserdampf. Wie haßte er das alles hier! Wieso hatte er es überhaupt haben wollen? Dieses Leben, in das er hineingeraten war, hing an ihm mit wachsender Schwere. Seit Jahren verschliß er seine Kraft darin, es in Bewegung zu halten, und was er nicht verstand, nie richtig begriffen hatte, das war die Leichtigkeit, mit der andere ihr Geld machten. Dicki Röber zum Beispiel, ein dummer, träger Mensch, hatte also mit Glasbausteinen ein Vermögen verdient und wollte jetzt die Villa kaufen. Es konnte ihm nur recht sein, und doch empfand er es als einen Schlag ins Gesicht.

Nein, ich verkaufe an jeden, dachte er, ich werde nur auf das Geld blicken.

Auch die Fruchtsaftproduktion in Hönningen und die kleine Fabrik für Gemüsekonserven in Bornheim mußte er abstoßen, obwohl das sicher nicht einfach war, denn beide Fabriken warfen keinen Gewinn mehr ab. Heute morgen hatte er in Otters Frankfurter Büro angerufen und die Auskunft erhalten, Otter sei auf Reisen in den USA und in Kanada und käme erst in zehn Tagen zurück. War also das Geschäft mit Zaire schon gelaufen? Er hatte naiverweise vorausgesetzt, Otter betreibe vor allem das Insektizidengeschäft und würde sich wieder bei ihm melden, aber offenbar verfolgte er noch ganz andere und vielleicht bedeutendere Projekte, während er hier stand und sich gelähmt fühlte, ein Provinzunterneh-

mer, hereingelegt von einem Gauner: eine beschämende Geschichte.
Wieder begann er umherzuwandern.
In der letzten Zeit kamen ihm immer mehr Angebote von Anlageberatern auf den Tisch, die Beteiligungen und Immobilien anboten. Überall – im Wohnungsbau, im Schiffsbau, in strukturschwachen Grenzgebieten und in Berlin – subventionierte der Staat die Wirtschaft, indem er den Kapitalanlegern erlaubte, ihre Anlage als Verlust abzuschreiben. Immer mehr Leute wurden reich, indem sie Steuern sparten, und noch schneller ging es, wenn man sein Anlagevermögen dauernd umschichtete, günstig kaufte und rechtzeitig verkaufte. Man konnte auch verlieren dabei. Aber die Leute, die diese Geschäfte spekulativ betrieben, hatten begriffen, was an der Zeit war, und stiegen auf wie Raketen. Er mußte sich fragen, ob es nicht richtiger sei, alles zu verkaufen und günstig anzulegen, anstatt weiter die Ochsentour eines mittelständischen Unternehmers zu gehen, der immer mühsamer gegen die Konkurrenz der großen Firmen ankämpfte. Denn eigentlich war er kein Unternehmer, es bedeutete ihm gar nichts, einen Betrieb mit vielen Menschen zu führen. Er hatte sich das nur eingebildet. Inzwischen wußte er, daß er das alles schmerzlos verlassen konnte, wenn es etwas anderes gab. Etwas anderes –: was? Es mußte für ihn noch ein anderes Leben geben, aber er konnte es sich nicht vorstellen. Vielleicht war das nur so, weil es ganz unmöglich war, das Leben, in das er sich verstrickt hatte, einfach zu verlassen.

Er setzte sich, weil er sich schwer und müde fühlte. Er hatte Kopfschmerzen, nicht schlimm, aber sie verdunkelten seine Gedanken. In seiner Erinnerung war ein mahlendes und rasselndes Geräusch, dem er nachhorchte, damit es deutlicher wurde und näherkam. Es schloß etwas in sich ein, das ihn erregte, eine Drohung, aber auch das andere, es war das andere, das Fremde, das sich zeigte, und jetzt wußte er wieder

genau, daß es das Geräusch der amerikanischen Panzer war, die durch die schmale Hauptstraße des Ortes fuhren, während er oben in einem Versteck auf dem Dachboden des Internatsgebäudes hockte, allein zurückgeblieben mit dem alten Hausmeister, der sich mit seiner Frau in seiner kleinen Souterrainwohnung eingeschlossen hatte und auch nichts von ihm wußte. Denn alle Lehrer und Schüler hatten sich davongemacht, nur er nicht. Weil er nicht wußte, wo er hin sollte. Er hatte sich mit einem kleinen Vorrat an Lebensmitteln in dieses Versteck verkrochen, von dem aus er durch eine Dachluke über die Häuser der kleinen Ortschaft blicken konnte, die unter einem strahlend blauen Vorfrühlingshimmel auf etwas Neues, nun Unabwendbares zu warten schienen und beflaggt waren mit weißen Fahnen.
Ein, zwei Stunden lang war es vollkommen still gewesen. Er hatte das seltsame, herzklopfende Gefühl gehabt, weit und breit der einzige lebende Mensch zu sein, der also, auf den das Neue, das Fremde, zukam. Es würde ihn suchen und finden, er hatte Angst davor, und doch wartete er darauf mit Ungeduld. Er wollte es, durch seine Angst hindurch wollte er es.
Und dann hatte er es kommen hören, erst fern und wieder aussetzend und noch wie eine Täuschung und auf einmal anschwellend und lauter werdend, ein rauhes, dunkles Gebrumm schwerer Motoren und das Rasseln von Panzerketten: Sie waren da, und etwas war für immer zu Ende gegangen, und das Neue hatte angefangen, das alles verändern würde. Eine hallende Lautsprecherstimme, die ihm einen Schauer über den Rücken jagte, hatte die Einwohner aufgefordert, in ihren Häusern zu bleiben, und alle im Ort versteckten Soldaten, sich zu ergeben. Danach war es wieder still geworden, undeutbar still oder so, als hätte sich alles wie ein falscher Zauber wieder aufgelöst. Er war aus dem Versteck hervorgekommen und durch das verlassene, von hellem Vorfrühlingslicht erfüllte Treppenhaus nach unten gegangen. Nie vorher und nie nachher in seinem Leben hatte er ein so durchdringendes Gefühl von Neugier und Erwartung gehabt

wie in dem Augenblick, als er auf dem Schulhof den amerikanischen Panzer sah und daneben zwei Negersoldaten in gescheckten Kampfanzügen, die zu ihm herüberblickten und ihm bedeuteten näher zu kommen. Er war starr gewesen und hatte dann in sich, wie ein Aufwachen, die Bewegung kommen spüren, mit der er auf sie zuging. Die Erinnerung daran war so lebhaft, daß es ihm einen Moment lang so erschien, als sei er damals losgegangen und jetzt hier in diesem Zimmer angekommen. Doch schon im nächsten Augenblick war es anders: – Es gab keine erkennbare Verbindung von damals zu jetzt. Alles war Zufall gewesen. Zufällig, doch unentrinnbar war er hier.

Er schaute sich um. Draußen auf dem Fabrikhof brannten schon die Lampen. Er schaltete die Lampe auf seinem Schreibtisch an. Diese blaue Akte: was war das? Eine Rentabilitätsberechnung. Rentabilitätsberechnung von was? Von wem? Was soll ich damit?
Verständnislos blickte er auf die Akte, ohne sich überwinden zu können, sie anzufassen. War das jetzt nicht dieselbe Bewegung, die er bei Elisabeth beobachtet hatte – dieses Wischen an Stirn und Schläfe? Ich muß hier raus, dachte er, ich mache einen Spaziergang, fühle mich sowieso nicht gut.
Er saß immer noch auf seinem Platz. Auf jeden Fall wollte er morgen nach München fahren und die beiden Agenturen besuchen. Auf jeden Fall. Er drückte auf die Ruftaste und bat Frau Krüger herein, um ein paar Anordnungen zu treffen, mit denen er sich festlegte. Morgen früh würde er wieder am Lenkrad seines Wagens sitzen und dies alles hier hinter sich lassen. Er würde etwas vor sich haben. Katrin zum Beispiel, aber nur als Belohnung, wenn er die Hauptprobleme gelöst hatte. Erst die Arbeit, dann das Spiel. Und wer hatte eigentlich gesagt, im Krieg sei es besser, eine falsche Entscheidung zu treffen als überhaupt keine? Guter Spruch fürs Leben, weil das Leben auch ein Krieg war. Sein Krieg hatte angefangen,

als der andere zu Ende ging. Gut, er hatte eine falsche Entscheidung getroffen und doch recht gehabt. Oder er würde recht behalten, er würde seine Schlacht schlagen und gewinnen. Der Sieger bestimmte, was in den Geschichtsbüchern stand, und der Verlierer konnte nicht widersprechen. Dem Verlierer wurde der Mund gestopft. Er biß ins Gras, er mußte Erde fressen. Hatte den ganzen Mund voll Blut! Verdammte Scheiße, wie war er jetzt darauf gekommen? Er hatte doch nicht mehr daran denken wollen.

Als er am Abend nach Hause kam, war Lothar da. Er saß allein im großen Wohnraum und las Zeitung, und es sah so aus, als wohne er hier. Er hatte, wie er sagte, mal nach Elisabeth schauen wollen, die aber im Augenblick mit dem Arzt in Christophs Zimmer war. Vogtmann sah die beiden Teetassen auf dem Tisch stehen und blickte weg, als wollte er nicht wahrnehmen, was ihn nichts anging. Er fühlte sich fremd in diesem Haus. Manchmal vergaß er es. Dann plötzlich, wie in diesem Augenblick, durchfuhr es ihn wieder wie ein Strom von Kälte. Er fühlte sich abgegrenzt von allem. Sogar das Leder des Sessels wies seine Hand ab.
»Hast du Neues aus München gehört?« fragte Lothar.
»Leider hat sich alles bestätigt.«
»Dann wird es Zeit, daß du eine Anzeige wegen Betrugs machst.«
Er nickte, hatte keine Lust, mit Lothar darüber zu sprechen. Die alte freundschaftliche Vertrautheit hatte einen Knacks bekommen. Man merkte es auch daran, daß einem solche überflüssigen Ratschläge auf die Nerven gingen. Wenn Lothar darunter litt, konnte er nichts ändern. Schließlich war das nur gerecht.
Er stand auf und ging zum Schrank, um sich einen Drink einzuschenken, und ließ Lothar hinter sich im Raum zurück. Es war eine seltsame Empfindung, die er einen Moment auskostete: Jeder befand sich in einem kleinen, unsichtbaren

belebten Kreis, aber Lothar schrumpfte hinter ihm und sackte in sich zusammen.
Über die Schulter blickend zeigte er ihm die Kognakflasche: »Du auch?«
»Nein, danke. Oder bitte einen Kleinen.«
Lothar schien etwas verwirrt zu sein und sah bedrückt oder besorgt aus.
»Bleibst du zum Abendessen?«
»Nein, danke, entschuldige, ich muß gleich weg.«
Lothar kippte seinen Kognak hinunter und versank in ein brütendes Schweigen. Immer noch mit gesenktem Kopf sagte er: »Da ist noch was, Ulrich, was ich dir sagen muß. Deshalb bin ich auch eigentlich hier.«
»Schieß los«, sagte Vogtmann.
»Es ist wegen Christoph. Elisabeth hat mich gebeten, es dir zu sagen. Er hat eine Vorladung vor Gericht. Man hat ihn bei einem Ladendiebstahl erwischt.«
Er war weder erschrocken noch überrascht, nahm nur überdeutlich den besorgten, fast flehentlichen Ausdruck von Lothars rotem Gesicht wahr und hörte in der Diele Elisabeth mit dem Arzt reden, der sich anscheinend verabschiedete.
»Ladendiebstahl«, sagte er, »mal was ganz Neues.«
»Bitte, reg dich nicht auf«, sagte Lothar, und als wäre das eine Beschwichtigung: »Elisabeth hat es mir auch gerade erst erzählt.«
Er konnte ihm ansehen, daß er log. Lothar wußte es schon länger. Sie berieten sich hinter seinem Rücken. Das war vielleicht ganz richtig, weil sich in ihm nichts regte, außer einer wachsenden Fremdheit und Kälte. Gut, sollten sie ihn ruhig ausschließen, wenn sie das wollten. Unangenehm war nur das frostige Lächeln, das sich auf sein Gesicht drängte, und der falsche, höhnische Ton, der in seiner Stimme war.
»Nett, daß du mir ein paar Sorgen abnimmst.«
In diesem Augenblick kam Elisabeth ins Zimmer und blieb in der Nähe der Tür stehen, als wollte sie gleich wieder gehen oder brauche einen Rückhalt an der Wand.

»Lothar hat mich gerade informiert«, sagte er. »Ich nehme an, es gibt irgendeinen Wisch, den ich unterschreiben soll.«
Sie stand aufrecht da. Man wußte nicht, was sie hielt.
»Wir können es kurz machen«, sagte er.
»Ich wollte es dir dauernd sagen«, antwortet sie, »aber so wie du es jetzt aufnimmst, verstehst du wohl auch, daß ich es nicht konnte.«
Sie drehte sich um und ging hinaus. Er überlegte, ob er hinterhergehen sollte, fühlte sich aber durch Lothars Anwesenheit daran gehindert.
»Sie hätte es mir gleich sagen müssen«, murmelte er.
»Sicher«, sagte Lothar, »aber sie schafft es nicht. Das siehst du doch.«
Er nickte und sah auf den leeren Kognakschwenker, den er immer noch in der Hand hielt, stellte ihn vor sich auf den Tisch.
»Ich werde jetzt mal zu Christoph reingehen.«
»Ulrich«, sagte Lothar mit einer beschwörenden Stimme, »der Junge ist krank, ziemlich sogar.«
»Das weiß ich«, sagte er kurz.
Als er an der Tür war, blickte er sich um:
»Haltet mich bitte nicht für einen Idioten.«

Christoph lag auf der Seite, als er eintrat, und drehte sich mit einer matten Bewegung auf den Rücken, um ihn anzusehen. Er hatte dicke Tampons in den Nasenlöchern und atmete durch den offenen Mund. Sein Gesicht war bleich und verschwitzt, und die Augen sahen fiebrig aus.
»Na, wie geht's?« fragte Vogtmann, »ein bißchen besser heute?«
Christoph schluckte, als ob er etwas sagen wollte, schüttelte aber nur langsam den Kopf. Erschöpft schloß er einen Moment die Augen, als schliefe er sekundenlang ein.
Vogtmann zog sich einen Stuhl heran und setzte sich.
»Ja, ich sehe es dir an. Es hat dich ordentlich erwischt.«

Er bekam kein Zeichen, daß Christoph ihn verstanden hatte und Wert darauf legte, daß er weitersprach.
»Fehlt dir irgend etwas? Hast du einen Wunsch?« Und da er keine Antwort bekam: »Du mußt es nur sagen.«
In dem abgemagerten Gesicht zuckten manchmal die Augenlider. Sonst war nichts darin wahrzunehmen als Schwäche und mühsames Atmen. Doch je länger Vogtmann hinsah, um so deutlicher schien eine unbestimmte Ähnlichkeit mit Elisabeth darin aufzutauchen, die er so noch nie gesehen hatte, und im Augenblick kam es ihm so vor, als zeige sich darin der verborgene Grund der Krankheit. Sie leben viel zu eng beieinander, dachte er. Das war nicht gut. Er mußte es ändern. Er hatte das immer gewußt. Elisabeth hatte sich bisher geweigert, Christoph in ein Internat zu schicken. Jetzt mußte er sich durchsetzen.
»Hör mal«, sagte er, »wenn man gesund werden will, muß man darum kämpfen. Das ist so im Leben, man muß seine Kräfte zusammennehmen. Aber jetzt ruh dich erst mal aus.«
Er wollte ihm zunicken, als er aufstand. Christoph hatte die Augen geschlossen, als wollte er allein sein.

Auf dem Weg in sein Zimmer traf Vogtmann mit Elisabeth zusammen, die immer noch erregt war und anscheinend auf ihn gewartet hatte.
»Hast du ihm Vorwürfe gemacht, Ulrich?«
Ihre Stimme klang schrill, ihr Blick kam ihm gehetzt und wild vor.
»Überhaupt nicht«, sagte er müde.
»Entschuldige. Ich habe dir Unrecht getan.«
»Macht nichts«, sagte er, »vergiß es.«
Er wollte an ihr vorbei in sein Zimmer, um einen Augenblick allein zu sein, aber sie griff nach seiner Hand und preßte sie.
»Ich danke dir, daß du es so auffaßt«, sagte sie. »Das ist so großzügig, ich danke dir.«
Tränen standen in ihren Augen, doch sie suchte seinen Blick.

Verlegen sah er ihre Ergebenheit und Auflösung, die ihm übertrieben und grundlos erschien und ihm viel zu nahe kam.
»Beruhige dich«, sagte er, »du kannst mir ja später alles erzählen.«
»Ja«, sagte sie, »das möchte ich.«
Sie gab ihn frei.
»In fünf Minuten können wir essen.«
Fünf Minuten, fünf Minuten, dachte er, als er die Tür seines Zimmers hinter sich geschlossen hatte. Fünf Minuten, fünf Minuten. Er versuchte auszuatmen. Diese nachträglichen Erregungen überfielen ihn immer häufiger in der letzten Zeit. Ein Schwirren im Kopf und Herzklopfen. Konnte man lernen, besser damit umzugehen? Fünf Minuten, fünf Minuten. Gleich bei Tisch würde sie zu reden beginnen, und Lothar war wahrscheinlich nicht mehr da. Sollte er trotzdem über ein Internat mit ihr sprechen? Fünf Minuten, fünf Minuten. Morgen endlich konnte er wieder wegfahren. Sollte er Katrin anrufen, jetzt schnell? Ihr sagen, daß er morgen nach München kam? Er hob den Hörer ab und hörte das Freizeichen. Wollte er Katrin überhaupt treffen? Was wollte er? War ihm alles aus der Hand geglitten?
Er wählte die Nummer.
»Hallo«, sagte eine Stimme, die ein wenig künstlich und gedehnt klang und eine seltsame, namenlose Bereitschaft zu irgendeinem Gespräch ausdrückte. War sie das? War es Doris?
»Ich bin's«, sagte er, »Ulrich.«
»Ach, nicht möglich. Gibt's dich noch?«
»Gute Frage«, sagte er.

Das Schwarzgrau des winterlichen Morgens hatte sich schon aufgehellt, als Vogtmann auf den Zubringer der Autobahn fuhr. Er war nach einem raschen Frühstück noch kurz im Büro der Fabrik gewesen, um eine vergessene Akte zu holen, und war nun froh, wegzukommen, fühlte sich aber noch

müde. Er hatte nicht gut geschlafen. Doch das war es wohl nicht. Die Müdigkeit kam aus der ganzen letzten Zeit, hatte sich in ihm aufgehäuft. Erst jetzt, da er fuhr und sich davon loszumachen hoffte, spürte er das Gewicht der Unlust und eine dumpfe allgemeine Verärgerung.
Am Straßenrand stand jemand, eine graugrün vermummte Gestalt, hielt ihm ein Pappschild mit der Aufschrift »München« hin. Er hatte ein junges, hübsches Mädchengesicht gesehen und hielt an. Sie kam gelaufen.
»Hallo, nehmen Sie mich mit?«
Er ließ sie einsteigen, half ihr, die große blaue Umhängetasche auf den Rücksitz zu legen, und fuhr wieder an.
»Hab ich ein Glück«, sagte sie, »ich stehe erst eine Minute hier.«
Neben ihm schüttelte sie ihre Haare zurecht und wickelte ihren langen Schal ab, schälte sich aus der Steppjacke. Er musterte sie mit einem Seitenblick. Sie trug einen dicken bunten Pullover und eine Art Fallschirmjägerhose, graugrünes Segeltuch mit aufgenähten Taschen, dazu fleckige alte Turnschuhe. Offenbar war sie noch sehr jung, eine Abiturientin vielleicht oder eine Studentin im ersten Semester. Trotz ihrer groben vermummenden Kleidung nahm er ihren kräftigen Körper wahr, ein junges braunhaariges Mädchen mit großen mütterlichen Brüsten, vollkommen unbefangen und vital.
»Darf ich ein bißchen Musik machen?« fragte sie.
»Ja, bitte.«
Sie drehte den Suchknopf, rutschte schnell durch mehrere Wellenbereiche und ließ eine rhythmisch stampfende Musik stehen, über der sich der Sehnsuchtssound einer kräftigen Frauenstimme dehnte.
»Donna Summer«, sagte sie. »Mögen Sie das?«
»Es geht«, sagte er.
»Hören Sie lieber was Klassisches?«
»Nicht unbedingt.«
»Ich höre am liebsten Cembalomusik. Das schmeckt wie klares Wasser.«

»Aber Sie trinken doch nicht nur Wasser?«
»Nein.«
Er sah kurz zu ihr hin, sah ihr Lächeln, das heiter und unternehmungslustig war, und mußte sich zwingen, wieder geradeaus zu blicken. Er spürte ihre Anwesenheit, hatte immer noch den Ausdruck ihrer Augen vor sich, ein Blick, der ihm nicht ausgewichen war. Sie hatte sich schräg in ihren Sitz gesetzt, als ob sie ihn betrachten wollte. Lag eine Aufforderung in ihrem Schweigen? Träumte sie?
»Wie heißen Sie?« fragte er.
»Manuela.«
Er stellte sich mit ganzem Namen vor.
»Ulrich klingt sehr ernst. Ernst und männlich.«
»Hat mir noch nie jemand gesagt.«
»Sehen Sie.«
Er wußte nicht, was sie damit meinte. Es hörte sich an, als hätte sie gesagt: »Sehen Sie, ich habe Sie erkannt.«
Verwundert stellte er fest, daß sein Mißmut und seine Benommenheit verflogen waren und er sich völlig wach fühlte. Das Leben hielt doch immer noch Überraschungen bereit und ließ einen spüren, daß es sich lohnte. Man mußte nur die Gelegenheiten ergreifen, mußte den Augenblick erkennen. Das war es.
»Erzählen Sie mir doch etwas von sich«, sagte er. »Was machen Sie in München?«
»Ich lebe dort.«
»Allein?«
»Nein, in einer Wohngemeinschaft. Mit zwei schwulen Freunden zusammen.«
»Und das geht gut?«
»Phantastisch.«
Sie begann zu erzählen, wie schön das war und wie gut sie sich gegenseitig verstanden. Die beiden waren ein paar Jahre älter als sie. Der eine studierte Architektur, und der andere wollte Kameramann werden. Sie waren natürlich ein Paar, aber sie gehörte irgendwie dazu. Zu ihr waren sie wie Brüder. Sie

konnte mit allem zu ihnen kommen, sie waren immer verständnisvoll und freundschaftlich. Und sie achteten sie als Mensch, was man von den gewöhnlichen Männern nicht immer sagen könnte. Außerdem kochten sie beide phantastisch. Und manchmal, wenn sie gerade Geld hatten, dann machten sie sich zu dritt ein tolles Abendessen mit Rotwein und Kerzenlicht und schöner Musik. Ja, sie war wirklich da zu Hause.

»Und wenn Sie selbst einen Freund haben?«

»Das ist okay. Ich habe mein eigenes Zimmer.«

»Scheint mir besser, als verheiratet zu sein.«

»Oh, ich will nie heiraten«, sagte sie.

»Ich glaube, ich kann was von Ihnen lernen.«

»Sehen Sie«, sagte sie wieder.

Es war wohl nur eine gedankenlose Redewendung, aber in ihm rief sie die Vorstellung von Berührungen und zärtlicher Nähe hervor. Sehen Sie. Er schaute sie an und begegnete wieder ihrem ruhigen offenen Blick, der nichts forderte, aber auch nichts verbot. Sie hatte blaue Augen und einen vollen, frischen Mund, der ein wenig lächelte, als hielte er eine Frage zurück, die eigentlich schon beantwortet war.

Wieder nach vorne blickend, auf die heransausende Straße, sagte er: »Sie gefallen mir.«

»Ja?«

Wie selbstverständlich sie auf ihn einging. Ganz ohne Verstellung und Schwierigkeiten. Sie saß hier neben ihm, sie war ihm zugewandt. Obwohl sie sich kaum kannten, war eine Klarheit zwischen ihnen, eine ruhige körperliche Nähe, ein Vertrauen, das jede Neugier zuließ.

Er zeigte auf das Autoradio, in dem jetzt ein italienischer Schlager ertönte.

»Können wir das mal ausmachen?«

»Ja, natürlich.«

Sie kam ihm zuvor. Ihre Hände berührten sich und ließen sich einen Augenblick Zeit, bevor sie sich trennten.

Seltsam, dachte er, wie erwachsen sie ist, wie sicher. Obwohl

er ungefähr dreißig Jahre älter war als sie, war sie ihm vollkommen gewachsen.
Sie wollte auch wissen, was er in München mache, und er erklärte es ihr. Sie schien sich nicht besonders dafür zu interessieren, und auch ihm kam alles, was er erzählte, belanglos vor, als spräche er von einem anderen Menschen und einem anderen Leben, das ihn nichts anging und das er schnell wieder beiseite stellte.
»Und was machen Sie?«
»Ich war auf der Schauspielschule«, sagte sie. »Aber ich habe keine Rolle, kein Engagement. Im Moment synchronisiere ich Pornofilme.«
»Ach ja? Was müssen Sie denn da machen?«
»Stöhnen, seufzen und stammeln. Darin bin ich inzwischen perfekt. Soll ich Ihnen mal was vorsingen?«
»Ja, bitte.«
»Passen Sie aber schön auf den Verkehr auf, damit wir nicht verunglücken.«
Sie machte eine Pause. Dann sagte sie: »Sie müssen die Klappe schlagen. Das ist so beim Film. Sagen Sie einfach: Eins, die erste.«
Er tat es.
»O Liebling«, seufzte sie, »o, du tust mir so gut! Ich brauche dich so! Ja, ja! Mach weiter! Hör nicht auf! Ich brauche dich! Du! Du!«
Das schnell ansteigende heisere Crescendo, zwischen Flüstern und Schreien schwankend, brach ab.
»Und so weiter und so weiter«, sagte sie mit ihrer normalen Stimme, »damit verdiene ich mein Geld.«
»Klingt sehr schön, sehr echt.«
Er verschwieg, daß er betroffen war, weil lautlos im Hintergrund des Gestammels auch Elisabeth mitgesprochen hatte »ich brauch dich, ich brauch dich!« und wieder erloschen war. Alles war eins. Seele und Körper schrien dasselbe. Es war ein einziger unaufhörlicher Schrei.
»Eigentlich möchte ich ganz andere Sachen sprechen«, sagte sie. »Poetische Texte.«

»Was zum Beispiel?«
»Oh, vieles.«
Sie schien zu überlegen. Auf einmal begann sie mit einer einfachen, klaren, träumerisch verlangsamten Stimme:

»Komm Gemahl und sage du
mir im Fliehn: Wie ging es zu,
daß man diese Nacht im Schlaf
bei den Sterblichen mich traf.«

»Das ist wunderschön«, sagte er. »Was ist das?«
»Die Titania aus Shakespeares Sommernachtstraum. Das ist die Traumfee, die in der Morgendämmerung verschwindet.«
»Ich kenne das Stück nicht«, sagte er. »Alle diese Dinge sind an mir vorbeigegangen.«
»Man kann alles nachholen.«
Trotzig, mit einem Gefühl, als strafe er sich selber, schüttelte er den Kopf: »Das denkt man immer, und dann wird doch nichts daraus.«
Er starrte auf die heransausende Straße. Er war angekündigt in München, wurde dringend in der Firma erwartet. Für den Abend war er mit Katrin verabredet. Diese Fahrt war nur ein Zwischenspiel, das im Nu vorbei sein würde, sosehr sich eine seltsame, unvernünftige Hoffnung dagegen sträubte.
»Können Sie mir noch etwas vorsprechen?« bat er. »Irgend etwas, das Sie gerne mögen?«
»Ich überlege gerade«, sagte sie, »vielleicht den Monolog der Julia. Das war mein Vorsprechtext.«
Wieder begann sie, langsam, als wollte sie den Text Wort für Wort entstehen lassen:

»Wenn Liebe blind ist, stimmt sie wohl zur Nacht.
Komm, ernste Nacht, ganz angetan mit Schwarz,
und lehre mich ein Spiel . . .

Oh, ich weiß nicht weiter«, sagte sie. »Aber dies hier ist schön:

Denn du wirst ruhn auf Fittichen der Nacht
wie frischer Schnee auf eines Raben Rücken . . .«

Was für eine prunkvolle Sprache war das, und wie einfach,

wie richtig sprach sie diese Verse. Es war wie das langsame Vorbeischreiten einer Prozession, und er, ein Ungläubiger, stand am Wegrand. Pausenlos schoß die Straße auf ihn zu, wurde hinter ihm fortgerissen.

Kurz vor Weihnachten rief Otter im Münchener Büro an. Er habe eine Überraschung für die Feiertage und sei bereit, nach München zu kommen, weil er sowieso noch nach Augsburg müsse. Otters Stimme, freundlich, sonor und selbstbewußt, war wie eine Strömung, durch die er sich angenehm erfaßt und von dem unbefriedigenden Kleinkram auf seinem Schreibtisch fortgetragen fühlte, doch instinktiv machte er eine Abwehrbewegung, als müsse er sich erst einmal befreien.
»Das paßt mir schlecht. Worum geht es denn?«
»Kinshasa«, sagte Otter. »Die Sache ist spruchreif.«
»Ja, das tut mir leid. Ich bin auf dem Sprung in die Pfalz, einen Lieferanten besuchen. Wenn es nicht bis Januar Zeit hat, könnte ich höchstens noch in Frankfurt vorbeikommen.«
Er wußte nicht genau, weshalb er das vorgeschlagen hatte. Es war umständlich und lästig, denn er hatte noch einiges in München zu tun und mußte keineswegs in die Pfalz. Aber sein Gefühl hatte ihm gesagt, er müsse sich schwierig zeigen, als jemand, der andere Prioritäten hatte und für den Otters Geschäfte nur eine Sache am Rande waren.
»Schade«, sagte Otter, »ich hatte mir noch einen schönen Abend in München ausgerechnet. Ich hätte Sie und Katrin gerne eingeladen. Das machen wir dann ein anderes Mal. Wann frühestens können Sie denn kommen?«
Sie einigten sich auf übermorgen. Das ließ ihm Zeit, für Weihnachten einzukaufen: ein Armband, ein Halstuch und eine Handtasche für Elisabeth, für Katrin den bereits anprobierten Wendemantel und Parfüm, verschiedene Kleinigkeiten für seine Sekretärinnen. Für Christoph fiel ihm nichts ein. Das würde ohnehin wie immer Elisabeth besorgen. Es war

schwierig, etwas für ihn zu kaufen, weil er seine Interessen nicht zeigte. Eigentlich las er immer nur. Als er im Schaufenster einer Boutique einen zigeunerhaft bunten Pullover sah, fiel ihm Manuela ein. Er hätte ihn ihr gerne geschickt. Aber als er bei ihr angerufen hatte, war ein Mann am Telefon gewesen, wahrscheinlich einer ihrer homosexuellen Freunde. Sie war offenbar nicht dagewesen. Gemeldet hatte sie sich auch nicht, obwohl sie seine Adresse hatte. Er erwartete es nicht mehr. Es war ein wenig traurig, aber es war richtig so.

Er konnte sich nicht verhehlen, daß Otters Anruf seine Stimmung verbessert hatte und er seltsamerweise immer neugieriger wurde, je mehr er seine Vorbehalte stärkte. Erst im Fahrstuhl des Frankfurter Bürohauses fielen ihm weitere Gründe ein, weshalb er Otters Vorschlag, zu ihm nach München zu kommen, nicht angenommen hatte. Er wollte das Büro von Otter kennenlernen, wollte sich einen Eindruck verschaffen, wie der Mann in seiner Umgebung wirkte. Und er wollte wieder gehen können, sobald er es für richtig hielt.
Da war zunächst dieses Messingschild: Fred Otter, Anlagen-Finanzierungen, das ihm nüchterner, einfacher, aber auch professioneller erschien, als er erwartet hatte. Eine junge Büroangestellte mit einem runden, nichtssagenden Gesicht öffnete und nahm ihm im Vorraum den Mantel ab. Durch eine Glastür kam er in ein kleines Sekretariat, in dem eine grauhaarige Angestellte von ihrer Schreibmaschine aufstand und ihn begrüßte. Und dann stand rechts von ihm auch schon Otter in der Tür, schmächtiger, kleiner und großköpfiger, als er ihn in Erinnerung hatte, aber lächelnd und braungebrannt, in einer beuligen Sportjacke, unter der er einen fleckigen Pullover trug.
Ich kenne ihn nicht, dachte Vogtmann.
Er wußte nicht, worauf sich dieser Eindruck gründete, nur, daß er ihn verbergen mußte, weil es jetzt darauf ankam, einzustimmen in den vertrauten, freundschaftlichen Ton, mit

dem Otter ihn begrüßte und zu sich hereinholte. Der Raum, nicht besonders groß, hatte zwei Fenster, durch die man auf eine andere Fassade mit genau den gleichen Fenstern blickte. Und so austauschbar und gleichgültig war er auch möbliert, mit einem wandhohen Einbauschrank für Akten, der üblichen Sitzecke, dem Schreibtisch. Unerwartet war nur die Unordnung, die darin herrschte. Auf den Fensterbänken lagen Akten, auf dem Fußboden neben dem Schreibtisch stapelten sich alte Zeitungen und Zeitschriften, einige Bilder waren abgehängt worden und hatten Lücken an den Wänden hinterlassen. Sie lagen aufeinandergeschichtet auf einem Sessel in der Ecke.

»Bin gerade dabei aufzuräumen«, sagte Otter. »Dies hier ist meine Schauwand, wo ich immer ein paar neue Objekte für meine Kunden zeige. Hier, sehen Sie, dies hier. Das sind Bohrtürme in Kanada.«

»Könnte überall sein«, sagte Vogtmann.

»Sicher«, nickte Otter, »ich find's nur dekorativ. Eine schöne Schwarz-Weiß-Graphik.«

Er betrachtete das Foto einen Augenblick, als wollte er prüfen, ob er recht hatte, und stellte es unten gegen die Wand.

»Sind Sie unter die Prospektoren gegangen?« fragte Vogtmann.

»Ich habe nur ein paar Kontakte geknüpft, als ich jetzt drüben war. In Mittelkanada und im Süden der USA sollen große neue Öl- und Gasvorkommen erschlossen werden. Jetzt geht es erst einmal um die Finanzierung. In Quebec ist ein internationaler Investment-Fonds gegründet worden, und ich will hier, zusammen mit einem Partner, eine Kommanditgesellschaft für deutsche Anleger gründen. Wir steigen dann als Limited Partner in die kanadisch-amerikanische Gesellschaft ein.«

»Ein reines Abschreibungsgeschäft, nehme ich an.«

»In der Explorationsphase, ja. Aber langfristig sind phantastische Gewinne drin.«

»Never invest in a black box«, sagte Vogtmann.

Dieser Slogan, den er vor ein paar Tagen im Wirtschaftsteil seiner Zeitung gelesen hatte, war eine Formel seines Mißtrauens geworden, und daß er ihn jetzt gegen Otter vorbrachte, ein magischer Abwehrzauber gegen die seltsame Verführung, die dieser Mann, sobald er redete, auf ihn ausübte. Lag das nur an seiner Stimme, die so ruhig, so sicher klang, oder war es die unbestimmte Mischung von Schläue und Ernst, von Wachheit und Erfahrung, die sich in seinem Gesicht ausdrückte? Urban war unsympathisch gewesen, Otter war sympathisch und gewinnend, obwohl er hier in seiner täglichen Umgebung ein bißchen wie ein alter räudiger Fuchs wirkte. Katrin hatte recht gehabt, ihn Bogie zu nennen. Es war ein Ähnlichkeit, weniger im Äußerlichen als im Wesen. Auch Otter war ein Schauspieler, ein Typ für das Charakterfach des lebenserfahrenen, ein wenig angeschlagenen und mit allen Wassern gewaschenen Helden. Er trat auf in dieser Rolle, sie hatte sein Gesicht geprägt. Und wenn er auf die Bühne kam, war man aufgefordert, mitzuspielen in einer Rolle, die zu ihm paßte. Er gab die Stichworte, und man fand ganz mühelos die Antworten. Es war ein Dialog, der von ihm geführt wurde, lässig und ruhig, über Umwege und Rastplätze, bis man unversehens ans Ziel gelangte. Zwischendurch rechnete man immer damit, in seinen Augen ein Zwinkern wahrzunehmen, ein kleines, verstecktes, ironisches Zeichen, mit dem er zugab: Wir spielen nur. Aber war das nicht gerade die eigentliche Täuschung?
»Ich verstehe Sie sehr gut«, sagte Otter. »Aber manche Leute sind in einer anderen Lage. Ihre black box ist der Staat, der ihre Steuern frißt. Möchten Sie Kaffee oder Tee?«
»Kaffee«, sagte Vogtmann.
Otter ging zur Tür, um die Bestellung ins Vorzimmer weiterzugeben, ging dann redend zum Wandschrank und schloß eine Tür auf, hinter der sich ein Safe mit einem Zahlenschloß befand. Er nahm eine flache, schwarze Ledermappe heraus, die er zwischen ihnen auf den Tisch legte.
»Sehen Sie«, sagte er, »es ist mein Job, herauszufinden, was

meine Kunden brauchen. Ich bin für maßgeschneiderte Angebote. Man ruiniert seinen Ruf, wenn man den Leuten etwas aufschwatzt, was nicht zu ihnen paßt. Am liebsten habe ich kritische Kunden, mit denen man sich präzise besprechen kann, dann gibt es nachher keinen Ärger. Am schlimmsten sind für mich die Leute, die von nichts eine Ahnung haben, nur Geld.«

»Ich dachte, am bequemsten.«

»Am Anfang, ja. Aber gerade im Anlegergeschäft bekommt man es mit pauschalen Erwartungen zu tun, die sich so nie erfüllen können. Aber das ist jetzt nicht unser Bier.«

Er legte die Hand auf die schwarze Mappe.

»Dies ist das Zaire-Geschäft. Spruchreif, wie gesagt. Die Gesamtsumme ist wie erwartet, aber ich habe mehr Vorkosten einsetzen müssen. Dafür sind die Konditionen viel günstiger, als ich erhofft habe.«

Er schlug die Mappe auf und blickte hinein. Es war die gleiche Bewegung, mit der ein Pianist am Konzertflügel die Partitur aufschlägt, um noch einmal mit größter innerer Sammlung die ersten Takte zu lesen.

»Dies ist ein Schatz von 7,2 Millionen Mark«, sagte er, »achtzehn Wechsel über jeweils 400000. Und das Beste sind die Laufzeiten: drei bis zwölf Monate, beginnend am 31. Dezember. Die beiden ersten Wechsel werden schon am 31. März fällig, die beiden letzten am 31. Dezember des nächsten Jahres.«

Er drehte die geöffnete Mappe und schob sie Vogtmann zu, damit er die Wechsel, die paarweise in Klarsichtfolien steckten, lesen konnte.

»Schauen Sie sich das in Ruhe an.«

Vogtmann blätterte in der Mappe, besah die Wechsel von beiden Seiten, las Zahlen und Fälligkeiten, betrachtete die Unterschriften und Stempel und hatte das Gefühl, nichts richtig wahrzunehmen, obwohl er alles deutlich sah.

»Was sind das für Unterschriften?« fragte er.

Otter neigte sich ein wenig vor, um es zu erklären.

»Dies hier ist die Direktion der Hausbank des Importeurs in Kinshasa und dies die Garantie der Staatsbank von Zaire, unterschrieben vom Wirtschaftsminister. Hinten in der Mappe liegen der Kaufvertrag und die staatliche Einfuhrgenehmigung. Und dies hier ist die Devisenausfuhrgenehmigung. Bei der chronischen Devisenknappheit in Zaire ist das das eigentliche Schlüsseldokument. Sie sehen, es sind erstklassige Papiere.«

Vogtmann starrte auf die feierlichen, übertriebenen Schriftzüge der Unterschriften und die vielen Stempel und schob die Mappe ein Stück von sich fort. Da war etwas, was sie unberührbar machte. Vielleicht die hohen Summen oder die steifen, geltungssüchtigen Unterschriften oder die fremden Namen, er wußte es nicht. Aber er sagte, im Widerspruch zu seinem Gefühl, das er nicht begründen und also auch nicht ausdrücken konnte:

»Sieht nicht schlecht aus.«

»Ich bin auch ein bißchen stolz darauf«, lächelte Otter.

Sicher hatte er damit recht. Er hatte lange an diesem schwierigen Geschäft gearbeitet. Mehrmals war er in Kinshasa gewesen, um die Verhältnisse und Gepflogenheiten zu studieren und herauszufinden, wer die entscheidenden Leute waren und wie man zu ihnen vordrang. Als Neuling hatte er sich behaupten müssen unter lauter ausgekochten Händlern und Geschäftemachern aus aller Welt, die alle dieselben Ämter belagerten. Er hatte lernen müssen, mit bestechlichen schwarzen Beamten umzugehen, von deren Gunst alles abhing und die gleichzeitig auf ihren Vorteil und ihre Würde bedacht waren. Er selbst hätte das nicht gekonnt. Es wäre ihm zuwider gewesen, er hätte es nicht durchgehalten. Aber Otter hatte es geschafft. Das Ergebnis lag zwischen ihnen auf dem Tisch, ein wenig feierlich inszeniert in dieser Mappe, aber unleugbar.

»Sie sind der erste, den ich anspreche«, sagte Otter, »weil ich weiß, Sie brauchen im Augenblick ein schnelles Zwischengeschäft. Dann wäre dies ja ideal für Sie. Aber Sie können

natürlich gleich nein sagen. Das bringt mich nicht in Verlegenheit, wie Sie sich denken können.«
Er lächelte. Der Kaffee wurde gebracht. Otter schloß die Mappe und trug sie zum Schrank zurück, schloß sie wieder ein.
»Ich sehe dieses Geschäft nicht isoliert«, sagte er zurückkommend, »es ist für mich ein Baustein zu einer dauerhaften Geschäftsbeziehung. Sie haben mir ein paar Wechsel anvertraut, und ich habe damit gute Erfahrungen gemacht. Jetzt werde ich Ihnen etwas zuspielen. Etwas für Sonntagskinder.«
»Klingt für mich nicht überzeugend«, sagte Vogtmann, »nennen Sie erst mal Ihre Zahlen.«
»Wenn Sie sich mit 1,4 Millionen engagieren, überlasse ich Ihnen sechs Wechsel mit mittleren Laufzeiten zu je 400000 Mark.«
»Ich habe das Geld nicht.«
Schneller, als er nachdenken konnte, wie bei der reflexartigen Abwehr eines Angriffs, den man schattenhaft kommen sieht, hatte er geantwortet, und dann erst dachte er, daß das Unsinn sei, weil man sich jederzeit das Geld beschaffen konnte, wenn man Papiere über 2,4 Millionen auf der Hand hatte, vorausgesetzt, sie wurden für gut befunden. Aber warum machte Otter das nicht selber?
»Sie haben mich ja gar nicht ausreden lassen«, sagte Otter, während er die Kaffeetasse an seinen Mund hob, probeweise einen Schluck nahm und sie wieder absetzte. »Selbstverständlich erwarte ich nicht alles auf einmal. Sie müssen sich jetzt nur an meinen Vorkosten beteiligen, sagen wir mit 200000,- Mark. Das benötige ich noch, um die Ware für die Verschiffung freizubekommen. Über die restliche Kaufsumme von 1,2 Millionen will ich von Ihnen zunächst nur eine Bürgschaft auf meine ersten drei Wechsel haben. Sie bekommen selbstverständlich von mir die gleiche Garantie auf Ihre Wechsel.«
»Wozu das?« fragte Vogtmann. »Wir haben doch die Garantie der Staatsbank von Zaire.«

»Sie haben noch keine Geschäfte mit der Dritten Welt gemacht«, sagte Otter mit milder, freundlicher Geduld, die sich wie ein sanfter Nebel in Vogtmanns Kopf niederschlug und ein Gefühl des Schwebens in ihm erzeugte. Er stand in einem Fahrstuhl, der aufwärts oder abwärts fuhr, und dauernd leuchtete eine Zahl in ihm auf: eine Million Mark Gewinn in einem halben Jahr vielleicht. Auch abzüglich der Bankkosten war das mehr, als ihm in München fehlte. Es würde alle seine Probleme lösen. Es würde ihn darüber hinaustragen, seinem Ziel der Unabhängigkeit näherbringen, es würde . . .
Er hörte Otters ruhige Stimme, die langsam weiterredete und etwas erklärte, was er erst nachträglich, mit einer kleinen quälenden Verzögerung verstand: Die Banken verlangten bei Wechseln aus der Dritten Welt grundsätzlich auch noch eine Absicherung durch einen europäischen Partner. Das war üblich, es beschleunigte die Überprüfung. Bei erstklassigen Papieren mit staatlicher Garantie, wie sie sie vorlegen konnten, genügte aber schon eine Teilbürgschaft mit einer ernst zu nehmenden Summe. Man mußte eben dokumentieren, daß man Vertrauen in das Geschäft hatte. Selbstvertrauen erzeugte Vertrauen, das war eine der alten Weisheiten im Geldgeschäft.
»Sehen Sie«, fuhr Otter fort, »es gibt also einen Grund für mich, einen soliden Partner zu suchen. Denn der Weihnachtsmann, der Ihnen einfach ein Vermögen schenkt, bin ich nicht. Eine Absicherung von 1,2 Millionen brauche ich als Türöffner auf meine ersten Wechsel. Ich gebe Ihnen aber, wie gesagt, eine Bürgschaft über dieselbe Summe auf Ihre Papiere, damit Sie nicht das Gefühl haben, im Freien zu stehen.«
Offenbar war Otters Vorschlag damit zu Ende. Bis auf die Laufzeiten der ihm angebotenen Wechsel und die genauen Zahlungstermine schien alles Wichtige gesagt zu sein. Trotzdem hatte Vogtmann das Gefühl, etwas übersehen zu haben, ein verstecktes Detail, das vielleicht in einer ganz anderen Richtung zu suchen war, irgendeine scheinbare Nebensache, die ihre wahre Bedeutung erst später zeigen würde. Er suchte,

er grübelte, dankte zerstreut, als Otter ihm Kaffee nachgoß. Plötzlich kam ihm der Gedanke, alles könne ein großer Bluff, eine bloße Fata Morgana sein, die auf nichts Wirklichem beruhte, und schroff vor Argwohn sagte er: »Ich möchte den Lagerschein sehen.«
»Wie bitte?« fragte Otter.
»Den Lagerschein. Ein Dokument darüber, daß die Ware irgendwo liegt.«
Ein Schatten von Verärgerung huschte über Otters Gesicht. Wortlos stand er auf und ging mit der Haltung eines Mannes, der einen überflüssigen Weg macht, zum Aktenschrank, kam mit einem grünen mehrseitigen Formular zurück.
»Bitte«, sagte er.
Das war es also nicht. Es gab diese 960000 Giftampullen. Sie lagen deklariert als Insektengift in einem Lagerhaus in Roermond, dicht hinter der holländischen Grenze, weil Otter sie dort sicherer glaubte. Von Rotterdam aus sollten sie dann verschifft werden.
»Wann?« fragte Vogtmann.
»Sobald wir aus Zaire fünfundzwanzig Prozent der Kaufsumme haben. So steht es im Vertrag.«
Eine kaum merkliche Veränderung in Otters Tonfall gab ihm zu verstehen, daß es nun an ihm war, deutlicher zu werden. Er mußte Interesse zeigen oder nicht.
»Gut«, sagte er, »ich glaube, daß wir klarkommen werden. Aber ich muß vorher mit meiner Bank sprechen. Bis Mitte Januar müssen Sie mir schon Zeit lassen. Über die Feiertage erreiche ich keinen Menschen, der mir etwas sagen kann.«
Otter antwortete nicht. Er ging zu seinem Schreibtisch und blätterte in einem Kalender. Aber er schien dabei über etwas anderes, Fernliegendes nachzudenken, denn er blätterte langsam und nachdenklich ziemlich viele Seiten um. Schließlich hörte er damit auf und fragte:
»Was für Unterlagen brauchen Sie?«
»Kopien des Kaufvertrages, der Begleitpapiere und der Wechsel.«

Erst jetzt sah Otter von seinem Kalender auf. In seinem Gesicht war nichts anderes lesbar als seine übliche ruhige Freundlichkeit und Selbstgewißheit.
»Können Sie haben«, sagte er.

Es war dunkel geworden, als Vogtmann wieder auf die Straße trat. Ein dünner Nieselregen durchnäßte die Luft und legte sich feucht auf sein Gesicht. Die Weihnachtsbeleuchtung der Straße schwebte in einem sprühenden Lichtdunst, und auf dem Asphalt schimmerten die zerlaufenen Farben der Leuchtreklamen. Riesenhaft und monolithisch, doch verschleiert von regnerischer Dunkelheit überragten die erleuchteten Turmbauten der Banken die Straßen der Innenstadt. Hier residierten die Lenker der großen Geldströme. Es waren die Repräsentanzen der Macht, die hinter diesen Fassaden nichts anderes war als ein unüberschaubares und unaufhörliches Zahlenspiel, das die Bewegungen des Lebens dirigierte und in Gang hielt. Hier unten in den Straßen zeigte sich das Leben als ein ameisenhaftes, bepacktes Gehusche und Gewimmel. Waren vielleicht die Bewegungen der Menschen und die dauernden Veränderungen der Zahlen auf den Bildschirmen der Computer nur zwei wechselseitige Spiegelungen? Was war wirklicher, was war mächtiger? Welche der beiden Wirklichkeiten brachte die andere hervor? Wenn man das nicht wußte, schwebte man nur und fühlte sich verloren.
Er löste seinen Blick aus der schwindelnden Höhe einer Turmfassade und ging weiter. Morgen war Heiligabend und dies der letzte Einkaufsnachmittag, knapp zwei Stunden vor Ladenschluß. Die ganze Stadt schien von einer panikartigen Unruhe erfaßt zu sein. Menschen mit Paketen, prallen Tüten und Einkaufstaschen hasteten an ihm vorbei, drängten sich in den Geschäften und beluden in den Seitenstraßen ihre geparkten Autos mit den Einkäufen, während andere Autos mit schlagenden Wischern auf die freiwerdenden Lücken warteten. Es war ein Packen, Schleppen und Durcheinanderrennen wie bei einer beginnenden Massenflucht.

Vogtmann beschloß, noch nicht sofort zu seinem Auto zu gehen, das er in einem Parkhaus am Rand der Innenstadt abgestellt hatte. Vernünftiger war es, noch irgendwo eine Kleinigkeit zu essen und die Menschenmassen aus der Stadt abfluten zu lassen, bevor er zur Autobahn fuhr. Er hatte ja Zeit, konnte sich Zeit lassen. Die Unruhe, die in ihm steckte, mußte er zurückdämmen, denn vor ihm lag die drückende Unbeweglichkeit der Feiertage, die er zu Hause verbringen mußte. Wahrscheinlich war Elisabeth dabei, den Baum zu schmücken, hinter sich auf dem Tisch einen Vorrat mundgeblasener Glaskugeln, kleiner, bunt bemalter Zinnfiguren und Strohsterne, die sie mit einer kultischen Bedachtsamkeit in die Zweige hängte. Doch möglicherweise würde sie es nicht können in diesem Jahr, und das mußte alles nur noch schlimmer machen, erstickend. Christoph war an den Feiertagen sicher noch krank, und so würde er bei allen Mahlzeiten mit Elisabeth allein am Tisch sitzen. Nun, er mußte irgendwie damit zurechtkommen. Vor allem mußte er mit Elisabeth über Christophs Zukunft sprechen.

Nachher, wenn er auf der Autobahn war, würden ihm die langen Lichterketten der nach Süden fahrenden Autos begegnen, Leute, die Skiurlaub machten oder nach Italien und Südfrankreich fuhren. Auch Jutta und Andreas waren darunter. Sie trafen sich mit Freunden in Bad Ischl, wahrscheinlich zu fröhlichen Sektparties am Heiligabend und zu Silvester. Tagsüber würden sie Skiwanderungen machen und abends in der Hotelbar sitzen oder tanzen. Er beneidete sie eigentlich nicht darum. Nur manchmal, wie heute, wenn ihm plötzlich vor Augen kam, wie andere lebten und sich vergnügten, empfand er, wie abgeschnitten er war. Ursprünglich hatte das mit seinen verkrüppelten Zehen zusammengehangen, seiner Scheu, mit nackten Füßen am Strand herumzulaufen, und mit den Schwierigkeiten, die er im Winter bei Frost mit den beiden verkrümmten, schlecht durchbluteten Zehen hatte. Alles das reichte aber nicht aus zu erklären, weshalb er ein Einzelgänger geworden war, der seine Kraft aus dem Alleinsein bezog.

Nein, er wollte noch nicht nach Hause fahren, hatte aber auch keine Lust gehabt, mit Otter essen zu gehen. Auch Otter hatte das nur formelhaft bedauert. Jetzt, da sie nur noch dieses eine gemeinsame Interesse hatten, konnten sie erst im Januar wieder miteinander reden, wenn die Bank die Kopien geprüft hatte, die er in seinem kleinen Aktenkoffer bei sich trug.

Wen konnte er sonst noch fragen außer seiner Bank? Lothar kam nicht mehr in Frage. Er war viel zu unsicher geworden und würde ihm raten, geduldig und mühsam durch den Gegenstrom seiner Schuldzinsen aufwärtszuwaten, obwohl es daneben diese ganz andere Möglichkeit eines riesigen Sprunges gab.

Wie schwer war es, nicht darüber nachzudenken, obwohl er wußte, daß er im Augenblick mit dem Denken nicht weiterkam, und erst Zeit vergehen mußte, bis zum nächsten Schritt. Weiter, weiter, wer flüsterte das eigentlich in ihm? Weiter, weiter! Nichts konnte man nachholen, weil es immer weiterging.

Aus dem Eingang eines Kaufhauses strömte verbrauchte Luft, und dünne, klingelnde Weihnachtsmusik schwemmte über ihn hinweg. Irgendwo spielte jemand Flöte gegen das Tonband des Kaufhauses an. Ein Straßenverkäufer ließ vor ihm an langen, dünnen Fäden ein häßliches entenartiges Vogelmonster auf den Steinplatten herumtapsen. Einige Meter weiter stand ein Maronenverkäufer mit seinem Holzkohlenfeuer. Sollte er sich eine Tüte Maronen kaufen? Es war unpraktisch, im Gehen aus der Tüte zu essen, weil er den Aktenkoffer in der einen Hand trug. Aber als er schon vorübergegangen war, fehlte ihm etwas, und er kehrte wieder um und ließ sich eine Tüte füllen. Tapp tapp tapp machte das Vogelmonster, das seinen häßlichen beweglichen Hals drehte und zu ihm herüberblickte. Das war jetzt mein Weihnachtswunsch, dachte er, heiße Maronen zu essen auf der Straße.

Er schälte ein paar Maronen und ging zufrieden kauend weiter. Sollte er vielleicht einmal durch das Bahnhofsviertel

schlendern und sich die Nachtlokale und Sexrevuen anschauen, die Dirnen- und Zuhältertreffs und die neuen Peepshows, von denen er gehört hatte? Vielleicht herrschte dort eine andere Weihnachtsstimmung. Heilige-Nacht-Gesang mit Striptease, war vielleicht gar nicht mal schlecht.
Indem er es dachte, erlosch der Impuls schon wieder, und er schlenderte nun ziellos weiter, jemand, der Zeit hatte, mit der er nichts beginnen konnte, außer sie zu verbrauchen, sich in ihr treiben zu lassen, so daß man sein Leben halbwegs vergaß und sich ein Stück davon ins Unbestimmte entfernte, wo nichts gefordert wurde, weil man irgend jemand oder niemand war. Nichts mußte jetzt entschieden werden. Er kaute die Maronen, und es gab nichts Richtiges und nichts Falsches. Die Gedanken, die noch in ihm entstehen wollten, lösten sich gleich wieder auf wie die fremden Leute, die in der Straße auf ihn zukamen und hinter ihm verschwanden.
Er ging langsamer. Im Halbdunkel einer Nebenstraße blieb er, als sei er dort angetrieben worden, bei einem großen erleuchteten Fenster stehen. Er blickte in einen kargen hellen Raum, wohl ein ehemaliges Ladenlokal, in dem mehrere Türken saßen und alle in eine Richtung schauten. Die fremden schnauzbärtigen Männergesichter wirkten gesammelt und ernst, als schauten sie gebannt einer religiösen Handlung zu. Vogtmann folgte ihren Blicken und sah in der hinteren Ecke des Raumes ein großes aufgebocktes Fernsehgerät, auf dem ein Videofilm ablief. Er zeigte einen Karatekampf, der in einem ähnlich kargen, leeren Raum stattfand.
Ein Mann verteidigte sich mit blitzschnellen Sprüngen und Drehungen gegen drei Angreifer, die immer wieder von verschiedenen Seiten gegen ihn vorstießen. Die Situation des Verteidigers schien aussichtslos zu sein. Aber er kämpfte mit einer geisterhaften Geschicklichkeit, trat, stieß, parierte die Attacken, wirbelte herum und schaffte sich immer wieder Raum. Pausenlos flogen die Angreifer heran und prallten an ihm ab. Er schien unbesiegbar zu sein, aber auch nicht siegen zu können, und mehr und mehr verschmolzen die vier Ge-

stalten zu einem traumhaften Ballett, einem einzigen flakkernden Wirbel der Selbstbehauptung und des Überlebens von Augenblick zu Augenblick. Gebannt wie die Männer drinnen auf ihren Stühlen stand Vogtmann vor dem Fenster und schaute zu.

11. Die Spitze des Eisberges

Nur langsam, wie ein erschöpfter, mühsam erwachender Schläfer, der immer wieder in neue verworrene Träume versinkt, löste sich Christoph aus seiner Krankheit. Ein inneres Gewicht hielt ihn fest und zog ihn nach unten, sobald er aus dem Nebel seiner Schwäche und seines Fiebers auftauchte und seine schmerzenden, stechenden Augen öffnete. Der Druck der Tampons, die in seiner Nase steckten, reichte hinauf bis hinter die Stirn und behinderte alle Gedanken oder löschte sie aus. Er vermied es, den Kopf zu bewegen, und atmete durch den offenen Mund. Vor dem Fenster seines Zimmers fiel stundenlang Schnee aus einem grauen Winterhimmel. Er konnte weder die Gartensträucher noch die nachbarlichen Dächer sehen, nur das lautlose Wirbeln und Trudeln der Flocken in der dunkler werdenden Luft. Auf dem Nachttisch tickte der Wecker. Meistens hörte er ihn nicht. Manchmal wurde das Ticken neben ihm unnatürlich laut und schien sich zu beschleunigen. Dann wurde hinterrücks die Verbindung gekappt, und er war wieder eingeschlafen.

Im Schlaf fühlte er sich begraben unter schmutzigem Unrat, wühlte und kroch durch dunkle, verschüttete Gänge, stieß sich wund an Steinen und schmierigen Scherben, versank in einem Berg aus schwarzem, knirschendem Kohlengrus und begann zu ersticken. Von außerhalb sprach sein Verstand zu ihm, eine fremde Stimme, die sagte, daß seine Gelenke und Muskeln schmerzten und die Tampons in der Nase ihm die Luft nahmen. Er versuchte seine Lage zu ändern, bis er sich japsend aufrichten mußte, um einen Schluck abgestandenes, lauwarmes Mineralwasser zu trinken und den Schleim aus

seinem Mund zu spülen. Das erschöpfte ihn so, daß er, noch halb im Sitzen, wieder in seine dämmrige Ohnmacht sank.
Laßt mich in Ruhe, dachte er, wenn seine Mutter hereinkam oder einer der beiden Ärzte, die abwechselnd oder manchmal auch zu zweit an seinem Bett erschienen, ihn beklopften, abhorchten, in seinen Hals blickten, seinen Puls und seinen Blutdruck maßen und neue Rezepte schrieben. Er wurde gewaschen und mit kampfrigen Salben eingerieben, mußte widerliche Arzneien schlucken und sie mit Obstsäften hinunterspülen, wurde gefragt, wie er sich fühle und was er essen wolle, und hoffte, daß sie wieder gingen. Er war so gleichgültig, so müde. Es gab nichts zu sagen, außer ja und nein. Ja, er wollte etwas zu trinken haben, nein, er brauchte nichts.
In den Nächten brannte neben ihm eine Nachttischlampe, verhängt von einem blauen Tuch. Es war ein schwaches, unterirdisches Licht, wie von einer Grablampe, und manchmal wußte er nicht sofort, wo er sich befand, wenn er aus seinen Träumen erwachte. Er lag dann still da, flach durch seine geschwollenen und gesprungenen Lippen atmend, die offenstanden und von der vorbeistreichenden Atemluft ausgetrocknet waren wie Pergament. Unter seinen Händen verwandelte sich die Bettdecke, buckelte sich auf und erstarrte zum Rückenpanzer eines fremdartigen Tieres. Er erschauerte bei dieser Empfindung, die er nicht vertreiben konnte. Sein Kopf widerstand nicht, sein Denken war gelähmt durch die Tampons. Vorsichtig befühlte er sie, betastete die empfindlich gespannte Nase. Die Tampons waren vollgesogen mit Eiter und altem Blut. Mit den Fingerspitzen löste er ihre festgeklebten Enden und zupfte daran. Das hatte er schon einmal gemacht und sie wieder festgeklebt. Jetzt zog er sie wie zwei lange nasse Wurzeln heraus. Warmes Blut quoll nach und begann zu strömen, und der Druck in seinem Kopf verlor sich in einem grenzenlosen Nachgeben, das wohltuend wie ein langes Weinen war.
Den Kopf zur Seite gedreht, versuchte er stillzuhalten. Weinte er wirklich, oder war er schon zu schwach? Um ihn herum

fühlte sich alles klebrig und kalt an, und immer mehr von dem klumpig geronnenen Blut versuchte er herunterzuschlucken. Plötzlich bäumte er sich auf vor Atemnot und tastete hustend nach der Nachtglocke auf seinem Nachttisch, voller Angst, sie hinunterzustoßen. Unter den Stößen seines Hustenanfalls hörte er sich läuten. Licht fiel über ihn und sein blutdurchtränktes Laken. Er war zu allen Worten zu gleichgültig, zu willenlos.

Hatte er weiterleben wollen? Hatte er Angst gehabt? An dem Abend nach seinem Diebstahl, als er stundenlang durch den Regen gelaufen war, hatte er vorgehabt zu sterben. Zu sterben, indem er krank wurde und alles Unglück um ihn herum auflöste durch sein Verschwinden. Aber wahrscheinlich war er nicht ehrlich gewesen. Er konnte sich nur schwer an sich erinnern. Damals im Regen hatte er gedacht, daß er sich opfern müsse, um seine Eltern zu versöhnen. Er war überflüssig, er störte. Niemand brauchte ihn. Es war Zeit zu verschwinden. Sterben, indem man durch den Regen lief. Tatsächlich war er krank geworden, von Tag zu Tag mehr. Er sah, wie sie dagegen ankämpften, seine Mutter, die Ärzte, manchmal auch sein Vater, der seltener kam und ein paar aufmunternde Worte sprach. Er wußte, daß dies alles vergeblich war. Sie hatten keine Macht, ihn gesund zu machen, wenn er es nicht wollte.
Seit er die Tampons aus der Nase gezogen hatte und beinahe verblutet war, wehrte er sich nicht mehr und zog sich in die wattige Wärme seiner Schwäche zurück. Er hing darin eingepuppt wie in einem Kokon, während die Tage und Nächte eintönig vorbeiglitten. Sterben wollte er nicht mehr, es fehlte ihm auch dazu die Kraft. Eine verborgene Spannung löste sich, als sei ihm eine Arbeit erlassen worden, der er nicht gewachsen war. Er blieb länger wach und war frei von Fieber. Seine Gelenke begannen abzuschwellen. Nur manchmal, wenn er sich bewegte, zog wie eine Warnung der krampfige,

strahlende Schmerz durch Schultern, Arme und Handgelenke und zwang ihm ein Stöhnen auf. Aber die Schmerzwelle erreichte kaum noch ihren alten Höhepunkt und ebbte schnell wieder ab. Nach jedem dieser kurzen Anfälle empfing ihn die sanfte Tröstung seiner Mattigkeit. Er schwebte in ihrem warmen Bad, barg sich in ihrer wolkenhaften Stille. Die quälende Benommenheit und das Gefühl, gefesselt zu sein, waren einer angenehmen Leere gewichen. Ich bin noch da, dachte er, und dieser Gedanke öffnete die Tür für einen zweiten Gedanken, der noch deutlicher und bestimmter war: Ich bin nicht der, für den ihr mich haltet. Der Satz nistete sich in seinem Kopf ein, ruhte in ihm wie ein wachsender Kern. Ich bin nicht der, für den ihr mich haltet. Er murmelte den Satz vor sich hin, in heimlichem Entzücken. Jetzt, fühlte er, würde er gesund werden. Er hatte viel Zeit dazu, viel Zeit. Der Januar begann mit neuen Schneefällen.

Konnte man angesichts der schneebedeckten Felder und Berghänge glauben, daß es ein Land wie Zaire gab, schwül und heiß, bedeckt von immergrünen tropischen Regenwäldern und durchzogen von einem riesigen Fächer dunkler Flüsse, die träge zwischen Schlammufern und lianenbewachsenen Bäumen dahinströmten oder schäumend und dunstsprühend durch Stromschnellen und über Wasserfälle rauschten, die an Schilf- und Laubhütten versteckter kleiner Dörfer vorbeizogen und alle in einen riesigen, immer breiter werdenden Strom mündeten, auf dem große Teppiche schaukelnder Wasserhyazinthen und Bäume mit leergewaschenen Wurzelgeflechten dahintrieben, während ein überladener Dampfer mit altmodischen Schaufelrädern sich stromaufwärts kämpfte, ein Strom, der vielarmig ein Gewirr bewaldeter Inseln durchfloß, an deren Ufer Scharen von weißen Reihern standen, eine gewaltige Wassermasse, die die Waldufer mit ihren Buchten und Sandbänken, den Brandrodungen und Plantagen weiter auseinanderschob und sich vor der Hauptstadt zu einem unüberschaubaren See erweiterte? Und gab es diese Hauptstadt mit ihren breiten palmenumsäumten Boulevards, den Regierungspalästen und Hotels und den in blühenden Gärten versteckten Residenzen? Gab es die Provinzstädte im Inneren des Landes mit den Verwaltungsbauten und gestürzten Denkmälern der Kolonialzeit, den bunten, volkreichen Märkten, den Kasernen, umschlossen von hohen Mauern und Stacheldraht, in denen die Soldaten wie Gefangene lebten, und den kleinen Flugplätzen mit ihren Graspisten und Baracken, in deren spärlicher Beleuchtung Schwärme von Fledermäusen nach Insekten jagten? Gab es die riesigen terrassenförmigen Tagebauten der großen Kupferminen des Südens und die staubigen Mondgebirge ihrer Abraumhalden? Gab es die bizarren Mangrovenwälder des Deltas und die überschwemmten Reisfelder am Unterlauf des Stroms, die kleinen Maniokpflanzungen der Dörfer, die Kaffee- und Baumwollplantagen, die Ölmühlen und Erntespeicher, die Reusenfischer an den Stromschnellen und, am Rand des Regenwaldes, die von Elefanten und Büffelherden durchwanderte Baumsavanne mit ihrem mehr als mannshohen Gras, Straßen und Bahnstrecken, die plötzlich irgendwo im Busch endeten, zerstörte Brücken, die niemand wiederherstellte, und alte Flußfurten und Hängebrücken aus Lianenranken, die fast nackten Pygmäen im Urwald am Iturifluß, die zerlumpten Minenarbeiter in ihren Hüttenquartieren und die europäisch gekleideten Geschäftsleute und Beamten der Hauptstadt, die am Nachmittag in vollklimatisierten Hotelbars einen schwarzen Tee tranken? Gab es das alles? Träumte er es nur?

Vogtmann hob die Augen von seinem Buch und schaute in die verschneite hügelige Landschaft Niederbayerns, die vor dem Fenster des Speisewagens vorbeiglitt. Er saß im Speisewagen, er fuhr nach München zurück. Er war zu einer wichtigen Verhandlung in seiner Bank in Siegburg gewesen. Das alles schwebte wie ein durchsichtiger Schleier vor dem dunklen und leuchtenden Land, das ihm das Buch geschildert hatte. Zaire, das Herzland des afrikanischen Kontinents, fast so groß wie Mittel-, West- und Südeuropa zusammen und potentiell eines der reichsten Länder Afrikas, wurde von dem Autor als eine riesige flache Schüssel beschrieben, die zu den Rändern hin allmählich anstieg und von Randschwellen und von Gebirgszügen umschlossen wurde, dessen mächtigster im Osten lag. Dort erhob sich hinter der Seenkette des ostafrikanischen Grabens über fünftausend Meter hoch der Ruwenzori und ragte mit seinem vergletscherten Gipfel aus einem Gürtel von Nebelwäldern hervor. Vogtmann sah den Berg weiß über ein graugrünes Waldmeer leuchten und hörte einen fremden Satz in sich nachklingen: Man sieht immer nur die Spitze des Eisberges.

Der Gletscher des Ruwenzori verwandelte sich, zeigte eine bläulichgrün glänzende Bruchfläche, trieb spitzzackig, umgeben von Seevögeln, in einem unruhigen grauen Meer. Die Spitze des Eisberges, das weiße Leuchten einer Drohung. Stimmlose Erinnerung, als hätte irgend jemand gesprochen. Man sieht immer nur, was über dem Wasser ist.

Hartwich hatte das gesagt. Direktor Hartwich, mit dem er seit fünf Jahren alle seine Finanzierungen besprach, den er aber diesmal nicht richtig einschätzen konnte. Hartwich liebte solche anschaulichen Redewendungen. Doch anscheinend war er ein wenig befremdet gewesen, als er ihm die Kopien der Zaire-Wechsel und der Begleitpapiere vorlegte. »Was ist das denn?« hatte er gemurmelt, »das haben wir ja noch nie gehabt. Machen Sie jetzt auch Exportgeschäfte?« Er hatte ihm erklärt, es handele sich um ein Gegengeschäft mit einem Schuldner. Es läge ihm viel daran, die Sache schnell abzuwikkeln. Die Papiere wären ja wohl erstklassig abgesichert. Hartwich hatte nicht widersprochen und eine Weile mit zustimmenden Lauten in der Mappe geblättert. Dann hatte er erklärt, über dieses Geschäft müsse leider die Zentrale in Frankfurt entscheiden. Nur dort gäbe es eine Abteilung, die sich

mit Länderrisiken befasse. Eine solche Prüfung dauere etwa zwei Wochen, weil man sich meist neuere Auskünfte beschaffen müsse. Bei Geschäften mit Partnern aus der Dritten Welt sähe man ja immer nur die Spitze des Eisberges.
Warum erschreckte ihn das? Es war schließlich nur eine Redewendung, mit der Hartwich die Geschäftsgewohnheiten und Entscheidungswege der Bank begründet hatte, nicht ohne sich für die Verzögerung zu entschuldigen und ihm sofort Mut zu machen, daß sie wahrscheinlich sehr bald klarkommen würden, auch bei diesem neuartigen Geschäft. Hartwich war sogar besonders freundlich gewesen, was seine automatische Reaktion auf große Summen war. Er hatte ihm auch angeboten, das Kreditvolumen nochmals zu vergrößern, und das mußte er als ein gutes Zeichen werten.
Er trank seinen kalt gewordenen Kaffee und blickte in die vorbeiziehende Schneelandschaft. Eine blasse Wintersonne schwamm im Schneedunst über dem Horizont und zerschmolz zu einem nebligen Lichttümpel, der sich allmählich gelblich einfärbte und streifenhaft auseinanderlief. Das tief verschneite Land zeigte nur Spuren von Menschen. Sie schienen verschwunden zu sein, nachdem sie es mit ihren Erkennungszeichen durchsetzt hatten. Die Stahlmasten einer Überlandleitung zogen vorbei, von Schneepflügen freigeräumte schmale Landstraßen, kahle Bäume, in denen Krähen saßen, die Zwiebeltürme kleiner Dorfkirchen in der Ferne und einzelne Gehöfte mit verschneiten Holzstößen und Balkonen, Waldstücke, Talsenken mit zugefrorenen Bächen, schneebedeckte Heuschober und verwehte Zäune, eine Landschaft, aus der sich das Licht verlor, das sich fern im Westen wegdrehte und in ein düster verlöschendes Feuer verwandelte, immer häufiger verdeckt von den dämmerig grauen Schneehügeln, die auf- und abschwangen wie lange Wellenberge.
Die Spitze des Eisberges, dachte er, man sieht nur die Spitze des Eisberges. Nur mit einem Siebtel seiner Masse ragt der Eisberg aus dem Wasser hervor. Seine bedrohliche Gesamtgestalt bleibt unsichtbar. Wenn das weiße Leuchten der Spitze

noch fern zu sein scheint, kann der untergetauchte dunkle Rammbock schon nahe sein.
Er mußte das abwehren. Es gab keinen Grund zur Angst. Die Bank würde die Wechsel und Papiere nach ihren Regeln prüfen, und bis dahin blieb ihm nichts anderes übrig, als zu warten und sich nicht verrückt zu machen. Solange es ihm gelang, Otter hinzuhalten, so lange hatte er Zeit. Er schaute wieder in das aufgeschlagene Buch und versuchte, die Beschreibung des beschwerlichen Aufstiegs zum Gipfel des Ruwenzori weiterzulesen, konnte sich aber nicht mehr konzentrieren. Er winkte die Bedienung heran und zahlte.

Auf dem Weg zu seinem Platz, vorbei an den meist vollbesetzten Abteilen, dachte er an den Abend, der ihm bevorstand. Er hatte vorgehabt, nach dem Abendessen ins Büro zu gehen, die eingegangene Post zu lesen und ein paar Briefe auf Tonband zu sprechen. Aber er hatte keine Lust dazu. Er wollte nicht dauernd an seine geschäftlichen Probleme denken. Sollte er Katrin vom Zug aus anrufen? Sie erwartete ihn allerdings erst morgen, und es war durchaus möglich, daß sie heute abend mit einem anderen Mann verabredet war. Er hatte ihr zwar zu Weihnachten wieder einen Scheck geschickt, aber ein vollkommenes Monopol besaß er wahrscheinlich nicht bei ihr. Er war darauf gekommen, weil sie in letzter Zeit mehrmals verlangt hatte, er solle ihr rechtzeitig sagen, wann er in München sei und sie sehen wolle. Es nerve sie nämlich, immer darauf warten zu müssen, ob er Lust und Zeit habe oder nicht. Das war eine berechtigte Forderung, aber sie hatte ihn ernüchtert. Denn am Anfang hatte sie ihm vorgespielt, daß sie nur für ihn da sei und er einfach über sie verfügen könne. Daß sie so tat, als sei sie sein Besitz, hatte ihn mehr verlockt als sie selber. Doch für dieses Spiel hatte er wohl zuwenig Zeit gehabt.
Er suchte das Zugsekretariat. Eine gelangweilte Sekretärin, blond, mit Ponyschnitt, stellte ihm die Verbindung her. Er

sah ihr zu, wie sie die Relaisstation wählte und mehrmals versuchte, durchzukommen. Es war eine Frau Anfang Vierzig in einem graublauen Strickkleid, über dessen Ärmel sie zwei silberne Armreifen geschoben hatte. Am Haken hing auf einem Bügel ihr Pelzmantel aus Waschbärfell, und auf dem Arbeitstisch neben dem Fenster stand ihre Handtasche. Sie hatte Kaffee getrunken und geraucht. Auf der verfleckten Untertasse lagen mehrere Kippen mit ihrem Lippenrot. Er stellte sich vor, daß sie eine allein lebende Witwe oder eine geschiedene Frau war, wußte aber nicht, was dafür sprach.
Katrin meldete sich. Mit der Zurückhaltung vollkommener Gleichgültigkeit hatte die Sekretärin die Verbindung hergestellt, und vielleicht lag es daran, daß ihm Katrins kindlich klagende Stimme ein wenig peinlich erschien. Sie klang heiser, fast krächzend, und klagte über Kopf- und Gliederschmerzen. Sie sähe scheußlich aus, direkt zum Anspucken. Sie müsse sofort ins Bett. Ohne jedes Bedauern dachte er: Das ist also nichts. Er gab ihr ein paar Ratschläge, versprach, morgen wieder anzurufen. Hatte er vielleicht so gesprochen, als ob Katrin seine Tochter wäre?
»Alle Welt ist erkältet«, sagte er, während die Sekretärin eine Quittung für ihn ausstellte.
Er nahm den Zettel, bedankte sich, und während er die Münzen zusammensuchte, wurde ihm sein Zögern bewußt.
»War wohl nicht viel zu tun heute?« fragte er.
»Seit Bonn sind Sie mein dritter Kunde und bis München wahrscheinlich der letzte.«
»Feiner Job, scheint mir.«
»Es geht. Manchmal ein bißchen langweilig.«
Er schaute sie an. Sie merkte es und hielt seinem Blick stand.
»Haben Sie Dienstschluß in München?« fragte er.
»Ja, warum?«
»Wir könnten vielleicht zusammen essen gehen.«
»Eigentlich sage ich in solchen Fällen nein«, lächelte sie.

Einige Stunden später, nachdem sie in einem italienischen Restaurant gegessen und danach in einer kleinen Bar in der Nähe des Viktualienmarktes eine Flasche Wein getrunken hatten, fuhr er mit ihr im Taxi zu ihrer Wohnung am Rosenheimer Platz. Sie hatte ihm auf seine Fragen erzählt, daß sie seit fünf Jahren geschieden sei und bereits eine verheiratete Tochter habe, die in Norddeutschland lebe, sich aber nicht mehr mit ihr verstünde. Sie selbst war wegen eines anderen Mannes nach München gezogen. Das sei dann bald auseinandergegangen, und nun lebe sie eben allein, bis auf ein paar Rückfälle, wie sie lächelnd sagte.
Während sie sprach, hatte er ihre nervösen Hände beobachtet, die dauernd etwas zum Spielen brauchten, und es war ihm aufgefallen, daß ihre blonden Haare gefärbt und von Natur vermutlich dunkel und vielleicht schon ein wenig grau waren. Im Zug hatte sie anders auf ihn gewirkt, selbstbewußter, erfahrener, ironischer, fast wie eine Herausforderung. Jetzt kam sie ihm verletzbar vor und auch um Jahre älter, als er geschätzt hatte, und er glaubte sehen zu können, daß sie eine heimliche Unsicherheit und Hemmung zu überspielen versuchte. Anscheinend hatte sie Schwierigkeiten, ihn einzuschätzen, und wußte nicht, was er erwartete und ob sie darauf eingehen sollte. Vielleicht war sie schon längere Zeit allein geblieben und knüpfte jetzt mit zwiespältigen Gefühlen an problematische oder verschüttete Erfahrungen an.
Auch er fühlte sich unentschieden. Die Aussicht, bald in ihren Armen zu liegen, und die andere Möglichkeit, sie vor ihrer Wohnung abzusetzen und mit dem Taxi gleich weiter zu seinem Apartment im Arabella-Haus zu fahren und sich bei leiser Radiomusik ins Bett zu legen und noch ein wenig in dem Buch über Zaire zu blättern, hielten sich in einem melancholischen Gleichgewicht. Versuchsweise legte er auf dem dunklen Rücksitz des Taxis den Arm um ihre Schulter und zog sie an sich heran.
»Bleiben wir noch etwas zusammen?« fragte er leise.
Sie zuckte mit den Schultern, lehnte aber ihren Kopf an ihn.

»Ich weiß nicht, ob das vernünftig ist.«
»Bestimmt ist es nicht vernünftig.«
»Ich glaube auch.«
Er zog sie ein wenig enger an sich und streichelte flüchtig ihre Wange. Er spürte den Zwiespalt ihres an ihn geschmiegten Körpers, eine nachdenkliche Reglosigkeit, ein wartendes Verlangen. So hielt er sie noch, als er mit einem Geldschein aus seiner Manteltasche den Fahrer bezahlte. Jeder stieg auf seiner Seite aus, und als er um den Wagen herumkam, stand sie wartend da, im Licht der Straßenbeleuchtung, umgeben von dem dichten, langsamen Schneefall, und streckte die Hand nach seinem Arm aus, als wollte sie die kurze Trennung des Aussteigens schnell und entschlossen beenden.
»Komm«, sagte sie.
Zum ersten Mal hatte sie du gesagt. Das mochte unbewußt geschehen sein. Es drückte jedenfalls aus, daß sie ihr Mißtrauen und ihre Hemmung überwunden hatte.
In der langsam steigenden, altmodischen Aufzugskabine sank sie ihm schwer in die Arme. Undeutlich tauchten in dem gerahmten Spiegel hinter ihrem Rücken ihr Haar, der Kragen ihres Pelzmantels und seine Hand auf. Dann verlor er das aus dem Blick, bis der kleine Ruck des Halts sie beide weckte.
»Komm«, sagte sie wieder. »Wir müssen noch eine Treppe steigen. Ich wohne unter dem Dach. Bitte nicht erschrecken. Es ist ziemlich primitiv und eng.«
Sie schloß die Wohnungstür auf, trat vor ihm ein und machte überall Licht. Es war eine kleine schäbige Mansardenwohnung mit niedriger Decke und schrägen Wänden, die mit einer billigen, verblaßten Tapete mit Streublumenmuster tapeziert waren. Die Couch, wohl eine ausziehbare Bettcouch, lag voller Kissen und wurde flankiert von zwei Sesseln und einer Stehlampe und abgesperrt von einem niedrigen Tisch. Gegenüber stand auf einem alten Teewagen das Fernsehgerät.
Sie hatte beim Eintreten ihren Pelzmantel über einen der Sessel geworfen, was ihm wie eine Szene aus einem Film

vorkam. Im Vorbeigehen räumte sie ihr Strickzeug und eine aufgeschlagene Illustrierte weg. Er kannte diese nervöse Unruhe von Frauen, die einen fremden Mann zum ersten Mal in ihre Wohnung mitnehmen. Es sah so aus, als wollten sie schnell etwas verbergen oder verbessern. Vielleicht glaubten sie, dem Besucher ein geordnetes Bild bieten zu müssen, einen scheinbar vergangenheitslosen Anfang, als habe hier noch niemand gelebt. Vielleicht war es ein Instinkt, der sie schnell die Spuren ihrer Einsamkeit verstecken ließ.

»Bitte, leg ab«, sagte sie, »möchtest du etwas trinken?«

»Nein danke.«

Alles war wie immer, alles wiederholte sich.

Sie machte sich jetzt an der Heizung zu schaffen.

»Es wird gleich schön warm werden«, versprach sie. »Bitte, setz dich. Ich hänge nur die Mäntel auf.«

Die Arme beladen mit ihrem und seinem Mantel und einem herunterhängenden Schal, verschwand sie aus dem Zimmer. Sein Blick fiel auf einen Zinnbecher, der neben ein paar Büchern auf dem Wandbrett stand und voller Vogelfedern steckte. Hinter dem Fenster der Dachgaube konnte er im Lichtschein des Zimmers das langsame Vorbeisinken der Schneeflocken sehen. Der seit Stunden ununterbrochen fallende Schnee hatte alle Verkehrsgeräusche der Stadt erstickt, so daß hier oben unter dem Dach eine geisterhafte Stille herrschte.

Wo blieb sie? Vielleicht war sie noch im Badezimmer? Würde er sie überhaupt wiedererkennen, wenn sie gleich kam? Dies alles war so zufällig wie das ganze Leben, so fremd, so namenlos. Morgen in der Frühe würde er sich aus ihren Armen lösen, um zuerst in sein Apartment und dann in sein Büro zu fahren, und sie nie wiedersehen. Gerade deshalb, weil er das alles schon voraussah, war sie jetzt im Augenblick das Beste, was ihm das Leben zu geben hatte. Er liebte sie um ihrer Fremdheit willen, in der sie eine von vielen war und alle vertrat und für eine kurze Illusion die einzige sein würde, und auf einmal schien ihm, daß die unüberwindbare und nur für

Stunden weggeträumte Fremdheit die Bedingung der Liebe war.
Er hörte sie kommen und wandte sich ihr zu.

Müde und zugleich beschwingt kam er am Morgen in seinem Büro an. Er trank den Kaffee, der ihm serviert wurde, und begann in den Briefen, Rechnungen, Warenlisten, Angeboten und Aktennotizen zu blättern, die sich auf seinem Schreibtisch häuften. Das alles mußte heute erledigt werden, damit der Geschäfstbetrieb ohne Stockungen weiterlief. Vor allem mußte er sich mit seinen Finanzierungsproblemen beschäftigen, von denen langfristig abhing, wie es weiterging.
Manches stimmte nicht mehr und paßte nicht mehr zusammen. Das Verhältnis von Eigenkapital und Fremdmitteln war aus dem Gleichgewicht, und er hatte auch keine genaue Übersicht, wie die kurz- und langfristigen Kredite ineinandergriffen. Hartwich hatte zwar sein Kreditvolumen erweitert, und die beiden Werbeagenturen hatten mit den Zeitungsverlagen verhandelt und waren ihm bei den fatalen Rabattbestimmungen der Verträge weit entgegengekommen, aber falls das Insektizidengeschäft mit Otter nicht klappte, war seine Schuldentilgung nicht gesichert. Und wenn er den Tilgungsplan nicht einhalten konnte, würden ihm die herausgehandelten Ermäßigungen wieder verlorengehen. Langfristig war noch etwas vom Verkauf der Villa zu erwarten, obwohl sie inzwischen auch schon mit einigen Hypotheken belastet war. Und Dicki Röber, der wichtigste Interessent, zögerte, weil ihm das übriggebliebene Grundstück mit Recht als zu klein erschien. Am einfachsten konnte er jetzt noch seine Liquidität verbessern, wenn er alle seine Lieferanten nur noch per Wechsel bezahlte, obwohl das seine Rentabilität wieder verschlechterte. Auch das mußte er ernst nehmen. Denn die Konkurrenz der billigen Warenmärkte und Discountgeschäfte rückte in die Zentren vor und drückte auf die Preise. Er wurde in die Defensive gedrängt und operierte schon viel zu

üppig mit billigen Sonderangeboten. Mit Kirchmair lag er in einem dauernden Streit über die zu große und kostspielige Breite ihres Angebotes. Ganz in den Hintergrund geschoben hatte er seine Absicht, an vier, fünf Plätzen neue Filialen zu eröffnen. Die Konkurrenz hatte ihm die besten Standorte auch schon weggeschnappt.
Während er sich Blatt für Blatt durch den Papierberg auf seinem Schreibtisch arbeitete, drehte sich das komplizierte Wechselspiel seiner Schulden, Chancen, Möglichkeiten und Hoffnungen in seinem Kopf und dazwischen, doch schon undeutlich und entrückt, hörte er noch die seufzenden Atemlaute der vergangenen Nacht.
Nein, er würde sie nicht wiedersehen. Er hatte das zwar nicht ganz ausgeschlossen, ihr aber auch keine Versprechungen gemacht, und als er am Morgen neben ihr wach wurde, war ihr Gesicht naß gewesen von Tränen.
»Entschuldige«, hatte sie gestammelt, »entschuldige. Das ist alles ganz dumm und unfair. Ich hab's ja gewußt. Entschuldige.«
Nein, er würde sie nicht wiedersehen. Denn zum zweiten Mal würde es schon nicht mehr so sein wie in dieser Nacht. Sie würden damit den Anfang zu einer gemeinsamen Geschichte machen. Es würden sich Gewohnheiten und Erwartungen entwickeln, und darauf konnte er sich nicht einlassen. Er hatte keine Zeit, keine Kraft dazu, denn er kämpfte um sein Überleben.
Auf einmal wußte er es: Er kämpfte um sein Überleben.
Der Gedanke, plötzlich in ihm entstanden, tauchte alles in ein blitzartiges, helles Katastrophenlicht. Doch er erschrak nicht, sondern spürte, wie er ruhig wurde. Es war dieselbe Ruhe, mit der er die Mündung von Rudolfs Flintenlauf betrachtet hatte, dasselbe automatische Akzeptieren der erkannten Situation. Gut, also dann, dachte er, also dann. Und er begann zu arbeiten, zäh, ruhig, sachlich und ohne abschweifende Gedanken.

Am späten Nachmittag rief Otter an. Vogtmann war bei seinem Rechtsanwalt gewesen, mit dem er die Klageschrift gegen Hogstraat und Urban besprochen hatte, und er wollte sich in einer halben Stunde mit Jutta und Andreas im Bayerischen Hof treffen. Sie hatten ihren Winterurlaub in Bad Ischl beendet und wollten noch zwei Tage in München anhängen, um ein wenig Großstadtluft und Kultur zu schnuppern. Für heute abend standen eine Vernissage und ein Abendessen zu dritt auf ihrem Programm. Er wollte nur noch schnell die Post unterzeichnen, als Frau Eggeling ihm zu verstehen gab, Otter sei am Telefon, Herr Otter, der aus Augsburg anrief. Ob er ihn sprechen wolle?

»Legen Sie mir das Gespräch in mein Zimmer«, sagte er.

War es die schlechte Verbindung, das dauernde Brodeln und Knacken in der Leitung, was Otters Stimme so fremd wirken ließ? Otter schien unruhig und seltsam überreizt zu sein und rückte fast sofort mit seiner Frage heraus. Er müsse ein paar Tage verreisen und wolle hören, wie die Dinge stünden.

»Kann ich leider noch nicht sagen. Meine Bank hat die Kopien zur Prüfung an ihre Frankfurter Zentrale geschickt.«

»Die sollen sich doch nicht ins Hemd machen«, sagte Otter, »das ist ja wohl der reinste Provinzbetrieb.«

»Man hat mir gesagt, bei Geschäften mit der Dritten Welt sei das grundsätzlich so. Man müsse erst die speziellen Risiken prüfen. Ich kann es leider nicht ändern.«

»Warum gehen Sie nicht zu einer anderen Bank?«

»Weil ich bei meiner Hausbank garantiert das beste Entree habe.«

»Nun gut, das ist Ihre Sache. Aber für mich sind Sie mein Partner, und Sie müssen mir Ihr Interesse glaubhaft machen. Ich lasse jedenfalls einen Kuchen, der gar ist, nicht im Ofen verbrennen.«

»Ich bin ziemlich sicher, daß die Sache klappt«, sagte Vogtmann, »aber ein bißchen Geduld müssen wir noch haben.«

»Sie haben in dieser Sache einen Fehler gemacht, Herr Vogtmann. Sie waren zu ängstlich, zu unentschieden. Wir hätten uns die Wechsel gegenseitig girieren sollen, und dann hätten Sie bei Ihrer Bank Flagge zeigen und die Originalpapiere vorlegen müssen. So haben Sie ja überhaupt keinen Druck auf die Leute ausgeübt. Kopien sehen nicht seriös aus, da steht keine Überzeugung dahinter. Jetzt verlieren wir bloß kostbare Zeit.«

»Sie waren doch damit einverstanden, daß ich die Kopien prüfen lasse.«

»Ich habe mir das von Ihnen aufnötigen lassen, leider.«

»Jetzt stellen Sie aber unsere Unterhaltung vom Dezember etwas schief dar«, sagte Vogtmann.

»Jaja, kann sein. Aber verstehen Sie bitte meine Lage. Es gibt andere Interessenten, wie Sie sich denken können. Mit denen käme ich gleich zum Zuge.«

Vogtmann schwieg. Es war, als risse das Gespräch ab und mit ihm auch alle Phantasien, die ihn mit Otter verbanden. Zaire gab es nicht. Das weiße Leuchten des Ruwenzori gab es nicht. Der Platz, auf dem er saß, und der große Schreibtisch mit seiner flammenden Maserung bedeuteten nur noch den alltäglichen Zwang.

»Das kann ich natürlich nicht ändern«, sagte er.

»Doch, das können Sie«, sagte Otter, »aber natürlich nicht mehr lange.«

»Ich werde meinen Leuten Dampf machen«, versprach Vogtmann.

Das Gespräch war damit zu Ende, und wie zwei Ringer, die den Schlußgong gehört hatten, lösten sie ihren Clinch. Otter fragte ihn, wie er Weihnachten und Silvester verbracht habe, und gab ihm Grüße an Katrin auf.

Falls er in der nächsten Woche wieder anrief, wollte Vogtmann sich verleugnen lassen.

Die hell erleuchteten Räume der Galerie waren gedrängt voll mit Menschen, die fast alle gruppenweise, ein Glas Sekt oder Orangensaft in der Hand, herumstanden und den ausgestellten Bildern den Rücken zuwandten. Einzelne Leute und einige Paare wanderten, behindert durch die redenden und lachenden Gruppen, viel zu dicht an den Bildern entlang und schienen in einen wortlosen Ernst oder eine geistesabwesende Stummheit versunken zu sein. Das Geschwirr der Stimmen wurde gelegentlich von dem Jubelton einer stürmischen Begrüßung oder einem plötzlichen Gelächter durchbrochen, das eine der Gruppen durcheinanderrüttelte. Viele Leute schienen sich hier zufällig wiederzutreffen und darüber begeistert zu sein, während andere in einer bewußten Einsamkeit zu verharren schienen, nur zusahen oder sich selbst zeigten.

Im Durchgang zu den hinteren Räumen stand eine seltsame Gestalt – groß, dünn, in schwarzes Leder gekleidet –, die einen weichen, breitkrempigen schwarzen Hut und eine falterförmige, mit glitzerndem Straß besetzte Sonnenbrille trug. Die dunklen Gläser spiegelten die Umgebung und ließen keinen Blick auf die dahinter verborgenen Augen zu. Auch die Hände der Gestalt waren versteckt in schwarzen Glacéhandschuhen, und das weißlich gepuderte Gesicht ließ keinerlei Regung erkennen, außer der trägen Beweglichkeit brombeerfarben geschminkter Lippen, die ab und zu an einer langen Zigarettenspitze sogen.

Langsam schlenderte Vogtmann auf die statuenhaft stille Gestalt zu und sah mit einem Seitenblick, daß sie über einen Finger ihres rechten Handschuhs einen Ring geschoben hatte, der glitzerte, wenn sie die Zigarettenspitze zum Mund führte. Im Vorbeigehen gewann er den Eindruck, daß es sich um einen Mann handelte, einen jungen, fast ausgelöschten Mann, drapiert und ausgestellt als geschlechtslose Puppe. Niemand außer ihm schien den Mann zu beachten. Man kannte ihn hier. Er galt wohl als harmloser Verrückter und gehörte zur Szene, wie die beiden Frauen mit ihren kurzgeschorenen, bunt gefärbten Haarschöpfen und der große bärtige Mann, der ein togaähnliches Gewand und schwere militärische Stiefel trug und geduldig einem kleineren Mann zu-

hörte, der vielleicht ein Galerist oder Kunstkritiker oder Museumsbeamter war und unentwegt auf ihn einredete.
Jutta und Andreas waren im Gedränge verschwunden und suchten ihn vielleicht in einem anderen Raum. Beim Hereinkommen waren sie gleich einem Bekannten in die Arme gelaufen, vielleicht einem von Andreas Münchener Architektenfreunden. Während der Wangenküsse und Umarmungen hatte er es vorgezogen weiterzugehen.
Er fühlte sich fremd hier. Viele dieser Leute sahen aus, als würden sie nie arbeiten und sich nur gegenseitig darin bestätigen, daß das Leben, ihr Leben, leicht, lustig und belanglos sei. Sie schienen keine Sorgen, keine Probleme zu haben oder waren sich einig, es niemals zuzugeben, und obwohl er das durchschaute, irritierte es ihn und ließ ihn spüren, wie belastet sein Leben war. Vielleicht hing das mit dem Gruß aus der Vergangenheit zusammen, der ihm heute bestellt worden war. Andreas und Jutta hatten in Bad Ischl Heinz Wollweber kennengelernt, seinen Zimmergenossen und Hauptfeind aus dem Internat, der ihn später allerdings gegen andere Jungen in Schutz genommen hatte. Wollweber war offenbar ein schwerreicher Mann geworden. Er besaß hier irgendwo in Bayern eine Fabrik für Surfbretter und andere Wassersportartikel. So etwas mußte eine Goldgrube sein. Jutta hatte Heinz Wollweber sympathisch und interessant gefunden. Andreas war wohl nicht ganz ihrer Meinung, doch das konnte Eifersucht sein.
Er blickte sich um, wo sie waren, konnte sie aber nicht entdecken. Ringsum an den Wänden hing in vielfacher Wiederholung das düstere, grimassierende Selbstporträt des Künstlers, dem die Ausstellung galt. Es war eine lebensgroße Frontalansicht, die wie in wütender Selbstverneinung mit heftigen schwarzen Pinselstrichen oder achtlos hingeschmierten oder gespritzten Farbflecken bis zur Unkenntlichkeit zerstört worden war.
Wieder brandete irgendwo Gelächter hoch. »Typisch, typisch!« rief eine schrille Frauenstimme. Dicht neben ihm

sprach eine Frau in einem indischen Hängerkleid den verkleideten und geschminkten Jüngling an.
»Schatz, wie geht's dir? Siehst ja heute wieder toll aus.«
»Nein, sag das nicht«, nölte der junge Mann mit einer schleppenden und beleidigten Stimme, »ich fühle mich heute wie ausgespuckt.«
»Nein, du siehst scharf aus.«
»Findest du mich nicht zu aufgewichst?«
»Nein, ehrlich, du bist Spitze.«
»Danke, du machst mir wieder Mut, Ellie. Ach, ich bin so deprimiert heute. Mein Hauswirt hat mir mein Zimmer gekündigt. Die anderen Mieter sollen sich beschwert haben. Bloß weil ich Schönheitssinn habe und mich gerne in Schale werfe. Sie haben gesagt, das verdirbt ihre Kinder. Aber wenn du wüßtest, was das für Ratten sind.«
»Das gibt's doch gar nicht. Der kann dich doch nicht raussetzen. Das darfst du dir nicht gefallen lassen!«
»Ich verletze angeblich Anstand und Sitte, Ellie«, klagte der junge Mann. »Ehrlich, was soll ich machen? Die Faschisten halten doch überall zusammen. Neulich auf dem Amt hat mich einer von diesen Schweinen mit gnädige Frau angeredet. Dabei hatte ich nur ein kleines Morgen-Make-up aufgelegt.«
Er machte eine Pause. Dann sagte er mit heller, empörter Stimme: »Das Schlimmste sind die Kinder. Was die mir nachrufen im Treppenhaus. Nein, das ist einfach unaussprechlich. Und die Eltern machen ihnen noch Mut.«
Plötzlich drehte sich die falterförmige Sonnenbrille Vogtmann zu.
»Hier wimmelt es neuerdings auch von Faschisten. Ehrlich, wie die mich anstarren. Da käst mir die Milch im Busen. Faschisten, Ellie, überall sind Faschisten! Schau dich bloß um!«
Vogtmann ging weg, beschämt und ärgerlich. Die Stimme des jungen Mannes hatte streitsüchtig und hysterisch geklungen, als wollte er ihm eine Szene machen, und er glaubte, daß er immer noch beobachtet wurde. Um sich zu behaupten, blieb

er vor einem der Bilder stehen. Ein kurzer Schauder lief ihm über den Rücken, weil er wieder die grelle, empörte Stimme hörte: »Faschisten! Faschisten!«
Entschlossen, die fremde Erregung abzuweisen, starrte Vogtmann auf das Bild. Der Selbsthaß, mit dem der Künstler sein eigenes Gesicht durchgestrichen oder ausgelöscht hatte, war sicher nur die Umkehrung seiner Eigenliebe. Und doch fühlte sich Vogtmann von dem Bild betroffen und ungewollt ins Vertrauen gezogen, als schaue er sich selber an. Ja, auch ihm hatte man das Gesicht geschwärzt. Im Schlaf hatte man ihn mit schwarzer Schuhcreme eingerieben und dann mit Schlägen und Stößen vor den Spiegel des Waschraumes getrieben, und aus der Finsternis des zerstörten Bildes sah er sich selbst wieder auftauchen, taumelig, hilflos, erbittert vor Ohnmacht.

»Ach, hier steckst du!«
Es waren Andreas und Jutta, die ihn gesucht hatten.
»Bist du denn nicht bei der Performance gewesen?«
Nein, wo war das? Im Anbau? Das hatte er nicht mitbekommen.
»O schade, Gilbert und George hättest du sehen müssen. Es sind zwei Engländer in alten Kostümen, die sich wie mechanische Spielzeuge bewegen. Wirklich wie aufgezogene Puppen auf dem Deckel einer Spieldose.«
»Er kann sie ja jetzt noch sehen«, sagte Andreas.
»Du weißt genau, daß wir keine Zeit mehr haben. Wir können die Leute nicht länger warten lassen.«
Andreas wandte sich an ihn, Unterstützung oder Verständnis suchend.
»Jutta will unbedingt noch nach Grünwald raus. Da läuft eine Party, zu der sie uns verschleppen will. Ich weiß nicht, was du davon hältst.«
»Ich kann auch allein fahren«, sagte Jutta.
»Kannst du nicht«, sagte Andreas, »es sind nämlich vor allem meine Bekannten.«

»Ist doch großartig für dich. Dann kannst du ihnen ja erklären, warum du mich allein gehen läßt.«
Andreas warf einen Blick zum Himmel. Sanft und belehrend sagte er: »Wir sind mit Ulrich verabredet, falls du dich daran erinnerst.«
»Also, mir ist es gleich«, sagte Vogtmann.
»Andreas ist ein solcher Langweiler geworden«, klagte Jutta, »du glaubst es nicht.«
»Das erzählt sie neuerdings überall«, sagte Andreas. »Sie ist so schwungvoll, und ich bin so schwerfällig und alt, ich kann nur noch ans Essen denken. Es ist eine Tragödie.«
Jutta lachte kurz und verächtlich. Sie sah äußerst entschlossen aus.
Ein großer Mann in einem Pelzmantel kam von draußen herein und drängte sich durch die Menge: »Kommt, Leute, kommt, wir fahren! Wo bleibt ihr denn?«
»Ich bin startbereit«, lächelte Jutta.
Andreas klapste Vogtmann auf die Schulter:
»Hinein ins Vergnügen«, sagte er.

Als sie zwischen den dick verschneiten Hecken der großen waldartigen Grundstücke anhielten, parkten schon viele Autos an der Straße. Das große, von zwei quaderförmigen Laternen flankierte Gartentor stand weit auf, und das ganze Haus, eine Villa im strengen Stil der späten zwanziger Jahre, war strahlend erleuchtet. Ungefähr dreißig bis vierzig Leute hatten sich schon in den Räumen des Erdgeschosses verteilt, und gleich nach ihnen trafen wieder andere ein, alle in der heiter erregten Stimmung, die schon auf der Vernissage geherrscht hatte. Vielleicht ein Drittel der Gäste kam von dort. Die anderen schienen auf ähnlichen Veranstaltungen gewesen zu sein. Es war eine Gesellschaft, die sich halb zufällig zusammensetzte. Verschiedene Leute, die den Hausherrn kannten und eine Einladung hatten, brachten ihrerseits Gäste mit, und wenn man im Haus war, gehörte man dazu und mußte sich selbst zurechtfinden und bekannt machen, doch auch das brauchte man nicht. Anscheinend war das Ganze ein Jour fixe, der einmal im Monat stattfand, aber Genaueres wußte niemand darüber.

Auch über den Hausherrn gab es nur Gerüchte. Manche hielten ihn für einen Immobilienmakler, andere für einen Rechtsanwalt, jemand sagte, er sei Filmproduzent. Er trug eine legere dunkelgrüne Samtjacke über einem Seidenhemd, schwarze Hosen und Mokassins. Eine üppige silbergraue Haarmähne umrahmte sein großflächiges, braungebranntes Gesicht, das in jovialem Wohlbehagen strahlte. Dauernd hörte man sein lautes, zufriedenes, wohlgelauntes Lachen. Er war vielleicht sechzig Jahre alt, aber so gut konserviert, wie das nur Reichtum und Erfolg vermochten. Seine Frau, eine große dunkelhaarige, knochige Person mit scharfen Gesichtszügen, mochte acht oder zehn Jahre jünger sein, war sich aber ihres Alters deutlicher bewußt, denn sie hatte schon den einschüchternden Herrscherton und den theatralischen Zynismus älterer Damen an sich, die ihre schwindende Attraktivität durch Macht und Erfahrung ersetzen. Sie war mit raffinierter Einfachheit und Eleganz gekleidet in einer champagnerfarbenen Seidenbluse und einem langen schwarzen, sehr eng geschnittenen Rock, in dem ein eingewebtes Rosenmuster schimmerte. An den Ohren trug sie auffallende schwere Brillantgehänge, und auch an ihren mageren, unruhigen Händen funkelten kostbare Ringe.

Vogtmann hatte selten ein gegensätzlicheres Paar gesehen, das sich so vorzüglich ergänzte. Dahinter stand wohl die Geschichte eines Lebensbündnisses zwischen einem vitalen, voraussetzungslosen Mann, der einen steilen Aufstieg genommen hatte, und einer klugen, erfolgsbewußten Frau, die aus einer kultivierten Familie stammte und ihn gesellschaftlich gelenkt und gefördert hatte. Wenn er es richtig sah, hatte dieser Mann nebenbei zahlreiche Liebschaften und Affären gehabt und hatte sie wohl noch immer, während sie im Hintergrund seines Lebens mit kühlem Kopf und vielleicht auch

kühlem Herzen die Fäden gezogen und nie ihre Haltung und Übersicht verloren hatte.
So eine Frau war ihm nie begegnet. Er war nie in die Kreise vorgedrungen, in denen es solche Frauen gab. Und er merkte auch, daß seine Phantasie nicht ausreichte, sie sich als Frau vorzustellen. Hatte sie Kinder? Es erschien ihm undenkbar. Und doch befanden sie sich wahrscheinlich hier unter den netten, freundlichen jungen Leuten, die alle so locker und selbstbewußt wirkten, ganz anders als Christoph oder andere Jugendliche, die er kannte. Aber vielleicht sah er es falsch. Er sah nur die Oberfläche, und wenn man näher herantrat, konnte man durch die Risse im Lack wahrscheinlich in dasselbe Chaos blicken, das überall herrschte, überall.
Trotzdem, wie bewundernswert war es, wenn Leute Stil hatten. Es war wie eine Haltung, die einen gegen sentimentale Erweichungen schützte. Was für ein Unterschied des Formats im Vergleich zu Elisabeth, die immer nach seelischen oder geistigen Werten suchte, was auch immer das bedeutete. War es nicht besser, man hielt sich an eine Form, auch wenn sie nichts weiter als guter Geschmack war?
Während sie durch die weitläufigen, ineinander übergehenden Räume des Erdgeschosses gingen, machte ihn Andreas auf die Bilder aufmerksam. Ein Modigliani war dabei, ein Schmidt-Rottluff, ein Pechstein, aber auch eine große Flußansicht eines französischen Malers, zwischen Romantik und Realismus schwebend, wie Andreas erläuterte. Das konnte die Loire sein, ein Dorf an der Loire, mit ein paar winzigen Leuten am Flußufer und zwei spielenden Hunden. Es gefiel ihm am besten.
»Sieht irre nach Reichtum aus«, sagte Andreas. »Schau dir das an. Diesen Intarsientisch. Und die Glassammlung in der Vitrine. Da können wir einpacken.«
»Was willst du einpacken?« fragte Vogtmann.
»Mich selbst. Als Muster ohne Wert.«
Sie waren durch die Halle, die Bibliothek und den kleinen Salon ins Musikzimmer gelangt und sahen im Wintergarten

den Hausherrn und den Mann, der sie alle hergefahren hatte, mit Jutta zusammenstehen. Es schien ein lebhaftes Gespräch zu sein. Man sah es an den Bewegungen, und mehrmals konnte man den Hausherrn lachen hören.
»Wie geht's eigentlich bei dir zu Hause?« fragte Andreas.
»Danke«, sagte er trocken, »Christoph ist wieder auf den Beinen. Übermorgen ist sein Termin beim Jugendgericht.«
»Er wird wohl eine soziale Auflage bekommen. Und du mußt was spenden fürs Rote Kreuz oder die Caritas.«
»Ich habe ihm vorgeschlagen, ins Internat zu gehen. Er schien nichts dagegen zu haben. Ich hatte sogar den Eindruck, er wollte weg.«
»Dann wird Elisabeth ziemlich einsam werden.«
»Sie ist jetzt viel mit der Nachbarin zusammen. Ich glaube, die machen neuerdings sogar in Zen-Buddhimus.«
»Unser Urlaub war auch beschissen«, sagte Andreas ohne Übergang. »Du hast ja erlebt, was mit Jutta los ist. Die reinste Torschlußpanik.«
Neben ihnen begann ein Mann auf dem Flügel zu klimpern. Es waren zunächst nur einige Läufe und Triller, dann fiel er ruckartig in einen Tangorhythmus, und eine von zwei Frauen, die in der Nähe standen, parodierte ein paar Tanzschritte, ihre nackten Arme um einen eingebildeten Partner gelegt.
Der Hausherr kam mit Jutta aus dem Wintergarten und führte sie an ihnen vorbei. Sie sah nicht zu ihnen herüber, vielleicht, weil sie sie gar nicht bemerkt hatte.
»Nein, nein, wir tanzen in der Halle«, hörten sie den Hausherrn sagen.
Der Klavierspieler hatte aufgehört, und die beiden Frauen standen bei ihm am Flügel. Eine sang ihm mit Unterbrechungen und Wiederholungen eine Melodie vor, die sie gerne von ihm hören wollte. Er versuchte es, aber es gelang ihm nicht, und die Frau nickte eifrig, während sie sang, um ihm den Takt zu zeigen oder ihn zu ermutigen.
»Wollen wir nicht die Gastgeber schädigen?« sagte Vogtmann zu Andreas.

»In der Küche gibt's Gulaschsuppe. Aber auch frischen Lachs vom Brett und jede Menge französischen Käse.«
Die Küche, eine geräumige Landhausküche mit bequemen Möbeln, war voller Leute, die in eine Diskussion verstrickt waren. Die meisten allerdings aßen und tranken und hörten zu. Der Wortführer, ein bärtiger Mann, der wie ein Universitätsdozent aussah, sprach über Umweltzerstörung und Raubbauwirtschaft und die Krise des Industrialismus, und neben ihm stand eine kleine blasse Frau, die dauernd den Kopf schüttelte. Schließlich fiel sie ihm ins Wort.
»Hören Sie doch auf! Wenn ich das Wort ›Ressourcen‹ höre, wird mir schon schlecht. Was wollt ihr denn? Ist doch gut, wenn irgendwann Schluß ist. Soll denn das grausige Theater vielleicht immer weitergehen?«
»Das ist ja der zynische Raubbaustandpunkt«, sagte der Mann, »Sie geben mir ja das beste Beispiel.«
»Und und? Was haben Sie zu bieten?«
»Wir sind den späteren Generationen verpflichtet. Die wollen genauso leben wie wir.«
»Ich habe keine Kinder«, sagte die Frau. »Wer heute Kinder hat, ist unverantwortlich.«
»Ach, hören Sie doch auf, dieses dumme Zeug zu verzapfen.«
»Das ist nun auch wieder autoritär«, mischte sich ein anderer Mann ein. »Die Dame hat gesagt, was viele denken. Man kann nichts mehr reformieren. Man muß das Ganze in die Luft sprengen.«
»Was Sie da sagen, ist Freizeitterrorismus. Da lach ich drüber.«
»Aber wahrscheinlich nicht mehr lange.«
»Ich hasse laute Stimmen«, sagte jemand neben Vogtmann. Es war ein älterer Mann, der ihn anlächelte und sein Einverständnis suchte.
»Wirklich, ich hasse laute Stimmen. Laute Stimmen sind keine Argumente, nicht wahr?«
Vogtmann nickte abweisend und sah zu Andreas hinüber, der im Hintergrund der Gruppe stand und sich trübsinnig mit

Essen vollstopfte, und auf einmal erfaßte ihn ein solcher Widerwillen, daß er sich umdrehte und ging.
In der Halle war jetzt Musik, und drei Paare tanzten. Er hörte das selbstgefällige Lachen des Hausherrn, der Jutta herbeizog und sie fest an sich drückte. So dicht an seinen mächtigen Männerkörper geschmiegt, wirkte sie fast zart. Der Bobtail, der von allen als ›Der Hund des Hauses‹ oder ›Der Bub‹ bezeichnet wurde, erhob sich vor den Tanzenden und ging tapsig ein paar Schritte weiter, bevor er sich wieder hinlegte.
Ich werde mir ein Taxi rufen, dachte Vogtmann.
Beim Hereinkommen hatte er in einer Nische gegenüber der Garderobe ein Telefon gesehen, aber als er hinkam, stand dort eine Frau, die ihm den Rücken zuwandte. Sie hatte den Hörer fest gegen ihr Ohr gepreßt und glättete mit der anderen Hand unbewußt und vergeblich die Windungen der Schnur. Während er unter dicken Mantelwülsten nach seinem Mantel suchte, hörte er sie sprechen.
»Mach dir keine Gedanken, wir werden etwas tun. Es ist nicht gut für dich, so weiterzumachen ... Nein, laß mich nachdenken ... Wie? Das hast du schon mal gesagt ... Die Antwort befriedigt mich nicht ... Bitte hör auf, mich zu erpressen ... Manchmal machst du mir wirklich Angst ... Nein, dein Weinen bringt uns jetzt auch nicht weiter ... Bitte, hör auf damit und hör mir zu ... Nein, ich schwör's dir, nein ... Ich liebe dich doch ... Das ist ja so niederträchtig von dir, so niederträchtig ...«
Das schien noch lange zu dauern. Vogtmann ging wieder in die Halle zurück, wo die Tanzfläche sich gefüllt hatte. Jemand hatte die Musik lauter gestellt, und die Bewegungen waren heftiger geworden, beschwörender. »If you wanna get down, down to the ground, cocain« tönte es aus den Boxen. Jutta und der Hausherr waren verschwunden. Die Hausfrau tanzte mit einem wesentlich jüngeren Mann, der sie eifrig zu unterhalten versuchte. Mitten im Gedränge tanzte ein junges Mädchen ganz für sich mit einem ekstatischen Gesichtsausdruck. Wie eine indische Tempeltänzerin hob sie ihre Hände

flammenhaft über den Kopf und ließ von dort aus zuckende Bewegungen durch ihren ganzen Körper gleiten. Aus der Küche kamen der bärtige Mann und seine kleine blaßgesichtige Widersacherin. Auch sie begannen zu tanzen, er steif, mit nur angedeuteten Bewegungen und leerem, unbeteiligtem Gesicht, und sie vor ihm und neben ihm, mit abgespreizten Armen und einer schnellen, sprunghaften, fanatischen Schrittfolge, wobei sie immer auf ihre Füße starrte.

Vogtmann fühlte sich müde und unterdrückte ein Gähnen. Der vergangene Tag flog an ihm vorbei. Otters Anruf am Nachmittag und am Morgen das tränennasse Gesicht einer fremden Frau. Wie weit war das alles weg, wie unwirklich. Aber dies hier war nicht näher, nicht wirklicher. Alle sahen aus, als schüttelten sie ihr Leben ab. Er gähnte wieder. Jemand tippte ihm leicht gegen die Schulter. Er drehte sich um und sah Katrin im schwarzen Wildlederanzug, lächelnd, daß ihr die Überraschung geglückt war. Erst im zweiten Augenblick erkannte er, daß es Doris war.

»Also, hier steckst du, Schurke«, begann sie, »da haben wir dich erwischt! Katrin ist krank, und du stürzt dich ins Vergnügen. Oh, ihr seid alle Ungeheuer! Aber natürlich müßt ihr so sein. Sag mal, du siehst müde aus. Was hast du getrieben?«

»Nichts Besonderes«, sagte er.

»Oh, ihr seid Ungeheuer«, fing sie wieder an. Doch diesmal sprach sie nicht weiter, sondern zeigte ihm nur ein Lächeln.

»Bist du allein hier?« fragte er.

»Nein, Otl ist da. Komm, ich muß dich Otl vorstellen.«

Sie zog ihn in den kleinen Salon, wo auf dem Biedermeiersofa ein alter, rotgesichtiger Mann saß, der gerade auf seine goldene Taschenuhr geblickt hatte, sie zuklappte und wieder wegsteckte. Sein Schädel, von dünnen weißen Haarsträhnen bedeckt, war knochig, mit eingefallenen Schläfen, wie ein Totenkopf. Aber er trug ein kariertes Sportjackett und eine Fliege, was seiner brüchigen Erscheinung eine gewisse Flottheit gab.

»Otl«, sagte Doris, »das ist Ulrich, Katrins Freund, du weißt doch.«

»Jaja, ich weiß«, sagte der Mann mit einer hohen, resonanzlosen Stimme, »freut mich, Sie kennenzulernen.«
Er streckte seine blaugeäderte, braunfleckige Hand aus, und um nicht aufstehen zu müssen, zog er Ulrich neben sich.
»Kommen Sie, setzen Sie sich zu mir. Du auch, Doris, hol dir den Stuhl heran.«
Er wartete ab, bis sie alle saßen, Doris mit dem liebenswürdigen Lächeln einer guterzogenen Tochter, und auch er lächelte und zeigte seine Zähne.
»Nun, wie gefällt Ihnen dieses Haus?« fragte er. »Viele Sachen stammen nämlich aus meinem Geschäft. Auch dieses Sofa hier, auf dem wir sitzen. Ich kenne die meisten Stücke noch, wenn ich sie zwanzig Jahre nicht gesehen habe.«
»Es muß Spaß machen, mit schönen Dingen umzugehen«, sagte Vogtmann.
»O ja, o ja, schöne Dinge und schöne Frauen.«
Er tätschelte Doris' Handgelenk.
»Das gehört zusammen«, sagte Vogtmann.
»Ja, habe ich auch immer gefunden. Wir verstehen uns.«
»Ihr seid alle gleich«, sagte Doris.
»Nanana«, sagte der alte Mann, »sie macht mir immer Komplimente . . .«
Dann berührte er mit seiner gewichtslosen Hand Vogtmanns Unterarm.
». . . aber Illusionen nicht mehr.«
»Ach, du spielst noch Golf wie ein Junger«, wandte Doris ein.
»Ja, Golf spiel ich noch.«
Er nickte, schien darüber nachzudenken und kam zu sich, als erwache er.
»Also, wie finden Sie dieses Haus?«
»Sehr schön«, sagte Vogtmann, »und sehr weiträumig. Hier kann man noch feiern.«
»Häuser von dieser Qualität werden nicht mehr gebaut. Aber ich trauere den alten Zeiten nicht nach. Die alten Zeiten sind zu Recht vergangen.«

»Otl«, sagte Doris, »würdest du erlauben, daß ich mal mit Ulrich tanze?«
»Aber natürlich«, sagte der alte Mann. Und zu Vogtmann: »Bitte, machen Sie Doris das Vergnügen.«
»Du bist lieb«, sagte Doris und tupfte einen flüchtigen Kuß auf den kahlen Schädel, gab Vogtmann die Hand und zog ihn hinter sich her in die Halle. Sie mischten sich unter die Tanzenden.
»Wie findest du Otl?« fragte sie.
»Nett«, sagte er, »und sehr freundlich.«
»Er ist schrecklich alt geworden in der letzten Zeit. Manchmal ist er schwer zu ertragen.«
»Und warum tust du es?«
»Das liebe Geld«, sagte sie. »Wovon soll ich leben? Er verwöhnt mich, und er hat mir eine Rente versprochen. Aber dafür muß ich bei ihm bleiben wie eine persönliche Krankenschwester.«
»Na, vielleicht lohnt es sich durchzuhalten.«
»Es ist gar nicht so viel. Obwohl er steinreich ist. Einen Teil bekommt seine Frau, und den größten Teil will er irgendeiner sozialen Stiftung vermachen, damit sein Name überlebt. Verrückt, was?«
»Jeder spinnt seinen eigenen Traum.«
»Ich habe schon ganz verlernt zu träumen. Weißt du, neulich habe ich Katrin gesagt, sie soll dich mir mal ausleihen. Bist du einverstanden?«
»Sicher«, sagte er.
»Oh, ich bin so frustriert, so ausgehungert. Der Mann stiehlt mir meine besten Jahre.«
»Hört sich an, als ob du auf seinen Tod wartest.«
»Tu ich auch, so schrecklich das klingt. Ach, er tut mir ja auch leid, aber immer weniger.«
Sie legte den Arm um seinen Nacken und drängte sich enger an ihn. Ihre Lippen berührten seine Wangen, sein Ohr, gedankenverloren und versucherisch. Es war die Art von Zärtlichkeiten, die er von Katrin kannte, aber es erregte ihn besonders, daß es jetzt Doris war, die ihn daran erinnerte.

»Geht's dir gut?« fragte sie.
»Ja, sehr gut«, sagte er.
Ti amo, sang der Sänger. Der Song war die Nummer eins in Italien, strahlend und schmalzig, mit einem Unterton von prahlerischer Rauheit und protzendem Papagallo-Sex, ein Rhythmus, der alle Paare in ein eng umschlungenes, langsames Wiegen und Schaukeln versetzte.
»Du«, flüsterte sie, »sollen wir nicht schnell nach oben gehen?«
»Wohin?« fragte er.
»Ich weiß nicht. Vielleicht finden wir ein gemütliches Schlafzimmer, in dem niemand ist.«
»Du bist verrückt«, sagte er.
»Bin ich auch, Darling. Ich hoffe, du hast keine Angst.«
»Vielleicht finden wir auch ein Badezimmer«, sagte er trocken.
»O ja, wir schließen uns in einem Badezimmer ein und nehmen ein tolles Bad. Das wäre das Größte.«
Er wußte immer noch nicht, ob sie es ernst meinte, denn sie lachte in sich hinein, als hätten sie sich einen Witz erzählt. Aber die Dringlichkeit, mit der sie sich an ihn schmiegte, war deutlich genug.
»Wird denn dein Herr und Gebieter keinen Verdacht schöpfen?« fragte er.
»Nein, der ist froh, allein zu sein. Um die Zeit schläft er meistens ein.«
Plötzlich war der Tanz zu Ende. Die meisten Paare ließen sich nicht los und warteten darauf, daß die Musik wieder einsetzte.
»Ich gehe jetzt rauf«, sagte sie leise. »Ich bin im Badezimmer. Komm in einer halben Minute nach.«
Verwundert sah er sie zur Treppe gehen, sah, wie sie im Vorbeigehen den Hund des Hauses streichelte und sich dabei noch einmal schnell mit einem Lächeln nach ihm umblickte. Er spürte, daß er nervös war, und mußte sich mehrmals räuspern, während rings um ihn mit dem nächsten Song ein

heftiges Fuchteln und Zucken in Gang kam. Niemand achtete darauf, daß er auch nach oben ging. Die Treppe knickte auf der Hälfte ab und führte oben in einen breiten Flur, und als er um die Ecke bog, fiel ihm Doris um den Hals. Sie küßten sich hastig, mit einer schnell aufflammenden Gier.
»Das Badezimmer ist besetzt«, flüsterte sie. »Aber hier sind viele Zimmer.«
Leise, in einer halben Umarmung, gingen sie bis zur nächsten Zimmertür und lauschten. Drinnen war jemand. Auf einmal hörte er das Lachen des Hausherrn, verdunkelt von Zärtlichkeit, und eine benommene Frauenstimme, die ihm antwortete. Das war Jutta! Es traf ihn wie ein Schlag in den Bauch, und er spürte, wie ihm flau wurde.
»Komm weiter«, flüsterte Doris.
Er ging mit ihr, matt, willenlos, ohne zu verstehen, was ihm geschehen war. Doris drückte vorsichtig eine Klinke herunter. Sie traten in einen dunklen Raum und tasteten nach dem Lichtschalter. Plötzlich sahen sie sich in einem großen Spiegel, wie zwei verschreckte Gespenster. Das schien das Schlafzimmer der Hausfrau zu sein, ein Balkonzimmer mit hellen Kirschbaummöbeln und zartblauen Wänden. Das Bett, verhüllt von einer Überdecke aus dunkelblauer Seide, ragte mitten in den Raum hinein und war mit dekorativen Kissen belegt.
»Phantastisch«, sagte Doris im Nähertreten, »genau das, was uns zusteht.«
Betäubt vor Abwesenheit sah er, wie sie sich zögernd auf das Bett setzte, dann nach hinten sinken ließ, ein Kissen in den Nacken zog und sich genießerisch ausstreckte.
»Komm«, sagte sie, »aber schließ erst ab, und mach das Licht aus.«
Während er zur Tür zurückging, das Licht löschte und in den Flur lauschte, versuchte er, seine Lähmung abzuschütteln. Schräg gegenüber war die andere Tür, und dahinter umarmten sich Jutta und der Hausherr. Als er sie beim Tanzen an sich gepreßt hatte, war wohl alles gleich entschieden gewesen.

Doch gut, es ging ihn nichts an. Sollten sie machen, was sie wollten. Es war ja nicht seine Frau.
»Was ist los?« hörte er hinter sich im Zimmer die verschwörerische Stimme von Doris. »Ist was?«
»Nein, nichts.«
Er schloß leise einmal ab und ging zu ihr durch das dunkle Zimmer. Der Teppich unter seinen Füßen war weich wie ein Schwamm, und er fühlte sich umhüllt von der Dunkelheit, als ob er in einem Sack steckte. Wie unter Zwang erinnerte er sich an das dunkle, erregte, besitzergreifende Lachen und den seltsam ergriffenen Laut der Hingabe, der darauf geantwortet hatte. Jutta. Sie war ihm ganz anders erschienen, als er sie kannte, völlig verwandelt und unberechenbar. Es verwirrte ihn, daß ihn das erschreckte.
Da war Doris im Dunklen, auf der glatten, seidigen Decke, ihre Hände, ihre Haare, ihr Mund, der ihn küßte, ihr Parfüm. Er machte eine Anstrengung, sich darauf einzustellen, suchte aber nur nach sich selber, nach dem Gefühl, das ihn verlassen hatte, einem Ausweg aus seiner Taubheit.
»Was ist?« fragte sie, »was hast du?«
»Nichts. Gar nichts. Was soll ich denn haben?«
»Du klingst so mutlos.«
Einen Moment lang hielt sie seinen Kopf fest und drückte ihn gegen ihre Brust. Er lag halb über ihr und rührte sich nicht.
»Komm, wir verschwinden«, sagte sie.
»Nein, warum?« murmelte er, ließ aber zu, daß sie ihn sanft beiseite schob und sich aufsetzte.
»Laß uns bitte gehen, Ulrich. Wenn wir erwischt würden, das wäre schrecklich. Auch für Otl.«
»Okay«, sagte er leise.
Doch im Verlangen, seine Selbstachtung wiederherzustellen, begann er sie zu küssen. Wahrscheinlich verstand sie das, denn sie ging einen Augenblick darauf ein, begann dann stumm den Kopf zu schütteln und machte sich los. Steif ging er kurz nach ihr die Treppe hinunter, der Musik und den Tanzenden entgegen. Sie hatte ihn erwartet und faßte seinen Arm.

»Sei nicht so enttäuscht«, sagte sie, »wir holen das nach.«
Er brachte ein ironisches Lächeln hervor.
»Aber dann bitte bequemer.«
»Du wirst wohl auch schon alt«, sagte sie.
Als müßten sie an einen vergangenen Augenblick anknüpfen, tanzten sie einige Schritte zu der schleppenden Musik, die auch die anderen Paare fast zu einem Schwanken auf der Stelle verlangsamt hatte. Frank Zappa sang mit rauher, röhrender Stimme »The torture never stops«, und im weiten Hallraum der Musik hörte man die gellenden Schmerzensschreie einer gefolterten Frau. Der bärtige Universitätsdozent und seine Widersacherin hielten sich in einer Ecke des Raumes in einem starren Kuß umklammert.
»Liefere mich jetzt bitte bei Otl ab«, bat Doris.
Wieder griff sie seine Hand, um ihn hinter sich herzuziehen, als wären sie zwei Kinder, die von einem lustigen gemeinsamen Spiel zurückkamen. Der alte Mann saß ein wenig zusammengesackt auf seinem Sofa und hatte vor Müdigkeit entzündete Augen. Als sie vor ihm auftauchten und Doris ihn flüchtig küßte, belebte sich sein erloschenes Gesicht zu einem liebenswürdigen Lächeln.
»Ich hoffe, Herr Vogtmann, Sie haben Ihre Pflicht getan und Doris ordentlich herumgeschwenkt.«
»Ja, er hat sein Bestes gegeben«, lächelte sie.
»Na, das hoffe ich, das hoffe ich.«
»Ich darf mich verabschieden«, sagte Vogtmann.
»Aber warum denn? Wir haben uns ja kaum kennengelernt.«
»Ich habe morgen einen anstrengenden Tag, entschuldigen Sie.«
»Haben Sie denn Ihren Wagen dabei?«
»Nein, ich nehme mir ein Taxi.«
»In einer Stunde habe ich meinen Fahrer bestellt. Dann könnten wir Sie mitnehmen.«
»Herzlichen Dank, aber ich bin wirklich müde.«
Die zähe Liebenswürdigkeit des alten Mannes hatte etwas Herrschsüchtiges, das ihn wütend machte. Aber er ärgerte sich auch über sich selbst und seine törichte Schroffheit.

»Wir müssen bald mal zusammen essen«, sagte der alte Mann, »wir und die reizenden Schwestern, was meinen Sie?«
»Sehr gerne«, sagte er.
Seine Müdigkeit reizte ihn noch mehr, und als er auf dem Rückweg durch die Bibliothek eine Rotweinflasche und zwei Gläser auf dem Boden stehen sah, hätte er am liebsten dagegen getreten.
Mit aufgedunsenem Gesicht und ängstlichen Augen kam ihm Andreas entgegen.
»Hast du Jutta irgendwo gesehen?« fragte er.
»Nein. Ist sie schon länger weg?«
»Fast den ganzen Abend.«
»Dann schau doch mal oben in den Gemächern des Hausherrn nach.«
Er wußte nicht, weshalb er das gesagt hatte. Vielleicht hatte er auf Wut und Streit oder eine zynische Antwort gewartet. Aber in den Augen von Andreas stand nur das jämmerliche Bewußtsein seiner Niederlage.
»Verdammte Scheiße«, stöhnte er, »verdammte Scheiße. Sie macht mich völlig fertig, glaub mir. Im Urlaub war es schon genauso mit diesem Wollweber.«
Er faßte sich auf den Schädel, um seine wenigen Haare nervös nach hinten zu streichen, und blickte verstört in seine naß gewordene Hand.
»Was soll ich denn machen?« fragte er.
»Such dir auch jemand. Und laß dich meinetwegen scheiden.«
»Aber ich liebe Jutta. Sie ist für mich in unserer ganzen Ehezeit die einzige Frau gewesen. Ich will keine andere.«
»Dann geh rauf und reiß dem Mann den Kopf ab. Das gefällt ihr vielleicht.«
»Ulrich, sie hat mich schon so krank gemacht. Ich saufe nur noch.«
Vogtmann zuckte die Achseln und wartete auf eine Gelegenheit weiterzugehen. Er fühlte sich wieder ein wenig besser, seit er die hilflose Verzweiflung von Andreas gesehen hatte.

Es war nicht sein Problem. Sollte Jutta doch machen, was sie wollte. Im Grunde hatte das ja längst passieren müssen.
Eine angetrunkene Frau strich vorbei und fragte, wer mit ihr in den Weinkeller ginge, ein paar Flaschen raufholen. Sie sprach schwerfällig und laut und zwinkerte ihnen zu.
»Was ist bloß mit den Weibern los?« fragte Andreas. »Ich blick nicht mehr durch. Verdammt noch mal, was soll ich tun?«
»Nichts«, sagte er. »Warte erst mal, ob sie selber spricht.«
Als sei dies eine gute Gelegenheit zu verschwinden, klopfte er Andreas auf die Schulter.
»Kopf hoch«, sagte er, »vielleicht kommt ja bald die Stunde der Wiedergutmachung. Also mach's gut.«
»Wie, was«, fragte Andreas entsetzt, »du willst doch nicht etwa gehen?«
»Doch, doch, tut mir leid. Ich muß morgen früh raus. Dies hier war ja auch gar nicht vorgesehen.«
Andreas nickte traurig. Um ihn aufzumuntern, gab er ihm einen kleinen Stoß und sagte: »Ruf mich mal hier in meinem Büro an, wenn ihr wieder zu Hause seid.«
Gegenüber der Garderobe stand noch dieselbe Frau und telefonierte. Sie schien völlig erschöpft zu sein und hörte fast nur noch zu. Die andere, unhörbare Stimme hatte jetzt die Oberhand.
»Ich weiß«, flüsterte die Frau tonlos, »ich verstehe dich ja. Das weiß ich doch.«
»Ich brauche ein Taxi«, sagte Vogtmann.
»Moment«, sagte sie ins Telefon, »warte bitte einen Augenblick.«
Sie hielt die Sprechmuschel zu und blickte Vogtmann flehentlich an.
»Bitte! Es ist wichtig! Zweihundert Meter nach rechts ist ein Telefonhäuschen. Könnten Sie nicht ausnahmsweise? Bitte . . .«
Sie sah verstört und aufgelöst aus, als ob sie geweint hätte. Es schien unmöglich zu sein, sie von dem Apparat zu trennen.
»Na gut«, sagte er.

Draußen fiel dichter Schnee. Die ersten Atemzüge in der frischen Luft belebten ihn. Der Weg durch den Vorgarten, die Rasenfläche und die Beete, und auch die Bürgersteige und die Straße waren schon fast eingeebnet. Die Autos standen als dicke Schneewülste im Laternenlicht, und hinter sich, ein Stück weiter in der Straße, hörte er das heisere Jaulen eines Anlassers. Der Schnee war pulvrig und drang in seine Schuhe. Darunter war eine feste gefrorene Schicht, und er mußte aufpassen, nicht zu rutschen. Wahrscheinlich war es schwer, in dieser Nacht ein Taxi zu bekommen. Aber er wollte weg hier und mit niemandem von der Party mehr zusammensein. Zu wem gehörte er eigentlich? Wer zu ihm? Elisabeth? Christoph? Sie waren so fremd wie alle anderen. Wahrscheinlich hatte ihn das entmutigt, sich jemals wieder auf einen Menschen einzulassen. Heinz Wollweber fiel ihm ein, von dem er ganz unerwartet einen Gruß bekommen hatte. Damals im Internat war er einer der besten Schüler und ein As im Sport gewesen und hatte immer einen Haufen anbetender Jungen um sich gehabt, die über seine Witze lachten und alles für ihn taten. Wollweber hatte ihm das Fleisch vom Teller gespießt und ihn eine Zeitlang gezwungen, ihm die Schuhe zu putzen. In Bad Ischl hatte er anscheinend Jutta vernascht. Vielleicht würde es interessant sein, ihn jetzt kennenzulernen, denn Heinz Wollweber war zum Schluß sein Freund und sein Vorbild gewesen. Vielleicht konnte es ihm helfen, ihn wiederzusehen, konnte manches in ihm klären.
Dort hinten leuchtete das Telefonhäuschen. Die Frau hatte also nicht gelogen. Aber es war eher dreihundert Meter von dem Haus entfernt. Irgend etwas stimmte nicht. Im Näherkommen sah er es. Die Türscheibe war zertrümmert, und der Hörer war abgeschnitten. An der Rückwand stand in roter Schrift: Es lebe die Rote Armeefraktion. Was sollte er jetzt machen? Zurückgehen? Mußte hier nicht eine S-Bahn sein? Bei der Hinfahrt waren sie an einem Bahnhof vorbeigekom-

men, aber in den verschneiten Straßen konnte er sich nicht mehr an die Richtung erinnern.
Ich muß zurückgehen, dachte er. Warum steckte er bloß so voller Widerwillen und blinder Wut gegen sich selber?

Der Raum war ruhig und leer. Durch die hohen, rechteckigen Fenster, die zur Hälfte mit undurchsichtigem Mattglas gefüllt waren, kam ein graues Licht, das schattenlos zwischen den leeren weißen Wänden stand. Der harte Spannteppich, aus einer gebleichten Naturfaser gewebt, antwortete mit seinem gebrochenen Weiß dem kahlen Weiß der Wände und der Zimmerdecke. Nur Fensterrahmen und Fenstersprossen und das breite Brett der Fußbodenleiste waren lackschwarz. Schwarz war eine undurchdringliche, geballte Stille in der leeren, aufgelösten Stille des Weißen. In der Formlosigkeit des Weißen erschien es als dichte wortlose Energie. Über der Fußbodenleiste spannte sich rings um die Wände eine gedrehte braunrote Schnur. Sie war die einzige Farbe des Raumes, und in ihr trat das verborgene Leben der weißen Leere und der Verschwiegenheit des Schwarzen hervor. Weiß und Schwarz bildeten wie nichts und alles oder wie Tag und Nacht einen ewigen Gegensatz. Doch Braunrot, die Farbe des gebrannten Tons, erschien zwischen ihnen als der schmale Faden des Lebens, der die Welt durchzog und den starren Gegensatz in einen Dreiklang verwandelte, in dem die Stille zu sprechen begann.
Sie saßen zu sechst im Halbkreis auf festen runden Sitzkissen und warteten auf den Meister, dessen schwarzes Sitzkissen noch leer war. Davor stand eine kleine Glocke. Sie wußten, der Meister stand hinter ihnen in der Tür und schaute über ihre Rücken hinweg. Sein Blick erfüllte den Raum und machte ihnen allen das Warten bewußt. Sie waren anwesend, er fehlte. Die Lücke in der Mitte des Raumes spürten sie auch in sich selbst. Dann kam er, barfuß, in schwarzer Mönchskutte, mit kahlgeschorenem Kopf, die Handflächen vor der Brust

flach gegeneinandergelegt. Vor dem leeren Platz verharrte er und verneigte sich. Als er sich setzte und unter dem weiten Gewand seine Beine verschränkte, schwenkte er seinen Oberkörper weit nach rechts, vorne und links und richtete sich auf. Ruhig ordnete er die Falten seiner schwarzen Kutte zu einer einfachen Symmetrie, und als er damit fertig war, griff er die Glocke und läutete. Der Schlag des Klöppels war heftig und kurz. Es gab einen durchdringenden hellen Klang, der langsam verschwebte. Vorgeneigt lauschte der Meister, während er die Glocke reglos ein Stück über den Boden hielt. Sein Lauschen zeigte ihnen, daß alles seine Zeit hatte und daß es einen unmerklichen Übergang von etwas zu nichts gab. Erst als die letzte Schwebung verschwunden war, stellte er die Glocke vor sich hin, verneigte sich und richtete sich wieder auf, um sie alle anzusehen.
Man halte den Leib aufrecht und sitze fest wie ein Fels. Der rechte Fuß ruht auf dem linken Oberschenkel, der linke auf dem rechten Schenkel. Die Schmerzen, die du empfindest, sind gewollte und gebilligte Schmerzen. Nimm sie an. Man achte darauf, daß man weder nach rechts noch nach links, noch nach vorne, noch nach hinten neige. Ohr und Schulter, Nase und Nabel sollen jeweils senkrecht übereinanderstehen. Der Blick soll gesenkt werden und auf nichts gerichtet sein. Entleere deinen Geist. Erwäge das Unwägbare.
Lege die geöffnete linke Hand in den Handteller der rechten Hand. Die Spitzen der abgespreizten Daumen berühren sich leicht und wie von selbst. Konzentriere dich auf diese Stelle. Empfinde dein Atmen.
Elisabeth spürte eine neue Welle der Angst, eine dünne blasse Angstwoge, die sie überspülte. Sitzen und nichts als das. Atmen und nichts als das. Ich kann nicht. Ich kann nicht. Ich muß wissen, wo Ulrich ist. Ob er mich belügt. Ob er im Bett einer anderen Frau liegt. Ob er mich verlassen will.
Sein Geschäftspartner Otter aus Frankfurt hatte sie angerufen, weil er in München nirgendwo zu finden sei. Sie war gerade vom Friedhof nach Hause gekommen und hatte arglos

geantwortet: Ich weiß auch nicht, wo er steckt. Erst später erschrak sie über ihre Antwort. Wo war er denn? Mit wem betrog er sie?
Halte deinen Leib aufrecht, und sitze reglos wie ein Berg.
Empfinde dein Atmen. Das Ausatmen, die Atempause und das Einatmen.
Sich hergeben, sich hingeben, sich aufgeben und sich zurückempfangen.
Empfinde das Ausatmen. Entleere deinen Geist.
Die tanzenden Affen der Gedanken kamen nicht zur Ruhe. Sie wippten, hüpften, bleckten die Zähne, sprangen wie toll herum. Einer der tobenden Affen war die Schuld, und der größte und häßlichste war die Eifersucht. Er fletschte sie an. Aber sie wußte, es waren nur Masken des eigenen Ichs. Das schuldige Ich war gekrümmt, und das eifersüchtige Ich war häßlich und verrückt. Sie mußte sich das vorsagen, um die Gedanken zu vertreiben. Das alles bin ich nicht. Ich bin es nicht.
Der Blick soll gesenkt und auf nichts gerichtet sein.
Man erwäge das Unwägbare. Wie kann man es aber erwägen? Mit dem Nicht-Erwägen.
Ich kann es nicht vertreiben. Ich sehe es immer vor mir, das kleine Foto, das ich in seinem Schreibtisch gefunden habe, eine Frau im Badeanzug, im flachen Wasser einer Bucht stehend, sich zur Seite neigend und hinter sich auf eine Welle blickend, ihre Brüste, ihre Arme, ihre Beine wie im Schritt gespreizt. Es scheint ein altes Foto zu sein, aber er hat es aufbewahrt. Er muß diese Frau geliebt haben, tut es vielleicht noch immer. Wo ist er jetzt, wenn er verschwindet? Wo? Bei wem? Ich weiß leider nicht, wo mein Mann steckt. Es tut mir leid. Ich tue mir leid! Ich hasse mich! Ich bin hassenswert! Ich bin schuld am Tod meines Bruders, meines Vaters, am Unglück meines Kindes. Ich habe mein Erbe verschleudert. Ich wollte von einem Mann geliebt werden und mir seine Liebe kaufen. Ich habe ihn bestochen, ich habe ihn mit Geld und Tränen erpreßt. Ich bin betrogen worden zu Recht.

Ich. Ich. Ich fürchte mich. Die Einheit ist im Nichtfühlen, im Nichthandeln, im Nichtdenken, aber ich versinke in Angst. Der Meister hat ihr eine rätselhafte Frage zu bedenken gegeben, die sie nicht verstehen kann: Wenn dein Geist nicht im Zwiespalt von Gut und Böse weilt, was ist dann dein ursprüngliches Antlitz, bevor du geboren warst? Ich verstehe nicht! Ich werde verrückt! Ich bin ein kleines Mädchen, das singend um einen Tisch herumläuft. Mein kleiner Bruder ist hingefallen, weil ich ihn gestoßen habe, und ich lache und singe und laufe um den Tisch herum, und nun ist er tot. Er hat sich in den Mund geschossen. Und mein Kind ist ein Dieb. Und mein Mann liegt bei einer anderen Frau. Und mein ursprüngliches Antlitz, bevor ich geboren wurde, ist die Angst und das Schreien! Ist die Angst und das Schreien! Die Angst und das Schreien!

Ich komme, dachte Vogtmann, ich komme, denn er spürte, daß er gerufen wurde, wußte aber nicht, wo er war. Ganz in der Nähe lärmte etwas. Ich komme, ich komme! Er lag mit dem Kopf an der Wand, gefesselt von einer bleiernen Schwere. Sein ganzer Körper fühlte sich gelähmt an, und sein Kopf schmerzte und war erfüllt von einem dunklen Nebel. Ich komme, ich kann nicht, ich komme. Das schrillende Telefon zwang ihn, wach zu werden und sich herumzudrehen. Wo war er? In seinem Apartment im Arabellahaus? Wie kam er hierher? Im Aufrichten, während er unsicher nach dem Telefon tappte, fand er seine Erinnerung wieder. Er war vor ein oder zwei Stunden mit dem Wagen aus Nürnberg gekommen und hatte sich hingelegt, weil er sich schlecht fühlte. Vielleicht hätte er das Telefon abstellen sollen, um sich erst richtig auszuruhen.

»Ja bitte«, sagte er matt.

»Guten Tag, wie geht's Ihnen«, sagte Otter, ohne daß er seinen Namen nannte. Es war ein dreister Überfall, als käme er unangemeldet zur Tür herein.

»Wer hat Ihnen denn diese Nummer gegeben?« fragte Vogtmann.
»Ihre Frau. Ich habe ihr erklärt, daß es sehr wichtig ist.«
Vogtmann schwieg einen Moment und versuchte, zu sich zu kommen. Er beugte sich vor, damit das Blut in seinen Kopf stieg und sein eingeschlafenes Gehirn belebte. Es wurde ihm aber nur schwindelig davon.
»Nun, was ist denn so wichtig, daß Sie mich aus dem Schlaf läuten?«
»Ach, Sie haben geschlafen. Entschuldigung. Aber ich habe etwas, das Sie wach machen wird. Haben Sie heute schon die Zeitung gelesen?«
»Nein, ich war im Auto unterwegs. Habe keine Zeit gehabt.«
»Dann kaufen Sie sich bitte mal zwei oder drei überregionale Zeitungen und schauen Sie in die Politik und in den Wirtschaftsteil. Dann werden Sie sehen, daß unser Weizen blüht.«
»Na, sagen Sie schon, was los ist.«
»Sie werden es auch nicht raten können. Die Sache ist nämlich super, direkt wie bestellt. Mobutu, der Staatspräsident von Zaire, ist mit seinem ganzen Beraterstab zu einem Good-will-Besuch nach Belgien gekommen. Er will den Belgiern die enteigneten Firmen zurückgeben, um die Wirtschaftsbeziehungen zur westlichen Welt wieder anzukurbeln. Das ist die große Wende, von der ich immer schon gesprochen habe. Hören Sie mal, was die Neue Zürcher schreibt: ›Der General, der im ehemaligen Belgisch-Kongo seit zwölf Jahren als unumschränkter Herrscher regiert, ist nicht zur Staatsvisite, sondern zu einem Arbeitsbesuch nach Belgien gekommen. Er zeigte sich unermüdlich bestrebt, das Vertrauen wiederherzustellen, das er selbst drei Jahre zuvor mit radikalen Nationalisierungsmaßnahmen verspielt hatte.‹ Und so weiter. Und so weiter. Warten Sie, dies hier ist wichtig: ›Obwohl der Präsident keinen reichen Geldsegen mit nach Hause nimmt, war sein Besuch kein Mißerfolg, denn mehr als den staatlichen Instanzen galt sein Besuch den privaten Geschäftsleuten Belgiens. Zaires Außenminister pries bei jeder Gelegenheit

den sagenhaften Reichtum seines Landes an Kupfer, Mangan, Zink oder Uran und seine hervorragende Eignung zum Anbau von Kaffee, Kautschuk, Palmöl, Mais, Reis oder Zucker. Die Prioritäten setzt Zaire auf die Entwicklung seiner Landwirtschaft und der Transportwege.‹«

»Hört sich gut an«, sagte Vogtmann.

Es war mehr ein Versuch, Otter zu bremsen, als eine Stellungnahme. Er mußte das selber lesen, in Ruhe. Er brauchte eine wirkliche Übersicht. Und vor allem mußte er eine Tablette schlucken oder einen starken Kaffee trinken, um seine Kopfschmerzen und seine Benommenheit zu vertreiben. Er hatte Otter noch eine Woche lang aus dem Weg gehen wollen, um die endgültige Stellungnahme seiner Bank abzuwarten und Otter zeitlich ins Gedränge zu bringen, aber das war ihm nun gründlich mißglückt.

»Vor allem die Priorität der Landwirtschaft ist wichtig für uns«, erklärte Otter. »Das macht den Banken unser Geschäft noch plausibler. Aber warten Sie, hier steht noch etwas, eine Art Resümee.«

Wieder begann er vorzulesen: »›Sollten sich in Zukunft mehr private Geschäftsleute und vor allem ihr Geld in Zaire niederlassen, so dürfte das den Afrikanern bei ihren Verhandlungen mit dem Internationalen Währungsfonds um Devisenkredite als Pluspunkt angerechnet werden. Staatschef Mobutu besuchte am Freitag auch die Kommission der Europäischen Gemeinschaft in Brüssel und reist am Montag zu einem Besuch in die Bundesrepublik Deutschland weiter.‹ Na, also, was sagen Sie?«

»Ich will das alles selbst lesen«, sagte Vogtmann.

»Das ist Ihr gutes Recht«, antwortete Otter, »aber Sie müssen wissen, daß jetzt die Uhr tickt. Wir haben eine Hängepartie, die schon vier Wochen dauert. Mehr Geduld kann ich nicht aufbringen. Ich muß diesen Rückenwind ausnutzen. Und wenn Sie ernsthaft an unserem Geschäft interessiert sind, dann müssen Sie das genauso sehen. Damit wir uns richtig verstehen: Wenn Sie nein sagen, bin ich nicht böse. Denn es

gibt andere Interessenten. Aber wenn Sie sich dafür entscheiden, müssen wir am Dienstag nächster Woche zum Schwur kommen.«
Ich werde es tun müssen, dachte Vogtmann, als er aufgelegt hatte. Der Gedanke bewegte nichts in ihm. Er fühlte sich nur müde und erschöpft.

Übers Wochenende studierte Vogtmann die Berichte, Kommentare und Trendartikel der großen Zeitungen. Alle wiesen sie auf die Schwierigkeiten Zaires hin und auf seine großen unausgenutzten wirtschaftlichen Potenzen. Das Land brauchte Hilfe, und es würde Hilfe bekommen, weil es schon wegen seiner Rohstoffe eine wichtige Bastion der westlichen Industrieländer war. Aber da gab es auch Unsicherheiten, schlechte Erfahrungen in der Vergangenheit mit afrikanischer Mißwirtschaft und afrikanischem Nationalismus und vor allem einen gravierenden Devisenmangel. Das konnte die Banken zögern lassen, die Wechsel zu diskontieren. Andererseits war Mobutus Goodwill-Besuch eine Garantie dafür, daß Kinshasa die Schulden bezahlen würde. Denn wer so dringend um Vertrauen warb, mußte alles vermeiden, was seine Werbung sofort wieder zweifelhaft machte.
Darüber hatte er auch mit Hartwich gesprochen, den er einfach in seiner Wohnung angerufen hatte. Hartwich kannte die Presseberichte und beurteilte die Lage sehr günstig, hatte allerdings gerade von seiner Frankfurter Zentrale die Nachricht erhalten, man könne mit den Kopien der Wechsel nichts anfangen und wolle die originalen, mit Bürgschaften ausgestatteten Papiere sehen. Er hatte sich gegenüber Hartwich darüber sehr verärgert gezeigt. Daß den Herrschaften das jetzt erst einfiel, war ja schon eine Unverschämtheit. Im stillen aber war er kleinlaut geworden. Denn genau das hatte Otter ihm prophezeit: Kopien machen einen schlechten Eindruck. Sie verraten nur die eigenen Zweifel. Man muß Flagge zeigen, wenn man die Banken beeindrucken will. Wenn er

Otter von dieser neuen Schwierigkeit erzählte, würde er den Vorwurf zu hören bekommen, er habe durch seine Ängstlichkeit das Geschäft sinnlos verzögert. Und wahrscheinlich verkaufte Otter die Wechsel dann jemand anderem.

Es gab nur noch eine Möglichkeit, die Solidität des Geschäftes zu prüfen. Er mußte einen weiteren Wechsel fordern. Wenn Otter sich darauf einließ, konnte das ein Hindernis sein, daß er selbst Zweifel an dem Geschäft hatte und froh war, noch einen weiteren Wechsel loszuwerden. Wenn er sich dagegen sträubte, war es ein gutes Zeichen. War das richtig gedacht? Oder konnte es anders sein? Vielleicht war Otter zermürbt durch das lange Warten und würde ihm deshalb auch noch den siebenten Wechsel überlassen. Während er, gelähmt vom Mißtrauen, das noch einmal gewachsene Glück nicht ergreifen konnte.

Welches Verhalten war erwartbar, und welche Deutung war die richtige? Je mehr er darüber nachdachte, um so undurchdringlicher erschien ihm das Dunkel, in dem der gewaltige Rammbock des Eisberges auf ihn zutreiben konnte, und es war nicht einmal möglich zu unterscheiden, ob es die Fremdheit des fernen Landes oder die Undurchschaubarkeit von Otters Person oder nur die unruhigen Widersprüche seiner eigenen Hoffnungen und Ängste waren, die dieses bedrohliche Dunkel erzeugten. Doch während er sich noch weiter um Unterscheidungen und Zusammenhänge und die in der Situation verborgenen Möglichkeiten bemühte und die vielen Presseberichte, die er gesammelt hatte, mit roten, blauen und grünen Markierungen übersäte, um sich das Für und Wider und das Vielleicht seiner bevorstehenden Entscheidung sichtbar vor Augen zu führen, setzte unabhängig von seinem Willen und seinem angestrengten Nachdenken eine fortschreitende Vereinfachung seines Gefühls ein, die die Widersprüche nicht löste, sondern überspülte und auslöschte und eine düster-heitere Gewißheit an ihre Stelle setzte: Er wollte, er würde das Geschäft mit Otter machen. Morgen früh würde er Otter anrufen und ihn nach München einladen oder gleich zu ihm nach Frankfurt fahren.

Befreit von seinen langwierigen, lähmenden Zweifeln, schob er die Presseberichte beiseite und rief Katrin an, um sich mit ihr zu verabreden. Er war in ausgelassener Stimmung, als er bei ihr eintraf und noch einen Moment warten mußte, bis sie zum Ausgehen fertig war. Er machte mehrere Vorschläge, wie sie den Abend verbringen könnten. Schließlich landeten sie in einem Kabarett, wo er den teuersten Champagner bestellte und bereitwillig über die Witze lachte, die prominenten Politikern und Skandalpersönlichkeiten aus der Wirtschaft und dem Schaugeschäft galten. Katrin sah ihn erstaunt von der Seite an.

»Ich find's gar nicht so lustig«, sagte sie.

»Ich auch nicht«, stimmte er zu, »aber es ist alles so absurd.«

»Was?« wollte sie wissen.

Er konnte es ihr nicht erklären.

12. No future

Aus dem diesigen Himmel rechts der Autobahn kam mit blinkenden Signallampen der silbergraue Rumpf einer DC 10 im Landeanflug, die ihr Fahrwerk ausfuhr und nun schon erschreckend niedrig als ein langgestrecktes Phantom die dichten Verkehrsströme der beiden Fahrbahnen überquerte. Eingeschlossen in das Motorgeräusch seines Wagens und den Lärm der schweren Lastzüge auf der Nebenspur, hörte Vogtmann nur sekundenlang das Heulen der Düsen, dann schien die riesige Maschine mit dem Triebwerk an der Heckflosse lautlos, schwerelos und unbegreiflich langsam nach links in das Rollfeld zum Aufsatzpunkt der Landebahn wegzuschweben, und wie ein Echo ihres Vorbeigleitens und Verschwindens dachte Vogtmann: So unabwendbar und mächtig sieht ein Verhängnis aus. Gleich darauf wunderte er sich über diesen Einfall. Er hatte ja nur die glatte, automatisch gesteuerte Landung einer Verkehrsmaschine gesehen.
Er näherte sich dem Frankfurter Kreuz, ordnete sich in Richtung Köln ein und versuchte wieder schneller zu fahren. Der Verkehr war noch immer sehr dicht, schien sogar zuzunehmen. Die Lastzüge rückten allmählich zu einer Kolonne zusammen, und auf der Überholspur drängten sich die Fahrzeuge, die von der rechten Spur herüberwechselten, zwischen die schnelleren Wagen, die vergeblich mit der Lichthupe blinkten, um sich Platz zu schaffen. Vor dem Wiesbadener Kreuz würde das bestimmt nicht besser.
Aber er war erst um 16.30 mit Hartwich in der Bank verabredet. Da blieb sogar noch Zeit, um in einer Raststätte eine Kleinigkeit zu essen und Kaffee zu trinken. Vielleicht war er in ein paar Stunden schon auf Gegenkurs.

Elisabeth wußte nichts von seinem Blitzbesuch bei der Bank, so daß er gleich umkehren konnte, ob er Erfolg hatte oder nicht. Vor drei Wochen war Christoph ins Internat gezogen, und Elisabeth lebte allein in dem großen Bungalow. Er war seitdem noch nicht dagewesen. Es konnte nur entsetzlich sein: sie beide in getrennten Zimmern schlafend, durch das leere Haus aufeinander verwiesen, sich immer wieder begegnend, miteinander eingesperrt. Ihre Ehe war unhaltbar geworden, und doch konnte er vorläufig nichts ändern. Er war der Geschäftsführer der Fabriken, Elisabeth die Inhaberin, das kettete ihn an sie. Gerade jetzt, da alles so schwierig war und er einen Kurs ging, den sie sicher nicht billigen konnte, brauchte er weiter ihr Vertrauen oder, was praktisch das gleiche war, ihre sorglose Gleichgültigkeit gegenüber dem Geschäft, deren Kehrseite ihr Wunsch war, menschlich mit ihm einig zu sein. Es war eigentlich ein Balancieren mit geschlossenen Augen. Man durfte sich dabei nicht in den Weg geraten.

Es schneite plötzlich, ein dünnes Geflirre vor der Windschutzscheibe. Märzschnee. Der Winter hatte spät begonnen, und inzwischen hatte er mehrmals aufgehört und wieder angefangen, es war, als würde man dauernd in der Zeit zurückgeworfen. Schon wieder lag ein dünnes, weißes Gespinst über den Feldern. Er sah es mit Widerwillen. Die Hartnäckigkeit des Winters war wie ein Bild der Widerstände, die ihm überall erwuchsen und ihn manchmal, wenn er sich körperlich erschöpft fühlte, zu lähmen drohten.

Vieles war undurchschaubar und völlig unerwartet, und das vor allem konnte einen entmutigen. Warum brütete die Bank noch immer auf den Wechseln herum? Hartwich hatte nun auch die Originalpapiere zur Prüfung des besonderen Länderrisikos und des Warenrisikos nach Frankfurt geschickt. Dort schienen ein paar superschlaue Experten zu sitzen, die nichts anderes zu tun hatten, als komplizierte Expertisen zu schreiben und sich dadurch bei ihren Chefs zu empfehlen, und inzwischen verwandelte er sich aus einem Geschäftspartner zu

einem Bittsteller, der sich in Geduld üben mußte und nur noch hoffen konnte. Länger durfte er sich auf keinen Fall hinhalten lassen. Dieses unerklärliche Zögern der Bank brachte ihn Tag für Tag mehr in eine Position der Schwäche. Vorgestern am Telefon hatte er das plötzlich begriffen, als Hartwich sich herausgenommen hatte, ihn mit »Mein Lieber« anzureden. »Mein Lieber, vergessen Sie bitte nicht, daß dies ein Geschäft mit vielen Imponderabilien ist.« Der jovial belehrende Ton, mit dem Hartwich diese Phrase hervorbrachte, hatte ihm einen Moment den Atem verschlagen. War er schon ein Mann ohne Gesicht, den man abspeiste, wie es einem beliebte? Gott sei Dank hatte er die Geistesgegenwart gehabt, sofort zu kontern und bis Mittwoch eine Entscheidung zu verlangen. Kein Drumherum mehr, keine Ausflüchte – das war die Gangart, die er jetzt einschlagen mußte. Wenn Hartwich heute nicht definitiv wurde, wollte er sich nicht einmal mehr seine Gründe anhören und die Zaire-Wechsel zurückfordern.
Vielleicht hatte Otter recht mit seinem Rat, die Wechsel in der Schweiz anzubieten. Oder auch in Belgien, wo man mit Zaire in alten und neuen Beziehungen stand. Vielleicht sollte er erwägen, sich umschulden zu lassen. Die Schweizer Banken, bei denen sich die Milliardenüberschüsse der Ölländer anhäuften, waren angeblich dauernd auf der Suche nach neuen Anlagemöglichkeiten. Vielleicht räumten sie ihm bessere Konditionen ein, wenn er sein ganzes Finanzierungspaket auf den Tisch legte, mit allen Sachwerten und Immobilien. Die Zaire-Wechsel waren dann nur noch ein Türöffner oder ein Bestandteil des Pakets. Vielleicht sollte er heute die Wechsel kommentarlos zurückfordern und sofort kehrtmachen. Vielleicht mußte er umdenken und auf einer höheren Ebene neu beginnen. Vielleicht war alles nur ein Anfang. Vielleicht war auch alles schon zu spät.

Die Vorahnungen, die ihn manchmal heimsuchten, erinnerten ihn an ein Gedankenspiel aus seiner Kindheit, das eine

Zeitlang seine Manie gewesen war. Das Spiel hieß »Aufgehalten-Werden, Zu-spät-Kommen, Nicht-Ankommen« und handelte immer von einer schwierigen Situation, die er meistern mußte, um ein Ziel zu erreichen, und weckte seine Angst, daran gehindert zu werden oder zu versagen. Er hatte sich dafür dauernd neue Situationen ausgedacht. Wenn ich nicht bis dreißig auf der anderen Seite der Brücke bin, wird sie einstürzen. Wenn ich nicht in zehn Minuten aus dem Wald heraus bin, werde ich darin verlorengehen. Wenn ich nicht vor der Dunkelheit zu Hause ankomme, ist das Haus verschwunden. Wenn ich diese Aufgabe nicht in einer halben Stunde gelöst habe, muß ich sterben. Er hatte sich die Bedingungen immer so gestellt, daß er es schaffen konnte und am Ende gerettet war. Aber oft tauchten unvorhergesehene Schwierigkeiten auf. Seine Lage wurde bedrohlich, und er mußte kämpfen, und manchmal hatte es keine andere Möglichkeit der Rettung gegeben, als aus der Situation auszusteigen und sie für ungültig zu erklären.
Das konnte er nun nicht mehr. Alles war, wie es war, undurchsichtiger zwar, komplizierter, und also vielleicht auch offener, doch er konnte das Spiel nicht abbrechen, wenn es sich bedrohlich zuspitzte. Indem er die Zaire-Wechsel von Otter gekauft hatte, war er zu einem Mann geworden, der entweder eine Million Mark gewinnen oder 1,4 Millionen Mark verlieren würde, was in der Lage, in der er sich befand, sich zu einem Orakel aufbaute, mit dem er wie damals sein Glück befragte, ob er weiterleben durfte oder nicht.

Aufgehalten werden, zu spät kommen, nicht ankommen. War das wieder dieses Spiel? Die beiden Kolonnen fuhren im Schleichtempo, und immer häufiger leuchteten die Bremslichter auf, und jetzt war es nur noch ein meterweises Weiterkriechen im ersten Gang, mit dem die beiden Fahrzeugkolonnen sich verdichteten, bis es keine Lücke mehr gab. Sie standen in einem unübersehbaren Stau.

Vogtmann rauchte, trommelte auf seinem Lenkrad herum. Noch hatte er Zeit. Aber das schien schlimm zu werden. Zwei Polizeihubschrauber patrouillierten über dem Stau, und mehrere Streifenwagen fuhren dicht hintereinander auf der Standspur vorbei. Überall standen die Fahrer neben den Wagen und unterhielten sich, einige liefen sogar an der Kolonne entlang, weil sie einen Bekannten in einem anderen Wagen suchten. Auch Vogtmann stieg aus, um die Lage abzuschätzen. Vor und hinter ihm war kein Ende der beiden Fahrzeugreihen zu sehen. Sie zogen sich kilometerweit hin, verschwanden vor ihm in der Ferne hinter eine Bodenwelle, tauchten auf einer Steigungsstrecke wieder auf – eine endlose absurde Autoausstellung, die sich im fernen Schneegestöber aus seinem Blick verlor.

»Sieht ganz schön böse aus«, sagte der Fahrer des vor ihm stehenden Wagens, der wie er in beide Richtungen geblickt hatte. »Das muß ja ein riesiger Unfall sein. Haben Sie was im Verkehrsfunk gehört?«

»Ich hatte mein Radio nicht eingeschaltet.«

»Ich habe nur was mitbekommen von zähflüssigem Verkehr.«

Auf der Standspur kam ein Polizeiauto mit Blaulicht und Martinshorn herangeprescht und sauste an ihnen vorbei. Einer der beiden Hubschrauber von vorhin – oder war es ein dritter? – flog ziemlich niedrig mit dem lauten Schmettergeräusch seines Rotors in der Gegenrichtung. Zwei weitere Fahrer gesellten sich zu ihnen. Sie hatten sich warm angezogen wie zu einem längeren Winterspaziergang und rauchten.

»Da scheint ja Holland in Not zu sein. Oder warum spielen die verrückt?«

»Im Verkehrsfunk wird nichts von einem Unfall gesagt.«

»Dann ist das wahrscheinlich 'ne Terroristenfahndung.«

»Glaub ich nicht. Nicht hier auf der Autobahn.«

»Was soll denn die ganze Polizei?«

Vogtmann stieg wieder ein und drehte an seinem Radio. Er hatte Musik drin, irgend etwas Klassisches, es konnte Mozart

sein. Plötzlich kam ihm ein englischer Text in den Kopf, den er in der Anzeige eines Wagenverleihs gelesen hatte. »I am a businessman in a hurry. I have no time to waste.« Darüber war das energische Gesicht eines Mannes abgebildet gewesen, der ungeduldig den Arm hob und auf seine Uhr blickte. Ich werde zu spät kommen, dachte Vogtmann. Hartwich wird sich freuen, daß ich den Termin nicht einhalte, und mir durch die Lappen schlüpfen. We are all businessmen in a hurry. We have no time to waste. Vermutlich verdrückte sich Hartwich um 17.00 in seinen Tennisclub. Dann mußte er doch zu Hause übernachten und Hartwich morgen zu erwischen versuchen. Und natürlich mußte er sich entschuldigen, und Hartwich würde liebenswürdig darauf eingehen mit seinem verdammten Tennisspielercharme, und der harte Ton, mit dem er am Telefon seinen Besuch angekündigt hatte, war zunächst einmal vertan.
15.00 war es gleich. Die Digitaluhr seines Wagens ging zwei Minuten vor. Noch konnte er es gut schaffen. Doch es gab keine Anzeichen, daß es bald weiterging. Der Stau glich mehr und mehr einem Heerlager, einer wartenden Karawane. Immer mehr Menschen standen oder gingen draußen herum.
15 Uhr. Jetzt kamen die Nachrichten. In Bonn wurde Staatsbesuch aus Nahost erwartet. Nato-Generäle hatten sich in Brüssel getroffen. In Dortmund tagte ein Kongreß der Umweltschützer und machte erneut auf die Gefahren der Luft-, Wasser- und Bodenverschmutzung aufmerksam. Im Süden Zaires war eine militärische Invasion im Gange.
Er zuckte zusammen und begriff erst jetzt, in einem schnellen Nachfassen, was die ruhige Stimme des Nachrichtensprechers berichtete: »Die Invasionstruppen sind nach Informationen des zairischen UNO-Botschafters Umba di Lutete aus Angola in die Provinz Shaba im Süden Zaires eingefallen und haben schon am Dienstag die drei Grenzstädte Dilolo, Kapanga und Kissenge besetzt. Die drei Städte sind wichtige Industriezentren. Kissenge ist ein Zentrum des Kupferbergbaus und Dilolo ein wichtiger Verkehrsknotenpunkt an der

Bahnstrecke zum Atlantik. Nach Meldung aus Radio Kinshasa handelt es sich bei den Invasoren um eine internationale Söldnertruppe, verstärkt durch Einheiten der angolanischen Armee. Dem widersprach die sogenannte ›Nationale Befreiungsfront des Kongo‹ (FLNC), die die Kämpfe als nationalen Aufstand der kongolesischen Bevölkerung gegen das Regime des Präsidenten Mobutu bezeichnete. Beobachter halten es für möglich, daß es sich bei den Invasoren um ehemalige Katanga-Soldaten des 1965 gestürzten Ministerpräsidenten Moise Tschombé handelt, die nach dem Sturz Tschombés ins benachbarte Angola geflüchtet waren, wo sie angeblich für den Guerilla-Krieg ausgebildet wurden. Über militärische Gegenmaßnahmen der Regierung von Zaire wurde bisher nichts bekannt.«

Aus, dachte Vogtmann. Ganz einfach: Es ist aus! Keine Bank in Europa würde jetzt noch Wechsel aus Zaire diskontieren, und wahrscheinlich hatte Hartwich heute auch schon die Nachrichten gehört und wunderte sich gar nicht, daß er nicht kam. Aus der Traum! Aus! Der unsichtbare Rammbock des Eisberges war eingetroffen, und der Lärm seines Aufpralls entpuppte sich als das Schießen und das Kriegsgeschrei schwarzer Guerillas. Er sah sie kommen in ihren Kampfanzügen, auf Jeeps und offenen Lastwagen, oder geduckt hinter rollenden Panzern, während vor ihnen alles auf der Flucht war und er hier festsaß in dieser endlosen Autoschlange und nicht vom Fleck konnte, weder vorwärts noch rückwärts.

Steif und abwesend wie immer, wenn sie hier auftauchte, kam Elisabeth durch den Haupteingang des Friedhofs, einen Strauß Blumen in der Hand. Die älteren Frauen, die in der Nähe die Gräber ihrer Familien besuchten, fühlten sich durch ihre Starrheit eingeschüchtert und wagten es nicht, sie zu grüßen. Um ihrem Blick zu entgehen, der sie zufällig hätte treffen können, machten sie sich an den Gräbern zu schaffen und spähten zwischendurch zur Pattbergschen Grabstätte hinüber, wo Elisabeth lange Zeit, ohne sich zu rühren, auf den schwarzen polierten Stein blickte, auf dem nebeneinander die Namen und Lebensdaten ihres Vaters und ihres Bruders standen. Die alten Frauen wußten, sie hatten es gehört, daß der Bruder, der ein stadtbekannter Trinker und verkommener Mensch war, sich erschossen hatte, und sie fanden es anstößig und empörend, daß er hier gleichberechtigt neben seinem Vater lag. Den alten Pattberg hatten sie alle als einen liebenswürdigen Herrn in Erinnerung, und sie dachten, sagten es auch, es sei nur gut, daß er nicht mehr erlebt habe, was mit seinem schönen Park und der Villa und der ganzen Familie geschehen sei. Auch mit der Firma, so konnte man in der Stadt erfahren, ging es seit Monaten bergab.

Elisabeth bückte sich, drückte die Steckvase mit den frischen Blumen in das grüne Moospolster des Grabes und richtete sich auf, um zu gehen. Denken Sie nicht dauernd an den Tod, hatte Almut gesagt. Gehen Sie nicht jeden Tag zum Grab. Aber es beruhigte sie, hierherzukommen, und wenn sie die beiden vertrauten Namen nebeneinander auf dem Stein sah, überkam sie manchmal ein unverständliches Gefühl von Versöhnung, so als wäre ein langwährender Irrtum überwunden worden und man habe ihr verziehen.

Als sie aus dem Tor des Friedhofs trat, stand Lothar auf dem Vorplatz. In seinem dunklen Mantel und der Baskenmütze sah er ein wenig wie ein Pastor oder ein Lehrer aus. Er schien nervös zu sein, das rote Weintrinkergesicht leuchtete. Sie wußte, er wartete auf sie, und sie überlegte, ob sie umkehren und einen anderen Ausgang benutzen sollte, aber da hatte er sie schon bemerkt, hob zum Zeichen des Erkennens seine Hand und kam auf sie zu.

»Entschuldige, Elisabeth, ich habe mich entschlossen herzukommen. Ich muß dich sprechen. Es ist wirklich dringend.«

»Wer hat dir gesagt, daß ich hier bin?« fragte sie.

»Deine Nachbarin. Ich habe dich vorhin beim Grab gesehen, wollte dich aber nicht stören. Bitte entschuldige diesen Überfall. Aber hör mich jetzt an.«

»Ich will nicht hinter Ulrichs Rücken mit dir über die Firma reden«, sagte sie. »Ulrich ist der Geschäftsführer, und er besitzt mein Vertrauen.«

»Und du bist die Inhaberin und die Erbin deines Vaters. Mach endlich die Augen auf.«

Sie ging weiter, antwortete nicht. Lothar blieb beharrlich neben ihr. Seit drei Tagen rief er täglich bei ihr an und bat sie um eine vertrauliche Unterredung. Er wollte bei der jährlichen Buchprüfung horrende und ruinöse Dinge entdeckt haben, die zu Lasten von Ulrichs Geschäftsführung gingen. Er hatte sogar eine Mappe dabei, wahrscheinlich mit dem belastenden Material, das er gegen Ulrich gesammelt hatte. Sie wollte weder hineinschauen noch die Mappe überhaupt berühren.

»Bettie«, begann Lothar wieder, und sie erschrak über den bettelnden Ton, mit dem er den alten Kosenamen aussprach. »Bitte, ich habe meinen Wagen dabei. Können wir nicht irgendwohin fahren und Kaffee trinken? Du brauchst mir dann nur fünf Minuten zuzuhören, und ich sage nichts weiter.«

»Nicht hinter Ulrichs Rücken. Das kann ich nicht.«

»Ich verstehe dich ja, Bettie. Ich achte deine Haltung. Aber du mußt ein paar Entscheidungen treffen, an denen Ulrich dich hindern wird, wenn er kann. Er wird dich beeinflussen, mit allen Mitteln.«

Sie lachte bitter.

»Die Mühe macht sich Ulrich nicht. Da kennst du ihn schlecht.«

»Er ist angewiesen auf dich, und er wird dich um den Finger wickeln.«

»Ach, er tut, was er will, ohne mich zu fragen.«

»Das ist es ja. Und du läßt das einfach zu. Damit machst du dich mitschuldig.«

»Woran?«

»Mein Gott, siehst du das nicht? Der Mann verschleudert dein Erbe und das Erbe deines Sohnes! Er bringt die Firma auf den Hund! Für seine Abenteuer und Spinnereien!«
»Du haßt ihn, nicht wahr?« fragte sie.
»Ja, aber das tut nichts zur Sache.«
Sie gingen stumm weiter. Er neben ihr mit seiner Mappe, ein wenig atemlos, sie unbeweglich geradeaus blickend. Schließlich sagte er: »Kennst du einen Mann namens Otter, einen Finanzmakler aus Frankfurt?«
»Ja«, sagte sie kurz, um ihren Schrecken zu verbergen.
»Dem sind vor kurzem 200000 Mark überwiesen worden für irgendwelche krummen Geschäfte. Das ist nur ein Beispiel, Bettie.«
Sie schwieg und spürte, wie ihr Inneres sich zusammenkrampfte, als wäre sie ein Zugtier, das geschlagen wurde, aber nicht von der Stelle kam.
»Ich kann das nicht«, sagte sie, »ich glaube dir, aber ich kann nicht.«
»Was wird die Belegschaft von dir halten, wenn sie erfährt, daß du alles hast schludern lassen und die Firma pleite ist?«
»Sieht es so schlimm aus?«
»Jeden Tag schlimmer.«
Sie ging weiter, als ob sie nichts gehört hätte oder als könnte sie so davonkommen, immer weiter, immer weiter weg. Plötzlich blieb sie stehen und drehte sich ihm mit einem heftigen Ruck zu: »Ich habe immer angenommen, daß du Ulrichs Freund bist. Wie kannst du ihn anschwärzen hinter seinem Rücken?!«
»Ich kann nicht zulassen, was er mit dir und der Firma macht.«
»Ach, hör auf damit! Was seid ihr alle für Menschen?!«
Mit einer sanften Geste der Beschwichtigung sagte Lothar: »Reg dich bitte nicht so auf!«
Sie drehte sich halb weg, konnte nicht antworten.
»Bettie«, sagte er, »es tut mir alles furchtbar leid. Ich rufe dich morgen an. Du bist jetzt zu aufgeregt.«
Sie nickte und ging.

In der Einfahrt stand Ulrichs Wagen. Das war im Augenblick wie ein Schuldspruch. Sie war dabeigewesen, ihn zu verraten, und er war gekommen, als hätte er es geahnt.
Sie fand ihn im Wohnzimmer. Er saß mit dem Hörer in der Hand beim Telefon und wartete auf eine Verbindung, die nicht zustande kam. Verärgert legte er den Hörer auf die Gabel zurück und schien sie erst in diesem Augenblick wahrzunehmen. Es war die Langsamkeit eines Erschöpften, aber er brachte doch ein kurzes Lächeln hervor.
»Nicht erschrecken. Ich bin's nur.«
Er stand auf, um sie mit einem flüchtigen Kuß zu begrüßen.
»Wo kommst du denn bloß her?« fragte sie. »Ist was passiert?«
»Nein, nein. Ich mußte nur zur Bank. Habe dich leider nicht vorher erreichen können.«
Was hatte er an sich, daß sie ihm glaubte? Oder lag es nur an ihr? Es war verwirrend, ihn so unvermutet hier anzutreffen, als sei er hier zu Hause. Sie mußte wohl aufgehört haben, sich das vorzustellen. Aber er war einfach hergekommen, als fände er es normal. Er war auf einmal wieder da, und er schien für den Abend nichts anderes vorzuhaben. Es war wie ein unerwartetes Geschenk. Sie konnten zu Abend essen, und sie wollte ihm von Christoph erzählen, von dem Internat mit seinen hübschen Zimmern und Schulräumen und den vielen Angeboten für die Freizeit. Es hatte ihr wirklich gut gefallen. Christoph war dort hervorragend aufgehoben. Er war in einer großen Gemeinschaft, und das hatte ihm gefehlt. Sie verstand erst jetzt, weshalb Ulrich darauf bestanden hatte, Christoph in ein Internat zu geben. Es war die Lösung für seine Probleme, und sie hatte das nur aus Angst nicht erkannt. Den Rest des sozialen Dienstes, den der Jugendrichter ihm auferlegt hatte, konnte Christoph in den Ferien abarbeiten. Auch diese Erfahrung war ihm gut bekommen. Ja, manches war besser geworden. Konnte es nicht sein, war es nicht

denkbar, daß das auch für sie beide galt? Sie spürte, daß Ulrich sie brauchte, und das war wichtiger als alles, was Lothar gesagt hatte, der ihn haßte und immer beneidet hatte. Wie klein war das gewesen, wie intrigant! Vielleicht empfand sie dadurch nur noch mehr, wie selbstverständlich sie zu Ulrich gehörte, gerade auch in schwierigen Zeiten. Ein Mann wie er, der fast zwei Jahrzehnte das Unternehmen leitete, konnte schließlich auch einmal Fehler machen. Immer hatte sie sich heimlich gewünscht, daß er einmal in Bedrängnis geriete und ihre Hilfe oder nur ihre Nähe suchte, und nun sollte sie versagen? Das war lächerlich, eine lächerliche Versuchung, aber sie hatte sie bestanden.

Die Aufmerksamkeit, mit der sie ihn ansah, war ganz und gar zärtlich. Sie sah Anstrengung und Ratlosigkeit und eine verleugnete Enttäuschung in seinen Augen, und in ihr regten sich Zärtlichkeit und das Bedürfnis, ihm zu helfen.

»Möchtest du Tee haben?« fragte sie, »du siehst müde aus.«

»Ja, gerne.«

»Gut, ich mache welchen. Leg dich ein bißchen hin.«

Als sie zurückkam mit der Kanne, legte er gerade wieder den Hörer auf. Eine plötzliche Eingebung ließ sie fragen, ob er eigentlich noch mit diesem Herrn Otter aus Frankfurt zu tun habe. Sie konnte sehen, daß er stutzte.

»Kaum«, sagte er.

Sie schaute ihn an, als wollte sie sich einprägen, wie er aussah, und im nächsten Augenblick schaute sie fort, als hätte sie etwas gesehen, was besser verborgen geblieben wäre. Jetzt wußte sie es, wußte es ein für allemal, daß er sie belog.

Leise schnarrte der Wecker unter Christophs Kopfkissen. Der Traum, in dem er in einem fensterlosen Haus eine morsche Treppe hochgestiegen war, um eine Luke im Dach zu finden, sprang über in das stillstehende Bild eines dunklen Zimmers. Er war im Internat. Direkt unter seinem Ohr war immer noch das leise Schnarren zu hören, und gegenüber an der Wand bewegte sich Udo in seinem Bett, war aber wohl nicht wach. Wenn er wollte, konnte er weiterschlafen und morgen früh behaupten, er hätte nichts gehört. Einen Augenblick lang spürte er sich zurücksinken in die schlaftrunkene Mattigkeit. Dann begriff er, daß der Wecker noch weiter schnarrte und gerade jetzt aufhörte. Mit einem Ruck kam er hoch. Zwei Uhr nachts, die vereinbarte Zeit. Zwei Uhr nachts. Er glitt aus dem Bett, tappte zu Udo hinüber und rüttelte ihn an der Schulter.

»He, aufwachen! Es geht los.«

Halbwach und noch im Liegen nickte Udo, schob die Bettdecke beiseite und stand auf, um zum Fenster zu gehen.

»Sieht ja beschissen aus«, sagte er. »Zieh dich warm an, Mann.«

Im Dunkel schlüpften sie in ihre Trainingsanzüge, zogen Windjacken und Schals an und dicke Wollsocken. Die Turnschuhe, deren Sohlen vielleicht nicht ganz sauber waren und Abdrücke hinterlassen konnten, trugen sie in der Hand.

»Hast du die Sprühdosen?« flüsterte Udo.

»Klar.«

Er zeigte ihm die Plastiktüte.

Leise öffneten sie die Tür. Es war still und finster im Gang. Der dunkle, polierte Steinfußboden glänzte matt. Auf Socken huschten sie an den Zimmern und Waschräumen vorbei zur Hintertreppe. Unten wandten sie sich in die Gegenrichtung. Ein Türflügel des großen Speisesaals stand auf. Es war so dunkel darin, daß sie die langen Tische mit dem weißen Frühstücksgeschirr nicht erkennen konnten. In fünfeinhalb Stunden würden sie dort zwischen den anderen sitzen. Vielleicht hatte es sich dann schon herumgesprochen, was in der Nacht geschehen war.

Im Leseraum zogen sie sich die Turnschuhe an, entriegelten ein Fenster und kletterten hinaus. Es taute. Der matschige Schnee war von zerfallenen schwarzen Fußspuren durchzogen, in denen das Schmelzwasser stand. Auf nassen Socken konnten sie nachher nicht durch das Haus in ihr Zimmer zurückschleichen. Sie hätten jeder ein zweites Paar Socken gebraucht, wollten aber nicht noch einmal umkehren.

»Los, weiter!«

Geduckt liefen sie an der Hinterfront des Gebäudes entlang, dann unter dem Schutzdach des Pausenhofes in die Sportanlagen und über eine nasse Wiese zum Ortsrand, der in einem wattigen Nebel lag.

»N'nicht schlecht«, sagte Udo.

Er stotterte vor Aufregung und vor Kälte. Es war nicht klar, was er meinte.

»Wo geht's jetzt lang?« fragte Christoph.

Udo drehte sich um, als wache er auf.

»Da, an den Gärten vorbei, auf die Bäume zu.«

Fünf Minuten später kamen sie zurück. Sie trugen eine Leiter auf der Schulter, die sie aus dem Hof einer Bauunternehmung gestohlen hatten. Stolpernd und ächzend und naß bis zu den Oberschenkeln wateten sie durch den spritzenden Schneematsch der Wiese auf das Internat zu. Die Leiter schwang mit ihren Schritten und drückte schwer auf Schulter und Schlüsselbein, scheuerte am Schulterblatt. Udo ging vorneweg, energisch und stämmig, ruderte mit dem freien Arm. Christoph versuchte im Gleichschritt zu bleiben und nicht auszurutschen und hinzufallen. Die Anstrengung trieb ihm das Wasser in die Augen. Wenn Udo keine Pause machte, um die Leiter abzusetzen und auf die andere Schulter zu laden, wollte er nichts sagen und durchhalten. Auch wenn er wankte und Schmerzen hatte und kaum noch etwas sehen konnte, wollte er durchhalten. Udo war sein Freund, sein erster wirklicher Freund. Er wollte ihn nicht enttäuschen, wollte ihm zeigen, daß auf ihn Verlaß war.

Wieder kamen sie durch die Sportanlagen, trugen die Leiter unter dem Korbgerüst des Basketballplatzes vorbei und blieben hinter der Turnhalle stehen.

»Setz ab«, flüsterte Udo.

Sie mußten aufpassen, daß ihnen die Leiter nicht aus den klammen Händen rutschte und hinfiel.
»Gib mal die Düse her«, sagte Udo und schrieb mit der Sprühdose »Tu nix« und »Turnpuff« an die Wand. Die blaue Schrift war in der Dunkelheit kaum zu erkennen. Christoph nahm eine Sprühdose mit roter Farbe aus der Tüte und spritzte »Knochenmühle« an die Wand. Dann nahm er die dritte Sprühdose und schrieb in großen hellgrünen Buchstaben einen drei Meter langen Schriftzug:
»Fuck your own body, Teacher!«
Udo, der neben ihm hergegangen war, um den entstehenden Spruch zu lesen, entriß ihm die Sprühdose und malte ein Strichmännchen an die Wand, das ein riesiges aufgerichtetes Geschlechtsteil vor sich hertrug. Sie unterdrückten ihr Lachen, stießen sich gegenseitig an. Das war volle Action! Volle Action!
Mit der Tüte und den Sprühdosen liefen sie weiter, spritzten »Saufraß« an die Wand der Küche und »Superman« und »Ave, Cäsar« unter die Fenster des Direktorzimmers und »Zum Knast« neben den Eingang zum Wohntrakt und daneben ein paar blaue Sterne und »Flash« und »Dope« in Gelb und Rot. Immer wieder wurden sie geschüttelt von unterdrückten Lachanfällen, pufften sich in die Seite, gestikulierten, machten alberne Hopser und Freudensprünge und rannten davon.
Jetzt kam der schwierigste Teil, die Fassade des Hauptgebäudes. Sie holten die Leiter und schleppten sie vor das Portal. Hier konnten sie von weitem gesehen werden, weil auf dem Vorplatz die ganze Nacht zwei Lampen brannten und in der Siedlung auf der anderen Seite der Straße mehrere Lehrer wohnten. Wenn einer von ihnen wach war und zum Schulgebäude herüberblickte, konnte er zwei schattenhafte Gestalten sehen, die mühsam eine große schmale Leiter aufrichteten und gegen die Vorderfront des Gebäudes lehnten. Die Leiter reichte nicht bis zur Oberkante der Fensterreihe des dritten Stocks. Um die helle Putzfläche darüber zu beschreiben,

mußte man so hoch wie möglich hinaufsteigen und sich beim Schreiben aufrichten. Eine große Schrift ganz oben an der Fassade würde man auf der Straße, in der Lehrersiedlung und in vielen Häusern der Ortschaft lesen können. Sie hatten gelost, wer von ihnen es tun sollte, und das Los war auf Christoph gefallen. Er konnte nicht mehr zugeben, daß er Angst hatte und schwindlig war.
Udo stellte seine Füße unten gegen die Holme, damit die Leiter nicht wegrutschen konnte, aber sie stand ohnehin sehr steil. Christoph trat an ihm vorbei auf die unteren Sprossen und begann hochzusteigen, in der Tasche seiner Windjacke die Sprühdose mit roter Farbe. Als er die Fenster des dritten Stocks erreichte, hielt er an und schaute hoch. Über ihm war der vierte Stock, der Dachfries, die vorkragende Dachkante und darüber, abgründig und beängstigend, der Nachthimmel mit strähnig fließenden Wolken, der ihm als ein verhextes Spiegelbild der Tiefe erschien. War das oben, war es unten? Wo hing er, wo hielt er sich? Auf einmal kam wie ein dunkler Windstoß das Schwindelgefühl über ihn und preßte ihn mit Brust und Stirn gegen die Leiter.
»Was ist?« fragte Udo.
»Nichts. Ich schau mich nur um.«
Er drehte den Kopf, sah neben sich in eine unbestimmte Tiefe und starrte sofort wieder zwischen die Sprossen auf die graue Wand. Kalter Schweiß brach ihm aus. Noch fünf oder sechs Sprossen mußte er höher steigen. Dort konnte er sich nur noch mit einer Hand an der Spitze eines Holms festhalten. Mit der anderen Hand mußte er die Sprühdose fassen, eine möglichst große Inschrift auf die Wand spritzen und sich dabei weit nach außen neigen.
Ich kann nicht, dachte er, ich werde runterfallen und mir alle Knochen brechen.
Er stieg schon wieder, langsam, einen Fuß vorsetzend, den anderen nachziehend, als hinke er, und war jetzt wirklich oben angekommen. Probeweise löste er die rechte Hand vom Holm und tastete nach der Sprühdose in der aufgebeulten

Seitentasche, versuchte sich dann ein wenig aufzurichten. Da merkte er, wie das ganze Gebäude sich vorneigte und hinter ihm das Sausen der Tiefe begann. Sofort klammerte er sich fest, mit der Stirn am Putz der Mauer, die noch immer zu kippen schien. Von tief unten rief Udo, warum er nicht weitermache. Er hörte es kaum. Er war fast taub. Alles war so weit entfernt von seinem angstvollen Klammern, seinem heimlichen Flehen um Hilfe. Er wurde so kraftlos wie ein Kind, das jammernd auf seine Rettung wartete. Doch da war niemand. Er war allein. Niemand half ihm.

»He, Chris, komm lieber runter!«

Gewaltsam löste er die rechte Hand, faßte die Sprühdose und hob sie gegen die Mauer, die erneut zu kippen drohte. Wieder klammerte er sich an und schloß angstvoll ergeben die Augen. Ich falle, dachte er. Jetzt seht ihr es. Jetzt habt ihr es! Jetzt ist es passiert.

Doch er hing noch oben im Dunkeln an der Wand und wurde sich bewußt, daß er in der Hand, die hinter dem Holm steckte, noch die Sprühdose hielt. Mit einer äußersten Anstrengung seines Willens zog er die Hand mit der Dose hinter dem Holm hervor und streckte sie gegen die Wand aus. Und jetzt hatte er die Mauer mit einem großen Aufstrich gebannt. Sie kippte nicht mehr. Er begann zu schreiben. So weit er seinen Arm strecken und bewegen konnte, schrieb er ein großes N und ein kleines o und nach einer Pause ein kleines f und weiter, sich mehr zur Seite neigend, bis der ganze Schriftzug groß auf der Wand stand: No future. Große rote Buchstaben. Am Tage würde man die Schrift weithin sehen können. No future. Das war sein Werk. Er hatte es geschafft. Heute früh, wenn die Lehrer und die externen Schüler zur ersten Stunde kamen, würden sie alle seine Botschaft lesen.

Eine halbe Stunde später lagen sie in ihren Betten, und Christoph zitterte vor Kälte und vor Glück. Sie hatten die Leiter im Eilschritt in den Lagerhof zurückgetragen, waren durch

das offene Fenster des Lesezimmers wieder eingestiegen, hatten dort die nassen Turnschuhe und nassen Socken ausgezogen und an einem Aufnehmer, den sie in der Küche fanden, ihre Füße abgetrocknet, bevor sie die Treppe zum Wohnflur hochschlichen und in ihrem Zimmer verschwanden. Dann war ihnen eingefallen, daß sie ihre verdreckten und durchnäßten Trainingshosen und Turnschuhe im Waschraum auswaschen oder abspülen mußten, falls morgen eine Kontrolle kam, und nun trockneten die Sachen unter den Matratzen.
No future!
Niemand würde glauben, daß er diesen Spruch dort oben angeschrieben hatte, niemand außer Udo, der es gesehen hatte. Und Udo mußte es natürlich verschweigen. Eines Tages wollte er noch ganz andere Sachen tun, ganz andere.
Ich bin nicht der, für den ihr mich haltet, – dieser Satz, den er während seiner Krankheit gefunden hatte, war inzwischen zu einem Gedicht angewachsen, das er noch niemandem gezeigt hatte, auch Udo nicht, der bestimmt nichts davon verstand. Er selbst kannte es auswendig und sagte es manchmal in Gedanken vor sich hin, wenn er sich schlecht fühlte. Und obwohl das Gedicht nichts Tröstendes enthielt, fühlte er sich danach jedesmal besser. Wieder formte er den Text mit seinen Lippen, als schmecke er ihn, und die Zeilen traten ihm dabei so deutlich vor Augen wie die Inschrift, die er an die Fassade des Hauptgebäudes gesprüht hatte. Das Gedicht war seltsam. Es war wie ein Versteck. Er hatte sich in seinem Gedicht versteckt.

Ich bin nicht der, für den ihr mich haltet.
Meinen Namen trage ich nur zum Schein.
Denn in Wahrheit heiße ich Niemand,
bin weder mit euch zusammen noch mit mir allein.
Keiner kann mich finden unter meiner Adresse.
Dort wohnt jemand ohne Interesse.

»He, was flüsterst du?« fragte Udo.
»Nichts. Wieso?«
»Hört sich an, als ob du betest.«

»Quatsch«, sagte er.
Udo schien wieder einzuschlafen. Aber er hatte wohl nur nachgedacht, denn nach einer Weile sagte er: »Ein paar Leute kriegen heute einen Herzschlag.«
»Bestimmt.«
»No future auf dem Hauptgebäude: das ist der Hammer. Das heißt ja, sie können einpacken.«
»Klar, von mir aus.«
»Von mir aus schon lange.«
Udo gähnte und drehte sich zur Seite, und nach kurzer Zeit waren seine ruhigen Atemzüge zu hören. Christoph war froh, daß Udo schlief und er nicht mit ihm reden mußte. Er wollte allein sein mit seinen Gedanken, die ihm durch den Kopf gingen, und das Glücksgefühl auskosten, das ihn erfüllte. Nein, er konnte noch nicht schlafen, er war zu erregt, zu aufgewühlt. Glücklichsein war eine Art Wachheit, eine Helligkeit innen, die er noch nie erlebt hatte. Stimmte das eigentlich, was er auf die Fassade geschrieben hatte, stimmte sein Gedicht? Im Augenblick fühlte er etwas anderes, das er nicht beschreiben konnte, wenn er nicht einfach sagte, er fühle sich selbst. Ja, das war es: Er fühlte sich selbst. Man konnte es nicht anders benennen als mit diesen selbstverständlich klingenden Worten, doch eigentlich war es wie ein Wunder.
Er setzte sich auf und umschlang sich fest mit beiden Armen in einem neuen Anfall von Glück. Ich, dachte er, das bin ich! Ich bin ich! Dieser Körper bin ich. Ich lebe in ihm, ich bin hier. Er war ein Mensch, der ein eigenes Leben hatte, das nur ihm gehörte, ein Recht, das er in sich trug und niemand ihm nehmen konnte. Es war so einfach, so selbstverständlich: warum hatte er es nicht gewußt? Oder hatte er in seinem Gedicht schon davon zu sprechen versucht, undeutlich zwar, aber doch, als wüßte er es schon? Richtig hatte er es noch nicht sagen können. Eines Tages würde er ein besseres Gedicht schreiben. Oder viele neue und bessere Gedichte. In ihnen wollte er davon sprechen, was es bedeutete, sich selbst zu fühlen. Denn die meisten Menschen wußten es ja nicht. In

seiner Familie wußte es vielleicht niemand. Sich selbst fühlen und deshalb alles um sich herum sehen zu können, das ganze Leben: darüber wollte er zu schreiben versuchen. Schon morgen wollte er damit beginnen. Er wollte sich ein dickes Heft kaufen, in dem er alles festhielt, was er erlebte. Das sollte nur eine Übung für den Anfang sein, und allmählich wollte er mehr versuchen. Es war ein weiter Weg. Doch das war nicht schlimm, es war gut so. Es machte ihm keine Angst.

Er legte sich hin und schloß die Augen. Ich bin müde, dachte er, ich werde jetzt schlafen. Aber wenn ich wach werde, weiß ich es wieder. Ich weiß genau, daß ich es wissen werde. Ich weiß es, ich weiß es! Alles muß ich neu durchdenken.

Unversehens fand Vogtmann sein Leben in einen Krieg verstrickt, der auf der anderen Hälfte der Erdkugel stattfand und ihm eigentlich völlig gleichgültig war. Die Kriegsziele der kämpfenden Parteien, ihre Deklarationen und Rechtfertigungen interessierten ihn nicht, denn für ihn war es ein Krieg, in dem darüber entschieden wurde, ob er eine vage Aussicht behielt, eine Million Gewinn zu machen, oder ob 1,4 Millionen Mark neue Schulden sich als ein unwiderstehliches Gewicht an ihn hängten und ihn in den Abgrund rissen. Sein Versuch, noch aus dem Zaire-Geschäft auszusteigen, war an Otters kühler Auskunft gescheitert, er seinerseits habe seine Wechsel bei seinen Banken disponiert und könne sie nicht zurückpfeifen. Und als er das angezweifelt und sich erregt hatte, war Otter wie erwartet mit dem Argument gekommen, er habe sich selbst durch sein langes Zögern in diese Lage gebracht. Auch den erwartbaren Trost hatte Otter bereit gehabt. Dieser Krieg würde ja gewonnen werden, weil die westliche Welt es nicht zulassen könne, daß er verlorenging. Danach mußte sofort mit der wirtschaftlichen Sanierung Zaires begonnen werden, und selbstverständlich würde dann auch ihr Geschäft zum Abschluß kommen.

Täglich studierte Vogtmann nun verschiedene Zeitungen und

suchte anschließend die Namen der genannten Städte, Flüsse, Länder und Landschaften auf einer Karte von Zentralafrika. Wenn ein oder zwei Tage keine neuen Nachrichten kamen, setzte sich der Krieg in seinem Kopf als ein Schattengefecht von Vermutungen, Hoffnungen und Befürchtungen fort und wurde immer ungreifbarer. Worum eigentlich ging es? Wer kämpfte dort, und welche Interessen und Mächte standen hinter den kämpfenden Soldaten? Die Truppen, die von Angola aus in Zaire eingefallen waren, wurden je nachdem, und manchmal vielleicht nur um der sprachlichen Abwechslung willen, als Aggressoren, Söldner, Exilarmee, Aufständische, Freiheitskämpfer bezeichnet, und es war weder klar, wie viele es waren, noch wie sich ihre Verbände zusammensetzten. Waren Einheiten der angolanischen Armee darunter? Bildete eine berüchtigte internationale Söldnertruppe ihre Speerspitze? Leiteten, wie schon in Angola, Militärberater aus Kuba die Operationen? Stimmte es, daß Pioniereinheiten aus der DDR sie unterstützten? Stimmte es, daß die in Zaire eingedrungenen Verbände mit modernsten sowjetischen Waffen ausgerüstet waren?
Und was tat die Gegenseite? Nicht viel oder viel zuwenig bis jetzt. Belgien und Frankreich schickten ein paar Flugzeuge mit Waffen, Frankreich auch Militärberater und Techniker. Auch China hatte Ingenieure geschickt. Aber die USA zögerten. Der fromme Erdnußfarmer Jimmy Carter, der jetzt Präsident der Vereinigten Staaten war, mochte den Despoten Mobutu nicht und hatte ihn angeblich von der Gehaltsliste der CIA gestrichen. Kissinger, der ehemalige Außenminister, empfahl den USA dagegen in einer Rede eine Position der Stärke. Die allgemeine Stimmung war gegen ihn, man befürchtete ein zweites Vietnam in Schwarzafrika. Inzwischen reiste Fidel Castro, Kubas Staatspräsident und Idol der Dritten Welt, durch Afrika, während die Sowjetunion mit wachsender Schärfe Frankreich und die USA vor einer Einmischung in die inneren Angelegenheiten Zaires warnte. London enthielt sich jeder Stellungnahme, und wie üblich erwog

Bonn die Entsendung von Lebensmitteln und medizinischer Hilfe.
Tut was, dachte Vogtmann, mein Gott, tut was!
Die Invasoren oder die Aufständischen, oder wie immer man sie nennen wollte, eroberten Stadt um Stadt und wurden in der Minenprovinz von Shaba von der Bevölkerung überall als heimkehrende Befreier begrüßt. Wie die Bevölkerung gehörten sie zum Stamm der Lunda, der sich von den Bantustämmen des Nordens, auf die Mobotu seine Herrschaft stützte, unterdrückt fühlte. In Kinshasa dagegen scheiterte der Versuch, in einer Großveranstaltung im Stadion nationale Einigkeit und Entschlossenheit zu demonstrieren. Die zusammengetrommelten Menschenmassen blieben bei der Anfeuerungsrede des Präsidenten stumm und begannen in Scharen abzuwandern, so daß die Polizei die Stadiontore gewaltsam schließen mußte.
Militärisch wurde die Lage jeden Tag schlechter. Während die Invasionstruppen in der Nähe ihrer Basislager operierten, hatten die Regierungstruppen die schwierigsten Nachschubprobleme und mußten aus der Luft oder direkt aus dem Lande versorgt werden. Ihre Ausrüstung war mangelhaft. Es fehlte an Ersatzteilen und Treibstoff, außerdem an Geländekarten. Ein ganzes Geschwader französischer Miragejäger, das bei früheren Truppenparaden Zaires militärische Stärke demonstriert hatte, war nicht startbereit. Zwar waren die Regierungstruppen den Invasoren zahlenmäßig hoch überlegen, aber in dem unübersichtlichen Gelände der Buschsavanne mit ihrem über zwei Meter hohen Gras konnten ihre schwer beweglichen Verbände die schnellen kleinen Guerillatrupps des Gegners nicht fassen. Ihre Verluste waren hoch, die Moral der Soldaten gleich Null. Viele waren von ihren Offizieren mit Ketten und Vorhängeschlössern an ihre Fahrzeuge gefesselt, damit sie bei Feindberührung nicht sofort die Flucht ergriffen und in der Weite der Landschaft nach allen Seiten auseinanderliefen. In Kinshasa wurde gemunkelt, daß auf einem Flughafen südlich der Hauptstadt ein vierstrahliger

Jet zur Flucht Mobutus, seiner Familie und seiner Getreuen bereitstand. Schon machte sich in nächtlichen Terroraktionen die wachsende Macht einer fünften Kolonne in der Hauptstadt bemerkbar. Und nach einem Zwischenfall auf See, der wahrscheinlich provoziert worden war, drohte Angola, die Mündung des Kongostromes zu sperren. Das war, wenn es glückte, der Griff nach der Kehle des Landes, der Anfang eines schnellen Endes. Doch das plötzliche Ende konnte auch anders kommen. Es gab viele Möglichkeiten – neue Rebelleneinfälle aus Sambia oder Tansania oder einen Aufstand des rebellischen Bakongostammes oder den unaufhaltsamen Machtverfall der Mobutu-Clique, der sogar von den weißen Geschäftsleuten in Kinshasa mit einiger Schadenfreude beobachtet wurde. Waren sie zu oft gedemütigt und erpreßt und abgewiesen worden? Hatten sie zu lange warten müssen in den Vorzimmern der Bürokratie? Waren sie vor drei Jahren enteignet und nun mit der Rückgabe heruntergewirtschafteter Firmen ins Land gelockt worden?
Das lächerlichste Beispiel von Machtverfall war für Vogtmann die Tatsache, daß Mobutu seinen Soldaten eine Kopfprämie von 300 000 Mark auf einen gefangenen Kubaner ausgesetzt hatte und noch immer keinen vorweisen konnte. Wenn das Ganze nur eine Propagandalüge Mobutus war, um die Amerikaner zum Engagement zu zwingen, so hatte er sie durch die Kopfgeldprämie selber entlarvt. Wo steckten denn die Compañeros? Hatten sie sich in Luft aufgelöst? Eine neue Meldung lief durch die Zeitungen. Die Washington Post hatte eine Liste von hundertfünfzig namentlich bekannten kubanischen Militärberatern veröffentlicht, die angeblich im Zaire-Krieg auf seiten der Invasoren kämpften. Was sollte man glauben? Wer kämpfte hier eigentlich gegen wen? War das Ganze ein »Stoß in den weichen Unterleib des Westens«, ein »Krieg um Kupfer«, »Ein zweites Angola«, eine »Neue Etappe von Moskaus Marsch durch Afrika« oder ein »Buschkrieg rivalisierender Negerstämme«? Keine dieser Schlagzeilen wußte etwas von Vogtmanns eigenem Interesse: es war ein

Krieg um sein Geld. Und er schien verlorenzugehen. Vergeblich rief er Otter an, der wieder auf Reisen war, als ob ihn das alles nicht berührte. War es möglich, daß er seine Wechsel noch einer Bank verkauft hatte? Auch dann mußte er damit rechnen, daß Zaire nicht zahlte, nicht mehr zahlen konnte, und dann würden sie zurückkommen, auch die drei, für die Vogtmann mit seiner Unterschrift haftete. Er ahnte, daß Otters Konten dann leer sein würden und die Wechsel am Ende auf ihn zukamen. Er war das letzte Glied der Kette. An ihn würde man sich halten. Otters Unterschrift auf seinen Wechseln schien den Banken dagegen nichts wert zu sein.

Manchmal, wenn er allein war, fluchte er laut vor sich hin. Doch das versiegte jedesmal sehr schnell in kleinlautem, bedrücktem Schweigen, weil er hinter allen Schuldigen, die er sich aufzubauen versuchte, immer nur sich selber entdeckte. Wer bin ich eigentlich, dachte er, wieso habe ich mich zweimal täuschen lassen? Mit beleidigender Deutlichkeit sah er die beschwörenden Gesten von Urban und Otter vor sich, und es war nichts anderes mehr als das lächerliche Gehabe von Provinzmimen, die sich durch faulen Zauber eine Bedeutung zu geben versuchten: Urban, der sich zurücklehnte und in eine Wolke von Zigarrenrauch hüllte, bevor er ihm seinen Vorschlag machte, und Otter, der die Giftampulle aus dem Tuch wickelte und wie einen sakralen Gegenstand ins Licht hob. War er darauf hereingefallen? Hatte er so wenig Instinkt besessen?

In irgendeinem Punkt glichen sich diese beiden sehr verschiedenen Männer: Sie hatten ihn erkannt. Sie hatten seine Träume verstanden. Aber während Urban durch sein Verschwinden halbwegs als Betrüger enttarnt war, konnte er Otter nicht einmal einen Vorwurf machen. Otter war entschuldigt, war ja angeblich selbst betroffen. Der Krieg in Zaire hatte ihr Geschäft zunichte gemacht. Und wenn es von vornherein illusionär gewesen war und Otter es nur aufgezäumt hatte, um

durch Vorschuß und Bürgschaften 1,4 Millionen aus ihm herauszuholen, dann konnte er ihm das jetzt nicht mehr nachweisen. Der Krieg hatte neue Bedingungen geschaffen und alle Spuren verwischt, und wenn er verlorenging und Zaire sozialistisch wurde, bekam Otter das optimale Alibi.
Verdammt noch mal, tut was, dachte Vogtmann. Haut doch diese lächerliche Invasionstruppe zusammen! Fünftausend Mann sollten es nur sein. Und davon ließen sich Westeuropäer und Amerikaner die Wurst vom Brot nehmen?! Und das alles aus Angst vor den leeren Drohungen der Sowjetunion? Oder vielleicht nur, weil dieser Präsident der USA ein kleinkarierter, bigotter Moralapostel war, der nicht wußte, wie es in der Welt zuging, und den Machtstrategien der Gegenseite mit frommen Sprüchen und erhobenem Zeigefinger begegnete.
Er selbst hatte sich nie um Politik gekümmert. Es war nicht seine Sache gewesen. Doch jetzt, da er mittendrin steckte, war ihm klar, was gespielt wurde. Es war etwas Vertrautes und immer noch Erschreckendes, wie die Gabel seines Mitschülers Heinz Wollweber, die auf seinen Teller zielte und ihm das Fleisch wegspießte, und Wollwebers zufrieden kauender Mund, in dem das Fleisch verschwand. Das war es, das war es! Mein Gott, sahen sie es nicht?

Dann, völlig unerwartet, geschah doch etwas, das ihm neue Hoffnung gab. Seine Beschwörungen schienen erhört worden zu sein. Das wankende Zaire bekam militärische Hilfe.
Er erfuhr es an einem Sonntagmorgen in der Wohnung von Katrin und Doris, wo er nach längerer Zeit wieder einmal übernachtet hatte. Doris was mit Otl verreist, und er hatte einen etwas gequälten und melancholischen Abend mit Katrin verbracht. Es war längst nicht mehr so beschwingt wie früher zwischen ihnen, auch wenn sie sich beide Mühe gaben, die aufkommende Langeweile und Lustlosigkeit zu überspielen.

Es fehlte ihm in Katrins Gesellschaft etwas, das ihn früher inspiriert hatte, etwas Ungreifbares, das er nicht benennen konnte und das vielleicht gar nicht unbedingt mit ihr zusammenhing, denn sie war eigentlich unverändert sie selbst, wenn er davon absah, daß sie manchmal launisch und ungnädig sein konnte, wenn sie auf ihn warten mußte oder er aus geschäftlichen Gründen eine Verabredung absagte. Daß sie ihn ihren Ärger deutlicher merken ließ, war ja nur ein Zeichen größerer Vertrautheit. Oder war sie lustloser geworden, weil er weniger Zeit für sie hatte und auch weniger Geld? Sie war für ihn zu einer Luxusfrau geworden, die eigentlich über seine Verhältnisse ging, und er mußte überlegen, ob er sie sich weiter leisten konnte. Ahnte sie das? Es kam ihm manchmal so vor. Ob sie sich nun Mühe gab, heiter und unterhaltsam zu sein, oder ob sie sich unzugänglich gab – es kam ihm oft wie ein Echo seiner Gedanken vor. Sie ahnte, sie schien zu spüren, daß seine Phantasien an Kraft verloren hatten und sie in seinen Augen gewöhnlicher geworden war, eine kostspielige und manchmal auch ein wenig lästige Gewohnheit, die er mit gespaltenen Gefühlen sah.
Gestern abend waren sie in einem Konzert gewesen. Ein berühmter italienischer Pianist, von dem alle Welt redete, hatte Beethoven und Chopin gespielt und war vom Publikum umjubelt worden, aber er war zwischendurch mit seinen Gedanken weggeglitten und hatte die Musik wie von ferne als ein klimperndes virtuoses Hammerwerk gehört, von dem sein Leben zertrümmert, zerkleinert und zu nichts zermahlen wurde. Alles war falsch gelaufen, und der Mann im Frack, der vorne am Flügel seine gefeierten Künste vorführte und mit Blumen und Ovationen verabschiedet wurde, schien ihm eine besonders höhnische Verkörperung des Falschen zu sein. Wollte er das? War dies das Leben, für das er so viel gewagt hatte? Hier sitzen, zuhören, in die Hände klatschen? Wortkarg und schlecht gelaunt war er aus dem Konzert herausgekommen und hatte den Vorschlag gemacht, noch in einen Nachtclub zu gehen. Das Gefühl des Falschen war dadurch

nicht verschwunden, war nur noch schaler und deprimierender geworden, und die hohe Rechnung, die er nach drei Stunden vertaner Zeit signieren mußte, war ihm als eine gerechte Strafe erschienen. Was wollte er? Was suchte er? Nirgendwo fand er es. Die Welt hatte ihre Farbe verloren, ihr geheimes Leuchten. Sie war, was sie war, bekannt, gewöhnlich, alltäglich, überflüssig und ohne Sinn.

Wie verabredet blieb er über Nacht bei Katrin. Lieber wäre er in sein eigenes Apartment gefahren, aber das wäre beleidigend gewesen, und die Aussicht auf ein einsames Sonntagsfrühstück in einem unaufgeräumten Zimmer lockte ihn nicht. Auch Katrins Stimmung war abgesackt. Sie klagte über Kopfschmerzen, und nach ein paar achtlosen Zärtlichkeiten in der Tür des Badezimmers begann sie ihr Gesicht mit Nachtcreme einzureiben, obwohl sie wußte, daß er das nicht mochte. Er wandte nichts dagegen ein und bezog für sich das leerstehende Bett von Doris.

Im Dunkeln sprachen sie noch miteinander.

»Du wirkst irgendwie angeschlagen«, sagte Katrin. »Was ist los mit dir?«

»Ärger im Geschäft«, sagte er. »Es hat nichts mit dir zu tun.«

»Doch, auch mit mir. Das merke ich doch.«

Er bestritt das, entschuldigte sich wegen seiner schlechten Laune. Das schien sie zu versöhnen, denn sie wünschte ihm freundlich gute Nacht. Stunden später wurde er wach, zog den Bademantel an und setzte sich im dunklen Wohnraum in einen Sessel. Was hatte sich eigentlich verändert? Warum hatte er kein Glück mehr? Seit Wochen wich alles, was er erreichen wollte, vor ihm zurück, und es schien besser zu sein, nichts mehr zu tun, anstatt weiterzukämpfen. Die Augen schließen und alles laufenlassen: Das war es vielleicht. Er mußte aufhören zu kämpfen und einfach leben, etwas, das er nie gekonnt hatte. Leben. Es war immer nur eine Erwartung gewesen, der dauernde Versuch, endlich irgendwo anzukommen, wo das Leben stattfand. Nun saß er hier, und das war es. Er würde wieder ins Bett gehen, und das war

es. Es war angenehm, so demoralisiert zu sein, wie er sich fühlte.
Er fand eine halbleere Flasche Rotwein in der Küchenecke und trank sie aus, stieg wieder ins Bett und rollte sich zusammen. Nichts ging ihn etwas an. Auch er selbst ging sich nichts an. Niemand mußte sich um etwas kümmern. Nichts war wichtig. Alles war, wie es war.
Am Morgen – Katrin plätscherte in der Badewanne – setzte er die Kaffeemaschine in Gang und hörte neben dem Blubbern des heißen Wassers das Sonntagvormittagsprogramm des Radios. Eine Messe wurde übertragen, Orgelklänge und ein Chor, überwölkt vom Kaffeeduft. Er stellte Aprikosenmarmelade und Honig auf den Tisch, legte die Brötchen zum Aufwärmen in den Backofen, suchte im Kühlschrank nach Käse und Wurst. Es folgten die Nachrichten. Die beiden Terroristen, die vor drei Tagen den Generalbundesanwalt Buback und einen Fahrer auf offener Straße erschossen und einen mitfahrenden Polizisten lebensgefährlich verletzt hatten, waren noch nicht gefaßt. Die Fahndungsprämie betrug 200000,– Mark, genauso viel wie er Otter als Vorschuß auf die Wechsel gezahlt hatte. Die Killer waren bei einer Ampel auf einem schweren Motorrad neben dem haltenden Wagen Bubacks aufgetaucht und hatten bei Grün die Insassen mit einer Maschinenpistole niedergemäht. Nun gut, wenn so etwas möglich war, dann war der Staat selber schuld, und alles würde bald in die Brüche gehen.
Nicht mein Problem, dachte er, nicht mein Problem. Die Terroristen waren jedenfalls Fachleute, die ihr Handwerk verstanden. Sie waren nicht schlechter als die Mafia. Jetzt kamen noch die üblichen Langweiler aus Politik, Wirtschaft und Kultur an die Reihe. Nicht mein Problem, nicht mein Problem. Aber der Kaffee war fertig, und er hatte im Kühlschrank Kefir und Schinken gefunden, auch eine Grapefruit war noch da. Auf einmal hörte er das Unglaubliche, das Wunderbare: Auf Ersuchen König Hassans von Marokko, der den zunehmenden Einfluß der Sowjetunion in Afrika

eindämmen wollte, hatte der französische Staatschef Giscard tausendfünfhundert marokkanische Fallschirmjäger mit französischen Militärflugzeugen nach Zaire ins Kriegsgebiet transportieren lassen. Weitere tausendfünfhundert Fallschirmjäger standen in Marokko zum Abflug nach Zaire bereit. Über eine ständige Luftbrücke wurde inzwischen der notwendige Nachschub ins Kriegsgebiet geflogen. Französische und belgische Militärberater gaben den Regierungstruppen von Zaire logistische Hilfe. Auch Senegal und Ägypten boten Zaire ihre Hilfe an. Die Gegenoffensive, eingeleitet durch schwere Luft- und Raketenangriffe auf die Stellungen der Invasoren, schien inzwischen überall voranzukommen.
»Warum schreist du so?« fragte Katrin, die, beduinenhaft von einem großen orangefarbenen Badetuch umhüllt, in der Tür stand.
»Ich gewinne einen Krieg«, sagte er.

Am nächsten Tag tauchte Otter wie aus der Versenkung auf und rief in seinem Büro an: »Was sagen Sie nun? Jetzt dauert es keinen Monat mehr und der Spuk ist zu Ende. Dann können Sie Ihre Wechsel in Kinshasa durch Ihre Bank vorlegen lassen. Sobald der Schiffsverkehr funktioniert, schicke ich auch die verdammten Kisten weg.«
»Wo sind Sie die ganze Zeit gewesen?« fragte Vogtmann.
»Ich? In Kanada. Die Dinge entwickeln sich.«
Wie unglaubhaft klang das jetzt alles. Es gellte in seinen Ohren, daß alle diese internationalen Geschäfte Phantastereien oder Schwindel waren. Inzwischen wußte er, daß Otter bei den Banken keinen guten Ruf hatte. Aber das galt für viele Finanzmakler, die auf dem grauen Kreditmarkt ihre Geschäfte betrieben, und immerhin mußte er über einige funktionierende Bankverbindungen verfügen. Otter hatte sie ihm nicht verraten wollen. Er vermutete sie in der Schweiz. Der Schlüssel zu Otters Existenz schien seine Frau zu sein. Er hatte sich umgehört und gerüchtweise erfahren, sie sei fünfzehn Jahre

älter als er und schwerreich, lebe aber in Gütertrennung. Niemand, der von Otter Geld zu bekommen habe, könne an das Vermögen seiner Frau heran. Auch ihm gab sie anscheinend nie Geld für seine Geschäfte, aber ihre Villa in Königstein im Taunus war sein Zufluchtsort.
Das war anders als bei ihm. Elisabeth war immer gleichgültig gegen Geld und Besitz gewesen, hatte nur eine sentimentale Beziehung zu Villa und Park gehabt. Vor allem um ihretwillen durfte er nicht aufgeben. Sie hatte ihm als Geschäftsführer blind vertraut. Er durfte nicht zulassen, daß sie durch ihn ihr Vermögen verlor.
Eine Welle von Edelmut überkam ihn. Nicht um seine Zukunft ging es, er wollte um ihre kämpfen. Seine eigene Zukunft war nur noch eine zweite Frage. Er war kein Erbschaftsjäger gewesen, nie, und wenn Elisabeth auch von ihrer Ehe enttäuscht sein mußte, in diesem Punkt sollte sie recht behalten. Dafür lohnte es sich noch zu kämpfen! Vielleicht konnte man ja auch den neuen Nachrichten glauben. In Zaire schien alles gutzugehen.

Dieser Krieg war seltsam. Er zog sich über Wochen hin, zerfledderte in kleinen Feuergefechten, bei denen es kaum Verletzte und Tote gab, als schössen beide Parteien beim Anblick des Feindes in die Luft, um sich hinter dem Geknatter zurückzuziehen. Allmählich gewannen die Regierungstruppen mit dem Stoßkeil der marokkanischen Fallschirmjäger mehr Raum, ohne daß sie irgendeine Schlacht oder ein größeres Gefecht gewonnen hätten. Der Feind versickerte nur im Land, zog sich überall zurück, verschwand über die Landesgrenzen. Und als habe er bis dahin durch seine dramatische Anwesenheit von allem anderen abgelenkt, wurde auf einmal der ruinöse Zustand des ganzen Landes sichtbar. Ende Mai war zwar der letzte feindliche Soldat aus der Provinz Shaba vertrieben, aber in allen Banken, denen Vogtmann seine Wechsel aus Zaire zum Kauf anbot, traf er nur auf Ablehnung und Skepsis.

Er kam gerade von einer Erkundungsreise aus der Schweiz zurück, als er einen eingeschriebenen Brief von einer Züricher Bank in seiner Postmappe fand. Die Bank teilte ihm mit, daß sie einen von ihm durch sein Indossament garantierten Wechsel über 400000,– DM von der ausstellenden Bank in Kinshasa zurückerhalten habe. Da auch der Einreicher, Herr Otter aus Frankfurt, zahlungsunfähig sei, fordere man ihn als den Giranten auf, binnen vierzehn Tagen den fälligen Betrag zu überweisen. Gleichzeitig machte ihn die Bank darauf aufmerksam, daß sie zwei weitere gleichlautende Wechsel über je 400000,– Mark, mit seinem Indossament versehen, aus Kinshasa zurückerwarte.
Vogtmann konnte sich nur über eins wundern: wie ruhig er den Brief betrachtete, beinahe beruhigt, daß er endlich eingetroffen war und er nun nicht mehr zu warten, nicht mehr zu hoffen brauchte.

13. Die Verbannung

Ein großer dunkelroter Opel fuhr auf den Parkplatz der Pattbergschen Fabrik und hielt ein Stück abseits vom Bürogebäude, wo noch ein freier Stellplatz war. Der Fahrer, ein schwergewichtiger, schwerfälliger Mann schob ein Bein aus der Autotür und suchte den Boden. Mit der linken Hand griff er hinter sich an den Türrahmen, stützte sich ab und wuchtete sich hinaus. Der Mann schien Schwierigkeiten mit seinem Rücken zu haben. Man sah es auch an der Steifheit, mit der er sich vorbeugte und seinen schwarzen Aktenkoffer vom Rücksitz nahm. Man kannte ihn hier. Er war seit eh und je der Steuerberater der Firma und der Freund des Chefs. Im letzten Monat hatte man ihn besonders häufig in der Firma gesehen. Steif wie jemand, der ein Stützkorsett trägt, kam er auf den Eingang zu. Er war ein kranker Mann, das sah man, jemand, der ins Schnaufen geriet, wenn er eine Treppe hochstieg. Sein massiges Gesicht war rot vom Bluthochdruck und glänzte von einer frischen Rasur. Sein dünnlippiger Mund verriet, wie empfindlich und kränkbar er war. Man mußte sich vor ihm in acht nehmen, obwohl er sich immer bemühte, zu jedermann freundlich zu sein.

Im Augenblick, als er sich setzte und seinen schwarzen Aktenkoffer auf den Tisch legte, glaubte Lothar sehen zu können, daß Ulrich ahnte, was ihm bevorstand. Oberflächlich gesehen, war das bestimmt eine Täuschung. Sie hatten immer etwas miteinander zu besprechen, und es war nicht verwunderlich, daß er Ulrichs kurzen Besuch in der Fabrik zu einem schnellen Treffen nutzte. Aber es gab Alarmsysteme unterhalb des Bewußtseins, die unsichtbaren zuckenden Signalfäden, mit denen man vielfach verbunden war, wenn man sich lange kannte und sich mehr vertrauen mußte, als man es wirklich tat. Ulrich hatte wohl eine Umständlichkeit in seinem Auftreten bemerkt, etwas Schleppendes, Zögerndes, seine innere Vorbereitung und das Zurückschrecken seines ganzen Körpers vor dem verhängnisvollen Satz, den er gleich aussprechen mußte und für den es viele verschiedene Versionen gab: Im Auftrag von Elisabeth teile ich dir mit, daß du entlassen bist. Ich bringe dir im Auftrag von Elisabeth dein Entlassungsschreiben. Ich bin beauftragt, dir mitzuteilen, daß du mit sofortiger Wirkung als Geschäftsführer der Fabriken entlassen bist.

Noch immer wußte er nicht, wie er es sagen sollte, spürte nur wieder seinen schmerzenden Rücken, den er noch vor einer Stunde hatte massieren lassen, um der Gegenüberstellung gewachsen zu sein. Dies war nicht die Stunde seines Triumphes, wie manche denken würden. Es war eine Situation ohne Ausweg, die von weither für sie beide bestimmt zu sein schien und in der sie festsaßen, er mit dem fragwürdigen Vorteil, schon Bescheid zu wissen, und Ulrich wartend, mit dem gewohnten Lächeln, das nur eine Maske war. Und nun mußte er etwas sagen, damit sie herausfanden aus dieser Lage. Das war sein Part, er hatte das Wort.

Erschrocken über seine belegte Stimme, die sagte, gesagt hatte, »Ich komme in einer ernsten Sache zu dir«, fingerte er am Kofferschloß, um zu seiner Unterstützung die Papiere hervorzuholen, und duckte sich innerlich unter Ulrichs Blick und seinem kurzen »aha«, das Bescheidwissen ausdrückte oder Verachtung, irgendein altes, unverrückbares Vorurteil über ihn, dem er sich nicht widersetzen konnte, weil es jetzt, das fühlte er, sein volles Recht bekam.

»Ich komme im Auftrag von Elisabeth«, begann er erneut. »Sie hat mich ermächtigt, dir mitzuteilen, daß sie dich, und zwar auf meinen Rat, mit sofortiger Wirkung als Geschäftsführer der Fabriken entläßt. Der Grund ist deine ruinöse und

unverantwortliche Geschäftsführung, die das Unternehmen an den Rand des Konkurses gebracht hat. Hier ist das notariell beglaubigte Entlassungsschreiben mit Elisabeths Unterschrift. Hier meine Vollmacht, die Firma vom heutigen Datum an bis zur Bestellung eines neuen Geschäftsführers kommissarisch zu leiten.«
Erst jetzt, da er die Papiere über den Tisch geschoben hatte, trafen sich ihre Blicke. Es war kein Haß darin, nur die unverhohlene Einsicht, daß sie jetzt Feinde waren, ein neues Wissen, das sich in Ulrichs Blick noch nicht ganz vom Staunen gelöst hatte. Es war schon klar und unwiderrufbar, aber es fehlte ihm noch das Verstehen.
»Gratuliere«, sagte Ulrich, »daran hast du lange gearbeitet, nehme ich an.«
»Ich habe Elisabeth über das Ergebnis meiner Betriebsprüfung informiert. Ich habe mich dazu verpflichtet gefühlt.«
»Herrlich! Mit mir hast du nicht gesprochen. Kann mich nicht erinnern.«
Er stand auf und ging zum Fenster, kam von dort zurück mit einem bösen Lächeln.
»Du hast Elisabeth einen schlechten Rat gegeben. Wenn ihr die Firma jetzt auseinanderreißt, geht unweigerlich alles in die Brüche. Was denkt ihr, wie die Banken reagieren? Und die Kunden? Und du persönlich gewinnst nichts dabei.«
Er schnipste mit den Fingern vor Lothars Augen: »Nicht so viel!«
Wieder ging er zum Fenster und blickte in den Hof. Was gab's dort zu sehen? Vielleicht einen Lastzug, der mit der wöchentlichen Lieferung für Süddeutschland beladen wurde. Oder erinnerte er sich an damals, als er hier angefangen hatte als Hilfsarbeiter in der Maschinenhalle? Wieder war sein Gesicht verändert, als er sich umdrehte und zurückkam. Es war etwas Verkrampftes darin, wie ein angehaltenes Lachen. Es konnte auch ein Schreien sein.
»Was hast du dir gedacht, du mieser Halunke? Was ist in deinem Kopf passiert?«

Er beugte sich vor und schrie ihn an: »Du hast mich schon in München mit deiner Betriebsprüfung betrogen! Dir verdank ich das doch alles! Du hast mich in die Falle gelockt!«
»Das ist nicht wahr!« protestierte Lothar. Leise, als unterbreche er die Szene für eine schnelle, geflüsterte Verständigung, fügte er hinzu: »Wirklich, das bildest du dir ein.«
Er verstummte, starrte in Ulrichs Augen, die ihn forschend ansahen, als sei er ein rätselhaftes Monstrum, eine Mißgeburt, ausgestellt zur Besichtigung, etwas, vor dem man sich ekelte, das man nicht anfaßte, und ein widerliches Gefühl beschlich ihn, ein Bewußtsein seiner Häßlichkeit, seiner schiefen Haltung, seines roten, aufgeschwemmten Gesichtes, das allmählich, er fühlte es, zu einer Stärke wurde, vor der jeder zurückweichen mußte. Ja gut, ich bin in deinen Augen ein Schwein, dachte er. Dann schlag mich doch! Schlag doch zu! Mir ist es egal. Ich kann hier nichts gewinnen. Nicht so viel. Ich gewinne nie was. Schlag doch zu! Das brauche ich. Ja, siehst du, das verstehst du nicht. Du gehst auch kaputt.
Ulrich wandte sich ab, ging hinter seinen Schreibtisch, zog eine Schublade auf und suchte etwas, das nicht darin zu sein schien, schob sie wieder zu. Er sah müde und zerstreut aus und setzte sich schwer in seinen Schreibtischsessel.
»Ich verstehe das nicht«, sagte er, »wieso verständigt ihr euch hinter meinem Rücken? Nach so vielen Jahren? Warum spricht Elisabeth nicht mit mir?«
»Weil sie mich gebeten hat, es dir zu sagen«, antwortete Lothar und lehnte sich zurück.
»Dann fahre ich jetzt hin und rede mit ihr.«
»Sie ist nicht da«, sagte Lothar.
»Wieso? Wo ist sie?«
»Sie ist verreist, weil sie dich nicht mehr sehen wollte. Sie bittet dich auch abzureisen. Sie hat schon deine Koffer gepackt und in die Diele gestellt. Alles Weitere wird schriftlich geregelt werden. Ich bin beauftragt, dir das zu sagen.«
»Fein. Fein eingefädelt. Das war niemals Elisabeths Idee.«
»Sie ist auf dem Punkt, Ulrich, wo Reden zwecklos ist. Du

kannst sie auch nicht mehr umstimmen, glaub mir. Ihr könnt euch nur noch quälen.«
»Hör auf, du Triefmaul! Sag mir, wo sie ist!«
Lothar antwortete nicht, legte nur seinen Unterarm auf die Armlehne seines Sessels. Er wartete. Sein Gesicht mit den dicken Brillengläsern und dem schmallippigen, empfindsamen Mund war reglos.
»Ist sie zu Christoph gefahren?« fragte Ulrich wie jemand, der glaubte, die Lösung eines Rätsels gefunden zu haben.
»Da ist sie nicht«, sagte Lothar.
Ulrich nickte und sah zum Fenster, in Gedanken versunken. Schließlich sagte er leise: »Tu mir den Gefallen und laß mich allein.«
»Du verkennst die Situation«, sagte Lothar, »ich muß jetzt die Firmenschlüssel von dir in Empfang nehmen.«
Wieder traf ihn Ulrichs Blick, der ruhig und nachdenklich war, mit einem Rest von Staunen, das auf einmal in einem Ausdruck von Müdigkeit erlosch. Leicht, wie man den Nakken eines großen Hundes tätschelt, klapste er auf seinen Schreibtisch und stand auf.
»Die Schlüssel kannst du dir in einer Stunde beim Pförtner abholen«, sagte er, bevor er hinausging.

Es war noch nicht ganz dunkel. Der Himmel, ein tiefes Dunkelblau, aus dem langsam das Leuchten verschwand, ließ noch die strahlende Helligkeit des vergangenen Sommertages ahnen und zugleich schon die samtige Dunkelheit der beginnenden Sommernacht. Noch waren undeutlich Laub- und Tannengrün des Waldrandes zu unterscheiden und die verschiedenfarbigen Autohecks auf dem Parkplatz. Aber hinter der Strauchbarriere, die den Parkplatz von der Autobahn trennte, fuhren längst alle Fahrzeuge mit Licht und rauschten grau und schattenhaft vorbei.
Vogtmann hatte sich mit dem Rücken gegen seinen Wagen gelehnt und rauchte, unschlüssig, ob er gleich weiterfahren

oder in der Raststätte, die seitlich auf einer Anhöhe lag, etwas essen und Kaffee trinken sollte. Vielleicht war es nicht gut, den Wagen, dessen Rücksitz voller Gepäck und flüchtig zusammengeraffter Kleidungsstücke und Akten lag, unbewacht auf dem dunklen Parkplatz stehen zu lassen. Er wollte sich nicht noch ausrauben lassen, es war genug für heute. Andererseits kam es nicht mehr darauf an und es war sogar seltsam, daß er seinen Wagen mit all diesem Plunder beladen hatte. Was wollte er noch damit? In welchem neuen Leben brauchte er diese Sachen?

Er stand ruhig da und rauchte, ohne den Versuch zu machen, sich auf diese Frage eine Antwort zu geben. Es war angenehm, keine Antwort zu wissen, das löschte auch die Frage aus. Ein schöner Sommerabend war das. Und alle fuhren irgendwohin. Es rauschte nur so, ein Wagen nach dem anderen, in beiden Richtungen, als ob eilig irgendwelche Lücken gefüllt werden müßten, als ob sie alle glaubten, daß sie irgendwo fehlten. Vielleicht war das auch so. Er durfte es nicht von sich aus sehen.

Mit dem Absatz trat er den Rest der Zigarette aus und zog eine neue aus der Packung. Das Feuerzeug funktionierte, kleines dienstbares Flämmchen, eine von den Sachen, die stimmten. Es war jetzt fast dunkel. Plötzlich ging es schnell mit der Dämmerung, und man stand in einer schwarzgrauen Welt, die erfüllt war von Lichtern und Fahrgeräuschen. Leute, die aus dem erleuchteten Rasthaus kamen und an ihm vorbei zu ihren Wagen gingen, schauten zu ihm herüber, fanden ihn vielleicht merkwürdig oder verdächtig. Er stand hier, als warte er auf jemanden, wie bei einem Agenten- oder Gangstertreff. Aber er war bloß jemand, der allein war und eine Zigarette rauchte, weil er im Augenblick nicht wußte, wie es weiterging.

Wo war Elisabeth jetzt? Warum hatte sie sich vor ihm versteckt? Es war das Einzige, was er nicht verstand, obwohl sie es in ihrem Abschiedsbrief, der auf seinem Gepäck gelegen hatte, zu erläutern versuchte. Ein Gespräch habe keinen

Zweck zu diesem Zeitpunkt, denn sie vertraue ihm nicht mehr. Sie wolle auch keine Rechtfertigungen hören, und die Tatsachen kenne sie. Ihr Entschluß sei unumstößlich, und sie fühle sich schon Christophs wegen verpflichtet dazu. Sie selbst brauche dringend Ruhe. Das Ganze habe sie an den Rand ihrer Kraft und ihrer Fassung gebracht. Zum Schluß hatte sie geschrieben: »Vielleicht verstehe ich später einmal alles besser, und vielleicht kann ich Dir dann verzeihen. Hassen kann ich Dich sowieso nicht, Elisabeth.«

Das war typisch für sie, dieser Schluß. Sie stellte sich auf ein Podest und sagte einen Schlußsatz und dann verschwand sie. Immer hatte sie diesen Hang zum Pathos gehabt. Aber es ging ihr sicher nicht gut, und dieser Brief konnte sie nicht weit getragen haben. Und noch etwas war dabei gewesen, ein gefalteter Zettel mit den Worten: »Dies lag in Deinem Schreibtisch. Vielleicht vermißt Du es.« Aus dem Zettel war ihm das kleine alte Foto von Jovanka entgegengefallen, das er völlig vergessen hatte. Es war verrückt, sich vorzustellen, daß dieses Bild vielleicht der eigentliche Grund für Elisabeths Entscheidung war. Nun konnte er auch das nicht mehr erklären. Wozu auch? Vielleicht hatte sie ja recht mit dieser Eifersucht.

Er warf seine Zigarette weg, die funkensprühend auf dem Asphalt verglühte. In den nächsten Tagen muß ich an Christoph schreiben, dachte er, aber ich weiß nicht was. Deine Mutter hat mich entlassen? Es konnte nicht besonders gut für ihn sein, das zu hören. Oder vielleicht wußte er es längst und hatte darin eingewilligt.

Er ging zu der Raststätte hinüber, kaufte ein Schinken- und ein Käsebrötchen und zwei Äpfel und zog am Getränkeautomaten einige Büchsen Cola und Bier. Er mußte noch knapp anderthalb Stunden fahren. Dafür war die Cola. Das Bier wollte er im Bett trinken, und er ahnte, daß er danach tief schlafen würde. Denn wenn er es richtig sah, hatte er etwas hinter sich gelassen, ein Gewicht, das ihn in der letzten Zeit immer mehr belastet hatte, die Schuld, die Verantwortung.

Davon war er nun befreit. Denn wenn jetzt alles in die Brüche ging – und es war wahrscheinlich nicht mehr aufzuhalten –, dann hatten Lothar und Elisabeth ihren Teil dazu beigetragen. Ab morgen wollte er um den Rest kämpfen, der ihm geblieben war.

Im einschläfernden Rauschen der großen Fontäne umwanderten sie das flache Wasserbecken, auf dessen unruhiger Oberfläche das Sonnenlicht funkelte. Die bräunliche Algenhaut des Beckenbodens leuchtete in einem schmutzigen Goldton. Sie blieben stehen und schauten in das schaukelnde Farbenspiel, in dem sich das Blau des Himmels mit dem hellen Grün der Baumkronen mischte, gingen dann weiter, Arm in Arm. Vom Musikpavillon kam ein dünnes Klatschen herüber. Das Kurorchester hatte seine Pause beendet und einer der Musiker stand am Mikrophon und sagte die nächsten Musikstücke an, eine Stimme, die topfig aus den in den Bäumen aufgehängten Lautsprechern ertönte und hier bei der Fontäne schon nicht mehr zu verstehen war. Sie hatten Fritz Wagner wie jeden Nachmittag auf einem der weißen Klappstühle vor dem Musikpavillon abgesetzt, wo er der immer ein wenig anders gemischten Folge bekannter Vortragsstücke lauschte oder einfach vor sich hinträumte, bis er wieder von ihnen abgeholt wurde.
Langsam weitergehen, Schritt für Schritt, untergehakt von Almuts festem, entschlossenen Arm, der ihr leichtes Schwanken auffing und sie über die sonnenhellen Wege führte. Das Medikament hatte den Druck im Kopf kaum gemildert, aber ihr Bewußtsein in Nebel gehüllt, und der Schmerz in ihr, der verborgene, halb erstickte Schmerz brannte nur noch trübe, wie ein funzeliges Öllicht in einer verschlossenen luftlosen Kammer.
Wieviele Tage waren inzwischen vergangen, seit sie hierher geflohen war? Wie oft hatte sie schon bereut, daß sie nicht mehr mit Ulrich gesprochen hatte? Immer wieder überfiel sie

das wie eine Welle, ein inneres Aufbäumen, doch jedesmal hatte sie standgehalten, ohne einen greifbaren Grund, mit schwindender Einsicht oder Überzeugung, nur aus einem starren Stolz, von dem sie wußte, fühlte, daß er der Rest ihres Ichs war, den sie nicht preisgeben durfte, denn sie wollte überleben. Für heute nachmittag hatte sich Lothar angesagt, um ihr genauer zu berichten, wie die Dinge standen, und von ihr die Genehmigung zu erhalten, die beiden kleineren Fabriken zu schließen und einen Teil des Hauptwerkes stillzulegen und vierzig Prozent der Belegschaft zu entlassen. Es waren keine Aufträge da. Das Werk hatte vor allem für München gearbeitet, und die alten Märkte beherrschte inzwischen die Konkurrenz.

Vielleicht war alles zu spät. Es war ihr so erschreckend gleichgültig, aber sie wußte, daß sie das verschweigen mußte, am besten auch vor sich selber. Verschweigen, vergraben, auch alles andere, die Kränkungen, die Beschämung, die Reue, und langsam weitergehen an Almuts Arm, der sie hinderte zu stürzen. Vorbei an den feurigen Farben der Blumenrondelle, vorbei an den knospenden Buschrosen, im farbigen Schatten der Pergola, vorbei an den hohen, dichten Rhododendronbüschen, die weiß und rot und mattviolett blühten vor ihrem dunkelgrünen Laub.

»Fühlst du dich besser?« fragte Almut.

»Jaja«, sagte sie.

»Möchtest du dich setzen?«

»Nein, ich will weitergehen.«

Sie schaute auf ihre Füße, die sich mechanisch unter ihr bewegten, sah ihren zuckenden Schattenfleck. Gestern hatte sie endlich mit Christoph telefoniert. Er hatte ihr stumm zugehört und dann geantwortet, es sei ihm gleichgültig, ob sie und Ulrich sich trennten oder nicht. Sie hatte seine Ablehnung gespürt und kaum noch weitersprechen können. Ihre Kehle war wie zugeschnürt gewesen, und in ihr hatte der dunkle, unförmige Klumpen ihres Unglücks gesessen. Sie hatte wieder zwei von diesen schwarz-roten Kapseln ge-

schluckt, die sie daran hinderten zu denken oder die Gedanken langsamer und schwebender machten und ein wenig von ihr wegzogen, als wären sie nicht ihre.
Was gehörte ihr denn? Worauf konnte sie bauen? Auf diese Trennung, dieses Ende?
Sie mußte versuchen, in ihren Beruf zurückzukehren, was nicht einfach war nach so vielen Jahren. Aber zunächst mußte die Katastrophe der Firma aufgehalten oder zu einem Ende gebracht werden, und deshalb kam Lothar übers Wochenende her, um sich mit ihr zu besprechen. Lothar, der alles tat, um ihr zu helfen, und dem sie danken mußte, ohne dankbar zu sein.
Sie gingen durch den grünen Laubtunnel der Kastanienallee, wo viele Leute, einzeln oder in Gruppen, auf den Bänken saßen, auch einige alte Männer mit pergamentenen Gesichtern im Schatten ihrer Mützenschirme, die Hände schlaff auf ihren schwarzen Stockknäufen ruhend. Vom Musikpavillon klang ein langsam anschwellendes Ziehen, Rasseln und Stampfen herüber, in dem sie den Bolero von Ravel erkannte, und während ihr Almut vorschlug, sie solle heute allein mit Lothar zu Abend essen, glitt sie weg in die ersten Jahre ihrer Ehe, als sie immer zur Kur gefahren war, um ein zweites Kind zu bekommen, und der Bolero die Musik ihrer Unruhe und Erwartung gewesen war und manchmal sogar geklungen hatte wie eine laut werdende grundlose, aber unbändige Zuversicht. Manchmal hatte sie auch Angst gehabt, daß nichts von allem, was sie erhoffte, sich erfüllen werde, und alles, was sie besaß, eine Täuschung sei, und nun, da sie wußte, daß die Angst recht gehabt hatte, war ihr ein Gefühl von Leere geblieben, das die Intervalle der Musik zerdehnte und die Fetzen erklingen ließ wie ein schwerfälliges Herumstampfen in einem Scherbenhaufen.
Langsam entfernten sie sich davon bis ans Ende der Allee und kehrten wieder um, und Almut neben ihr sprach immer noch über einen alten Kurarzt, der ihr gefallen hatte, einen Ausflug, den sie plante, und, weil sie immer darauf kam, von dem

Glück, das darin lag, die fruchtlose Ichsucht der falschen Wünsche aufzugeben und eine praktische und alltägliche Fröhlichkeit zu gewinnen.
Fern im Laubbogen der Allee war wieder die weiße Schaumgestalt der Fontäne zu sehen. Sie hielt ihren Blick darauf gerichtet, und so erkannte sie erst ziemlich spät, daß Lothar im ungewohnten hellen Sommeranzug auf sie zukam. Er umarmte sie behutsam, küßte ihre Wangen, gab Almut die Hand. Eine Weile standen sie zu dritt auf dem Weg. Lothar berichtete von seiner Fahrt und lobte das Hotelzimmer, das sie für ihn gefunden hatten.
»Schön, daß Sie schon da sind«, sagte Almut, »so haben Sie noch was von diesem Nachmittag.«
Damit zog sie sich zurück, um nach ihrem Bruder zu sehen.
»Wie geht's dir, Bettie?« fragte Lothar, während er ihren Arm nahm und die langsame Promenade mit ihr fortsetzte.
»Danke«, antwortete sie, »ganz gut.«
»Du hast ganz kalte Hände und du siehst so blaß aus. Das ist alles viel zu viel für dich.«
Seine Stimme hatte einen Tonfall demütiger Inbrunst, der sie zurückschaudern ließ, und dennoch gingen sie Arm in Arm, wie ein vertrautes Paar.
»Was gibt es für Neuigkeiten?« wollte sie wissen.
»Ich habe mit Hartwich gesprochen, der uns helfen will, so gut er kann. Von ihm habe ich horrende Dinge über Spekulationsgeschäfte mit diesem Otter erfahren. Die Firma ist ruinös belastet und weitgehend aus dem Markt verdrängt. Aber ich habe mir etwas einfallen lassen.«
»Was denn? Was kann man tun?«
»Wenn du erlaubst, stecke ich selbst mein Kapital hinein. Dann werden wir die Fabrik wahrscheinlich durch die Krise bringen.«
»Nein, tu das nicht«, sagte sie heftig, »das will ich nicht.«
»Warum nicht, Bettie? Was soll ich sonst mit meinem Geld machen? Glaub mir, ich hänge gar nicht daran, und ich möchte, daß dir die Firma erhalten bleibt. Es wäre mir eine große Freude, das für dich tun zu können.«

»Du bist sehr lieb und freundschaftlich, aber ich will es nicht.«
»Bettie«, drängte er sie mit seiner inbrünstigen Stimme, »du erfüllst mir einen großen Wunsch damit.«
Wieder schauderte sie zusammen. Er spürte es und drückte beruhigend ihre Hand: »Reg dich nicht auf, Liebes. Wir wollen jetzt nicht mehr darüber reden.«
Warum ist dies der einzige Mensch, der mich liebt, dachte sie. Warum ausgerechnet er?
Langsam gingen sie weiter bis zum Ende der Allee und wieder auf das weiße Schäumen der Fontäne zu, die sie undeutlich, wie durch einen Schleier, sah. Ich muß nur noch ein wenig sterben, dachte sie, dann wird auch dies hier möglich werden. Ja, nach einiger Zeit würde es vielleicht möglich, wenn die anderen Einflüsterungen verstummt waren und ihr zu diesem Schaudern die Kraft fehlte. Mit der Zeit konnte man vielleicht in eine Windstille gelangen, wie sie hier im Talkessel herrschte, in dem jetzt die schmetternden Blechklänge des Orchesters verpufften, das den Kaiserwalzer spielte, als wäre die Musik nichts anderes als eine Entladung sinnloser Energie.
»Was für ein schöner Nachmittag ist das«, sagte Lothar, »wie das leuchtet und duftet.«
Betäubt schweifte ihr Blick über die bunten Muster der Blumenbeete zu den weißen Gebäuden und den bewaldeten Berghängen hinüber und kehrte wieder auf den Weg vor ihren Füßen zurück.
»Ja«, sagte sie, »jaja.«

In den Wochen seit seiner Entlassung und der Trennung von Elisabeth war Vogtmann dauernd unterwegs. Viele Stunden des Tages verbrachte er in seinem Auto und jagte einer phantomhaften Rettung nach, die sich in seinem Kopf als ein kompliziertes, sich dauernd veränderndes System von Umsatzzahlen, Fälligkeiten und Terminen darstellte und allmählich die Form einer abstrakten Zeichnung aus einander kreuzenden Linien annahm, ein leuchtendes, nie ganz sich schließendes Netzwerk, das er kaum noch durchschaute. Das System, gehalten von einigen Kreuzungspunkten, die immer wieder wie scharfe Alarmlichter zu blinken begannen und ihm anzeigten, wohin er sich jetzt zu wenden habe, um den Kollaps des Ganzen zu verhindern, drehte sich auch manchmal in seinen Träumen, kreiste als ein einziges, schneller werdendes Leuchtzeichen um einen schwarzen Mittelpunkt, in dem es dann wie in seiner eigenen Tiefe verschwand. Davon wachte er erschrocken auf und wußte im ersten Augenblick manchmal nicht, wo er sich befand. Im leeren Licht dieser Angst gelang es ihm plötzlich zu glauben, er sei es nicht, der sein Leben gelebt habe, oder er habe sich von diesem Alptraum getrennt und sei in ein anderes, richtigeres Leben hineingeraten, das er noch nicht kannte. Das alles geschah im Sekundentraum des Erwachens, den er durch das Schließen seiner Augen zu verlängern versuchte. Weiße Hände wedelten etwas weg, das ihn störte, das vor seiner Stirn schwebte, und einmal hörte er einen Laufschritt unter seinem Fenster, schnell schnell, jemand, der auf der Flucht zu sein schien und sich mit wilder Energie entfernte. So schnell könnte ich nicht mehr laufen, mußte Vogtmann denken, und dabei öffnete er die Augen und wußte sofort den Namen des Hotels und des Ortes und sogar das Datum, und auch alles andere kam sofort zurück: – Wechsel, die fällig waren und prolongiert werden mußten, Schuldzinsen und überzogene Konten, seine Filialen, deren Umsätze sanken, weil er kein Geld mehr für Werbung hatte und weil immer mehr Lieferanten sich sperrten und es von Woche zu Woche schwieriger wurde, neue Ware zu beschaffen, und neuerdings zwei Banken, die ihm weiteren Kredit versagten und ein privater Kreditgeber aus den grauen Randzonen des Geldmarktes, der 25% Zinsen verlangte, Termine vor Gericht, einstweilige Verfügungen, Drohungen am Telefon, höfliche Zurückweisung und formelhaftes Bedauern in Vorzimmern und eine tägliche Hoffnung, die er durch den Umbau des Systems, mit

dem sein Verstand unentwegt beschäftigt war, immer wieder hervorbrachte.
Wenn – dann, dachte sein Verstand. Wenn er dies schaffte, konnte er jenes verhindern, und wenn das gelungen war, konnte er wieder etwas Neues beginnen und das Ende, das sich oft als eine graue, undurchdringliche Wand vor ihm aufbaute, weiter hinausschieben. Mit all den kleinen Teilerfolgen, die er immer noch errang, kämpfte Vogtmann gegen das Kürzerwerden der Zeit, die in sich, das glaubte er, noch die Möglichkeit einer Wende barg, die nur im Augenblick nicht greifbar war.
Er übernachtete nun manchmal in den Hinterzimmern seiner Filialen oder in kleinen Hotels oder Gasthöfen, die er früher als unzumutbar empfunden hätte, in denen er sich jetzt aber wohlfühlte, weil er sicher sein konnte, daß er hier nie einen Bekannten traf. Meistens verließ er das Haus nicht mehr vor dem nächsten Morgen, ließ sich ein paar Brote oder einen Teller mit Spiegeleiern und eine Flasche Bier aufs Zimmer bringen oder aß in der Gaststube eins der einfachen Gerichte aus dem oberen Drittel der Speisekarte. Danach blieb er noch eine Zeitlang in sich versunken hinter seinem Glas sitzen, um dem Leben an der Theke und an den anderen Tischen zuzusehen.
Die Leute, die hier wohnten, waren Männer mittleren Alters, zehn oder zwanzig Jahre jünger als er und erkennbar als Handelsreisende, die tagsüber mit ihren Kollektionen die Geschäfte der Umgebung abklapperten und abends miteinander redeten, tranken, Karten spielten oder vor dem Fernseher saßen. Am Morgen standen sie meistens sehr früh auf, und Vogtmann, der nach schweren Nächten Zeit brauchte, um sich aufzuraffen, hörte vom Bett aus, wie sie die Motoren ihrer Autos anließen und wegfuhren. Er kam sich dann vor wie ein Nachzügler, der immer mehr den Anschluß verlor, und obwohl er nicht bewußt daran dachte, sich mit ihnen zu vergleichen, beschlich ihn ein seltsam gemischtes Gefühl aus Neid, Einsamkeit und Erschöpfung.

Steifgliedrig stand er auf und ordnete, während er sich anzog und sein Waschzeug in seine Reisetasche stopfte, seine Gedanken, saß dann Zeitung lesend und lustlos kauend am Frühstückstisch oder blätterte in seinen Akten. Sobald er wieder in seinem großen silbergrauen Mercedes, der ihm als letztes Relikt seines früheren Wohlstandes geblieben war, einem neuen Termin entgegenfuhr oder eine seiner Filialen ansteuerte, fühlte er sich besser. Er tat wieder etwas, er kam voran. Der Druck, der auf ihm lastete, ließ ein wenig nach. Für eine kurze Zeit fühlte er sich geschützt in der geschlossenen gepolsterten Zelle des Innenraums, eingehüllt von dem dunklen, ruhigen Laufgeräusch des Motors. Alles geschah, was er wollte, der Wagen gehorchte seinem Fußdruck, seinen Lenkbewegungen und trug ihn mit satter Kraft an langen Lastwagenkolonnen und fast allen anderen Wagen vorbei, als sei alles erreichbar in der Welt und als gäbe es keine ernsthaften Widerstände. Die blauen Richtungs- und Abfahrtsschilder der Autobahn hielten ihm dauernd neue Möglichkeiten hin. Warum nicht, dachte er oft, während er vorbeifuhr. Manchmal rief er von einer Tankstelle, wo er aus einem Pappbecher einen dünnen Automatenkaffee trank, seine Sekretärin oder Einkaufsleiter Kirchmair oder die Buchhaltung oder einen seiner Filialleiter an, ließ sich ein paar Daten über den Geschäftsgang geben und traf neue Anordnungen, was nun zu tun sei, hörte sich auch eine Zeitlang die ratlosen oder beflissenen Stimmen an.

Unwillkürlich drehte er sich dann mit dem Hörer am Ohr so weit herum, daß er durch die schmutzigen Scheiben des Telefonhäuschens seinen geparkten Wagen sah. Jedesmal beruhigte ihn das, als stünde der Wagen dort als eine zuverlässige letzte Ausflucht, eine Möglichkeit des Entkommens.

Fahren. Auftauchen. Verschwinden. Manchmal änderte er plötzlich sein Fahrtziel, weil er einen neuen Einfall hatte. Unangemeldet tauchte er bei Kunden oder Lieferanten auf oder erschien in einer seiner Filialen und setzte die zusammengeschrumpfte Belegschaft mit unruhiger Betriebsamkeit in Trab. In alles mischte er sich ein, kritisierte die Warenaufstellung in den Regalen, dekorierte Schaufenster um, setzte einige Preise herauf und andere herab, sichtete die Lager und organisierte sie um, diktierte neue Angebote, telefonierte überall herum und ging nach Geschäftsschluß noch einmal allein durch die halbausgeräumten Lager, als könne er dabei einen neuen Überblick mit anderem, besserem Ergebnis bekommen.

Das Schlimmste waren die Abende und Nächte in den Büroräumen, wo ein Feldbett für ihn aufgeschlagen wurde und in der kleinen Teeküche Brot, Aufschnitt und Bier für ihn bereitstanden. Er machte sich ein paar Brote auf einem Brett zurecht und aß sie seiner Gewohnheit entsprechend mit Messer und Gabel. Auf einem kleinen tragbaren Fernsehgerät sah er dabei die Tagesschau. Danach schaltete er regelmäßig ab. Es hatte keinen Zweck, weiter auf den kleinen Bildschirm zu starren. Er konnte seinen Heimsuchungen nicht entkommen.

Manchmal fanden seine Angestellten am nächsten Morgen nur noch einen Zettel vor. Er war noch am Abend oder mitten in der Nacht wieder abgefahren. Tagelang wußte niemand, wo er war.

Eines Tages erschien er überraschend im Sekretariat des Internats und wollte Christoph sprechen, der noch Unterricht hatte, aber trotzdem gerufen wurde. Nach einer Weile kam er, auffallend verändert mit sehr kurz geschnittenen Haaren, und gab ihm mit störrischer Steifheit die Hand.

»Ich hatte hier in der Nähe zu tun«, behauptete Vogtmann, »und dachte, wir könnten zusammen zu Mittag essen.«

»Ich habe noch zwanzig Minuten Unterricht.«

»Na gut, dann warte ich.«

»Du kannst in den Garten gehen«, sagte Christoph.

Kurz darauf kam er zurück und erklärte, man habe ihm frei gegeben. Sie gingen in die Ortschaft, und auf dem Weg dahin fiel Vogtmann nichts anderes ein, als eine Reihe von Fragen

über das Schulleben, den Ort und die Umgebung zu stellen. Sie wurden alle so einsilbig beantwortet, daß es viel zu viele Fragen wurden, bis sie sich endlich in der Wandnische eines fast leeren Gasthofes gegenübersaßen.
»Was meinst du, genehmigen wir uns einen Wildschweinbraten?«
»Von mir aus.«
Vogtmann bestellte und sah Christoph an. Eine gewisse undefinierbare Ähnlichkeit mit dem alten Pattberg war stärker geworden, und vielleicht erinnerten die Augen an seine eigenen Augen, aber vorherrschend waren die Unterschiede, die Fremdheit.
»Hast du in letzter Zeit etwas von zuhause gehört?« fragte Vogtmann.
»Zwei Anrufe und einen Brief.«
»Und? Gute Nachrichten oder schlechte?«
Christoph zuckte die Achseln. Er wollte nicht darüber sprechen.
»Wie sieht's bei dir aus?« fragte Vogtmann.
»Ich komm klar.«
»Ich bin wirklich froh, daß du hier bist«, sagte Vogtmann. »Zu Hause war es nicht mehr gut für dich.«
Er machte eine Pause, bevor er weitersprach: »Ich habe mich wenig um dich gekümmert. Und jetzt mache ich auch nur einen Kurzbesuch. Du wirst wahrscheinlich denken, das hätte ich mir sparen können.«
Christoph zögerte und blickte auf die Tischplatte.
»Nein, denk ich nicht«, sagte er leise.
Sie gerieten in ein peinliches Schweigen, und Vogtmann stand auf, um Zigaretten zu holen. Als er sich wieder setzte, sagte er:
»Du weißt, daß ich dicht vor der Pleite stehe?«
»Hab so was gehört«, sagte Christoph. »Seltsam«, fügte er hinzu.
»Wieso seltsam?«
»Ich hätte nie gedacht, daß du Pleite machst.«

»Ich auch nicht«, sagte Vogtmann. »Wahrscheinlich schaff ich's auch noch.«
Er begann von seinen Schwierigkeiten zu erzählen, aber in einem optimistischen, wegwerfenden Ton, als handele es sich um Kleinigkeiten und zufällige Störungen, die sich alle beseitigen ließen. Er wunderte sich darüber, konnte aber nicht davon loskommen, als wäre es ein Zwang, der von Christophs stillem, abwartenden Gesicht ausging, diesem Ausdruck, der Ablehnung, Gleichgültigkeit, aber auch Zutrauen und Anerkennung bedeuten konnte, aber vielleicht nur Höflichkeit war, und vielleicht redete er nur weiter, um herauszufinden, was Christoph von ihm dachte. Erst als das Essen gebracht wurde, hörte er damit auf.
»Laß es dir schmecken«, sagte er.
Beide taten sie so, als sei ihnen das Essen wichtiger als alles andere, weil sie halb verhungert waren, und als abgeräumt wurde und Vogtmann zahlte, saßen sie sich in neuer Beklommenheit gegenüber.
»Hast du irgendeinen Wunsch?« fragte Vogtmann.
»Nein, ich weiß nicht.«
»Am besten gebe ich dir etwas Geld, dann kannst du noch darüber nachdenken.«
Er griff nach seiner Brieftasche und zupfte aus dem kleinen Packen von Scheinen, die er als eine Art Notgeld immer bei sich trug, einen Hundertmarkschein heraus.
»Nein, ich brauche kein Geld«, sagte Christoph.
War das eine Zurückweisung oder ein freundschaftlicher Verzicht? Es war nicht möglich, es zu erkennen.
»Nimm's ruhig«, sagte er. »Geld kann man immer gebrauchen.«
»Ich will's nicht«, sagte Christoph und zog die Hände vom Tisch.
Na gut, dachte Vogtmann, das sind fünfhundert Kilometer Autobahnfahrt mehr, und in seiner Vorstellung erschienen in einer schnellen Musterung die abweisenden Gesichter der Bankleute, die irritierten Gesichter seiner Angestellten und

die wütenden Gesichter einiger Gläubiger, die sich nicht mehr beschwichtigen ließen. Dann verblaßte die Galerie seiner täglichen Gespenster, und in seinen Händen war die Vorempfindung des Lenkrads, das er gleich wieder fassen würde.
»Ja, ich muß jetzt leider fahren«, sagte er.

Sobald er wieder in München war, verabschiedete er sich von Katrin. Er traf sie in einem kleinen Café im Stadtzentrum und erklärte ihr in wenigen Sätzen, daß er geschäftlich vor dem Ruin stehe und nicht mehr für sie aufkommen könne. Er hatte gedacht, es sei ehrlich und fair, auf diese Weise Schluß zu machen, und war erschrocken über Katrins Betroffenheit. Sie war blaß geworden unter ihrem Make up und hatte offenbar Mühe, ihr Zittern zu verbergen.
»Wie kannst du mich so im Stich lassen?« stieß sie hervor.
»Entschuldige, ich tu's ja nicht freiwillig«, sagte er überrascht.
»Stiehlst dich einfach davon, ohne einen Moment darüber nachzudenken, wie es mir ergeht und was ich jetzt tun soll! Jetzt bin ich wieder auf Doris und Otl angewiesen. Kannst du dir nicht vorstellen, wie das für mich ist? Oh, ich hasse euch alle«, sagte sie.
Verblüfft starrte er sie an. Er hatte sich allein für den Betroffenen gehalten und konnte sich noch nicht darauf einstellen, daß Katrin so erregt und erschrocken war. Konnte denn eine Frau wie sie überhaupt beanspruchen, ein Schicksal zu haben, sie, die immer so leicht und elegant und ironisch gewesen war?
»Es tut mir leid«, sagte er, »ich habe ungefähr vier Millionen Schulden am Hals. Ich weiß zur Zeit nicht, wie ich da wieder rauskomme.«
»Mein Gott, wie hast du das bloß angestellt?«
Er erzählte von Urban und Otter und von seiner Entlassung, die alles noch verschärft hatte, und er glaubte sehen zu können, wie sie an ihm zu zweifeln begann.

»Ich möchte einen Kognak«, sagte sie.
Als sie getrunken hatte, wurde sie ruhiger. Und auf einmal hörte er aus seiner eigenen Abwesenheit heraus, daß sie schon von der Zeit nach ihrem bevorstehenden Abschied sprach.
»Laß mal von dir hören«, sagte sie. »Und vergiß mich nicht völlig.«
Er versprach es und deutete an, daß er es vielleicht schaffen könnte, aus dem Tal herauszukommen, aber sie schien nicht daran zu glauben. Er bot an, sie nach Hause zu fahren. Sie schien etwas anderes vorzuhaben, was nichts mehr mit ihm zu tun hatte und wobei er vielleicht störte. Nach einer kurzen Umarmung, bei der sich flüchtig ihre Wangen berührten, sah er sie davongehen. Ihr Gesicht konnte er sich nicht vorstellen, ihr Gang schien nichts mehr von ihm zu wissen.
Gut, dachte er, so ist das. Er drehte sich um und ging in die entgegengesetzte Richtung ohne eine Vorstellung, wohin er wollte. Er wollte nirgendwohin. Wurde nirgendwo erwartet. Morgen würde es weitergehen mit dem Aufräumen. Er mußte sich endlich entscheiden, fünf oder sechs Filialen zu schließen, weil er nicht mehr genug Ware bekam. Vorübergehende Frontbegradigung nannte man das. Es war noch nicht notwendig der Zusammenbruch.

Wenn es überhaupt noch eine Rettung gab, dann war sie in einer zähen und beweglichen Verteidigung zu suchen, in einer Mischung aus Festhalten und schnellem Rückzug aus allen unhaltbaren Positionen. Dazu mußte er unterscheiden, was dringend und was aufschiebbar war und was er überhaupt vergessen konnte. Den Schuldendienst bei den Banken mußte er unbedingt erfüllen. Die Lieferanten wollte er dagegen mit Abschlagzahlungen hinhalten, aber nur so lange, wie sie ihm noch Ware schickten. Bei allen anderen Gläubigern mußte er harthörig bleiben, auch gegenüber Lothars ständig verschärfter Forderung, endlich die alten Lieferungen der Pattbergschen Fabriken zu bezahlen. Er hatte das zunächst als eine

Ehrenschuld betrachtet, die er unbedingt als erstes tilgen mußte. Doch das war längst ein abgelegter Stolz. Es ging nicht mehr um das Bild, das Elisabeth und Lothar sich von ihm machten, sondern um sein geschäftliches Überleben, und dafür galten andere Regeln. Otter hatte ihm das vorgemacht, als er die Bankforderungen aus den geplatzten Zaire-Wechseln von sich abgewendet und ihm angehängt hatte, weil man einem nackten Mann nichts aus der Tasche nehmen konnte. Und die Bank, die schließlich ihn als den letzten Giranten des Wechsels gerupft und damit Lothar den entscheidenden Trumpf gegen ihn in die Hand gegeben hatte, war Otters Logik zwangsläufig gefolgt. Nun war er selbst ein nackter Mann. Sollten sie ruhig kommen und ihn zu plündern versuchen.

Inzwischen drohte Lothar, das ganze Schuldenpaket auf den Gerichtstisch zu legen: nicht nur die unbezahlten Lieferungen, auch die Kaufsumme für die Münchener Firma und das Zaire-Geschäft. Doch schon weil er noch mit Elisabeth verheiratet war, würde das noch langwieriger und kniffliger werden als sein Prozeß gegen Hogstraat, der erst in drei Wochen in die erste Runde ging.

Kommt Zeit, kommt Rat, dachte er. Spätere Schwierigkeiten interessierten ihn nicht. Es war schon ein Erfolg für ihn, wenn er etwas hinausschieben konnte. Nächste Woche mußte er sechs, vielleicht acht Filialen schließen, die er nicht mehr ausreichend mit Ware bestücken konnte. Die Räumungsverkäufe und das Inventar brachten ihm sicher ein wenig Geld. Aber das reichte kaum für die nächsten Alarmsituationen. Was die Schließungen für seine Kreditwürdigkeit bedeuteten, konnte er nicht sagen. Daß sie nicht nur die Kosten, sondern auch den Umsatz senkten, weil das eine das andere in die Tiefe riß, war ja nicht nur ihm, sondern auch den Banken und den Gläubigern klar. Und doch schien seine ganze Situation darauf hinauszulaufen, daß er am Ende nur noch die beiden Münchener Geschäfte behielt. Dann mußte er ein völlig neues Konzept haben, das Lieferanten und Geldgebern einleuchtete, eine Idee, die kreditwürdig war und den Umschwung brachte, eine Neuheit auf dem Markt, ein neuer Service, ein überraschendes Angebot. Es gab solche Glücksfunde, er wußte das. Der Branchenführer im Discountgeschäft hatte seine neue Idee im Bankrott entdeckt. Als er merkte, wie gut sein Räumungsverkauf lief, hatte er ihn einfach immer weiter ausgedehnt und war in Kürze ein vielfacher Millionär geworden. Inzwischen jedoch waren alle Verkaufsformen ausgereizt, und er konnte nicht hoffen, daß es ihm ähnlich erging.

Mußte er kühner und ungewöhnlicher denken und seine Schlacht woanders schlagen? Wie wäre es, wenn er die Branche wechselte und überall da, wo der Standort es erlaubte, die Läden in Diskotheken oder in Hallen für Spielautomaten verwandelte? Elektronische Spiele hatten Konjunktur, und die Aufsteller suchten Räume in günstiger Stadtlage. Sollte man das nicht überlegen?

Beiläufig sprach er mit Kirchmair darüber, der ihn von der geplanten Schließung der Filialen abzubringen versuchte, aber bald verstummte, als er ihm den Ernst der Lage erklärte.

»Und was halten Sie von einem Branchenwechsel?«

»Nichts, überhaupt nichts. Tut mir leid.«

Am nächsten Morgen meldete sich Kirchmair erneut zu einem Gespräch an, und als er vor ihm Platz genommen hatte in der zeremoniellen Ausdrücklichkeit, die Vogtmann schon an Lothar aufgefallen war und die nie etwas Gutes verhieß, bat Kirchmair um seine Entlassung.

»Und warum?« fragte Vogtmann.

»Ich sehe hier keine Zukunft mehr.«

»Aber Sie haben mich damals gebeten, die Firma zu kaufen.«

»Ich weiß«, sagte Kirchmair, »ich habe mir davon einen weiteren Aufschwung versprochen.«

»Sie wissen doch, wie ich reingefallen bin. Wie man mich betrogen hat.«

Kirchmair schwieg beharrlich wie jemand, der nicht diskutie-

ren wollte. Es bedeutete wohl, daß er sich nicht schuldig fühlte und nichts anderes im Sinn hatte als seinen eigenen Vorteil.
»Gerade jetzt brauche ich Sie dringend«, sagte Vogtmann. »Die Einkaufspolitik ist das Schwierigste geworden. Und Sie sind überall eingeführt. Sie haben die besten Kontakte.«
»Ja, aber ich möchte mir nicht länger einen schlechten Namen machen.«
»Wieso das?« fragte Vogtmann.
»Ich bestelle, die Lieferanten liefern, und die Zahlungsmoral der Firma wird immer schlechter. So etwas bleibt an einem hängen.«
»Verstehe. Sie haben recht. Haben Sie irgend etwas anderes?«
»Ein sehr gutes Angebot von einem großen Warenmarkt. Ich kann sofort anfangen.«
Vogtmann nickte und kämpfte ein Gefühl der Verbitterung nieder, die Vorstellung, daß er von Kirchmair verraten wurde. So war es ja nicht. Man war ja immer allein und nur durch gemeinsame Interessen verbunden, und wenn die Interessen sich trennten und einander widersprachen, war es eben aus.
Er blickte auf, um das Gespräch zu beenden, als ihm ein neuer Einfall kam.
»Habe ich Sie vertrieben mit meiner Idee, die Branche zu wechseln?«
»Nein«, antwortete Kirchmair, »das habe ich nicht so ernst genommen.«
»Liegt es vielleicht auch an mir, an meiner Person? Habe ich mich falsch verhalten?«
»Nein«, sagte Kirchmair, »im Gegenteil.«
Wütend über sich, daß er diese Frage gestellt hatte, sagte Vogtmann: »Von mir aus trennen wir uns am Monatsende.«
»Danke«, sagte Kirchmair. »Aber mir stehen noch vier Wochen Urlaub zu.«
»Gut, dann trennen wir uns gleich.«

Er war in heller Aufregung, als Kirchmair das Zimmer verlassen hatte, das ihm jetzt wie eine Falle erschien, in der er festsaß. Er wußte, wie sehr Kirchmair an der Firma hing und daß er sie durch seine biedere, vertrauenerweckende Art bei den Kunden vertreten hatte. Wenn er ging, war das für viele ein Alarmzeichen. Kirchmair hat gekündigt! Haben Sie das gehört? Da geht ja wohl der Ofen aus. Jetzt muß man seine Kohlen aus dem Feuer holen. Er hörte die Stimmen, die raschen Verständigungen, die Telefongespräche und wußte, er hätte genauso reagiert. Wenn Kirchmair im vergangenen Jahr die Firma verlassen hätte, wäre er selbst niemals in Urbans Falle hineingetappt.

So war das also, wenn es abwärts ging. Man versicherte sich seiner Lage, man musterte seine geschrumpften Möglichkeiten, und dann brach an einer anderen Stelle wieder ein großes Stück der Stellung zusammen, und alles andere geriet aus den Fugen, und auf einmal war es wie in den verhexten Träumen, die die eigene Kraft in einem lächerlichen Trudeln undeutlicher ballonartiger Massen verpuffen ließen und die hinten im Hals die Stimme erstickten, die man noch zu haben schien, aber nicht mehr hörte, denn vielleicht war man taub und nicht stimmlos, wie sollte man es wissen?

Warum sollte er immer alles alleine wissen? Warum half ihm niemand? Warum verschwor sich alles gegen ihn, während lauter Idioten rings in der Welt Erfolg hatten und ohne Anstrengung mehr erreichten, als sie wollten? War es so, wie Horst Reichenbach vor ein paar Wochen am Telefon gesagt hatte, daß nämlich das Glück den Mann suchen müsse und nicht der Mann das Glück? In einer solchen Welt des Zufalls lohnte es sich nicht zu leben. Es schlug einem die Hände herunter, es schloß einem Augen und Mund, war eine Verhöhnung des Verstandes. Aber auch die umgekehrte These war furchtbar, Glück und Unglück seien verdient und Erfolg und Mißerfolg habe man selbst gemacht. Die sinnlose Welt des Zufalls und die erbarmungslose der Gerechtigkeit waren beide unerträglich. Was gab es

dazwischen? Was bloß? Wo sollte er hin mit sich? Wo paßte er hinein?
Unruhig ging er hin und her, setzte sich dann an den Tisch, auf dem noch ungelesen die heutigen Zeitungen lagen. Mit einem flüchtigen Blick hatte er vorhin wahrgenommen, daß die Terroristen einen neuen Anschlag gemacht hatten, aber Kirchmairs Auftritt hatte ihn davon abgebracht. Nun las er es auf der ersten, der dritten und der letzten Seite der Zeitungen: In Köln hatte ein Kommando von Terroristen den Arbeitgeberpräsidenten Schleyer entführt. Sie hatten seinen Wagen auf offener Straße angehalten und vier seiner Begleiter mit Maschinenpistolen erschossen. Er sah die Bilder der Wohnstraße, des durchschossenen Autos, die Blutflecken, die Leichen, und eine Stimme, die nicht zu ihm gehörte, sagte: Gut, so ist das also, alles geht kaputt. Und während er unverwandt auf die Fotos blickte, merkte er, wie er ruhiger wurde, wie er sich glättete. Gut, sagte die Stimme, gut, die Schlacht geht weiter.
Er ging zu seinem Schreibtisch, drückte auf die Ruftaste seines Vorzimmers und rief Frau Eggeling herein. Sie kam mit bestürztem Gesicht.
»Ich habe gerade gehört, Herr Kirchmair verläßt uns«, sagte sie.
»Ja, so ist es«, lächelte er. »Hauptsache, Sie bleiben mir noch.«
»Darauf können Sie sich verlassen.«
»Gut«, sagte er, »dann kochen Sie bitte einen starken Kaffee und bereiten Sie sich auf ein paar Stunden Arbeit vor. Wir müssen nächste Woche acht Filialen schließen.«

Räumungsverkauf in Schwäbisch-Gmünd, Heidenheim, Würzburg, Regensburg, Straubing, Landshut, Passau und Linz. Signalrote Querstreifen auf allen Schaufenstern, auch grüne und gelbe Zettel mit den herabgesetzten Preisen. Halb leergeräumte Regale und Kühltruhen und aus dem Lager herangekarrte, eilig aufgerissene Kartons. Stapel von Bierkästen. Große Mengen leerer Pfandflaschen. Der zählende, hin- und hereilende Filialleiter, Lehrlinge, die mit Etikettiermaschinen die dritten Preise auf die Ware klebten, Kunden, die Kästen, Kartons und prall gefüllte Taschen zu ihren Wagen schleppten, lange Schlangen vor den Registrierkassen und mürrische, erschöpfte Kassiererinnen, die pausenlos die Zähltasten tippten. »Wie ist das so plötzlich gekommen?« »Wir wissen es nicht.« »Was für ein Geschäft kommt jetzt hierher?« »Wir wissen es nicht.« Gedränge, Unruhe, Müdigkeit im Verkaufsraum, Schnauzereien und Gebrüll im Lager, kleine Revoluzzergruppen rauchender Angestellter vor dem Büro und lästige Kunden, die nach Artikeln fragten, die nicht mehr zu haben waren, Ladendiebe, die müde verscheucht wurden oder auch nicht, Alkoholiker mit dicken Tüten voller Flaschen, Rentner und Rentnerinnen aus dem Altersheim, die sich herabgesetzte Delikatessen kauften, sehr schlecht für Zähne und Magen. »Stell dich an, Mädchen, es geht hier nicht nach der Schönheit«, sagte jemand zu einer alten Frau. Während der Filialleiter einen alten Kunden darüber belehrte, daß die besseren Weine und teuren Spirituosen nicht in den Räumungsverkauf kämen, sondern nach München ins Zentralgeschäft transportiert würden. Nein, nein, er hatte nichts mehr da. Die Ladung war schon am Vormittag abgegangen. Dafür hatte der Chef persönlich gesorgt. Der Chef, der Inhaber, der Pleitemacher oder wie immer man ihn nennen sollte, der Mann, der überall auftauchte, um den Zusammenbruch in geordnete Bahnen zu lenken, sich Notizen machte, Fragen beantwortete, Anordnungen gab und kurz mit aufgebrachten Angestellten sprach, der meistens gleich wieder weg mußte zu einer anderen Brandstelle und doch bei aller Eile den Eindruck eines Mannes machte, der ruhig geworden war und fast wie jemand wirkte, der sich einem Ziel näherte, obwohl er zweifellos bis zuletzt zäh und trickreich versucht hatte, das, was nun passierte, abzuwehren. Er war sachlich und höflich, aufmerksam und von der nötigen Geduld, und wenn es überhaupt noch möglich gewesen wäre, irgendeinen Menschen, der in den Dingen drinsteckte, zu überzeugen, dann hätte er es jetzt gekonnt. Jetzt, da er ein toter Mann war, was die Banker wußten und die wichtigsten Lieferanten, die ihre Lieferungen einstellten, und wahrscheinlich noch jemand im Hintergrund, der die Drähte in der Hand hielt, die ihm die letzte Luft abdrückten, nicht sofort, aber in Wochen oder Monaten, jedenfalls bald.

Denn er hatte seit Tagen die Steuerfahndung auf dem Hals. Während er von den Finanzbeamten stundenlang verhört wurde und zwischen herausgezogenen Karteikästen und aufgeblätterten Korrespondenzen in einer bedrohlichen Verwüstung saß, war ihm plötzlich eingefallen, von wem das Finanzamt den Wink bekommen hatte, daß in der Buchführung der beiden letzten Jahre etwas nicht stimmte: Es mußte Urban sein. Es war Urbans letzter Schachzug, der ihn matt setzte. Jetzt ließ er die Minen hochgehen, die er selbst gelegt hatte. Urban, der sicher genau Bescheid wußte, wie es um die Firma stand, weil er Zuträger hatte, bezahlte, bestochene Informanten, Kirchmair vielleicht, der sich nun auch zurückgezogen hatte und auf einem neuen, sicheren Posten saß, um von dort aus zuzusehen, wie hier alles unterging. Im Verein mit Hogstraat oder in dessen Auftrag hatte Urban gehandelt. Denn der Prozeß gegen Hogstraat sollte in der nächsten Woche beginnen, und wenn die Firma vorher oder zwischendurch bankrott machte, konnte er den Prozeß nicht weiterführen, weil die Firma und nicht er der Kläger war und ohnehin alle Spuren im Strudel des Konkurses verschwinden mußten. Hogstraat, Urban, Kirchmair – die Meistergauner. Während er was war? Ein Narr, ein Phantast?

Gut, er konnte noch diese Karte spielen. Das Phantastische war sein Joker, und der trug ein Narrenkleid und lächelte. Er sah wie Otter aus, wenn er guter Laune war.

Er rief Otter an und sprach lange mit ihm, freundlich, locker, in einem harmlosen Ton, als hielte er ihm dauernd seine offenen, waffenlosen Hände hin, und allmählich merkte er, daß Otters Mißtrauen und vorsichtiges Zögern sich auflösten. Nein, nein, er wollte nichts Bestimmtes von ihm, wollte nur den Kontakt wiederherstellen und ein wenig plaudern. Es war besser, man redete miteinander und kam auf neue Ideen, anstatt in verstocktem Schweigen zu verharren. Er unterstellte ja, die Dinge seien korrekt gelaufen, nur unglücklich für ihn, weil er für drei Wechsel einstehen mußte, da Otter kein Geld hatte. Überraschenderweise, wie er gestand.

»Ich hab's leider auch heute noch nicht«, sagte Otter. »Es hängt fest in diesen Investment-Fonds, weil die Bohrungen in Kanada noch nicht erfolgreich waren.«

»Davor hätte ich Sie eigentlich warnen sollen«, sagte Vogtmann in einem freundschaftlichen Ton, zu dem er sich nicht einmal zwingen mußte.

Und Otter lachte, herzlich, befreiend: »Das hätte natürlich gar nichts genützt.«

»Ich hätte nicht auf Sie hören sollen. Aber Sie auf mich. Das wäre für uns beide besser gewesen«, wagte sich Vogtmann vor. Er sagte es, als wäre es eine Erinnerung an eine Dummheit, die sie gemeinsam begangen hatten, und er hörte Otter wieder lachen.

Ich werde ihn umbringen, später, dachte er. Jetzt muß ich weitermachen auf der Spur, auf der ich bin. Und er sagte: »Zwei Gauner wie wir legen sich immer selbst herein.«

»Aber sie kommen auch wieder heraus«, sagte Otter, der sich wirklich zu vergnügen schien, und ein Teil von ihm, nicht sein Verstand, stimmte ein und sagte: »Natürlich, Unkraut vergeht nicht. Die Insektizide haben wir ja auch noch.«

»Ja«, sagte Otter, »die haben wir noch. Leider und Gott sei Dank. Ich habe natürlich nicht aufgegeben. Und ich denke auch an Sie. Ich will mir was einfallen lassen. Wenn das Geschäft wieder in Gang kommt, wird auch Ihnen geholfen.«

»Können wir nicht darüber reden?«

»Reden gerne. Aber Sie wissen, daß kein Anspruch besteht.«

»Ja, natürlich«, sagte Vogtmann. »Nur, Sie haben mal von Partnerschaft und zukünftigen Projekten gesprochen. Daran wollte ich eigentlich anknüpfen.«
»Na, bestens«, sagte Otter, »bloß übermorgen verreise ich. Marokko, Senegal, Zentralafrikanische Republik, Sudan. Es ist eine Informationsreise im Auftrag meiner amerikanischen und belgischen Geschäftspartner. Natürlich verhandele ich auch in unserer Sache. In acht Wochen bin ich wieder da.«
Vogtmann schloß die Augen, um in seinem Kopf nach einem Einfall zu suchen. Acht Wochen waren ein Graben, über den er nicht hinwegkam. Otter würde ihm auch wieder entschlüpfen danach. Er mußte ihn jetzt festhalten. Festhalten!
»Schade«, brachte er hervor. »Ich soll Sie ja auch von Katrin grüßen. Sie fragte mich nach Ihnen. Wir hätten uns längst mal wieder treffen sollen. Für einen gemeinsamen Abend.«
»Machen wir«, sagte Otter, »unbedingt. Wie geht's ihr denn? Was tut sie?«
»Sie will immer noch Kinshasa sehen.«
»Casablanca wäre auch nicht schlecht. Was meinen Sie?«
»Phantastisch«, sagte Vogtmann.
Er hat sich bestimmt den Bogart-Film angesehen, schoß es ihm durch den Kopf. Katrin hatte ihm wohl sehr mit dem Vergleich geschmeichelt. Das mußte er ausnutzen, irgendwie.
»Wo werden Sie noch überall sein?« fragte er.
»Marrakesch, Dakar, Bangui, Khartoum, und vielleicht hänge ich noch eine Woche Ferien in Ägypten dran. Ich will mir mal die Pyramiden und die Königsgräber von Luxor ansehen.«
»Phantastisch, beneidenswert. Das darf ich Katrin gar nicht erzählen, sonst läuft sie mir davon.«
Otter lachte. Es klang satt und selbstgefällig und erinnerte ihn an das leise, besitzergreifende Lachen des Hausherrn in der Villa in Grünwald und an Juttas benommene Stimme, die darauf geantwortet hatte. So ist das, dachte er, natürlich. Wie auch sonst? Und im selben Atemzug fragte er sich, was er tun

könne, wenn Otter Katrin zu sehen verlangte. Konnte er sich rasch mit ihr versöhnen? Ihr ein Geschenk machen? Sie herbeischaffen?

»Nun, ich werde mich ihr als Ihr Partner zeigen, dann fällt ein bißchen Glanz auf mich ab.«

»Ja, tun Sie das«, lachte Otter, »und schöne Grüße.«

»Im Ernst«, sagte Vogtmann, »ich muß Sie unbedingt vor Ihrer Reise noch sprechen. Ich baue nämlich im Augenblick mein ganzes Unternehmen um. Da stehen auch komplizierte Finanzierungen an. Ich brauche wirklich Ihren Rat. Acht Wochen kann ich nicht warten. Dann müßte ich mich anders umsehen, und das möchte ich eigentlich nicht.«

»Worum geht's denn?« fragte Otter.

»Ich nabele die Münchener Firma völlig von den Fabriken ab. Außerdem will ich mir langfristig eine neue Branche erschließen.«

»Sind Sie in Schwierigkeiten?«

»Ja und nein. Es ist ein Engpaß. Aber mit interessanten Perspektiven. Ich möchte Ihnen das gerne in ein, zwei Stunden erläutern. Läßt sich das nicht noch einschieben in Ihren Terminkalender?«

Als Antwort kam ein unwilliger Laut. Dann hörte er nichts mehr, und während sein Herz heftig zu schlagen begann, sah er den Zusammenbruch seiner Hoffnung voraus. Otter hatte ihn durchschaut und besaß kein Interesse mehr. Gleich mußte er nein sagen, nein, es ginge nicht, und dagegen war kein Einspruch mehr möglich. Er schaute auf den Aschenbecher, die zerdrückten Stummel, die verkohlten Streichhölzer, die schwelende Zigarette in seiner Hand und wurde von einem kalten Ekel befallen.

»Hören Sie«, sagte Otter, »wenn Sie morgen vormittag um elf in mein Haus in Königstein kommen, habe ich anderthalb Stunden Zeit.«

Er blieb noch eine Weile sitzen, ehe er schwerfällig aufstand und ins Vorzimmer ging, wo Frau Eggeling noch damit beschäftigt war aufzuräumen. Die beiden Steuerfahnder waren vor einer Stunde gegangen, und ihren Andeutungen war zu entnehmen gewesen, daß sie einen sehr ungünstigen Bericht schreiben würden und er eine hohe Nachzahlung zu erwarten hatte. Doch das war nicht heute, nicht morgen, und alles Spätere hatte kaum Wirklichkeit.
»Machen Sie noch nicht Schluß, Frau Eggeling?« fragte er, während er den Mantel anzog. »Es ist schon halb sieben.«
»Nein, ich muß erst wieder Ordnung haben. Aber Sie sollten nach Hause gehen. Sie sehen total erschöpft aus.«
»Bin ich auch«, sagte er.»Ich müßte mal richtig ausschlafen, wenn ich es nur könnte.«
»Sie sollten ein paar Tage ausspannen und auf andere Gedanken kommen.«
»Mal sehen«, sagte er. »Morgen fahre ich erst mal zu Otter. Vielleicht hänge ich ein paar Tage Erholung an.«
»Was wollen Sie bei Otter?« fragte sie besorgt.
»Ich darf ihn nicht aus dem Clinch lassen. Indirekt gibt er auch zu, daß er bei mir in Schuld ist.«
Sie schien nicht überzeugt zu sein. Doch er konnte ihr ansehen, daß sie ihn auch nicht entmutigen wollte, und in plötzlicher Dankbarkeit sagte er: »Wenn ich Sie nicht hätte, könnte ich einpacken.«
Sie wehrte sich mit einem Kopfschütteln: »Ach was, das überschätzen Sie.«
»Es ist vielleicht gut, wenn ich einige Tage nicht erreichbar bin. Halten Sie mir bitte den Rücken frei. Wenn die Leute Ihnen hier die Bude einrennen, dann machen Sie ein paar Tage zu.«
»Ich weiß nicht, ob das gut wäre.«
»Ich auch nicht. Sie haben recht.«
Er nahm seine Aktentasche, die sich schwer anfühlte, und steckte eine ungelesene Zeitung ein.
»Vielleicht bin ich morgen abend wieder da«, sagte er. »Sonst

rufe ich auf alle Fälle an und bespreche mit Ihnen, was zu tun ist.«
Sie nickte und lächelte.
»Viel Erfolg. Und ruhen Sie sich aus.«

Als der Aufzug nach unten sank, wurde ihm schlecht, und es wurde nicht besser, als er auf die Straße trat und tief Luft holte. Er wankte vor Schwäche und sein Herz raste, ohne ihm Kraft zu geben, so daß er dicht an der Häuserfront entlangging, um sich anlehnen zu können, wenn das Schwindelgefühl noch stärker wurde. Man muß gehen, dachte er, durchatmen. Kann mich nicht hier auf die Straße legen, muß weitergehen, langsam, Schritt für Schritt.
Eine Unebenheit ließ ihn stolpern. Er griff mit der freien Hand nach einer Mauerkante. Moment stehenbleiben! Luft holen! In dieses Schaufenster gucken! Da war was. Es drehte sich. Es drehte sich wirklich. Ein riesiges Taschenmesser mit roten und silbernen Beschlägen, das auf einem rotierenden Sockel stand. Langsam klappte es eine große und eine kleine Klinge, einen Büchsen- und einen Kronkorkenöffner, einen Nagelreiniger und eine geöffnete Schere aus sich heraus und zog das ganze Arsenal seiner Geräte wieder in seinen rotsilbernen Rumpf zurück. Ich kann alles, schien dieses sechsarmige Winken zu sagen, ich kann alles. Gegen mich verfängt nichts. Vogtmann stand noch da und wartete. Hinter ihm lärmte der Verkehr und gingen andauernd Menschen vorbei, ohne auf ihn zu achten, als ob er in einer anderen Welt stünde. Mit der starren Bedrohlichkeit einer Winkerkrabbe spreizte das Messer erneut seine Instrumente heraus. Vorsichtig drehte sich Vogtmann von dem Schaufenster weg und ging weiter.
Es wurde nicht besser. Das Herzrasen, die kraftlosen, schweren Beine, das Schwanken der Straße und die Angst zu fallen. Im Inneren seiner Schwäche dachte er hilflos: die Schweine machen Jagd auf mich, und er meinte alle, die er gekannt hatte, die er kannte, auch die Straße hier, die Menschen. Er

schwankte in eine Kneipe, lehnte sich mit der Brust gegen den Tresen und ließ die Tasche zwischen seine Füße plumpsen.
»Einen Obstler bitte.«
Ein dickes, grobes Gesicht kam näher und musterte ihn.
»Sie haben genug, Mann. Sie kriegen nichts.«
»Ich bin nicht besoffen. Einen Obstler bitte.«
Erschrocken hörte er, daß er lallte. Dann spürte er, wie ihm im Gesicht und am ganzen Körper der kalte Schweiß ausbrach.
»Siehst du nicht, daß dem Mann schlecht ist?« sagte eine ferne Stimme.
Jetzt waren mehrere um ihn, faßten seine Arme, schauten ihm ins Gesicht.
»Was ist los mit Ihnen?«
»Nichts«, stöhnte er. »Wird schon besser.«

Er kam zu spät! Ausgerechnet heute! Er konnte sich ohrfeigen. Noch nie war er zu einer wichtigen geschäftlichen Besprechung zu spät gekommen, und ausgerechnet Otter ließ er warten, dem er diesen Termin mühsam abgerungen hatte und der sicher andere, dringende Sachen erledigen mußte, so kurz vor seiner großen Reise.
Ausgerechnet! Ausgerechnet!
Aber heute nacht, als er nicht schlafen konnte, weil er diese Enge in der Brust spürte, diesen wiederkehrenden bohrenden Schmerz, hatte er geglaubt, er könne überhaupt nicht fahren. Erst gegen Morgen war er eingeschlafen und mit dem Schreck aufgewacht, er habe den Wecker nicht gehört, und es war tatsächlich schon eine Stunde über die Zeit gewesen. Nur mit einer verbissenen Anstrengung seines Willens hatte er sich aufgerichtet und auf die Bettkante gesetzt. Schwäche und Niedergeschlagenheit hatten ihn einige Zeit dort festgehalten. Ich muß zum Arzt, hatte er gedacht, die Pumpe hat was abbekommen. Doch den Arzt konnte er nicht zu Otter schikken. Niemand nahm ihm das ab, niemand konnte ihm dabei helfen.

Und inzwischen kannte er ja diese Anfälle. Sie kamen von Aufregung und Überanstrengung und verschwanden nach einiger Zeit. Auch dieses Mal mußte er darauf setzen, daß er sich von selbst erholen würde. Unter der warmen Dusche hatte er sich dann auch etwas besser gefühlt.
Das Fahren hatte ihn beruhigt, die Musik im Autoradio, die gelassenen oder lebhaften Stimmen der Sprecher, eine angenehme weiche Frauenstimme, die eine Musiksendung moderierte. Das alles gab's noch, und ihn gab's auch noch. Was war verloren?
Träumte er dauernd? Schlief er zwischendurch ein? Einmal hatte er gedankenlos die Fahrbahn gewechselt und ein wütendes Hupen hinter sich ausgelöst. Ein anderes Mal trat er verzögert auf die Bremse, als die roten Bremslichter des vorderen Wagens schon auf ihn zuschossen. Im Grau des Himmels sah er zwei Raubvögel kreisen, und als er wieder auf die Fahrbahn blickte, war die weiße Leitplanke gefährlich nahe gerückt. Er war wirklich müde und erschöpft und fuhr streckenweise wie im Halbschlaf. Der zähflüssige Verkehr schläferte ihn ein. Die ganze Zeit hatte er nicht darüber nachgedacht, wie er bei Otter vorgehen sollte, und nun hatte er die richtige Abfahrt verpaßt und mußte einen Umweg über das Homburger Kreuz und Oberursel machen. Unweigerlich kam er jetzt zu spät. Und das Mindeste war, daß Otter ihn das fühlen ließ. Die ganze mühsam wiederhergestellte Freundlichkeit war jedenfalls dahin. Schnell! Er mußte schnell fahren! Vorbei an diesen Langweilern, die die Überholbahn nicht räumen wollten. Selbst auf der Autobahn hielt jeder fest, was er hatte. Die wichen nicht zur Seite, auch wenn er mit der Lichthupe blinkte. Lumpen waren das, Schweine! Er fuhr dicht auf. Hupte, blinkte. Wütendes Hupen antwortete ihm, wenn sie endlich nach rechts auswichen und er vorbeischoß. Irgendetwas stimmte mit seinen Augen nicht. Dauernd sah er schwarze Punkte vor der Scheibe wie einen lästigen Fliegenschwarm.

Eine Viertelstunde zu spät! Er hatte seinen Wagen in einer Seitenstraße geparkt und ging eilig die ansteigende Straße hinauf und suchte die Hausnummer. Lauter alte Villen in zugewucherten Grundstücken, die nach hinten an den Buchenwald grenzten. Königstein war die Stadt Deutschlands, in der pro Kopf die meisten Millionäre wohnten. Es war der bevorzugte Wohnort der Bankpräsidenten und reichen Aktionäre, des neuen und des alten Reichtums. Die gute Waldluft und die Höhenlage und die Nähe Frankfurts machten das verständlich. Auch Otters Frau sollte vermögend sein, alter Reichtum, ererbt und sicher angelegt. In diesen Häusern lebten Leute, denen große Anteile an Fabriken, ganze Straßenzüge und florierende Geschäfte gehörten, Vermögen, die von Fachleuten verwaltet und vermehrt wurden.

Da war das Haus, efeubewachsen, zweistöckig, mit weißen Sprossenfenstern und einem mächtigen geschwungenen schwarzen Dach. Die Haustür, dunkelgrün, mit einem Sichtfenster und Messingbeschlägen. Die Klingel erzeugte im Haus einen melodischen Glockenklang. Nichts geschah. War er falsch hier? Die Nummer stimmte. Er läutete wieder, und kurz darauf kam jemand. Die Tür wurde zögernd geöffnet. Eine Frau, ungefähr fünfzig Jahre alt, mit einem harten, mürrischen Gesicht sah ihn fragend an. War das Frau Otter? Er stellte sich vor und wurde mit einem kurzen »bitte« hereingelassen und durch den Windfang und eine Diele in ein großes dämmriges Wohnzimmer geführt. Hinter zur Seite gerafften Portieren schloß sich ein weiteres Zimmer an, dessen Fenster fast zugewuchert waren vom dunklen Laubgrün des Gartens.

»Bitte, nehmen Sie Platz.«

Sie ging wieder, mürrisch und schweigsam, schloß die Tür. Er wußte nicht, wo er sich setzen sollte, und schaute sich um. Dunkle Ledersessel, steife Stühle mit verblichenen Brokatbezügen, eine verschnörkelte Kredenz, ein Sofa mit geschwungener Rückenlehne, daneben eine Palme in einem Keramikkübel, ein dunkler fünfarmiger Kronleuchter mit Bronzezierat unter der Stuckdecke, Teppiche und Brücken, persisch oder afghanisch, mit düsteren geometrischen Mustern. Im Nebenzimmer standen einige jüngere Möbel, aber es waren Nachahmungen alter Vorbilder, die demselben altmodischen Geschmack entsprachen. Hier sollte er gleich mit Otter sprechen? Es erschien ihm unvorstellbar. Er mußte in einem falschen Haus sein.

Nervös hüstelte er, hatte sich noch immer nicht gesetzt. Otter ließ ihn warten. Es war die stumme Antwort darauf, daß er zu spät gekommen war. Ging das Nebenzimmer um die Ecke herum in einen anderen Raum über? Das Haus schien größer zu sein, als er dachte, und vollkommen leblos, wie eine stehengebliebene Erinnerung an ein vergangenes Leben.

Im Moment, da er sich setzen wollte, hörte er Schritte vor der Tür. Eine kleine Frau in einem cremefarbenen Kostüm und einer rosa Bluse kam herein und gab ihm die Hand. Ihr Haar war pechschwarz gefärbt und ließ ihr stark gepudertes Gesicht welk und alt erscheinen. Sie mußte ungefähr Mitte Siebzig sein. Irgendein teures schweres Parfüm umgab sie. An der hochgeschlossenen Bluse prunkte eine alte Brosche. »Ich bin Frau Otter«, sagte sie mit einer kratzigen, aber freundlichen Stimme. »Bitte, nehmen Sie doch Platz, Herr Vogtmann.«

Sie hatte auf einen Sessel gewiesen, der in seiner Nähe stand, während sie sich in puppenhafter Grazie auf das Sofa setzte und ihn anlächelte.

»Es tut mir leid«, begann sie wieder, »mein Mann ist noch nicht da. Er mußte heute früh dringend nach Offenbach zu amerikanischen Geschäftsfreunden. Ich hoffe, er kommt gleich.«

»Wenn ich warten darf.«

»Bitte, gerne. Möchten Sie etwas trinken? Sherry, Kognak? Oder Tee?«

»Tee, bitte«, sagte er wahllos.

Zu seiner Überraschung griff sie neben sich, wo auf einem niedrigen Beitisch eine Handglocke stand, und läutete. Die mürrische, schweigsame Frau mit den harten Augen schaute

zur Tür herein, nahm die Bestellung entgegen und zog sich zurück.
»Das ist meine Nichte«, erklärte Frau Otter. »Vor einem Jahr hat sie ihren Beruf als Krankenschwester aufgegeben und wohnt jetzt bei uns, weil ich so oft allein bin. Mein Mann tummelt sich ja dauernd in der Welt herum. Mit meinem ersten Mann bin ich auch viel gereist. Wir waren sehr viel im Süden. Aber das ist lange vorbei.«
Sie lächelte ihn an, als wollte sie sagen: Sie sehen ja selbst, daß ich alt bin. Doch vielleicht meinte ihr Lächeln auch gar nichts und war nur gesellschaftliche Routine.
»Fred ist ja wirklich ein Abenteurer«, fuhr sie fort. »Ich weiß nicht, ob er ein guter Geschäftsmann ist. Aber ein Abenteurer ist er. Er treibt sich überall herum und hat tausend Dinge im Kopf. Ich hoffe, er hat Sie nicht vergessen?«
»Hat er gesagt, er wollte zurückkommen?«
»Jaja, er wollte pünktlich hier sein. Aber wie Sie sehen: Man kann sich nicht darauf verlassen. Das kenne ich schon.«
»Kann ich ihn anrufen? Ich könnte auch schnell nach Offenbach fahren, um ihn dort zu treffen.«
»Nein, tut mir leid«, sagte sie. »Er läßt mir selten eine Telefonnummer da. Ich bin das Warten gewohnt. Ist Ihre Angelegenheit dringend?«
»Ja, sehr. Leider.«
»Wo kommen Sie jetzt her, Herr Vogtmann?«
»Aus München.«
»Oh, ich bin wirklich böse mit Fred, daß er Sie am Tag vor seiner Reise noch herbestellt. Er hätte doch wissen müssen, daß es nicht klappt.«
War das eine tückische Inszenierung, in die er geraten war? Wollte Otter ihn verhöhnen, indem er ihn hier warten ließ wie einen armen Bittsteller, der verfaulen konnte? Oder war ihm wirklich etwas dazwischengekommen, so daß er in den nächsten Minuten mit einer Entschuldigung zur Tür hereinkommen würde, freundlicher und gesprächsbereiter, als wenn er hätte warten müssen?

»Kann man nicht im Büro in Frankfurt anrufen?« schlug er vor. »Vielleicht weiß man da, wo er ist.«
»Nein, nein, er ist heute morgen plötzlich von hier aus weggefahren. Ich denke schon, er kommt noch. Wir wollen noch nicht aufgeben, nicht wahr?«
Die schweigsame Frau brachte den Tee und stellte Tassen und Kanne mit ihren groben, knochigen Händen auf dem kleinen Beitisch ab.
»Willst du eine Tasse mit uns trinken, Hilde?« fragte Frau Otter.
»Nein danke, muß noch einkaufen.«
Sie verschwand wieder, steinern und blicklos, mit einer Ausstrahlung stummen Hasses. Vielleicht lebte sie hier, um sich ihr Erbe zu verdienen. Vielleicht war sie verrückt.
Wieder suchte ihn das bedrückende Gefühl heim, daß dies alles eine Veranstaltung zu seiner Demütigung sei, und nur, indem er sich sagte, ich will's herausfinden, ich will's jetzt wissen, konnte er sich zwingen, sitzen zu bleiben und notdürftig auf das Geplauder von Frau Otter einzugehen und ihren blassen Jasmintee zu trinken. Ja, sie war früher viel gereist, schon mit den Eltern, als Reisen noch kein Massenvergnügen war. Wenn man jetzt zum Beispiel an die französische Riviera fuhr, blutete einem ja das Herz. Sie war vor Jahren noch einmal in Cannes und Nizza gewesen und schleunigst wieder umgekehrt. Ihre Stimme heischte Zustimmung, und er gab sie ihr, zerfahren vor Unruhe, die er kaum zu verbergen vermochte.
Er fragte, ob er rauchen dürfe.
»Aber natürlich«, sagte sie, »geben Sie mir bitte auch eine.«
Er sah, wie ihre blaßgeschminkten, von weichen Falten umgebenen Lippen die Zigarette faßten, den Rauch einsogen und wieder hervorquellen ließen, und wußte auf einmal, daß sie ihn kaltblütig beobachtete, und als habe sein Einfall ihr das Stichwort gegeben, sagte sie mit ihrer rauhen, brüchigen Altfrauenstimme, die manchmal, wenn sie kokett zu sein versuchte, ins Kiksige umkippte: »Ich glaube, Sie sind heute

ein Pechvogel, Herr Vogtmann. Ich habe das gleich gesehen, als ich ins Zimmer kam.«
»Was?« sagte er.
»Ihre Unglücksaura. Sie sind heute ganz umgeben davon. Aber Sie glauben wahrscheinlich nicht an so etwas?«
»Nein, überhaupt nicht.«
»Aber ich sehe es auch in Ihren Augen. Es ist eine schreckliche Fähigkeit. Ich wünschte, ich hätte sie nicht.«
Er starrte sie an. Die dunklen Augen über den Tränensäcken und unter dem starren Bogen der schwarzgefärbten Augenbrauen flößten ihm einen leisen Schauder ein.
»Nein, ich glaube nicht an solche Dinge«, sagte er. »Ich bin nur erschöpft. Und das hat seine Gründe.«
»Wir sind selbst unser einziger Grund, Herr Vogtmann. Wissen Sie das nicht?«
»Mag sein«, sagte er abweisend.
Er blickte auf seine Uhr und stand auf: »Ich werde jetzt fahren. Es hat keinen Zweck mehr zu warten.«
»Nein, nein, warten Sie einen Augenblick«, sagte sie. »Ich muß Ihnen noch etwas geben. Mein Mann hat mich beauftragt, Ihnen einen Scheck auszuhändigen, wenn er bis zwölf Uhr nicht zu Hause ist.«
»Einen Scheck?« fragte er verständnislos, doch erregt von einer neuen Hoffnung.
»Einen Barscheck, ja.«
Sie ging ins Nebenzimmer, zog eine kleine Schublade aus dem Aufsatz des Sekretärs heraus und kam mit dem Scheckformular zu ihm zurück.
»Bitte sehr«, sagte sie.
Er blickte auf das Papier in seiner Hand. Es war ein Barscheck über fünfhundert Mark mit Otters großer Unterschrift und dem Datum von heute.
»Ich habe 1,4 Millionen an Ihren Mann verloren«, sagte er. »Was soll dieser Wisch?«
»Mein Mann meinte, Sie wären in Schwierigkeiten. Und soviel ich weiß, schuldet er Ihnen nichts.«

»Man kann's offenbar so sehen«, sagte er.
Er schüttelte den Kopf, betrachtete den Scheck. Er fühlte, wie sein Ich wegschmolz. Alles war gleichgültig. Was er jetzt tat, war gleichgültig. Bis zur Tür war es nicht weit, und er brauchte nie wieder hierher zurückzukommen. Er steckte den Scheck in seine Jackentasche.
»Ich danke für den Tee«, sagte er.

Das Telefon in der Diele läutete mehrmals.
»Geh du erst mal hin«, sagte Wollweber zu seiner jungen Frau, »vielleicht ist er es wieder.«
»Und dann?« fragte sie.
»Geh erst mal hin.«
Noch immer läutete das Telefon, das unangenehm laut gestellt war, und sie dachte: Es hat keinen Zweck, länger zu warten. Er wird nicht aufhören. Er weiß, daß wir zu Hause sind. Sie ging hin und nahm den Hörer ab und hörte mit einem Gefühl innerer Abwehr die dunkle, kehlige, ein wenig kollernde Stimme Ulrich Vogtmanns, die ohne jede Liebenswürdigkeit war. Vogtmann hatte vor einer Stunde schon einmal angerufen und nach ihrem Mann gefragt. Gestern hatte er auch im Büro ihres Mannes angerufen und mit seiner Sekretärin gesprochen. Ihr Mann und er waren Schulfreunde gewesen, kannten sich jedenfalls vom Internat her, und darauf berief er sich wie auf ein altes Recht. Sie hatte den Eindruck, daß er sich in keiner guten Lage befand. Die Stimme, so fordernd und gepreßt, schien etwas davon mitzubringen. Sie drängte sich auf, als habe sie nicht nur einen Anspruch, gehört zu werden, sondern auch auf Schuldgefühle und Angst. In der magischen Berührungsfurcht, mit der durch Reichtum und Glück bevorzugte Menschen sich vom Unglück fernzuhalten versuchen, hätte sie am liebsten geantwortet, daß ihr Mann nicht zu Hause sei. Aber Wollweber war hinter ihr hergekommen und hatte zugehört, und so hielt sie nur rasch die Sprechmuschel zu und sagte »er ist es«, bevor sie das Gespräch übergab.

»Hallo, Ulrich, wo steckst du?« fragte ihr Mann.
Und natürlich lief alles so, wie sie es erwartet hatte: Vogtmann war ganz in der Nähe, und ihr Mann lud ihn ein, zu kommen und über Nacht zu bleiben.
Eine halbe Stunde später klingelte es an der Haustür, und da ihr Mann nach einem Sportunfall in der vergangenen Woche noch humpelte, ging sie zur Tür, um zu öffnen. Vogtmann, den sie von einem Schulfoto als einen blonden, gegen die Sonne blinzelnden Jungen kannte, war ein großer, hagerer Mann mit gehetzten Augen, der angespannt und erschöpft aussah. In der Hand trug er eine aufgeblähte Reisetasche, was seiner Erscheinung etwas Geschäftsmäßiges gab. Die knappe, formelhafte Art, mit der er sich vorstellte, verstärkte diesen Eindruck. Er schien sich fremd zu fühlen und zu wissen, daß er störte, aber entschlossen zu sein, sich darüber hinwegzusetzen. Sie forderte ihn auf hereinzukommen. Er entschuldigte sich, daß er ihr keine Blumen mitgebracht habe. Er sei extra noch beim Bahnhof vorbeigefahren, aber der Blumenstand sei schon geschlossen gewesen. Er werde das auf alle Fälle nachholen. Vorläufig bedanke und entschuldige er sich.
Inzwischen war auch ihr Mann erschienen und begrüßte Vogtmann mit einem erstaunten Hallo und einer freundschaftlichen Umarmung. Dann hielten sie sich einen Augenblick auf Armlänge voneinander weg und schauten sich lächelnd an. Es sah so aus, als ob sie beide erfreut wären, und vielleicht stimmte das auch. Vogtmann hatte ihrem Mann eine Flasche Kognak mitgebracht, und der zeigte sich erfreut, obwohl er nie welchen trank. Während sie nach hinten in den großen, zum Garten gelegenen Wohnraum gingen, beobachtete sie, daß Vogtmann die Räume und die Möbel musterte, aber bemüht war, es sich nicht merken zu lassen. Sichtbar erschöpft saß er schließlich in dem angebotenen Sessel und versuchte, auf das lebhafte Erinnerungsgeplauder ihres Mannes einzugehen. Er wird ihn um Geld bitten, dachte sie, und ein wenig schämte sie sich, daß sie ihn so kalt einschätzte.

Aber es war klar, es mußte so kommen. Sie konnte es nicht verhindern, und natürlich wußte auch ihr Mann, wie die Dinge standen und hatte längst schon entschieden, was ihn diese Freundschaft kosten dürfe. Also konnte sie die beiden Männer jetzt allein lassen.

Es war spät in der Nacht, als ihr Mann ins Schlafzimmer kam. Sie wachte auf, weil er im Dunkeln gegen einen Stuhl stieß und leise stöhnte.

»Was ist?« fragte sie. »Hast du dir weh getan?«

»Nicht so schlimm«, sagte er. »Es war nicht der verletzte Fuß.«

Er legte sich neben sie ins Bett und suchte ihre Hand.

»Entschuldige, daß ich dich geweckt habe.«

»Macht nichts. Habt ihr bis jetzt gesprochen?«

»Ja, es war schrecklich. Er ist geschäftlich am Ende und auch mit seiner Ehe. Er zweifelt sein ganzes Leben an.«

»Hast du ihm Geld gegeben?«

»Er wollte keins haben. Er war wütend, als ich es ihm anbot. Ich mußte ihn erst einmal beruhigen.«

»Warum hängt er so an dir?«

»Ich weiß nicht. Damals im Internat habe ich ihn ziemlich unterdrückt. Ich habe ihm Geld gegeben, damit er mir die Schuhe putzte. Selber ist er ein Jahr lang in viel zu kleinen Schuhen herumgelaufen, bis er krumme Zehen hatte.«

»Aber er sagt, ihr wäret befreundet gewesen.«

»Später ja, das stimmt.«

»Und jetzt? Kannst du ihm helfen?«

»Ich weiß nicht. Er hofft, daß ich ihm eine Stelle besorge. Ich kann mich damit nicht befreunden. Seine Firma geht in Konkurs, und er scheint daran nicht unschuldig zu sein. Ich glaube, er hat sich in krumme Sachen hineinziehen lassen.«

»Dann kannst du ihn doch nicht empfehlen.«

»Eigentlich nicht«, sagte er. »Es fehlt ihm ja auch jede Branchenkenntnis. Ich müßte ihn schon selbst einstellen. Aber das wird schwierig unter Schulfreunden, wenn ich ihm zeigen muß, wer der Chef ist. Ich muß mir was einfallen lassen. Ich habe ihm gesagt, er soll nächste Woche zur Wassersportmesse nach Friedrichshafen kommen, da könnte ich etwas für ihn tun. Aber das war eine Schnapsidee und zwar wörtlich. Wir haben sogar darauf angestoßen.«

»Du kannst mir leid tun«, sagte sie. »Er natürlich auch.«

Sie dachte an den abgezehrten Mann, der in ihrem Gästezimmer schlief, ein Eindringling, der durch seine Existenz die Glücksatmosphäre ihres Hauses verletzte. War Unglück eine Krankheit, die ansteckte? Konnte man sich dagegen schützen? Konnte man die Unglücklichen von sich wegstoßen oder lud man damit eine Schuld auf sich, für die man irgendwann bestraft wurde?

Sie schauderte zusammen, als sie das dachte, und schmiegte sich enger an den Körper ihres Mannes.

»Ich bin froh, wenn er wieder weg ist«, sagte sie. »Und so froh, daß du da bist.«

Am Morgen lächelte sie strahlend, als ihr Mann und Vogtmann kurz nacheinander zum Frühstück kamen. Sie war früh aufgestanden und hatte den Tisch besonders schön gedeckt und dabei ein Gefühl von Sicherheit gewonnen. Die Tischdecke und die Servietten, das Berliner Porzellan, die silberne Teekanne und die flache Obstschale in der Mitte, alles war so erlesen und harmonisch geordnet, so selbstverständlich und schön, daß es ihr als ein Bild ihrer unversehrbaren Existenz erschien. Vogtmann konnte ihr nichts anhaben. Ob er den Tisch überhaupt wahrnahm, wußte sie nicht. Er hatte bläuliche Schatten unter den Augen, und alle seine Reaktionen kamen ihr verlangsamt vor. Nur oberflächlich und mühsam hielt er mit ihr und ihrem Mann Kontakt, und sie beide hatten Zeit, sich anzulächeln in glücklicher Verständigung. Vogtmann starrte indessen vor sich hin, nicht, als denke er über etwas nach, sondern als löse er sich in seiner inneren Leere auf. Er aß nur einen Toast und einen Joghurt, rauchte, wie um aufzuwachen, mehrere Zigaretten. Sie mußte gründlich lüften, als er gegangen war. Eine Stunde später klingelte ein Bote und brachte ihr einen großen Blumenstrauß und eine Karte, auf der er sich bei ihr für ihre Gastfreundschaft bedankte.

Und nun auf einmal meldete er sich nicht mehr, sondern nur noch, eine Zeitlang noch, eine Frauenstimme, die allen Anrufern die Auskunft gab, daß er im Augenblick nicht zu erreichen sei und nichts hinterlassen habe. Es war eine Stimme, die ihre Kühle aus der sich steigernden Erregung der wechselnden Anrufer zu gewinnen schien oder aus ihrer nur formalen Zuständigkeit, ihrer hartnäckig betonten Unwissenheit, die sie den Anrufern entgegenhielt. Nein, sie wußte nichts, konnte nichts sagen, war zu nichts befugt, das Büro war geschlossen. Nach zwei oder drei Stunden aber hatte sich der Ausdruck verändert. Die Stimme war lauter geworden, ungeduldiger, sie sprach schneller, und durch die immer noch formelhaften Auskünfte hindurch konnte man etwas anderes hören, das sie kaum noch zu verbergen vermochte und dem sie sich schließlich überlassen mußte: Es schien ein Gemisch von Ratlosigkeit und Angst zu sein, vielleicht die jetzt erst aufsteigende Ahnung, daß sie, die Inhaberin der Stimme, auch verraten und verlassen worden war und in einer längst verlorenen Position einem Druck standzuhalten versuchte, der unaufhaltsam anwuchs und immer noch stärker werden würde, bis er auch sie überwältigt hatte und sie irgend etwas tun würde, was dann die Katastrophe in ihr Inneres ließe, um sie zu überschwemmen.
Eine Zeitlang hörte man sie nicht mehr. Dann meldete sie sich erneut mit einer unerwartet wiedergefundenen Sachlichkeit. Aber es war jetzt nur noch das unerschütterliche mechanische Relikt ihrer Stimme, das mit stets gleicher Betonung und in einer künstlichen Deutlichkeit sagte: »Hier automatischer Anrufbeantworter, Firma Südkostkette. Das Büro ist bis auf weiteres geschlossen. Bitte sprechen Sie Ihre Mitteilung nach dem Tonzeichen ins Telefon und fügen Sie Ihren Namen und

Ihre Adresse hinzu. Bitte jetzt sprechen.« Worauf ein kurzer Summton erfolgte und eine Stille einsetzte, die wie ein gleichmäßiges Vorbeiziehen einer anhaltslosen Schwärze war, vergleichbar der Bewegung des Tonbandes, das man jetzt mit einer Klage, einem Fluch, einer Bitte besprechen konnte, ohne allerdings hoffen zu können, daß Antwort kam.

Die Lichter waren ausgegangen, zuerst im Büro, dann im Vorraum, dann im Treppenhaus, und die Sekretärin war eilig mit ihren rasch aus Schrank und Schreibtisch zusammengerafften Habseligkeiten über die Straße ins Parkhaus zu ihrem Auto gegangen. Sie war eingestiegen und hatte sich, bevor sie den Zündschlüssel umdrehte und den Wagen startete, gegen die Rückenlehne ihres Sitzes gelehnt und einmal tief ein- und ausgeatmet, war dabei ein wenig in sich zusammengesackt, als sei alles Falsche aus ihr heraus, auch die falsche Haltung, die vorgetäuschte Sicherheit, mit der sie stundenlang halbe und nichtssagende Auskünfte erteilt hatte, bis sie spürte, daß sie nicht mehr länger standhalten konnte, und geflohen war.

Denn es war eine Flucht, nicht nur vor den vielen Verfolgern am Telefon, sondern mehr noch vor dem Verfolgten selber, auf dessen Weisungen oder Fragen sie dort im Büro gewartet hatte, während sie den Ansturm aufzuhalten versuchte und so, wie sie glaubte, seinen vorübergehenden Rückzug deckte. Vielleicht fand er inzwischen einen neuen Ausweg und brauchte in seiner Kommandozentrale, wie er manchmal sein Büro genannt hatte, jemanden, auf den er sich verlassen und mit dem er sich ohne lange Vorbereitung verständigen konnte, wenn er noch einmal, wie schon so oft, den rettenden Einfall hatte und aus seiner Verborgenheit heraus vordringen mußte zu Leuten, die die Macht und vielleicht auch Gründe hatten, ihm zu helfen, Leute wie Hartwich und Otter oder die wichtigsten Lieferanten, mit denen sie in den vergangenen Monaten oft gesprochen hatte.

Sie wartete auf seine Stimme, die plötzlich, nachdem sie zum wievielten Mal den Hörer abgenommen hatte, wieder da sein würde, ruhig und überlegen und ihr vertraut aus vielen Monaten gemeinsamer Arbeit, in denen dieser Ton, dieser Ausdruck sie jedesmal davon überzeugt hatte, daß er, ihr Chef, alle Schwierigkeiten meistern würde. Sie hatte gelernt, sich darauf zu verlassen und immer wieder gegen alle Zweifler recht behalten, so daß sie schließlich in deren Augen, und vor allem in ihren eigenen, ein Teil seiner Kraft und seines Vorauswissens wurde. Und wenn in kurzen Augenblicken der Erschöpfung, die nur sie kannte, die Kraft oder, wie sie auch dachte, das Licht in ihm zu erlöschen schien und er grau und ausgehöhlt in seinem Sessel saß, dann konnte sie ihm diese Kraft mit ein paar Worten zurückgeben, so als hätte sie sein eigentliches Wesen unangreifbar für seine Feinde in sich aufbewahrt.

Sie hatte davon gelebt, sich als einen Teil seines Lebens zu fühlen, als der stillere, unscheinbarere Teil, was in ihren Augen immer noch eine Auszeichnung vor den anderen war, die nur über sie mit ihm in Verbindung standen und die jetzt natürlich alle schon verschwunden waren, während sie als letzte für ihn hier die Stellung behauptete und eigensinnig auf seine Stimme wartete, die ihre Ausdauer schließlich rechtfertigen und erneuern würde. Sie wartete darauf nicht wie auf ein Wunder, sondern im Gegenteil, wie auf ein Zeichen der Wiederinkraftsetzung der alten Wirklichkeit, das unfehlbar nun bald kommen mußte, jetzt oder gleich, jedenfalls um so wahrscheinlicher, je länger sie schon darauf gewartet hatte. Doch jedesmal, wenn ein neues Klingelzeichen sie aus ihrer halben Betäubung hochriß und sie wieder den Ansturm einer wütenden oder verzweifelten Stimme zu überstehen hatte, bröckelte etwas ab von ihrer Festigkeit, und allmählich, ohne daß sie es zugab, mehr wie das stundenlange Frieren eines beschäftigten Menschen, der erst später, wenn er ganz ausgekühlt ist, die Veränderung bemerkt, wurde sie von einem Gefühl der Verlassenheit und des Am-Ende-seins ergriffen.

Sie sah in dem faden Licht des Büroraums die Rücken der Aktenordner, einen Drehstuhl mit einem verrutschten grü-

nen Kissen und das matte Glänzen der aufgeräumten Schreibtischplatte und dachte, was tu ich noch hier? Das Zimmer mit seiner Einrichtung sah so aus, als könne es nicht mehr lange bestehen. Es war nur ein Augenblick, eine seltsame, befremdende Vision, doch danach fand sie nicht mehr in ihre Gewohnheit zurück. Ohne weiteres Nachdenken begann sie, ihre Sachen aus ihrem Schreibtisch hervorzukramen – zwei Frühstücksmesser, ein Obstmesser, eine Teedose aus Porzellan, einen Brieföffner aus Elfenbein, ein Brillenetui, eine silberne Zuckerdose – und stopfte alles in eine Plastiktüte. Dann ging sie zum Schrank, nahm ihren Mantel, ihren Schal und eine hängengebliebene alte Strickjacke heraus, und jetzt erst, mit den Sachen über dem Arm, unschlüssig, ob sie sie anziehen sollte, gestand sie sich ein, daß sie ihren Glauben an Vogtmann verloren hatte und dabei war zu fliehen. Es erschütterte sie nicht mehr. Sie war eigentlich schon darüber hinaus. Sie besprach das Tonband des Anrufbeantworters und schaltete den Apparat um. Er ist selber schuld, dachte sie, ohne einen genauen Sinn damit zu verbinden. Die Dinge in der Plastiktüte gehörten jedenfalls ihr.
Auf einmal mußte sie sich vorstellen, er könne zusehen, wie sie die Treppen hinunterlief. Er hing zwei Stockwerke über ihr, mit dem Oberkörper über das Geländer gebeugt, und rief hinter ihr her: »Bekomme ich keinen Kaffee? Bekomme ich keinen Kaffee?!« Die Stimme verstieg sich zu einem hündischen Aufheulen, das sie erschreckte, weil sie es immer in der Tiefe dieser Stimme geahnt hatte, und sie hatte es jetzt daraus hervorgeholt.
Gut, dachte sie, daß das vorbei ist, und lenkte ihren Wagen über die Windungen der Rampe aus dem Parkhaus hinaus in die von Lichtern erfüllte Stadt.

An den Fahnenmasten vor dem Messegelände wehten die Nationalflaggen der Aussteller aus vielen verschiedenen Ländern, und quer über der Front des Haupteinganges prangte eine monumentale weiße Schrift: Interboot 17.–25.9. Der Wind kam vom See herüber und brachte einen Hauch von Kühle aus den Alpen mit. Vogtmann fröstelte auf seiner Bank. Seit gestern mittag war er hier, und heute, am Sonntag, ging die Messe zu Ende und das Publikum drängte sich. Er hatte auf der Bank sitzend eine Brühwurst mit Senf und ein Brötchen gegessen und eine Büchse Bier getrunken und überlegte seit einer halben Stunde, ob er noch einmal, zum letzten Mal, in die Halle gehen sollte, um Wollweber zu finden, der ihm vor einer Woche versprochen hatte, ihn hier auf der Interboot mit Fabrikanten und Geschäftsleuten aus seiner Branche bekanntzumachen. Heute abend war die letzte Gelegenheit dazu, und er hatte Wollweber noch nicht sprechen können. Gestern hatte er ihn einmal von ferne gesehen, inmitten einer Gruppe von Leuten, die in ein Fernsehstudio verschwanden. Er hatte eine gute halbe Stunde in der Nähe gewartet, aber wohl den Augenblick verpaßt, in dem Wollweber wieder aus dem Studio herausgekommen war. Auch im Hotel hatte er ihn nicht angetroffen und nur seine Karte und seine Hoteladresse hinterlegt. Bis jetzt hatte er keine Antwort bekommen. Was konnte er verlieren, wenn er noch einmal durch die große Halle ging und schaute, ob Wollweber sich diesmal am Stand aufhielt oder ihm im Gang in die Arme rannte, so daß er ihn festhalten konnte, bis er sein Versprechen einlöste? Von sich aus würde er das nicht tun. Man mußte ihn zwingen. Man mußte sein Glück zwingen. Gerade dann, wenn alle glaubten, daß man am Ende sei. In jedem Ende steckte ein neuer Anfang. Nächste Woche erklärte er seinen Bankrott, und bis dahin mußte er die Kurve kratzen. Besser gesagt: Er mußte Land unter die Füße bekommen. Oder er mußte Land sehen. Er brauchte eine Aussicht. Es war lebenswichtig, eine Aussicht zu haben. Jeder Mensch brauchte das. Vielleicht hatte er immer nur um eine Aussicht gekämpft.

Wie oft war er jetzt schon durch die Halle gegangen? Und trotzdem umgaben ihn die Farben, die Lichter, der schwebende Stimmenlärm und das Gedränge der Menschen in den Gängen zwischen den Ausstellungsständen noch immer wie ein leichter Rausch. Riesige bunte Panoramafotos füllten die Stellwände der Ausstellungskojen, die freien Hallenwände und die Informationsstände, und hier und da konnte man auf Monitoren ähnliche Bilder kleiner, aber in Bewegung sehen: Kajakfahrer wühlten sich durch schäumende Wildwasser, Wasserskiläufer warfen in scharfen Kurven glitzernde Wasserfächer zur Seite. Eine blonde Frau sonnte sich auf dem roten Luftwulst eines Schlauchbootes und ließ eine Hand träumerisch in das glasklare Wasser hängen. Ein Angler saß im Heck seines Kahns und rauchte eine Pfeife. Drei Surfer mit schmetterlingsbunten Segeln ließen sich hochtragen vom Schäumen der Brandungswellen. Taucher mit Harpune und Unterwasserkamera schwebten im grünlichen Unterwasserdämmer eines Korallenriffs. Regattasegler lehnten sich, die Füße gegen die Bordkante gestemmt, fast waagerecht nach außen, um ihr geblähtes Segel voll im Wind zu halten. Fröhliche Badegesellschaften fuhren auf schnittigen Motorjachten in abgelegene Buchten und zu einsamen Inseln vor der Küste.
Kommen Sie! Wählen Sie! Wir beraten Sie!
Die Heckkabine der Galaxy-Reihe bietet echten Familienkomfort. Waikiki – das rasante Rennboot für sportliche Leute. Baja Sunblazer – ein Küstenkreuzer der ersten Klasse. Bimini Open Sport – das Boot für Sie und Ihre jungen Freunde.
Kommen Sie! Träumen Sie! Sagen Sie uns Ihre Wünsche!
Neue Dimensionen im Wasserski. Bessere Laufflächen und Querschnitte, neue Werkstoffe. Eine Baureihe voller Prestige mit sportlichen Erfolgen von Weltklasseniveau.
In der Sport- und Freizeitbranche schienen sich alle goldene Nasen zu verdienen. Man sah es an der Werbung, der großzügigen Aufmachung der Messestände, dem geschulten Personal, der sportlichen Eleganz des Publikums, das fachkundig

und interessiert an den Ständen vorbeipromenierte. Er hatte mit langweiligen Bedarfsgütern Geld zu machen versucht. Seine Kunden waren pfennigfuchsende Hausfrauen und kleine Leute gewesen. Hier waren die Kunden Leute, die sich nicht scheuten, Geld auszugeben, Leute mit Stil und mit Ehrgeiz, Reiche und Aufsteiger, Menschen, die den Erfolg suchten und Geschmack am Leben hatten. Hier wäre sein Platz gewesen, sein Markt. Die Welle hätte ihn hochgetragen. Hier gehörte er hin.

Kommen Sie! Träumen Sie! Sagen Sie uns Ihre Wünsche!

Funny – ein Allround-Board, wie Sie es wünschen, kippstabil mit Varioschwert, optimales Gleitprofil.

Stardust – das Jumpboard der Superlative, getestet von den Besten. Die heißeste Surfboard-Entwicklungsküche in Hawaii hat Ed Angulo, einen der erfolgreichsten Shaper der Welt, unter Vertrag.

Bei den Surfern herrschte immer Hochbetrieb, und sie hatten die phantasievollsten Stände. An Wollwebers Stand waren alle Verkäuferinnen und Verkäufer weiß und marineblau gekleidet. Weiße Röcke, weiße Hosen, marineblaue Leinenjakken, die Gesichter braungebrannt, als kämen sie eben aus dem Urlaub oder einem Sonnenstudio. Wahrscheinlich ließen sie ihn warten, weil sie ihn schon kannten. Sie wußten, daß er nichts kaufen wollte. Er stand hier nur herum und wartete auf den Chef. Der Chef war mit Kunden zum Essen gegangen. Er befand sich bei einer Pressekonferenz. Vor einer Stunde war er kurz hier aufgetaucht. Wahrscheinlich war er jetzt in einer anderen Halle. Er konnte auch in der Cafeteria sein. Lassen Sie uns doch bitte Ihre Karte hier.

An der Rückwand der Koje prunkten die Surfsegel in den neuen Modefarben: violett, pink, rosé und hellblau in dramatischen Kompositionen, angeleuchtet von einer Serie von Punktstrahlern. »Unsere Art Gallery auf dem Wasser« – stand darüber in einer großen Schrift.

Er nahm einen Prospekt vom Stapel und begann darin zu blättern: Neue Standards in der Standard-Reihe. Die All-

roundfunboards der Hawaii-Reihe sind für Starkwindeinsatz entwickelt worden. Hier gibt es keine Kompromisse. Drei Komfort-Riggs der S-Klasse. Das moderne Powerhead-Segel steht voll im Trend der neuen Surfdimension. Die S-Klasse groß im Detail, perfekt in Technik und Funktion.
»Bitte, kann ich Ihnen helfen?« fragte ein Verkäufer.
»Ich möchte Dr. Wollweber sprechen.«
»Tut mir leid. Ich weiß nicht, wo er ist.«
»Ich bin extra aus München hergekommen. Er hat mir gesagt, ich könnte ihn immer am Stand treffen.«
»O nein«, sagte der Verkäufer, »hier ist Dr. Wollweber nur ganz selten. Er hat ja laufend Verabredungen im Hotel oder in der Stadt.«
»Er wollte mir hier eine Nachricht hinterlassen.«
»Moment bitte. Ich werde meine Kollegin fragen.«
Es hatte keinen Zweck, er wußte es, sah es schon an dem ungeduldigen Seitenblick, mit dem die Verkäuferin zu ihm herübersah, bevor sie sich von ihrem Kollegen trennte und auf ihn zukam.
»Es tut mir leid«, sagte sie. »Dr. Wollweber ist in einer Sitzung des Messebeirates. Lassen Sie mir bitte Ihre Karte und Ihre Hoteladresse hier.«
»Die haben Sie schon«, sagte er. »Ich war vor zwei Stunden schon einmal da. Und gestern nachmittag auch.«
»Ich weiß«, sagte sie kurz.
Er sah ihrem Gesicht an, wie ihn das disqualifizierte. Er war für sie ein lästiger Bittsteller, den man abwimmeln mußte. »Kommen Sie doch kurz vor Schluß noch einmal wieder. Vielleicht ist Dr. Wollweber dann da.«
Sie ließ ihn stehen und wandte sich lächelnd neuen Kunden zu. Er schlenderte weiter wie unbetroffen, als sei auch er ein Kunde, ein Geschäftsmann, der sich informieren wollte, ein möglicher Käufer.
Kommen Sie! Träumen Sie! Sagen Sie uns Ihre Wünsche!
Mehr Power mit Mercury. Ein aktionsgeladenes Bootsvergnügen. Der Mercury Sechszylinder – ein Inbegriff für un-

bändige Kraftentfaltung. Lassen Sie übervolle Strände hinter sich. Entfliehen Sie mit dem richtigen Boot.
Das habe ich mir früher manchmal gewünscht, dachte er, ein Boot, eine Insel, wo man ganz für sich ist. Aber das bin ich ja eigentlich jetzt. Oder ich war es immer. Ja.

In der Dunkelheit zuckten die Lichter eines großen Feuerwerks über den See und erhellten sekundenlang seine dunkle Fläche. Von Vogtmanns Hotelzimmer aus gesehen waren es bleiche Flackerlichter, die nach fernen wattigen Böllerschlägen die Luft durchgeisterten. Nur einmal verirrte sich eine Rakete und regnete hinter den dunklen Baumkronen des Hotelgrundstücks ein Gesprüh rötlicher Funken ab.
Vogtmann stand am Fenster, um Luft zu holen und eine aufsteigende Übelkeit zu überwinden. Er hatte viel zu viel und zu schwer gegessen in einer plötzlichen gefräßigen Gier, als müsse er eine unstillbare Leere füllen, eine trostlose Schwärze in sich, die ihn bedroht hatte, als er in dem vollen Speisesaal des Hotels allein an einem kleinen Seitentisch saß und zugesehen hatte, wie die Geschäftsleute an den anderen Tischen den Abschluß der Messe feierten, lauter angeregte, zufriedene Gesichter, die sich einander zuneigten, nickten, lachten, meistens Männer seines Alters, aber auch hübsche, erfolgsgewohnte Frauen darunter, wie er sie an einigen Messeständen gesehen hatte. Jetzt am Abend hatten sie sich umgezogen, kamen zum Teil in langen Kleidern, frisch frisiert und mit Schmuck behangen, begleitet von einem dieser smarten, sportlichen Männer, von denen man nicht sagen konnte, ob sie Geschäftsleute oder siegreiche Regattasegler waren. Alle Müdigkeit und Erschöpfung, die er am Nachmittag in vielen Gesichtern gesehen hatte, war von ihnen abgefallen. Sie strahlten, lächelten, bewegten sich locker und selbstbewußt. Die Neuankömmlinge wurden mit Hallo und Umarmungen begrüßt und in die großen Runden der von Kellnern umschwirrten festlichen Tische aufgenommen, und überall

wurden Gläser gehoben, um auf die Messe, die neuen Abschlüsse oder irgendeinen anderen Grund der allgemeinen Heiterkeit anzustoßen, und da war diese schreckliche Gier über ihn gekommen, in der er ein fünfgängiges, viel zu teures Essen heruntergeschlungen hatte, das ihm jetzt das Gefühl gab, er müsse sich erbrechen, und sein Herz so mühsam und viel zu schnell schlagen ließ.
Aber dann war doch noch etwas Gutes passiert, etwas, das ihm neue Hoffnung gab. Als er beim Pförtner seinen Zimmerschlüssel abholte, war ihm ein kleiner Zettel mit der Nachricht übergeben worden, ein Herr Wollweber habe angerufen und wolle morgen um zehn zum Frühstück ins Hotel kommen. Das konnte bedeuten, daß er gerettet war. Er war jedenfalls nicht verraten und enttäuscht worden. Heinz Wollweber hatte bloß verständlicherweise keine Zeit gefunden, sich mit ihm zu treffen, holte das nun nach und würde ihm bestimmt einen Vorschlag machen. Es war sicher, daß er nicht mit leeren Händen kam.
Das Feuerwerk über dem See schien zu Ende zu sein. Aber unten im Hotel wurde gefeiert. In der Bar sollte getanzt werden. Undeutlich konnte er manchmal die Musik hören. Sie war ein Teil der verdeckten Unruhe, die in dem Hotel rumorte. Noch immer war ihm übel. Vielleicht wurde es besser, wenn er sich hinlegte. Warum war er so idiotisch gewesen, sich so vollzufressen? Jetzt stand ihm eine schlechte Nacht bevor, und morgen beim Frühstück, wenn er Heinz Wollweber gegenübersaß, würde er krank aussehen und wie schon voriges Mal einen miserablen Eindruck machen.
Nein, dachte er, ich mache mich nur selbst fertig. Man durfte sich nicht mit niederziehenden Gedanken behängen. Er zog Jackett und Schuhe aus und mit schlafwandlerischen Handbewegungen auch noch Hemd und Hose. Plötzlich war er so erschöpft, daß er nicht mehr ins Badezimmer gehen konnte und zitternd unter die Decke kroch. Er atmete schwer. Die Dunkelheit des Zimmers lag wie ein riesiges Gewicht auf seiner Brust. Morgen muß ich fit sein, flüsterte er, muß fit

sein, als könne die Dunkelheit, die auf ihn drückte, eine Einsicht haben. Wurde es noch nicht besser? Mußte es nicht bald besser werden? Er spürte, wie sein Herz kämpfte und die Angst in ihm zunahm. Wie beschämend und würdelos war das, hier zu liegen und zu japsen und Angst zu haben vor der Nacht, die ihm entmutigend lang erschien, weil schon jede Minute sich endlos dehnte und er nicht wußte, wie er seinem Herzen Erleichterung verschaffen konnte. Sein Magen hatte sich aufgebläht, und Arm und Schultern waren taub. Aber sein Herz schmerzte nicht, fühlte sich nur wund an.

Das soll mir eine Lehre sein, dachte er, doch wenn ich jetzt kotze, wird es gleich besser werden. Jetzt. Schon der Gedanke rief die Übelkeit hervor. Unter Schweißausbrüchen kämpfte er sich aus dem Bett, hörte, wie die Lampe vom Nachttisch fiel. Wo war er? Er sah nichts. War das der Türbalken? Ich muß es schaffen, dachte er verzweifelt, darf nicht alles vollkotzen. Ein nie zuvor geahnter Schmerz preßte sein Herz zusammen. Es war das ruckartige Anziehen eines Schraubstocks, das Atem und Herzschlag unterbrach und ihn auf die Knie zwang. Er erbrach sich, rutschte darin herum. Ich will nicht sterben, dachte er, ich muß um Hilfe rufen. Jetzt lag er auf seinem Gesicht. Ich will nicht sterben! Ich habe Angst! Der Schmerz, der seinen ganzen Körper krümmte, schien nachzulassen und ließ es zu, daß er sein beschmiertes Gesicht wegdrehte und ein wenig vom Boden hob. Sofort kam der Schmerz wieder und zeigte ihm, was er konnte. Der Schraubstock drehte sich und ließ ihn aufjaulen mit dem Gesicht auf dem Boden, drehte sich und krampfte seine Finger zu Fäusten und drehte sich und preßte ihm das Leben aus. Und als sei das die Rettung, die er ergreifen mußte, willigte er ein.

»Hast du das gehört?« sagte die junge Frau im Nebenzimmer, »da ist anscheinend jemand hingefallen.«

»Vermutlich ein Besoffener«, sagte ihr Mann.

In der Bar wurde getanzt. An der Seepromenade weichte ein dichter Regen die ausgebrannten Reste der Raketen auf. In den Messehallen ging der Nachtwächter an den bizarren Staffagen teilweise abgeräumter Stände vorbei. Die im Hafen vertäuten kleineren Boote schaukelten auf einem leichten Wellengang. Die meisten Messegäste wollten am Vormittag abreisen. Einige, die es besonders eilig hatten, dämmerten oder träumten in den Schlafwagen der Nachtzüge oder fuhren über nächtliche Autobahnen. In den Gepäckfächern, den Kofferräumen und auf den Rücksitzen lagen Mappen mit neuen Aufträgen, die schon in ein paar Stunden zur Bearbeitung gingen. Die Messe war sehr gut gewesen. Die Freizeitbranche florierte, während die übrige Wirtschaft in die Stagnation geriet.
Auch Wollweber war zufrieden mit seinen Abschlüssen. Das einzig Unangenehme stand ihm am Morgen bevor. Was sollte er Vogtmann sagen? Er hatte nichts für ihn. So mischte sich in den Schreck schon die Erleichterung, als der Portier ihn mit gedämpfter Stimme darüber aufklärte, daß Vogtmann in der Nacht gestorben sei. Weil er der einzige war, der etwas über den Toten sagen konnte, wurde er vom Portier auf den Hof geleitet, wo Vogtmanns Leiche gerade verladen wurde. Er sah unter der grauen Decke die Füße mit den verkrümmten Zehen hervorschauen, als würde ihm ein alter Vorwurf gemacht.

14. Das Ende von etwas und woran man es erkennt

Das Klavierspiel war unerträglich laut geworden, ein Dröhnen und hallendes Donnern, das längst alle vernünftigen Maße überschritten hatte, so daß man sich schon in jenem wehrlosen Staunen befand, mit dem man den unaufhaltsamen Verwandlungen mancher Träume zuschaut. Der Mann vor mir war nah an mich herangerückt und setzte seinen Versuch fort, mir von Ulrich Vogtmanns Tod zu erzählen. Er war damals Arzt in der städtischen Klinik gewesen, in die Vogtmann gebracht worden war, und irgend etwas drängte ihn, mir anzuvertrauen, wie Vogtmanns Herz ausgesehen hatte, als sie ihn obduzierten.

Vogtmann – ich kannte ihn von der Schule her und habe ihn später wiedergesehen, als er ein geschlagener Mann war. Und bei der letzten Gelegenheit – ungefähr vor einem Jahr – lag er im Innenhof eines Hotels auf einer Bahre und neben ihm stand dieser Arzt, dessen rundliches Gesicht dazu gemacht war, vergessen zu werden, und der nun mit dieser lästigen Vertraulichkeit so nah an mich heranrückte. Offenbar kannte er sonst niemanden auf dieser Party und hatte sich an mich gehängt, als die kanadische Malerin ihre Bilder erläuterte, wilde, strudelnde Formen aus zerrissenen und gefalteten oder zerknautschten Leinwänden, die sie mit Farben übergoß und teilweise wieder entfärbte. Wir saßen nebeneinander während ihres Lichtbildvortrages, und nachher standen wir zusammen beim Kalten Büfett, und er sprach mich auf die Frage an, die ich der Künstlerin in der Diskussion gestellt hatte: woran sie erkenne, daß ein Bild fertig sei? Sie hatte geantwortet, das sei only a matter of feeling. Ich hatte sie gedrängt, ihre Vollendungsgefühle ein wenig zu beschreiben, und sie hatte geantwortet, das sei sehr komplex, sie würde allmählich ruhiger, könne länger hinschauen, ohne gleich wieder etwas tun zu müssen. Sie sei dann bereit, sich ihrer Erschöpfung zu überlassen. Darauf hatte er mich angesprochen, eifrig und ein wenig irritiert. Er sagte, das alles hier wirke sehr fremd und sehr erregend auf ihn. Er sei ja nur ein schlichter Handwerker, ein Techniker. Und dann, mit einem seltsamen Gedankensprung: »Wir Mediziner wissen ja genau, wann das Ende gekommen ist.«

Ich war betäubt von der Musik, die aus den beiden aufgeklappten Flügeln kam. Vogtmanns Herz schwamm wie ein blutendes, zerrissenes Weichtier in einer tintenfarbenen See, seine Wundränder leuchteten korallenrot und bewegten sich in verzogenen undeutlichen Mäandermustern. Die beiden Dozenten der Musikhochschule, die dieses ansteigende Getöse hervorbrachten, waren von ihren Klavierstühlen aufgestanden, und ich konnte zwischen den Köpfen der Menge, die sich um die Flügel drängte, ihre hochgezogenen, merkwürdig zuckenden Schultern sehen, aus denen die Arme stampfend nach unten stießen, was mir im Moment so erschien, als wollten sie sich gewaltsam aus etwas befreien, das ihre Unterkörper noch gefesselt hielt. Der Atem meines Gesprächspartners hüllte mein Gesicht ein: die mulmige Luft dieser Räume, aufgeweicht und durchfeuchtet von seinen Atmungsorganen. Ich weiß nicht, weshalb er mich unbedingt darüber unterrichten wollte, wie zerfetzt Vogtmanns Herz war, als sie ihn fanden und auf der Tragbahre aus dem Hotel trugen. Es sollte wohl ein Vertrauensbeweis sein, daß er diese Befunde preisgab, eine Anbiederung, ein Tribut an das Milieu, in dem alles seine Form verlor. Ich weiß nicht, weshalb ich ihm zuhörte. Was er mir mitteilte, war ein Geheimnis, das seine Bedeutung verloren hatte. Er sprach laut gegen den Lärm an, lächelte. Ich hielt mir lächelnd die Ohren zu und schüttelte den Kopf, um ihm zu zeigen, daß es keinen Zweck hatte, drängte mich näher an die Flügel heran. Die Klavierspieler hämmerten mit bandagierten Händen auf die Tasten ein oder sie hatten sich die Hemdärmel über die Fäuste gezogen, so daß es ein Spiel mit künstlichen Stümpfen war. Eine schöne tosende Panik, der ich mich überlassen habe.

Der Arzt war dann fort. Ich sah ihn noch einmal an diesem Abend, wie er auf eine junge Frau in einem langen Kleid einredete. Ihr Gesicht war ernst, zuweilen nickte sie. Es schien mir, als langweile sie sich. Er kommt nicht an, dachte ich.

Später traten zwei Tänzerinnen in historischen Kostümen auf, und die beiden Klavierspieler improvisierten zu ihren gemessenen Schritten. Als es dunkel wurde, gab es ein Grillfeuer im Garten. Ich stand neben der kanadischen Künstlerin und sah, daß sie fröstelte, sprach sie aber nicht an. Meine Laune war nicht unbedingt schlecht, doch ich fühlte mich ohne Schwung. Vielleicht gehört es auch zum Älterwerden, daß man Gelegenheiten schmerzlos versäumen kann.

Nachher, als noch ein kleiner Kreis zusammenblieb, saß die Malerin mir gegenüber, und in Erinnerung an unsere Diskussion sagte sie, man könne das Ende einer Sache immer notwendig kommen sehen. Ich bestritt das. Vielleicht hätte mir die Dame mit ihren zerrissenen Leinwänden recht gegeben, wenn ich ihr gestanden hätte, daß ich die Zukunft für finster halte. Finster, doch unvorhersehbar (um mir nicht zu widersprechen). Was wir jetzt erleben, sind nur die Vorspiele.

Dieter Wellershoff
Die Schönheit des Schimpansen

Roman. 312 Seiten. Gebunden.

„Dieter Wellershoffs neuer Roman ist außerordentlich spannend. Der Leser, Zeuge von Entstehung und Verlauf eines Verbrechens, nimmt teil an den Überlegungen und Gefühlen, mit denen Klaus Jung auf demütigende Außenweltreize reagiert. Dabei erzeugt der seelische Zustand Jungs einen permanenten Spannungsbogen, der sich auf jede neue Situation überträgt und mit seiner Suggestivkraft keinen Raum mehr zu freier Entscheidung für den Protagonisten läßt."
Stephan Reinhard, Frankfurter Rundschau / Hessischer Rundfunk

„Auch beim zweiten Lesen und dritten Nachfassen bleibt der Eindruck konstant: eine Mischung aus Faszination und Schrecken, eine Gefühlslegierung aus Nähe und Ferne. Darin zeigt sich dieses Buch selbst, unverhüllt, bildet sich seine Sprachbewegung ab. Da gibt es nichts umzubiegen, damit man es aus unverhoffter Perspektive bei irgend etwas Hintergründigem überraschen kann. Denn das Hintergründige ist in jedem Satz oder Absatz, in jedem Dialog oder Gedankengang (...). Alles steht an seinem Platz, ist von unabweisbarer Evidenz, und jede Periode bietet sich dar als das vielfach hin- und hergewendete Produkt einer Sprache, die dem Autor nichts mehr zu verweigern scheint (...). Es ist eine Stille, die schreit, weil sie zugleich ein Land beschreibt, das ebenso selbstvergessen wie lange Zeit der Automatenaufsteller Jung vor sich hinbrütet in unruhigem Schlaf. Bis er sich selbst erkennt in seiner Sinnlosigkeit. Selten ist Selbstzerstörung so einlässig beschrieben worden."
Peter W. Jansen, Die Zeit, Hamburg

k&w Verlag Kiepenheuer & Witsch

Dieter Wellershoff
Die Sirene

Novelle. 216 Seiten. Gebunden.

Ein Mann wird in seinem Arbeitszimmer von einer fremden Frau angerufen, und damit beginnt die Geschichte einer Verführung, die sich zu einem hypnotischen Bann steigert.
„Lange ist mir gleich Faszinierendes nicht mehr in die Hände geraten. Ich habe in diesem Buch etwas gefunden, was ich in der westdeutschen Literatur dieser Jahre nur selten entdecke: eine große erregende Idee des Lebens. Diesen Fund wollte ich nicht verheimlichen. Ich denke, dies ist ein Buch nicht nur für mich."
Christian Linder, Süddeutsche Zeitung

„Ein erstaunliches Werk, das nicht nur vom äußeren Aufbau bis in die feinsten Verästelungen durchgeformt und gestaltet ist, sondern in dem sich Symbol und Ereignis, Zeichen und blutvolles Leben unmerklich, aber stabil die Waage halten. Stets ist das eine vom anderen erfüllt. In der literarischen Formbewußtheit und Geschmeidigkeit wird diese Novelle vielleicht einmal zu den klassischen Erzählungen unserer Zeit gehören."
Christel Heybrock, Mannheimer Morgen

Von Dieter Wellershoff sind erschienen:

Gottfried Benn. Phänotyp dieser Stunde (1958).
Der Gleichgültige. Versuche über Hemingway, Camus, Benn und Beckett (1963, 2. Auflage 1975).
Ein schöner Tag. Roman (1966).
Die Schattengrenze. Roman (1969).
Literatur und Veränderung. Essays (1969).
Das Schreien der Katze im Sack. Hörspiele (1970).
Einladung an alle. Roman (1972).
Literatur und Lustprinzip. Essays (1973).
Doppelt belichtetes Seestück und andere Texte. (1974).
Die Auflösung des Kunstbegriffs. Essays (1976).
Die Schönheit des Schimpansen. Roman (1977).
Glücksucher. Vier Drehbücher und begleitende Texte (1979).
Die Wahrheit der Literatur. Sieben Gespräche (1980).
Die Sirene. Novelle (1980).
Das Verschwinden im Bild. Essays (1980).

R. Hinton Thomas (Hrsg.): Der Schriftsteller Dieter Wellershoff. Interpretation und Analysen (1975).
Hans Helmreich: Dieter Wellershoff. Autorenbücher 29 (1982).